KB057345

끝을 시간의 끝이

황현산 비평집

말과 시간의 깊이

초판 1쇄 발행   2002년 7월 26일
초판 7쇄 발행   2020년 12월 21일

지 은 이   황현산
펴 낸 이   이광호
펴 낸 곳   ㈜문학과지성사
등록번호   제1993-000098호
주   소   04034 서울 마포구 잔다리로7길 18(서교동 377-20)
전   화   02) 338-7224
팩   스   02) 323-4180(편집) 02) 338-7221(영업)
전자우편   moonji@moonji.com
홈페이지   www.moonji.com

© 황현산, 2002. Printed in Seoul, Korea

ISBN 978-89-320-1353-4 03800

말과 시간의 깊이

유완상 시집

문학과지성사
2002

책머리에

　그동안 써온 글들을 한데 묶어 책으로 출간하라는 권유를 받을 때마다 준비 중에 있다고 대답은 하면서 실행을 늘 뒤로 미루었다. 나는 아마도 내가 쓴 글들이 남이 쓴 글처럼 보일 때까지 기다려왔던 것 같다. 이렇게 말을 하면 내 글쓰기의 약점을 스스로 고백하는 꼴이 되며, 그점을 나라고 해서 모를 수는 없다. 왜냐하면 제가 쓰고 있는 글을 벌써 있었던 글처럼 여기려는 태도 뒤에는, 낱말 하나하나 문장 하나하나에 제 책임으로 걸어야 할 모험을 내내 두려워하고 기피하려는 심사가 숨어 있을 것이기 때문이다. 사실 나에게 글쓰기는 그만큼 고통스러운 작업이었다. 한 줌의 행복을 말하기 위해서도, 한 뼘의 희망을 말하기 위해서도, 내 자신의 비루함과 무능함을 어쩔 수 없이 먼저 확인해야 했다. 이 비루함과 무능함으로 허술한 가교를 만들어 어쩌다 작은 계곡을 건너기는 했지만 그것을 뒤돌아볼 용기가 내게는 늘 부족했다.

　여기 묶인 평문들은 대부분 청탁을 받아 여러 지면에 발표한 것이고 내가 자진해서 쓴 글은 드물지만 그렇다고 해서 그 전체에 일관성이 없다고는 생각하지 않겠다. 문학에 대한 내 믿음이 크게 변하지 않았기 때문이다. 나는 문학의 근원이 신성한 곳에 있다고도, 문학 언어들이 어떤 종류의 귀신 들린 말들이라고도 주장하지 않지만,

문학을 통해서만 발언될 수 있는 말들이 있다는 점을 굳게 믿는다. 문학의 말은 유일하게 순간마다 자신을 반성하는 말이며, 반성한다는 것은 한 말이 다른 말의 권리를 막지 않았는지 살핀다는 것이다. 이 반성으로 말은 제자리를 차지하기만 하는 것이 아니라 다른 말이 들어설 자리를 만든다. 그래서 모든 생각이 교착에 빠지고 모든 논의에 한 걸음의 진전이 불가능한 정황까지도 새로운 말이 솟아나오는 계기가 된다. 이것이 문학에 대한 나의 소박한 생각이며, 변하지 않을 믿음이다.

나의 편향에 관해 말한다면, 나는 순결한 언어들을 좋아했다. 내가 순결하다고 말하는 것은 사실과 부합한다는 뜻이다. 그래서 나는 혼신의 힘을 모든 결단의 말들과 함께 오랫동안 신중하게 주저하는 말들을 좋아했다. 나는 비명과 탄성을 좋아하지는 않았지만, 그것들이 배어나오는 말들이나 그것들을 힘주어 누르고 있는 말들을 좋아했다. 나는 말이 거칠다고 해서 비난하지 않았다. 한 정신이 비범한 평정 상태에 이르러 그 지경을 모방하여 얻어낸 유려한 말들에 나는 종종 귀를 기울였지만, 그보다는 그 상태를 증명해주는 다급한 말들의 진실을 믿었기 때문이다. 나는 또한 장난치는 말들, 판을 깨는 말들도 좋아했다. 하던 일을 진중하게 계속하는 사람은 늘 찬양을 받아야 하지만 때로는 손에 쥔 것을 털어버리고 일어나 기약 없는 땅에 한 걸음을 내딛는 것도 용기 있는 일이다. 그러나 나는 땀내가 나는 말들을 가장 좋아했다. 그 말들은 어김없이 순결하다.

나는 개인에 대한 관심과 역사에 대한 관심 사이에서 내내 망설였다. 자신을 깊이 성찰하여 마침내 다른 것이 되는 인간들에게 나는 늘 매혹되곤 했지만 그들이 제 안에서 발견한 다른 것은 벌써 세계에 대한 연대의 표현이었다. 그들의 다른 것은 우리 개인들이 각자 주체의 얼굴로 분열되기 이전의 거대한 자아일 뿐이라고 여길 수밖에 없었기 때문이다. 마찬가지로 세상이 역사적 위기를 겪으며 그 질을 바꿀 때 찬란한 문학적 광휘를 목격할 수 있었지만, 그 빛은 고독한 의식의 자기 변화라는 형식에서 그 첨단을 얻어내는 것이 또한 사실이었다. 그래서 나는 이 망설임이 결단의 유보라기보다는 오히려 결단 그 자체라고 생각할 때가 많았다.

나는 분석하기를 좋아하였지만, 심리 비평이나 기호학 같은 '과학적' 방법을 크게 신뢰하지 않았다. 이런 방법들은 모든 것을 분류하고 분류된 것에 단일한 얼굴을 부여한다. 그 밑에 문제는 여전히 남아 있고, 게다가 은폐되어 있다. 진정한 분석은 분석되지 않는 것에 이르는 것을 목표로 삼는다. 거기에 한 정신의 고통이 있고 미래의 희망을 위한 원기가 있다. 분석하는 사람으로서 나는 그 원기를 사랑하였다. 그러고 보면 나의 분석은 내가 말을 걸고 싶은 작가들에 대한 내 존경과 사랑의 표현이었던 것 같다. 내 글이 비록 부족하지만, 이 존경과 사랑은 아주 늦게라도 전해질 것이라고 믿는다.

발표 지면을 내주었던 여러 잡지사의 편집진들과 나를 믿고 작품집의 해설을 맡겨주었던 작가들과 시인들에게 감사 드린다. 나와 함께 문학을 공부하며 여러 가지 문제를 제기해주었던 학생들과 책을 편집하는 과정에서 온갖 조력을 마다하지 않은 김원기 군에게 특별한 감정을 전한다. 문학과지성사에 감사 드린다.

2002년 7월
황현산

차례

말과 시간의 꿈이

르네의 바다
──불문학자 김현

1. 들어가며

김현이 우리의 정신사와 관련하여 4·19의 의의를 이야기하였던 여러 언급들 가운데 가장 간명한 것 하나를 고른다면 "50년대 후반의 역사에 쫓긴 인물들이 역사를 쫓는, 역사의 의미를 생각하는 인물들로 바뀐 육십년의 사일구"(『문학사회학』, 1983)라는 말일 것이다. 4·19는 역사에 대한 우리의 상상력을 바꾸었으며, 이점에서, 오늘날의 문학 비평이, 다른 여러 지적 작업에서와 마찬가지로, '우리 시대'라고 부르는 시대의 한 지력선을 형성한다. 김현에 관해 이야기하기 위해서는 먼저 4·19를 이야기해야 한다는 것이 사실이라면, 이점은 불문학자로서의 김현에 관해서도 예외일 수 없다. 위의 인용에서 김현은 '60년'을 일반적인 관행과는 달리 '육십년'이라고 쓰고 있는데, 그것은 이 60년이 하나의 연대 이상의 어떤 개념임을 말하는 것이겠지만, 이러한 표기법 자체는 어느 정도 벌써 프랑스식이다. 불문학적 지식이 그의 경험에 대한 개념화를 도와주었을 뿐만 아니라, 그가 천착하던 낯선 세계를 이해하고 표현하기 위해 가장 크게 의지해야 했던 것이 바로 우리의 경험이었음을 시사하는 작은 예가 될 수 있을지 모르겠다. 그런데 실은 경험을 개념화하려는 정열과 그 시도가 성공하리라는 확신, 아니 더 나아가서 우리의 이 경험이 우리 밖에 있던 어떤 개념을 보충하고 완성하는 데에 이용될 수도 있으리라는 확신은 4·19와 무관하지 않다. 4·19는 그것이 맞이하게 될 좌절과 패배의 운명에도 불구하고, 역사적이고 구체적인 해방이 부정할 수 없이 우리를 관통하고 지나간 한 번의 경험이었기 때문이다. 이제 삶은 그것이 아무리 초라하고 지리멸렬할지라도 어떤 보편성의 자리이며, 그것을 영위하는 것 자체가 자유와 진리에 대한 봉사일 뿐이다.

그러나 확인해두어야 할 것은 경험의 부단한 개념화가 곧 그 경험에 대한 사랑은 아니며, 언제나 그 사랑으로부터 출발하는 것도 아니라는 점이다. 사실 4·19는 좌절된 혁명이라기보다는, 1960년대의 제한된 국면에서만 바라볼 때, 차라리 황폐한 현실에 갑작스럽게 차단된 혁명이었다. 열광은 숨이 막혔지만 가라앉을 시간도, 불순해질 틈도 얻지 못했기 때문에 현실과의 진정한 대면을 유예한다. 시대를 초월한 자유와 인권에 대한 추상적 순수 긍정일 뿐인 보편적 세계를 이 구질구질한 삶의 지평선 안에 잠시 들어왔다 물러난 실제의 세계로 여기는 의식은 경험을 역사적으로 주관화하려 하지 않는다. 현실은 우발적인 사건이며, 보편적 세계를 각성한 자아와 그 불행만이 일관성을 갖는다. 이때 현실에 대한 이름 붙이기는 그 직접성을 봉쇄하려는 전략이며, 이점에서 '과학적'이 아니라 유추적이다. 현장의 사람이었던 김현의 "역사를 쫓는"다는 표현은 의외로 적절하다. 쫓김과 쫓음은 자기 각성 여부인데, 그와 함께 역사가 주체와 객체로 자리바꿈하는 이 말 속에는 보편적 세계라고 여겨지는 것과의 관계에서 어쩔 수 없이 불행한 의식이 겪어야 하는 역사의 외재화가 암시되어 있다.

이 4·19 세대에게 불문학은 우선 현대 문학이었다. 현대 문학이었던 것은 불문학이 모든 문학적 현대성의 온상이며 버팀목이기 때문만이 아니라, 역사를 각성하자마자 현실로부터 소외되는 과정에서 스스로를 현대적이라고 파악한 의식이 어떤 공간, 자기 존재의 비극이 정당한 자격으로 연출되는 공간을 거기서 보았기 때문이다. 불문학은 자의식의 문학이다. 이때 자의식은 물론 역사적으로 자기를 규정하고 분석하는 의식이 아니라 그가 처한 역사적 자리야 어떠하든 모든 개화된 의식이 겪어야 하는 운명을 자신의 운명으로 여기고 함께 고뇌하는 자의식이다. 여기에는 현실을 감당하는 것 못지 않은 용기가 필요하다. 예를 들어보자. 사르트르는 『문학이란 무엇인가』에서, 지드가 그의 『지상의 양식』의 독자로 설정하는 나타나엘의 초상을 그린다: "그에게는 교양과 여가가 있다. 왜냐하면 메날크를 견습공이나 실업자나 합중국의 흑인에게 모범으로 내보이는 것은 가소로운 일일 것이니까, 그는 외부의 어떠한 위험——기아에도, 전쟁에도, 계급적 또는 인종적 압박에도 위협을 받지 않고, 그가 무릅쓰는 유일한 위험은 자신의 환경의 희생자가 되는 것뿐이다. 요컨대 그는 백인이며, 아리안족이며, 부유하며, 비교적 안정되고 안이한 시대에 소유 계급의 이데올로기가 겨우 기울어지기 시작하던 시대에 살고 있는 부르주아 대가족의 상속자다." 그런데 1960년대에 『지상의 양식』을 거의 열광하며 읽었던 한국의 독자들은 안이한 시대에 살지 않았으며, 부르주아 대가족의 상속자가 아니었으며, 아리안족은 더욱 아니었다. 말하자면 지드에게 선택된 독자들이 아니라 자원한 독자들이다. 성급히 비판되는 것처럼 우리는 자신을 속이기만 한 것인가? 그렇지 않다. 우리가 원했던 것은 나타나엘의 조건이나 환경이 아니라 그가 누리게 될 인간으로서의 권리이며 그가 도달하게 될 고양된 인간의 모습이었다. 그것은 처지가 어떻든 포기될 수 없다. 아니 현실은 봉쇄되었으며, 자신에게 맞는 세계를 자신으로부터 끌어내려는 인간에게 처지 같은 것은 없다. 그는 어디에나 들어갈 수 있으며, 다만 자신을 정화해야 한다. 결국 자의식이란 "맨주먹 붉은 피"가 구호였던 시대에 그 핸디캡을 정열의 형식으로 바꾸는 방법의 문제였다. 여기서 우리 문학의 특수한 감수성의 하나가 형성된다. 김현은 이 감수성으로 불문학을 시작하였다. 그러나 그후 30년에 걸쳐 이 정열은 그 안에 갇힌 현실을 다시 끌어내는 데에 더 많이 이용되었으며, 그것으로 다른 여러 닫힌 세계를 해방시킬 유력한 담론체를 형성해내었다. 이제 그 과정을 짚어보려 한다.

2. 구원 없는 바다

　김현은 1978년에, 1960년대 중반에서부터 1970년대 중반에 이르기까지 자신이 이미 여러 경로를 통해 발표했던 논문 · 비평 · 소개문 · 회견문 등을 한데 묶어 『현대 프랑스 문학을 찾아서』라는 책으로 펴내면서, 여기 실린 자기 글들을 자랑스럽게 여기지 않았다. 이미 영향력 있는 비평가이며, 바슐라르 연구의 성공으로 다시 크게 주목을 받고 있던 그는 「후기」에서 이 글들이 "터무니없이 넓은 관심의 범위" 때문에 깊이와 천착에 이르지 못했음을 아쉬워하며, 향후 몇 년을 프랑스 비평사 연구에 바치겠다는 결의를 말한다. 실제로 김현은 2년 후인 1980년에 그의 『프랑스 비평사』의 첫째 권인 '현대 편'을 탈고하는데, 그 「서문」에서 "그 이전에 나에 대해 갖고 있던 모든 환상을" 1979년에 "대부분 정리하였다"고 쓴다. 그 환상의 내용이 어떤 것이었는지는 알 길이 없지만, 한쪽의 「후기」와 한쪽의 「서문」을 맞춰보면 그 자기 정리의 시발점에 『현대 프랑스 문학을 찾아서』의 발간이 있었음을 짐작할 수 있다. 그러나 정리는 그 글들을 쓰는 과정에서 벌써 이루어진 것이 아니었을까.

『현대 프랑스 문학을 찾아서』는 특히 낭만주의 이후 프랑스의 작가 · 작품 연구로 이루어진 제2부에서, 한 젊은 외국 문학도의 내면 풍경을 보여준다. 그것은 곧 바다의 이미지이며 "샤토브리앙의 바다"이다. 아메리카로 떠날 준비를 마친 샤토브리앙의 르네는 음울한 구 대륙에서 보내는 마지막 밤, 수도원의 종소리에 이끌려 밤바다로 나아간다. 그는 깊은 어둠과 높은 담에 둘러싸인 수도원을 등지고 파도치는 대양을 바라보며 바닷가 외진 곳에 앉아 있다. 어둠 속에 외로운 등불을 켜고 있는 수도원은 고독한 그가 정서적으로 집착하였던 누이 아멜리아가 은거한 곳이기도 하다. 김현은 르네의 이 바다를 인류학적 · 인간학적 바다(「바다의 이미지 분석 · 서」, 1968)라고 말한다. 이 바다는 끝나버린 "위대한 세기"와 "아무런 아름다운 그 무엇"도 얻지 못한 현대 사이에서 "개화된 문명인의 고뇌"이며 "분열된 개인의 의식"이기 때문이다. 그리고 또한 그것은 말라르메, 랭보로 대표되는 세인들이 몸으로 뛰어들어 난파하게 되는 세파이기도 하다. 이 인간 · 인류 속에는 물론 김현 그 자신이 들어 있다. 그는 4·19라는 이름의 정열을 등불이자 종소리로 삼아, 자신이 살던 땅의 인습적 인간 관계와 상투적 표현의 무기력을 등지고 난파가 그 빛나는 신화인 불문학의 바다를 바라보고 있다. (이 바다와 등불은 내내, 그가 다른 세상의 사람이 될 때까지, 모험가 김현과 구도자 김현의 여러 모습으로 변모한다.)

김현은 이 글에서 샤토브리앙의 바다를 시작으로 하여 후기 상징주의에 이르기까지의 바다를 다루어 그 상상 체계를 분석하겠다고 했지만 그 약속은 지켜지지 않았다. 그러나 이 책의 제2부에 속하는 다른 아홉 편의 글들은 몇 그룹으로 나누어져, 각기 고독한 자아로서의 르네, 그의 밤바다, 어두운 수도원의 등불에 조응한다.

「폴 발레리의 시와 방법」(1969), 「자아의 분열과 그 회복」(1966)은 모두 발레리에게 바친 글이다. 어떤 미결정의 속사에 아직 표현을 얻지 못한 어떤 인간의 "언어를 독단"하여 그것을 존재로 이끄는 순수시가 문제되며, 그 필연성을 실천하는 순수 자아의 명증한 의식이 문제된다. 그리고 이 의식은 관능의 육체와 대립한다. 김현은 한국의 다른 발레리 연구자들과는 달리, 죽음을 유예의 형식으로 간직하고 있는 이 관능의 가치를 강조하였다. 그가 자주 인용했던, 「해변의 묘지」의 "바람이 인다. [……] 살려고 애써야 한다!"에서처럼 그것은 시인을 삶으로, 세속의 바다로 이끌기 때문이다.

미래의 분석 비평가로서의 김현을 예견하게 하는 「셀린느와 사르트르에 나타난 『구토』 연구」(1967), 사뮈엘 베케트의 소설 『몰로이』의 해설인 「요나 콤플렉스와 환상」(1969), 마르그리트 뒤라스의 『모데라토 칸타빌레』에 대한 시론인 「시간 속에 매몰된 사랑」(1971)은 모두 프랑스의 현대 소설에 관한 평문이며, 거기에는 한결같이 존재에 대한 혐오감, 사물화되고 마멸되는 삶, 자기 분석에 의해 짓눌려져버리는 정열이 있다. 김현에게 이것들은 바다였다. 그것은 출구 없이 닫힌 세계였지만, 그 자체의 힘으로 영속하는 세계이며, 각성한 자아가 이제 자신의 모든 고뇌를 희생으로 지불하고 뛰어들어 떠맡지 않을 수 없는 세계였다. 이 출구 없음은 인류학적이다.

그러나 김현은 현실에서 완전히 자신을 도려내지 않는다. 반쯤 꿈속에 들어간 사람이 아직도 남아 있는 현실 의식으로 그 꿈의 부조리함에 놀라는 것처럼, 그는 개화된 사람의 특별한 권능인 이 고뇌가 어떻게 실천적 덕목으로 구실할 수 있을지를 도처에서 묻는다: "목적이 없고 수단만 남아 있는 세계, 왜 가는지, 왜 오는지 모르고, 추측만으로 오고 가는 그런 세계가 우리에게 무슨 의미를 띨 수 있을 것인가?"(「요나 콤플렉스와 환상」); "사랑이 매몰된 장소 외에는 사랑을 다시 찾을 수 없다면, 생은 도대체 무엇이겠는가?"(「시간 속에 매몰된 사랑」). 그리고는 마침내, 『어린 왕자』에 대한 평설인 「환상의 현실성」(1972)에서 "품위와 격식"의 필요성에 관해 이야기하게 된다. 그것은 그 밑에 감추어져 있는, "서로의 교환하는 힘"으로서의 울음의 필요성인 것이다. 이것은 단연코 감상주의가 아니다. 그 반대다. 이 울음이 저 길들임의 실천으로 이어질 때, 그것은 우리가 성급했던 탓에 인습과 상투성만을 보았던 현실의 재발견을 의미하게 된다. 김현은 이 재발견의 결과를 어울리지 않게 '환상의 현실성'이라고 부르는데, 이것은 모든 일상적 체험과 결단을 코미디로 환언하는 저 억압적인 '현대 문학'에 여전히 쫓기고 있었기 때문이리라. 그러나 김현은 이 책의 마지막 글이며, 바슐라르의 『불의 정신분석』에 관한 짧은 해설인 「상상력과 행복감」(1975)에서, 인식론적 방해물일 뿐인 개인적 체험이 시적 직관의 축으로서의 원초적 심리 현상과 결부되는 행복한 전망 하나를 소개하며, 그 문체에 자신감을 담는다.

김현은 1974년, 우리에게 있어서 불안과 절망의 서구 문학에 대한 유력한 안내자였던 알베레스를 만나, 여러 가지 질문 끝에, 인간 경험의 보편성과 전통에 대한 애착 사이에 끼어 있는 "후진국 문학인"의 딜레마를 이야기한다. 알베레스의 대답은 예상했던 것처럼 원론적인 것이다. 그를 "다만 하나의 인간"으로 보았다는 저 억압의 세계를 그렇게 본 김현은 "어두운 나의 젊은 시절의 기억에서 빠져나오듯" 그를 만났던 호텔의 "컴컴한 복도를 빠져나왔다"고 쓰는데, 그에게는 이미 자신의 질문에 대한 해답과 전략이 마련되어 있었던 것이다.

3. 전략으로서의 인식의 단절

김현이 구조주의에 관심을 보인 것은 1960년대 후반부터이다. 『사상계』가 1968년 구조주의 특집을 마련하였을 때, 그는 「구조주의의 확산」이라는 매우 중립적인 제목으로 이 기획에 참여하였다. 이 새로운 유행 사조에 대한 적극적 관심보다는 그것을 이해해야 한다는 한 불문학자의 의무감이 더 앞섰던 것이 분명한 이 개괄적인 소개는 그 이론적 근거와 내용·방법을 정리하고, 그것과 역사주의와의 관계까지를 규명하려 한다. 별로 길지 않은 이 글에서 김현은 구조주의의 거의 모든 것을 말하려고 애쓰는데, 바로 이 때문에 구조주의는 매우 억압적인 것이 될 수밖에 없었다. 더구나 이 사조의 대중화의 과정으로 소개되는 '신구 논쟁'은 그 공격성으로 한국에서의 그것까지를 대신하기에 충분했다. '인생관'이자 삶의 도리여야 할 문학에서 '과학'을 보아야 하는 당혹감이 거기에 겹친다. 김현은 1972년, 파주의 『구조주의란 무엇인가』를 번역함으로써 그 내용을 보충하였지만, 한국의 구조주의 신화에는 본의 아니게도 그의 책임이 없지 않다. 그러나 그는 이미 앞의 글에서, 당시로서는 간과하기 쉬웠던 중요한 질문 하나를 던지고 있다: "그것 또한 우리 정신의 후진성을 조장시켜줄 어떤 것인가?" 구조주의의 역사관에 관련된 질문이다. 실증주의적 진보관, 변증법적 진보관으로 정리되는 서구의 역사만이 역사가 아니라, 모든 삶이 동일한 가치를 지닌다고 구조주의는 말하지만, 그 삶을 분석하고 그 가치를 보증하는 사람의 의기양양함이 그 삶을 사는 사람들의 자부심으로 되지는 않을 것이다. 더구나 근대적 이성으로의 '진화'로만 미래를 전망할 수 있다고 믿는 한 집단에게 역사에 수월성이 없다는 주장은, 항상 다음 시합에

만 기대를 거는 선수에게 이제 그런 경기는 열리지 않는다는 통첩
과도 같을 것이다. 김현은 이 질문을 적극적으로 밀고 나가지는 않
았다. 다른 길에서, 바슐라르 연구에서 그 해답의 일단을 얻게 되는
것이다.

　김현이 바슐라르에 관해 맨 먼저 쓴 글은 1970년의 「행복의 상상
력」이다. 이 글은 또한 바슐라르의 물질적 상상력, 역동적 상상력,
원형 개념 등에 관한, 이해할 수 있는 말로 되어 있는, 최초의 소개
이기도 하다. 물질은 형체와는 반대로 "가능성의 대상이며, 객관성
의 극(極) 자체"이며, "형식화되지 않은 것을 형식화하려는 어떤 무
의식의 흐름을 표시"하기 때문에 "창조의 내용 그 자체"이다. 형태
를 향한 물질의 운동 과정은 창조자의 마음속에서, 대상에 대한 등
가물이 아니라 그 자체로서 특수한 실재인 시적 이미지를, 특이한
사건처럼 산출하며, 그것은 현상학적으로 규명되어야 할 어떤 의식
의 통로를 통해 독자의 정신에 동일한 사건을 일으킨다. "표현이 존
재를 창조한다." 시적 표현에 의해 상식의 울타리를 벗어나는 이 존
재가 곧 '행복인homme heureux'인데, 그것은 무엇보다도, "윤리
적 · 도덕적 측면의 콤플렉스가 없는 인간"이다. 이렇게 바슐라르는
김현에게서 "불행의 전통을 숙명화시키는" 유럽의 전통에 대비하여,
"행복의 존재를 숙명화하여, 행복인의 철학, 표현을 통한 새로운 존
재자의 구축이라는 명제"로 이해된다. 이 행복의 철학을 통해, 한 외
국 문학자의 마음속에서는, 그의 누추한 현실에 대한 기억과 과거도
그 정당한 권리를 얻었으리라. 그러나 김현은 언제나 그랬던 것처럼
또다시 묻게 된다: 도덕적 콤플렉스의 결여란 도덕적 · 윤리적 보편
진리의 상실을 말하는가, 아니면 그 개념이 이미 무의미한 시대에
이르렀음을 나타내는 것인가?

　바로 이 질문에 의해 김현은 그의 『바슐라르 연구』(1976)에서 바

슐라르의 원형 개념의 변모 과정을 살피기 전에, 인식론적 방해물로서의 문화적 콤플렉스의 고찰에 많은 지면을 할애하게 된다. 주어진 과학 체계의 자명성과 새로이 재구성될 객관적 지식과의 관계인 인식의 단절이라는 말은 한 과학철학자의 이론적 기틀이기도 하지만, 김현으로서는 그 심경의 한 표현이기도 하다. 그가 그 말로서 더 많이 이해하려고 하는 것은 그 두 체계 사이의 단절 현상이 아니라, 그 단절을 가능하게 하는 어떤 계기이기 때문이다. 행동의 세계와 사고의 세계가 감각적 인식의 확실성과 통용되는 지식 체계의 즉각적 경험의 자명성"에도 불구하고," '형상적 본능'을 억제하는 '보수적 본능'을 뚫고 새로운 인식 세계를 여는가? 객관적 인식을 방해하는 콤플렉스가 문제된다. 내면성의 신화를 만들어내는, "최초의" 경험, 사고되지 않은 직관, 감시되지 않은 이미지들인 그것들은 우선 정신 분석을 통해 정화되어야 할 어떤 것이다. 그러나 상상력 연구자로 '개종'한 바슐라르는 이 가치 부여의 심리적 현상들이 객관화의 한 보완적 정신 작용임을 이해한다. 그것은 "세계의 물질적 내면성"과 결부되어 있으며, 이 오류가 "새로운 지평을 가능케 하는 사고 능력"이다. 바슐라르의 원형론이 성립된다. 그런데 문화적이건 원형적이건 간에 바슐라르적 콤플렉스 이해의 두 단계는, 우리가 보기에, 김현의 정신사와 무관하지 않다. 여기에는, 자신의 비근한 경험과 궁핍한 세계의 이름지을 수 없는 욕망들로 수많은 콤플렉스를 만들어 지니고, 그것을 들여다봄으로 극복하려 애쓰는 한 인간과, 황폐한 역사의 기억과 과거를 자신이 전망해야 할 세계의 역동성으로 삼는 한 인간의 분기점이 있기 때문이다. 후자의 인간으로서 김현은 '감싸기'라는 말을 좋아했다. 새로운 인식 체계의 관점에서 낡은 인식 체계의 부분적 통합을 말하는 이 감싸기가 김현에게 있어서는 그 초극되는 것들에 대한 도덕적·정서적 태도를 함축하기도 한다. 그가 바슐라르의 문학 이미지 연구를 "과거의 것을 포용=감싸는 새로운 체계를 세우려는 열린 정신"의 소산이라고 말할 때, 감싸기는 결과가 아니라 그 자체로서 목적이기까지 하다.

목적으로서의 감싸기, 이것은 김현에게 '인식의 단절'이 하나의 전략임을 말한다. 두 가지 전략, 문학의 유용성을 그 미적 특성의 결과 내지는 일부로 삼으려는 전략이며, 서구적 합리주의에 바탕한 근대화 이념과의 관계 아래서 우리의 특수한 경험에 부여할 수 있는 가치의 문제와 관련된 전략이다. 그리고 이 전략은 그의 두 권의 『프랑스 비평사』와 『제네바 학파 연구』에서, 그리고 『르네 지라르 혹은 폭력의 구조』와 두 권의 푸코 연구에서 각기 그 분명한 모습을 드러낸다.

4. 문학과 유토피아

김현이 이른바 '신구 논쟁'과 관련된 논문들을 모아 『현대 비평의 혁명』으로 편역한 것은 1979년이며, 『프랑스 비평사』 '현대 편'을 발간한 것은 1981년이다. 레이몽 피카르의 논문 한 편을 롤랑 바르트의 논문 네 편과 장 폴 베베르의 논문 두 편으로 에워싸고 있는 앞의 책은 명백히 신비평의 편에 서 있으며, 뒤의 책은 신비평가들과 그들이 중요하게 여기는 비평가들에 관한 고찰이다. 이점에서 이 두 책은 우선 김현 그 자신의 비평적 입장을 드러내고 옹호하는 논쟁서의 성격을 띤다. 신비평의 대두 과정은 객관적으로 소개되지만 그러나 필연적인 것으로 이해된다. 이 필연성을 인정한다면 『프랑스 비평사』는 그것이 씌어진 본래의 목적인 교재 내지는 개설서로서의 균형을 잃지 않고 있다. 현대 비평(물론 2차 대전 이후의 비평이다)의 배경이 고찰되고, 사르트르, 바슐라르, 블랑쇼, 바르트, 골드만, 에스카르피 그리고 제네바 학파의 문학 비평을 대상으로 그 방법과 내용이 기술된다. 그러나 이 비평사는 그 개설서적 성격에도 불구하고 김현의 문학관이 가장 강력하게 드러나는 책의 하나이기도 하다.

유토피아로서의 문학이라고 이름할 수 있을 이 문학관이 이 책에서 비평에 대한 비평에 해당하는 몇 개의 '보유'를 쓰게 한다. 이 문학관 속에는 예의 바슐라르에게서 이미 읽게 된 인식의 단절, 골드만 비평의 핵심적 개념인 세계관 그리고 바르트류의 언어의 비실재성이라는 개념이 교묘하게 정합되어 있다. 김현은 골드만의 '감싸기 englober'를 설명하는 가운데, 골드만의 감싸기 이론과 자신의 감싸기 이론 사이에는 상당한 차이가 있다는 내용의 주를 붙인다: 골드만에게서는 "부분적 인식의 진전이 가능하지만" 그의 경우 "전체로서의 부분의 인식과 전체의 인식 사이에는 진전이 없다." 최초에 어쩔 수 없이 바슐라르적이었던 김현의 감싸기는 비교적 명료하고 일관된 텍스트 아래로 내려가 그 속에 감추어진 것, "그 무의식적 흐름"과 만나는 것을 전제로 하며, 따라서 텍스트의 미시적 분석으로 이어진다. 이 감싸기는 엄밀한 의미에서 텍스트의 논리적 외관을 설명하지도 해명하지도 않는다. 반면 골드만에게 있어서는 부분적 진실과 전체적 진실이 모두 그 나름의 일관성을 가진 것이며, 이때 인식의 진전이란 두 진리에 대한 '비평가의 인식의 진전'을 말한다. 이때 감싸기는 두 인식의 진전이 서로를 보충하는 과정일 뿐이다. 그런데 중요한 것은, 가령 김현이 그 보유의 하나로 「바슐라르와 마르쿠제의 두 문단의 설명」을 쓸 때, 그의 방법 속에, 차라리 비평 의식 속에, 이두 감싸기가 포함되어 있다는 것이다. 그리고 그것을 가능하게 하는 것은 문학 언어체의 비실재성이라는 주장으로 그 해석의 외연을 거의 무한정 넓힐 수 있는 바르트의 최대 비평이다. 이렇게 해서 시적 상상력 속에 칩거하려는 범미주의의 행복한 몽상이 욕망을 해방하고 억압 없는 문명을 쟁취하려는 의지를 겸한다. 문학은 유토피아이며 유토피아로 가는 길이다. 문학의 분석은 현실의 장벽을 뚫고 그 두 유토피아를 만나게 하는 길이다. 여기서 김현 특유의 그 '따뜻한 분석 비평'이 이루어진다. 두 감싸기의 관계는 결국 우리의 특수한 경험과 서구적 문학 · 비평 이론과의 관계이기도 한 것이다.

김현은 그의 비평사에서 한 장을 차지했던 「제네바 학파의 문학 비평」을 보완하여, 1986년 『제네바 학파 연구』를 출간하였다. 그에게 제네바 학파는 중요하다. 이 일파의 문학 비평이 주제적이건 분석적이건 간에 그것은 항상 작가와의 동화를 전제로 하며, 동화는 그 자체가 유토피아의 실천이기 때문이다. 한 바슐라르 학자가 제네바 학파를 바라보는 친숙한 눈길은 이 책의 도처에서 발견된다. 그는 이 학파의 형성 과정을 설명하는 가운데, 마르셀 레몽의 도둑 콤플렉스에 관해 언급하고, 알베르 베겡이 파리의 헌 책방에서 장 파울의 시집을 발견하고 불완전한 독일어 실력으로 그것을 번역할 때 얻게 되는 신비로운 시적 경험에 관해 말한다. 이 일화들은 일종의 비유, 정확히 말해서 제유법이다. 제유법이라는 것은 그것의 단절된 성격과 감싸이는 성격을 두고 하는 말이다. 그는 제네바 학파를 설명할 뿐만 아니라 그들의 방법을 이용하고 앞지른다. 그리고 그들의 업적에(김현의 독서 능력과 그 정열은 얼마나 놀라운가) 독자들을 다시 동화시킨다. 필자의 견해이지만, 이 연구는 김현이 쓴 가장 아름다운 책이다. 특히 용어의 번역은 매우 독창적인데, 그것이 저자의 문체와 너무 잘 어울리기 때문에 그 보편성에 의혹을 느끼게까지 한다. 이점은 서구 문학을 이해하기 위한 디딤돌로서의 우리 경험의 어떤 한계에 대한 암시일 수도 있을 것이다.

5. 욕망의 피안

나는 욕망의 뿌리가 심리적이며 사회적이라는 것을 발견하였으며,
모든 욕망은 역사적이라는 것을 깨닫게 되었다. 물론 나는 사회적인
것이나 심리적인 것을 다 욕망이라고 생각하지는 않는다. 그러나 어
떤 형태로든지 그것과 관련되어 있다고는 믿는다. 그 믿음은 프로이
트와 마르크스를 종합 · 극복해보려는 내 오랜 시도와 맞붙어 있다.

김현이 1987년에 발간한 『르네 지라르 혹은 폭력의 구조』의 「서
문」에서 인용한 한 대목이다. 이 글은 한 외국 문학자, 한 문학 비평
가를 죽음에 이르게 한 그 정열의 바탕에 무엇이 있었는지를 얼마큼
말해주고 있다는 점 외에도, 그의 문학적 유토피아에 대해 새로운
성찰을 유도한다는 점에서 중요하다. 그 유토피아야말로 김현의 프
로이트와 마르크스에 관련된 시도의 진정한 내용이기 때문이다.

르네 지라르와의 만남은 김현에게 그의 유토피아의 한 시련이다.
지라르가, 욕망과 그 주체와 그 매개자라고 하는 욕망의 삼각형 구
도 안에서, 자기가 자신의 주인이라고 생각하는 낭만적 인물들의 고
독과 자기 해방이란 결국 주체와 전범 사이의 경쟁에 붙여진 다른
이름일 뿐이라고 말할 때 김현은 동의하며, 거기서 근대적 이성을
지향하는 우리의 초상을 보기도 한다. 지라르가 정신적 · 육체적 죽
음이라고 하는 최종적 전환에 의해 이 한없는 욕망이 초월될 수 있
다고 할 때, 김현의 태도는 유보적이다: 양식과 휴머니즘을 되살리
고, 탈신비화의 길을 가는 도덕 비평이 될 수 있다. 서구의 우상 파
괴주의자들(바슐라르와 프로이트가 모두 여기 해당한다)이 금기를 없
애면 '욕망의 유토피아'가 온다고 말하지만, 그것은 도리어 폭력의

무차별 현상을 가속화시키고 희생양을 제안할 뿐이라는 주장에, 김현은 그것이 "의미를 전체성, 통일성, 진리와 동일시하는" 신화적 담론이라는 메쇼니크의 비판을 끼워넣는다. 이 지라르와의 대화는, 현실적으로 폭력과 욕망의 당위성 앞에 서 있어야 하는 김현에게, 그 욕망과 폭력을 개방해야 할 것인지 초극해야 할 것인지를 묻는 질문이 아직 끝난 것이 아님을 말해준다. 다른 길이 있어야 할 것이다.

자신의 죽음을 내다보고 있던 김현은 1989년과 1990년에 걸쳐 두 권의 푸코 연구를 내놓는다. 김현이 『미셸 푸코의 문학 비평』을 썼을 때, 그 의도는 분명한 것이었다. 그것은 문학이 사유의 한 방식이며, 뛰어난 방식이라는 그의 믿음을 다시금 확인하기 위함이었다. 그는 푸코의 에피스테메 이론이 문학 사조론의 이론적 변형이며 사조론과 비슷한 한계를 갖는다는 점을 입증하기 위해, 에피스테메 이론이 '고고학'으로 넘어가는 과정을 살핀다. 결론은 이렇다: 사유에 대한 사유인 이 고고학은 "자신의 본질을 찾아 방황하는 시대의 문학," 자신의 본 모습을 찾기 위해 "항상 다시 시작하는 시대의 문학"이며, "문학적 체험의 본질 그 자체"이기까지 하다. 중요한 것은 문학일 뿐만 아니라 문학의 방황이다. 권력이 담론을 통제하고 선택하고 조직하고 재분배하여, 그 우연한 담론에 친근한 외양을 둘러씌울 때, 그것을 낯설게 만드는 고고학, 그것은 바로 그 자신의 방황으로 그 스스로마저 전복하는 문학이다. 게다가 문학은 그것이 제도화될 때까지도 그 전복적 사고의 기능을 상실하지 않는다. 푸코는 문학이 대학 강단과 하나가 되어버린 지금, '문학의 내적 구조'가 아니라 "비문학적이며, 말하자마자 망각의 대상이 되는 담론의 유형이 문학의 영역 속에 들어오는 그 사소한 움직임의 과정"에 관심을 갖는다고 말하는데, 이것은 문학이 권력으로서의 담론이자 그에 대한 전복적 사유임을 말하는 것이다.

또 하나의 푸코 연구인 『시칠리아의 암소』는 김현이 자신의 죽음을 지불하고 얻은 책이다. 이 책은 앞의 책의 제1부를 그대로 옮긴 「푸코의 문학 비평」 외에, 푸코의 연대기인 「푸코의 삶」과 푸코 저작의 시대 구분, 그와 현대 유럽 사상가들과의 관련, 그의 미술 비평, 그와 프로이트와 한국어 번역서 몇 권에 대한 고찰 등으로 된 여덟 개의 장으로 되어 있다. 이중에서도 김현이 가장 힘을 들인 장은 「계몽주의 · 현대성 · 성숙성」이다. 「머리말」에서부터 "우리는 계몽주의의 연장선 위에 있다"고 말하는 김현은, 푸코가 칸트의 『계몽주의란 무엇인가』를 해설한 끝에 내놓는 제안, 우리의 사유와 말과 행위를 지나간 시대의 역사적 사건들처럼 고고학적으로 분절화하라는 제안을 그가 남긴 전언이라고 생각한다. 푸코가 보기에, 인간의 현재와의 관계, 인간의 역사적 존재 양태, 자율적 주체로서의 자아의 구성 등은 계몽주의에 뿌리를 박고 있으며, 그때의 계몽주의는 이론적 요소들이 아니라, 자신의 역사적 시기를 계속 비판하는 철학적 정신의 끊임없는 활성화를 뜻하기 때문이다. 푸코는, 비록 예술이라고 부른 자리 안에서이기는 하지만, 현재 속에서 영원한 어떤 것을 다시 찾는 태도의 예로서 보들레르를 들기까지 한다. 김현은 푸코의 '전언'을 몇 개의 질문으로 바꾼다. 그것은 적어둘 만하다. 그것은 김현이 남긴 전언이기도 하기 때문이다: "이 사회는 어떤 방향으로 가야 하는가, 미학적 현대성은 옹호될 만한 가치가 있는 것인가 아닌가, 기술의 진전, 행정의 합리화는 인정해야 하는가 거부해야 하는가." 우리는 어떻게 살아야 하는가.

김현은 이 질문과 함께 그가 문학을 시작하던 시대의 최초의 정열로 다시 돌아가 있었다.

6. 덧붙이는 말

1960년대 이후 오늘까지 30년 간의 불문학은 김현을 제외하고는 생각하기 어렵다. 그는 특히 비평 분야에서 여러 가지 선구적 업적을 남겼으며, 수많은 이론적 틀을 제공해왔다. 그러나 바로 이점에 의해 그는 때로는 불문학 전체가 그 자신이 발설한 '새것 콤플렉스'와 관련하여 비난의 대상이 되었던 것도 사실이다. 새것 콤플렉스는, 새로운 것으로 지목된 이론이 자기 검증의 성찰을 거쳐 확대 발전할 수 있는 방식으로 소개되지 않았다는 데서 주로 기인한다. 그것은 완결된 이론이 되고 따라서 벽이 된다. 실상 김현이 했던 일은 그 극복을 위한 작업이었으며, 우리가 이제까지 확인했던 것처럼, 그가 새로운 개념을 이해하는 데는 우리의 경험이 그 디딤돌이 되고, 그 구체성이 되었다. 그러나 여전히 부족한 것은 그 새로운 이론과 결부되어 있는 작가 · 작품 연구의 병행이다. 김현은 그의 연구 대상이었던 비평가들이 대상으로 삼았던 작가들에 대한 전문 연구자들의 도움을 별로 받지 못했다. 이상한 '인식의 단절'이 이루어지고, 그 단절의 밑에 항상 웅크리고 있는 신비의 세계를 따라잡지 못하는 우리의 경험은 특수화되고 평면화된다. 김현은 신비화를 얼마나 증오했던가. 이점은 우리가 뒤늦게나마 김현에게 협조해야 할 일이 얼마나 많은가를 말하는 것이다. 김현의 정열이 우리에게 필요하다.

정지된 세계의 알레고리
──이청준의 소설 『자유의 문』에 대해

　모든 방패를 다 뚫을 수 있는 창과 모든 창을 다 막을 수 있는 방패에 관한 고사의 명성은 이제까지 그래온 것처럼 앞으로도 긴 생명을 누릴 것이 분명하지만, 다만 아쉬운 것은 자신의 상품을 그렇게 허풍 떨며 광고했다던 무기 장수가 그 두 무기를 맞부딪쳐보았는지 어쨌는지 그 뒷이야기가 전해지지 않았다는 것이다. 우리는 그 무기의 성능이 사실이기를 바라며 그것들이 충돌하는 순간 무슨 일이 일어날 것인가를 알고 싶다. 그런 순간은 처음부터 존재할 수 없으며 그 두 개의 무기가 양립한다는 가정 자체가 맹랑한 것이라고 지레 현명하게만 말할 일이 아니다. 왜냐하면 이 고사는, 거기 담겨 있는 교훈이야 어떠하건, 우리의 인식을 넘어서는 그 황홀한 순간에 대한 기대감을 은근히 부추기지 않았더라면 그 명성이 이렇듯 길 수는 없었을 것이기 때문이다. 이청준은 이 순간에 관해 어떤 예감을 지니고 있는 것이 확실하다. 그의 성가를 더욱 높여준 단편 소설 「이어도」와 「비화밀교」에서도, 우리가 이제 이야기하려는 장편 소설 『자유의 문』에서도 그는 이 창과 방패의 공안에 집착하고 있다. 그리고 그것이 이 작가의 여러 소설을 특징짓는 그 알레고리의 틀과 액자 소설의 밑바탕을 이루기까지 한다.
　널리 알려진 바와 같이 이청준은 알레고리를 자주 그리고 훌륭하게 사용한다. 그에게 알레고리는 많지만 그것은 결국 하나이다. 우리에게 예감으로만 존재할 뿐 알려지지 않는 어떤 순간을 현실 속에 실현하기 위해 비극적인 삶을 떠맡아야 하는 사람들의 알레고리라고 그것은 아마 표현되어야 할 것이다. 「이어도」의 천남석 기자처럼 또는 「시간의 문」의 한 사진 작가처럼, 그 자신이 알레고리인 이 사람들은 대개 자신의 믿음 내지 불신과 그 목숨을 맞바꾸는데, 그들은 이렇게 해서 알레고리가 삶에 대한 어떤 극단적 개념임을 드러낸다. 『자유의 문』의 주인공 백상도 노인은 이 소설과 이 소설 속의 액자 소설을 넘나들며, 자신이 어떤 알레고리임을 알림과 동시에 자신이 실현되기도 전에 발설되고 따라서 포기된 알레고리임을 감추기 위해 수차에 걸쳐 살인을 저지르는데, 그는 이렇게 해서 알레고리의 파괴적 성격을, 다시 말해서 알레고리가 결국 삶에 대한 일종의 원한임을 드러낸다. 이 알레고리는 논의될 만하다. 그리고 사실 『자유의 문』은 그 줄거리 자체에 이 알레고리의 특별한 성격에 대한 논의의 한 가닥을 담고 있기도 하다.

세상에 그 모습을 드러낸 지상의 교회 밑에 감추어진 교회를 따로 가지고 있는 한 기독교 교단이 있으며, 특별한 임무를 수행하기 위해 그 지하 교회를 구성하고 있는 사람들이 있다. 그들은 성직자라고 불러야 하겠지만, 자신의 굳은 신앙심과 지하 교회의 특수 훈련 및 그 보이지 않는 인도에 의해 '완전무결한 새 교리와 계율로 무장된 새로운 인간, 이를테면 시정의 필부들과 함께 스스로 삶 속에서 주님의 사랑과 복음을 전하고 당신의 놀라운 역사를 증거해갈 축복과 계시의 전사로 다시 태어났음을' 깨닫고 그것을 실천하는, 따라서 성직자 이상인 사람들이다. 그들은 필부들과 함께 살 뿐만 아니라 필부로서 살며, 무엇보다도 그들의 '생명과 삶의 주재자이신 여호와 하나님 앞으로 나아가 그분의 심판이 내릴 때까지' 자신의 신분을 드러내거나 그 행업을 세상에 증거해서는 안 된다. 그들의 삶은 완전히 필부의 삶이 되어야 하지만, 또한 그 필부의 삶은 하나님의 섭리와 역사 그 자체가 되어야 한다. 주인공 백상도는 어떤 인연으로 그 교단이 운영하는 신학교에 들어가고 그 지하 교회의 일원으로 특별한 부름을 받는다. 그는 그렇게 훈련되고 그렇게 깨닫고 그렇게 서약한다. 그는 한 인간의 삶을 동시에 살면서 동시에 포기하고, 어떤 구원의 역사가 펼쳐질 장소와 능력이 되어, 한 교리의 순수 개념이 되어, 또 다른 한편으로는 이청준의 독자들에게 그 낯익은 반추상의 괴물이 되어 세상으로 떠난다.

이 순수 개념이 세상을 어떻게 살아갈 것이며, 작가는 그 삶을 어떻게 꾸릴 것인가? 그 삶은 소설 속의 소설가가 쓰는 액자 소설과 주인공 그 자신의 회상으로 번갈아 엮어지는 어떤 '문학'으로 대치된다. 백상도는 구원의 역사를 실천한다. 막노동판의 인부가 되어, 노무자들을 갈취하는 폭력배들을 주의 품 안으로 이끌기에 성공한다. 그는 또 탄광의 광부가 되어 환경의 개선과 광부들의 복지를 위해 외롭게 투쟁한다. 한 잡지 기자의 도움을 받는다는 것이, 열의가 지나쳐 그를 탄광의 낙반 사고로 죽게 만든다. 그것이 이 굳건한 섭리의 공간에 파멸을 가져온다. 이 사고 뒤에는 그의 열의뿐만 아니라, 증거할 수 없는 어떤 힘이라는 자신의 신분에 대한 그의 오만이 있었던 것이다. 백상도는 여전히 극단적인 삶의 형식을 계속하지만, 그것은 벌써 분열되어 있다. 그는 지리산에 들어간다. 그는 절망 속에서 무기력한 기도를 계속한다. 무거운 어둠으로부터 다시 밝은 빛 속으로 솟아오르고 싶었던 것이다. 자신의 허무한 기도와 자신이 견뎌야 할 절망까지도 구원의 한 과정일 것임을 그의 계율은 가르쳤겠지만, 그러나 그는 자신이 담당했던 .행로의 진실됨을 소리쳐 입증해줄 어떤 대답을 한번쯤은 듣고 싶지 않았겠는가. 진실의 밝은 길을 다시 회복하고 싶은 소망에 자신의 진실을 세상의 어느 곳에라도 증거하고 싶은 '지극히 인간적인' 욕망이 이렇게 섞이기 시작한다. 자신을 증거하기 위해 사람들을 산중으로 유인하고, 여전히 그 계율 속에 살기 위해 그들을 죽인다.

  마침내, 이 소설의 또 하나의 주인공인 소설가 주영훈이 백상도 노인을 찾아온다. 어느 날 갑자기 행방불명이 되어버린 사람들에 대한 자신의 추리를 당사자인 노인의 입을 통해 확인하고, 그를 설득하여 우리의 세상으로 데려오기 위함이다. 추리 작가의 액자 소설은 그 사실성이 확인되었다. 그러나 다른 목적은? 주영훈은 노인이 사랑을 잃었음을, 아니 그 교단의 계율 자체가 '우리들 개개인의 삶에 대한 사랑과 그의 독자적 진실성을 부인'하는 것이었음을 지적하고, 그 교조주의의 추상적 맹목성에 소설의 '전향적 창조성'을 대립시킨다. 그에 따르면 소설은 그 자체의 계율까지를 버림으로써 믿음과 사랑을 잃지 않고 미래로 개방되는 어떤 '자유의 문'을 확보한다. 이 대화의 한 대목은 여러 가지 점에서, 이를테면 이 소설이 어떤 문체로 씌어지고 있는가를 예시하기 위해서도, 적어둘 만하다.

  "그것은 소설의 파탄이 아니라 오히려 재탄생이며, 그로써 아무것도 보여줄 수가 없는 것이 아니라 우리의 삶과 정신의 자유, 나아가 그 소설 자체의 자유를 보여주는 것입니다. 어느 때 소설이 그 자신의 계율을 바꾸어버리는 것은 그 소설을 버리는 것이 아니라 그 문학 자체의 타성과 상투성이 빚어낸 계율의 절대화로부터 소설 본래의 목적의 자리로 돌아가는 것이니까요. 그 인간의 삶에 대한 실천적 사랑의 자리로 말입니다. 왜냐하면 소설이 그의 기성의 계율을 바꾸어버리는 것은, 그것으로써 그 소설 자체가 하나의 변화의 징후, 그 징후의 기호로서 보다 직접적인 기능을 수행해나가는 일이거든요. 그리고 그로써 소설은 그 전향적 창조성 속에 계속 다시 태어나는 것이며, 더 나은 삶과 세계의 질서, 바로 자유의 질서를 향해 나아갈 수 있는 것이지요."

노인은 이 명석한 논리에도 불구하고 설득되지 않을뿐더러 또 하나의 살인을 준비한다. 이것은 그가 알레고리이기 때문이다. 알레고리는 결코 변화하지 않는다. 소설가는 섣부른 증거가 가져올 위험에 대한 노인의 위협에도 불구하고, 진실을 세상에 증거함으로써 그 교리의 틀을 깨고 노인의 믿음과 영혼까지를 구제하기 위해 그 죽음을 받아들여, 결국 그것으로 자신의 소설론의 진실됨을 증거하는데, 이것도 그가 실은 그 스스로 저주하는 알레고리이기 때문이다. 알레고리적 사고는 반성하지 않으며 또 다른 알레고리를 만들어낸다.

이 알레고리를 위해, 모든 방패를 다 뚫는 그 창과 모든 창을 다 막을 수 있는 그 방패의 고사로 돌아가자. 그것은 알레고리이며, 또 다시 같은 말을 하게 되지만, 그 우의적인 교훈에 의해서가 아니라 다른 모든 발상법을 잠재우고 그 자신의 논리를 길이길이 강제하는 그 방법에 의해서 뛰어난 알레고리이다. 그 창과 방패는 그 허풍스러운 장사꾼이 이상으로 삼았던 무기이다. 그러나 그것들은 그 이상이 실현되었다고 느끼는 순간 그 절대적인 위력과 함께 피할 수 없는 결함을 동시에 지니게 된다. 무기는 발전하였다. 그 이상적인 창보다 수천 배나 위력 있는 공격용 무기가 만들어졌으며, 방어 기구역시 마찬가지이다. 그러나 그것은 중요하지 않다. 우리의 고사는 그 위력의 상대적 결함을 지적하고 그것들을 저 원시적인 무기의 순간으로 되돌린다. 모든 노력은 허사가 된다. 아킬레스는 결코 거북이를 따라잡지 못한다. 고사의 논리는 무기가 변화하고 발전하는 삶의 시간 속에서가 아니라 그 무기들이 부딪치게 되어 있는 가상의 순간을 그 터전으로 삼는다. 알레고리를 지배하는 어떤 평면적 · 직선적 사고가 삶의 한 부분을 도려내어 그 일상적 연관성을 제거하고 낯선 단애에 그것을 올려놓는다. 거기서부터 우리를 달뜨게 하는 개념들, 무한히 영에 가까워지지만 그러나 결코 영이 되지 않는 그 수치와도 같은 개념들, 그 섬을 본 사람은 모두 거기로 가버렸기에 아무도 본 사람이 없는 섬, 불타오르기를 거부함으로써만 존속하는 비화(秘火)의 불, 그리고 그 자체의 계율을 끝없이 부정하고 끝없이 다시 시작하는 소설의 개념까지가 만들어진다. 그러나 이 설렘, 이 동경은 유감스럽게도 응결되어 있다.

알레고리 속에서는 사물이 깨어지면서 동시에 존속한다. 그 일상적 연관성을 잃고 그 삶의 진정한 터전을 잃은 이 사물들은 따라서 발전하지 않는다. 이솝의 여우는 영원히 그 주린 배를 채우지 못하며 까마귀는 천년 동안 치즈를 빼앗긴다. 이어도는 어부 아버지와 기자 아들 두 대에 걸쳐 그 의미를 바꾸지 않는다. 이청준의 주인공들에게 불행한 과거는 항상 불행한 현재이다. 아니 알레고리의 단절된 시간 속에는 발전과 변화를 기약할 어떤 지속이라는 것이 전혀 없다. 「시간의 문」의 주인공인 사진 작가는 그가 무엇을 찍는다 해도 '대상과 렌즈 사이의 공간의 방해로 사진의 시간이 죽어버린다'고 생각한다. 이 죽어버리는 시간이야말로 알레고리의 시간이다. 그는 이 알레고리의 시간을 명철하게 파악하고 있다. 공간은 시간 속에 용해되지 않으며, 시간은 또한 공간 속으로 연장되지 않는다. 사진 작가는 이 점적인 시간의 압박을 견디지 못해 그 점까지도 존재하지 않는 허망한 미래의 시간을 선택한다. 그러나 그가 열었다는 미래의 문으로, 그와 가장 가까웠던 사람들도 그를 따라가지 못한다. 이어도가 보였거나 보이지 않았던 순간 이후 신음 소리 비슷한 노래를 불러야 하는 여자들이 여전히 음울한 세월 속에 있어야 하는 것과 똑같은 이치로 그 '시간의 문' 역시 지배되고 있다. 『자유의 문』의 그 짧지 않은 소설론에서도 미래는 매번 획득되지만 그것은 지배 질서 속에 삼켜지고 사람들은 여전히 음울한 세월을 살게 된다. 알레고리 속의 주인공들은 자기를 가두는 이 환경 속에서 어떤 극단을 선택함으로써만 자신의 존재와 그 깊이를 증명할 수 있다. 그가 온 힘을 다해 이 알레고리의 시공을 파괴하는 순간 알레고리인 그 자신도 역시 파멸한다.

이청준에게서 중요한 것은 그 알레고리가 무엇을 의미하느냐가 아니라, 그가 알레고리를 반복해서 사용하고 있다는 점이다. 그것은 그가 이 세계에서 편안하지 않을 뿐만 아니라 그가 전망하는 다른 세계조차도 그를 불편하게 한다는 것을 의미한다. 그것은 당연한데, 알레고리를 통해 자신이 놓여 있는 환경을 파괴함으로써 현실로부터의 단절을 시도한 작가에게 그 알레고리적 사고로 얻어낼 수 있는 전망이란 또 다른 억압의 공간에 대한 알레고리에 불과할 것이 분명하기 때문이다. 그의 소설 속에 자주 등장하는 독선적 교조주의자들이 실은 그 전망을 떠맡고 있다. 그들은 진정한 사고 대신 알레고리적 사고만이 가능한 세계의 구세주들이다. 백상도 노인의 지하 교회가 그 구성원들에게 세상에의 증거를 그 계율로 금했을 때, 그것은 사랑과 구원을 역사하고 그 우상이 되지 말 것을, 그 알레고리가 되지 말 것을 강력히 권하는 것이었으리라. 그러나 노인은 한 범부의 성실한 삶이 하늘의 섭리와 함께하는 것을 상상할 수 없는 세계에 살았으며—기도에 응답이 없었으며—급기야 그는 독선자가 되었다. 작가에게 알레고리적 사고를 강조하는 세계와, 폭력적 구세주들이 출현하는 세계는 동일한 세계이다.

이 작가가 알레고리나 액자 소설의 틀에 의탁하지 않는 것은 대개 고향에 관해서, 고향의 순결함과 넉넉함에 관해서, 그 그리움과 상실감에 관해서 이야기할 때이다. 그 상실감의 끝에 알레고리가 나타난다. 「비화밀교」는 그 고향이 알레고리 속으로 단절되는 순간이다. 고향의 구체적인 삶과 그 생명력은 밀교 제의의 추상적인 불로써만 남으며, 그것은 어둠 속에 영원히 존재하기 위해 이제는 표현할 수 없는 것이 된다. 백상도 노인의 이력 가운데 그 마지막 대목에는 이 고향의 삶이 파괴된 채 간직되어 있다. 그는 세상의 발길이 쉽게 닿지 않는 지리산의 한 골짜기에 은거하며 그 대자연의 기맥을 자기 것으로 삼으려 한다. 그가 돌꿀을 채취하기 위해 야생의 벌집을 찾아가는 과정은 매우 정교하다. 작은 접시에 꿀을 담아 군데군데 놓아두고 벌들이 꿀에 접근하기를 기다린다. 벌들의 수가 많아지는 쪽으로 접시를 서서히 옮겨간다. 바람의 방향과 그 크기를 재고 햇빛과 그림자를 가늠한다. 그리고 기다린다. 이 기다림의 시간 속에는 단절도 파괴도 없다. 이 시간 속에서의 노인은, 자신을 증거하고 싶은 그 욕구만을 제외한다면, 이청준의 또 다른 소설들에 자주 등장하는 장인의 모습 그대로이다. 그러나 이 노인의 벌집 찾기 행각은 추리 작가 주영훈의 눈에 금방 하나의 알레고리로 비친다. 그것은 희생자들을 산속으로 끌어들이는 유인술의 알레고리다. 그는 장인 속에서 범죄자를 본다. 그는 이렇게 알레고리가 된 고향을 단죄한다.

주영훈이 추리 소설 작가인 것은, 작가가 이 소설의 줄거리를 엮는 데 도움을 주기 위한 목적 이외에도, 다른 의미를——보기에 따라서는 가장 깊은 의미를 갖는다. 오랫동안 폭력을 고발해온 한 소설가에게, 그 자신의 소설론을 설파해줄 그 작가의 추리 소설 작가로의 변모는 이미 그 소설로는 대처할 수 없는 한 사회에 대한 은밀한 두려움의 고백으로 보이기 때문이다. 이청준은 줄곧 장인의 삶에 보편적인 가치를 인정해왔고 소설이 지향해야 할 길의 하나를 거기서 발견하기도 했다. 그것은 이중으로 윤리의 문제였다. 안으로 그 삶의 직업적 윤리가 있으며 밖으로는 그 삶을 둘러싸고 있는 폭력이 있다. 장인의 삶을 노리고 있는 특수한 폭력들이란 그러나 결국 따지고 보면 그 장인적 기술 수준으로는 이미 감당할 수 없는 정치적 · 경제적 · 사회적인 모든 외압의 전체인 것이다. 따라서 장인들에게 사회란 폭력의 보편적 형식이다. 이 폭력 속에 삶을 노출한다는 것은 곧바로 파멸을 의미한다. 장인은 지속적인 자기 연마를 통해 그 기술과 자신의 발전을 꾀한다. 폭력은 장인의 기술이 요구하는 그 시간과 단절한다. 시간은 정지된다. 우리에게 여전히 많은 것을 가르쳐주는 「시간의 문」의 사진 작가는 자신의 사진으로 고정하는 그 대상들의 삶 속에 자신이 함께할 수 없음을, 촬영의 시간과 해석의 시간이 일치하지 않음을 안타깝게 여긴다. 사실 그가 자신의 사진으로 꿈꾸고 있는 것은 전통적인 방식으로 그림을 그리는 화가들의 작업과 같은 것이다. 화가는 자신의 화폭과 그 대상을 동시에 바라보며 오랫동안 앉아 있다. 대상과 그림과 화가가 함께 발전한다. 그러나 화가가 이 방식으로 폭력을 그릴 수는 없다. 그는 사진 작가가 된다. 추리 소설 작가 주영훈은 바로 이 사진 작가의 기술 수준에 도달해 있다. 「시간의 문」은 사진의 시간을 문제삼으면서 한번쯤 논의될 법한 그림과 영화의 시간에 관해 전혀 언급하지 않는다. 사실 이 사진의 시간은 보편적인 폭력 속에서 삶을 정지당한 장인들의 시간에 대한 알레고리인 것이다. 시간과 더불어 상상력까지를 빼앗긴 장인들은 하나같이 황홀한 실종을 꿈꾼다. 그것은 삶과 죽음이 동시에 지배하는 시간에 대한 황홀감이다. 알레고리 속에서는 사물이 깨어진 채 존속한다. 그들은 이렇게 이미 불가능해진 삶을 자기 안에 간직한 채 자신을 없애버림으로써 그 삶을 폭력으로부터 보호한다. 그들은 이렇게 저 잃어버린 황금 시대를, 저 실낙원을 그 잃어버림의 순간에 영원무궁토록 존속시킨다. 지상에 유토피아를 건설하려는 노력만큼이나 이청준의 분노를 사는 일은 없다. 그것은 실낙원의 세속화를 의미하는 것이기 때문이다. 파랑도의 탐색은 그 섬이 존재하건 않건 간에 이어도에 결정적인 타격을 입힌다. 추리 소설 작가는 그 소설론의 진정성을 입증하기 위해, 어떤 종류의 유토피아 주의자인 백상도의 손에 희생되고 암장됨으로써 이 황홀한 실종을 실현한다. 이제 그의 소설론에 관해 이야기할 때가 되었다.

주영훈은 형사와 주간지 기자의 뒤를 이어 백상도 노인의 세 번째 희생자가 된다. 그의 산중 방문은 노인이 이미 그 기도에 힘을 잃고 살인자가 되어버린 다음의 일이다. 경찰은 오류의 발견과 그 시정의 반복을, 주간지 기자는 항상 비슷할 수밖에 없는 사건들의 추적과 그 고발의 반복을 임무로 삼는다. 거기에는 진정한 의미의 발전이란 것이 없다. 주영훈은 추리 소설 작가로서 그들의 임무의 일부를 떠맡는다. 그는 노인이 신봉하는 그 교리 자체에 내포된 모순이 가장 극명하게 드러난 순간에, 노인에게 그 교리의 맹목적 추종이나 포기 밖에는 다른 선택이 불가능한 순간에 그를 찾아간 것이다. 이와 관련하여 그가 자신의 소설론에 소설의 모든 형식과 기법 및 내용에 해당할 것들을 '계율'이라는 썩 어울리지 않는—노인의 종교적 계율에 대응하는 표현임을 감안하더라도—말로 묶는다는 점은 주목할 만하다. 이는 단죄하고 시정해야 할 어떤 순간에 그의 소설이 서 있음을 말한다. 그가 진정으로 백상도를 설득할 수 있었다면, 그것은 이 이상한 성직자의 생애에서 가장 중요한 시간, 지하 교단의 신입자로서 훈련을 받고 순결한 열정 속에서 그 사랑의 역사를 실천할 때였을 것이다. 움직이는 것에만 변화를 기약할 수 있다는 것은 너무나 단순한 이치가 아닌가. 이청준은 변화가 가능한 이 시간의 일들을 주영훈의 액자 소설과 노인의 회상으로 처리한다. 그것은 아무렇게나 처리해도 좋을, 그러나 그 절대치가 결코 변하지 않는 괄호 속에 묶인다. 주영훈은 '인간의 삶에 대한 실천적 사랑'을 말하고 있지만 그가 자리한 소설은 삶을 따라가지 않는다. 그는 추리 소설로써 시정과 고발의 반복된 임무를 수행하며, 작가로서 자신의 장인적 삶의 가치가 폭력적 세계 질서 속에 끝없이 함몰하는 그 정지된 시간을 체험한다. 그의 소설론이 여기에 조응한다. 그것을 요약하면 '전향적 창조성 속에 계속 다시 태어나는 것'은 소설의 희망이며, '어떤 진실이 증거되는 순간에 그 본질이 변하여 형상적 지배 질서로 화해버리는 현상'은 소설의 운명이라는 말이 된다. 이렇게 파악된 소설은 세상을 그 질서의 변화와 함께 따라가는 소설이 아니라 세상의 질서가 참을 수 없는 것이 된 다음 항상 다시 시작하는 소설이다. 전자에서 우리는 질서의 질적 변화를 기대할 수 있다. 다른 하나에는 폭력적 질서의 무한 반복이 있을 뿐이다. 이 무한 반복이 알레고리를 만든다. 소설가는 자신의 모든 진실을 차례차례 그 폭력에 넘겨주지만 그 진실의 마지막 하나를 안고 소멸함으로써 무한 반복의 쳇바퀴에서 벗어난다. 백상도는 이 소설론에서 비범한 결론을 끌어낸다. "까닭 없는 사라짐…… 그렇소. 한 삶의 소설적 계율의 사라짐, 또는 그 소설가 자신의 돌연스런 사라짐이야말로 주선생의 주위나 세상 사람들에게 무엇보다 의미가 깊은 자기 증거, 주선생의 소설과 삶 자체를 바쳐 완성해낸 뜻깊은 암시의 기호가 되질 않겠소." 이것은 왜곡이 아니라 모든 실종자들의 본심에 대한 깊은 통찰이다. 주영훈은 이 운명을 따름으로써 무한한 그러나 정지된 진실의 알레고리가 된다.

이청준은 그 소설가로서의 이력을 통해 이 정지된 세계의 알레고리를 끝없이 반복해왔다. 『자유의 문』의 소설론은 그 자체의 진정성보다도 이 노력의 진정성을 더 많이 드러낸다. 그의 알레고리에서 우리 시대의 소설이 안고 있는 모든 문제를 거의 빠짐없이 발견하게 되는 것은 이 때문이다.

역사의 어둠과 어둠의 역사
──고은론

의제(毅齊)의 그림을 보면 어떤 도가적 삶의 자리일 진정한 산과 진정한 물만이 아니라, 식민지 예술의 진퇴를 가로막는 깊은 골짜기들이 있다. 그가 자신을 의도인(毅道人)이라고 불렀던 시절의 선경 산수화에는 운림에 둘러싸인 산사의 누각과 은자의 초옥 같은 것들이 보이지만 그것들은 대개 비어 있으며, 거기에 이르는 길은 의식적으로 선택된 것이 분명한 복잡한 구도에 의해 도막나 있다. 무엇보다도 전경을 가로막은 나무들이 그 입구를 감추고 있다. 그의 그림에 사람이 없는 것은 아니다. 우선 특별한 자연을 관상하는 도인들이 있는데, 그들은 그 이름에 알맞게 두발을 정수리 뒤로 묶어 올렸다. 그 특이한 상투는 남화의 전통으로부터 온 것이다. 그러나 그런 머리를 가질 수 없는 농부와 어부들이 있다. 그들은 삿갓과 맥고 모자의 중간쯤 되는 챙이 넓은 초립이나 하얀 수건을 쓰고 있어서 우리는 그 머리 모양을 볼 수 없다. 단발령 이후의 백성이다. 그들은 머리를 잘랐으며, 끝내는 입던 옷을 벗어던지고, 법식에 없고 인연도 없는 옷으로 갈아입었다. 진인이 무망한 진산(眞山)과 진수(眞水)는 진경산수(眞景山水)에 이르기 어렵다. 의제의 산수화가 필경 부딪치게 될 운명에 대한 하나의 해설과도 같은 그림을 임옥상(林玉相)이 그렸다. 그의 그림 「땅」(1984)의 상반부에는 웅취한 산정과 기암과 계곡과 폭포, 주산 너머의 먼바다와 범선, 안개에 싸인 연봉들이 전통적 남화의 기법에 따라 수묵으로 그려져 있으며, 그 하반부에는 불도저에 의해 무참히 파헤쳐진 그 산기슭의 크고 작은 황토 더미들이 서양화의 기법에 따라 아크릴릭으로 채색되어 있다. 그 핏빛 황토 속에는 먹으로 그린 풍경화의 하얀 조각들이 여기저기 무력하게 흩어져 있다. 땅의 이 해골들은 그것들이 아직 산수화일 때의 지표에 해당한다. 수묵의 무채색은 얼마나 창백하며, 아크릴릭의 황토색은 얼마나 강렬하고 파괴적인가. 이 충격적인 대조는 우리의 산하가 파헤쳐 '겼다'는 전언을 다른 여러 전언 가운데서 강조한다. 이 수동태는 이 땅의 서양화, 넓게 말해서는 식민지 시대 이후 모든 근대적 문화 운동의 운명이기도 하다. 그런데 임옥상 자신은 서양화가다. 바로 우리들인 임옥상은 그 삶의 맥락, 그 진정한 능동성을 어디서 찾을 것인가.

고은은 이 산수화의 접경, 역사가 무효화하는 순간의 하나를 그의 서사시 「백두산」에서 이렇게 한탄한다.

조선은 왜놈의 물건이 되고 말았다
허어 이 지경이 되고 말았다
조선 천지 호랑이도 어영구영 떠나가고
귀신이란 귀신 다 떠나가고
하늘의 선녀인들 내려올 리 없구나
명종 대왕 개 같은 시절
정복창이 어려서부터 만 리 밖의 일 다 알았다는데
그 정복창 씨도 없고
임진 난리 마춘 남사고도
정도령도 다 허깨비로 떠났으니

산하는 그 정기를 잃고 인간들은 그 정신의 모든 예기를 잃었다. 그 모든 것들이 상고사의 환영 속으로 물러나고 말았다. 그것들은 성장하지 않으며 우리 삶과 관련을 맺지 않는다. 아니 우리 자신의 삶까지도 하나의 삶이 다른 삶으로 이어지지 않으며, 그 삶의 시간이 곧 상실의 시간이다. 우리는 떠돌며 성장하지 않는다. 그러나 이 허무의 자리를 의병 신화의 공간으로 삼으려는 서사 시인보다도 이론가로서의 고은이 훨씬 침착하다. 그는 이 순간을 포함한 한 시대를 「저 근원의 한말(韓末)」이라고 불러 한 글의 제목으로 삼고 있다. 그는 말한다: "많은 것을 잃었다 하더라도 그 잃었다는 상실의 주체를 확보하려는 의지의 너비를 넓힐 경우 우리는 그것들이 남겨놓은 개별 사료의 삶이 곧 오늘의 삶에 직결되는 사실을 발견한다."[1] 따라서 그는 "근대 문화 · 근대 예술을 통해서 이상적인 부격(父格)을 부여할 만한 창조자를 가지지 않은 우리는 하나의 사람, 하나의 사건, 하나의 예술에 그 부격의 한조각 한조각을 나누어서 이 땅의 근대화의 의미망을 성취해야 한다"[2]고 믿으며, "역사가 버려둔" 삶으로부터 "아직도 숨쉬고" 있는 그 "전체상적(全體像的) 비밀"을 획득하려 한다. 그리고 그렇게 했다. 그는 『만인보』의 「서문」을 빌려 말한다: "나의 만남은 전혀 개인적인 것이 아니다. 그것은 궁극적으로 공적인 것이다. 이 공공성이야말로 개인적인 망각과 방임으로 사라질 수 없는 것이며, 그것은 삶 자체로서의 진실의 기념으로 그 일회성을 막아야 한다. 하잘것없는 만남 하나에도 거기에는 역사의 불가결성이 있다."[3] 그러나 이 시인은 그의 『이상 평전』에서 "이 땅의 풀한 포기까지도 싫어하는" 이상을 마치 그 자신처럼 깊이 이해하고

---

1) 「저 근원의 韓末」, 『역사와 더불어 비애와 더불어』, 고은 전집 14, p. 38.
2) 앞의 글, p. 42.
3) 「작가의 말」, 『만인보』 1.

있었다. 저 근원의 한말은 또한 민족적 외상의 근원이기도 하다. 외상은 외상을 불러오고, 살아가는 일이 자기로부터 멀어지는 일이 되고 만다. 지나가는 나그네여 걸음을 멈추어라, 한 유행가가 이렇게 말한다. 제 땅에서 나그네인 나라에 진정한 역사가 가능한가. 그래서 삶을 저 외상의 근원 이전으로 되돌리려는 일, 어떤 허무적 정화의 유혹이 시인을 떠나지 않는다. 그는 자주 그 유혹에 자신의 시를 맡겼다. 시집 『문의 마을에 가서』 이전의 시에서는 물론이거니와 그의 가장 격렬한 민중시에서까지도 그 유혹이 그 서정의 가장 중요한 성분의 하나로 남아 있다. 「춤추는 그날을 위해서」에는 이런 시구가 있다.

> 돌아왔다 길고 긴 거리 무정하게 내달린 버스들의
> 껌껌한 빙판 종점의 소음 속으로
> 거리와 옥상에서 외친 학생들도 차디찬 마루방으로
> 한말 이래 여기가 우리네 고향 아니냐
> 몇십억 원 최루탄 가스도 이 푸른 하늘로 돌아갔다
> 죽은 사람들은 땅속의 뼈로 흙으로 돌아갔다.
> ──「춤추는 그날을 위하여」, 『시여, 날아가라』

그리고 "김세진 열사의 분신 자결 백일을" 기념하는 시에는,

> 숯은 썩지 않는다
> 그대 숯 덩어리 썩지 않는다
> 오 민족의 꽃 산화하여
> 민족의 썩지 않는 숯으로 파묻혀 있음이여 영령이여
> ──「그대 숯 덩어리 썩지 않나니」, 『시여, 날아가라』

고은은 다단한 얼굴을 가진 시인이지만 그에게는 두 길이 있다. 정화의 유혹에서 빌린 힘으로 역사의 씻김굿을 하는 길이 있으며, 온갖 부스러진 삶을 끌어모아 역사의 숨결을 이으려는 노력이 정화의 지평선 내지 정화된 지평선에 이르는 길이 있다. 필자에게 주어진 임무, 즉 서사시 「백두산」과 「만인보」 이후의 시를 비판적으로 검토하는 일은, 그것이 비판적이든지 아니든지 간에, 시인 고은이 그이전의 시에서 이 두 길에 어떻게 이끌리고 있었으며, 그것들을 어떻게 이용하였으며, 끝내는 어떤 전망에 이르렀거나 물러섰는가를 고찰하는 작업의 연장선 위에서만 가능할 것이다.

  고은은 이미 그의 시집 『네 눈동자』(1988)에 편입시켰던 장시 「귀국」과 또 하나의 서사적 장시 「황해: 조기굿」으로 시집 『아침 이슬』(1990)의 제3부를 구성하면서, 그 「시집 머리 몇 마디」에서 이 두 시에 관해 특별한 언급을 하고 있다: "여기에는 내 열정의 한 도정이 그대로 반영되어 있다. 이를 그 무엇도 숨기지 못하는 소년처럼 고백해두지 않을 수 없다." 그러나 이 고백이 완전히 솔직한 것은 아니다. 고은이 염두에 두고 있는 어떤 열정의 도정을 그의 시가 서술한 것이 아니라 반영한 것처럼, 그 무엇도 숨기지 못하는 소년은 또한 부끄러워하는 소년이다.
  「귀국」은 그 부끄러움까지도 반영하고 있다. "보라 어디에도 멸망이 없다"로 시작되어 같은 말로 끝나는 이 시는 인도양보다 먼바다에서 남지나해 · 동지나해를 지나 "어디선가 우리가 두고 온 냄새가" 나는 곳까지 돌아오는 항해를 그리고 있다. 어조는 씩씩하고 항해의 도정은 분명하지만, 의문은 남는다. 배가 그 난바다에까지 나가야 했던 연유와 그 항로에 관한 언급이 없다. 알 수 없는 순간에, 알 수 없는 해역에서, 배는 명령처럼, 결단처럼, 깨달음처럼 돌아온다. 돌아옴이 곧 멸망 없음에 대한 확인이다.

우리가 다다를 때만
우리를 기다리는 인도양을 지나

오는 항해는 떠남이 아니라 돌아옴이 개척이고 발견이다. 그래서 "바다 위에도 계단"이 있으며, "색맹의 진실로 하여금 그것은 온통 갈색"인 바다에 붙잡힐 위험이 따르기도 하며, "환상과 현실 어느 쪽에도 배반"인, 다시 말해서 자연인 동시에 초자연적인 "역대의 봄마다 강남 갔던 제비"떼들로부터 교훈을 얻어야 하며, 그들을 앞세워 척후로 보내야 하는 이 항해는 그 길이 멀수록 많은 것을 발견하리라. 가장 멀리 출분한 자만이 이 벅찬 귀국의 길을 가장 잘 이해한다. 아마도 「귀국」의 "9만 톤짜리" 배는, 아직 미망 속을 헤매고 있던 젊은 시인이 "동해창망(東海蒼茫)하라"[4]고 외치며 바라보던 그 바다의 끝에서부터 오고 있으리라. 미망의 어둠은 지리학이 없다. 그러나 귀국선의 영예가 될 모든 항로, 남지나해 · 동지나해 · 바시 해협을 이 땅에 매복하기 위해 필요했던 것은 바로 그 어둠이었다.
　고은의 산문(山門)과 세속을 잇는 『문의 마을에 가서』에는 모든 길이 가능한 이 미망의 가치를 설득하려는 시들이 많다.

우리가 이름을 부르며 떠도는 것은
떠도는 곳에만 우리가 있을지라도
또한 금빛 저녁 바다 위에도 있다

---

4) 「부활」, 『입산』.

〔……〕
우리가 떠돌지 않을 때
누가 구층 십층 밑에서 우리로서 떠돌겠는가
　　　　　　　　　—「淸進洞에서」, 『문의 마을에 가서』

　쉽게 갈피가 잡히지 않는 첫 문장을 아마 이렇게 읽어야 할 것이
다: 우리가 떠돌아다니며 그 이름을 부르는 어떤 것은, 우리가 떠돌
아다니는 좁은 공간을 벗어나, 노을진 저녁 바다에도 있을 수 있다.
그런데 "또한"이 걸린다. 이렇게 읽을 수는 없을까: 우리가 어떤 것
의 이름을 부르며 떠돌아다닐 때, 우리는 우리가 떠돌아다니는 그곳
을 벗어나 노을진 저녁 바다 위에도 가 있다. 두 읽기를 겹쳐놓으면:
우리의 체험은 우리의 발길이 닿는 그곳까지를 한계로 삼지만, 우리
의 인식은 우리가 그리워하는 것에까지 가 있다. 마지막 두 시구는
말한다: 우리가 떠돌기를 그치지 않고 그리워하기를 그치지 않으면
우리의 인식에도 한계가 없다. 그리워하는 것도 우리처럼 떠돌며,
그리워하는 동안 그것은 곧 우리다. 다만 그리워하는 동안이다. 세
상이 그가 상상하는 것과 다르다고 슬퍼하는 자만이 이 그리움을 지
속시킨다. 시인은 이렇게 불행한 의식이다.

　　돌아다보건대
　　天竺 五國은 캄캄할 따름
　　그의 行方不明 앞에서
　　나는 이슬과 이슬비와 함께 돌아온다
　　　　　　　　　—「나의 往五天竺國傳」, 『문의 마을에 가서』

　행방불명이 된 것은 "신라 스님 혜초"지만, 시인도 마찬가지다.

이슬 내리는 밤은 어둡고 이슬비는 처량하다. 천축의 고행과 어둠은 돌아오는 길에도 있다. 그러나 이 야음을 타지 않고 그가 어떻게 혜초를 찾으러 갔을 것인가. 시인의 엄살이 오만하다. 그가 행방불명이 될수록 그가 얻게 될 지혜는 그만큼 완벽한 것이리라.

> 마침내 이 나라 全域은 내 사랑으로 하얀 廢墟가 되었도다.
> 廢墟야 廢墟야 너희들이 하얀 人山人海도 慶祝할지어다
> ——「降雪」, 『문의 마을에 가서』

"한 무정부주의자의 무덤"에서 튀어나와 한반도를 모두 덮은 눈이 하는 말이다. 삶이 그리움으로만 이루어진 자는 이렇게 무섭다. 그러나 이 무정부주의자는 "이 나라 전역"을 생각하고 있다. 그에게서 역사에 대한 의식이 완전히 사라진 것도 아니다. 단지 그것이 국토와 인산인해로 남아 있을 뿐이다. 순수한 국토. 「귀국」에서 그 귀국을 시작하는 인도양보다 먼바다는, 저 오리무중의 역사도 누추한 삶도 그 일체가 폐지된 국토일 뿐이다.

한 무정부주의자가 민중 시인이 될 때, 고은의 『입산』이 있다. 그 경계는 아름답다.

> 모든 어둠놈들이 들어와서
> 어떤 먹 그믐밤 개구리 운다.
> 문을 열자
> 문을 열자
> 모든 어둠놈들이 들어와서
> 벙어리 귀신 가슴앓이.
> 새벽 세시 몇 분!

내 방의 어둠만으로 살 수 없다.

觀音菩薩, 나에게 千手天眼 어둠놈들을 보내다오.

──「어둠과 더불어」, 『입산』

  불교적인 어휘에도 불구하고 이것은 저 "천축 오국(天竺五國)"의 어둠이 아니다. 어떤 것의 정체를 신비로 가리기보다는 차라리 스스로 그 정체가 되고 있는 이 어둠들은 밀폐된 그리움의 장소로만 남지 않고 어떤 능동적인 역할을 시작할 것 같다. 이 가슴앓이 어둠놈들은 물론 아직은 그 자신을 표현하지 못하는 세상의 구체적인 고통들이다. 그들을 위해 천의 손과 천의 눈을 가진 구체적인 지혜, 아직은 깨닫지 못한 지혜가 필요하다. 고은은 이윽고 그 가슴앓이의 어둠놈들이 천수천안(千手天眼)의 어둠놈들임을 알게 될 것이며, 『만인보』로 그것을 증명하기도 할 것이다. 그러나 아직은 아니다. 「대장경(大藏經)」의 몇 구절을 인용하자.

  그리하여 이 강산을
  대장경 원목으로 소금에 절였다가
  한 이삼백 년 뒤에 떠오르게 하라
  하늘의 일월성진이야
  그대로 지긋지긋하게 두고
  한반도의 온갖 힘을 죽여서
  빈 땅으로 떠오르게 하라
  거기에 새로 나라를 세우고
  잃어버린 말을 찾아서 말하게 하라
  삭지 않은 대장경을 남기게 하라
  〔……〕

한반도야 한반도야

사람을 사람답게 하고

온갖 것 제대로 제대로 살게 하라   ——「大藏經」, 『입산』

"새로 나라를 세우고,"——차라리 '시로' 나라를 세우자고 했어야
옳지 않을까. 왜냐하면 이 나라 세우기의 비과학성을 시 아닌 다른
무엇이 감당할 수는 없을 것이기 때문이다. 『문의 마을에 가서』의
「강설(降雪)」과 달라진 것이 있는가. 물론이다. 간략하게 말해서,
「강설」이 절망의 희극이었다면 이것은 비극적 희망이다. 어디까지가
"일월성진"인가를 물어야 한다. 일월성진의 본질이야 말할 것도 없
이 영원함이며, "지긋지긋"하다는 표현이야 이 땅의 역사적 경험과
의 관련일 뿐이다. 사람의 사람다움, "온갖 것 제대로 제대로" 사는
이치, 그 모든 것이 일월성진일 수밖에 없다. 그것들을 지긋지긋하
게 보이게 했던 다른 힘들로부터 한반도를 정화해야 한다. 역사 없
이 새 세상이 이루어질 것인가. 시인은 그렇게 주장하는 것이 아니
다. 그 다른 힘들이 어찌 역사였던가. 그것들은 항상 어느 날 갑자기
의 형식으로 이 땅에 들어와 판을 쳤다. "저 거짓 투성이의 거리에
세워진 것은/그 누구도 세우려 했던 것이 아니다/우리에게는 차라리
어둠이 나라였다"[5] 이 지긋지긋한 어둠 속에 일월성진이 있다. "잃
어버린 말을 찾아서,"——빈 땅은 바로 저 근원의 한말로 되돌아간
땅일 뿐이다. 모든 것이 지지부진하지만 그러나 자주적으로 자랐어
야 할 땅이다.

고은의 은밀한 역사 의식의 하나가 그의 「성욕」에서 팔일오로부터
시작되는 이 땅의 성욕의 역사로 표현된다.

---

5) 「입추 뒤」, 『시여, 날아가라』.

우리 성욕은
팔일오 과부들을 밤나무 밑에서 쓰러뜨렸어.
그래서 그해 밤송이들이
하지 中將 아래 쩍쩍 벌어졌어.　　　——「성욕」, 『입산』

성욕은 몽양과 백범을 죽이고, "육이오 갈보들"을 쓰러뜨리고, 검둥이를 낳고, "사일구의 처녀들과 밤새도록 뒹굴고," 성장 경제 시절의 "전 연예계(全 演藝界) 전 관광계(全 觀光界) 계집"을 만들었다. 성욕에는 죄가 없다. 사일구 처녀들과는 "역사가 살아났다고 뒹굴었다." 관광 기생들에게 시인은 성욕이 "역사보다 역사의 폭포보다 비싸다"고 충고한다. 성욕은 눈도 코도 귀도 없다. 대장경 원목처럼 바닷물에 담가 정화해야 할 것은 바로 이 땅에서 성욕의 이목구비 노릇을 했던 것들이며, 성욕만을 일월성진으로 남겨야 한다. 고은이 팔일오 이전의 성욕에 관해서는 생략하고 있다고 생각해서는 안 된다. 식민지에는 성욕이 없다. 그렇다면, 하지 중장은? 육이오 갈보들은? 이목구비를 잘못 만났을망정 그나마 팔일오의 성욕이다. 이 이목구비들은 바로 고은에게 있어 "대낮은 천박합니다 오 임이여"[6]의 그 천박한 대낮이다. 이 대낮을 걷고 나면 우리의 범성욕이 정화된 어둠의 형식으로 남고, 거기에는 또다시 저 근원의 한말이 있다. 한말은 이 이목구비의 역사에 있어서 벌써 유사 이전이다. 그 근원과 기맥이 통하지 않는 이 땅의 모든 근대적인 것들이 그 근원을 부정하고 스스로 정당화하기 위해 자신을 대상으로 얼마나 복잡한 시대 구분을 시도하였던가를 우리는 잘 알고 있다.

----

6) 「새벽」, 『나의 저녁』.

한말은 물론 유토피아가 아니다. 그 반대다. 그러나 있는 모습 그
대로 그림이 된다 하더라도 가령 의제 같은 화가의 도가적 산수화를
크게 망치지 않을 수 있었던 사람들이 아직 살고 있던 시절이다. 그
들이 영위해온 수천 년의 삶이 근대적 이성 앞에 주눅 들어 괴어 있
는 곳이다. 고은은 봉건적 착취와 양반과 사대주의를 비판한다. 그
러나 역사적으로, 다시 말해서 제한적으로 비판한다. 그것들까지도
삶으로서의 일단의 가치를 지닌다. 고은이 근대적 이성을 전면적으
로 부정하는 것도 아니다. 그것이 삶을 주눅 들게 하는 형식으로 이
땅을 휩쓴 것이 문제일 뿐이다. 「학도가」「철도가」「장한몽가」를 고
은만큼 감동적으로 이야기한 사람이 없다. 고은은 그의 민중시들 한
중간에 이런 시구를 끼워넣기도 한다.

> 우리나라에서는 국민학교가 가장 단정하다
> 버스 타고 지나가며 보아라
> 통일호 타고 지나가며 보아라
> 이와 함께
> 우리나라 간이역처럼 어여쁜 데 없구나
> 비둘기호 타고 가다가 멈추어보아라   ──「여행」, 『네 눈동자』

누구 손으로, 무슨 목적으로 지어졌건, 이 국민학교와 간이역은
한말 개화 사상의 끝에서 가장 천천히 자라온 것들이다. 이 시골 국
민학교와 간이역마저도 우리에게는 어떤 의미에서 고대이다. 그것
들은 저 끊어진 삶과 함께 주눅 들어 단정하고 어여쁘다. 그러나 현
대이면서 고대인 이 세계가 어떤 힘을 지니기 시작하는 것은 어둠이
라는 표현을 얻으면서이다. 어둠은 그 삶의 보편성이며 한편으로는
그 삶의 질곡이다. 또한 이 어둠은 그 삶과 우리를 연결하는 길 위에

깔린 우리 시대의 온갖 정치적 변전과 문화적 혼란의 오리무중임과 아울러 그 모든 문화적·사상적 분단을 정화할 시원의 공간으로 구실한다. 한 세기 전의 역사가 고은의 시에 있어서는 모든 초월적 세계의 원천이 되고 전사(前史) 회복의 공간이 된다. 어제의 일이 오늘 무의식이라고나 불러야 할 기억의 아득한 밑바닥으로 떨어지는 특이한 문화적 체험, 그래서 유토피아가, 저 너머의 세계가, 가장 가까운 곳에 있게 되는 특이한 역사적 정황, 이것이 불교적 허무의 오도송(悟道頌)을 정치적 실천의 언술로 재빨리 연결할 수 있었던 비밀일 것이다.

고은의 이 양극단에는 한결같이 민족이 있다. 한쪽에는 어둠 속에 그 끊어진 삶의 혈맥을 묻어두고 있는 민족이 있으며, 다른 한쪽에는 이 산하를 인산인해로 살아 춤추는 민족이 있다.

　　이 나라의 죽은 것들아
　　죽어서 집 없는 無主孤魂들아
　　저마다 가엾게 살아나서
　　東海 기슭을 달밤의 모래알들로 사랑하고
　　너희들은 白衣民族 人山人海의 춤으로 춤추어라.
　　東海 蒼茫하라. 북과 쇠북아 울어라.　　　　──「부활」, 『입산』

죽어 있다는 것은 역사 속에 그들이 편입되지 않았다는 것이다. 무주고혼인 것은 역사가 그들을 아예 잊어버렸기 때문에 그렇다. 아니 그것들의 주인이어야 할 역사가 그 주인 되기를 포기했기 때문이다. 그러나 역사를 되찾는 일이 정화만으로 이루어질 수는 없다. 망각 속에 응축되어 있는 과거를 역사의 현재 속에 끌어올리고, 응축이라는 이름의 그 좌절과 소외에 역사를 돌려주어야 한다. 『만인보』

의 거대한 작업이 거기 속하는데, 그 일은 자주 중단되고 머뭇거리면서 이어졌다. 실제로 고은이 문학에 관해, 그것이 역사를 다시 만드는 일이라고 분명하고 자신 있게 말하게 된 것은 그의 『만인보』의 처음 세 권이 씌어지고 난 다음이었다: "역사는 그것을 〔……〕 전혀 새로 이룩하는 자의 싸움에 의해서 계승된다. 거기에서 역사는 문학이 되고 있다. 창조야말로 문학의 본질이기 때문이다."[7] 세워야 할 그리운 역사, 그 역사를 향해 가는 역사, 가서 다시 만나는 역사가 셋도 둘도 아니다. 『만인보』의 놀라움은 무엇보다도 그 현재성이다. 거기에는 까마득한 기억의 바다를 알지 못할 새 바다로 연결시키는 "천수천안(千手千眼) 어둠놈들"로서의 고은의 인격이 있다. 두 구절만을 인용하자.

　　멀리 수레 깃들 강쇠바람에 하늘 심란하고
　　가까이 진풍수네 집 빨래 자지러지게 펄럭이는데
　　　　　　　　　　　　　　　　　　　　—「미제 선술집」

「미제 선술집」을 마무리하는 이 두 행은, 술집 주인 운심이와 점잖지 못한 손님의 음탕한 대화를 한 시대의 풍속 이상의 것으로 만든다. 어떤 바람 하나 가져볼 틈도 없이 무위 속에 썩어가며 요동하는 감정을 곁에 두고 시골 고샅을 바람이 휩쓸고 지나간다. 시인의 이 심란함이 주인공들의 혼이 된다.

　　공중에서
　　곧 떠날 제비 바람난다

---

7) 「작가의 말」, 『만인보』 4.

아유 푸르기는 사람 잡아먹게 푸른 하늘인데   ——「황소」

　머슴 조막손이가 오줌을 누다 말고 투박한 전라도 사투리로 바라
보는 하늘을 고은이 그 간절한 시적 감정의 현재 속에 팽팽하게 잡
아당긴다. 시인과 그 기억의 통로는 분명하다. 깜깜한 미래에 대한
그리움이 어둠의 과거에 대한 기억을 촉진시키고, 기억은 그것이 망
각으로부터 떠오르기에 성공했을 때 어둠과 어둠 사이에서 현재하
는 공간의 질을 바꾼다.
　「귀국」의 "멸망은 없다"——그 말은 영원히 불행한 과거, 고정된
과거란 없다는 말로도 읽힌다. 현재가 움직일 때, 과거도 따라 움직
인다. 현재가 그 성격을 바꿀 때, 과거도 따라서 변한다. 현재는 현
재인 그 순간 항상 과거로 떨어지기 때문이다. 고은이 어둠이라고
부르는 것은 역사적 정화의 장소일 뿐만 아니라 한 방울의 현재가
과거에 떨어져 그 과거 전체의 질을 바꾸고 그것이 미래로 생성되는
작용을 겸한다.

　이제 마침내 이 글이 최초에 의도하였던 『만인보』 이후의 고은의
시집, 『나의 저녁』(1988), 『아침 이슬』(1990) 그리고 『거리의 노래』
(1991)에 관한 이야기를 시작하려는데, 남은 지면이 많지 않다. 그
러나 우리는 그 일의 깊은 곳에 이미 들어가 있는 셈이다. 우리는 내
내 어둠에 관해서만 이야기하였지만, 거의 연년생으로 태어난 이 시
집들 역시 그 어둠을 자기 성찰의 주제로 선택하고 그것을 다시 형
식화하려는 노력 속에서, 또는 결국 "정치에 실패"할 수밖에 없는
시인이 그 어둠을 가로지르며 그 속에 확산시키는 비애 속에서 자라
난 것이기 때문이다. 그러나 많은 것이 달라졌다.
　『나의 저녁』을 일관하여 그 주제가 되고 있는 어둠은 더 이상 소

란스럽지 않다. 그것은 정화적 역동력으로서가 아니라 그 스스로가
정화된 상태인 것처럼 보인다.

> 비로소 세상이 제 모습입니다
> 제 모습에 연기 피어오릅니다
> 그 어디메 말 없음이여
> 일찍 뜬 거지별 하나
> 날 저물어 세상이 제 모습입니다 ──「저녁」

"제 모습에" 연기는 덧붙여진 것이다. 아니 제 모습이기에 연기가
피어오른다고 이해할 수도 있겠다. 같은 말이다. 어느 경우에나 이
위태로운 제 모습은 삶의 가장 작은 소란으로도 파괴될 것이다. 제
모습을 위해 삶이 유예되어야 하는 것은 그것이 제 모습의 부분에
불과하기 때문이다. 같은 시집의 다른 시가 이를 보충한다.

> 가장 혁혁한 대화
> 그러나 거기에는 무엇인가 놓치는 것이 있습니다
> 집에 돌아가
> 혼자 있으면 놓쳐버린 그 무엇이 새로 태어납니다
> 처녀들 물 떠간 자리
> 조금씩 부지런한 옹달샘처럼
> 소리 없는 가랑비처럼 태어납니다 ──「독백」

"가장 혁혁한 대화"를 불신하는 것은 아니다. 새로 태어난 그 무
엇도 또 다시 현장에서, 혁혁한 대화에서만 그 진정성이 입증될 것
이다. 부분적 삶이란 대화를 따로, 독백을 따로 떼어놓은 것일 뿐이

다. 그럼에도 불구하고, 어둠 속의 독백이 "제 모습"으로 예찬되는 것은 그 자신을 포함한 부분적인 삶을 반성할 여지가 거기 있기 때문이다. 어둠의 이 다른 모습, 그것은 곧 반성적 공간으로서의 어둠이다. 어떤 평화로운 삶이 가능하다면 이 휴식 속에서이다.

오늘은 총명한 젊은이들이 모인 회의처럼
푸르러 맑은 날입니다
오랜 관습으로 굳은 마을에서도
들 가운데 솟아오르는 연기 때문에
마을 사람들의 눈에 새로운 세상이 꽉 차버립니다
보십시오 노인이 죽었습니다
그 집 지붕에 헌 옷을 얹었습니다
느닷없이 우물이 넘쳐
해질녘 도랑물이 물살을 냅니다 —「어느 날」

이 어느 날은 물론 새 세상이 오는 날이다. 치열한 사회 변혁의 논리가 저 휴식의 아늑함 속에서는 어느 시골 마을의 호상(好喪)처럼 그려진다. 시인은, 호곡 소리 끝났을 때, 마을 건너 빈 산 모퉁이가 그 호곡 소리 이어준다고 덧붙이는데, 그 세계의 산천은 이렇게 낡은 세상의 그 완악함까지도 자신의 한 모습으로 껴안는다. 당연한 것이, 와야 할 세계를 시가 지금 쟁취하고 있는 것이 아니라, 시는 벌써 그 세계의 음조를 따라 그 세계가 되었기 때문이다. 고은이 그의 기억 속에서 끌어내려 애쓰는 만인의 삶이, 결코 바랄 수 없는 일이지만, 기억 속에서 현실로가 아니라 현실에서 현실로 이어졌더라면 그들의 세 세상은 아마 이 마을의 어느 날과 같은 모습을 지녔으리라. 그 세계와 우리를 가로막는 아련함이 갑자기 보이지 않는데,

그것은 그 모든 한으로 소란스럽게 준동하던 어둠이 해체되고 있기 때문이다.

또 하나의 시집 『아침 이슬』에서 시인은 이미 그 세계의 주민으로 살며, 벌써 해체되는 어둠을 다른 방식으로 그리워한다.

오이 넌출 뻗을 때부터
윗말 아주머니
오이 기르는 공
아이 기르는 공 들여 마지않았다

그래서 늦가을 걷어내지 않은
마른 오이 넌출에
으스스 찬바람 머문다

먼 데서 북채가 북에 닿았구나
북소리
여기까지 들려
고마워라   ──「으스스」

문자 그대로 읽자면 어느 농녀가 오이 기르는 데 바치는 공이 가을 찬바람을 불러온 것이 된다. 노동이 어떤 북채를 감동시켜 한 계절의 기운을 만들어내었다. 그런데 그 북채를 잡은 손은 무엇인가? 어떤 형이상학을 설정하지 않는다면 그 대답은 불가능하다. 노동이 형이상학적 가치를 얻었다거나, 형이상학이 노동의 문턱을 넘어왔다고 해야 할 것이다. 시인이 고마워하는 것은 노동에게인가, 북채와 그 북채를 잡은 손에게인가를 묻게 되는데, 부사 "으스스"가 노동하는 손과 북채를 잡은 손의 구분을 없앤다. 그것은 찬바람 그 자체가 아니라 찬바람이 시인의 몸에, "마른 오이 넌출에" 와서 닿는 느낌이다. 찬바람에 저항하면서 동시에 "고마워라" 그것을 받아들이는 육체가 있다. 바람과 바람 부는 자리가 그 육체 속에서 만난다. 눈앞의 구체적인 삶과 아득한 세계를 하나의 원근법으로 보게 하는 비밀은 이제는 청량할 수밖에 없게 된 그 육체의 오관에서 발견된다. 그리고 또 하나, 시의 기교를 이야기해야 한다. 두 번째 연을 시작하는 "그래서"를, 문자의 논리에 너무 얽매이지 않는다면, '이렇게 찬바람 불어올 자리 하나를 마련해놓아서' 정도로 읽어야 옳다. 이 모호한 "그래서"가 "고마워라"와 더불어 그 원근법에 이바지한다. 시인은 정직해지고 싶은데, 가로막는 무엇이 있다. 나약하다. 이나약함이 또 다른 시에서 이렇게 표현된다.

> 아흐 70억 킬로미터 저쪽!
> 거기까지 현실이다
> 그러나 그 푸른 메탄 가스 둥근 덩어리
> 아서라 아름다움이 죽음일 줄이야
> [……]
> 이제 여기도
> 그 어디메도 관념이 아니다 현실이다　　　　　　—「해왕성」

　해왕성은 확실히 현실이다. 그렇다고 그리움의 대상으로서의 해왕성과 현실의 거리를 없앤다면, 현실은 관념이 되고 만다. "관념이 아니다 현실이다"—이것은 관념을 현실로 여기라는 말이다. 현실을 개척한다는 것, 삶의 전위에 서 있다는 것은 삶을 그 바깥 세계로 확장한다는 것이지, 그 바깥 세계를 무화시킨다거나 그것까지를 삶의 공간——죽음도 삶의 한 형식이다——으로 여겨버리는 태도가 아닐 것이다. 거기에는 이미 파악된 현실에 낯선 조건이 개입하는 것을 두려워하는 나약함이 없지 않다.

결론으로 나약함에 관해서. 우리는 고은의 명령법에 관해 잘 알고 있다. 불교의 오도송에도 민중시에도 그 명령법이 있다. 명령법의 특징을 그 내용에 대한 토론 불가능성이라고 한다면, 이 마지막 시집들에도 그 명령법이 형식을 바꾸어 남아 있다. 옛날의 고은은 두려울 것이 없어서 명령했다. 이제 고은은 그가 발견했다고 여기는 것을 성찰의 형식으로, 그러나 이미 완료된 성찰의 형식으로 제시한다. 그는 "그들의 힘찬 노래 따라갈 수 없어"[8]라고 말한다. 김명인은 고은이 "좀더 '짖으셔야'"[9] 한다고 말한다. 그러나 나는 반대로 말하겠다. 고은은 힘을 잃지도 않았고 목이 쉬지도 않았다. 다만 너무 오래 자신을 구속했고, 너무 오래 '노래'를 불렀다. '노래'로는 부족한 새로운 전망을 내다보았을 때, 그 전망으로부터 기왕의 '노래'를 보안(保安)하려 하였다. 전망은 도막나고, 힘있던 옛날에의 기억이 나약함으로 둔갑한다. 이 나약함은 본질적으로 '노래'의 그것이다.

『거리의 노래』의 「동인천역에서」는 확실한 전망이 끝나는 곳에서부터의 방황이 진정한 모더니즘이라는 뜻의 시구를 포함하고 있다. 『만인보』에는 벌써 그 전망의 첨단이 있었다. 역사와 삶의 경계를 그렇게 차근차근 좁혀가는 노력에 시의 전위가 있다고 내가 주장한다면, 나는 그것이 고은의 깊은 생각을 대신 말한 것에 불과하다고 믿는다.

---

8) 「노래」, 『아침 이슬』의 발문.
9) 「어려운 발문」, 『아침 이슬』의 발문.

삶의 세부 또는 희망
──김원우론

1. 장애물 또는 세부

　문학과 현실의 관계, 아니 더 좁게는 소설이 현실과 맺는 관계를, 문학의 현장에서 고찰하려는 사람은 김원우의 작품을 그의 자료집에서 빠뜨릴 수 없을 것이다. 김원우는 항상 세상을 바라보고 있으며, 현실밖에는 말하려 하지 않는다. 그의 소설에는 우리가 모르는 것, 우리에게 낯선 것이 거의 없다. 그러나 그것이 김원우의 소설을 말하기 쉽게 만들지는 않는다. 동일한 현실을 그는 우리와 다른 방식으로 보고 있기 때문인가. 특별히 그런 것은 아니다. 그의 소설의 세계는 마치 내 삶의 연장과도 같으며, 때로는 나만이 알고 묻어두었던 이야기가 여기 씌어져 있다고 여기게도 된다. 아마 이 때문일 것이다. 묻어두었다는 것은 그 일에 관해 내게 분명한 의견이 없었다는 것이며, 그러기에 거기서 내가 해방되지 못했다는 말이기도 할 것 같다. 김원우는 그 거북한 것들을 그의 소설 여기저기에 매설할 뿐만 아니라 작품 전체로 그것을 만들기도 한다. 소설을 읽는 나는 자신에 대해서, 이 세계에 대해서 어느 정도 생각을 진행하고 있던 과정에 필요 없는 자료들이 자꾸 끼어들어와 주의를 헷갈리게 하는 것처럼 느껴진다. 나는 소설이 어서 그 자료들을 정리하고 결론을 내려주기만 기다리는데, 소설가는 도리어 내게 묻고 있다. 그래서, 그건…… 하고 대답하려는데 쉽지 않다. 이때 나는, 이제까지 명백한 것으로 여겨왔던 내 의견들을 처음부터 다시 설명해야 할 부담에 화를 내면서, 소설이 왜 이 모양인가를 따지게 된다. 김원우가 그의 단편 소설 중에서 가장 빼어나다고는 말하기 어려운 「장애물 경주」의 제목을 끌어다 그의 한 작품집의 표제로 삼을 때, 그는 바로 자기 소설의 이 특징이 주목되기를 바라고 있는 것이 분명하다.

그는 이 불편한 것들이, 소설을 읽고 이야기하는 사람에게만이 아니라 소설을 쓰는 자신에게도 장애였다고 고백한다. 이 단편집의 「후기」는 "우리의 이 부황한 1980년대 현실과 개개인의 곤핍한 삶"에 담긴 "어떤 비밀, 불가해성, 불가시성 따위를 덜 익은 채로 읊조리려는 독백 같은 애매한 스타일"이 그 저자에게 없지 않다고 말한다. 작가가 자신의 잘못으로 돌리는 이 "애매한 스타일"이야말로 실제로는 그 불가해하고 불가시한 것들이 존재하는 방식일 것이다. 예의 단편 소설 「장애물 경주」에는, 항상 결연하고 단정적인 의견으로 다른 사람의 진실을 밀어제치고 덜렁대며 걸어나가는 한 인물을 그린다. 그에게는 이 세상이 너무나 투명하기 때문에 장애물 따위가 존재할 수 없지만, 그러나 바로 그 때문에 그는 다른 사람들의 삶에 장애가 된다. 김원우의 다른 소설 「탐험가」는 또 기록에 대한 불신을 이야기한다: "기록은 기억의 구체화이지만, 그 정확성에 비해 불성실한 것이다. 왜냐하면 사진을 찍어버리고는 그 정확성을 너무 신뢰해서 태무심하게 되고, 그것을 면밀하게 관찰하는 사람들도 그 정확한 기록물에 나타난 피사체를 통해 엉뚱한 상상력을 불어넣거나 전적으로 믿어버릴 테니까." 기록에 대한 불성실한 믿음은, 저 인물이 자신의 둔감함으로 만들어 가지는 세상에 대한 난폭한 견해와 다른 것이 아니다. 그도, 기록을 현상의 전체라고 믿으려는 사람들도 자신들이 상상한 것보다 이 세상이 더 작고 단순한 것이기를 바란다. 세상살이의 어떤 진전에 이 조폭한 상상보다 더 큰 장애가 없는데, 그것은 장애를 극복하기는커녕 이 세상에 장애가 있다는 생각조차도 견디지 못하는 극단적인 패배주의이기 때문이다. 자신의 소설 쓰기를 장애물 경주라고 여기는 김원우는 바로 이 패배주의와 싸운다. 장애를 넘지 않고 뛰어간 역사는 무효이며, 그 장애를 말하지 않는 소설은 허위라고 말하려 할 때마다, 분류할 수도 규정할 수도 없는 현실의 어떤 모습이 하나의 장애가 되어 그의 소설에 자리를 잡는다. 우리가 그의 소설을 읽으며 당황하는 그 장소는 이 작가가 자신의 소설 쓰기에 바친 반성의 시간을 말해줄 뿐이다.

현실의 고통을 소설 쓰기의 어려움과 겹쳐놓으려는 이 힘겨운 시도에서는 가장 사소한 문학적 실천도 세상살이의 실제적 성장으로서의 가치를 가질 것이 자명하다. 어떤 방식으로든 역사를 붙들고 있어야 하는 나라의 작가에게 이보다 더 큰 야심은 없으리라. 그러나 김원우에게 있어서 이 야심은, 그를 개량주의자라거나 풍속 소설가라고 잘못 불리게 할 위험이 없지 않은, 무덤덤한 세속의 이야기가 되어 나타난다. 그의 공식적인 첫 소설 「임지로 가는 길」에는 사건이라고 부를 만한 사건이 없다. 그런데 이 사건 없음이, 이 나라의 '학사 출신' 젊은이가 한 사람의 성인으로서의 통과 의례를 앞두고 확보할 수 있는 가능성의 전체이다. 그리고 끔찍하게도 그것이 이 땅에서 씌어지게 될 소설의 가능성 전체이다. 한 젊은이가 대학을 졸업하고 병역 의무를 마치고 직장을 얻고, 말 그대로 적당한 여자를 만나 결혼을 작정하는 과정을 주섬주섬 엮고 있는 이 이야기에 어떤 소설적인 장치가 있다면, 그것은 항문 근처에 물집이 생기는 바이러스성 질환을 그 젊은이의 지병으로 붙여놓고 있다는 것이다. 소설 속에서, 이 병에 대해 젊은이의 입을 빌린 소설가의 사변은,

"남의 돈이나 끊임없이 불려주는 공공연한 돈놀이에 종사하는 신분"
이라는 그의 첫 직업에 대한 자각과 소시민적 삶의 속물적인 행태에
서 받는 시달림, 군대 생활에서 낭비된 정열에 대한 아쉬움, 딱히 사
랑하는 것도 아닌 여자와의 결혼을 결심해야 할 부담감 등, 하나의
땅을 선택함으로써 잃어버려야 할 땅에 대한 회한과 뒤섞여 있다.
이름이 없으며 따라서 치료될 수 없는 이 병을 그는 살아야 하며, 그
것을 자신의 건강에 대한 바로미터로 삼기까지 해야 한다. 그는 이
속물들이 고도리를 치고 있는 삶에, 그들과 함께 왜소해지면서, 자
신이 잃어버려야 하는 땅에 이정표를 세울 수밖에 없다. 결혼이 기
정 사실임을 암시하는 소설의 끝 대목에서 젊은이는, 그의 임지, 그
가 책임져야 할 땅이 박토이지만 불모지는 아닐 것이라고 말하려는
듯, 습진에 주눅 들어 있던 자신의 성기가 팽팽하게 일어섬을 느낀
다. 이 사건 없고 희망 없는 삶 속에서 그 삶을 '선택'함으로써만 어
렵게 얻어지는 가능성이 곧 소설가 김원우의 가능성이다. 1977년에
처음 발표된 「임지」가 「임지로 가는 길」로 개고되어 이 작가의 뛰어
난 중편 소설집 『세 자매 이야기』에 그 자리를 얻기까지는 무려 11
년의 거리가 있다. 이 개고 기간은 김원우가 세 권의 중단편집과 한
권의 장편 소설을 발간하며, 자신의 소재와 방법을 결정하고 확신하
게 되는 과정과 일치한다. 선택함으로써 잃어버릴 모든 것을 그 선
택 속에서 되찾을 수 있다는 확신이다. 작가에게서 소설의 진척을
막고, 우리에게서는 삶을 괴롭게 하는 현실 속의 저 불가해하고 불
가시한 것들의 존재는, 이 선택된 작은 것의 공간이 그렇게 크다는
것을 말하기도 하겠다.
　「무기질 청년」은 이 불투명한 것들 가운데 적어도 하나의 정체를
밝힌다. 현실의 가난과 미래에 대한 불안 속에서 방황하며 자신의
운명과 이 땅의 역사에 대한 절망을 금전출납부와 일기 형식을 섞어

기록하는 젊은 불문학도와, 우연한 기회에 이 비망록을 읽고 거기에 자신의 소감과 비평을 붙여 소개하는, 벌써 세상 물정을 그런 대로 이해할 나이에 이른 한 회사원에게, 소설가는 자신의 어조를 고루 빌려준다. 이 작가는 결국 균형과 세부에 대한 배려가 있고, 무엇보다도 서두름이 없는 이 회사원의 어조를 자신의 문체로 삼을 것이지만, 먼저 그 비망록의 임자를 '무기질 청년'——달리 말하자면 이 세상의 부패를 지연시킬 소금 청년——이라고 불러 그 강렬한 어조에 대한 아쉬움을 기념한다. 청년의 기록은 일종의 시라고 할 만하다. 날씨에 대한 기록이 더욱 그렇다: "조개 구름이 북한산 쪽에 길다란 한 폭의 띠를 이루고 있다. 운량은 3으로 잡자," "수직 시정 거리는 10cm 남짓인데 수평 시정 거리는 지척을 분간 못 하게 안개가 짙다. 담배 연기가 안개 속에서는 금방 물방울이 되었다" 등등. "나는 믿는다. 역사에 우연이 없다는 것을, 그리고 필연이 없다는 것도"와 같은 허망하고 답답한 사고 속에서, 날씨를 정확하게 묘사하려는 엉뚱한 집착은 그것이 사회적인 것도 유기체적인 것도 아니기 때문일 것이다. 그러나 삶의 곤핍함에 포위되어 있는 이 청량한 휴식의 안타까움은 그의 사고와 기록 전체에서 모든 유기질을 제거하려는 미학적 조폭성의 근거가 되기도 할 것이다. 이 비망록을 해설하는 세속인이 거기에 두서를 만들어주기 위해서는 그 선열함을 희생시켜야 하지만, 자신이 "가지고 있는 어떤 기억이나 살아낸 세태도 버릴 수 없는 세대가 되었음을 자각해"가는 그가 그 세태의 경험으로 저 파편화한 세계를 감싸기 위해서는 자신의 기억 밑바닥에 가라앉은 선열함을 또한 불러내야 한다. 이 관계는 투명할 수 없다. 삶의 불투명성이란 과거 전체가 이 현재 속에 하나의 얼굴로 나타나, 그 삶이 어떤 압제, 어떤 수모 속에서 영위되더라도 예외적인 것이나 잠정적인 것이 아니라, 하나의 질을 가진 것임을 알려줄 수 있는 가능성이다.

2. 세부와 윤리

　김원우는 세부의 작가로 알려져 있으며, 현상을 정확하게 묘사하려는 그의 정열은 각별하다. 그러나 그에게 있어서 이 세부는 소설을 흐르지 않는 탐욕의 웅덩이로 만들며 방향 없이 중첩되는 물량적 압박이 아니며, 사고의 빈곤을 감싸며 묘사가 묘사를 물고늘어지는 감각적 쇄말주의도 아니다. 사물에 대한 그의 묘사는 오히려 간결한데, 그것이 때로는 지루하게 느껴지는 것은, 자신이 끌고 가는 이야기를 인습화된 소설적 문법이나 독자의 기대 속에 놓아버리지 않고, 그 세부를 구성할 수 있는 자신의 능력에 의해서만 그 진정성을 확인하려는 이 소설가의 강박증에 연유한다. 이점은 이 소설가의 대중적 성공을 어렵게 하는 요인 중에 가장 큰 것이기도 하지만, 우리에게 안도감을 주는 낯익은 주제들, 정화(正貨)로의 태환이 불가능한 감동 어린 표현의 지폐들, 이것들의 순열 조합이 여기에는 없다. 소설을 하나의 모험이라면, 자기 주인공들을 위해 가장 실제적이고 구체적인 만큼 가장 완악한 조건들 속에 그 모험의 자리를 마련하는 작가는 가장 난이도가 높은 미학적 실천을 떠맡기로 작정한 것이나 같다.

　중편 소설「그림 밖의 풍경」은 동일한 인물들이 등장하는 단편 소설 넷으로 갈라진다. 제목이 암시하듯이, 이 사회의 문화적 제도가 그 공식적인 구도로 안아내기 어려운 일가족 네 사람의 삶을 그들 각자의 '거짓말하기'로 전하는 이야기이다. 가정을 무책임하게 꾸리며 허랑하게 평생을 살아왔지만 나이 따라 염량이 없지도 않은 늙은 버스 운전사는 어느 광고 잡지의 기자들 앞에서 자기 삶을 허풍스럽게 주워섬기는 동안, 그것이 상업적인 목적에 이용될 때 어떤 모습이 드러날 것인가를 깨닫고 그 전체를 극적으로 부인한다. 운전사의 의붓딸은 자신이 버림받은 아이라는 자의식을 이용하여 "정실도 씨 앗도 아닌" 자신의 기이한 처지를 안타까운 사랑놀이의 하나로 치부 해줄 말의 유희를 끝없이 발명해낸다. 술에 취해 길거리에 쓰러진 운전사의 늙은 아내는 파출소의 순경과 불량배들 앞에서 그들의 기 대에 맞춰 자신의 황폐한 심정과 서러운 처지를 윤색함으로써 그들 을 감정적으로 휘어잡는다. 운전사의 큰딸은 자신의 처지를 위협적 인 거짓말로 만들어 놀음꾼 남편의 거짓말을 통찰하는 수단으로 삼 는다. 폭력자인 남자들과 그 희생자인 여자들은 모두 한 사회와 그 문화가 그럴듯하다고 여겨주는 삶의 풍경과 그 언어에 자신들의 삶 을 끼워놓으려고 애쓰지만, 하나의 진실──이를테면 그 삶의 바닥 에 고루 깔려, 깨어진 한 가족을 언제까지나 단단히 붙들어매고 있 는 모성애의 비밀──만은 이 거짓말의 풍경 밖에 고스란히 숨겨둔 다. 저 허위의 문화가 이해하지 못하는 것이 무엇인지를 그들은 이 미 알기 때문이다. 바로 그들의 노력과 통찰력을 통해 자신의 소설 속에 그들이 들어설 구도를 마련하는 소설가만이 그 비밀을 눈치챈 다. 「아득한 나날」의 작가는, 사실상 한 화자의 서술을 두 화자의 그 것으로 기묘하게 나누고 그것을 다시 이음매 없이 봉합하는 기술의 개발에 성공함으로써, 어떻게 살아도 삶이 곧 죄가 될 수밖에 없었 던 한 시대를 단순히 시니컬한 어조로 매도하는 데에 그치지 않을 수 있었다. '잠복기가 긴 속병'이 치유될 길은 아득하다. 소설은 아 득하다. 그러나 이 아득함의 인식만이 한 시대의 악이 초래한 분열 을 막을 수 있다. 세부에 대한 정열은 그 아득함이 되기 위함이다. 이점에서 김원우의 세부는 일종의 윤리적 강령이다.

　슬프다, 이제는 다른 세상의 사람인 김현은 이 작가에게서 "일상 적인 것을 통해 세계를 바라보게 되는 과정은 범속한 것들 속에 있는, 혹은 그 너머에 있는 질적 가치와 연결되어" 있음을 지적하는 한편, 그의 소설에 빈번하게 드러나는 "유교적 규율"을 특별히 주목하였다(「세속적 트임의 의미」, 『무기질 청년』의 발문). 이 내재하거나 초월된 가치와 이 규율을 아마 하나라고 해야 할 것이다. 소설 속에서 그것들은 많은 경우 노인들의 역할과 관련된다. 「추도」의 할머니가 전통적인 제례 의식을 통해 몸으로 구현해내는 한 가족의 슬픔은 다른 방식으로는 결코 전달되지 않으며, 거의 존재하지도 않는다. 「집과 이내와 송곳니」의 화자는 본가와 외가, 두 가정의 고난의 역사라고나 해야 할 할머니가 상처를 입었을 때 자신의 운명에 덮쳐 있는 이내를 보며, 할머니의 송곳니를 보면서 삶에 대한 결의를 다진다. 「해태 일지」의 주인공은 자신의 처가 권속으로 대표되는 중산층의 이기주의, 그 부황 든 문화와 감상벽에 시달릴 때, 단 하나의 혈육의 정인 외삼촌을 찾아간다. 「진흙 구덩이」의 한 까다로운 늙은이는 애를 떼면 죄를 받는다는 어처구니없이 명쾌한 사고로, 자기 양아들과 불장난을 저지른 논다니 계집을 며느리로 선선히 받아들인다. 김원우의 유교는 낡은 경전의 이데올로기나 행동 규범의 목록이 아니라, 우리 감정의 온전한 실체이며, 살아온 날이 만들어준 기억의 응어리 그 자체이다. 제사상을 앞에 놓고 할머니가 간섭하는 것은 법도에 맞는 제수의 배열이 아니라 죽은 자가 좋아하던 음식 맛이다. 이 유교는 거의 모성적이다. 그것은 극심한 고난의 밑자리에 남은 마지막 힘이며, 긴박한 결단의 순간에 어쩔 수도 없이 붙잡게 되는 가치 기준이며, 끝내는 삶이 풍비박산날 때 후대에 희망을 전하는 암묵적인 방식이다. 김원우가 기독교를 긍정적으로 바라보는 경우가 있다면, 그것은 그 새로운 종교에서 이 유교의 구조가 발견될 때이다. 「봄볕」에서, 현실에 주눅이 들어 걸핏하면 손찌검이나 해대는 남자와 그의 복잡한 가정을 결연히 감싸안으려는 한 여자의 천주교, 「엉뚱한 장식」또는「어느 수녀의 몸과 삶」이 전하는 한 파계 수녀의 처사적인 삶,「낙타의 집」에서, 삶에 찌든 중산층 주부에게 그 잃어버린 꿈의 이미지를 만들어주는 교회, 여기에는 모두 사람과 사람 아닌 것을 결단코 구분하는 우리 할머니들의 유교가 있다. 고난의 기억인 이 유교는, 비록 그것과 대치되는 사상이라 하더라도, 새로운 생각을 이해할 수 있는 실마리가 되며, 그 새로운 사상의 진정성을 가늠해볼 시금석이기조차 하다. 김원우는 그 마음속에 이 지표가 없는 모든 것들을 '짐승의 말' '짐승의 시간'이라 불러 증오한다. 소설가가 그의 이야기 속에서 이 지표를 들어올리기에 성공할 때, 모든 삶의 세부가 저 궁핍한 시절의 언약과 함께 딸리어 올라온다. 김원우는, 이 언약을 잊어버린 것들, 제 자신 속에 갇혀 초월할 가망이 없는 모든 것들을 '납작한 것들'이라 불러 분노한다.

3. 세부 또는 희망

이 납작한 것들에 관해, 김원우는「의사 김씨가 소전」의 말미에서 다음과 같이 그 연원의 하나를 더듬으며, 한국 소설의 한 양상을 반성하고 있다.

개화기 소설들 속에서 명멸하는 납작한 사고의 주인공들이 아직도 엄연히 고향에 상존하고 있는데, 그들은 결국 화석화된 인간들이다. 고향이 화석처럼 유형화되고 말았으니, 발전적인 인물이 창조될 수가 없다. 화석을 뚫고 나오기에는 지층이 너무 두꺼운 것이다. 이렇게 화석화되고 만 요인은 나 같은 한국인의 완강한 귀소 본능 때문인가. 변할 수 없는 고향에 변할 수 없는 인물. 그리고 변함 없는 귀향 의지,

화석을 찾아가는 길. 사고의 상식성, 숨이 막힐 정도로 족보처럼 정돈된 소재와 동의반복어의 횡행……, 그런데도 소설이 수없이 생산되듯이 똑같은 인물들이 화석이 되려고, 또는 화석을 찾으려고 꾸역꾸역 살아가고 있다.

우리들의 납작한 사고는 확실히 고향과 관련이 있지만, 그것을 전적으로 고향의 탓이라고 해야 할까. 작가는 귀소 본능을 이야기하는데, 이 본능은 무엇보다도 고향을 떠난 사람들의 그것이다. 우리는 고향을 등졌다. 우리가 발전이라고 부르려 했던 모든 것들은 고향 밖에서 이루어졌다. 우리의 실제적인 삶에서 멀리 떨어진 고향은 이 발전이 끝나는 어느 날 돌아가 뼈를 묻을 곳으로 영구 보존되고, 그렇게 생산성을 잃고 화석이 되었다. 김원우에게서 고향에 대한 성찰과 발전적 인물에 대한 그리움이 겹쳐져 있는 것은 흥미롭다. 그것은 우리가 물려받았어야 할 삶과 실제적인 삶의 분열이 우리를 납작하게 만들었다고 말하는 것이기 때문이다. 고향의 생명이 유예될 때, 그 유예 기간을 사는 우리의 삶 역시 잠정적이고 임시적인 것이리라. 이 빌려 사는 삶은 화석을 생산하고 그 자체가 화석이 되리라. (그리고 이 화석화의 위험은, 김원우의 장편 소설 『짐승의 시간』에서, 소금 기둥의 징벌을 피해 음란의 도시를 빠져나가듯, 강당 교회에서 몰려나오는 군중들의 모습으로 소름 끼치게 형상화된 바와 같다.) 세부의 작가 김원우의 여러 소설은, 우리의 과거로부터 우리를 분열시킨 책임이, 정리되거나 분류되기 어려운 것들을 항상 제쳐두고 지나가려는 성급한 이론화의 패배주의적 성격에서 기인한다고 자주 암시한다.

「탐험가」에는 한국의 자본주의 발달사를 공부한다는 한 미국인이 나온다. 그는 마치 미개지의 탐험가처럼, 한국의 풍속과 발전상을 부지런히 기록하고 촬영한다. 김원우 그 자신이기도 한 이 소설의 화자는 이 '미국인 탐험가'가 선운사의 낮게 깔리는 연기의 정취를 결코 알지 못하리라고 말하는데, 이것은 춘향전이 외국 사람들에게 이해되지 않기 때문에 한국적이라는 어느 비평가의 말과는 다른 종류의 성찰이다. 비평가는 한국적 특수성이 보편성에 이를 수 있는 길을 포기하고 그것을 납작하게 보존하려 하지만, 김원우가 보려는 것은 보편성과 특수성 사이의 대립이 아니다. 그는 미국식의 명민한 '세계의 인식' 속에서 선운사의 연기가 어떻게 소외되어 있으며, 이른바 그 보편성이 이룩되는 과정에 어떤 결함이 있는가를 지적하려는 것뿐이다. "문화적인 또는 인문주의적인 접촉을 처음부터 사양한" 채 만들어지게 될 그 미국인의 한국관은 저 화석화된 고향과 다른 것이 아니리라. 그것은 모두 가운데 도막이 잘려져나간 역사와 관련된다. 오직 과거라고는 역사가 잘려나간 날의 평면의 기억밖에 없는 세상살이는, 마치 유리 조각을 얻기 위해 유리창을 깨뜨리는 어린아이처럼, 목전의 이익을 좇아 분망하고, 그것이 성취되건 좌절되건 항상 다시 저 평면으로 되돌아간다. 여기에는 역사 대신 잠정적이고 임시적인 것들, 어디에도 이르지 못할 하루살이의 성급한 삶이 있을 뿐인데, 「방황하는 내국인」의 네 삽화가 말하는 이 땅의 봄·여름·가을·겨울 세대의 비극이 그러하다. '겨울' 세대인 이 노인은 이북에서 내려와 통일이 되는 날까지 이 땅에 빌붙어 살기 위해, 갖은 고생을 다 한 끝에 결국 부동산 투기로 5층짜리 건물의 주인이 되었다. 하지만 그동안 큰아들은 남의 나라 땅에 나가 외국 여자와 결혼하고, 얼굴 한번 볼 수 없는 손자 하나를 남겨놓고 죽었다. "외국 영화 속의 별종들"처럼 살아가는 둘째 아들 내외와는 "저쪽 이북과 이쪽 이남"처럼 멀어져버렸으니 자식이랄 것도 없다. 통일이란 결국 혈육이 만나는 것인데, 이제 그 희망을 물려줄 길이 없으니, 이 노인은 "살아온 세월이 몽땅 시늉"이었다고 생각하게 된다. 그 이치는 부동산 투기가 역사일 수 없는 이치와 같다. 자기 안에서 어떤 원칙 같은 것을 만들어 가질 틈도 없이 중년이 되어버린 '가을' 세대는, 노사간의 갈등 속에서, 자기를 둘러싼 세대들의 그저 말일 뿐 원칙은 아닌 명분에 떠밀려 우왕좌왕한다. '봄'에서는 물러터진 모성애를 유일하게 가정의 지주로 삼고 살아가는 딸들이 매춘부가 되었거나 되어버릴 운명 앞에서 방황한다. '여름'에서는 성에 대한 충동질이며, 구가(謳歌)이자 판매일 뿐인 문화가 광고 회사의 직원들과 무슨 '패브릭 디자이너'라는 여자를 통해 광란의 잔치를 벌인다. 겨울 세대에게는 집이 있으나 물려줄 후대가 없고 다른 계절들은 물려받을 집이 없다. 이 분열된 계절에는 어떤 종류의 신화 비평이 말하는 것과 같은 행복한 순환이 없다. 역사가 없으면 구조 또한 생산될 수 없다고 작가는 말하려는 것이리라.

그러나 역사는, "네모반듯한" 창틀 밖의 것은 아무도 볼 수 없으니 "그 부분은 머리로 만들어야만" 한다고 말하는(「머리 속의 도시」) 이 작가에게, 모든 정식화로부터 소외된 것들 속에서, 앞서가는 이론들이 알지 못하는 사이에 이루어진다. 『짐승의 시간』의 주인공들은, 말을 할 때는 그들이 직업으로 삼은 연극의 대사처럼 공갈과 사기밖에 늘어놓는 것이 없지만, 생각을 할 때는 애정과 건강한 분별로 가득 차 있다. 고급 창녀나 진배없는 여자가 자기 침대에서 어쩌다 잠을 잔 남자에게 아침밥을 못 먹인 것을 안타까워한다. 이 편차를 채울 수 있는 말이 발명될 때 소금 기둥의 저주를 막을 수 있겠지만 그 일은 실제로 쉽지 않다. 「인생 공부」는 하는 일 없이 빈둥거리며 "무작정 생떼나" 피우는 두통거리 "처남놈"을 중동에 노무자로 보내기로 결정함으로써 한 가족이 해방되는 이야기다. 이 해방이 몇 발의 총성으로 유신 시대를 마감하는 사건과 때를 같이한다는 것은 매우 시사적이다. 이 소설은 긴 잠에서 깨어나보니 미국이 독립을 했고 악착같은 마누라는 옛날에 죽어 있더라는 「립 반 윙클」의 구조를 교묘하게 닮아 있다. 처남의 해결에는 긴 잠에 해당하는 것이 없는데, 언제나 그런 것처럼 김원우의 세부, "처남놈 하나 때문에 온 집안이 숨도 제대로 못 쉬고" 지내느라고 세상이 어떻게 돌아가는지를 살펴볼 수 없었던 저간의 사정에 대한 다각도의 묘사가 그것을 대신한다. 이 작가의 소설 쓰기에서는 항상 이렇게 현실 여건의 교착이 이야기를 지루하게 만들어버릴 위험에까지 이르는 그 순간에 저 납작한 것들을 길고 깊은 안목으로 일거에 안아낼 힘이 준비되고, 어떤 질적 초월의 계기가 마련된다. 가장 아름다운 초월은 아마도 「세 자매 이야기」가 전하는 명혜의 그것이리라. 남편에게 소박맞고 부황하고 무질서하게 살아가는 어머니의 맏딸인 명혜는 자신의 그 불행한 여건들 때문에, 행복한 여건으로 겨우 남편의 "성적 긴장을 해소"하기 위한 도구가 되어버린 '나'와는 다른 인생을 살아간다. 아버지 없이 자란 딸의 "네까짓 게 별 수 있니"라는 자괴심은 운명을 인종할 수 있는 힘과 자존심이 되고, 어머니로부터 물려받은 허랑한 성격은 항상 놓치게 되어 있는 작은 행복들에 대한 대범함이 되어, 속물기와 교태로 세상을 살아가는 둘째 딸 명미의 삶이나 마음씨 곱고 영리하지만 애잔하고 나약한 막내딸의 피동적인 삶에 빠져버릴 위험에서 그녀를 구한다. 여자는 늙어갈수록 "속이 썩으니까" "냄새를 안 풍기려면 화장을 해야" 한다고 말할 때, 그녀는 말의 정확한 의미에서 고전주의자이다. 주어진 운명이 어떤 것이건 그에 대한 무정한 책임은 자기 것이라는 것을 그녀는 알기 때문이다.

이미 이름 붙일 수 있었고 이론화할 수 있었던 모든 것은 그만큼 확정적이었다는 점에서 우리에게 어쩔 수 없이 주어진 운명이라 한다면, 거기서 소외된 세부는 이제부터 우리가 책임져야 할 것들이다. 그래서 세부를 보는 것은 희망을 보는 것이라고 말해야 옳을 것이다. 세부는 역사가 짊어지고 나가야 할 모든 것이지만, 그것을 탐구하고 묘사한다는 것은 그 짐을 그 운송 수단으로 만들기도 할 것이기 때문이다. 한 편의 소설을 무류 없이 쓰려는 노력이 과거와 현재의 밑바닥을 들쑤시어 그 앙금에 흥분된 열기를 전할 때, 그것들은 요동하며 솟아올라 현실과 약속 사이의 빈 공간을 메우는 질료가 되리라고 믿지 않을 수 없다. 역사가 납작한 것들 속에 볼모로 잡히지 않고 과거 전체를 하나의 얼굴로 만들어 현재의 삶 속에 떠올려주는 날까지 세부의 작가 김원우는 쉬는 일이 없을 것이다. 현재에 빈 공간이 없는 것처럼 미래 또한 비어 있는 것이 아닐 테니까.

육체 지우기 또는 기다림의 실천
——김정란의 시집 『매혹, 혹은 겹침』에 부쳐

1

아침저녁으로 모욕을 받으면서, 거기서 벗어날 전망도, 그것을 되갚을 희망도 없는 사람, 김정란이 스스로를 그런 사람의 하나라고 여기는데, 그 사람은 어떻게 해야 할까? 눈길에 들어오는 모든 것, 옮겨가는 자리에서마다 만나는 모든 것이 그 모욕과 연결되어 있다고 느끼는 사람은, 김정란이 또한 자기를 그렇게 여기는데, 그는 어디로 가야 할까? 김정란의 시를 읽는다는 것은 이에 대한 그녀의 선택을 이해하는 길이다. 그녀 자신의 표현을 약간 느슨하게 빌려 그 선택을 요약하다 보면, 그녀의 두 번째 시집, 바로 이 시집을 모두 뭉뚱거릴 수도 있는 두 가지 큰 주제가 발견된다: 모욕의 현장이자 그 수납처였던 육체를 지우기, 그리고 안쪽으로 들어가기. 그러나 이 일들은 이해하기에도 실천하기에도, 얼핏 느껴지는 것처럼 그렇게 간단하지 않다. 육체 지우기는 해탈하기가 아니며, 안쪽으로 가기는 내부 지향이라는 단순한 말로 환치되지 않기 때문이다. 가야할 안쪽은, 가령 「예감」 같은 시에서,

하지만 어쨌든 확실한 건 그때 어느 쪽은

분명히 아무 쪽은 아니었지…

라고 읽게 되는 것처럼, 어느 쪽이 '아닌 쪽,' 우리가 이미 알고 있거
나 머지않아 알게 될 뿐인 아무아무 쪽들을 모두 부정하고 남은 쪽,
아니 차라리 남아 있지 않은 쪽이다. 안쪽은 안쪽이라는 이름이 붙
어 있다는 사실만으로도 벌써 안쪽이 아닐지 모른다. 도가의 어떤
스승이 무내소(無內小)라는 표현을 썼던가. 이 안이 없는 안은 모든
거부의 힘이 거기에서 솟아나오고, 모든 부정이 거기에 귀착하는 검
은 구멍일 듯싶다. 같은 시를 끝맺는 점점 작아지는 활자들 속에서
"알맹이의/…/기억"이라는 글자들을 겨우 읽을 수 있다. 여기에는
확실히, 문학 비평가이기도 한 이 시인의 곱지 않은 말버릇이 있지
만, 중요한 것은 그 말들이 아니라, 그것들 사이에 표현을 얻지 못하
고 찍혀 있는 점 세 개이다. 그녀에게 표현이 부족했을 리는 없다.
그 표현이, 극히 잠정적으로 이용된 경우에 있어서까지도, 저 안을
규정하고는 곧장——이 시집 제1부의 너무나 노골적인 제목처럼——
"썩는 말들" 속에 편입되어버릴 것이 다만 염려스러웠을 뿐이다. 이
안의 두 가지 존재 방식인 아님으로써 있기와 있음으로써 아니기를
물질적으로, 자신의 감각이 확인할 수 있는 형식으로 만나게 한다는
것, ——김정란은 이 불가능한 실천을 꿈꾸며, 거의 실현의 기미를 보
이기까지 한 이 꿈은 그녀가 이 시집의 제목으로 삼기를 주장한 "매
혹 혹은 겹침"이라는 말로 표현된다라기보다 설명된다. 그러나 이
부정의 시인에게서 이 매혹은 그 꿈이 불가능하리라는 예감으로부
터 더 많이 기인하는 것은 아닐까? 아무튼 이 매혹적인 겹침으로부
터 이 시집의 세 번째 주제가 떠오를 것이 분명하지만, 거기에 대
해서는 우리도 시인의 예에 따라 당분간 이름을 붙여두지 말기로
하자.

2

"썩는 말들"──김정란이 여러 시에서 그렇게 부르는 것들을 주워 모으다 보면 그것들은 차라리 벌써 썩은 것들이라고 불러 마땅하다고 여겨진다. 이 완료된 부패를 대접하는 저 진행형의 수식어는 사실 피폐하고 늙어가고 흉하게 부풀어오르기를 그치지 않는 육체에 그 이미지를 걸어두고 있다. 이런 시구가 그것을 분명히한다.

타락한 말의 毒汁 밑에서 썩어가는

한 여자 어떤 여자 혹은 여자 다른 여자를
──「내가 아무렇게나 죽인 여자」

한 여자가 자신인 한 여자를 죽이고 "등교길의 플라타너스 감꽃목걸이…" 등등의 순결한 것들과 이별해야 한다면, 그것은 그 여자의 육체가 썩었기 때문이며, 육체가 썩은 것은 자신에게 죄가 있기 때문이다. 육체는 말과 함께 썩으며 말과 함께 늙는다. 육체는 말이 설명해줄 수 있는 가능성의 울안에서만 움직일 수 있을 뿐인데, 말은 사물들과 그것들의 관계에 관해 잠정적이면서도 한번 자리 잡으면 결코 물러설 줄 모르는 유한한 규정을 내려, 그것들이 지닐 수 있는 무한한 가능성으로부터 그것들을 차단시키기 때문이다. 시인이 흔히 남자들의 말이라고 부르는 썩은 말들은 이미 개발되어 움직일 줄 모르는 말들의 전체와 다르지 않다. 그것들은 이미 개발되었기에 현실의 논리이며, 완강하게 움직일 줄 모르기에 지배 논리이다. 육체는 이 남자들의 말에 순응하였건 반항하였건 그 논리의 허용 아래서 행동하였으며 급기야는 그 논리가 되고 만다. 늙어가는 나의 육체, 내 타락한 육체는 그 오욕의 말들이 남긴 상처를 간직하고 있을 뿐만 아니라 그 썩어가는 말들의 보따리이기까지 하다. 내 육체는 나에 대한 모독이다. 나는 가래침을 뱉는 입이며 동시에 가래침을 받는 얼굴이다. 육체의 늙음은 모욕의 완결이자 동시에 그 모욕을 갚을 희망이 없음을 뜻하기에 더욱 처참하겠다.

육체 지우기는 이 타락한 말들을 사라지게 하려는 노력이다. 이 일이 가능하다면, 그것은 아마도 이 썩어버린 말들에 새로운 힘을 줄 말들이 어딘가에 존재한다는 믿음에 의해서,

不在하는 근원, 지독히 배은망덕한,
이 목마름으로 헐떡이는 말들의, 멀고 먼 근원,   ──「안개」

에 대한 그리움에 의해서일 것이다. 자신을 에우리디체라고 부르는 시인이 기다리는 오르페는 아직은 "없는 말들"에 대한 예감과 같은 것인데, 그것이 예감 이상의 것이 되려 할 때 어떤 비극이 일어나는지는 우리가 그리스 신화를 통해 익히 아는 바와 같다. 자신의 불모를 극복하면서 동시에 남자들의 말, 그 의미망에 붙잡히지 않아야 하는 이 새로운 에우리디체에게 또 하나의 남자이며, 결국 어둠의 끝에서 뒤돌아보게 되어 있는 오르페가 이제 어떤 형식을 빌려오는 것일까. 비극은 예정되어 있다고 말해야 하거나, 오르페가 오지 않는 형식을 취해야 한다고 말해야 할 것 같다.

그녀는 지워진 발목에 관해서 이야기한다.

그때 얼마나 엷고 부드러운 불이
내 존재의 발치에서 타오르기 시작한 것인지

나는 조금 지워진 내 발목을 내려다보아요
                          ―「언덕 위, 또는 나지막한 들리움」

이 지워짐은 오르페가, 그 형식이야 어떠하건, 오게 될 공간의 마
련이다. "언덕 위, 또는 조금만 벗어난 삶,/흔들림―나지막한 들리
움"이라는 시구가 이 시를 마무리지을 때, 그녀에게 그 오욕의 수렁
에서 발목 하나를 빼내도록 도와준 것은 삶을 삶으로 채우지 않는,
어떤 청량한 유예의 순간이었음이 알려진다. 그래서 지워짐은 시인
이 쟁취한 언어의 높이보다는 그녀의 현실을 둘러싼 모욕의 두께를
더 많이 말한다.
  그녀는 보송보송한 아이들에 관해 말한다.

  그러나 보아요 내 펄럭이는 살들 속에서
  노래의 순결한 아기들이 움직이기 시작해요
  맙소사 이애들이 성큼 나를 넘어서는 걸 보아요
  엄마 우리가 엄마를 뛰어넘었어 우린
  엄마의 갇혀 있는 현실에 관심 없어 그래요 가엾은 엄마
                          ―「보송보송한 현실 또는 폭발하는 말들」

이 아기들에 관해서는 "보송보송"하다는 것 외에 다른 묘사가 없
다. 그래서 독자들은 그 실재를 의심할 수도 있겠다. 오르페 없이 태
어난 이 아기들은 어떤 종류의 무염시태(無染始胎)에 의해서라기보
다는 또 하나의 남성적 언어와의 간통, 다시 말해서 그녀의 비평적
언술에 의해서 잉태되었을 가능성이 더 크다. 엄마에게 진정한 해방
은 없다. 그러나 상관없다. 이 모든 것들은 그 자체로써 기다림의 실
천이며, 페넬로페의 본을 받아 언제나 다시 짜게 될 한 장의 융단이

기 때문이다.

이 시인의 육체 지우기가 가장 성공하는 순간은 부재가 어떤 물질적 형식으로 그 빈 공간을 습격할 때이다.

    아라베스크 무늬 몇 개, 뼈가 비추어보이는
    내 지워지는 살 위에 드러나요   ——「부재의 습격」

보들레르적 무늬이기도 한 이 아라베스크는 그 엄격한 형식을 통해 현실에 닿고, 남성적 언어를 아연하게 할 만한 그 현기증의 곡선에 의해 다른 세계의 문을 연다. 소용돌이치는 이 무늬가 그러나 따지고 보면 정지된 선에 불과하다는 사실이 알려지기 전에 오르페는 그 문으로 와야 할 것이다.

3

오르페가 오지 못한다면 그것은 그가 들어설 자리를 스스로 메워버릴 수도 있기 때문이다. 백골에 어떤 신비로운 아라베스크 무늬가 어리었다 해도, 벌써 햇빛을 받기 시작하는, 다시 말해서 설명과 논리의 세계에 진입한 오르페가 고개만 돌려버리는 것으로도 그 예감의 자리는 다시 썩어질 말들이 침입하여 지배한다. 그러나 영원한 예감의 빈자리가 없는 것은 아니다. 그것은 거의 예약되어 있기까지 하다.

작은아버지네 공장의 날염기술은 신통치 않았지. 내가 기억하고 있는 것은, 무늬를 찍으려고 바탕색 가운데에 군데군데 비워놓은 흰 여백에서 늘 딱하게도 옆으로 삐져나와 있는, 잘못 자리잡고 있는 무늬들이야. 그러니까 그 흰 여백은, 늘 한 귀퉁이가 비어 있기 마련이었어. 그런데 무엇 때문이었을까. 그 무늬에서 비껴 있는 흰 여백이 내 눈에 깊이 각인된 것은, 그리고 오랜 세월 동안 내 마음 한 귀퉁이에서 정의되어지기를 요구하며 줄기차게 살아 있었던 것은? 나는 천천히 알아차렸어, 내가 詩라는 존재놀이에 덤벼들어 한번도, 진작에 있는, 예약된 그 장소를 포획하지 못했다는 것을. 그 흰 여백이 내 글쓰기의 장소라는 것을. 나는 참으로 서투른 날염기술자야. 내 글은 어색한 흰 여백투성이야. 하지만 나는 겸손하게 믿어. 그 비껴선 존재의 여백에서 우리의 갈증은 날개를 만나는 것이라고. 받아들여진 그 비껴 있음 위에서 비로소 존재가 서늘하게 날개를 퍼덕이기 시작하는 것이라고.　　　　　　　　　　　　　　　　　──「비껴 있음」

　무늬 사이의 여백은 물론 판박이 무늬가 잘못 찍혔기 때문이다. 그러나 이 어긋남에 의해 포플린 천은 조잡한 색깔의 조잡한 무늬가 결코 범하지 못할 빈 공간을 얻었다. 이 순백의 부재는 미래의, 또는 이 순간의 어디에 숨어 있는 가장 찬란한 빛을 대신한다. 게다가 이 어색한 포플린의 공간에 명절의 이미지가 결부될 때, 부재는 삶의 한 모범으로서 추천되기까지 한다. 명절은 본가 밖의 사람들이 본가를 찾아가 그 비껴 사는 삶을 정식의 삶으로 인정받는 날이며, 부재가 존재의 형식을 얻는 날이다. "매일 명절인 삶. 난 그걸 꿈꾸지." 명절은 와야 할 세계의 예행 연습이다. 매일이 명절인 세계는 기다림과 만남이 일치하는 세계, 기다림은 만남으로 충만해지고 만남은 기다림으로 영원한 지속을 얻는 세계이다.
　시인은 그 불가능한 것을 꿈꿀 뿐만 아니라, 그와 유사한 것을 그의 시에 만들어 넣으려 한다. 행간 비우기──실제로는 자간 비우기——가 그 가장 전형적인 예이다.

　　나는 점점더　　　　　　　넓어지는 행간
　　에 있다,　　　　　　　　　신비여, 드디어
　　나는 백색거성에 도착한다. 한 발만 더
　　딛으면 나는 눈부시게 지워질 것이다,
　　그때까지, 윤곽이여, 숨을 죽일 것.
　　　　　　　　　——「1991년 1월 어느 흐릿한 오후의……」

　제목의 날자는 이 체험이 진정한 것임을 말한다. 시인 자신도 모르게 넓어지는 행간은 "행간을 읽는다" 따위의 상투 어구의 행간이 아니다. 저쪽이 의미의 연장이자 숨은 의미라면, 이쪽은 의미의 분절이자 의미에 대한 양동 작전이다. 시인이 겹침이라고 부르는 '존재를 부재로 채우면서 동시에 존재를 확인하기'에 대한 일종의 능동적 실천이 이 이상한 시행을 만들어내는 것이 분명한데, 존재는 그 부재의 자리로 확산될 것이며, 그래서 존재는 그만큼 가벼워질 것이다. 이것은 이중의 의미에서 안으로 가기이다. 존재를 지우다 보면 더 이상 부재로 바꿀 수 없는 존재의 핵심에 도달하리라는 점에서 그러하며, 그 핵을 모든 부재 속에 옮겨, 모든 아님이 본질의 가치를 지니게 한다는 점에서 그러하다. 그러나 이 확산된 존재의 풍선을 가득 채운 것은 단지 바람이 아닐까? 독자와 시인은 함께 불안하다. "그때까지, 윤곽이여, 숨을 죽일 것"——숨을 죽이지 않으리라는 것을 우리는 이미 알고 있기 때문이다. 그러나 아마도 제목 속에 날짜를 집어넣게 했을 이 초조감의 에네르기는 이후에도 오래 지속될 것이 분명하다.

　삶에서 한사코 비껴 서기도 그런 실천이다.

나는 내 따스한 살을 조금 띄웠다, 위로,
그대들 안개, 어긋나는 그대들의 생존방식에서
내가 배우는 것은 그것이다   —「안개」

라고 말하는, 또는

밤에, 사방이 깜깜하게
얼굴을 지우고, 나를 가만히 집어넣었다
먼, 정말 멀고 먼, 시간이
시작되는, 어디, 고대의   —「또 비가?」

"어느 연못 속에"라고 말하는 김정란은 안달하기를 멈추고 정일한 휴식 속에 들어가지만, 기다림이 그 긴장을 늦춘 것은 결코 아니다.

4

  결코 늦춘 것은 아니다. 그러나 이 훈련된 기다림은 그 스스로 와야 할 어떤 것의 발걸음처럼 자주 유연해지며, 그때마다 삶은 그 구체성을 여전히 간직하면서도 그 무거운 윤곽을 다소간 허물어뜨리고, 시인과의 육체적 접촉을 거절하지 않는다.

나는 가만히 고개를 쳐든다 햇살, 가벼운 손가락
내 거의 빈 육체에 부서질듯 부서질듯 스치는,
오 미묘해라, [……]   —「베로니카, 두 겹의 삶」

물론, 삶 위를 스치거나 겹치는 이 또 하나의 삶은 체험이 아무리 강렬하고 황홀하다 해도 그 순간성을 쉽게 벗어나지는 못한다.

　　맙소사 이 뜨겁디뜨거운, 위험한 秘意여
　　　　　　　　　　　　　　　—「수채화 같은 지워짐」

뜨거운 것은 그 순간의 강렬함이지만, 위험한 것은 그것이 이 삶을 다 바쳐도 좋을 만큼 확실한 것인지 두렵기 때문이다: "그러나 존재는 불꽃들 뒤에도 여전히 같은 것일까?"(「탈출」). 따라서 시인은 이런 순간을 만날 때마다 거의 예외 없이 항복·저항 또는 모순이라는 말을 쓰는데, 그것은 이 세상의 논리가 여전히 검열 장치로 남아 있음을 뜻하겠다:

　　그러나 항거할 수 없는. 아름다움.　　　—「오월, 비 내린 뒤」

　　적막—항거할 수 없이　　　　　—「오늘 오후, 不在의 경험」

　　그 저항할 수 없는 유혹으로부터　—「아름다운 말의 유령들이」

　　아무 저항도 없이 거의 들여다보이는 어떤 바다
　　　　　　　—「응시, 내면의 고인 물, 있거나 없거나 한.」

　　〔……〕 장엄한 햇빛 〔……〕 항복, 〔……〕
　　　　　　　　　　　　　　　—「응시: 내면의 삶, 전율」

〔……〕 내 존재에 비수처럼

박힌──아름다움, 모순,   ──「가을 햇살, 아름다운 모순」

〔……〕 그때까지 나는 한꺼번에 견딘다
형태와 비형태, 모순을… 〔……〕   ──「느닷없이, 자연이……」

　　가장 완악한 눈과 가장 순진한 눈이 함께 동의해주기를 시인은 바라는 것일까? 그러나 순간은 무엇인가? 지속 아니 영원까지도 순간의 연속이 아닌가? 순간은 기다림 속에 한번 나타났다 사라지기만 하는 것이 아니라 그 질을 바꾸기도 한다. 그래서 기다림이 기다림인 줄도 잊고 있을 때, 세계는 "느닷없이"의 형식으로 시인 안에 침범해 들어온다. 행복은 우리가 그리던 것과 같은 모습으로 오는 것이 아니라는 말이 진실이라면, 오르페도 그렇게 온다고 해야 할까. 너무나 길었고 너무나 중단될 줄 몰랐던 기다림은 그것이 걸려 있던 모든 현실을 동화하고 자기화한다. 현실의 두터움은 그 모두가 기다림의 투명성으로 바뀐다. 아름다운 모든 것들과 속악한 모든 것들이 기다림 속에서 균질화한다.

이상하기도 해라, 왜, 그런 일들은
아무런 준비도 없는 나의 내면에서
갑자기 환히 불밝히는 것일까
마치, 오래전부터 그럴 줄 알고
있었다는 듯이, 또는 그걸 기다려왔다는 듯이
　　　　　　　　　　　──「느닷없이, 자연이……」

이 시인의 가장 성공적인 이미지들, 가장 성공한 시들은 바로 이 기다림이 질을 바꾼 시간 속에서 얻어진다. 기다림은 일상의 사물들 속에 삼투되어 그것들을 안개처럼 산란시키고, 사물들은 기다림의 프리즘을 통과해 들어와 그 황폐함을 찬란한 빛으로 바꾼다. 일상은 더 이상 수직의 벽이거나 수평의 사막이기를 그만두고 하나의 경사가 된다. 시인은 그 비탈을 타고 내려간다. 기다림의 실천, 다시 말해서 "감 잡히는 대로"의 더듬거림이 그 길을 만든 것이다. (그리고 이것이 우리가 이야기하려고 했던 마지막 주제이기도 하다.) 현실은 현실이면서 벌써 비껴 서 있는 현실이 된다. 그래서 「1992년, 서울, 천사」 같은 시는 감동스럽다. 더럽고 못생기고 불구자인 지하철의 껌팔이가 영동고속도로에서 "느닷없이" 그녀에게 쳐들어왔던 자연처럼 "어떤 설명할 수 없는 완벽함," 순결함을 느끼게 한다. 그의 더할 수 없는 불완전함이 존재의 경계를 지웠기 때문이다. 그런데 더할 수 없는 불완전함이란 결국 일상, 모든 사물의 성질이 아니던 가. 시인이 보게 되는 "너무나 성실하게, 골똘하게 일하는" 거대한 귀는 사물 하나하나의 불완전함과 그 전체의 완전함을 동시에 받아들일 것이다. 그녀가 꿈꾸는 순수 부재는 일상 속에, 모욕의 언어가 모욕의 언어로 상쇄되고 그 경계를 잃는 곳에 그래서 존재할지도 모르겠다.

그러나 이런 염려를 덧붙이자: 기다림을 노래하는 시행들이 그 기다림의 대상이 올 공간을 막아버리는 것은 아닐까. 이 시집의 시들을 그 배열 순서에 따라 그대로 산문으로 옮긴다면 한 권의 시론집이 될 것 같다고 나는 말하고 싶은데, 그만큼 재빨리 지배 언어에 편입될 염려를 이 시들이 안고 있다는 뜻에서다. 그리고 이점이 이 시인의 고통을 더 많이 만들어내고 기다림의 에네르기를 약화시키는 것은 아닐까. 물론 현실의 모욕이 그만큼 크기 때문이기도 할 것이다. 새로운 언어의 필요성이 또 그만큼 크다는 것을 이 시집은 그 약점으로까지 말해준다고 해야 하리라.

여린 눈으로 세상 보기
──이성복의 시집 『호랑가시나무의 기억』에 대해

　이성복은 또다시 어조가 달라졌다. '또다시'란 물론 『남해 금산』 이후의 이성복을 염두에 둔 말이다. 그의 새 시집 『호랑가시나무의 기억』에 덧붙인 오생근의 해설은 이 달라진 어조의 성격을 적절하게 요약한다: "시인은 『그 여름의 끝』에서처럼 일관되고 절절한 목소리로 사랑과 타는 듯한 그리움을 노래하지도 않는다. '당신'을 향해 떠나는 집요한 사랑의 도정이랄까 아니면 쉼없는 사랑의 고백으로 일궈진 다양하고 복합적인 서정적 표현들은 나타나지 않고, 사랑이 주제일 경우라도 그것은 훨씬 절제되어 있거나 단순화되어 있다. 그 절제와 단순화를 통해서 이성복의 시적 자아는 그 어느 때보다 현실에 가까이 있는 것처럼 보인다." 이성복 자신도 이 시집의 「자서」에서 "너무 오랫동안 삶을 무시해왔다"고 고백한다. 현실의 정치적 상황으로부터 항상 일정한 거리를 유지한 채, 자신이 불러야 할 노래 앞에 놓인 모든 장벽과의 싸움으로부터 한 시대의 고통을 느끼거나 느끼게 하던, 때로는 그 장벽을 훌쩍 넘어가버리기도 하던 이 시인이 다시 삶에 눈을 돌리게 되는 과정과 그가 어느 정도 감싸안은 것으로 여겨지는 그 구체적인 생활의 진정성에 대한 검토는 '정치적 시'의 파고가 낮아진 이후의 우리 시단이 공통적으로 느끼고 있는 그 출구를 모색하는 일의 어려움과도 관련이 있을 듯하다.

그가 삶을 발견하는 것은 그의 일상적인 삶의 터전에서 가장 먼 곳에서이다. 『호랑가시나무의 기억』은 두 부분으로 나누어져 있다. 그 첫 번째 부분인 '파리 시편'은 '높은 나무 흰 꽃들은 등(燈)을 세우고'라는 동일한 제목에 순서대로 정연하게 번호를 붙인 36편의 시를 담고 있다. 이 높은 나무의 흰 꽃들은 어디에 피어 있는가. 파리에? 또는 그의 고향집에? 높이 매달린 이 오롯한 등들은 시인이 감히 범접하지 못할 세계와 시인 사이의 거리인가? 또는 불을 밝혀 그를 받아들이는 문인가?

[……] 근처 공원에는 마로니에 나무들이 빛나는 창 같은 흰 꽃을 세우고 지나가는 아가씨들의 불쑥불쑥 솟은 유방은 공격적이다 이곳에서 나는 욕망이 없는 사람들에게 하루가 얼마나 길까 생각해본다 또 날으는 새들의 흰 배를 지켜보면서 욕망의 몸집이 얼마나 가벼운가를 생각해본다 ──「높은 나무 흰 꽃들은 燈을 세우고 8」

꽃들은 저만큼 떨어진 곳에서 창을 달고 있지만, 그것들은 빛나기에 드려다볼 수 없는 창이다. 불쑥 솟은 유방은 공격적이지만, 나그네를 공격하지는 않는다. 유방의 공격성을 감지하는 시인에게는 분명 욕망의 가벼운 몸집이 있지만, 그 욕망이 쉽게 실현되지 않는다는 점에서 그는 하루가 긴 사람들과 다르지 않다. 그 가벼움은, 욕망이 몸집이기보다 차라리 몸을 발견하지 못한 채 떠도는 어떤 혼 같은 것이기 때문이리라. 감각은 칼날처럼 서 있지만("아침부터 전해오는 새깃보다 가벼운 이 떨림, 나는 목구멍 눈구멍 다 열어놓고 떨림이 가시기를 기다린다":「높은 나무 흰 꽃들은 燈을 세우고 3」), 감정을 언제나 억제해야 하는 그에게("먹다 남은 사과 위에 주둥이를 처박은 파리처럼 내 눈길은 물기 많은 그녀의 눈가를 빨다가, 제풀에 놀라 달아나기도 한다": 「높은 나무 흰 꽃들은 燈을 세우고 26」) 사물은 가장 많은 창을 개설하면서 동시에 가장 많이 창을 닫고 있다.

한 여인이 웬 서류 봉투를 손에 쥐고 흐느끼며, 흐느껴 울며 갔다 콸콸대는 물소리 같은 울음을 거푸 울며 여러 번 길을 건너갔다 아무한테도 그 울음에 참여할 기회를 주지 않고 세상 끝까지 울음 외에는 다른 길이 없다는 듯이 울며 갔다 [……]
　　　　　　　　　──「높은 나무 흰 꽃들은 燈을 세우고 27」

시인은 이 울음에 아무도 참여할 수 없을 뿐만 아니라 "비교도, 비유도 허락되지 않는"다고 덧붙인다. 감정의 전문가이면서 거의 언제나 닫힌 감정의 등불 앞을 지나가야 했던 이 나그네 시인은 마침내 자신의 시가 어떤 삶에 (또는 어느 삶에도) 침투할 수 없다고 깨닫는다. 그리고 창이 다른 방법으로 그에게 열린다.

열린 창이여, 나는 너를 통해 아무것도 내보낸 것이 없는데 이렇게 많은 것들이 물밀듯이 밀려오는구나 지금까지 내가 버린 것이 내가 간직한 것과 다른 것이 아니구나 [……]
　　　　　　　　　──「높은 나무 흰 꽃들은 燈을 세우고 4」

그 많은 것들은 고향의 '살붙이들'로부터 밀려온다. 저 닫힌 창과 이 열린 창은 다른 것이 아니다. 이 시인이 한 사람의 불문학자로서 그리워하던 세계가 저 최초의 창을 만들었다면 그가 이제까지 벗어나려 했던 것들이 밀려들어와 그 세계의 내용을 구성한다. 아니 말을 고쳐야 할 것 같다. 불침투성의 한 세계 앞에 서 있는 시가 그 세계와 만나기 위해서는 그 세계를 뚫기보다 자신을 열어야 한다. 그래서 이

성복은 자신의 가장 여린 부분을, 가장 상처받기 쉬운 부분을 그 창으로 삼는다. 고향의 노모, 잠든 얼굴로 기억되는 아내, 어린 자식들은 시인의 창이 되고 시인은 또 그들의 창이 된다: "그 아이들이 아니었다면 그대는 캄캄한 어둠 속에 갇혀 있었을지 모른다 그처럼 또한 그대는 그대의 아내와 아이들의 외부로 열린 창 그대가 아무도 만나지 않고 아무도 그대를 만나지 않을 때 그대는 벽이고 누구나 벽이 된다"(「높은 나무 흰 꽃들은 燈을 세우고 18」). 그러나 이 창이 진정으로 바깥 세상을 향해 열려 있을까. 이 깨지기 쉬운 창, 이 상처받기 쉬운 손가락 앞에서 외부 사물의 그 무기질적 성격은 더욱 강화되는 것이 아닐까. 시인이 무작정 울면서 대답하지 않는 그의 아이에 관해 이야기할 때, 삶이 힘에 겨운 듯 머리칼을 땀에 적시고 잠든 아이들에 관해 이야기할 때, 우리는 왜 고전 문학의 이론가들이 어린 아이를 무대에 올리는 것을 기휘했는지 이해할 수 있을 것 같다.

이성복의 파리 시편은 아름답다. 그가 정신적으로 깊은 친화력을 느끼면서도 그 실생활에 감히 끼어들어갈 수 없는 땅에서, 그에게 무시로 찾아오는 가벼운 떨림들, 그가 애써 유지하는 낮은 숨결은 삶의 세목들에 대한 엄숙한 성찰을 가져오며, 그것들이 시인의 자아를 확대시킨다. 그러나 시인이 거의 언제나 잠언의 어조를 빌려 정식화하는 이 자아의 확대는 선언적 성격을 벗어나기 매우 힘들 것 같다. 자아의 심화도 확대도 그 계기와 통로가 되는 창 앞에, 그 부서지기 쉬움이 두려워 그가 용감히 이용하지 못하는 그 창 앞에 항상 멈춰버리는 것이 아닐까 우려되기 때문이다.

제2부는 이 시집을 마감하는 시 「천사의 눈」을 그 제목으로 삼고 있다. 여기에는 몇 가지 반복되는 영상이 겹쳐 있다. 천 개의 눈을 가졌는데 그 눈이 하나씩 변질되거나 한꺼번에 파괴되는 구도자 또는 구제자의 모습, 자연으로부터 여드름처럼 돋아나 그 넓은 생명의

바다를 증명하는 식물들과 미물들, 범성욕의 세계와 그것을 자신의 쇠약해가는 육체로써, 또는 어쩔 수 없이 선택해야 하는 '징신'으로 바라보는 시인이 그것들이다. 그러나 그것들 사이에는 복잡하면서도 통일된 연결 고리가 있다.

바다에 가면 파도는 너무 낮아서 팔을 뒤로 하고 주저앉을 수밖에 없다 [……] 그래도 바다는 너무 낮아서 눈시울을 수평선에 맞출 수가 없다 언제나 바다는 너무 낮고 나는 너무 높아서, 젖가슴 위로는 쓸데없는 것인 줄 알고 나직이 한숨짓는다　　　　　—「바다」

성욕의 대상과 자신과의 높이를 맞출 수 없어 머리로만 사랑하며 한숨짓는 시인은, 「옛날의 불꽃」에서처럼 "터져나오는 가슴을 동여맨" 처녀들의 "살모사 주둥이처럼 곤두선 저 힘 앞에선 모두가 옛날의 불꽃"이라고 말하는 자이며, 「봄날」에 초록빛 젖무덤과 놀아나는 봄바람을 목이 쉬도록 헛되이 타일러대는 "말라 비틀어진 작년 갈대"와 자신이 멀지 않다고 여기는 자이다. 이런 시구에는 저 팽팽하게 부풀어오르는 힘들에 대한 시인의 인정뿐만 아니라 원한도 없지 않은데, 그것은 오염되고 망각 속에 폐허가 되는 자연에 대한 강조로 나타난다.

국도에는 먼지를 뒤집어쓴 노란 개나리꽃, 배가 빵그란 거미처럼 끊임없이 엉덩이를 돌리며 지나가는 레미콘 행렬, 저놈들은 배고픈 적이 없겠지 국도변 식육식당에서 갈비탕을 시켜 먹고 논둑길을 따라가면 꽃다지 노란 꽃들 성좌처럼 널브러져 있고, 도랑엔 처박혀 뒤집혀져 녹스는 자전거, 올 데까지 온 것이다
　　　　　　　　　　　　　　　　—「호랑가시나무의 기억」

자연의 무상한 생명욕과 레미콘 행렬의 파괴적 성욕 그리고 시인의 식욕, 몇 개의 욕망이 이 시골의 국도변에 겹쳐 있다. "올 데까지 온 것"이란 무슨 말일까. 시인의 여정이 이제 계속될 수 없다는 말인가, 부서져 녹스는 자전거처럼 욕망의 역사가 이 지경에 이르렀다는 말인가. 사실 시인은 이 이후에도 길을 계속하고 있지만, 두 말은 같은 뜻을 갖는다. 시인의 좌절된 욕망도, 저 파괴적 욕망의 끝도 모두 이 버려진 자전거로 귀결된다. 이 시의 끝에서 시인은 아파트 입구에서 떨며 나물 파는 할머니를 보며 '호랑가시나무'라는 잊혀져 있던 단어를 기억해낸다. 우리는 이 나무 이름과 관련된 그의 기억의 내용을 알지 못한다. 짐작할 수 있는 것은 다만 어떤 좌절감과 삶의 쓰라린 정경 앞에서 말과 사물이 함께 생생하던 날에의 그리움이 그를 엄습했다는 것 정도이다. 욕망은 이렇게 좌절되기 전에 정화된다. 좌절의 안타까움과 욕망 그 자체의 안타까움이 같은 것임을 매우 아름다운 시 한 편이 다시 말해준다.

> 바깥의 밤은 하염없는 등불 하나
> 애인으로 삼아서
> 우리는 밤 깊어가도록 사랑한다
> 〔……〕
> 등불을 떠받치는 무쇠 지주에 차가운 이슬이
> 맺힐 때 나는 너의 머리를 쓰다듬어
> 저승으로 넘겨준다 이제 안심하고 꺼지거라
> 천도 복숭아 같은 밤의 등불이여　　　　　　　　　　──「봄밤」

　　시의 전문을 인용하지 못하는 것이 또한 안타깝다. 이루는 것이 헛되고 이루지 못하는 것이 헛된, 이 지상에서 애끓는 감정을 가진 모든 것의, 모든 것에 대한 애처로움이 이 시에 있다. 그리고 여전히 이 시에는 우리가 앞에서 말했던 그 가녀린 창이 있다. 시인은 자신의 안타까움보다 그가 사랑하는 사람들의 안타까움을 더 견디지 못한다. 이것이 그의 새로운 굴레로 될 염려가 없지 않다.

물론 시인은 이 굴레에 명철하다. 「소풍」과 「천국의 입구」는 이 굴레의 역사, 이 눈이며 창인 것의 운명을 벌써 암시한다.

〔……〕문틈으로 손짓하는 관음보살 천의 손바닥마다 버들붕어처럼 패인 눈, 안쓰러움이 깊어지면 비늘 같은 눈이 생기고, 더 안쓰러워 병이 되면 비듬처럼 많은 눈 떨어지겠지   ——「소풍」

그는 천 개의 눈을 가졌다 구백아흔아홉 개의 눈은 덤프 트럭 바퀴에 으깨어졌다 한 개의 눈은 그 모든 참사를 확인하도록 남겨졌다 그는 천 개의 눈을 가졌다 일천의 사람들의 고통은 그의 고통이었다 그의 고통은 일천의 사람들의 고통이 아니었다 〔……〕——「천국의 입구」

특히 「천국의 입구」에는 구도의 행적이 끝내 만날 배은망덕함, 예술적 창조의 불모성, 애욕의 고갈이 하나의 영상으로 겹쳐 있다. 이성복의 삶의 발견은 그가 자신의 시 쓰기로부터 느끼는 어떤 깊은 소외감의 확인과 관련되어 있음이 확실하다. 모든 애끓는 열정에 눈을 돌림으로써 그 열정에 눈멀어지기라고 불러야 할 이 이상한 해탈에는 비극적 성격이 없지 않다.

그리고 끝으로 이 시집에는 어딘지 시와 시인의 피로감이 스며 있다. 시인이 이 새로운 변모에 성공할 때, 그는 아마 이 피로감을 특별히 기억할 것이다.

딸의 사막과 어머니의 서울

──『나의 우파니샤드, 서울』까지의 김혜순

　김혜순은 한때 마녀를 자칭하였다지만, 그녀에게서 마귀 들린 여자나 악마와 계약한 여자를 가정할 수는 없다. 그녀의 시에는 확실히 귀기라고 부를 만한 것이 존재하는데, 그것은 사물이 그 물질성을 가장 첨예하게 드러낼 때 그 앞에 서 있는 사람의 깊은 불안과 자기 다짐에서 나오는 기운이다. 불행한 기억과 상처를 가진 그 사람은 세상이 가장 눅진할 때도 언젠가는 그것이 예리하게 칼날을 세우리라는 것을 알고 있다. 환대는 음모를 뜻할 뿐이기에, 그 사람에게 세상은 항상 그 낯선 물질이어야 한다. 마녀에게는 모든 세상이 폐허로 환원하는데, 폐허는 곧 그녀의 패배한 모습을 비추고 있는 거울이다. 말할 것도 없이 이 패배는 자신과 세계의 존재 방식에 대한 명민한 통찰일 뿐이며, 그렇기에 그녀는 승부의 피안에 있다. 매일 대결하나 승부를 피안에 둔 자의 기운을 측량하기는 어렵다.

　김혜순의 첫 시집 『또 다른 별에서』에 해설을 붙인 오규원이 그 "방법적 드러냄의 아름다움"을 말할 때, '방법적'이란 철두철미한 그 기운을 말하는 것이며, '드러냄'이란 그 기운 아래 마비된 세계, 가령 「한강물 얼고, 눈이 내린 날」 같은 시의

　　언 강물과 언 하늘이 맞붙은 사이로

저어가지 못하는 배들이 나란히
날아가지 못하는 말들이 나란히
숨죽이고 있는 것을 비웃으며, 우리는
빙그르르. 올 겨울 몹시 춥고 얼음이 꽝꽝꽝 〔……〕

언 세계의 진실성을 의미한다. 그러나 "드러냄의 아름다움"이란 말
은 그 세계의 진실에 반쯤만 동의한다. 이 시에서 "비웃으며"는 물
론 '슬퍼하며'라는 말이다. 아니, 슬퍼하는 것이 아니라 "언제는 그
렇지 않았나 마음 다져먹으며"의 뜻이다. 오규원이 보기에, 이렇듯
하나로 파악되는 세계는 세계에 대한 관념일 것이 분명한데, 이는
그가 두려워하는 바이다. 그는 김혜순에게서 다른 여러 세계가 "공
존해도 그 색채가 하나로 빛나는 세계"를 찬양했다. 결국 방법을 찬
양하면서 동시에 그 결과로 "빛나는 세계"의 비본질적 성격을 주장
하는 셈인데, 김혜순에게는 거꾸로 시의 방법은 세계 그 자체의 존
재 방식과 다르지 않다.

죽은 어머니가 내게 와서
신발 좀 빌어달라 그러며는요
신발을 벗었더랬죠

죽은 어머니가 내게 와서
부축해다오 발이 없어서 그러며는요
두 발을 벗었더랬죠

죽은 어머니가 내게 와서
빌어달라 빌어달라 그러며는요

가슴까지 벗었더랬죠

하늘엔 산이 뜨고 길이 뜨고요
아무도 없는 곳에
둥그런 달이 두 개 뜨고 있었죠   ──「兜率歌」

저 세계의 헐벗음이 이 세계의 헐벗음이다. 어머니가 사는 도솔천
은 시로 만나는 세계인데, 만남은 궁핍으로만 가능하다. 저 세계는
모든 것을 다 주어도 채워지지 않으며, 이 세계는 신발도 가슴도 여
벌이 없다. 축적 없음은 세계가 최초로 지녔던 모습이다. 하늘에 달
이 두 개 뜨는데, 하나는 시간도 기억도 얻지 못한 최초의 우주이며,
또 하나는 그 물질성 앞에 속수무책으로 서 있는 황폐한 마음이다.
이 황폐함이 빈틈없이 구체적이어서 시가 빛난다. 이 시에는 『아버
지가 세운 허수아비』를 거쳐 『어느 별의 지옥』에 이르기까지 김혜순
을 특징짓는 거의 모든 것이 들어 있다. 황폐함의 구체성과 형이상
학을 동시에 떠맡은 죽음이 있으며, 거울처럼 마주보는 폐허의 두
세계가 있으며, 그리고 특히 가장 포만한 정신에게 틈새를 내어줄
듯 늦추어진 어세를 낭랑한 음수율로 어김없이 다잡아채는 리듬이
있다. 이 폐허와 리듬이 또한 서로를 비추는 거울이다.
　『아버지가 세운 허수아비』는 『어느 별의 지옥』과 함께 가히 '죽
음'의 시집인데, 그것들이 품고 있는 이상한 에네르기는 읽는 사람
들을 당혹스럽게 만들었다. 분명한 출구를 보여주지 않으면서도 일
정한 고양감을 지니고 있는 이 언어들을 설명하기 위해서는 어떤 메
타 언어가 필요할 것 같았다. 여러 시도 중에는, 바슐라르식의 이미
지 분석법을 적용하여, '수직적 상승과 하강'을 발견하려는 시도 같
은 것이 있었지만, 전혀 엉뚱한 이야기는 아니었다. 이 상승과 하강

이 그릴 수직의 선은 어떤 종류의 운동뿐만 아니라, 적어도 그 평면 좌표로서는, 정태적 세계의 괴어 있는 에네르기에도 적용될 수 있기 때문이다. 그러나 그 폭발성이 끝없이 증폭되면서 유예되는 이 에네르기는 결코 변화를 기약하는 것이 아니다. 상승의 끝과 마찬가지로 하강의 끝에도 초월이 있을 것인데, 김혜순의 죽음은 초월이 아니다. 죽음은 차라리 초월이 막힌 곳이며, 초월에 대한 금지령이다. 이를테면, 「지구를 베고 잠들어보면」은, 호통 치고, 따귀를 때리고, 울고, 목을 자르는 음산한 소리들이 '물소리'와 함께 시간 속으로 흘러들어, "포도주 항아리에 술 찰랑이는 소리"로 협화할 가능성을 말한다. 그 자체로서는 초월의 가능성이다. 그러나 시의 제목과 마지막 시구에서 두 번 반복되는, "지구에 귀 대고 잠들어보면"이라는 가정은 초월을 포함하는 이 행복한 죽음이 그녀에게 허용되지 않았으며, 스스로 허용할 수 없음을 뜻한다. 김혜순의 죽음은 이 금지이다. 그녀의 '죽음'은 죽음이 지닐 수 있는 모든 것을 배제하고 점처럼 남은 어떤 것, 그 충전된 에네르기로만 남을 어떤 것이다.

이 죽음은 생물학적이지 않다. 「순장(殉葬)」의 한 아가씨는, 그녀가 죽기 전에는 그 육체를 탐하고 흙탕물을 끼얹는 사람들이 있으며, 그녀가 죽으면 시체를 책임져야 할 사람들이 있어서 "극락까지 흘러가며 입다물고 없어질" 수 없다. 이 죽음이 가장 꺼리는 것은 시체이다. 시체는 "아무런 생각도 떠오르지 않고/영혼마저 말라 죽"지 못하게 한다(「껍질의 노래」). 죽음은 그래서 이 시체라고 하는 생물적 부패의 방부제처럼 보인다. 그녀의 시에는 그녀와 함께 이야기하지 않을 수 없는 최승자에게서처럼 '똥'과 '토사물'이 나타나지만, 그것들은 악취를 풍기기 전에 죽음으로 처리된다. 저 최승자가 그녀 안에서 보게 될 죽음은 이렇게 그려진다.

너는 나를 보지 않지
화장한 내 입술과 기름칠한
내 머리칼은 보지 않지
그 향내 나는 것들은 보지 않고, 너는
조금씩 흙으로 부서져 흩날리는
내 골통과
손끝부터 바스러져 흙으로 내려앉는
한 인간을 보지   ──「흙만 보는 사람」

　최승자가 그녀에게서나 또 누구에게서 정말 흙을 본다고는 믿을
수 없다. 오히려 거꾸로 볼 것 같다. 아무튼 김혜순이 최승자의 눈을
빌려 구하는 이 흙은 그녀의 죽음이 어떤 인식론적 변화가 아님을
말한다. 상징주의자들이 생각하는 것과 같은, 인식의 한계라는 관점
에서의 죽음은 결국 다른 세계에 대한 비전의 획득과 그 누설을 막
는 경고의 의미를 동시에 지닌다. 이 비전을 위해서는 혼이 육체를
탈출해야 하지만, 그 동력이 되는 육체적 감각은 죽음 뒤에도 여전
히 남아 있어야 그 황홀함을 거둘 수 있다. 그점에서는 이 죽음 역시
생물학적이다. 그러나 김혜순에게는 저승의 무기질적 성격이 벌써
이 세상을 무기질로 만들어놓고 있다. 또는 그 반대이다.

잠시 후 전생이 막 내릴 때
땅 밑에서 이승도 저문다
전생의 그 여인이 두 손에
어린 딸 같은 복숭아 하나 품고
전생을 쫓겨날 때
이승의 나는 빈 자루 하나 짊어지고

전쟁이야 전쟁이야
한 겹 아래 저세상으로
또 피난을 간다   ──「進行」

　업을 거듭해도 달라지는 것은 없으며, 필연적인 죽음이 모든 세상
을 지배한다는 것이 확인될 뿐이다. 그렇다고, 그 세계들이 죽음으
로 연결된다고 해서 절대적 허무를 말할 수 있는 것은 또 아니다. 바
로 그 때문에 죽음은 아이러니컬하게도 모든 세계의 유한성을 막는
다. 샤머니즘을 말해야 할까.
　샤머니즘에서 죽음과 삶은 공생 관계에 있다. 죽었지만 덜 죽은
것들이 삶 속에 떠돌고 삶을 의지하여 그 남은 힘을 발휘하며, 삶은
그 덜 죽은 것들을 통로로 삼아 죽음의 세계에 접근한다. 김혜순의
죽음도 얼핏 보기에는 이와 비슷하지만 본질적으로 다르다. 그녀에
게서 죽음은 여러 삶을 관통하여 그 유한성에 구멍을 뚫지만, 다른
삶의 기별이 이 죽음으로 전해지지 않으며, 그녀는 다른 삶으로 흔
들리지 않는다. 모든 삶에 현실의 삶은 무한정 투사될 뿐이다. 권오
룡에게는 수직·수평 운동을 보게 하고, 김현이 무한상조라고 표현
했으며, 나중에 성민엽이 중첩화라고 부르게 될 무한 액자 구성이
이렇게 해서 만들어진다. 마주 보는 두 거울은 서로에게 무한한 수
의 액자를 중첩시켜 깊은 구멍을 뚫는다. 그러나 그 구멍은 깊이가
아니며, 액자들은 반들거리는 거울의 표면으로 다시 수렴된다. 구멍
은 기억의 깊이로 내려가지 않는다. 전생도 저승도 따지고 보면 기
억의 저장소이다. 이 허위의 깊이는 기억의 통로를 차단한다. 그녀
가 거울 앞에 서면 거울은 그녀의 나쁜 기억을 되돌려주겠지만, 그
녀가 거울이 되어 거울 앞에 서면 그녀의 배경이었던 기억은 그 거
울 사이에 들어갈 자리를 잃고, "왼쪽 뺨을 맞을 때와/오른쪽 뺨을

맞을 때/그 짧은 막간"(「그곳 5」)에 응결된다. 뺨을 맞던 날의 나쁜 기억은 자신의 현기증만을 거울의 그것에서 다시 발견함으로써 스스로를 구제한다. 김혜순이 무한 액자를 만들 때, 그것은 '잃어버린 기억을 피해서,'

> 그곳! 아지못할 똥구덩이. 얼어붙은 폭포.
> 천만 개의 자물쇠로 밀봉된 검정!　　　　　　　　—「그곳 3」

을 피해서 만들어진다. 그 결과 시인은

> 나만 홀로
> 불 켠 조그만 상자처럼
> 환한
> 그곳,　　　　　　　　　　　　　　　—「그곳 1」

에 남으며, 시는 시인 자신의 소외를 세상의 소외로 삼는 무한 순환을 예고하려는 듯 쉼표로 끝을 맺는다. 세상을 죽음의 단일성으로 봉쇄하고 남겨진 이 "불 켠 조그만 상자"는 가장 온전했던 날의 그녀, 「딸을 낳던 날의 기억」의 표현을 빌리면, "손가락이 열 개 달린" 그녀의 딸이다.

> 거울을 열고 들어가니
> 거울 안에 어머니가 앉아 계시고
> 거울을 열고 다시 들어가니
> 그 거울 안에 외할머니 앉으셨고
> 외할머니 앉은 거울을 밀고 문턱을 넘으니

거울 안에 외증조할머니 웃고 계시고
[……]
거울 조각들을 치우며 피 묻고 눈감은
모든 내 어머니들의 어머니
조그만 어머니를 들어올리며
말하길 손가락이 열 개 달린 공주요!

아버지는 여기 없다. 아버지는 거울 밖에 있다. 거울들이 또는 모
든 어머니들이 모든 아버지의 기억으로부터 딸을 보호하는 수호 천
사가 된다. 그러나 이 무균의 수호 천사-거울은 아버지가 죽음인 것
만큼 죽음이다. 죽음은 김혜순의 청결벽이다. 그녀는 이 죽음만큼
강렬한 청결벽으로 저 아버지들이 만든 죽음의 세계에서 최초의 연
약하고 온전한 딸로 남을 수 있다.
　저 기민했던 비평가 김현이 특히 이 거울로 처리된 출산의 기억으
로부터 "행복한 여성상"을 보았던 것은 당연한 일이다. 가장 거친
옷 속에 들어 있는 여자의 육체에서 성적 매혹을 느끼는 이치와 같
다고 할까. 그러나 그것은 다른 이야기가 되겠다. 저 아버지가 가장
횡포한 모습으로 나타나는「아버지가 세운 허수아비」에서는 이 청결
벽의 진정한 동력이 될 또 다른 힘을 보게 된다. 아버지가 "낡아빠진
군모에 구멍 뚫린 워카를" 신겨 만든 허수아비를 가을 들판에 세우
는 첫 번째 연은 그만두고, 두 번째 연만을 인용하자.

황산벌에 계백 장군 펄럭인다
장검 대신 깡통 차고 늠름하게 펄럭인다
단칼에 베어버린 처자식은
논두렁 자갈 되어 굴러 있고

단칼에 흩어버린 신라 경계는
세월이 지워버렸는데
계백 장군 홀로 남아 나이롱 저고리 입고
혼자서 흔들린다
그 뒤편에 전쟁보다 더 무서운
입다물고 귀 막은 적막강산이
호올로 큰 눈 뜨고 있다

김혜순은 이 시 한 편으로도 페미니스트의 명성을 얻을 수 있을지 모른다. 가부장의 역사는 허수아비를 만들었을 뿐이라고 말하기 때문이다. "단칼에 베어버린 처자식은" 계백의 이야기지만, "단칼에 흩어버린 신라 경계는" 이미 계백을 벗어난다. 계백의 허수아비가 역사를 엮어온 모든 남자들의 허수아비인 것은 말할 것도 없다. 빈 들은 '그들의 역사'를 무효로 돌렸는데, 허수아비 가부장은 여전히 우스꽝스럽게 남아 있다. 처자식이 자갈 되어 굴러다니는 논두렁, 그리고 강산에서 대지의 모신을 발견하기는 어렵지 않다. 그러나 강산은 "적막강산"이다. 세월과 함께 모든 '경계'를 지워버리는 큰 역사마저도 이 강산 앞에서는 적막하다. 이 적막함은 결국 모든 인간사가 자연 앞에서 드러내는 허망함일 터이지만, 또한 자연 그 자체의 황폐함은 아닐까. 어떤 종류의 섭리도 포함하고 있을 것 같지 않은 이 무심의 산천은 생산성에 상처를 입은 모신이기도 할 것 같다. 말하자면, 그곳에서는 역사의 한 국면이 무의미할 뿐만 아니라 역사 전체를 용해하여 다른 전망으로 열어줄 공간이 발견되지 않는다. 아니 인간사를 넘어선 거기에는 문자 그대로의 '공간'이 있을 뿐이다. 이 비어 있음과 허무의 차이는 미묘하다. 어느 쪽에도 편들지 않으며, 아무것도 변하는 것이 없고 축적되는 것이 없다는 점에서 그것은 허무이지만, 모든 인간사가 결코 빠져나가지 못하는 마지막 지평선을 그것이 지킨다는 점에서 그것은 허무가 아니다. "호올로 큰 눈 뜨고" 있는 가을의 이 빈 들은 인간을 지켜볼 뿐만 아니라 인간을 인간 이후처럼 지켜본다. 이를테면, 인간의 극단을 지켜보는데, 실은 계백이 인간의 극단이었다. 그가 처자식을 벨 때, 이 적막강산이 벌써 그의 마음속에 준비되어 있다. 충성은 한 시대의 윤리이지만, 그 비장한 충성의 극단은 적막강산이다. 빈 들처럼 적막한 것은 어떤 생각의 극단이 되고자 하는 한 인간의 심정밖에 없다.

김혜순도 그렇다. 그녀는 죽음을 말하면서 심정의 어떤 극단으로 세상을 바라보지만, 그것은 그녀가 자주 사용하는 여성적 소도구들의 빈틈 없는 배열들 때문에 잘 드러나지 않는다.

> 밥주발 속에 깨지지 않는
> 돌 몇 개쯤 들어 있다고
> 화내지 말아주세요
> 설사 그 돌이 내 眞意라
> 생각되더라도
> 너그러이 참고 제발 삼켜만 주세요
> 물 한 모금 시원히 드시면
> 그 돌쯤 쉽게 넘어갈 테니까요　　　　　　—「참아주세요」

이 요리는 몸 속에 "두레박을 던져" 길어 올린 물로 쌀을 씻고, "올올이 살을 풀고 피 섞어" 지은 것이다. 다시 말해서 육체의 생명을 "깨지지 않는" 돌이 남지 않을 때까지 평정하여 만들어야 할 시이다. 시는 생명이 죽음과 같은 상태에 이른 것인데, 그 돌 때문에 죽음은 지체된다. 죽음은 여전히 잔존하는 생명으로 균질성을 잃어

완전하지 않다. 그러나 죽음에게 이 흠집, 이 "진의(眞意)"는 여전히 생명일 수밖에 없는 시이며, 시 쓰기에 있어서는 이 걸림돌이 죽음이다. 세상에 대한 적막한 심정이 시를 쓰게 하는데, 항상 실패하는 시에서 시인은 그 적막함의 극단을 본다. 또다시 거울을 말하게 된다. 거울은 시가 생명에 걸었던 탯줄의 흔적이 무한히 축소되면서도 끝내 지워지지 않는 장소이다. "손가락이 열 개 달린 공주"가 거기 남는데, 그것은 생명의 온전한 육체이지만, 기억 이전의 육체이기에 생명의 비균질성이 잠재된 상태로만 존재한다. 김혜순은 시의 극단에 이르려 할 때 한 여자로 남는다.

세상을 지우기 위해서 설치된 이 거울이 그러나 세상의 한 실상에 대한 오롯한 거울인 것은 놀라운 일이 아니다. 세상이 지워지는 경계가 곧 세상의 윤곽이기 때문이다.

멀어질수록 커지는 사람
소실점 밖에 서서
에드벌룬처럼 가득히 부푸는 사람
그는 실체가 없으면서
그러나 큰 덩어리이면서
〔……〕
날마다 커지는 사람
너무 커져버린 모습으로
잠든 나를 내리누르며
내 눈물 보따리와
내 오장육부를 쥐어짜는 사람

밤마다 그를 안고

뒹굴다 보면
새벽 태양 떠오를 때
저 동구 밖 너머로
거대한 산봉우리처럼 부풀어오는 사람 ——「동구 밖의 민주주의」

우리는 누구나 이 시를 잘 이해하며, 좋은 독자가 될 수도 있다. 여기에는 우리가 우리 시대로 얻었던 진정한 경험의 적확한 이미지가 있다. 그러나 제목 속의 "민주주의" 대신에 '절망'을, 또는 '죽음'을 넣고 이 시를 다시 읽어보라. 그러면 이 시가 한 사회의 염원 내지는 그 역사적 인식에 대한 비유가 아니라 그 존재 방식이며 그 방식의 존재론임을 이해하게 될 것이다. 김혜순에게는 어떤 종류의 것이건 변증법이 없다. 이점은 시인으로서의 그녀의 장점이다. 그녀는 그녀가 보기에 타락과 소멸의 위험일 뿐인 모든 변화에 자신의 '온전한 딸'을 노출하지 않으려는 노력으로, 적어도 『어느 별의 지옥에서』까지는, 어느 변화도 끝내 감당하지 못할 소외된 삶을 드러낸다.

벌써 유명한 것이 된 그녀의 리듬과 재치는 그 변화에 대한 차폐막이라고 부를 만하다. 선율과 언어의 선회는 완벽해서 때로는 그녀가 말하려는 고통이 그녀의 고통인 것을 잊게 한다. 지극히 원활하고 유연한 기계는 그 최고도의 움직임이 정지와 동일하듯, 그녀의 리듬은 생명 현상을 증거하면서 감춘다. 그것이 죽음-거울의 본질인 것은 물론이다. 남진우는 『우리들의 음화』에 붙인 훌륭한 해설에서, 이 어조에 관해 "비극성과 전혀 동떨어진 탄력성과 경쾌함을 동반"한다고 말하였다. 그러나 이 해설은 이전의 시집에 관련하는 것이었다면 아마도 더 좋았을 것이다. 리듬은 여전할 뿐만 아니라 더욱 경쾌해졌지만 그 내적 추진력의 상당 부분을 잃어 공허한 타령조가 되고, 언어의 선회는 상식적 기대를 뒤엎기 전에 자주 그 의도를 드러내고 있었기 때문이다. 이점에 관해서는 좀더 길고 성가신 논의가 필요하겠지만, 그것을 잘 알고 있는 것은 시인 자신이었다. 「레이스 짜는 여자」에서는 열정의 고백이 허약함의 고백으로 되며, 마지막 시 「다시」에서는,

향긋한 오줌 차오르는
너른 태반가에
돗자리 깔아놓았으니
들어와 누우시라
정말 또 한 번 속아주고 싶은
새 몸주님

을 기다린다. 그녀가 허약해졌다고 말한다면, 그것은 "몸주님"이 없다는 것이 아니다. 돗자리를 깔기는커녕, 어떤 객기도 들어올 수 없을 만큼 철저한 자기 단속으로 충전되던 그 열정이 고개를 숙였다는 뜻이다. 이 허약함에서 또 하나의 방법이 터득되는 것은, 지금으로서는 김혜순의 마지막 시집인 『나의 우파니샤드, 서울』에서이다.

사람들이 숙명을 말한다면, 그것은 자연의 혼돈을 용서한다는 것이다. 예술가가 그의 시도에서 가장 작은 결함을 보완하고, 늙은 과학자가 그의 계산에서 마지막 오차를 찾아내고, 충신이 그 단심을 이제 완성했다고 여겼을 때, 세상은 갑자기 그 혼란을 드러내면서 그 시도와 계산이 처음부터 빗나갔으니, 결함과 오차만이 저들을 구제할 수 있었음을 알린다. 어느 계산도 세상의 혼란을 덮을 수 없다. 사람들은 그것을 순리라고 부른다. 계산과 충성이 그 혼돈과 항상 함께 갈 수 있으면 좋으련만, 그것이 사람의 도리도 순리도 아닌 이

유는 설명하지 않아도 누구나 잘 안다. 자기에게도 세상에게도 가끔은 거리를 가지라고 권유할 수 있을 뿐인데, 가끔 네가 너의 사명이라고 생각하는 것에서 눈을 들어 그 사명이 곧 증가된 엔트로피에 불과함을 이해하라는 것이다. 『나의 우파니샤드, 서울』은 제목이 시사하듯, 이 기막힌 도시 서울이 그 주제와 방법을 지시하는 시집인데, 서울은 바로 이 순리의 극한이다.

> 모래성아 무너지지 말아라
> 하고 모래에 시멘트와 물을 섞고
> 철근까지 박은 집에
> 아이들이 자꾸 태어났습니다
> 더 이상 머리 둘 곳이 없게 되자
> 모래성이 그만 무너져주었습니다
> 이제 그는
> 모래성 밖으로 머리를 두고
> 잠들게 되었습니다
> 별이 못생긴 얼굴 위로 뚝뚝
> 떨어져 박혀주었습니다   ──「서울의 흥부」

물론 역설의 순리이다. 서울은 모든 옹색함과 혼란을 어쩔 수 없이 용서할 수밖에 없는 구조로 번성한다. 반자연은 자연의 수준에 이른다. 김혜순은 여기서 자신의 시적 실천에 대한 새로운 비유를 발견한다. "품에 넣었던 그대를/다시 품에 넣고" 그러기를, 말하자면 '거울' 사이에 작은 방 만들기를 몇수천 년 계속하다 보니, "내 가슴 방이 훤하게 넓어졌"다. 벽이 없어지고 거울이 필요 없다. 그녀가 애써 간직해야만 살아남을 수 있었던 그것은 이제 자유롭게 출입하는 존재가 되었다. 이것은 확실히 발전이지만 그러나 또한 시인의 패배이기도 하다. 평생을 고생하여 빚을 갚고 나서 빚진 일이 없는 것을 알게 되는 사람처럼, 시인은 이 발전에 억울한 심사를 품지 않을 수 없다: "내 방이 서울특별시처럼 마구 커졌습니다." 죽음도 그렇다. 그것은 여전히 남아 있지만, 그녀가 마음의 극단을 동원하여 적막강산으로 지키려 했던 순결이 아니라, 그 자체로 정화되어 환한 별로서이다.

> 학교의 소설가 선생님과 부소산성 거닌다
> 선생님 낮에는 왜 별이 안 보이지요
> 여기가 너무 밝아서 그렇지요
> 선생님 낮에 별이 보인다면 어떻게 보일까요
> 어둡겠지요
> 선생님이 부서진 기왓장 하나 주우시며
> 백제 때 기와일까요 환하지요 하신다   ——「기다림에 관하여」

그녀에게는 낮에 별을 보려 한, 그래서 어두운 죽음으로만 그것을 만났던 죄가 있다. 대책 없이 기다려야 한다는 말은 아닐 것이다. "너무 가까운 은하수처럼 기다려요 기다려요/파란 소리들이 잠 못 든 시체를 감싸고 돈다." 시는 이렇게 끝난다. 기다리는 그것을 자신에게서 가장 멀리 위치시킴으로써만 가장 가까운 것으로 확신할 수 있는 이 기다림은 저 거울의 방부 처리 못지 않게 실천하기 어렵다. 아니, 실천하라, 그러나 실천하지 못하리라는 암시로부터 자신을 해방해야 할 것 같다. 이와 같이 그녀는 자신을 지키기 위해 맞서 싸워야 했던 그 아버지와 자신의 처지가 역전되는 것을 알게 된다. 아버지는 실천이며, 그 암시에 걸린 나는 아버지이다.

너 심겨진 밭에 약을 치고 돌아온 아버지
네 팔을 잘라 나뭇단을 만드는 아버지
네 밑동을 잘라 제재소에 보내는 아버지
양손이 사나운 칼날인 아버지
〔……〕
나 아버지가 되기 싫어 큰 소리로 말해도
아버지의 아버지, 그 아버지를 살해했으므로 그만
아버지가 되어버린 아버지

           ——「어쩌면 좋아, 이 무거운 아버지를」

  이것은 우리에게 익숙한 저 마주 선 거울에 대한 또 다른 거울이다. 그러나 달라진 것이 있다. 저 거울 속의 극악한 딸은 그 배경도 자신의 실체도 없었는데 이 아버지는 시인의 배경이며 실체이다. 그 실체가 가장 또렷이 드러나는 것은 「희디흰 편지지」에서이다.

그러나 아버지, 그 황토흙일랑 그만
파내시고 내 말 좀 들어보실래요?
내 가슴속 온갖 구멍 속의 아이들이
젖은 내 머리칼을 내어 말리고 그 구멍 속으로
내 편지를 가득 실은 파발마가 달려가요
내 희디흰 편지를 가득 싣고
적토마는 달려요
저기 보세요 누가 오고 있어요
큰 가방을 들었어요! 아버지
시집의 문을 닫고 마당으로 나가봐요! 우리

젖은 글씨를 햇살나무에 매달아요

내 안에서 시를 쓰는 아버지는 일하는 아버지이며 무덤 파는 아버지이다. 시 쓰는 일이 시를 막고 시에 상처를 준다. 그런데 내 "희디흰 편지"가 전해지는 통로는 그 상처의 구멍이며, "큰 가방"에 선물을 담고 오는 사람도 거기서 온다. 아버지와 딸 사이에 화해가 있다. 그러나 가능성일 뿐이다. 그 손님 앞에서 아버지는 무엇인가. 그는 죽음과 선물을 동시에 받지는 못하리라(가령, "고향에 가니 고향이 없"어진 나머지 저 그리움의 돈황으로 바뀌는 「고향」 같은 시를 생각해 보자). 시로 자신을 바라보던 김혜순은 이제 시인으로서의 자신의 운명을 본다. 거울의 무한 액자에 결함이 생긴 것일까. 여기서 김혜순의 나이를 말해야 할 것이나, 아무튼 그녀는 그 결함을 이용하려 하며, 거기에 '신파'라는 이름을 붙인다. 다섯 개의 '신파(新派)로 가는 길' 연작 중 하나에서 다음 구절을 인용하자.

〔……〕 아직도 어둠을 질질 흘리고 있는 버스를 다시 주유소 앞으로 끌고 가 덜컹 기름통 문을 여는 소리. 이빠이 넣어 하는 소리 안 들려도 나는 다 듣지요. 그리고 당신이 나를 끌고 논둑길을 걸어가는 것. 나를 잠시 버드나무에 매어두고 샘물에서 물 한 바가지 떠 벌컥벌컥 마시는 것. 〔……〕 돈통을 든 남자가 슬리퍼를 지익직 끌며 버스로 걸어가다 말고 내 귓속으로 침을 칙 뱉는 소리. 그리고 당신이 당신 가슴을 쓸며 눈을 들어 머얼리 마을 앞 행길을 바라보는 것.

——「新派로 가는 길 1」

새벽 잠결에 버스 종점에서 들려오는 "이빠이" 소리가 소 모는 소리로 들리고 나는 소가 된다. 소는 목동을 사랑한다. 가장 더러운 것들과 목가의 깨끗함이 구별되지 않는다. 새벽의 혼미함 때문에 그것이 가능한데, 이 혼미함은 어느 나이가 인정할 수밖에 없는 허약함이기도 하다. 죽음과 맞닿아 있던 정리벽과 청결벽이 이제 세상에 미처 대처하지 못하는 곳에 이 '신파'가 있다. 이 이름으로 시인은 자신을 멸시하는가. 아니다. 시인이 저 아버지의 경계를 허물면서 하나의 점에 불과했던 자기를 허물 때, 자신이 세상만큼 커져버렸음을 안다. 세상은 애석하게도 예기를 잃었지만, 그녀에게서는 세상을 막아내기 위해서 입었던 상처가 모두 세상의 모습으로 된다. 그것은 거대한 물량의 공격이다. 그것을 어차피 받아들여야 하는 것이라면, 철저하지만 단순했던 차폐막보다는 훨씬 복잡한 자기 반성의 정화 장치가 필요하다. '신파'는 세상을 안아들이면서 동시에 순결하게 남으려는 그 의지에 잠정적으로 붙인 이름이다.

　이 시집에 두 번 나타나는 '벤야민'에 관해서 말한다면, 그것도 이 신파와 함께 이야기해야 할 것이다. 벤야민은 자신이 증오하는 도시에서 그 신화적 힘에 들리고 유물 변증법의 끝에서 초월을 보았던 발터 벤야민인 것은 물론이다. 그는 이 시집에서 옹색하고 기이한 자리에 나타난다. 한 번은, 「블라인드 쳐진 방 2」의 실패한 세미나에,

　　토론의 진행자가 잠시 침을 삼키는 사이 안경 속의 붕어를 빛내며 한 어항이 빳빳해진다 그 어항이 외친다
　　그는 그 상황에서 왜 미리 자살하지 않았을까요 낡은 트렁크처럼 목숨을 질질 끌고 그 스페인 국경 산중까지 가야만 했을까요 나 같으면 미리 죽어버렸을 것 같아요
　　우리는 서로의 어항을 돌린다 〔……〕

그 주제가 되어 등장한다. 그가 등장하기 위해서는 이 어색한 세미

나와 그 실패의 여과가 필요했다. 그의 이 어려운 진입은 그가 블라인드 밖에 있어야 할 것이기 때문이다. 한 토론자의 바보 같은 발언과 토론자들의 눈동자 돌리기는 그들 각자에게 서로 말하지 않은 채 감추어둔 다른 무엇이 있다는 것을 암시한다. 그것은 제도의 '블라인드 쳐진 방'에서는 결코 논의될 수 없는 시적 세계관이다. 그런데 김혜순에게서는 자기 지키기의 순결 의지가 이 제도의 옹색함을 닮아버렸다는 데서 아버지와 딸의 역전이 성립한다. '신파로 가는 길'은 딸 지키기에서 어머니 되기로 가는 길이다. 또 하나의 벤야민이 「벤야민의 테트리스」에서 전자 오락을 하는 사람인 것은 우선 시인의 수줍음 때문이다. 그러나 벌써 다른 것, 벤야민에게는 자기 운명과의 거의 초월적인 투쟁이, 시인에게는 그녀의 새로운 주제이고 방법인 서울-욕망이 있다.

〔……〕304동이 부서질 때 그의 방의 책장이 앞으로 쏟아진다. 해체된 벽돌 덩어리처럼 괴테 전집이 쏟아진다. 벤야민은 열두번째 레벨에 매달린다. 수백 명의 천사들이 날개 가득 ㄱ ㄴ ㅁ ㅗ ㅡ ㄱ 〢 폐허를 싣고 와 벤야민의 창문 속으로 쏟아붓는다. 하나님의 창고는 얼마나 퍼내야 바닥이 보이나. 저 천사들은 언제 날개를 쉴 수 있나. 〔……〕벤야민은 레벨 13의 시멘트 언덕을 기어오르기 시작한다.

테트리스 게임이라면 누구나 알고 있다. 하늘에서 떨어지는 벽돌이 공간을 메운다. 게임을 하는 사람은 그 벽돌을 정리하여 파괴함으로써 공간을 확보해야 한다. 공간이 아무리 기민하게 정리되어도 떨어지는 벽돌의 가속도를 이겨내지 못한다. 이 기이한 도시 서울에서 시인의 일이 그렇다. 저 욕망의 탑을 부술 수 없는 것이라면 언어가 그 탑과 함께 올라가 자음과 모음 그리고 알 수 없는 소리의 바벨

탑을 지어야 한다. 우리가 욕망을 이해한다면, 그에 해당하는 언어의 탑을 쌓기는 결국 자기 초월로 끝을 맺을 수밖에 없는 페레네의 암벽 타기와 같다.

시가 그 욕망이 되면서 어떻게 그 욕망에서 벗어날 수 있을까. 이 시집에 빈번히 나타나는 성애의 이미지가 그것을 도와줄 수 있을지 모른다. 성애는 타자를 받아들이는 만큼 자아를 확보한다. 시인에게는 그 욕망이 들어오는 만큼 밝은 가슴속에 그 아파트가 지어진다. 욕망이 차지한 자리는 그만큼의 공간이 된다. 시인은 우선 이 공간의 물량에 성공하였다. 시인이 옛날 죽음의 방벽으로 하나의 핵을 보호할 때, 그 핵의 실체를 알아내는 일은 독자의 몫이었다. 그러나 시인이 하나의 양적 공간을 확보할 때, 이제 그 질을 결정하는 것은 시인의 일이다. 문학이 현실을 수용할 때의 어려움이 거기 있다. 「나의 우파니샤드, 서울」은 그 "일천이백만 드럼의 정액"으로 창세의 경전이 되려 한다. 서울은 그 욕망의 비참함으로 시가 실현하려던 모든 기적을 실천하였다고도 말할 만하다. 그러나 그 신화는 아직 자신을 반영할 뿐 다른 세계를 열지 못한다. 범아일여(梵我一如)의 관념은 현실의 욕망을 저 최초의 핵으로, 이미 충전의 힘을 잃은 핵으로 환언할 염려가 있다. "전동차 열 량을 끌고" 가는 "삼천 개의 뛰는 심장"이 저녁노을로 하나의 만다라가 되긴 하였으나, 「불쌍히 여기소서」라는 그 캡션은 옛날 저 어린 딸의 거울놀이를 아직 다 벗어나지 못했다. 성애의 상상에는 아직 그 거울놀이가 있다. 그 거울이 평정될 때, 그 거울로 끌어들인 서울의 사실이 비로소 드러날 것이다.

그리고 김혜순은 자신이 바라는 사실주의자가 될 것이며, 사실을 초월할 것이다. 가능한 일이다. 그녀는 마음의 모진 사막을 건너온 여자다.

세 번째 선택
—오탁번의 시집 『겨울강』에 부쳐

　이것이 네 도끼냐? 아닙니다. 이것이 네 도끼냐? 아닙니다. 두 번이나 실패한 산신령은 세 번째 도끼를 가지려 물속으로 들어갔다. 나무꾼의 진정한 도끼를 찾는 일은 영험 있는 신명에게도 쉬운 일이 아니었을까. 그런데도 무슨 까닭인지 그는 선다형으로 문제를 제시하려고 했다. 아무튼 숙제는 나무꾼과 우리에게 떨어졌던 셈인데, 내가 욕망하는 도끼와 내 도끼를 구별하는 일은 생각처럼 쉽지 않았다. 차라리 선다형을 거부하고 싶었다. 그것이 시인의 젊은 날이다. 젊은 시인은 어떤 도끼도 자신의 도끼라고 말하고 싶어하지 않는다. 그는 나무꾼만큼 행복하지 않기 때문이다. 자신의 일이 분명하고, 자신의 한계를 분명하게 의식하였을 나무꾼은 자신의 도끼를 명철하게 구별함으로써 세상의 모든 도끼를 얻을 수 있었다. 시인의 선택이 그와 같을 수 있을까. 시인에게는 하나를 선택함으로써 모든 것을 얻게 되리라는 확신이 없다. 그는 도리어 하나에 이를 모든 것을 선택하려 하지만 그의 선택은 항상 실패한다. 그는 혼란 속에서 선택하며 혼란을 선택한다.

　이제 그 나이 쉰을 넘은 오탁번이 새롭게 펴내려 하는 시집을 읽으며 나는 이 선택에 관해 이상한 생각을 하게 된다. 그는 이미 시인으로, 소설가로, 그리고 문학 연구자로 결코 가볍지 않은 성공을 거두었다. 그의 창작 활동이 잠시 멈춰 있었던 점을 들춘다면, 이 침묵은, 그가 자신의 선택에 실패함도 흔들림도 없이 자기 길을 걸어온 끝에, 감정의 부동한 균형에 도달하였음을 증거하는 것으로 이해되었다. 따라서 여전히 자신의 감정에 몸서리치는 사람들은 시가 삶으로 실천되는 그런 경지 가까이에 이른 그를 부러워할 만도 하였다. 그런데 이제 그가 저 선택의 착종, 또는 착종된 선택을 마치 어떤 회복할 수 없는 자질인 것처럼 여기며 그것을 애써 선택하려 한다.

> 수선화 샛노란 꽃망울 터뜨리고
> 삼동을 견딘 춘란 꽃대궁 불쑥 올라오는 날
> 아득한 옛꿈에서 올라온 여류 소설가를 만나
> 슬픈 소설에 매달리는 기쁜 그녀에게
> 난세를 이겨내는 난초 이야기를 밤늦도록
> 서사구조의 담화를 교훈적으로 하면서
> 유랑시인의 끝간 데 없는 부조리와 비논리로
> 새벽까지 밑도 끝도 없는 이미지와 리듬으로
> 나의 몸 하나씩 터뜨려보았다 수선화 흉내내면서
> 내가 식물이 아니고 동물이라는 것도 깨닫지 못했다
>
> ——「진눈깨비」

시인이 여류 소설가를 쉽게 만나는 것은 아니다. 그녀는 "아득한 옛꿈"에서 올라오며, 그 꿈은 다시 춘란 꽃대궁을 매개로 삼는다. 슬픈 소설에 매달리는 소설가가 그에게는 "기쁜 그녀"로 비친다. 자주 상투적 상징에 불과할 춘란에 겨우 삶의 온기를 의지하는 시인에게는 그 열정이 부러운 것이기 때문이다. 난세의 지조도 교훈적 담화도 유랑 시인의 부조리와 비논리가 없다면 그녀를 새벽까지 붙잡아

둘 수 없다. 시인은 그의 몸을 이미지와 리듬으로 터뜨려보았다고 말한다. "보았다"는 것은 이 유랑 시인의 역할이 그에게 벌써 낯설다는 뜻이겠다. 그러나 시인은 유랑 시인으로 그녀를 안은 적이 있었던 것 같다. 뒤이어지는 시구가 그것을 말한다.

> 나는야 외과의사도 문둥이도 아니란다
> 시를 잘못 쓰는 것은 죄가 아니지만
> 여자를 잘못 쓰는 것은 죄라는 말이 정말일까
> 나의 죄 하늘이 먼저 알고 진눈깨비 퍼부어서
> 동해바다 나가는 유일한 통로 대관령이 막히고
> 순 오르는 나뭇가지 눈 트는 꽃망울 울린다
> 아직도 늦겨울 깊은 잠에 빠져
> 꿈속에서도 꿈을 꾸는 나의 개꿈이
> 진눈깨비 맞으며 때 아닌 그리움에 젖는다

'여자를 잘못 쓰는 죄'란 무엇일까? 유랑 시인이기를 포기하는 일이 그녀를 버리는 일이었다면, 그것은 시를 잘못 쓰는 죄와 다르지 않다. 그는 "외과의사도 문둥이도" 아닌 삶을 선택해버렸다. 그가 붉은 수수밭의 혁명도, 그 혁명의 와중에서 한 여자를 찾아 헤매는 일도 포기했으니, 그에게 내리는 천벌이 진눈깨비인 것은 당연하다. 진눈깨비는 그가 포기했던 길을 보여주면서 동시에 그 길을 막는다. 그리움은 그에게 가위눌림이 된다. 선택함으로써 선택해야 할 것들을 잃은 죄로. 그러나 그가 잃었음을 말해주는 "진눈깨비"는 그가 선택했던 모든 것들을 혼란 속으로 되돌림으로써 그에게 다시 한번 선택의 기회를 준다. 혁명은 아니더라도 어떤 열정에 이끌려 헤매는 일은 가능하다. 그에게 또다시 "여자를 잘못 쓰는" 일이 일어날까?

진눈깨비의 혼란은 유랑자의 운명이고 가능성이지만, 한번 몸 눕힌 곳에서 망설였던 자, 말하자면 '자리 잡은 유랑 시인'에게 우선은 두려움인 것이 사실이다. 어쩌면 마지막일 수도 있는 이 선택의 기회 앞에서 시인의 몸가짐이 때로는 너무 조신하다고 느껴지는 것도 사실이다. 그의 본분이었어야 할 일이 문득 부끄럽고 황당하기까지 하다. 「시낭송회에서」는 이렇게 쓰고 있다: "다 부서진 기타와 바이올린과/빈 유리병이 쏟아내는 허무한 숨결/모두 다 취한 듯 졸리운 듯/시를 생각하고 미워하였다/이즈 섬씽 롱?/뭐 잘못된 거 있나?" 이 어색한 열정은 뜀틀 앞에서 멈칫거려버린 도움닫기와도 같다.

그래서 그는 마치 출발선에서 다시 뛰려는 듯 자주 고향에 관해서 말한다. 「내 고향」의 모든 시문은 '곳'으로 끝난다: 삽살개가 "낮잠 자는 곳"이며, 청개구리가 해바라기 잎사귀로 "숨어드는 곳"이며, 박달재 고갯마루에서 "소쩍새만 급하게 울어대는 곳"이다. 이 명사문은 우선 한 중산층의 삶과 "저녁쌀 구하러 간 어머니는/아직도 오지 않아/누룽지도 꼬딱지도 없는/배고픈 저녁나절"과의 거리감의 표현이기도 하겠지만, 모든 술어가 아직은 촉수를 감춘 욕망 속에서 호시탐탐 기회를 엿보고 있을 뿐인 현동화 이전의 은유이기도 하다. 이 고향이 그에게 따뜻한 정을 보여주었던 선생들로 나타날 때, 그는 이미 길을 다시 떠난 것처럼 보인다. 시인에게 "솔개그늘처럼 아늑"한 꿈을 꾸게 했던 「영희 누나」는 그의 국민학교 담임 교사이며, 이제는 「치악산 산 그림자」가 된 "삼권분립과 일사부재리"를 가르치던 선생님은 후에 시인이 교단에 서게 되는 날 자신에게서 다시 보게 되는 모습이다. 시인은 그들의 사랑을 기린다. 그리고 더욱 중요한 것은 나이 든 시인이 그 사랑과 더불어 한때 자신이었던 꿈 많은 착한 소년과 "문예반 학생"을 다시 만난다는 것이다. 그러나 그 치악산의 선생님이 가르치던 일사부재리는 그의 "다시 길떠나기"에도 해당되는 것은 아닐까? 그래서 「저녁나절의 꿈」은 묻는다: "무서운 가을 하늘 손가락질하는/이제는 잊어버린 슬픔 다시 눈뜰까"?

그는 자신의 제자들에 관해 말할 때도 선생님들에 관해 말할 때와 다르지 않다. 스승의 날 「손수건」을 받으며 그는 좋은 선생이기를 거부한다.

장미꽃 붉은 웃음 흑빛으로 저물고
안개같이 흐린 시력
꽃병 안에서 목마르게 흩날리는데
  선생님은 왜 선생님 같지 않지요?

장미와 안개꽃의 아름다움도 그 정한 바 시간이 있는데, 선생이 선생처럼 늙지 않을 리 없겠지만, 그는 학생의 인사치레를 사실로 증명하기 위해 그 쓸쓸한 손수건을 그가 옛날에 받았어야 할 손수건으로 바꾸려 한다.

내 몸 태울 성냥개비도 장만하고
사랑할 사람 하나 찾고 말테다
예쁜 꽃 수놓인 손수건 건네며
눈물로 엮은 목걸이도 걸어줄테다

이렇게 시인 선생은 거의 농담처럼 말하지만, 손수건 한 장에도 흔들릴 만큼 자신이 젊다는 것을 알고 있다. 균형이란 미세한 흔들림에 대한 다른 이름일 뿐이다. 그는 정말 '신인'처럼 시를 쓰려 한다. 「창작론연습교실」은 그의 교실이지만 그가 가르치는 교실에 그치지 않기 때문이다.

시를 못 쓰는 것이 죄가 아니라
시를 잘 쓰는 것이 죄가 되는
이 가을날의 아침 열시
스쳐지난 마을의 저녁연기 그리워서
뜻 있는 여학생 하나 울음 터뜨리고
밤나무 밤꽃 흉내내며
무심한 남학생 하나 웃고 있을 때
때아닌 월미도 바다 물결
비유와 상징인 양 창틀에 넘실댄다

　"시를 잘 쓰는 것이 죄가" 된다고 말하는 것은 그 가을날 아침 시를 쓰기 위해 타자기 앞에 앉아 있는 시인의 시정이 더할 수 없이 웅숭깊어, 어떤 시어도 그것을 배반할 것처럼 여겨지기 때문이리라. 아니, 단정할 수 없다. 시인은 자신의 생애에 있어서도 가을일 이 가을에까지 시를 잘 쓴다는 것은 여전히 세상에 미숙함을 뜻할 것이기에 그것이 죄라고 여기고 있는 것은 아닐까? 그러나 어느 의미에서도 이 가을은 문학의 가을이다. 그는 이 가을을 앞에 두고 학생처럼 엄숙하다. 마음 여린 여학생은 그 감정의 선명함으로 상징의 세계에 뜻을 세울 것이며, 밤나무처럼 단단한 남학생은 그 시니컬한 웃음으로 문학적 출항의 비범한 결의를 다질 것이다. 그는 물론 또다시 미숙한 학생인 것이 어느 정도는 불편하기도 할 것이다. 그러나 이 불편함은 그의 선택이다. 그는 학생처럼 시를 쓰며, 그렇게 시를 쓴 어느 가을날을 이 시로써 기념하고 있다. 시인은 그의 연습 교실을 엄습하는 "월미도 바다 물결"에 "때아닌"이라는 형용사를 붙이지만, 그것은 저 순결한 날의 정열이 충일하게 회복되었음에 대한 자랑이

자 겸사일 뿐이다.

사실 그의 이 이상한 선택의 착종은 시인 자신에게도 의아스러운 바가 없지 않다. 가령, 그가 오탁번 그 자신을 「요즘의 연구과제」로 삼을 때, 그 주제의 요체는 저 미숙함의 증표인 자질의 회복에, 또는 그것이 회복되는 "역사인식과정"에 있다.

아 오탁번은
아직 채집되지 않은
너무나 작고 눈에 안 띄는 벌레다
쇠똥 속에 집을 짓고
바깥세상을 바라보는
역사인식의 눈빛
개똥 같고 쇠똥 같은 불빛을 발산한다
내가 오탁번의 성충으로 직접 변태하기 전에는
그놈의 역사인식과정을
명쾌히 밝힐 실험도구가
나에겐
아직 없다

오탁번은 "성충이 되어서도 유충시절의 기억이 또렷"한 벌레이다. 말하자면, 역사가 도달해야 할 지점에 대한 영상이 세상에 대한 자신의 최초의 기억 속에 있는 '시인'이다. 그 인식이 분명하면서도 명쾌하게 밝혀 말할 수 없는 것은 그 역시 시이기 때문이다. 이 벌레의 괴이함은 시의 불가해함과 다르지 않다. 그렇다고 이 시구를 읽는 우리가, 자신을 이해해주지 못하는 세상에 대한 시인의 한탄이나, 세상이 자신을 이해할 수 없을 것이라고 믿는 시인의 오만만을 발견하는 것은 아니다. 우리가 발견해야 할 첫 번째 것은 시인의 믿음, 그 자신이 시인이라는 믿음이다. 그에게는 쇠똥의 집을, 시 속에서의 칩거를 선택하는 일이 세상을 선택하는 일과 같다. 그는 시를 쓸 때나 안 쓸 때나 그렇게 믿었다.

오탁번이 오탁번의 성충으로 변태하기, 그 시도를 말하는 오탁번은 성충인가 아닌가. 그 해답을 우리는 안다. 세상 사는 오탁번의 성충이 있으며, 시 쓰는 오탁번의 성충이 있다. "바깥세상을 바라보는" 역사 인식과 자신을 바라보는 역사 인식이 이제 만나려 한다. 진정한 성충이 되기 위해, 시와 삶을 아우르기 위해, 그 양자의, 또는 자기 삶의, 평화로운 균형이 깨질 것을 두려워하지 않으며, 그는 또 다른 시인이 되려 한다. 그것을 우리는 오탁번의 세 번째 선택이라고 부른다. 그 선택의 과정에 이 모험 가득한 시집이 있다.

어둠의 중심에서
──조정권의 시집 『신성한 숲』에 부쳐

    분석하고 설명하기보다는 다시 한번 읽는 편이 더 좋은 시가 있다면 조정권의 어떤 시들이 거기에 해당한다. 이점은 아마 그 시어들이 벌써 명징한 곳에 이르러 있기 때문이기도 하고, 명징하기를 끝까지 거부하기 때문이기도 할 것이다. 명징함에 이르렀다는 것은 그가 확실하게 성스런 세계를 선택하고 그것에 관해서만 이야기한다는 말이지만, 명징하기를 거부한다는 것은 이 깨끗한 세계가 그의 다른 감정, 정확히 말하자면 이미 돌이킬 수 없는 파탄 속으로 빠져들어간 한 세계에 대한 예감을 눌러두고 얻어졌다는 뜻이다.

    우선 빛으로부터 이야기를 시작한다면, 조정권의 시에서 가장 유력한 주제에 해당하는 것이 그것인데, 시구는 스스로 끌어들이는 이 빛에 의해 자주 해명되며, 때로는 시 자체가 그 빛인 것처럼 여겨진다. 그러나 거의 완결된 모습으로 들어서는 이 빛은 그 자체를 위해 빛날 뿐 최초의 어둠 속에 감추어져 있던 것들을 들추어내지 않는다는 점에서 특별하다. 가령 「신성한 숲 1」에서 시인은 이렇게 쓴다.

    숲 가운데로 들어서자 언 호수에서 빛이 일어서고 있었다.
    어둠 속에서 밤새들이 언 공기를 털어내며
    깃을 움츠린

그때 새벽별이 눈을 깜짝거렸으므로
나도 눈 깜짝이며 미소를 보냈다.
이제 조금 있으면 동이 트리라.

　신성한 땅으로서의 숲의 중심은 최초의 빛이 돋아나는 그 시간에
대한 공간적 번안일 뿐이다. 시인은 나귀를 몰고 수레를 끌며, "어둠
속으로 나 있는 샛길"을 따라 오랫동안 걸어왔지만, 숲이 진정으로
존재하는 것은 이제 떠오르게 될 빛과 함께일 뿐이다. 물론 어둠 속
에는 이미 "깃을 움츠린" 밤새들이 있었다고 말해야 하겠으나, 그것
들의 진정한 생명 역시 빛의 전령사인 새벽별에서부터 비롯한다. 이
미물들에게 빛은 모든 것이지만, 이제 빛을 받아 살아나는 감각에
불과한 이 미물들은 빛에게 아무것도 아니다. 이 감각들에게는 아직
경험이 없으며, 아니 경험이 있으나 그것은 빛과 함께 지워진다. 숲
의 성스러움, 그것은 아마 이 지워짐일 것이다. 그 앞에서 우리는 아
무것도 이야기할 수 없게 된다. 인생에 대해서도, 사랑에 대해서도,
역사와 사회에 대해서도, 상처에 대해서도. 그것들은 모두, 거기에
포함된 희망까지도, 과거의 경험에 속하기 때문이며, 이 특별한 순
간에 빛으로부터 흘러나온 지성의 인도를 받아 그 빛의 중심부로 벌
써 수렴되었기 때문이다. 감각과 빛의 이 관계는 「신성한 숲 3」의 다
음과 같은 시구에서 더 명확하게 나타난다.

　어둠 속을 꿈틀거리며 해안을 따라 힘껏 내달려간 그 끝, 파도는
　이제 도착한 시간의 문지방에 허연 잇자국을 낸 채
　자랑스런 거품을 깨물고
　그곳에서 화석의 잠을 자던 산양은 사지를 푸득거려
　빛은 비로소 원시성으로부터 깨어났다.

파도는 어둠 속을 달려왔지만 시간이 시작되는 곳은 그것이 거품을 깨물고 사라지는 곳이다. 화석이었던 산양은 잠에서 깨어난다. 그러나 실은 화석이 산양으로 되는 것은 아니다. 화석도 산양도 존재하는 것은 시간의 이 문지방으로부터이다. 산양의 '신생'은 바로 과거의 시간이 화석 속에 봉쇄됨으로써 가능한 것이기 때문이다. "빛은 비로소 원시성으로부터 깨어났다"고 시인은 말하는데, 물론 깨어나는 것은 그 빛을 받아 이제는 제가 그 빛과 구분할 수 없게 되어버린 감각이다. 그러나 그것이 가능하기 위해서는 화석과 산양 사이에 중간항이 하나 있어야 하는데, 과거는 너무나 재빠르게 화석이 되고, 새 삶은 너무나 강렬하게 시작되었기에, 시인은 빛을 주체로 삼을 수밖에 없고, 그 시제로 과거형을 선택할 수밖에 없다. 조정권에게는 시 쓰는 일이 기억을 환기하는 일이 아니다. 그에게 차라리 시는 기억의 봉쇄술이다.

이 반기억의 시인은 어디에도 추억을 이끌고 다니지 않는다. 다음은 「금시당 시편(今是堂 詩篇)」의 제5편이다.

> 늙은 붕어 사는 안채 굳게 잠겨 있다.
> 고요한 구멍 하나 뚫어보다.
> 처마끝 실로 매단 준치뼈
> 쇠울음 내다.

분명 처마 끝에서 울리는 풍경에 관한 이야기이다. 살아 있는 물고기로서의 붕어, 그것도 "늙은" 붕어는 한 고택을 그것이 간직한 기억을 통해 바라보게 한다. 그러나 각성의 순간에 대한 다른 표현인 고요함이 그 기억 속으로 뚫고 들어갈 때, 산 물고기는 마치 마법의 사슬에서 풀려난 듯 처마 끝에 매달린 준치뼈로 제 모습을 찾는다. 풍경의 쇠울음은 이 연작의 마지막 편에서 "대삭대기로 언 산(山) 후려쳐"볼 때 듣게 되는 그 소리와 같을 것이다. 시간과 산이 아무리 깊어도 항상 다시 명철한 빛이 되곤 하는 의식 앞에서 그것들은 "금시(今是)," 곧 "지금 여기"에서 듣는 쇳소리로만 현재한다. 고요는, 적어도 마음의 고요는 소리가 있는 그대로의 그 소리로 들리고 그것으로 끝나는 것 이외의 다른 것일 수 없다.

조정권이 시사적·사회적인 주제로 시를 쓸 때에도, 그것은 현실에 간여하기 위해서이기보다는 자신에게 혼란을 가져올 수도 있는 한 정황을 기억의 어느 빈 창고에 가두어버리기 위함인 것처럼 여겨진다.「긴 하루」는 어떤 정치적 시위가 있는 날 경찰 정보원의 하루 생활을 비망록의 형식으로 적고 있다. 여기서 정부 청사는 "신전(神殿)"으로, 경찰은 "성창(聖槍)을 든 수위"로, 체제의 이데올로기는 엄숙한 "명화"로, 항의자들의 주장은 "불결한 그림"으로 표현된다. 이 이상한 표현들은 말할 것도 없이 풍자의 의도를 따르는 것이겠지만, 그와 함께 현실이 천년의 먼 거리로 물러가버린 것도 사실이다. 정보원은 상부에 보고하기 위해서, 그리고 가족에게 자기 안부를 전하기 위해서 전화와 "삐삐"를 사용하는데, 이 신문물들까지도 이 전설의 풍경에서는 전서구(傳書鳩)보다 더 오랜 과거의 유물로 여겨진다. 저녁 아홉시에는 이 정보원이 "너만 의식 있는 줄 알아?"라는 말로 잡혀온 시위 대원을 닦달하고, 열시에는 이제 "초승달이 그를 미행한다." 천년 전에 시작된 이 미행은 천년 후에도 그치지 않을 것이다. 영원히 그럴 수밖에 없는 일은 결코 중요한 일이 아니다. 이 낡은 시간의 회색 그림은 어둠 속에 들어가 화석이 된다. 시인은 "문민 정부"에 관해서도 이야기한다.「투란도트」에서 "왕은 칼국수를 드시고/오늘밤 잠 못 드시고/순라군은 성탑에서 야경을 돈다." 푸치니의 가극 「투란도트」에는 「공주는 오늘밤 잠 못 이루고」라는 유명한 아리아가 들어 있다. "왕은/[……] 오늘밤 잠 못 드시고," 우리 시대의 이 방언은 고전적·보편적 언어 속에 삼켜진다. 아리아는 잠 못 드는 모든 사람들을 염려하지만 어느 왕도 특별히 염려하지 않는다. 현실의 혼란은 돌보지 않는 기억의 창고 속에 들어간다.

그런데 현실과 그 어둠은 저 회색의 시간 속에서 정말 미라가 되어 있는 것일까. 누구도 그렇게 생각할 수는 없다: "숲속의 새들도 새벽은 열었지만 밤을 닫지는 못했다"(「밤 노래」). 조정권에게서 그것은 사실 하나의 형이상학을 형성하고 있다. 말하자면 파국의 형이상학이다. 영원한 것은 피할 수 없는 것이며, 또한 모든 힘의 원리, 우리의 습관과 나태 때문에 우리가 항상 잊어버리고 살아가는 원리이기 때문이다. 「노아의 방주」에는, 교황에게 불경하였다는 혐의로 "평직원"으로 전락한 불행한 노주교가 있다. 그의 머릿속에는 근심과 불안이, "양말짝"이 들어 있으며, 귀에는 "구두짝"이 걸려 있다. 한 달 전부터 신문과 TV가 연일 대홍수를 보도하고 있기 때문이다. 교황이 홍수에 대비하여 준비하는 "노아의 방주 속에 안전하게 들어 있을 명단"에 그는 없을 것이다. 그는 양말과 구두와 "바짓가랑이"가 젖는 일을 피할 수 없을 것이다. 그러나 그의 진정한 근심은 그것이 아니다. 그 방주가 누구의 재난도 막아주지 못하리라는 것이다.

이 비는 피할 수 있는 비가 아니야.
그는
하늘이 폐쇄되고
땅이 범람해서
서로 떼밀고 아우성치는 방주만을 생각했다.

파국은 결정되어 있다. 방주를 짓는 일은 대홍수 앞에서 바짓가랑이를 걷어올리는 짓보다 더 나을 것이 없다.

어떤 이데올로기와 어떤 주장으로도 지연시킬 수 없는 파국을 상상한 사람이 있다면 그는 그것에 대해 이야기하고 설명해야 할 것이 아니라 침묵하고 견디어야 할 것이다. 이 파국은 그것을 발견한 사람에게 명예가 주어지는 일도 아니며, 우리가 일상의 모든 책임으로부터 완전하게 해방되는 계기도 아니다. 그것은 도리어 삶이 정결해야 한다는 명령이며, 우리의 크고 작은 시도들이 어떤 종류의 무한을 염두에 두고 짜여져야 할 동기이다. 이 어둠은 잊혀져야 할 것이다. 그러나 화석은 그 형식일 뿐이다. 어둠은 시인이 그 위에서 만나야 하는 모든 빛의 진정한 동력이다. 그렇다면, 우리는 이제까지 빛을 지성에 견주면서 거기 접촉하여 새 생명을 얻게 되는 것을 감각이라고 말하였으나, 이 드라마는 전개되는 것이 그런 인식론의 영역에서가 아니라 어떤 의지의 단계에서일지 모른다. 그 고요한 빛은 분명 어둡고 불길한 감정을 딛고 일어서는 결단이다. 그러나 감정이 스스로 초월되고 무화되기를 바라면서만 지원하는 이 결단에는 당연히 과학적 인식이 뒤따른다. 감정과 인식이 한 점에 모이기, 의지가 곧 지식으로 되기, 이것은 조정권에게서뿐만 아니라 모든 시에서, 시를 시 되게 하는 핵심 운동일 것이다.

조정권의 어둠은 많은 시인들의 경우에서처럼 알려지고 해명된 세계의 밖에 있지 않다. 「밤 노래」에서 어둠은 중심으로 몰려들어 벌써 중심이 되어 있다. 빛은 어둠 속에 화농한 한낱 상처일 뿐이다.

누가 빛을 종기처럼 짜 고름을 뺐는가.

사방 휘황한 빛이 바깥이 되면서

어둠은 중심이 되었다.

이야기가 여기에 이르게 되면 우리는 이해할 수는 있으나 설명하기가 지극히 어려운 어떤 상상력 앞에 서 있음을 느끼게 된다. 이미 여러 시에서, 특히 '신성한 숲'에서 그에게 세례를 주었던 빛은 그렇다면 무엇인가. 그 빛과 이 고름은 같은 것인가. 처음에는 같았으나 나중에는 같은 것이 아니었으리라. 시인에게는 빛도 신생도 한 번의 점찍기였을 뿐이다. 세상이 휘황하다고 믿는 습관이 그뒤에 남았다. 습관은 법이 되었다. 시인의 표현을 빌리자면 세상이 정돈되었다: "방황이란 무엇인가,/정돈되는 것을 싫어하는 영혼이지." 어둠은 봉쇄되지 않은 채 그에 대해 이야기하는 것만 금지되었다: "누가 밤의 노래를 금지할 수 있단 말인가." 빛은 그 습관 속에서 썩었다. 시인은 빛이 습관이 될 때, 어둠도 함께 잃었다: "밤 노래, 마른 진흙의 노래. 일찍이 가슴 흙벽에 수수깡이라도 몇 대 박혀 있어 위안이라도 있었지만 그거마저 빠지고 말아 진흙 거지 되었네." 이제 시인은 어둠의 세례를 받는데, 그것은 저 빛의 세례와 결코 다르지 않다. 시인은 또다시 어둠을 세상의 중심에, 가슴속에 봉쇄하는데, 그것은 어둠을 허무로 돌리지 않기 위해서이다. 빛은 어둠을 견디려는 노력과 다른 것이 아니기 때문이다. 「진눈깨비의 기록」은 확실하게 말한다.

落果를 회전시키는 별의 힘으로
돌들이 지상의 서리를 소생시키듯
병든 나무 껍질 속 벌레들의
一生처럼 캄캄하게 기다리는 일.
이제부터 내가 할 일은

혀의 노래로써 지상의 침묵을 봉인하는 일.

　그에게 어둠은 빛이 없는 상태가 아니다. 빛은 한번의 빛이지만
어둠은 영원한 빛이다. 그것은 매번 다시 시작해야 할 결단의 근거
이다.
　조정권의 풍경은 항상 근경이다. 그에게는 원경이 없다. 첩첩이
쌓인 산도 아스라한 바다도 없으며, 하다못해 먼 산의 그림자도 없
다. 다른 세계가 전하는 불안도 공포도 없으며, 또한 그 세계의 전망
도 없다. 불안과 어둠은 모두 지상에 있으며, 그의 전망은 그에 대한
인내 밖의 다른 것이 아니기 때문이다. 그는 저 독일의 시인 횔덜린
이 미쳐버린 정신으로 40년 가까이 한 소목장의 집에 얹혀 살았다던
튀빙겐을 찾아간다. 겨울이다. 「튀빙겐 가는 길」에 그는 "하얀 다리"
를 건넌다. 다리를 통과하기 직전,

　　魔王은 나를 불러세워놓고 주머니를 뒤진다
　　하얀 가루는 없는가

　　(그대, 虛寂의 세계를 아는가?)

　세관원이 마약 소지 여부를 묻는 것이다. "하얀 가루"의 그 하얀
색은 지금 그를 둘러싸고 있는 백설 세계의, 횔덜린이 도달하려 한
그 순결한 세계의 그것이며, 또한 시인이 죽은 시인을 만나기 위해
지녀야 할 마음의 그것이기도 하다. 마약은 적어도 "허적(虛寂)의
세계"를 '이해'하게 하고 확신하게 한다. 그러나 마약으로 그 세계에
'도달'할 수는 없다. 원경에 의지하지 않는 자는 또한 마약에 의지하
지 않는다. 그는 튀빙겐에서 "굶는 묘기를 보여"주는 당나귀 한 마

리를 만난다. 일주일을 굶었지만 호밀에 입을 대지 않는다.

> 그는 몸 안의 굶주림을 키워 수치심을 막는다.
> 그를 먹여살리는 것은 노여움.
> 그가 입을 벌려 먹으려 할 때 공중에서 낚아채버리는
> 이 현실.
> 호밀을 흔들어대는 이 현실.
> 살 마음만 먹는다면 언제나
> 호밀을 눈앞에서 밟아버리고 조롱하는 이 현실이

시인에게는 "또 하나의 악몽"처럼 여겨진다. 다른 악몽은 무엇일까. 아마 그것은 견뎌야 할 어둠도, 빛도, 막아내야 할 "수치심"도 없어지는 일일 것이다. 당나귀의 노여움은 현실이다. 다시 말해서 당나귀는 노여움에 들리는 것이 아니라 노여움을 실천한다. 조정권의 고요는 꿈꾸기가 아니며, 그의 빛은 어느 날의 느닷없는 영감이 아니다. 그것은 "살 마음"을 먹는 사람의 실천이다. 이 악몽 같은 매몰찬 실천은 그를 다른 시인들, 도교적이건 불교적이건 마음의 적요를 말하는 시인들, 이른바 정신주의적 시인들과 그를 가르는 가장 확실한 지표이다.

그러나 그의 시에는 이런 매몰찬 당나귀만 있는 것은 아니다. '신성한 숲'의 곳곳에는 경쾌한 당나귀들이 있으며, 「나귀」의 당나귀는 부지런하고 정이 많다. 이 마지막 당나귀는 "영혼의 숲속에서" 여름 내내 "고된 물통을 포도밭으로" 져다 나른다. "바람"은 이 나귀와 달리 포도밭에 "별 한 됫박을 퍼붓고 은싸라기를" 뿌리는 더 멋진 일을 한다. 나귀는 자기에게 그런 재주가 없다는 것을 잘 안다. 바람은 가을과 겨울에 걸쳐 포도밭의 포도잎을 딴다. 여름 동안 수고한 잎

들을 쉬게 하는 것이다. 당나귀는 포도잎 몇 개를 물어다 마구간으로 가져간다. 나귀는 행복하지만 자기기 죄를 지었다고도 여긴다. 저 재주 많은 바람은 결코 이런 죄를 짓지 않을 것이다. 그가 떨어뜨린 잎들의 가치를 모를 테니까. 이 우화는 조정권의 매몰찬 시적 실천이 겸손의 한 형식임을 이해하게 한다.

　조정권은 지상에 자리 잡는다. 그는 방황하나 다른 세계를 전망하지 않는다. 그는 이 세계의 불행을 이해하고, 그 어둠 위에 자기 정신을 가능한 한 높이 세워 올리려 한다. 그것을 전망이 아니라고 말할 수는 없다.

생명주의 소설의 미학
──『토지』의 문학성

1. 생명을 위해

소설 『토지』는 땅에 관한 이야기이면서 그 자체가 하나의 땅이다. 생활의 터전인 땅을 놓고 벌이는 인간들의 갈등이 극심하여 그 생활 자체를 위기에 몰아넣을 때, 그에 대한 근본적 해결책은 그 땅이 지니고 있는 생명력으로부터 얻어진다. 그 갈등과 위기의 실상을 말하면서, 인간의 삶을 그 억압으로부터 풀어내려는 소설은, 대지가 온갖 생명의 자리를 마련하듯, 그 갈등하는 인간들을 모두 감싸안아야 할 것이다. 대지가 지녔던 그 조화로운 힘을 소설의 포용력으로 삼아야 한다. 소설은 대지를 닮아야 하며 끝내는 그 자체가 하나의 대지여야 한다. 대지와 그 생명에 끝이 없듯 소설도 끝이 없을 것이다. 소설 『토지』의 거대한 의도를 아마 이렇게 간추려 말할 수 있을 것이다.

그 의도는 제목에서부터 암시된다. '토지'라는 말은 땅을 가리키지만, 그에 대한 인간적 용도와 사회적 제도를 전제한다. 말하자면, 농토에 대한 다른 표현이기도 한 이 말에는 농경을 곧 땅의 문명화로 여기는 농경 사회의 이데올로기와 함께 봉건주의적이건 자본주의적이건 간에 소유의 개념이 들어 있다. 농경은 자연의 힘에 인간의 힘을 보충하는 것으로 이루어지지만, 자연의 일부분을 제도화하고 그 힘을 착취하는 것도 사실이다. 이 자연에 대한 인간의 착취는 인간에 의한 인간의 착취로 이어진다. 민족의 생활 터전인 이 땅이 일제에 침탈되었던 시대의 이야기인『토지』는 거기서 비롯되는 이념적 · 정치적 갈등을, 우선 상대적으로 자연의 조화로운 힘에 더 많은 믿음을 지니고 있는 토착적이고 전통적인 가치관과 약탈 · 착취에 기반을 두고 자연의 생명력을 왜곡하려는 세계관의 모순으로 파악한다. 이 갈등은 급기야 왜곡된 문명과 생명의 싸움으로 바뀐다. 결국 민족을 해방하는 일은 인간을 해방하는 일이며 자연의 생명력을 회복하는 일일 수밖에 없다. 제도의 토지는 자연의 모신(母神)인 대지가 된다. 소설이 그 자연의 회복을 목표로 삼을 때, 스스로 이용할 수 있는 힘도 그 생명력에 있다. 글 쓰기의 한 제도인 소설은 그 제도의 폭을 극한에까지 확대하고, 그 모든 요소들을 자연의 생명과 같은 방식으로 결합 분산하고 조화시켜야 한다.『토지』의 문학성을 파악하는 일은 따라서 하나의 자연을 거기서 읽어내는 데 있다. 이야기와 이야기가, 이야기와 말이, 인물과 인물들이, 인물과 배경들이 어떻게 그 내적 생명으로 연결되고 서로의 삶에 간섭하여, 거대한 생명체를 이루고 있는가를 파악하는 일이 될 것이다. 그러나 생명은 그것을 정의하는 몇 마디 말에 그 비밀을 드러낸 적이 없다. 그러므로 우리는 우리가 원하는 일을 거꾸로 할 수밖에 없다. 다시 말해서 이 소설이 이용하는 고유한 방법들을 점검하여 그 의의를 이해함으로써, 이 작가가 사반세기에 걸쳐 파악해낸 생명의 한 실상에 대한 이해를 대신하는 일이다.

2. 제도를 넘어서서

『토지』의 복합적 구성에 관해서는 이미 많은 논의가 있었다. 저마다 독특한 개성을 가진 수많은 인물들이 수많은 사건을 엮어간다. 하나의 사건이 진행될 때, 다른 여러 가지 사건이 그와 동시에 진행된다. 그 사건들은 서로 간섭한다. 사건은 사건을 걸어당기며, 거기에 참여한 인물들의 관계를 형성 발전시키는 계기가 항상 새롭게 마련된다. 이 완벽한 구성은 이 대하 소설의 예외적인 길이의 정당성을 입증하는 사례가 아닐 수 없다. 그렇다고 해서 그 여러 이야기에 독립성이 부족한 것은 아니다. 최참판 댁의 토지를 둘러싼 소유권의 분쟁은 말할 것도 없고, 김평산과 귀녀의 실패한 모험도, 인실과 오가다의 비련도 저마다 모두 시작과 중간과 끝을 지닌 완벽한 하나의 줄거리를 형성하고 있다. 이 대하 소설을 그 여러 이야기의 갈피를 따라 분해한다면 각기 하나의 소설로 독립할 가능성이 있었을 이 사건들은 그러나 다른 사건들과 연결되어 함께 이야기됨으로써 그 질과 내용이 바뀐다. 소설가는 그가 쓰고 있는 소설의 모든 고비에서, 글 쓰기의 규범과 극복하기 어려운 말의 선조성(線條性) 때문에, 이야기가 발전할 여러 가지 가능성 중에서 하나의 가능성을 선택해야 한다. 하나의 이력을 위해 수많은 운명이 포기되고, 하나의 자유가 다른 자유를 억압하며, 사건을 주도해야 할 주인공을 위해 수많은 인물들이 소개되는 순간 배경으로 밀려난다. 하나의 소설 뒤에는 씌어지지 않은 수많은 소설이 잠재 상태로 남을 수밖에 없다. 『토지』에서 모든 사건들은 하나의 사건에 대해 어느 정도는 바로 이 잠재태의 소설이 된다. 그리고 그 현상태의 소설과 잠재태의 소설들이 끊임없이 자리를 바꾸어 그 서로의 소설적 운명에 깊이 간여한다.

그 이점은 분명하다. 각기 방향을 달리하는 다양한 추진력, 작가와 저자가 함께 선택하지 않을 수 없는 복합적 시선, 서로 다른 경험의 대조와 교류로부터, 개인사와 역사의 관계, 인간과 자연의 관계를 이해하기 위한 새로운 수단이 마련된다. 모든 사건들은 다른 사건에 대한 해석이 되는데,『토지』구성의 동시적·수직적 중첩과 그 연쇄가 얻어오는 것은 바로 여러 수준에 걸치는 이 해석의 깊이다.

우선 한 사건은 다른 사건으로부터 배경의 깊이를 얻는다. 용이와 월선의 사랑 이야기는 최참판 댁의 토지 분규의 시말과 별개의 이야기이지만 상호간에 정황을 제공하며, 인물들은 두 사건을 넘나든다. 최치수와 용이는 신분이 다르지만 두 사람 사이에는 애틋한 정이 있다. 무당이었던 월선의 모친은 윤씨 부인이 동학 접주 김개주의 아들이자 치수의 의붓동생인 구천을 비밀리에 낳을 수 있도록 절에 들어갈 구실을 제공한다. 여기서 비롯되는 최참판 댁 가종(家從)들과 월선의 친분은 용이와 월선이 만날 수 있는 기회를 자주 마련한다. 임이네가 용이의 아들을 낳아 용이와 월선의 사랑에 또 하나의 장애가 되는 것은 그의 남편 칠성이 최치수의 살해 사건에 연루되어 사형을 당했기 때문이다. 만주에 일찍 자리 잡은 월선의 삼촌 공노인은 최서희가 마을 의병들의 뜻을 받아들여 용정으로의 이주를 결심할 때 그 단서가 된다. 이 공노인은 사기극에 휘말린 조준구로부터 최씨 가문의 토지를 되찾는 일에 가장 큰 공을 세운다. 두 사건은 서로간에 그 조건을 제시하고 그 진행에 길을 열지만, 관계는 거기서 그치지 않는다. 다소 무분별하고 지루하기도 했을 한 소작농의 목가적 사랑은 비극과 격변을 포함한 또 하나의 사건과 함께 전개됨으로써 긴장된 공간을 얻는다. 토지의 소유권을 둘러싼 분규와 최서희의 모험도 용이의 비련을 통해 구체적으로 드러나는 농민들의 정서에 도움을 받아, 한 가문의 흥망에 얽힌 개인적 이해 관계를 넘어선다.

이야기의 병렬과 직렬을 통해 준비될 복합적 시선은 또한 한 사건에 역사적 해석을 얻어낼 것이 당연하다. 귀녀와 김평산의 음모는 최씨 가문의 몰락 과정을 극적으로 만들기 위해 끼어든 삽화에 불과하다고 이해될 수는 없다. 귀녀는 최참판 댁 하녀의 신분이며, 김평산은 몰락 양반에 속한다. 그들은 한 시대의 제도가 스스로를 지탱하기 위해 발판으로 삼았던 근본적인 모순과 그 제도로부터 불가피하게 파생한 또 다른 모순을 각기 대표한다. 귀녀는 사형 당하기 직전에 강포수의 핏줄로 암시되는 아들을 낳으며, 끝내는 이 지리산 사냥꾼의 사랑을 받아들인다. 옥바라지를 하던 강포수가 귀녀의 손을 잡으며, "마, 마, 많이 여빗구나"라고 말하자, 그녀는 "강포수의 손은 쇠거죽 겉소"라고 대꾸한다. 귀녀의 이 대답은 이제는 앞날이 없는 슬픈 사랑을 표현하는 것에 그치지 않고, 그녀의 왜곡된 반항에 역사적 · 정치적 의미를 부여한다. 행복하게 살 수도 있었을 한 여자가 핏덩이를 낳아놓고 죽어야 할 때, 그녀를 정신적으로 구제한다는 것은 세상이 그 행복에 대한 정치적 · 사회적 배려를 이미 포기하였다는 뜻이기도 하기 때문이다.

우리가 『토지』의 역사성을 논의할 때, 갑오경장과 개화 · 수구의 싸움, 동학과 독립 운동 같은 공적 지표만을 문제로 삼는다거나, 최씨 가문의 흥망으로부터 국권의 피탈과 그 회복에 대한 상동 관계만을 보려 한다면 그 고증의 부정확함이나 해석의 평면성을 탓할 수도 있을 것이다. 진정한 역사는 거의 구실에 불과한 이 거대한 지표들 밑에 숨겨져 있는 방식으로 드러난다. 가령, 최씨 가문의 토지를 조준구가 탈취하고, 그것을 다시 서희가 회복하는 과정의 시말에는 구한말부터 일제 시대에 걸쳐 미곡을 중심으로 한 농촌 경제사가 숨어 있을 수도 있다. 봉건 지주의 수탈은 가혹한 것이었지만, 그가 거두어들인 곡식은 어떤 방식으로든 이 땅의 백성들에게 식량이 되었다.

인색과 탐욕으로 가산을 이룩한 최씨 가문이 소작농들에게 최소한의 인심과 존경을 얻을 수 있었던 것은 그 때문이다. 일제의 침탈과 함께 지주들의 토지 경영 방식은 상업 영농으로 바뀐다. 그들은 농민들에게 거두어들인 쌀을 일본으로 실어냈다. 소작농들의 굶주림은 극에 달한다. 미두에 손을 대기도 한 조준구는 일제의 앞잡이일 뿐만 아니라 상업 영농의 지주를 대표한다. 평사리 주민들에게 의병운동의 전초전으로서의 가치를 지니는 기민미 사건은, 조준구의 비정함과 삼수의 전횡, 소작농들의 굶주림과 최씨 가문을 향한 동정에 그 직접적인 원인이 있지만, 그 근본에는 새로운 영농 방식이 있다. 최씨 가문의 소유권 회복은 옛날의 삶을 그리워하는 촌민들의 여망이기도 했지만, 서희가 그 일에 성공할 수 있었던 것은 무엇보다도 한층 더 자본주의화한 산업, 다시 말해서 곡물 무역에 종사했기 때문이다. 용정에서 김훈장이 양반의 도리를 버리고 상업에 종사한다고 서희를 비난할 때, 이는 그가 고루하고 협소한 의식을 가진 선비인 때문이기도 하겠지만, 서희의 모험이 잃어버린 삶을 회복하기보다는 전통적 가치의 돌이킬 수 없는 멸망을 오히려 재촉할 수도 있다는 점을 한 수구적 양반의 본능으로 직감하였기 때문이기도 할 것이다.

역사 숨기기는 역사를 모호하게 만들기이며, 그 자체가 역사와의 싸움이다. 공식적인 역사가 권력을 합리화한다거나, 현실의 권력이 과거의 역사를 그 권력에 이르게 되는 필연적인 과정으로 기술함으로써 자신의 정당성을 입증한다는 이야기는 결코 새로운 주장이 될 수 없다. 그러나 식민지의 권력이 역사를 이용하는 방법은 더욱 특수하다. 과거의 전통에 뿌리를 두지 않은 이 외래의 권력은 한 사회의 삶이 쌓아온 모든 경험을 오늘의 불행에 연결한다. 식민 권력은 과거의 불순한 앙금일 뿐인 역사를 폐지함으로써 자기를 합리화한다. 한순간에, 과거를 살아본 적이 없는 것이 된 사람들은 삶과 세계에 대한 확신을 잃고 극도의 열등감에 빠진다. 권력은 자신을 희망으로 제시할 것이나, 식민지의 불행은 그 약속이 헛되다는 데에만 있는 것이 아니다. 더 큰 불행은 과거의 경험으로부터 그 회망의 실현에 이를 수 있는 모든 길이 차단되었다는 데에 있다. 그것은 생명의 발현과 그 개화에 대한 금지와 같다. 사람들은 두 가지 삶을 동시에 살게 된다. 하나는 식민 권력이 공식 역사로 기술하게 될 삶이며, 또 하나는 권력과 제도의 감시가 아직 미치지 못하는 곳에 자신의 뿌리를 묻어두고 그 본래의, 그러나 억압된 생명력으로 살아가는 삶이다. 억압받는 사람들의 편에 서서 이 식민지 시대의 삶을 말하는 작가는 두 삶의 역사를 동시에 감추면서 동시에 말하게 된다. 작가는 저 공식적인 삶의 역사를 인정하지 않으나 그것이 생명에 미치는 영향을 간과할 수는 없다. 앞에서 이야기한 토지 영농의 왜곡된 자본주의화의 과정은 이 역사가 감추어지면서 드러나는 한 예가 된다. 작가가 진정한 역사라고 여길 또 하나의 삶은 체계적인 역사에 미처 이르지 못한 채 역사에 대한 개인적 경험과 그 정서적 진실의 우위성을, 다시 말해서 소설의 우위성을 주장하는 방식으로 그려진다. 최씨 가문의 가족사가 바로 그 예의 하나가 된다. 서희와 길상의 결혼은 외관으로는 저 식민 권력에 의해 거의 강제적으로 주어진 개화 사상의 약속을 최대한으로 활용한 결과로 나타난다. 그러나 『토지』의 중첩적·연쇄적 구성은 이 결혼에 대해 다른 해석을 가능하게 한다. 중요한 것은 이 작가에게 인권 생명 사상의 한 모범으로 이해되는 동학과 최씨 가문의 관계이다. 최서희의 할머니인 윤씨 부인은 후에 동학 전쟁의 장수가 되는 김개주에게 겁탈당함으로써 그 사상과 최초의 관계를 맺는다. 소설에서도 회상으로 처리되는 이 관계는 세상에 드러나지 않는다. 그녀는 전통적 가치와 질서의 수호자이지만 거기서 얻은 반역의 씨앗인 김환을 적자인 최치수와 함께 모성으로 대한다.[1] 윤씨의 며느리이며 서희의 어머니인 별당 아씨는 동학의 제2세대인 이 김환과 불륜의 관계를 맺는다. 그들의 사랑은 인간으로부터 격리된 세계에서만 가능하다. 서희는 가종이며 동학의 후예인 김길상을 남편으로 맞이한다. 이 결혼은 정략적인 것이지만, 세상은 이 새로운 관계를 인정하지 않을 수 없게 된다. 서희의 양녀인 양현은 백정과 동학의 핏줄을 이어받은 김영광을 사랑한다. 그들의 사랑에도 여전히 비극성은 남아 있지만, 그 관계는 떳떳하며 아름답다. 겁탈에서 의지적 선택으로, 불륜에서 떳떳한 사랑으로, 대를 물리는 이 관계의 발전은 개화 사상이 공적 역사의 이데올로기로 주어지기 이전에 이 땅에 잠재되어 있던 삶과 생명의 희망이 그 자체의 추진력으로 개화하는 과정이다.

『토지』의 복합적 구성은 개개의 사건에 배경의 깊이를 주고 그에 대한 역사적 해석의 새로운 전망을 확보하려는 노력뿐만 아니라, 생명력의 조화로운 발현과 그 희망 앞에 놓여 있는 사회적 · 제도적 차단 장치—여기에는 소설이라는 글 쓰기의 제도도 포함된다—를 제거하려는 노력의 결과이다.

3. 말과 논리

자체에 내장된 생명력을 마지막 보루로 삼는 개인적 삶의 이력과

---

1) 이재선은 윤씨 부인의 이 면모에서 역사적 변혁의 계기에 대한 하나의 상징을 발견한다: "윤씨 부인은 단순히 한 가계의 여인이라기보다는 역사의 태반으로서의 상징적인 의미를 지니고 있다. 〔……〕 윤씨 부인에 대한 김개주의 겁탈 행위는 봉건적인 사회의 지배 가치의 신분적 예속 관계의 비인간화 현상에 대한 도전과 반역으로서 이해될 수 있을 것이다. 그것은 분명 역사의 변혁 원리이다"(이재선, 『현대 한국 소설사 1945~1990』, 민음사, 1991, pp. 368~69).

제도적 공적 역사의 관계는 소작농들 내지 하층민들과 양반 내지 지식인들의 개성 내지는 그들이 쓰는 말의 대비를 통해서도 드러난다. 농민들의, 또는 농경적 생명력은 이 소설의 가장 큰 추동력이 된다. 소작농들과 하인들은 온몸이 욕망과 정열로 장전되어 있고, 그 행동 하나하나가 그 정서적 추진력과 결부되어 있다. 이에 비하면, 최참판 댁이나 이부사 댁의 양반들은 매우 뚜렷한 개성을 지닌 것으로 이야기되지만, 그에 대한 서술은 유교적 덕목을 나타내는 몇 개의 개념어나 기질의 극단화를 뜻하는 몇 개의 수식어로 요약된다. 그들의 개성은 묘사되는 것이 아니라 부여되는 것이며, 그 뚜렷함이란 그 개성의 관념적 성격과 관련되는 것이어서, 그들에게는 그 관념이 지정해주는 운명이 있을 뿐 삶은 없는 것처럼 보인다. 이점에서는, 소설의 복합적 구성은 서술의 추동력을 얻기 위해 농민들과 하층민들로부터 그 감정의 에네르기를 착취하는 방식이기도 하다. 이야기의 기점이 되는 시대에, 말의 정확한 의미에서 유일한 생산자였던 농민들은 이 작품 속에서 정서의 깊이를 생산해내는 데에 있어서도 거의 유일한 사람들이기 때문이다. 최치수의 죽음이 아무리 끔찍해도 그를 살해하는 사람들의 이야기만큼 비장하지 않다. 소설의 주요 무대가 만주와 용정촌으로 옮겨갈 때, 최서희의 재산 증식 과정은 회상으로 후술되며, 애국 지사들의 활동은 그 구체적인 내용보다는 그들의 토론으로 알려지지만, 임이네의 행악이나 월선의 죽음, 주갑 같은 인물의 감정적 파장에 대한 자세한 서술이 이야기 전체에 현실감을 부여한다. 진주에서 김길상의 지휘 아래 이루어진 가정부 군자금 강탈 사건에서도, 그것은 운동으로서의 의미보다는 의리 없는 벼락 부자 김두만을 질시하는 사람들에 대한 감정적 보답으로서의 가치가 더 크다.

이 두 부류의 인물들을 가르는 것은 무엇보다도 그들이 사용하는 언어이다. 소작인들과 하인들은 경상도 남부 지방의 방언을, 용정의 주민들은 함경도 사투리를 사용한다. 이 소설에서는 양반들뿐만 아니라 길상이나 정석처럼 고학(古學)과 신학문을 막론하고 일정한 교육을 받은 사람들은 모두 소설가가 지문에 사용하는 말과 같은 말, 즉 표준어를 사용한다. 신분에 있어서는 김훈장처럼 양반이면서 동시에 농민인 인물들이 없지 않지만, 언어에 있어서는 양반 내지 식자의 그것과 상민 내지 무지렁이의 그것은 칼로 가른 듯이 구별된다. 현실을 따진다면, 거의 한 세기 전에 경상도 하동 지방의 양반들과 식자들이 표준어를 사용했다고는 믿을 수 없다. 그들이 표준어로 말해야 할 이유는 사실보다는 소설의 내부에 있는데, 그들의 거의 모든 대화가 토론을 위해 마련되어 있다는 것이 아마 그것일 것이다.

농민들의 생명력은 그들이 사용하는 방언과 불가분의 관계에 있다. 하층민들이 항상 진실을 말하는 것은 아니며, 도리어 그 반대인 경우가 많지만, 그들의 언어는 어느 경우에나 거기에 투여되는 감정적 에네르기를 통해 그들을 드러낸다.

"이놈의 살림살이 탕탕 뽀사부리야지. 이래가지고는 못 산다. 못 살아! 닭 판 돈 허탕에 쓰기만 해보제!"
앙칼진 강청댁의 목소리를 뒤통수에 들으며 용이는
"허 참, 서천 쇠가 웃겄구마. 내가 언제 돈을 허탕했다고 저럴꼬?"
칠성이 강청댁 들으라는 듯,
"장날이 원수지, 장날이 원수라!"
논둑길을 따라 그들은 강변 쪽을 향한다.
"보소! 참빗하고 베틀북하고 사오소오! 잊으면 안 될 기요!"
삽짝 밖으로 쫓아나오며 강청댁이 소리를 질렀다. (1부 1권, p. 61)

강청댁이 장날을 핑계삼은 용이와 월선의 밀회를 시샘하는 장면이다. 그녀는 부부 생활을 작파하겠다는 뜻을 표현하지만, 그것은 생활에 대한 일종의 혁파를 뜻할 뿐 이혼을 뜻하지는 않는다. 축적된 경험이 이 언어에 마련해준 자기 검열 장치 덕분에, 강청댁은 파탄을 두려워하지 않고 격양된 감정을 자유롭게 드러낼 수 있다. 또한 사투리의 강한 발음과 의성어가 가져오는 파괴성은 심리적으로 실제적 파괴를 대신한다. 용이는 "서천 쇠"를 끌어들임으로써 언쟁을 가름하려 한다. 문제의 사태에 전혀 무관하고 무심한 사람을 뜻할 이 관용어는 동일한 언어를 사용할 사람들의 감정적 유대와 지지를 등에 업음으로써 토론의 성립을 불가능하게 만든다. 겉으로만 중립적인 칠성의 발언은 실제로 이 완결된 판단을 지지하는 한편, 장날을 빙자한 두 연인의 밀회를 암시함으로써 이 '강짜 심한' 여자의 부아를 돋우어 그녀를 감정적으로 응징한다. 사투리의 힘은 언어와 감정의 긴밀한 연계에만 있는 것이 아니라 사리 판단을 전적으로 감정의 동의에 맡기는 논리의 결함에도 있다. 강청댁은 마지막에 미용 기구인 참빗과 작업 도구인 베틀북을 요구함으로써 화해의 여지를 남겨두는 한편 자신이 '뜨네기 계집'이 아닌 정처임을 용이에게 상기시키는데, 사실 그녀의 이 돌연한 태도의 변화도 사투리의 논리적 결함에서 얻을 수 있는 심리적 여유를 암암리에 이용한 것이다.

사투리와 속담은 논리를 필요로 하지 않는다. 그것들은 진실과 허위를 막론하고 감정에 물질적 구체성을 부여함으로써 움직일 수 없는 사물처럼 군림한다. 논리는 모순되고 단절된다. 이 언어는 제도의 언어가 되기 어렵다. 그러나 그 논리의 모순과 단절 사이에, "서천 쇠가 웃"을 위험을 무릅쓰지 않고는 부정할 수 없는 축적된 경험과 진실을 담고 있다. 바로 여기에서 이 언어는 제도에 끝까지 저항할 수 있는 힘을 얻는다. 나라에서는 을사 조약으로 국권을 일제에 빼앗기고, 평사리에서는 지주권을 행사하는 조준구의 횡포로 농민들이 도탄에 빠졌을 때, 김훈장은 자신의 세계관과 현실 간의 모순을 앞에 놓고, 존경하던 장암 선생의 도학 이론에서 지침을 얻으려 하지만 어떤 해결책에도 이르지 못한다. 유생들이 자신의 세계관을 안고 충절하듯 논리는 현실을 바로잡기보다 현실로부터 보호받아야 할 것이 되어버린다. 그러나 상민 윤보는 사투리의 강압적인 힘을 이용하여, 한 역사학자가 "평민 의병장의 기병 격문"이라고 부른,[2] 정치적 자각과 선동의 언어를 만들어낸다: "양반님네들, 날장구라도 쳐야 할 것 아닙니까! 굿 뒤에 날장구라도 쳐야 할 것 아닙니까! 〔……〕 머 이런 일을 경영한다고 해서 잃은 나라를 당장 찾을 수 있는 것도 아니겠고 왜군이 물러설 기라는 생각도 없십니다만 부모가 돌아가시도 곡을 하는 법인데 나라가 죽은 거나 진배없으니, 자결(自決)을 하는 것도 충절이겠지마는 죽기로 작정하고 싸우보는 기이 지금은 도리가 아니겠십니까"(1부 3권, pp. 386~87). 그러나 이 '격문'의 설득력은 그 자체의 전망에 있기보다는 망국의 일차적 책임을 져야 할 지배층에 대한 감정적 공박에 있다. 이 언어는 변두리가 항상 변두리로 남게 되는 식민지 사회와 같은 운명을 지닌다. 『토지』에서 사투리의 정서적 힘과 언어적 직관이 거의 대부분 사사로운 원한과 개인적 이해 관계를 어거지로 분장하는 데에 이용되는 이유가 여기 있을 것이다. 임이네에게서 그 극단적 현상을 보게 되는 것처럼, 방언의 관용적 힘은 상투화하고, 거기에 축적되어 있던 지혜는 추상화한다. 이 언어의 위험은 또 다른 데에도 있다. 지리산에서 동학 전쟁의 패잔병들과 동학 2세들이 교위주론(敎爲主論)과 당위주론(黨爲主論)의 노선 투쟁을 할 때도 그것은 표준말을 쓰는 사람

---

2) 강만길, 「소설 『토지』와 한국 근대사」, 이상신 편, 『문학과 역사』, 민음사, 1982, p. 186.

들과 사투리를 쓰는 사람들의 논쟁이 된다. 여기서 사투리를 가장 험하게 사용하며 교위주론을 주장하던 지삼만이 사교(邪敎)의 교주로 전락하는 정황은, 인간의 삶이 그 발전과 개화의 공적 토대를 잃은 세계에서 오직 방언적 직관에 의지할 수밖에 없을 때, 어떻게 배타적 본질론과 자기 폐쇄적 신비주의에 이르게 되며, 그 맹목성과 불행이 무엇인지에 대한 하나의 암시가 된다.

『토지』는 3부 이후부터, 인간의 삶과 그 운명에 대한 근원적인 접근에서 멀어지고, 따라서 신비로운 분위기가 희석되고 있다는 평을 종종 듣는다. 그러나 이점 역시 이 땅의 생명력이 겪어야 할 운명이며, 소설이 겪어야 할 운명이 된다. 식민 세력의 가중하는 압력으로 민족의 생명력이 위축되었을 뿐만 아니라, 생활 양식의 변화 내지는 분화와 함께 삶은 분열의 양상을 띠게 된다. 여전히 삶이 뿌리를 내릴 수 있는 유일하고 확실한 터전은 과거의 전통밖에 없는데, 그것이 주변적 가치를 띠게 될 때, 삶은 깊이 있는 드라마를 형성하지 못하고 일회적이고 삽화적인 사건의 연쇄로 끝난다. 생명력은 이중으로 약화된다. 소설은 이 불행한 시대의 이야기를 많은 부분 지식인들의 토론으로, 또는 그 토론을 우의(寓意)하는 삶으로 채운다. 『토지』는 바로 이 토론을 통해 우리의 삶이 근대적인 담론과 만나는 과정을 그린다. 그러나 진정한 역사적 자각도, 미래에 대한 전망도 얻지 못한 채 방언적 지혜에 그 운명을 의지하는 개인들의 삶이 자기 연민의 울 속에 웅크려 들 때, 그 지혜 자체가 추상화하는 것과 마찬가지로, 자신의 역사적 위치를 자각하나 자신들의 운명을 공적으로 설계할 수 없는 사람들의 토론이 관념적 성격을 띠게 되는 것은 당연하다.

소지감의 집에서 물산 장려 운동에 대한 비판으로부터 시작되는 토론은 그 많은 토론에 대한 토론의 가치를 지닌다. 민족 자본의 육성을 명분으로 내세운 이 운동에 대해, 사회주의자 최범준은 "장차 허울만의 민족 자본 진영을 사회주의, 혹은 공산주의의 방패막이로 삼겠다는"(3부 3권, p. 185) 총독부의 속셈이 거기 있다고 비판한다. 소지감은 이 의견을 긍정하면서도, 공산주의·사회주의·민족주의를 막론하고 합리적 틀을 가진 근대의 모든 정치 사상들이, 비록 일본의 지식인들을 예로 들지만, 침략적 제국주의와 연계될 수 있는 가능성을 말한다. 소지감은 의병에 가담한 형이 포살당하고 을사 조약 체결에 비분하여 부친이 자결한 후, 가문의 존속을 위해 살아남기를 택했으나, 자기 생존의 진정한 이유는 죽음에 대한 두려움이었다고 생각하는 사람이다. 그에게는 삶이 곧 오욕인 것처럼, 사상의 모든 일관성은 삶을 단일한 모습으로 통어하려는 식민 권력의 타락한 사상과 결부된다. 삶을 저주함으로써 살고, 모든 사상을 이해하나 받아들이기를 거부함으로써 사상가가 되는 그의 선택은 물론 극단적인 것이지만, 역사적 자각이 식민지적 자의식을 겸할 수밖에 없는 시대에, 민족의 진로를 강구하려는 모든 담론이 다소간 '민족 개조론'의 성격을 띠게 될 것은 말할 것도 없다. 그것은 삶에 전망을 제시하기 전에 그 마지막 남은 생명력을 뿌리째 박탈해버리고 스스로 추상성에 떨어질 위험을 지닌다. 그 자신 지식인이나 농민 생활의 깊은 곳을 드려다볼 수 있었던 전도 부인 길여옥은 말의 흉포성을 이렇게 자각한다: "오직 인간들만이 사로잡혀 있다. 생각에 사로잡혀 있는 걸까? 말에 사로잡혀 있는 걸까? 말, 말, 그것은 무엇이냐? 그것은 구원의 연장이기도 했지만 피로 물든 흉기는 아니었던가?"(5부 2권, p. 240). 흉기로서의 말이란 삶과 자연의 다양한 관계를 설명하고 그 길을 열려 하기보다 그것들이 곧 자신의 모습이 되기를 바라는 말, 자신의 체계 속에 동화되지 않는 모든 것을 세상에서 제거하려는 말, 요약해서 극단적 추상화에 떨어진 말이다. 자신

148

의 삶을 설명하고 설계할 자신의 이론을 얻지 못한 식민지의 식민화된 모든 이론틀이 그와 같다. 식민 세력이 들고 온 가장 무서운 흉기도 그것이었다. 말의 비극은 곧 생명의 비극이다.

4. 최초의 옳은 의도 또는 미래의 담론

백정의 사위이며, 동학 전쟁과 의병 활동의 연장선에서 민권 독립운동에 투신한 송관수가 "자고로 양반들 쓰다 버린 것 상놈이 주워하게 돼 있고"(4부 2권, p. 360)라고 말하면서, 지식인들이 저버린 유학을 무식자들이 배우고 이어야 한다는 의견을 피력할 때, 이 주장은 복벽주의에의 지지가 아니라, 삶을 지키려는 언어와 그것을 열려는 언어 사이의 저 단절에 대한 하나의 대안으로써의 가치를 지닌다. 그에게 있어서 유교는 그를 여전히 억압하고 있는 신분 제도가 아니다. 그것은 그가 자신의 고난으로 엮어온 삶의 경험으로 이해할 수 있으며, 그의 경험을 이해하여줄, 최초이자 마지막 통일된 세계관일 뿐이다. 선의의 삶과 생명의 자유로운 발현에 대한 신념을 잃지 않은 그에게 이 세계관의 멸망은 그 실현되지 않았던 약속의 멸망이기도 하다. 동학 세력이 결정적으로 위축된 후, 그 사상의 생명 존중의 의도를 확대 발전시켜 지리산의 사상적 지도자의 한 사람으로 자리 잡는 해도사는 관수의 이 의견을 부연 설명한다: "세월은 그냥 세월이 아니외다. 세월은 만들어놓고 가는 거요, 다듬어놓고 가는 거요. 〔……〕 하면은 우리의 수천 년이 그리 헐값은 아니라는 게요. 생각해보시오. 자고로 상층에서는 변화무쌍하여도 하층의 외곬이 그나마 이만큼이라도 전해준 거요"(4부 2권, p. 360). 제도가 한 시대를 지속할 때 그것은 벌써 하나의 환경이 된다. 환경을 만든 상층부는 시세에 따라 부침하지만, 하층민들의 생명력은 주어진 환경이 어떠한 것이건 그 틈 속에 삶이 자리 잡을 터전을 마련한다. 그들은 이 실천을 통해 하나의 제도가 최초에 지녔던 옳은 의도를 이해하며, 그것을 하나의 약속으로 간직하여 미래에 전한다. 그것은 이제 한 제도의 희망을 넘어서서 생명의 희망이 된다.

김훈장의 딸 점아기가 상민 출신일 뿐만 아니라 신분에 여러 가지 결함을 지닌 홍이를 자신의 사위로 맞아들인 그 어려운 결단은 이 점에 하나의 예가 될 만하다. 그녀는 자신의 딸과 홍이의 결혼을 강행하기 전에, 고루했던 김훈장과 세속에 '트였다'는 자기 시가의 사람들을 비교한다. 시가의 사람들은 "체면만 차리면서 굶어 죽을 수 없다는 생각"으로 재리(財理)를 밝히지만, 상민들을 하시하고 횡포하게 다루는 습관을 버리려 하지 않는다. 그러나 김훈장은 하층민들에게 양반의 권세를 내세운 적이 없었다. 그의 고루한 사상 밑바닥에는 인간에 대한 사랑이 있었다(3부 2권, p. 83). 그녀는 부친이 살았더라면 결코 이루어질 수 없는 혼사를 부친에 대한 지극한 존경심으로 감행한다. 기생 기화(봉순)의 딸이자 서희의 양녀인 양현과 송영광의 사랑도 이와 동일한 맥락을 갖는다. 서희는 양현의 결혼에 그녀의 "근본에 관한 얘기"가 나올 것을 두려워하며, 자신의 아들 윤국과 그녀를 짝지으려 한다. 이에 대해 그 스스로가 상전과 결혼한 처지인 길상은 이렇게 충고한다: "놓아주어도 이제 양현이는 제 갈 길을 갈 수 있게 다 자랐소. 매우 분명한 성품으로 자랐소. 우리가 염려한다는 것은 그 아이 짐일 뿐이오"(5부 2권, p. 293). 어떤 점에서는 독자들을 안타깝게 하는 양현의 사랑은 길상의 이 말을 주석으로 삼아 이해되어야 한다. 그녀는 자신에게 씌어진 운명의 굴레를 자기 개화의 터전으로 삼음으로써, 양모 서희의 의도를 배반하며서 동시에 실천하는 것이다.

그러나 최초의 옳은 의도란 무엇일까? 그것은 항상 제도의 이전이 거나 이후, 곧 제도의 피안에만 존재할 것이다. 제도의 언어가 흉기의 성격을 띠는 식민지 사회에서는 더욱 그러할 것이다. 제도가 시간과 공간으로부터 그 삶의 터전으로서의 깊이를 제거해버릴 때, 삶은 유랑의 운명을 면치 못한다. 유랑은 소극적으로는 제도의 보호를 떠난 삶이지만, 적극적인 의미에서는 제도에 붙잡히지 않는 삶이다. 출신과 개성과 과거의 이력이 각기 다른 김환과 주갑과 상현은 제 땅과 남의 땅을 유랑하는 신세로서 같은 운명을 지닌다. 이동진에서부터 정석 · 송관수의 경우에 이르기까지 독립 운동도 많은 부분이 유랑적 성격을 띤다. 그런 유랑자의 한 사람인 소지감이 마지막으로 자리 잡는 곳은 지리산이다. 유랑이 주변적 삶인 것처럼, 지리산도 역시 제도의 변두리이다. 중심의 제도가 생명을 거역할 때, 변두리는 그 생명의 중심이 된다.

　『토지』에서 지리산의 중요성은 무엇보다도 현실 제도의 용납을 얻지 못한 삶이 미래를 준비하는 공간으로서의 그것이다. 윤씨 부인이 김개주를 만나 동학의 씨 김환을 잉태하는 곳이 지리산이며, 김환은 별당 아씨와의 불가능한 사랑을 그 지리산에서 보호받으려 한다. 길상은, 소지감의 표현을 빌리자면 "삶의 본질에 대한 원력"인 "슬픔과 외로움"(5부 1권, p. 311)으로, 지리산에서 관음 탱화를 그리는데, 그것은 그가 당대에 이루지 못할 자신의 소망을 이 미래의 공간에 묻어둔다는 뜻이 된다. 이 지리산은 소설의 종결부에 이르러서도 다시 한번 중요한 무대로 나타난다. 현실 제도와 불화한 자들, 일제의 징용을 기피한 자들이 산중에 하나의 집단을 이루었을 때, 그들을 무장시켜 일제에 맞서 투쟁하자는 사회주의자들과 지리산을 민족 생명의 보루로 지키려는 동학 쪽 사람들 간에 또 하나의 노선 투쟁이 벌어진다. 이 논쟁에 대한 해답은, 첩자 하나가 산사람들에게 맞아 죽었을 때, 해도사와 김강쇠의 아들 김휘가 나누는 다음과 같은 이야기에서 발견할 수 있다.

> "몽둥이를 보았지?"
> "예……."
> "몽둥이를 없애는 데는 몽둥이가 필요하다는 거지."
> "무신 말씀이신지."
> "범호군(사회주의자)의 생각일세. 하하하핫 하하."
> "그기야 어디 범호 혼자만의 생각이겠습니까."
> "그래. 목숨이니 그런 게야. 해서 끝이 없는가 부다."
> 그 말의 뜻을 휘는 알 수 없었다. (5부 4권, p. 423)

몽둥이는 몽둥이를 부른다. 그것들은 저마다 자신의 담론을 지니고 있다. 그러나 몽둥이가 현실의 목숨을 보호한다면, 산은 현실의 목숨과 함께 끝이 없이 이어질 미래의 목숨까지를 보호해야 한다. 앞에서 이야기한 것처럼, 이 해도사는 동학 세력이 약화된 이후 지리산의 사상적 지도자의 역할을 맡고 있지만, 그의 사상은 그 자신이 표현하는 것처럼 "달이 뜨고 달이 지고 해가 뜨고 해가 지고" 하는 것만큼이나 "뻔한 이치"(4부 2권, p. 361)에 불과하다. 그러나 이 뻔한 이치는 모든 제도와 그 제도적 담론들에 대한 거부가 된다. 그것은 미래의 제도와 미래의 담론이 잉태되고 탄생할 공간이다. 그리고 『토지』의 관점에서 이 담론은 생명의 담론이다.

식민지 시대에 한 민족이 그 생명을 어떻게 이끌어왔는가를 말하는 『토지』는 이 지리산을 닮아 있다. 식민지 시대란 제도와 삶이 극한으로 유리될 때, 삶이 어떤 모습으로 부지할 수 있는가를 알려는 실험을 방법적으로 자행한 시대와도 같다. 『토지』는 삶의 편에 서

서, 한 생명은 미래의 생명에 길을 엶으로써 자신을 보호할 수 있다
고 그 실험을 보고한다. 『토지』의 아름다움은 자신의 담론을 미래
담론의 개화를 위해 바친다는 데에 있다. 진정한 담론이 항상 미래
에 속한다는 것, 『토지』의 한이 또한 거기에 있다.

아버지에 관하여

—송재학의 시집 『푸른빛과 싸우다』를 읽고

1

약간의 원한이 섞인 목소리로, 최영미가 휩쓸고 간 자리라는 말을 입에 올리는 사람들이 있다. 지난 계절에, 몇몇 손꼽히는 출판사에서 번호를 붙이고 나온 시집만 해도 20권에 육박하여, 시가 풍요로운 수확을 거둔 듯했으나, 이미 확보한 명성에 힘입어 잠시 화제에 올랐던 두세 시인들의 경우를 제외하면, 그 많은 시집들이 크게 반향을 일으키지 못한 까닭을 거기서 찾으려는 것이다. 최영미의 성공은 물론 경하할 만한 일이다. 문학처럼 그 목표가 분명치 않은 일에서는, 하나의 성공은 다른 성공에 바람을 잡아주고, 그 일에 종사하는 모든 사람들의 입지를 튼튼하게 한다. 무엇보다도 문학 같은 일이 아직도 비범한 부가 가치의 산실임을 확인시켜준다. 그렇더라도이 원한에는 까닭이 없지 않다. 글을 쓰는 작업은 새로운 생각과 기술을 개발해낸 정도만큼만 문학이라는 이름이 빌려주는 위력을 이용할 수 있다고 믿어온 것이 이 직업의 전통이다. 이를테면, 문학을 통해 생존의 획기적인 방도를 마련하려고 했던 사람들은 언어의 획기적인 변모를 꿈꾸었고, 말이 얻게 될 환상적인 힘의 강도만큼 자신의 삶과 세상이 변화할 것을 진지하게 믿었다. 그들의 기술이 또 다시 이용될 수는 없고, 세상은 기대한 만큼 변화하지 않았다 하더라도, 그 시도와 함께 적어도 문학의 위엄이 높아진 것만은 사실이다. 문학은 축적 없이 힘을 쏟아내는 화수분도 아니며, 새로운 애인의 환심을 사기 위해 난도질하는 옛 사랑의 추억도 아니다. 최영미의 시에 대한 논의를 대신하는 최영미 현상에 대한 논의는 그녀가 잔치판의 마지막 음식을 챙김으로써 문학의 힘과 또 다른 힘을 소진시켰다는 혐의와 관련이 있다. 물론 이 혐의는 과장된 것이며, 사실보다는 상징에 가깝다. 이제는 말이 아니라 현실이 된 시의 위기에 대한 상징이다.

어느 시집이건 한 권의 시집을 끝까지 읽기 어렵다는 이야기가 시와 깊게 관련을 맺고 있는 사람들의 입에서 나오고 있다. 시가 진부하다는 말이다. 시가 참신하다는 것은 결국 그 시어가 언어의 체계에 타격을 주고 있다는 것과 다르지 않다. 타격으로 상처를 입은 언어들은 날카롭게 그 촉수를 드러냄으로써, 보편성으로 위장된 한 시대의 상투성을 벗어나 그 방언적 차별성을 획득하고 새로운 감수성을 형성함으로써 현실을 공략할 것이다. 이것은 시가 가질 만한 희망인데, 벌써 시만큼이나 진부한 희망이 되었다. 시가 타격을 생산하기보다는 차라리 타격의 언어에 둘러싸여 있기 때문이다. 이점은 우리의 정치적 정황과도 관련된다. 우리의 시는 권력의 억압과 싸워온 이력이 있으며, 정치적 성향을 드러내지 않은 시들까지도 그 억압의 힘을 차력하는 데에 적지 않은 성공을 거두었다. 그런데 어느 순간 우리 사회는 이 억압이 해소된 것으로 간주하자는 합의를 만들어냈다. 그 억압의 해소를 믿지 않는 것은 기다리던 세계를 아직 만나지 못한 시적 감수성들뿐이다. 그 내부 깊은 곳에 자기 억압의 검열 장치를 지닌 시가 해방을 믿는 자들의 고삐 풀린 언어에 영향을 주기는 거의 불가능하다. 욕망의 언어가 되고 상업주의의 언어가 된

저 거짓 해방의 언어 앞에서 시는 거의 할 일이 없다. 해방을 구가할 수도 공허한 싸움을 벌일 수도 없으며, 초월은 어느 때나 마찬가지로 아직 때가 아니다. 이 상황에서는, 순진성과 활력을 내세우지만 본질적으로는 상투적인 언어들이 당분간 승리할 것이다. 그러나 자생력도 자활력도 없는 이 언어들은 머지않아 바닥을 드러낼 것이 뻔하다. 시는 가장 무서운 적, 곧 일상성과 드디어 마주 서게 되었는데, 그동안 너무 엄살을 부렸던 탓에 이 적 앞에서 양치기 소년의 신세를 면하기 어려울 것 같다. 이 싸움이 어떤 양상으로 전개될는지는 알 수 없지만, 내적 정관이 시의 중요한 무기일 것이라고 짐작할 수 있을 뿐이다.

2

한국 문학에 무슨 오이디푸스 콤플렉스가 있다면, 그것은 아마도 아버지가 자주 '아버지의 관념'을 떠맡고 나타난다는 데에 있을 것이다. 아버지는 항상 아버지가 될 의무를 짊어지는데, 그 의무는 실행되지 않는다. 그는 부족한 아버지이다. 그는 아버지를 제외한 모든 것이 될 수 있지만, 그 어느 것도 그가 되고자 하는 것이 아니기에 그의 모든 삶은 그의 삶이 아니며, 따라서 구체성이 없다. 아버지는 단지 보리밭에서 깜부기를 뽑을 뿐인데 아들은 그가 민족의 위대한 역사를 수행하고 있다고 말하고 싶어한다. 깜부기를 뽑는 아버지는 깜부기나 뽑고 있는 아버지가 아니라고 말하는 것이다. 그러나 아버지는 깜부기를 뽑고 있을 뿐이다. 위대한 아버지를 위해 보리밭의 아버지는 사라진다. 아버지는 어떻게 살아도 아버지의 변두리에 있다. 아버지가 완벽한 아버지의 모습으로 아들에게 나타나는 순간이 없는 것은 아니지만, 그 순간은 또한 그가 아들의 인생에서 영원히 잠적하는 순간이기도 하다. 그는 책임을 다 하는 것이 아니라 이렇게 책임을 면한다. 아버지는 이후 내내 아들의 기억 속에서만 존재한다. 그 역시 삶의 변두리이다. 이 도식은 우리에게 너무 낯익기에 그 예증을 들 필요도 없다. 그러나 어머니는 항상 구체적이다. 어머니도 그 능력과 상황에 따라서 모든 것이 되지만, 그때마다 어머니는 어머니이다. 인자한 어머니, 욕심 많은 어머니, 의붓어머니, 비정한 어머니, 바람난 어머니, 어머니는 모든 수준에서 어머니의 역할을 완벽하게 수행한다. 어머니는 관념이 아니기에 만들어지는 것이 아니다. 어머니는 태어난다. 게다가 그 역할은 거기서 끝나지 않는다. 홀로 된 어머니는 아버지의 역할을 대신한다. 어머니는 그 일을 어김없이 수행한다. 저 억척스런 어머니들은 물론이거니와 그 의무를 저버린 어머니들까지도 바로 그 방식으로 아버지의 역할을 완수한다. 아버지의 관념으로부터 해방된 이 가짜 아버지들만이 진정한 아버지가 된다. 물론 그녀들은 아들을 아버지로 기르려 한다. 아들은 어머니를 닮는데, 아버지가 아니면서 아버지가 되는 길, 즉 문학의 길을 선택한다. 이 도식 역시 몇 편의 한국적 성장 소설을 통해 우리에게 잘 알려져 있다.

시도 이 아버지를 이야기할까. 시는 서술하지 않는다. 하지만 시에서도 아버지는 하나의 힘을 형성한다. 송재학의 시에서는 저 아버지의 기억이 내적 정관의 방식 하나를 이루고 있다. 그에 관해 이야기하자.

3

그러나 먼저 죽음에 관해서 이야기하자. 송재학의 시집 『푸른빛과 싸우다』에서는 거의 모든 시가 어떤 방식으로든 죽음을 언급하고 있다. 죽음은 사물을 보는 의식이고 그 기억이며, 자아와 외부 세계를 연결하는 통로이며, 시적 상상력의 출발점이자 그 결과이며, 때로는 사물을 구성하는 기본 단위이기도 하다. 이 죽음은 음침한 것도 파괴적인 것도 아니다. 도리어 죽음은 술기운처럼 침체된 정신에 활력을 주고, 눅진한 일상으로부터 풍경과 생활을 도려내어 그 존재에 비범한 의의를 부여한다. 그리고 무엇보다도 이 세계의 경계를 허문다.

검은빛은 죽음이 아니다, 비애가 아니다 검은빛은 환하다 때로 파도와 맞물리면서 新生의 거품을 떠밀거나 버려진 돌들을 이끌고 바다 깊이 담금질하며 주전의 검은 돌들은 더욱 맑아져 사람의 삶을 부추기고, 그때 검은빛은 심연의 입구이다   ──「주전」 부분

"심연의 입구"인 검은빛은 물론 죽음인데, 그것을 죽음이 아니라고 말하는 것은 죽음이 죽어 있는 상태와 구별된다는 뜻이다. 이 죽음은 삶의 역동성을 그 한계에까지 이끌어간다. 거품은 물질이지만 허무를 포함한다. 파도가 검은빛과 부딪쳐 일으키는 거품은 죽음이 "사람의 삶을 부추"겨 허무를 그만큼 점령하는 순간을 나타낸다. 이 문맥을 믿는다면 생명의 진정한 실체는 죽음이다.
여기에 비하면 삶과 "아우성"쳐 표현되는 그 열정은 의무에 속한다.

영산홍 가득 핀 세상이란 얼마나 답답합니까 가장 붉은 꽃 한 송이
꺾어 화병에 꽂았습니다. 아닙니다 이 꽃은 역시 제 붉음이란 운명 사
이에 휩싸여야 합니다 그것은 영산홍의 오랜 비밀입니다
—「격렬함을 감추다」부분

영산홍은 두 가지 의무를 지니고 있다: 제 운명인 붉음의 격렬함
을 살아야 할 의무와 그 격렬한 운명을 감추어두고 영산홍으로 꽃피
어야 할 의무. 시인은 같은 시에서, "마음의 온갖 것들과 저 아래 시
퍼런 바다는 같은 수평선에서 시작된 아우성임을 깨닫"는다고 말한
다. 죽음에서 삶의 시원을 보는 사람은 또한 저 두 번째 의무를 이해
한다. 죽음이 삶에서 분리될 때, 그 둘은 모두 죽은 상태의 응어리가
된다. 「고기」에서 시인은 "질긴 고들개 씹다가 갑자기 쓸데없는 생
각"을 한다. 아마도 살생에 대한 죄책감이었으리라. 그러나 그는 곧
후회한다: "씹던 고기를 가만히 뱉어서 살펴보니 그냥 삼켰으면 좋
은 것을." 시인은 생명이 짊어져야 할 운명을 이해한 것이다. 다른
시 「수미단」에서는 죽음이 생명의 조화를 감당한다.

물고기는 몇 번의 드잡이질로 온몸의 힘을 뺀다
힘이 없어야 차라리 편안하지
늙은 두루미는 물고기와의 싸움이 점점 어려워질수록
다음 세상 제 육신의 숨구멍은 아가미이리라 짐작한다

늙은 두루미가 삼키기에 힘겨운 물고기를 물고 있다. 둘 모두 자
기 생명을 지키려 한다. 한쪽에는 허기가, 다른 쪽에는 원한이 있다.
두 생명이 죽음을 거치고 나면, 적어도 두루미 쪽에서는, 그 관계가
역전된다. 죽음은 일종의 화해이다. 이 화해가 물론 해탈은 아니다.

한 차례의 생에서 해결되지 못한 생명의 문제가 영원한 시간 속으로 연장될 뿐이다. 그러나 죽음은 이렇게 삶의 순간에 영원을 마련함으로써 그 삶을 정화한다. 이점에서는, 두루미가 다른 생에서 얻게 될 아가미는 그 생의 호흡 기관일 뿐만 아니라, 생명의 저장고인 죽음에의 연통관이기도 하다. 죽음이 삶을 지키는 한, 생명이 그 비극을 벗어나지는 못해도 애상과 편견에 침몰하지는 않는다. 시인에게서도 죽음은 그를 슬픔에서 구제한다. "내 슬프고 기막힐 때" 봉분 없는 무덤 따라 올라가는 기림사는 그가 "세우고 부숴온 절"이었다 (「기림사 일몰」). 봉분 없는 무덤은 제사 지낼 사람이 없는 무덤이다. 그 죽음은 삶에 그 침전물을 남기지 않는다. 슬프고 기막힌 일들을 만나는 것은 죽음이 삶과 함께 가는 것이 아니라 삶 속에 침전물로 맺혀 있기 때문일 것이다. 그가 어떤 고통에서 헤어나기 위해 풍경을 바라볼 때, 이 구제자인 죽음과 함께 바라보는 것은 당연한 일이지만, 죽음은 풍경 자체를 만들어내기도 한다. "저 연보랏빛 현호색을 가로질러 감은사를 볼 수 있으리라"(「감은사에 가다」)는 바람에서, 이미 무너지고 절터만 남은 감은사를 다시 세우는 현호색의 '현'은 현기증의 '현'이기도 한데, 그것은 또한 죽음에 대한 연습이다. 삶이 자신의 열정에 갇혀 바라보는 세계에, 죽음이 인식의 변화를 기약하는 것이다. 시인은 "죽은 이의 현란한 꿈을 보고 싶으면 내가 읽은 책들을 펼치면 될 것"(「이 앙다문 어둠」)이라고까지 말한다. 시와 책을 쓰는 일은 죽음 뒤를 넘어다보는 일이 된다. 「밀양강」에서는 "태풍이 자연의 다른 섬세함이라 증거할 수 있다 강바닥의 이끼가 예감하는 저 폐허마저 벌써 나의 하루이다"라고 말하는데, 이것은 섭리론이 아니며, 삶을 허무에 넘겨주는 일이 아니다. 시인은 다만 막힌 삶의 분노가 폐허 위에 또 다른 폭풍을 불러올 것을 두려워한다. 범(梵)-죽음으로 풀려 정화되는 마음은 섬세하고 냉정한 방

식의 인내력을 얻을 것이다. 인내는 죽음의 인식에 기초한다. 죽음
에 대한 이해를 통한 이 인식의 개발은 당연히 윤리적 요청을 겸한
다. 절실하고 아름다운 시 「어머니는 무엇이든 잠재우신다」에서, 시
인의 어머니가 그 욕망과 고통으로 거룩한 세상을 이룩할 때도 그
매개자는 죽음이다. 마지막 연을 옮기자.

  어머니는 향을 다시 피우고 뱀에게 살을 베어주고 구더기 새끼들
  을 키운다 거미들은 어머니 잠그늘마다 거미줄을 친다 새는 그 위에
  둥지를 튼다 짐승의 마음들이 고이 잠들고 나면 밤은 천수경처럼 환
  하다

어머니는 그 육체 속으로 파고드는 욕망들에게, 죽음이 생명을 관
리하는 방식으로, 그 자리를 배분한다. 견딘다는 것은 부정하는 것
이지만, 무시하는 것이 아니라 그 존재를 인정하는 것이다. 어머니
는 그 욕망에 겸손하다. 어머니는 잠들기 위해 그 욕망들을 잠자리
로 끌고 들어간다. 거미가 잠그늘에 그물을 칠 때, 잠은 그 욕망을
닮고, 욕망은 잠을 닮았다. 그리고 또한 죽음을 닮았다. 어머니는 욕
망을 그 시원에 되돌림으로써 욕망과 자신을 해방한다. 어머니는
모든 "짐승의 마음들"로 천 개의 손을 만들어 다시 그 마음들을 돌
본다.
  우리가 알고 있는 바로, 송재학의 이 어머니는 일찍 남편을 여의
고 홀로 살아온 어머니이다. 매일 밤 "향을 다시 피우고," "봄비를
오게 하는 무덤"인 산길을 껴안고(「복사꽃에 떠밀려」) 이 어머니가
함께 사는 죽음은 시인의 아버지이다. 아버지는 아들이 엄숙하게 살
기를 바란다. 죽음은 늘어진 삶을 냉정하게 일으켜 세운다. 죽음의
저 긴장 높은 포용력, 그것은 아버지의 의무이다. 그런데 아버지는

아버지의 관념과 의무를 안고 죽음과 결합함으로써 완벽한 아버지가 되었으나, 아들은 언제까지나 부족한 아버지로 남는다. 이것이 송재학이 시를 써야 할 이유이다. 시는 죽음 너머의 세계에 통로를 열고 그 죽음을 연습한다. 그는 시로써 죽음인 아버지를 닮는다.

　　돛이 넓은 배를 찾으려고 등대에 올라가면 그 어둔 곳의 바다가 갑자기 검은 비단처럼 고즈넉해지고 누군가가 불빛을 보내고 그의 항로와 내 부끄러움을 빗대거나 〔……〕　—「푸른빛과 싸우다 1」 부분

"돛이 넓은 배"는 물론 바다를 말한다. 그러나 시인이 등대에 올라갔을 때, 바다는 그가 비유를 통해 기대했던 것보다 훨씬 더 파악할 수 없는 것으로 나타난다. 그 푸른빛 어두운 바다에 등대의 불빛이란 무엇이겠는가? 등대인 아들은 부끄럽다. 그러나 그는 등대를 떠나지 않음으로서 푸른빛을 떠나지 않는 삶 하나를 말하는데, 그것은 부족한 아들이 절대의 아버지에게 기대는 방식이다. 시는 결론을 내린다: "바다를 휩쓸고 지나가는 햇빛은 폭풍처럼 기록된다, 그리고 등대." 햇빛이란 아들의 이성의 빛이 시적 직관을 빌려 어둠과 맞먹는 힘을 얻는 순간이다. 그러나 그것은 폭풍처럼 고립된 사건에 불과하다. 일상의 이성은 외로운 등대로 남는다. 절대적인 아버지를 둔 이 외로운 아들이 시를 쓴다.

　송재학에게서 아버지의 책임을 짊어진 아들의 모습은 그러나 무엇보다도 그가 시어를 조립하는 방식에서 나타난다. 그는 가장 몽상적인 정황에서도 이론가이기를 그만두지 않는다. 「노루귀에 대한 의심」에는 다음과 같은 구절이 있다.

　어머니가 찾아가는 죽은 누이로 가득한

노루귀 분홍꽃 뒷산

누이는 혈육을 남기지 않고 죽어 평토장을 했기 때문에 그 묻힌 자리를 찾을 수 없다. 그래서 누이를 묻은 뒷산이 누이로 가득하다. 그 뒷산은 노루귀가 피어 분홍빛이다. 읽기에 따라서는 앞 행의 "가득한"을 자기 쪽으로 당겨올 수도 있는 뒷줄의 세 낱말은 시인의 마음속에서 어지러운 이미지를 만들어낸다. 시인은 이 몽환을 자기 것으로 감춰둘 수 있다. 그러나 그는 불안하여 한 줄을 떼고 이렇게 쓴다: "노루귀는 먼저 꽃이 피었다 시들면서 봄잎이 올라온다." 누이의 죽음이 살기도 전에 개화해버린 꽃임을 이로써 설명한다. 불안은 남는다. 연을 바꾸어 네 줄을 건너 다시 설명한다: "시드는 꽃잎만으로 무덤이 되는 어떤 꽃의 무늬를 생각할 뿐." 노루귀가 핀 곳마다 누이의 무덤 자리로 의심되는데, 그것은 그 시드는 꽃이 자기 꽃잎을 그 무덤으로 삼기 때문이라는 것이다. 시인은 그 슬픔이 가져오는 몽상에도 불구하고 이성을 지킨다. 더구나 수사관이나 연구자를 생각하게 하는 시의 제목으로, 시인은 자신이 논리적임을 감추지 않는다. 그는 아버지가 되어야 할 아들답게 몽상과 비애에 빠지지 않는다. 이점은 시가 서사를 하고 있을 때도 마찬가지이다.

> 그는 강을 건넌다
> 이번엔 아내를 데리고 올 건가
> 몇 년 만에 그는 뼈마저 썩는
> 깊은 병을 안고 돌아온다
> 강은 벼랑을 넘보며 검붉은 혀를 널름거린다
> 절망만이 부적처럼 보이자
> 누군가 신발을 벼랑가에 벗어두고

몸을 던진다
집 없는 여자가 아이를 버리고
유곽으로 숨어버린 해
상류의 비로 강은 범람한다
경전을 안고 벼랑에
절이 세워진다
다리를 자르고 그는 경을 읽는다
말은 사라지고 광기에 매달리는 오랜 가뭄
사람들은 소를 잡아 피를 뿌린다
절을 불태우며 그를 붙잡는다
이미 제 목을 친 그의 노래를
푸른 달빛 속에서 듣는다
노래는 밤을 삼킨다   ─「歌客」

　가족을 돌보지 못한 떠돌이 노래꾼이 병든 몸으로 고향을 찾는다.
식구들은 벌써 자살하고, 가출하고, 유리걸식하는 신세가 된다. 홍
수가 나자 자신의 죄를 느낀 가객은 다리를 잘라 떠돌기를 그치고,
절을 짓고 경을 읽어 죄 사함을 얻으려 한다. 가뭄이 들자 이성을 잃
은 마을 사람들은 그를 기우제의 제물로 바친다. 달 뜨는 밤이면, 이
미 죽기 전에 부르기를 그쳤던 그의 노래가 다시 들려오는 것만 같
다. 그 노래는 훌륭하여 어두운 인간 세계에 빛이 된다. 이야기는 이
렇게 정리되지만, 시는 이만큼 분명하지 않다. 동사들은 모두 현재
형으로 씌어져 그 인과 관계를 감춘다. 또한 "그"와 "누군가"와 "집
없는 여자"와 "사람들"의 관계가 밝혀져 있지 않다. 그래서 가객의
비극은 여러 개의 정경으로 분리되고, 그 고통과 비참함은 각각의
시행 속에 고립된다. 이는 자신의 비극에 대한 가객의 태도와 같다.

그의 노래는 삶의 비참함과 절망으로 완성되지만, 그가 그 힘을 이용하기 위해서는 그 모든 고통에 냉정해야 한다. 그러나 우리는 냉정할 수 없으며, 그 고통을 연결하여 이해하지 않을 수 없는데, 이때 분리되었던 하나하나의 슬픔은 다른 모든 슬픔을 그 안에 포함하고, 다시 "밤을 삼"키는 노래로 증폭된다. 슬픔을 온건히 유지하면서, 그 슬픔을 성찰하여 그 힘을 이용하고, 마침내 거기서 떠나는 방식, 송재학의 방법이 이와 같다.

그는 바로 이 방식으로 그의 가족사를 쓴다. 이 시집에는, 실재했던 여러 차례의 죽음, 아버지의 죽음, 큰 고모와 작은 고모의 죽음, 누이의 죽음이 있다. 죽음으로 그 이력을 점철했던 이 가족은 그러나 그 죽음의 힘을 빌려 성가족(聖家族)이 된다. 죽음인 아버지의 아들은 이 정화된 죽음의 시집으로 그 죽음을 완성하고 그 죽음을 떠난다.

이 시집은 아름답다. 송재학은 뒤표지에 덧붙인 글에서 "내가 걸러내고 따지고 깎아내고 싶은 것은 노래 바로 전의 단순함과 소박함이다"라고 말한다. 그의 단순소박함은 더 이상 바랄 수 없을 정도로 연마되어 있다. 다만 그 연마를 위해 동원했던 모든 분석적 · 이론적 수단들이 흔적을 남겨, 그 단순함을 가리고 있다는 점에 아쉬움이 남겠다.

잘못 든 길이 지도를 만든다
―강연호의 시집 『비단길』에 부쳐

1

강연호는 그의 이 첫 시집 『비단길』을 준비하면서 한때, "잘못 든 길이 지도를 만든다"는 한 문장을 그 제목으로 고려하였다. 그의 시 「비단길 2」의 마지막 행에 근거를 둔 이 경구는 결국 「자서」의 겸손한 자리로 물러나와, 시인이 "앞으로의 다짐삼아 한마디" 덧붙이는 말이 되었다. 이 길과 지도라는 말에 의지하여, 나는 다음과 같은 한 문단의 약간 지루하고 무덤덤한 이야기를 우선 만들어보고 싶다.

길과 지도에 관해 이야기하는 시인은 필경 자신의 시를 인식의 수단으로 여긴다. 그가 이 세상에 관해 이미 알고 있는 한에서는 이 세상은 그에게 적의를 품고 있다. 이 적의가 돌이킬 수 없는 것이라면, 그리고 우리가 세상에 대해 알고 있는 바가 곧 세상이라면, 그는 적의 없는 세계가 알려질 때까지 새로운 것을 알고 새롭게 알아야 한다. 그는 없는 길을 간다. 그는 이 하나밖에 없는 세계에서 버림받고 이해되지 않았기에 버림받은 길, 오류의 길을 간다. 그는 시를 쓰는데 시는 특별한 말이다. 시는 진솔함 속에 과장을 허용하고, 이치가 부족할 때 운율에 기대고, 어눌함을 은유로 바꾸고, 말과 사물의 경계를 상징으로 혼란시킨다. 한마디로 시는 오류가 용서되는 언어이다. 시인은 그와 그의 동류들, 모든 인간 말자들이 이해받으며 살 수 있는 세계를 구하는데, 그 이치에 맞지 않는 희망을 오직 오류의 언어인 시가 지지한다. 도자기 굽는 사람에게 이치가 잠시만 자리를 비껴준다면 그는 얼마나 아름다운 그릇을 얻어낼 것인가? 비유가 적절하지 않다. 그 도자기는 구워지지 않을 것이나, 시는 그 희망을 항상 실천한다. 과연 시의 광채는 찬란하다. 시는 오류를 저지르는 순간 그 모든 오류가 해소되는 세계에 벌써 도달한다. 그러나 시인이 그 세계에 도달하는가? 물론 아니다. 도공의 터무니없는 희망이야 도공의 오류라 하더라도, 시의 오류는 시인 자신의 것이 아니라 이 세상의 것이어야 함을 그는 겨우 알았을 뿐이다. 지금 이곳에 부재하는 그의 자리만큼 이 세상은 부족하다. 그는 이 결여와 오류를 산다. 그에게 이 오류는 저 찬란한 세계의 그 눈부신 광채로 조명된 이 잘못된 세계의 모습일 뿐만 아니라, 이 세계의 편협함으로 깨어진 저 세계의 빛이다. 이 오류의 세계는 저 세계의 거울이다. 오류는 항상 해결되어왔으며 또 해결되리라고 역사가는 말할 테지만, 시인은 납득하지 않는다. 그는 도리어 자신이 답사했던 길을 이 세계의 편협함이 그 나름의 방식으로 점령할 뿐이라고 여길 것이다. 시인은 다시 그 길 밖으로 내몰릴 것이며, 편협한 세계의 영토가 그만큼 넓어질 뿐이다. 이곳은 이곳이며 저곳은 저곳이며, 그의 지도는 그려지지 않는다.

이것은 상징주의로부터 유래하지만 아직도 그 효력이 끝난 것은 아닌, 시의 본질론이며, 어느 정도는 효용론이다. 내가 이 이론을 맥빠지게 속화시킨 데는 이유가 있다. 하나는 그 이론이 내게 그런 맥빠진 방식으로 감각화하였기 때문이며, 또 하나는 우리의 1980년대 초에 대학 생활을 시작한 한 젊은이의 시적 실천이 어떻게 그와 대비되며, 그가 자신의 몸부림으로 어떻게 그 풍문에 구체적 내용을 부여하는지 말하고 싶기 때문이다.

2

정릉천은 고려대학교 근처를 지나가는 굽이에서, 강연호의 표현을 빌리자면, "한양 유학 동기생들"의 하숙집 동네의 이름을 빌려 잠시 제기천이라 불린다. 근처에는 막걸리를 빚는 밀주집이 많았다. 막걸리 찬가 요란했다. 1960년대에, 벌써 시궁창에 방불했던 이 개울이 "세느강"이라는 이름을 다시 얻는 것은, 그 천변에 지주를 세우고 판자를 얽어 만든 술집이 "미라보 다리"라는 간판을 내걸었던 데서 연유한다. 학생들은 자조 섞인 이 우스개 이름을 대책 없이 받아들였는데, 그들은 자신들의 삶을 자신들의 것이라 여기지 않고 어느 미래에 그들의 진정하고 빛나는 삶이 있다고 암암리에 믿었기 때문이다. 강연호가 대학을 다닌 기간은 벌써 그 미래에 해당하는데, 빛나는 삶은 아직 없었다. 변한 것이 있다. 제기천은 더욱 더러워졌지만 이제 더 이상 시궁창과 세느강으로 분리되지 않았으며, 그곳의 문학 청년은 아폴리네르풍이 전혀 아닌 '제기동 블루스' 연작을 그의 데뷔작 사이에 끼워넣을 수 있었다. 박정희가 죽었으며, 광주가 있었으며, 어둠에 익숙해진 눈들은 어둠 속에서 준동하는 삶을 이따금 보았기 때문이다. 확실히 제기천을 오염시킨 것 중에는 그 분리된 세계의 거리를 좁히기 위해 거기에 뿌린 눈물도 있다.

강연호의 시들이 분명하게 밝히고 있는 바에 따르면 그는 정치적 운동에 앞장서지 않았다. 대신 개천 가에 오래 남아 있는 방식을 택했다.

이미 모두 떠났지만 도무지 건방졌던 수업시대
못난 반성 때문인지 졸업 후에도 나는
마냥 죽치고 있었다 비듬 같은 페퍼포그와
도서관 늦은 불빛도 그리워하다 보면
이간 어둠쯤이야 싶었던 객기보다
시대의 아픔이란 게 다만 지리멸렬했다   —「제기동 블루스 1」

아픔이 지리멸렬했다는 것은 덜 아팠다는 뜻이 아니다. 긴 병에 효자 없듯이 긴 어둠 앞에 열정이 항상 줄기차기는 어렵다. 효자 되는 방식이 따로 있다. 그는 비듬처럼 진한 페퍼포그를 비듬같이 더러운 일상으로 여기고 "마냥 죽치고" 견디었다. 일상은 이 세상이 꾸미는 가장 큰 음모이다. 그것은 우리의 열정을 잠시 맡아두는 척하면서 집어삼킨다. 시간 속으로 내려앉는 이 회색의 앙금 앞에서 청춘의 약속과 희망은 물론이고, 그 고뇌까지도 낡은 종잇장처럼 삭아내린다. 시인이 페퍼포그를 일상으로 여길 때, 그는 성취될 수 없었던 모든 희망의 흔적으로 남아, 점점 두터워지는 좌절의 재 속에 무슨 불씨처럼 묻히고, 가능하다면 저 침전의 시간을 어떤 방법으로든지 거슬러 나오려 했던 것이다. 그 일은 그에게 말할 것도 없이 시 쓰는 일이며, "비단길"을 가는 일이었다. 슬픈 청춘은 그 길에 빌려준 것이 많다. 청춘은 이름만 아름답지만, 비단길은 "이름만이라도 아름다"우며, 젊은 날의 잦은 곤두박질은 그 길의 미끄러움을 만들고, 끝내 풀리지 않는 한은 그 길을 질기게 하였다(「비단길 1」). 무엇보다도 청춘의 좌절은 그 길의 길 없음이 되었다. 시는 어느 경우에도 마지막 말을 하지 않는다. 그러나 강연호에게서 길 없는 시의 길을 탐색하는 일이 자주 돌아오는 일인 것은 우리 청춘의 이 슬픈 성격에 있으며, 그것은 이 시인이 '비단길' 연작 3편의 마지막 편을 매우 이상한 말로 끝맺는 까닭이 되기도 한다.

> 보통이 짊어진 어둠이 먼저 다복솔로 기어
> 어디론가 부지런히 퍼져간다
> 네가 자는 잠이 언제나 새우잠이듯
> 네가 기다린 건 오랜 습관일 뿐
> 무엇을 기다렸는지조차 모를 세월 흐르도록
> 아무도 돌아오지 않아서 이제 너도 가야 한다
> 기억한다면, 철든 짐승처럼 터벅터벅 걸어
> 아무도 돌아오지 않는 길을 너는 돌아와야 한다

돌아온다는 말이 거의 이웃하여 세 번 씌었으나 그 모두가 같은 의미로 읽히기는 어렵다. "아무도 돌아오지 않아서 이제 너도 가야 한다"라고 말할 때의 너는 혼자 남아 있는 사람이며 떠나야 할 사람이다. 그러나 마지막 행에서의 너는 벌써 멀리 나가 있던 사람이며 돌아와야 할 사람이다. 모순이 있는 것은 아니다. 그는 길 떠나 멀리 나간 사람이며 혼자 남은 사람이다. 이 시를 시작하는 "멀리 가다 보면 길도 저를 포기하던가"라는 한탄 섞인 의문 속에 그 설명이 반쯤 들어 있다. 길이 길 자체를 포기한다는 것은 최초의 위험한 길이 벌써 습관의 길로 바뀌었다는 뜻이다. 그리고 실제로 이어지는 시구에서 그 길은 어떤 모험도 허락하지 않는 쓸쓸한 시골 정류장의 일상적인 풍경으로 대치된다. 사람들은 그 정류장에서 내리지 않고, 자신과 그 길을 성찰해볼 시간도 없이 습관의 길을 가버렸다. 시인이란 잊어버리는 일이 없는 사람이다. 그는 길 떠날 때의 기약을 홀로 "기억"한다. 그는 자신의 열정이 가장 생생하던 순간으로 다시 돌아와야 하는데, 끝없는 자기 성찰의 힘으로 그 일이 가능하다. "철든

170

짐승"은 환멸을 맛본 짐승이지만 또한 바로 그 때문에 기억에 충실하며 자기를 지키는 짐승이기 때문이다. 그러나 이 시를 더 잘 이해하기 위해서는 저 끔찍한 「제기동 블루스 3」을 한데 겹쳐놓고 읽어야 한다.

> 제기천이 복개된다고 한다. [……]
> [……]
> 80년대 그 미친 시절 다 지나갔다고
> 모두 잊고 덮어두자는 약속이란다
> [……]
> 하기야 그때는 참 어두웠었지 돌아보는 녀석치고
> 진짜 어두웠었던 사람 아무도 없다면서
> 말 없는, 말 없자는 우리
> [……]
> 이제 우리도 늙는다는 생각 견디자며
> 목청껏 불러제끼는 옛날의 노랫자락
> 楚歌 들려오는 듯 비장해서 제풀에 잦아든다

열망이 성취되지 않았다는 것은 차라리 슬픔이 아니다. 지난날의 어둠도 슬픔이 아니다. 열정도 어둠에 대한 기억도 왜곡되고 소외된다. 어둠도 그것을 타개하겠다던 정열도 감각이 연약했던 한 시절의 추문이며, 그에 대해 말하는 것은 부끄러움에 속한다. 어둠이 사라졌기 때문이 아니다. 어둠은 무슨 법칙처럼, 특별할 것도 없이, 무한하게 어둠이며, 어둠을 기억하는 자만 여전히 어둡기 때문이다. 청춘의 몫인 이 모욕은 철들지 않아야 철드는 것인 시가 온전히 감당해야 할 모욕이다. 시가 없는 길을 간다는 것은 벌써 호사로운 말이다. 시는 길을 잘못 들었다.

3

　시인은 이제 학대받는 사람조차 아니다. 그는 거의 잊혀진 사람이다. "세월은 지나간 세월만 세월"인 이 사람에게 「절벽은 절박하다」. 그는 거의 마지막 사람이다. 그가 "절벽 앞에 선 기분"인 것은 그의 앞에 길이 끊겼기 때문이 아니라 그가 길을 가는 마지막 사람이기 때문이다. 「땅끝에 서다」가 그것을 확인한다: "광주 나주 영암 해남 지난다고 누구나 땅끝에 설 수 있는 게 아니다." 세상 모든 곳이 땅끝인 자만이, "유배된 자(者)만이 유배된 자(者)만이…" 땅끝에 선다. 우리는 이 유배의 성격에 관해 벌써 말했다. 그의 유배지는 그가 포기하지 않는 기억이다.

　　계곡의 벌린 가랑이 사이로 무수히 하혈하는 눈발을
　　젖어서 집중시키며 面壁의 그대는 잠들지 못한다
　　완자 문살마다 희미하게 말발굽 소리 나뉘어 걸리고
　　당대의 은폐된 사건들이 풍문에 떠밀리다가
　　스스로 바람이 되고 바람이 핥아내는 귓바퀴가 되어
　　깊숙이 접어놓은 근심 소스라쳐 펄럭이는데
　　무모한 외출을 생략하고 등불 꺼진 그대의 窓
　　창궐하던 날들의 성명서와 황폐한 시절의 칼날과
　　굳게 결별을 다짐하는 그대 캄캄한 유폐 속으로
　　그러나 거듭 뛰어드는 저 눈발의 흉흉한 징조는
　　어디서 보낸 파발인가 벌판 몇 장 걷어내고 달려와

집요하게 문고리 잡아 흔드는 저것은

—「그대 窓에 등불 꺼지고」

이 땅의 젊음이 그 명예를 걸었던 진실은 끝내 "은폐"되었으며, 현실의 두터움을 가벼이 여긴 무모한 투쟁은 스스로 "황폐"를 자초하였으며, 그리고 시인은 "유폐"를 선택하였는데, 그것은 황폐되지 않아야 할 마지막 한 곳으로 남기 위해서이다. 접어놓은 근심은 간직된 정열이다. 그러나 흉흉한 눈발이 되어 그의 유배지로 달려오는 것은, 땅을 말아붙이며 다시 쳐들어오는 것은, 그의 기억이다. 오래 남기를 선택했던 그에게 전투의 역사는 이제 시작된다. 간직된 정열이 "소스라쳐 펄럭"인다. 싸움은 벌써 끝났다고 말할 수 없다. 기억되는 싸움만이 역사를 만든다. 그는 모욕받음으로써 역사를 간직하고, 잊혀짐으로써 싸움을 역사 속에 연장한다. 시인은 가장 늦게 싸우며, 가장 오래 싸운다. 그러나 이 오래 싸우기의 방식이 시인에게 영예를 줄까. 시인의 자화상은 처참하다. 「그대 창(窓)에 등불 꺼지고」를 잘 이해하기 위해서는 또한 「거울」을 겹쳐놓고 읽어야 한다.

아무것도 보이지 않는 그믐밤 골라 그대
어두운 시절의 탯줄을 이빨로 끊고 울어보시지
첩첩산중 밀봉된 세월을 적시는 바람 소리뿐
적막은 너무 깊어 오히려 고막을 터뜨리네
그대 어디 한번 자세히 들여다보시지
耳鳴처럼 끈질기게 깨지는 거울의 비명
속에서 천천히 걸어나와 그대의 얼굴 할퀴고
손목 그어버리는 저 낯선 사내를 —「거울」

거울 속의 사내는 그를 적대시하고 그에게 상처를 입힌다. 그가 스스로에게서 낯선 사내를 보는 것은 스스로에게 죄를 저질렀기 때문이다. 그는 애써 "어두운 시절의 탯줄을" 끊으려 했지만, 어두운 시절이 그를 벌써 다른 것으로 만들었다. 그는 어두운 시절, 그 자체일 뿐이다. 기억한다는 것은, 저 최초의 순결한 정열 속에 오래도록 남아 있는 것만을 뜻하는 것이 아니라 그를 혼란시키는 모든 것을, 그의 재능과 선의를 비웃는 모든 것을, 그의 예기를 부식시키는 모든 것을 가장 깊이 인식한다는 뜻이기도 한다. 순결한 기억은 그에게 저항했던 모든 불순한 음모에 대한 기억을 겸한다. 시인은 최초의 약속으로 남고자 했으나 항상 일상으로 무너지는 지리멸렬한 투쟁이 그를 불순한 자로 만들었다. 거울 속에서 낯선 사나이가 걸어나온다.

시가 잘못 든 길임이 또다시 확인된다. 시인은 또 하나의 환멸을 안고 철든 짐승이 되어 되돌아와야 할 것이다.

4

그러나 강연호에게서 이 매번의 돌아옴은 그의 시가 성장하는 절차이며, 그 시에서 현실이 구제되는 방식이다. 기억 속의 현실이 그렇게 두터운 만큼 그는 시를 회의하지만, 시를 버리겠다는 생각은 추호도 없다. 현실 의식은 먼저 엄살로 "놓치지 않을 테다 가령 네가 가볍게 나를 칠 때마다/나는 세계 아팠다는 것을"(「우리 슬픔의 물음표와 느낌표」) 또는 투정으로 "누가 그대 가려 놓았는지 야속해서/허구한 날 투정만 늘었답니다"(「月蝕」)로 나타난다. 적어도 엄살을 부리고 투정하는 순간은 그의 감각이 생생하다. 이점에서 엄살은 일상에 파묻힐 수도 있는 자신에 대한 경고의 의미를 지닌다. 「월식(月蝕)」에서, 월식은 이렇게 설명된다.

어찌 짐작이나 했겠어요
그대 가린 건 바로 내 그림자였다니요
그대 언제나 내 뒤에서 울고 있었다니요

이것은 시인의 발견이라고 부르기보다 태도라고 불러야 할 어떤 것인데, 이 태도는 의젓하다. 내가 몽매에 찾아 헤매는 세계를 내 자신이 가린 것은 내가 바로 그 육중한 현실이기 때문이다. 좌절하여 매번 돌아온 시인은 그 좌절의 깊이만큼 현실을 아는 사람으로 돌아왔으며, 현실을 앎으로써 그는 '현실'과 결코 영합할 수 없을 만큼 현실이 된다. 투정과 엄살로 그 생생함을 유지하는 시인에게는 현실이 불투명할수록 그의 시가 모험해야 할 미궁도 그만큼 큰 것이 된다. 그가 돌아와야 하는 곳은 이미 작은 점이 아니다. 연약한 심정의 좁은 울타리 안으로 몰리는 것으로만 여겨졌던 최초의 약속과 그 기억은 하나의 자리를 형성하였으며, 시인은 귀환하면서 실은 그 공간의 변두리, 꿈의 최전선으로 나아간다. 잊지 말아야 할 일이지만, 그의 최초의 출발점이란 젊은 날의 순결한 희망이 현실과 날카롭게 만나는 지점이었기 때문이다.

[……] 아득하기로 치면 동지 섣달 열두 폭 병풍 펼쳐진 雪原을 혼자 걸어가는 자의 편편 발자국이 못 당해 이 우물의 내력은 아무도 모른다 [……]   ──「우물」

이 아득한 깊이는 물론 시의 깊이이지만 시인에게 그 영상을 빌려준 것은 현실이다. 아니 영상만이 아니라 시의 육체를 이루는 모든 것을 시는 현실로부터 얻어온다. 시인의 "편편 발자국"은 말할 것도 없이 불투명한 현실에서 번번이 '허방'을 딛는 발자국이다. 시인은 그것이 비록 적일지라도 무한히 강력하고 측량할 길 없이 두터운 어떤 것이 존재한다는 것을 안다. 현실의 두터움이 시의 깊이가 된다. 시가 감행해야 할 모험의 지리멸렬함도 실은 거기서 연유하는 것으로 짐작해야 하겠다. 미명을 꿰뚫는 섬광처럼 시가 현실 속으로 내닫는 것이 아니라, 꿈의 경계선을 둘러싼 현실이 그 자체의 압박에 못 이겨 때로는 많이 때로는 적게 시 속으로 밀려든다. 현실이 시를 점령하고 시가 현실을 잠식한다. 시는 불순해지는 것으로 여겨지는 순간 자란다. 자신의 키를 책임져가며 천천히 자란다.

강연호가, 그의 시적 실천 과정의 중간 보고처럼 나타나는 긴 시 「우리 슬픔의 물음표와 느낌표」에서, 맨 먼저 말하는 것은 시와 현실의 이 적대 관계와 협력 관계이다.

나는 안다 내가 안간힘쓰며 밀어붙이는 문 반대편에
네가 있다는 것을, 너도 몸부림치며 문 연다는 것을
우리가 서로 같은 힘으로 문 밀고 있다는 것을
그래서 문은 결코 열리지 않는다는 것을

나는 모른다 도대체 너와 나
누가 갇혀 있는가를

적대 협력 관계라는 것은 대등한 두 힘의 긴장만을 두고 하는 말은 아니다. 문을 사이에 두고 시와 현실이 있다. 어느 편에게도 문밖 저쪽은 자유의 공간이다. 갇혀 있다는 것은 중요하지 않다. 현실에 시의 초월이 있고 시에 현실의 해방이 마련되었다면 문은 벌써 소멸하였다. 메시아가 없다고("최후의 만찬을 치르고 떠난 메시아는/ 부활을 잊는다 손톱 밑에 까맣게 세월이 낀다"), 시가 없는 것은 아니다. 현실과 초월된 세계의 관계는 무슨 거울처럼 이쪽이 다가가면 저쪽도 다가온다. 시인의 귀환을 강요하는 장애들, 열정을 부식하는 일상의 무기력이 서로 맞서는 두 힘의 소강 상태를 말하는 것이라면, 시의 선율을 무너뜨리는 회한과 분노는 그 균형에 자주 위기를 몰아옴으로써 시의 지리멸렬하며 동시에 변화무쌍한 길이 된다.

우리와 이런 표현은 고식적이며, 독자들을 식상하게 할 염려가 있다. 그러나 강연호는 이 포기할 수 없는 '원론'을 그의 시적 실천에서 실제 상황으로 체험하는 몇 안 되는 시인의 한 사람이다. 그는 자신에게 "고개는 좌우로 완강히 흔들면서"도 긍정하게 하는 구체적인 힘을 한번 이상 경험한다. 이를테면,

오늘 우리를 연꽃으로 피우려 스스로 진흙탕에 뒹구시는

오늘 우리를 영원케 하려 스스로 순간인 듯 머무시는

오늘 우리를 곧게 키우려 스스로 곁가지되어 잘리시는

오늘 우리를 떠나 보내려 스스로 배경으로 손 흔드시는

"어머니"에게서. 이 어머니의 자리에 현실을 대입하고, 우리의 자리에 시를 대입하고 이 시구를 다시 읽어보자. 그리고 거꾸로 시의 자리에 현실을 대입하고, 현실의 자리에 시를 대입하고 다시 읽어보자. 불순한 시가 (또는 불순한 시만이) 어떻게 순결한 시일 수 있는지

를 이해하게 될 것이다. 이것은 일종의 기적인데, "그런 황홀한 통증은 어디에나 있다." 서리 맞은 낙엽을 뒤집어보면, 따뜻한 지열이 모락모락 솟아오르고, 그 지열이 유리창까지 흐려놓는다고 시인은 말한다: "허나 유리창 바깥의 세상은 과연/따뜻하게 밝아오고 있었을까? 있었겠지!" 물음표 위에 강렬한 소망과 긍정의 느낌표가 겹친다. 그런데 강연호에게 이 물음표는 경황 중에 느낌표를 이끌어내기 위한 '수사적 제스처'가 아니다. 요언이 난무했던 시대를 살아온 그는 정말 그렇게 묻는다. 그는 시의 허용 많음을 누리기보다 두려워한다. 그는 현실에서 짚었던 '허방'이 시 속에까지 따라오기를 바라지 않는다. 시인이 서리 맞은 낙엽을 뒤집듯, 우리가 제기천변에서 가장 지리멸렬하게 머물렀던 그의 시를 뒤집으며 통증을 느끼는 것은, 물음표가 느낌표로 바뀔 때까지 그가 끈질기게 물었다는 것을 뜻한다. 1980년대의 한 시인이 단 한 번의 행운도 없이, 무임 승차도 축지법도 없이 "편편 발자국"으로 걸어온 길이 그렇다.

5

그러나 시는 잘못 든 길이다. 시인은 자신을 구제하지 못한다. 가장 억압받는 사람의 해방이 진정한 해방이라면, 역사는 여러 사람이 한 팀을 이루어 달리는, 그래서 가장 뒤에 오는 사람을 기준으로 승부를 결정하는 무슨 자전거 경기와도 같으리라. 시인은 가장 뒤에 달린다. 첨단을 상상한 사람은 그 첨단과 자신의 거리를 메워낼 수 있을 때만 자신이 상상한 것을 증명할 수 있다. 시인이 자신의 임무로 절망 속에서 희망을 발견할 때 절망과 고독은 항상 그의 몫으로 남는다. 강연호는 안타깝게도 자신이 상상한 것을 자기 몫으로 챙기지 않는다. 그가 번번이 경험했던 환멸 때문일까. 아니 차라리 자신의 펜 끝을 겨우 빠져나가는 낱말 하나하나에서, 두 걸음을 물러서도, 한 걸음의 성장을 확인하며, 담담하게 흥분할 수 있기 때문일 것이다. 누가 풍문으로 자기 키를 한 자나 더하랴. "안테나는 단풍들지 않는다"는 말을 한 시의 제목으로 삼으면서 그는 이 시대에 지리멸렬할 수 없는 자는 모두 바보라고 말하고 싶었을 것이다. 그렇더라도 그의 시는 자기 검열이 너무 강하다. 무엇을 어떻게 말해도 죄가 안 되는 사람들이 얼마나 많은가. 강연호는 시를 선택하면서 어떻게 말해도 죄가 되는 길을 선택했다.

사실, 이 시인의 가장 아름다운 시구들은, 우리가 논의의 일관성을 협소하게 유지하기 위해 고의적으로 언급을 회피하였지만, '빈들'과 눈 내리는 풍경의 고적함을 읊은 시들에서 발견된다. 그 깨끗한 공간은 "한 사나흘만 묵어가고" 싶었던 「섬」과 마찬가지로 그가 자신의 지지부진함을 잠시 휴식처럼 누리는 곳이다. 「폭설」의 앞 부분을 우선 인용하자.

내린 눈 쌓이기도 전에 또 눈이 내리고 어둠의 단추 풀어 바라본 어둠의 속곳은 하얗게 빨려 있었습니다 시외버스는 내내 지지부진한 걸음을 제자리걷고 있었구요 차창 밖으로 두터운 솜이불을 머리끝까지 당겨 덮고 잠든 밭이랑이 따뜻해 보였습니다

그리고 나서, 작은 상처가 나오고——"얼굴 덮고 자면 입술이 트던데…"——몇 줄 건너 큰 상처로 시가 끝을 맺는다: "체인 칭칭 동여맨 바퀴 자국처럼 긁혀진 마음은 더 다가서기 어려웠드랬지요." 그러나 상처는 위로받고 있다. 시인은 쓸쓸한데 그것도 휴식에 도움이 된다. 검열은 사라지지 않았지만 가혹하지 않으며, 역시 시인처럼

휴식을 누린다.

　종이 봉창을 자주 열어봅니다
　마른버짐 가득한 닥나무 울 너머
　어디까지 산인지 어디까지 들인지
　희디흰 이불 호청 겹겹 널린 벌판
　〔……〕

　뿔뿔이 흩어지고 적막강산
　떠날 사람 다 떠나 이름도 잊은
　세밑 쪽 작게 저무는 마을의 겨울밤
　송이눈만 즈이들끼리 흩어졌다 다시 모이며
　옹기종기 이름표를 찾고 있습니다　　　　　　　——「歲寒圖」

　버림받은 빈 들의 고적함과 저물녘의 회색 풍경 위로 포기하고 기
다리는 어떤 마음의 하염없는 그리움이 넓게 가라앉는다. 울림은 낮
고 둔중하다. 시인의 비범한 고독은, 가장 후미진 마을의 이름을 잊
지 않는 눈송이들을 바라보며, 그 작은 이합 운동의 리듬에 흔들려
자신의 금제를 풀고 풍경의 가장 미세한 세부로 스며들어간다.
　"하나가 없으면 모든 것이 없다"는 말을 저 라마르틴으로부터 빌
려와 그 풍경 어디에 붙여두고 싶다. 그러나 강연호는 더 강하게 말
한다: "그대 있어야 할 자리에 그대 없으면 나약한 저는 언제나 불
류입니다"(「그대 있어야 할 자리에 1」). 그렇다, 강연호의 진정한 검
열은 거기에 있다. 그의 검열이 잠시 자리를 뜰 때 저 그리운 세계의
검열이 거역할 수 없이 군림한다. 그래서 휴식은 얼마나 큰 긴장을
담게 되는가. 젊은 시인에게 불쌍한 것은 그 자신이 아니라 그가 기

다리는 "그대"이다.

> 들판은 잠들지 못한다
> 깨어있으라 깨어있으라
> 쉴 새 없이 따귀 후려치는
> 바람의 억센 손바닥
> 그러나 얼얼한 뺨
> 부어터진 얼굴의 아픔보다
> 그 손바닥마다 박힌 못자국들 안쓰러워
> 들판은 영영 잠들지 못한다 　　　　　　　　—「들판」

　시인의 아픔만큼 그 세계는 구체적이다. 나의 아픔은 그 세계의 아픔이다. 내가 연약하여 그 세계는 안쓰럽다. 그 세계는 안쓰럽고 확실하게 거기 있다. 강연호는 불행한 의식이 아니며, 상징주의자가 아니다. 그래서 이렇게 말하자: 강연호에게 시가 잘못 든 길인 것은 시로 그리워하는 그 세계가 확실하게 거기 있기 때문이다. 그 세계가 지켜보는데, 강연호는 '불륜' 할 수 없다. 그는 가장 천천히 걸어가야 한다. 그는 그렇게 걸어간다. 강건하게 천천히 걸어가는 길이 지도를 만든다.

누추한 과거 순결한 기원

──최정례의 시집 『내 귓속의 장대나무 숲』에 부쳐

작품을 텍스트로 환원하고 싶어하는 우리 시대의 특이한 비평적 시도들은 시와 인간 사회의 미래에 대한 비관주의를 대표한다. 그것들은 대부분 시를 과거에 묶어두려는 욕구에서 비롯한 것이기 때문이다. 이 욕구와 공모하여 처음부터 텍스트가 되려는 시, 단순한 텍스트로만 해석되기를 바라면서 씌어진 어떤 종류의 시들은 이점을 거꾸로 증명해준다. 그 시들은 이미 확보된 현실만을 염두에 두며, 의식과 세계가 맺는 관계의 한 '상태'만을 거두어들인다. 상태는 어쩔 수 없는 과거이며, 그것을 표현하는 깜짝 놀랄 말이 새로 태어난다 하더라도 그 역시 '후일담'으로서일 뿐이다. 이 과거는 물론 미래가 아니지만 또한 기원이 아니다. 시 의식 속에서, 장소에 어떤 새로운 질을 주고 지각에 어떤 빛을 가져올 가능성은 이 깜짝 놀라는 순간 그 말과 함께 사라진다. 발레리나 장 콕토를 읽으며 놀라고 찬탄하는 사람은 많지만 감동하는 사람은 드물다. 우리가 가능성이라고 부르는 것은 말에 선행하며, 과거의 바닥에, 과거 이전에 있다. 그것은 곧 존재의 기원이다. 그러나 또한 그 모든 관념의 무기력으로 이 가능성을 황폐화하는 그 동일한 말이 그 관념적 내용에 대한 지각의 신비로운 과잉을 통해 이 가능성을 지시하고, 우리가 어떤 희망과 함께 제기되는 온갖 질문을 통해 그것을 되살리기도 한다. 이때 가능성은 미래의 생성에 대한 약속처럼 일어서며, 불투명한 언어 속에 투명한 개혁을 실현하며, 역사 속에 하나의 점처럼 찍힌다. 시는 존재의 과거 이전을 인간 사회의 미래로 옮겨놓는 움직임이 될 때 텍스트를 벗어난다. 그러나 잃어버린 기원으로부터 시적 성취로 이행하려는 한 정열은,·그 가능성을 파괴하고 소외를 불러오는 모든 정신적 좌절들이 최초의 빛에 대한 차양막처럼 둘러쳐져 있는 현실 조건에 대한 성찰을 통과하지 않을 수 없다. 기원의 구체성이란 항상 거기에 묻어 있는 오물들이기 때문이다. 어느 성스러운 기억도 기억은 오물이다. 생성의 시인은 기원을 부정하는 것들에 의해 벌써 침식된 기억의 한 모퉁이에서 그 기원을 붙잡는다. 그의 기억 행위는 불투명한 역사의 현재를 뚫고 미래를 향해 자기를 던지려는 시도이다. 자신의 최초의 존재가 더럽혀 있다고 느끼는 사람의 기원은 미래에 있기 때문이다.

최정례의 시적 상상력의 한 끝에는 시골의 소읍에서 보낸 어린 시절이 있으며, 다른 한 끝에는 언니의 죽음이 있다. 그 둘은 모두 기원이며 미래이다.

시인은 자신의 어린 시절을 두 폭의 그림으로 전한다. 「기찻길 옆」과 「병점(餠店)」이 그것인데, 그것들은 동일한 풍경을 다른 어조로 그린다. 무엇보다도 뒤의 시에는 자기 반성을 통해서 얻어지는, 미래에 대한 일종의 전망이 있다. 아니 전망의 싹이라고 부를 것은 앞의 시에도 있지만 단지 성찰되지 않았을 뿐이다.

무리무리 까마중 꽃이 별떨기 같았다 가짓빛 까마중이 익었다 왜식 철도 관사 담장 밑에서 그 자식과 까마중을 따먹고 있었다 자식이 갑자기 내 치마를 왈칵 들추고는 달아났다 쫓아가다 나뭇가지에 걸려 치맛자락을 찢겼다 자식은 멀찍이 달아났다

억울해? 억울해? 어울하면 빨개벗고 덤벼 딤버 돌넹이를 집어던졌지만 반도 못 미쳤다 개천 너머 그 자식 집에서는 늘 흐느적거리는 전축 소리가 새어나왔다 문틈으로 들여다보면 환하게 입은 여자들과 남자들이 꼭 끌어안고 빙글빙글 돌아갔다 엄마는 거긴 얼씬도 하지 말라고 몇 번이나 일렀었다 비밀 땐스홀이라고도 불렀다 그 자식을 놓치고 담장 밑으로 와 새콤하고 아린 까마중 한 알을 입 속에 터뜨릴 때면

장앙해앵여얼차아…… 장앙해앵여얼차아아……

멎었던 기차가 느릿느릿 역전을 빠져나갔다

개똥참외가 노래지고 벌써 며칠째 기다렸는데도 아버지는 오지 않았다 철로변에 자갈돌들은 뜨겁게 달아오르고 집 안에서는 끝도 없이 재봉틀 밟는 소리뿐이고 기차는 잘도 떠나갔다

서울로 장항으로 목포로   ──「기찻길 옆」 전문

시인이었던 아이는 저 동요에도 나오는 '기찻길 옆'의 아이이지만 기차 소리 요란해도 잠 잘 자는 그 튼튼한 아이는 아니다. 먼지가 없어도 먼지를 뒤집어쓴 것처럼 보일 거리에서, "왜식 철도 관사"는 그 자체로써 잃어버린 낙원의 풍경을 충분히 구성한다. 한때 홀로 개화되었던 그 집은 편리하고 특별히 깨끗하였을 것이며, 아직도 어느 정도는 이국의 풍취를 지니고 있다. 마술에서 덜 풀려난 유리 구두처럼 그 집이 가난한 삶 속에 남아 있다. 가난하나마 그 집의 딸은 폐적당한 공주와 같은데, 무료한 삶에서 벌써 다른 삶의 기미를 느끼기 때문이다. 까마종이가 표준말인 '까마중'은 음습한 부식토를 골라서 자란다. 그 푸른빛이 도는, 작고 초라하지만 또렷한 형태의 꽃과 그 팥알만한 검은 열매는 심심하고 배고픈 아이들에게 자연의

의외로운 혜택을 매우 인색한 방식으로 전한다. 사실 그 꽃과 열매 사이에는 제법 긴 시간이 있는데, 시인은 두 문장 사이에서 그 시간을 생략한다. 기다렸다는 말을 아껴두기 위해서이며, 그것이 가망 없는 삶의 초라한 내력에 의해 얻어진 것이 아니라 무슨 기별처럼 어쩌다 거기 있었던 것이라고 믿고 싶어서이리라. "환하게 입은 여자들과 남자들이" 춤추는 삶도 그 나름으로 하나의 기별이다. 그것은 잃어버린 낙원이, 그 절차도 의례도 아랑곳없이, 그 가치를 의식할 시간도 없이, 한번 폭발해버린 모습이다. 어머니의 감시가 없더라도 어린아이는, 죄의 강인 "개천" 너머에서, 문틈으로 들여다본 한 세계에서, 자기의 낙원이 치마가 들춰진 채 능멸당하고 있다는 것을 안다. 또 기찻길이 있다. 그것이 다른 삶으로 아이를 데려갈 수 있다. 그러나 "새콤하고 아린 까마중 한 알을 입 속에 터뜨릴 때" 의식하게 되는 그 늘어터진 "장앙해앵여얼차아……"와 함께, 철길이 지녔을 유인력의 긴장은 벌써 풀린다. 시인은 마침내 '기다린다'는 말을 하게 된다. 그가 기다리는 다른 삶이 저 철길 끝 어딘가에서 가능할 수 있겠지만 그 세계는 그에게서 자주 아버지를 빼앗아가는 세계와 어쩌면 같은 것일 수 있다는 생각이 이 아껴둔 말 속에 함축된다. 삶의 누추함이 그 순결한 기원을 가리고 있지만 그것이 놓여질 완벽한 자리를 찾으려는 시도가 또한 그 기원을 더럽힐 수 있다.

기원이 초라한 곳에 있다기보다 그것이 초라하기 때문에 기원일지 모른다. 분명한 것은 그 초라한 곳에서 벗어나려는 모든 노력이 기원을 더욱 더럽혔다는 생각에서 이 시인이 오랫동안 벗어나지 못한다는 것이다. 「푸른 사과」에서 시인은 노점의 좌판에 놓인 사과의 "배꼽 속으로 뛰어들어가 다시는 나오고 싶지 않았다"고 말한다. 팔려가기를 "한없이 기다리다" 지친 이 사과는 그러나 "푸른" 사과이다. 시인은 방황하나 그가 멀어진 것은 그 누추함으로부터가 아니라 그 순결함으로부터이다: "내려서 푸른 사과에게 갈 수가 없었다 이상한 버스는 어디로 가는 것인지 왜 이렇게 돌아다니는지." 「첫 눈물」에도 동일한 언어가 있다. "연신내 시장 앞에서 곰이 그려진 털신 하나를" 시인은 만난다. 그것은 악을 쓰고 우는 어린 시인을 달래고 그의 아버지가 품에서 꺼내주었던 저 옛날의 털신 한 켤레와 같은 것이다. 아이가 안고 잠들었던—그 사이에 아버지는 떠나갔다—그 털신이 자신의 "낡은" 신발을 물끄러미 바라보고 있는 것처럼 여겨진다. 시인은 "그만 깜박 잊고" 세상에 나와 너무 오래 서성였으며 발은 커져버렸다. 과거가 기원을 덮어버렸다. 그러나 다시 신을 수 없는 이 털신이 그에게 잊어버렸던 슬픔을 되찾아준다: "연신내 눈발이 조심스럽게 기웃거리다 재빨리 털신 속으로 파고들고 눈물샘의 길을 따라 밀려나온 물방울인 듯 내 첫 눈물을 불러 보여주었습니다." 시인이 자신의 피붙이들에 관해서 이야기할 때도, 친구들의 궁핍한 삶에 안타까운 시선을 보낼 때도, 한편에는 슬픔으로 그 오물을 씻고 솟아나는 기원이 있으며, 다른 편에는 세월과 함께 확장되기는커녕 더욱 왜소해져버린 삶, 그래서 어떤 의미에서는 그 기원에 한결 가까워져버린 삶이 있다. 「미아리 고개 1」의 원화는 "졸업장 하나 없는 백수 건달"을 만나 첫아들을 낳고 나서까지도 "캠핑 버너에 소꿉밥"을 해먹는 정말 캠핑 같은 생활을 한다. 버너가 폭발하여 남편은 죽는다. 친구들이 시집도 안 간 나이에 과부가 된 원화는 "내년 신수는 훤하다"는 점쟁이 말을 믿으며 미아리 고개에 엎드려 산다. "아직도 신파조로"라고 시인은 덧붙이는데, 이 말에 친구의 삶을 희화하려는 의도는 결코 없다. 저 지난날의 누추함 속의 맑음으로부터 자기보다 친구가 여전히 더 가까이 있음을 도리어 인정하는 것이다. 그렇더라도 신파가 되는 것은 기쁜 일이 아니다. 현실의 어떤 삶과도 뒤섞이지 못한 원화의 삶을 아직도 '캠핑'이라고 부를 수는 있겠지만 그것은 강제된 캠핑이다. 그 속에서는 그 오물도 함께 강제된다. 「회귀」의 고모는 "빨래하다 놓쳐버린 고무신 한 짝의 그 몹쓸 꿈 때문"에 남편을 태평양 전쟁에 내보냈는데, 고모부 제삿날이면 "삼척(三陟) 오십천(五十川)"에 연어떼가 그 "상처투성이의 몸 뚱아리 이끌고" 회귀한다. 물론 실제로 돌아오는 것은 고무신 잃어버린 꿈을 꾸던 그날의 슬픔이다. 고무신은 여전히 "연해주로 괌도로 태평양으로" 흘러다니며, 꿈은 슬픔 속에서 연장된다. 시인에게 "외갓집"은 추운 겨울 방학에 눈떠보면 하얗게 얼어 있던 「유리창」으로 기억되며, "서릿발 사이로 난 가시 길"에는, 다시 말해서 그 언 창 위에는 "맨발로 울며 오는" 어린 날의 어머니, "폭풍처럼 때찔레가 지고" 있을 때 외할아버지의 부고를 받고 "학교 마당에서 고무줄 뛰다" 달려오는 어머니가 있다. 어디서나 저 순결한 기원은 슬픔으로만 유지된다. 슬픔은 기원이 온전하게 제 모습을 찾기 위해 벗어나야 할 마지막 억압이다. 그러나 어떻게?

최정례에게서 언니의 죽음에 관한 시들은 그의 시의 이력에서 하나의 전기를 마련하고 있는 것으로 여겨진다. 사실 이 시들은 거의 모두 시집의 첫머리에 모여 있어서 시집 전체가 어떤 형식의 추모집처럼 보이기도 한다. 여기에도 기원이 있으며, 과거와 그 추억이 있다. 그러나 그것들은 벌써 반성되고 해석되어 있다. 「서천(西天)으로 1」은 언니의 죽음을 "서천(西天) 냇갈"에서 물고기 잡던 일에 비유한다. "솜 방맹이 석유 묻혀" 불 밝히면 붕어들은 함정에 든 줄도 모르고 여전히 물이 흘러간다고 믿고 있었다. 언니도 "착한 눈 멀거니 뜨고" 그렇게 죽었다. 시인은 언니를 애도하는 이 말로써 과거에 집착하는 자신의 심정을 비판한다. 그는 과거를 정지된 세계에 묶어두려 했던 것이다. 과거가 행복해서가 아니라, 그것이 놓인 자리가 여전히 누추하고, 그 슬픈 시절의 희망이 여전히 풀리지 않았기 때문이다. 세상의 흐름을 받아들인다면 잃게 될 것은 그 희망이리라. 그러나 이제 더 이상 삶이 유예될 수는 없다. 시인은 어떤 냉혹한 마음을 만들어 가진다.

혼자 우는 새가 있었고

빈 자리 혼자 비어 있었고

조금 비껴서서 꽃이 피었고

괜찮아 괜찮아 앉은뱅이꽃들 쓸어안았고

돌아앉은 얼굴들 바람에 터졌고

내 마음 영 어긋난 길을 떠났고   ─「西天으로 2」 전문

이 시를 그대로 언니를 땅에 묻는 날의 풍경으로 읽어도 좋겠다. 그러나 그렇다고 하더라도 이 풍경 위에는 어린 자매들의 지난날의 삶이 겹쳐 있다. "혼자 우는 새"는 아마 시인이었을 것이다. "앉은뱅이꽃들 쓸어"안는 것은 필경 착한 언니였겠지만, "조금 비껴서서 핀 꽃"은 언니일 수도 아닐 수도 있다. 그것은 삶의 고통과 불안이 아무리 크다 해도, 간직해야 할 어떤 희망, 지켜야 할 어떤 자부심을 다소곳이 간직하고 지키려는 태도에 대한 온전한 표상이다. 시인의 "마음 영 어긋난 길을 떠났"다. 그는 이 조용한 인내 대신 다른 방식의 삶을 선택하려 했던 것이다. 이야기는 「서천(西天)으로 3」으로 이어진다.

서쪽 길이 간다

마음을 뻗어보면

마음도 따라 굽어서 간다

붉은 하늘은 별로 내게 마음이 없다

새들이 시끄럽게 저녁 둥지에 깃들고

그들도 내게는 마음이 없다

누군가 지금 나를 오라고 한다면,

마음을 준다면?

나는 그에게 갈까?

뜨거운 마음의 끝은 차가워

나는 그냥 간다   ——「西天으로 3」 전문

  시인은 언니가 죽음으로 도달한 서천의 깨끗한 세계를 삶으로, 시로 도달하려고 한다. 그 세계는 벌써 삶의 오물인 과거로부터 벗어나 있다. 붉은 하늘과 저녁 둥지를 트는 새들이 시인에게 마음을 주지 않는 것은 그것들이 순결하기 때문이다. 시인의 마음이 뜨거운 것도 그 끝이 차가운 것도 모두 그가 그 순결성을 깊이 이해하기 때문이다. 순결한 마음은 순결한 것에 약한 마음, 그 함정에 빠지는 마음이 아니다. 저 순결한 기원은 거기 있는 것이며 거기서 빛나는 것일 뿐 누구에 의해 범해지는 것이 아니다. 거기에 이를 길을 곡진하게 또 곡진하게 따라가야 할 것이나 과거를 다 청산할 수도 결코 거기에 이르지도 못하리라는 것, 그것은 시의 허망한 몫이며, 그러나 그 세계가 거기 있다는 것을 알고 확신하는 것, 그것은 시의 위대한 몫이다.

「병점(餠店)」을 먼저 읽었던 「기찻길 옆」과 겹쳐놓고 읽으면, 이 두 몫의 변증법과 같은 것을 발견하게 된다. 시인은 기찻길 옆에서 살던 그 어린 시절을 언니의 죽음을 통해 다시 바라보는데, 이 시선을 통해 시의 허망함과 위대함이 깊은 층에서 화해하는 것이다.

병점엔 조그만 기차역 있다 검은 자갈돌 밟고 철도원 아버지 걸어오신다 철길가에 맨드라미 맨드라미 있었다 어디서 얼룩 수탉 울었다 병점엔 떡집 있었다 우리 어머니 날 배고 입덧 심할 때 병점 떡집서 떡 한 점 떼어먹었다 머리에 인 콩 한 자루 내려놓고 또 한 점 떼어먹었다 내 살은 병점 떡 한 점이다 병점은 내 살점이다 병점 철길가에 맨드라미는 나다 내 언니다 내 동생이다 새마을 특급 열차가 지나갈 때 꾀죄죄한 맨드라미 깜짝 놀라 자빠졌다 지금 병점엔 떡집 없다 우리 언니는 죽었고 水原, 烏山, 正南으로 가는 길은 여기서 헤어져 끝없이 갔다   ──「餠店」 전문

시인은 병점의 가난한 떡 한 점이었으므로 언니와 다른 길을 갔다. 지명 병점에는 떡과 점이 한꺼번에 있다. 그것이 모든 것이었던 이 시골의 소도시는 결국 아무것도 없는 곳이다(「기찻길 옆」에서는 그곳이 아무것도 없는 곳이 아니라 무엇이 더 있어야 하는 곳이었다). 어머니의 입덧이 이 결여의 세계를 시인의 '살'로 만들었다(「기찻길 옆」은 이 결여의 가치를 알지 못했다). 작은 역사와 상점들과 먼지 낀 맨드라미와 끝없이 이어지지만 항상 똑같은 곳으로 이르게 되는 길들, 그것이 그의 살이다. 그러나 이 부재의 세계는 새롭고도 근본적인 변화, 수원에도 오산에도 정남에도 이르지 않지만 그 모든 곳에 한꺼번에 도달하게 될 완전히 다른 길의 가능성을 그 속에 포함하고 있다(「기찻길 옆」은 어떤 통합의 길──시의 길──을 발견하기 전에 이

미 주어진 길을 하나하나 시험하고 있었다). 헐벗은 자는 자유롭다. 「서천(西天)으로 2」에서처럼 시인의 '마음은 영 어긋난 길'을 떠났다. 다시 말해서 시의 길을 갔다. 그러나 시인과 그 언니인 맨드라미들은 새마을 특급 열차가 지나갈 때 '깜짝 놀라 자빠졌다.' 이것은 과거의 일이지만, 시인에게는 '지금 병점에 떡집'이 없는 것과 마찬가지로 현재의 일이기도 하다. 변화는 멀고 결여는 더욱 깊어졌을 뿐이다. 끝내 언니가 죽었다. 이제 그의 '살'도 살붙이도 없다. 결여는 완성되었다. 시인의 고향은 이제 그 절대적 결여, 다시 말해서 과거를 벗어난 기원이다. 그리고 이 완성된 결여와 더불어 모든 길이 한꺼번에 그를 유혹하였던 저 최초의 길, 시의 위대한 기획을 다시 만난다. 떡 한 점의 아쉬움과 그 떡 한 점으로부터의 자유의 기로에 시인이 서 있다. 이 기로는 과거가 닿지 않는 곳에 있는 한 기원이, 과거의 영향으로부터 해방된 저 미래로 투사되는 길목이다.

그렇다. 모든 시간은 과거이다. 과거가 나를 옥죄는 것과 똑같은 포승줄을 가지고 미래가 나를 얽어맨다. 「내가 한 잎 나뭇잎이었을 때」는 최정례에게 시간이 아니며, 따라서 과거가 아니다. 이 아름다운 시에서, 25년 전 할아버지가 죽은 해로부터 55년 전, 35년 전 할머니가 죽은 해로부터 45년 전, 45년 전 아버지가 전쟁을 만난 해로부터 다시 35년 전, 그러니까 80년 전에, 시인의 혈족들은 가물치 한 마리를 잡아 국을 끓여 먹었다. 그 가물치 속에 "나"는 들어갔으며, 그래서 시인 최정례가 탄생했다. 그것은 과거이다. 시간은 어떤 방식으로 계산해도 그 과거성을 벗어나지 못한다. 그런데 가물치에게는 전생이 있다. 가물치는 "한 잎 나뭇잎"이었다. 나뭇잎은 흔들리며 "영원한 휴일" 건너편에서 "뜻도 없이 침몰하는 배 한 척/오늘 이 순간에 타고 있는 이상한 나"를 이미 예감하고 있었다. 이 나뭇잎의 "나"에 대한 예감은 거꾸로, 또 다른 "영원한 휴일"을 향해 침몰하는, 뜻도 없는 오늘의 이 시간 밖 어디에 나뭇잎의 세계가 존재한다는 시인의 예감이다. 그래서 최정례의 시들 여기저기에서 반짝거리는 나뭇잎이 나타날 때마다 독자들은 잠시 멈춰 서야 한다. 그것은 그의 시, 또는 모든 시의 눈이며 핵이기 때문이다. 누추한 과거로 침식된 기억의 한 모퉁이에서, 고독하고 고통스런 한 시인이 저 순결한 최초의 낙원을 붙들어, 불투명한 시간이 닿지 않는 미래를 향해 던지는 순간이기 때문이다.

이름 붙일 수 없는 것에 대해
─오세영의 시집 『하늘의 시』에 부쳐

인간은 이 세상에 던져진 존재라고 누구는 말하는데, 던져졌기로 치자면, 무정한 사물들도 우리와 다르지 않을 것 같다. 한번 구르기를 시작한 바위는 왜 끝까지 굴러 떨어지려 하며, 왜 산소는 탄소와 결합하여 불이 되려 하며, 왜 물은 한사코 생명 속에 스며들려 하는가. 그것들에게 반성적 의식이 없다는 점만으로, 그것들의 존재가 거기서 끝났다고도, 그것들이 필연적으로 그렇게 존재해야 할 수밖에 없다고 말하기는 어려울 것 같다. 그것들도 우리와 마찬가지로 충분한 존재가 아니다. 그것들도 항상 무엇이 되려 한다. 일 년 동안 창문을 틀어막고 문을 봉한 연구실의 책상 위에 몇 센티미터라고 말하고 싶을 만큼 쌓여 있는 먼지를 생각해보라. 그 먼지들은 어떻게 내가 거기 없는 줄을 알았으며, 왜 작은 틈을 비집고 이 빈자리로 몰려와야 했을까. 세상의 한구석을 그렇게 고정시키려는 내 의도를 그것들은 왜 기를 쓰고 방해하려 하는가. 왜 이 티끌들은 일어서고 아미노산이 되려 하는가. 왜 그것들은 마침내 생기가 되려 하는가. 그것들도 우리와 마찬가지로, 자신들이 차지한 자리를, 그렇게 있어야 할 자신들의 모습을 참지 못한다. 어떤 종류의 고매한 정신이, 말하자면 시인이, 이 세상이 자기를 위해 만들어진 것이 아니라고 여기듯, 티끌들도 주어진 세상에 한순간도 쉬지 않고 반항한다. 그것들이 음양오행의 법칙이건 물리학의 법칙이건 법칙을 만들어 가졌다고 해서 그 반항이 끝났다고 해서는 안 될 것 같다. 그것들은 그 법칙의 이름 아래 순응하는 방식으로까지 그 반항의 형식을 넓혔기 때문이다. 그것들이 어떤 법칙을 따른다는 것은 항구적으로, 그리고 누구도 제지할 수 없는 방법으로 반항한다는 것을 뜻한다. 그것은 반항의 형이상학이다.

시는 반항하기를 멈춘 것처럼 보일 때, 벌써 반항의 형이상학을 꿈꾸는 경우가 종종 있다. 오세영의 연작시 『하늘의 시』에 관해서는 아마 그 이야기를 먼저 해야 할 것이다. 반항의 형이상학을 꿈꾸기, 그것은 곧 시에 대한 시 쓰기, 시에서 얼마큼 물러나 있는 방식으로의 시인 되기이다. 시인은 첫 시 「멀리서」에서 자신의 자리를 창가로 정한다.

> 나는 벼랑 끝에서 우는 한 마리 암사슴이 되기보다는
> 창가에 앉아 별을 우러르는 일개
> 시인이 되리라.

그가 여기 자리 잡는 것은, 벼랑에서 보는 꽃보다, 강 건너 바라보는 등불보다, 바다 저쪽의 무지개보다, 창가에서 바라보는 별이 더 아름답기 때문이다. 시인이 바라보려는 것이 멀리 떨어져 있을수록, 시인은 위험 지역에서 그만큼 멀어진다. 벼랑 끝보다는 강가가, 강가보다는 해변이, 해변보다는 창가가 더 안전한 곳이기 때문이다. 이 위치에서 시인이 얻게 되는 원대한 전망에도 불구하고 그 시인 앞에 붙는 자기 비하의 관형어, 열망의 처연함을 돋보이게 하기에는 암사슴이 차지하고 있는 "한 마리"에 훨씬 못 미치는 "일개"는 아마 이 후퇴와 관련이 있을 것이다. 그러나 시인의 자리는 여전히 무엇

의 '가'이다. 이 창가는 한 중년의 사내가 이미 누릴 수밖에 없게 된
안정과 한 중견 시인이 자기의 일에 벌써 확보하고 있는 시야를 표
현하는 것이겠지만, 그 변두리성은 그가 누리고 확보한 모든 것으로
부터 그 자신이 손님일 뿐임을 뜻하겠다. 그는 밖으로부터 중심으로
들어왔는데, 그가 중심이라고 믿었던 것은 이제 더 이상 후퇴할 수
없는 변두리가 되어 있다. 그는 꽃도, 등불도, 어쩌면 무지개까지도
신변에 거두어들였을 것이다. 그렇다고 해서 그에 대한 시인의 그리
움이 그친 것은 아니다. 그러기는커녕, 무엇을 확보하는 순간은 진
정으로는 그것을 확보하지 못한다고 깨닫는 순간이며, 그것을 아무
리 자기 편으로 끌어당겨도 자기는 그것의 변두리에 존재할 수밖에
없다고 절망하는 순간이며, 그래서 그것을 영원히 잃게 되는 순간이
다. 이제 그것들은 모두 별의 형식이 되어 더 먼 세계로 떨어져나가
있다. 시는 이렇게 끝난다.

　　가까이 있으면서도 먼 것이
　　멀리 있으면서도 가까운 것보다 더
　　먼 까닭이니라.

　　그대 멀리 있음과 같지 않은
　　가까움이여,

　"멀리 있음과 같지 않은," 이 이상한 말은 '멀리 있음보다 차라리
못한'이라는 뜻으로 읽힐 수 있을 텐데, 꼭 그 말은 아니다. 가까움
에는 그것이 멀기만 했을 때는 느낄 수 없었던 절박감 하나가 덧붙
어 있다. 한 세계를 확보하고 길들였을 때, 바로 그 이유 때문에 그
세계로부터 영원히 내몰리게 되는 시인은 그가 한 사물로부터 얻으

려 했던 것은 바로 그 사물 안에 결코 얻어낼 수 없는 성질로 존재하는 것임을 안다. 시인은 이 세계를 바꾸려 하지 않는다. 그가 세상에 순응하는 것은 세상에 만족해서가 아니라, 차라리 이 세상이 영원히 부족하리라는 것을, 아니 적어도 부족한 것만을 우리에게 제시하리라는 것을 이해하기 때문이다. 이점에서 이 순응은 일종의 본질적 반항, 곧 반항의 형이상학이다.

그러나 시인은 이 세상의 법칙에 묶여 있는 이 세상 사람으로서 그가 진실로 바라고 그리워하는 것, 그가 "당신"이라고 부르는 것을 예감하고 이해하는 방식에 있어서도 이 세상의 법칙인 부족의 법칙을 따른다. 이 세상의 부족함이 곧 그것의 존재 방식이다.

> 나는 참 수많은 산과 강을
> 넘고 건너왔기에
> 내겐 이제 아무것도 가진 것이 없고 더불어
> 당신께 드릴 것이 없습니다.
> 나는 텅 비어 있으므로
> 지금 나는 내가 아닙니다.   —「이별」

시인이 박탈의 상태에 놓이게 된 것은 "당신"을 찾는 길이 멀고 험했기 때문이다. 헐벗은 몸으로 당신 앞에 나가는 것이 시인은 슬프지만 그의 가난이야말로 당신이 존재한다는 증거이다. 그 길은 시인의 가장 작은 재산도 용납하지 않았다. 그가 길 떠나기 전에 가졌던 것들은 모두 부족한 것들이기 때문이다. 그는 모든 것을 버림으로써 부족함을 완성한다. "당신에 대한 그리움까지도" 버린 "나는 텅 비어 있으므로/지금 나는 내가" 아니다. 이 절대적 결핍이 벌써 나를 다른 것으로 만들었다. 이 결핍, 그것은 당신에게 대한 나의 절대적 성실성이며, 당신에게서만 연유하는 성실성이다. 나의 비존 재로 껴안는 당신의 존재는 성실성 그 자체이다. 이 결핍이 증명하는 것, 그것은 당신이 존재할 뿐만 아니라 성실하게 존재한다는 것이다.

> 낮잠에서 깨어나자
> 그 사이 방바닥에 쌓인 松花 가루가
> 무심히 봄바람에
> 날리고 있을 때,
> ……
> 이 적요한 공간의 붕괴와
> 그 새로운
> 형성,   ——「방문」

　낮잠에서 깨어난 상태 역시 마음의 비어 있음이다. 시인은 혼곤 속에서 명징한 의식을 되찾았지만, 일상의 열망과 작은 근심 같은 것들은 물론이고 자의식까지도 아직 그의 정신을 차지하지 못했다. 이 빈 자리에, 그 비어 있음마저도 깨어지는 곳에서 시인은 당신을 예감한다. 당신은 이 비어 있음의 절대적 형식이며 그 새로운 운동, 즉 결핍을 무(無) 또는 공(空)으로 만드는 운동이다.
　시인은 그의 당신, 그가 그리워하는 것을 부를 이름이 없다. 그 이유는 무엇보다도 자기와 당신의 관계를 정립할 수 없다는 것이리라.

> 불현듯 맨발로 밖을 내달으면
> 봄강물 시름없이 출렁이는데
> 갈대숲 속절없이 서걱이는데

누가 부르던가. 누굴 부르던가   —「꽃잎 소리」

만나야 할 열망은 봄강물처럼, 갈대밭을 불어가는 바람처럼 세상
에 미만한데, 그 그리움의 주체도 그 대상도 확인되지 않는다. 이 비
인칭성은 그리움의 본질이다. 거친 땅을 고루 덮는, 당신에 대한 나
의 열정을 타고 자아는 자연 속에 끝없이 확산된다. 이 그리움이 덮
는 그 모든 것은 부르는 나이며 불리는 나이며, 그런 당신이고 나이
며, 내가 아니고 당신이 아니다. 나와 당신은 일인칭이고 이인칭이
며 동시에 삼인칭이다. 인칭이 사라진 이 세계에서는 모두가 모두를
부르며, 누구도 누구를 부르지 않는다. 거기에는 관계가 없다. 그를
이름지어 부를 수 없다.

당신을 부르기에 말은 항상 부족하다는 것이 또 하나의 이유일 테
인데, 따지고 보면 이것은 첫 번째 이유에 대한 설명일 뿐이다. 이름
은 말이며, 말은 관계이기 때문이다. 그리고 관계는 물론 감옥이다.
「당신의 말씀」에서처럼.

　　세상은 하나의 큰 감옥일지
　　모릅니다.
　　돌은 침묵 속에 갇히고
　　새는 노래 속에 갇히고
　　……

이 말없음표가 함축하는 말, 그것은 "시인은 말에 갇히고"라는
'말'일 것이다. 시인은 그 말을 삼가고 있으나, 이 말없음표에까지도
그 말은 끼어들어와 있다. 말로 이루어지는 이 인칭의 세계와, 모든
인칭이 사라지고 말과 그 감옥이 사라질 세계와의 사이에는 깊은 단

애가 있으며, 이 말없음표는 거기에 걸린 다리와도 같다. 그러나 시인이 그 다리를 건너갈 수는 없을 것이다. 그것은 말이면서 동시에 말이 아니기 때문이다. 이 다리가 인칭이라면 시인은 그가 도달하게 될 세계에 감옥을 다시 설치하는 꼴이 될 것이며, 그것이 비인칭이라면, 여전히 '나'로 남아 있는 시인의 무게를 이 '구름 다리'는 견디지 못할 것이다. 동화를 읽은 사람들이라면 이 다리를 알아볼 것이다. 신선이 용감한 소년에게 말한다: "네가 생명수를 얻으려면 저 다리를 건너가야 한다. 그러나 다리를 다 건너기 전까지는 결코 뒤돌아보아서는 안 된다." 소년은 다리를 건넌다. 뒤에서 욕설이 들려온다. 마지막 한 걸음을 남겨두고 소년은 뒤돌아본다. 다리는 무너진다. 소년이 뒤돌아보며 남겨두는 한 걸음, 그것은 그의 자의식이 살아나는 순간이며, 세계가 인칭으로 되돌아가는 순간이다. 오르페우스가 에우리디케를 데려오는 지옥의 입구에도 이 인칭의 함정이 있다. 시인은 궁지에 처해 있다. 그는 이미 자기가 가진 것을 다 버려 무소유가 되었고, 자기를 자기 아닌 다른 것으로 만들어 절대적 비인칭의 품에 안길 수 있는 길을 내다보았지만, 이 예감을 공중하기 위해서는 이 세상에 그것을 해명해야 할 의무가 있다. 오르페우스는 자신의 성공을 빛 속에서 확인하기 위해 뒤돌아본다. 에우리디케는 어둠 속으로 끌려 들어간다. 마찬가지로 시인은 침묵에 이르렀지만 말 이전의 침묵이 아니라 말을 초월하여 침묵하였다는 것을 알리기 위해 "나는 침묵에 도달하였다"고 '말' 해야 한다. 하다못해 그는 말없음표라도 찍어야 한다. 침묵은 깨어진다.

이 궁지를 벗어나기 위해서 시인은 그가 아직 얻지 못한 힘, 내가 가서 만나야 할 당신의 힘을 미리 가불해야 할 것이다.

님이여 당신의 음성은 우레인가요.

그렇다면 나의 감옥을 허물어주세요.
내 말의 문법을 풀어주세요.
나의 감옥은 말이랍니다.   ──「당신의 말씀」

　우레는 없었으며, 시인의 문법은 풀리지 않았다. 이 우레에의 기
원 역시 하나의 공중 행위에 그치기 때문이다. 우리가 현실로 돌아
와서 다시 이야기하자면, 이점은 오세영의 시가 시에 대한 시가 되
는 이유이기도 하다. 그는 시론으로써, 메타포에지로써 시를 포위하
려고 한다. 그러나 그것은 논리로써 논리를 가두기이다. 논리는 또
다시 논리를 물고 온다. 그의 안타까움이 여기에 있지만, 그는 그 일
을 그치지 않는다. 논리에 의한 논리 공략이 논리에 의한 논리 비우
기에 이를 수 있다고 그는 믿기 때문이다. 그 성공은 희귀하지만 없
지 않을 것이다.

　　푸르른 봄날 당신이
　　강언덕에 앉아 피리를 불면
　　나는 아지랑이 되어
　　이 세상의 꽃봉오리들을 터트리고
　　쓸쓸한 가을날 당신이
　　산언덕에 앉아서 피리를 불면
　　나는 갈바람이 되어
　　이 지상의 나뭇잎들을 떨어뜨리고
　　나는 꿈꾸는 허공,
　　텅 빈 구멍
　　당신의 피리인지 모릅니다.
　　아니 당신의 피리입니다.   ──「피리」

음악으로서의 피리 소리는 시를 넘어선 시, 시의 영원한 형식이다. 고인이 보았던 소나무는 베어지고 없어도 우리 앞에 소나무는 그것과 똑같은 형식으로 남아 있다. 소나무는 그 형식으로 유전한다. 그 형식 속에 어제의 소나무와 오늘의 소나무, 내일의 소나무가 들어간다. 피리 소리로서의 시는 모든 시를 대신한다. 그것은 이미 씌어진 시이며, 씌어지게 될 모든 시이다. 그것은 "아지랑이"로서 꽃피우기이지만, 또한 "갈바람"으로 나뭇잎 떨어뜨리기이다. 시는 자기 자신을 비움으로써 모든 시를 끌어안는다. 시인의 "당신의 피리" 되기, 그것은 자아를 무산하고 어떤 비개성의 존재로 되기이다. 시인은 시 쓰는 주체로서의 자기를 무화한다. 나는 당신의 시를 받아들이고 당신의 시를 실천하는 존재이자 비존재이다. 그러나 오해하지 말아야 할 것이 바로 이것인데, 시인이 비개성적 존재로 된다는 것은 어떤 외부로부터 불어오는 영감을 무의지적으로 기록하는 자동 기계가 된다는 뜻은 아니다. 그것은 개성의 포기가 아니라, 도리어 절대적 개성으로 되기이다. 그것은 바로 나를 당신이 존재할 절대적인 장소로 삼고, 당신의 모든 선의와 능력이 발현될 소질로 삼는 것이다. 나는 당신의 절대적 소질이다.

그러나 절대적 소질 되기는 한순간의 예감이나 결심으로 이루어지지 않는다. 시인은 그 요청을 이해하고 끌어안았을 뿐이다. 그가 얻었다고 생각하는 것은 때때로 그가 정말로 얻어야 할 것은 방해한다. 실천은 자주 연극으로 끝난다 "이 가을/나의 서툰 연기는/그렇게 끝났습니다(「그렇게 끝났습니다」). 끝날 수밖에 없는 연극으로 당신에 대한 파악을 막음하려던 시도의 결과는 돌고 있는 팽이의 영롱한 색채에 매혹되어 거기에 손을 내밀었던 아이가 그 찬란함 대신 나무 조각 하나를 손에 쥐게 되는 것과 같다. 일종의 돈오점수(頓悟

漸修)를 말해야 할까. "폭풍우 치는 그 여름밤의 격정"이 어디 갔는 가를 묻는 「한여름밤에의 꿈」에서처럼,

오랜 해후의 기쁨으로 스러져 안고
뒹굴던 비와 초록의 포옹,
한순간 눈물로 범벅된 뺨과 입술의
추억을 위하여 번갯불은
번쩍! 하늘 밝혀 플래시를 터뜨렸지만

한순간의 예감이 문법과 비문법의 궁지를 단 한 번에 영원히 해결 해주지는 않는다. 예감이었던 당신이 그의 "떨리는 손"에 주어졌을 때는 "낡은 흑백 필름 속의 희미한" 얼굴일 뿐이다. 이 "흑백 필름" 이 어떤 동력을 얻어 운동을 그치지 않을 때 그 '컬러'도 되찾게 될 것이 분명하다. 일종의 근면이 문제된다. 당신의 소질인 시인은 몸 하나가 촉수로 되어 있는 최초의 단세포 동물처럼, 당신의 증거인 세상의 모든 기미를 어느 것 하나 놓치지 않고 파악해야 할 것이다. "할미새 따라" 질경이꽃을 보고, "무당새 따라" 가시풀꽃을 보고, 그 것도 "서러운 가시풀꽃 하나"를 보고, "쑥독새 따라" "가녀린 파리 풀꽃 하나"를 보아야 할 것이다(「종적」). 당신의 존재가 확실할수록 그 증거는 더욱더 가녀린 것 속에서 발견된다. 증거가 곧 당신이라 고 여기지 않기 위해서는(그것은 머지않아 낡고 희미한 흑백 필름에 불과할 테니까), 증거 자체가 마침내 무의 형식을 지녀야 할 것이기 때문이다. 이렇듯 무에서 전체를 보아야 하는 시인은 "열에 까무러 치며/망연히 당신"을 부르지만, 동시에 "땀에 혼곤히 젖은 나는 열 에서 막 깨어나"기를 자주 한다(「겨울밤」). 시인에게 당신은 정념이 면서 동시에 명석함이기 때문이다. 오세영에게서 시 쓰기는 곧 한

202

순간도 쉬지 않는 열정으로, 그러나 깨어 있는 정신으로, 이름 부를
수 없기에 모든 이름으로 다 불러야 할 당신을 기다리기이며,

　　이름 하나 품에 안고
　　먼 산 바래며

　　소리 없이 균열짓는
　　봄밤의 石碑　　　　　　　　　　　　　　　　　　　——「돌비석」

처럼, 그 기다림까지 사라지기를 기다리는 일이다. 당신은 '끝없는'
예감이며 예감을 뒤엎는 예감이다.

　그런데 이 대목에서 우리가 의아하게 여기는 것이 하나 있다: 자
신의 언어를 감옥으로 여기는 시인이 왜 그 언어를 깨뜨려보려 하지
않을까? 왜 그는 말과 사물의 관계, 시와 당신의 관계, 말과 감동의
관계를 다시 조정해보려 하지 않을까? 왜 그는 실험하려 하지 않을
까? 그 답은 이미 결정되어 있다고 해야 할 것이다. 이 시인에게는
자연과 인간이 조화롭게 만나던 시절의 기억이 여전히 남아 있다.
거기에는 근본적인 악이 없기에, 근본적인 절망도 없다. 슬픔은 시
간과 함께 사라지고 배고픔은 새로운 계절이 오면 해결된다. 자연이
얼핏 보기에 부족하고 무가치한 것만을 보여준다고 하더라도, 그 모
두는 당신의 섬세함에 대한 하나의 표현일 뿐이다. 거기에서는 선택
되고 쓰여지는 것에도 그 존재 이유가 있지만, 버려지고 잊혀지는
것에도 그럴 만한 이유가 있다. 당신이 집어든 어떤 돌은 "화엄사(華
嚴寺) 중창 미타전(彌陀殿)의 셋째 기둥 주춧돌로" 놓일 수도 있고,
어떤 돌은 "시가 씌어지지 않는 밤" 시인의 "빈 원고지 칸을 지킬"
수도 있다. 그러나 어떤 돌은 강가에 팽개쳐져 "아무도 깨워주지 않

는 천년의 잠"을 자야 한다. 그러나 그 돌도 "먼 후일 당신이 다시 찾아오시는 날" 당신이 밟고 지나갈 징검다리가 될 수 있다(「천년의 잠」). 시인이 당신을 만나는 것은 오직 시간의 문제일 뿐이다. 성급해야 할 이유는 없다. 그가 비록 천년의 잠을 자게 된다 하더라도 그 시간의 깊이는 곧 당신의 깊이일 뿐이다.

> 어이할거나 초록 제비야
> 자갈밭에 엎어진
> 돌쩌귀 하나,
> 어이할거나 초록 꽃뱀아
> 진흙창에 모로 누운
> 돌미륵 하나.　　　　　　　　　　──「어떤 날」

　　오세영은 천년과 내기를 한다. 천년을 기다리는 자는 어느 날 눕기도 한다. 서서 기다리건 쓰러져 기다리건 기다림이 끝없는 것이라면, 그것이 곧 당신이 아닐까. 기다리는 자는 벌써 부처가 되어 있다. 하루도, 천년도, 시간이 그 깊이를 아예 잃어버린 것이 아닌가 염려하게 되는 이 시대에 우리는 오세영이 그 내기에 지치지 않기를 바랄 뿐이다.

허망한 나라의 위대한 기획

──진이정의 시집 『거꾸로 선 꿈을 위하여』에 부쳐

진이정의 죽음이 자살이라거나 그가 절망했다고만 믿을 수는 없다. 그가 죽음 앞에 자신을 내팽개쳐두었던 것이 사실이라고 하더라도, 그것은 그가 부당한 추문일 뿐인 자신의 운명을 하나의 기회로, 일종의 고결한 수난으로 받아들였기 때문이라고 단언할 수 있는 여러 증거가 그의 시적 실천 속에 남아 있다. 무엇보다도 진이정은 자신의 죽음을 이미 거역할 수 없는 것으로 느끼기 시작했을 때, 시로 그 운명을 막을 수야 없다 하더라도 그 질을 바꿀 수는 있다고, 아니 자신의 시와 운명이 그 질을 바꿀 수 있는 유일한 시간에 이르렀다고 믿기라도 했던 것처럼 연작시를 쓰고 있었다. '거꾸로 선 꿈을 위하여'라는 그 제목으로 우리가 이해할 수 있는 것은 무엇일까. '꿈'은 죽음인 것이 분명한데, 거꾸로 선 것은 그 꿈일까, 아니면 그 꿈 속의 시인일까. '위하여'는 '지향하여'일까, '대비하여'일까. 언제나 그런 것처럼 고백과 요설이 본문과 주처럼 또는 주와 본문처럼 얽혀 있는 그의 시는 시인 자신에게도 그 대답이 쉽지 않았을 뿐만 아니라 문제와 해답의 구별이 우선 불가능하였던 것이라고 차라리 믿게 한다. 그런데 진이정은 이 연작시의 해제와도 같은 몇 구절을 「아트만의 나날들」에 써두고 있다.

이제 난 구체성의 신, 일상성의 보살만을 믿기로 한 것이다
덧없음의 지우개 앞에, 난 흑판처럼 선뜻 맨살을 내밀 뿐이다
아트만이 무너진 마당에
인생이 꿈이란 건, 그 얼마나 뻔한 비유인가
이제부터 나의 우파니샤드는
거꾸로 선 현실이다   ──「아트만의 나날들」

우파니샤드가 현실 집착을 벗어나 우주와 자아의 일치를 깨달으라고 설파하기도 전에, 일상의 아트만, 곧 구체성의 자아가 그 몸과 함께 지워지고 있는 시인에게는 그 범아일여(梵我一如)가 어쩔 수 없이 받아들여야 하는 현실이다. 애써도 갈 수 없던 세계가 피하려 해도 다가오는 세계로 역전되었다. 시인이 그의 시와 맺는 관계도 그 세계와의 관계와 다를 것이 없다. 육체가 정신의 좁은 감옥이라고 흔히 말하지만, 시가 어떤 방식의 해방을 기약하더라도 그것은 육체의 삶을 통해서만 증명된다. 해답이 아무리 아름다워도 문제 자체를 없애버리는 해답은 해답이 아니다. 지우개에 지워지는 글자는 지워지고 남은 흑판으로가 아니라 지워지는 순간으로 자신의 존재를 영원에 새긴다. 흐르는 「지금 이 시간의 이름은 무엇입니까」 묻는 진이정은 광막한 어둠의 세계에 도달한다기 보다 익사하는 시를 구하기 위해, 남은 빵의 가치를 가장 깊이 알고 있는 조난자처럼 마지막 한 뼘의 삶에 내기를 걸며, 거꾸로 서 있는 꿈속에서 한순간이라도 바로 설 수 있다면 그것을 전리품으로 여겼다.

눈물도 없이 나는 운다 울었다
너무 팔아먹을 것이 없었으므로
거꾸로 선 꿈의 세상에서, 가끔 나는 바로 선다

깜빡 꿈이란 걸 잊은 채 말이다
허나 고런 때래야,
겨우 시가 되는 것이다   ──「거꾸로 선 꿈을 위하여 1」

사실 삶과 죽음의 경계가 무너지는 시의 세계, 또는 초월의 세계
가 그에게는 너무 가까이 와 있었다. 그러나 그 세계의 진정성은 그
가 치르는 값에 달려 있을 뿐이다. "그대는" "죽음의 골짜기로 스미
는/착한 물의 잠처럼" 찾아오지만 시인은 같은 방식으로 "그대"를
"맞아들일" 사이도, 그럴 수도 없다(「제목 없는 유행가」). 너무나 허
망에게 주어지는 그 세계를 그 허망함으로부터 구하기 위해서는 특
별한 공덕이 필요하다고 알고 있었던 그는 그 어둡고도 편안한 유혹
에 가능한 모든 방법을 동원하여 시비를 걸었다. 그 시비는 교묘하
여 우리는 그것을 부정확하게 인용할 수밖에 없다. 자기 가슴속의
가래 끓는 소리를 가리켜, "우주는 호모인 주제에 교미 중"이라고
말할 때 그는 자기에 대한 이 우주의 갑작스러운 사랑이 거북스러우
며, "제 십자가 때문에 열대 우림이 잘리고" 있다거나 "초막에서 궁
궐로, 급행을 탔던" 까닭에 자신이 "시인"이라고 말할 때, 그는 벼락
순교자 또는 벼락 시인이 되는 것이 부끄럽다. "진리는 망망히 출렁
이는데" 그에겐 "아가미"가 없다. 가슴이 벌써 결딴났기 때문이며,
진리의 바다는 흩어질 그의 욕망의 "미세한 알갱이"에 불과한 것이
기 때문이다. 그 야릇한 바다는 그가 도착하는 것이 아니라 "홍해를
건너는 모세처럼" 건너가야 "다신 물로 채워지지" 않는다. 시인은
허무의 길을 가지 않는다. 그는 모든 그리움을 끌어모아 엄습하는
해탈을 기필코 방비한다.

엘 살롱 드 멕시코

라디오의 선율을 따라 유년의 기지촌, 그 철조망을 넘는다
그리운 캠프 페이지, 이태원처럼 보광동처럼 후암동처럼 그리운 그
리운
그립다라는 움직씨를 지장경에서 발견하곤 난 울었다
먼지 쌓인 경전에도 그리움이 살아 꿈틀댔던 것이다
전생의 지장보살도 어머니가 그리웠던 것이다
어머니가 그리워 보살이 되었던 것일까
그리워한 만큼만 성스러워질 수 있다는 비유일까

　　　　　　　　　　　　　　　　　──「엘 살롱 드 멕시코」

　　"후암동의 불빛이 보고파"──맨해튼의 어느 교포 소녀를 울게 만
든 이 섬뜩한 그리움은 시인을 다시 태어나게 하고 윤회하게 한다.
"체력장과 사춘기 그리고 지루한 사랑의 열병을/인생이라는 중고시
장에서 마치 새것처럼" 다시 앓게 한다. 이「추억 거지」들이 저 세계
를 점령한다. 그리움은 가장 허전한, 가장 허망한, 가장 허무한, 그
"마음의 세 허씨"의 세계에까지 감정으로 그 밀도를 만들어낸다. 시
인에게 이 그리움은 이 온갖 지상적 삶에 대한 축복이 된다. 변두리
의 모든 가난과 기지촌의 그 깊은 진창이 이렇게 성스러워진 적이
없으며, 그「진창」의 아들인 진이정은 연꽃이 어디에 피는가를 가장
자신 있게 묻고 가장 자신 있게 대답할 수 있는 사람이 된다.

　　고구려 병사가 나의 국적을 물었다
　　전 허망한 나라에서 왔습니다요,
　　다행히 말이 통했다
　　나도 허망한 나라에서 살고 있어
　　착한 고구려 병사는 나를 봐주었다

208

어디에나 인간은 있다
나는 또 울었다 그리고 국내성을 향해 절했다
나라가 망하니, 나의 절만 남는구나
분황사에서 불공을 마저 드리리라 ──「거꾸로 선 꿈을 위하여 4」

이 허망한 나라가 시의 나라인 것이 사실이지만, 분황사의 불공이 시를 마저 쓰는 일인 것도 사실이다. 시인이 허망한 나라의 도읍에 절할 때, 그것은 항상 실천에 패배하게 마련인 인간의 허약함에도 불구하고 시의 기획과 약속이 영원토록 허망하지 않기를 열망했기 때문이다. 진이정은 그의 유일한 재산인 허약함으로 그 위대한 기획의 수문장과 소통하는 것에 그치지 않았다. 그 기획의 배고픔에 자신의 밀도 높은 그리움을 조달하고 '허무의 맛'을 담은 시의 그릇을 지워져가는 "맨살"의 순간으로 채웠다. "토씨 하나/찾아 천지를 돈" 이 「시인」은

시인이 먹는 밥, 비웃지 마라

고 엄숙히 말했다. 토씨 하나 발견될 때 천지가 제대로 천지였다. 어찌 그의 밥을, 게다가 굶주렸던 밥을 비웃으랴. 그의 캠프 페이지가, "단골 전당포"가, 그의 낡은 구두가, 그의 가래침이, 그가 이름 붙일 수 없었던 "지금 이 시간"이 허무를 천지로 바꾸었다. 그래서 우리가 그를 애도하며 흘리는 뜨거운 것은 눈물이 아니다. 그는 모세처럼 허무를 건넜으며 그 길은 다시 물로 채워지지 않았다.

불행을 확인하기

──이수명의 시집 『새로운 오독이 거리를 메웠다』에 부쳐

시가 자주 자기 자신을 들여다보고, 자신을 주제로 삼기 시작한 것은 자신의 불행한 미래를 내다보았기 때문이다. 시는 벌써 오래전에 수상한 것이 되어 있었다. '그것은 있다'라고 누군가가 말해주어야 있는 것으로 되는 것 중의 하나에 속해버린 시는 그 존재의 근거에 대한 밖으로부터의 이의 제기가 움직일 수 없이 명백한 형식을 취하기 전에, 스스로에게 닥친 위험을 그 내부로부터 먼저 공포하고, 마치 데카르트로부터 그 방법을 배운 듯이 처신하였다. 자신의 의심스러운 기득권들을, 말하자면 시적이라고 일컬어졌던 것들을 차례차례 포기하고, 그 생존의 토대가 가장 무망한 곳으로 내려가 거기에 자신의 기초를 세울 수 있는지 알아보려 했던 것이다. 시의 편에서 어쩌면 섣부른 일을 시작한 것 같기도 하다. 하나의 시가 자신을 들여다보았던 자리는 또 하나의 시가 자신을 들여다보아야 하는 자리가 되며, 존재의 근거에 대한 증명을 유예함으로써만 여전히 그 현실적 생존을 증거하고 있기 때문이다. 그러나 시는, 바로 그 일을 감당하고 있는 시인을 통해, '그것은 있다'라고 스스로가 말했던 것, 다시 말해서 자신이 살아야 할 세계로부터 가장 멀리 떨어진 인간을 보여줄 수 있었다. 시가 그 불행의 밑바닥으로 내려갈 때, 한 시대의 불행한 밑바닥이 그 시인의 생존을 일종의 본보기로 삼아 드러나는 것이다.

그 시인의 자리에 지금 이수명이 서 있다. 그가 자신의 시를 세우고 실천하기 위한 노력의 전 과정에서 철저하게 파악하고 가차없이 표현하게 된 것은 바로 이 시대를 살아가는 한 인간의 불행한 생존이다. 이수명은 이 불행에 대한 확인으로, 우리가 처한 암담한 조건들을 개인적이고 실존적인 차원에서 노래했던 다른 시인들을 이어받고 있지만, 그러나 또한 그 확인의 철저함으로 그들과 자기 사이의 변별점을 마련한다. 그는 더 늦게 더 불행하게 나타난 시인이다. 몇 사람의 예를 들어 비교할 수 있다.

기형도는 자기 안에 마치 낯선 사람처럼 기거하는 절망을 끝내 이기지 못하였지만, 다른 사람들을 동정하였고, 사람들 간의 투명한 관계를 꿈꾸었다. 이수명도 "굴러보지 못한 귓바퀴를 가졌고," "삼켜버리기만 하는 목구멍을 가졌고," "얼빠지게 긴 식도를 가졌다"(「전화」). 그러나 그에게서, 한 사람과 다른 사람을, 세상 전체를 지배하는 슬픔은 단 하나여서 누가 누구를 동정할 수 없다: "슬퍼하지 말아라. 저쪽에서도 이 길은 볼 수가 없다. 방심한 터널이든 위압적 대로이든, 투항하는 것이 삶인 까닭에 우리가 들고 갈 선물 꾸러미는 우리를 위한 것이다"(「슬퍼하지 말아라」).

김혜순은 마비된 삶에 관해 이야기했으며, 죽음 뒤에서까지도 반쯤 부패된 채 다시 시작되는 세상을 그렸다. 그러나 삼라만상이 문드러지는 세계 안에는 말하자면 존재의 단단한 핵 같은 것이 여전히 남아 있으며, 죽음은 그에 대한 일종의 방패막이로 자주 구실했다. 이수명도 그 자신이 "사소한 죽음을 피해 움직일 수 없는 무덤으로 들어서고 있다"(「더 작은 먼지의 나라」)고 생각한다. 그러나 그가 보기에 단단한 것은 없다. 모든 것은 기울어지고 깨어지고 하릴없이 흩어진다. 자기를 지키는 것도 내던지는 것도 치욕이다: "나는 사정

없이 엎질러져간다. 내가 가는 길, 또는 가지 않았던 길로. 열리지 않는 뚜껑들은 더럽다. 열려 있는 뚜껑들은 더 더럽다"(「깨어진 화병」). 모든 새로운 시도는 자신을 한 조각씩 잃는 일로 귀착되며, 남아 있는 조각이 잃어버린 조각보다 더 가치 있는 것도 아니다: "지상의 그늘들이 포개지는 저녁이 와도 내 산책은 저물지 못했는데. 나는 계속 덧나기만 했어요. 덧난 자리마다 부끄러운 길을 만들고, 그 길은 다른 길로 무수히 갈라졌어요. 갈라져서 돌아오지 못했어요. 이제 남아 있는 나는 아무것도 붙잡을 수가 없어요"(「생의 다른 가지」).

날마다 줄어드는 삶은 최승자에게도 친근한 주제이다. 그는 시간과 함께 마모될 뿐인 자신의 육체와 일상의 범속함 속에 무너지는 자신의 정열을 명철하게 바라보고 있어야 했지만, 어떤 슬픔 앞에서도 그 순간이 주는 물질적 감각을 기념했으며, 그래서 흥취를 잃지 않았다. 환멸이 연속되더라도 그것은 늘 작은 것이고, 세상이 마술적으로 달라지는 순간은 결코 없어도 그 희망은 늘 큰 것이며, 세상으로부터 받은 모욕을 완벽하게 복수할 수 있는 가능성은 항상 남아 있다. 이수명은 그렇게 믿지 않는다. 세상의 변화야말로 우리 운명의 요지부동함이다.

세상은 변하고 우리는 변하지 않는다.
세상은 어디론가 사라져버리고 우리는 뒷걸음친다.
세상은 조용하고 우리는 시끄럽다.
　　　　　　　　　　　　　　　—「한 줌의 흙은 감추고 있다」 부분

진이정은 제 운명의 진흙탕으로부터 자신을 구제할 수 있는 유일한 수단으로, 시에 자기를 내팽개치다시피 헌신하였지만, 아무런 영광도 기대하지 않았다. 그 기획이 허망하다는 것을 직감하고 있었으며, 어쩌다 눈먼 성공을 거머쥔다 하더라도 그 자체가 하나의 추문에 불과하리라고 미리 내다보고 있었다. 그러나 그에게는 기억의 깊이가 있었으며, 슬픔은 그 깊이를 따라 유장한 강물을 이루었다. 이수명의 시간은 의식의 현재에 분열되고 조각난 공간을 구성할 뿐이다: "단 하나의 생명을 소비하기에, 생명이 아닌 것으로 건너가기에, 너무도 많은 날들이 입을 벌리고, 우리의 지금들은 자꾸 줄어들고 있다. 거스름돈 같은 현재여, 움직이지 못하는 검은 눈동자여"(「너럭바위」). 그래서 슬픔은, 「빗발」에서처럼,

(불길한 예감처럼 돌출된 못을 피해 내리는 순간, 우리는 딛고 서는 자리에서 발목이 갈라지는 종말을 지녔다. 애타지 않아도 상하는 발목이어라. 어느 눈먼 소망을 견디지 못해 내딛자 튀겨가는 눈물이어라.)

또는 「강」에서처럼,

(내장이 비어버린 강이다.
지난 한 해
덮어두었던 기슭들이 모두 사라져버려
나뭇가지 하나 찾을 수 없는
깊이
더 깊이
텅 빈 강이다.)

가장 건조한 형식을 취한다. 이수명이 어쩌다 시간에 깊이를 결부

시킨다 하더라도 그 깊이는 기억의 그것이 아니라 기억 없음의 그것이다.

무엇보다도 이수명의 이 메마른 기억은 그의 상상력의 틀을 만들고 그 시적 실천의 운명을 결정짓는다. 그는 항상 눈앞에 있는 한 조각의 땅을 내다본다. 그 협소한 공간에는 아무런 비밀도 없다. 그가 발걸음을 옮기고 시선을 옮기고 의식을 옮겨도 그가 만나는 것은 줄곧 그 동일한 공간이다. 야금야금 생명과 맞바꿔온 이 범속한 공간의 집적을 그는 자신의 기억으로 인정할 수 없다: "추억이 평등해지는 것을 두려워한다. 평등해지는 것은 추억이 아니기에." 질적 변화가 불가능한 것은 물론이고 최소한 자신의 본모습을 유지하거나 발효할 수도 없는 것들이 그 기억의 자리를 메운다: "일생을 굴러온 조약돌처럼, 더 이상 구를 수 없는 몸으로 구를 때까지 작아지는 모든 것은 병을 키우는 것이다. 병으로 애초의 체적을 채우는 것이다"(「생활」). 사람들은 그에게 충고할 것이 분명하다. 기억의 뿌리는 그렇게 얕은 것이 아니며, 생활의 무의미한 앙금들이 아무리 두터운 벽을 이루어도 그것은 저 신비로운 검은 구멍을 가린 한 장의 거적일 뿐이라고, 그대가 한순간이라도 그대의 날카로운 의식을 달래고 스스로에게 짧은 휴식을 용서한다면, 그 신비로운 입구로부터 무죄한 어린이는 아닐망정 그에 못지 않게 순결한 회한의 세월들이 낯익은 수의를 걸치고라도 가끔은 나타나리라고, 그대는 여전히 괴롭겠지만 적어도 기억의 깊이를 이해하게 되리라고, 보들레르의 「명상」을 읽은 그들은 당연히 말할 것이다. 그러나 이수명은 휴식할 수 없다. 그에게 문제는 기억의 깊이로 이 땅을 구제하는 것이 아니라, 반대로 기억 전체를 이 땅으로 구제해야 하는 것이기 때문이다. 이 한 조각이 순결하지 않다면 기억은 일종의 조롱이기 때문이며,

그토록 뜨거웠던 지난날의 태양과 폭우가 여물지 못한 벼이삭 한 톨도 예언하지 않았듯이, 삶이여, 네가 홀로 그 부락을 떠돌며 네가 이토록 정면에 강한 것은 아무것도 예감하지 않기 때문이지. 대수롭지 않기 때문이지.　　　　　　　　　　　　　　——「방문」 부분

게다가, 목전의 이 한 조각 땅에서 증명되지 않는 깊이라면 그 깊이는 없을 것이기 때문이다.

> 너와 나
> 얼어붙은 땅에 머리를 처박고 있는
> 두 마리의 포크레인이여
> 지상으로 솟은
> 두 마리의 무덤이여
>
> 우리를 살려내는 도구가 없더라
> 지상에 나와 없더라　　　　　　　　——「이듬해의 이듬해」 전문

한 사람과 그의 동행자는 서로의 육체적 감각을 통해서건 마음의 교통을 통해서건 정신이 고양될 하나의 계기를 찾는다. 그러나 성공하지 못한다. "얼어붙은 땅에" 탈출구를 뚫으려는 그들의 작업은 불모의 인간인 바로 그들 작업자들에 의해 특징지어지며, 또한 그들은 그 작업의 결과에 의해 특징지어진다. 그들은 죽은 자들이기에 무덤을 팔 뿐이며, 그들이 파헤친 것은 무덤에 불과했기에 그들은 탈출구 없는 무덤으로 남을 뿐이다. "지상에 나와 없더라"는 "지상에 나와 있지 않더라"에 의미 하나를 더 보탠 말이다. 지상에 나오지 않는 그것은 처음부터 존재하지 않는 것이다. 현실에 삶이 없다면 추억

속에도 삶이 없다.

메마른 기억은 또한 인간 관계를 결정짓는다. 관계란 결국 기억의
교환이기 때문이다. 다른 사람에게 평범한 기억밖에는 만들어줄 수
없는 사람은 '그 사람'이 될 수 없으며, 자신의 기억을 갖지 못하는
인간은 다른 사람의 기억 속에 들어갈 수 없다. 뿐만 아니라, 서로가
서로의 기억을 훼손한다. 도시의 분망한 감옥이 우리의 시간과 기억
의 외피에 단지 상처를 입힐 뿐인 것처럼.

　　높은 구두를 신고 나는 너에게 간다. 세모가 네모에게 가는 것은
네모 속에 있는 아스팔트 때문이다. 하루는 울고 다른 하루는 웃는다.
하루는 다른 하루를 업지 못한다. 아스팔트는 기울어진 도시를 업지
못한다.　　　　　　　　　　　　　　　　　　　──「아스팔트」 부분

도시는 우리를 가두면서 동시에 탈출의 희망을 준다. 그러나 우리
의 삶을 하루씩 유예시키는 이 도시적 환상은 우리의 이력을, 우리
의 흔적을 어디에도 남겨놓지 않는다. 내부에 그 경험을 축적하지
못한 채 규격지어진 인간은 다른 규격지어진 인간들을 스쳐간다. 물
질적으로, 또는 기하학적으로 분해된 시간이 다른 시간을 업지 못할
때, 인간은 인간을 업지 못한다. 시간이 동일한 양으로 분할될 때,
거기에 인간은 자신의 시간을 기획할 수 없다. 우리에게는 「떨어져
버린 깃털의 방식」인 운명이 있을 뿐 역사가 없다.

사실이 그렇다. 「우리는 이제 충분히」 불행한 시대에 와 있다: "우
리는 이제 충분히 아름다워졌소. 층층마다 빛나는 램프를 걸어놓은
빌딩들처럼, 우리는 더 이상 앞으로 나아갈 필요가 없소. 장물은 늘
넘칠 만큼 있소." 우글거리는 것들이 더욱 우글거리는 일밖에, 빠른
것들이 더욱 빨라지는 일밖에, 번쩍거리는 것들이 더욱 더 번쩍거리

는 일밖에, 다른 전망을 이 시대는 발견하지 못한다. 이수명은 바로
이 역사가 없는 곳에서, 인간의 시간이 불가능한 곳에서 시를 쓴다.
인간이 자신의 처지를 가늠할 여유도 없는 이 시간 속에서 이수명은
자신의 시를 통해 그 불행을 낱낱이 드러낸다. 그 불행에 가장 먼저
상처입는 것은 그의 시적 재능이며, 그의 시이기 때문이다. 그는 자
신에게 아무것도 준비된 것이 없다고, 가방 속을 뒤져도 세상에 저
항할 "이단"이 없다고 느끼는 공황의 시간에 "빈 화물차가 거리를"
메우는 무서운 환상을 본다(「화물차」). 물질적으로 분해된 시간 속
에서 "초조한 언어들은 부스러져"가고, "부서진 언어는 언제나 언어
의 전조가 되지 못한다"(「이월 너머로」). 그는 기억의 시체를 뒤지듯
말의 시체를 뒤진다. 다른 시인들로부터 그를 변별해주는 그 모든
특징들은, 이점에서, 그에게 선택된 것이라기보다는 차라리 강요된
것이다. 그러나 이 강요당한 불행 앞에서 항상 명철하기를 희망한다
는 것은 그의 선택이다. 대중적으로도 초월적으로도 "꽃"이 되는 것
을 혐오하고(「여행」), 세상의 관습에 따라 "인사말과 농담을 던지"기
를 거부하면서도(「어떤 관습」), 「탈출기」에서나 「문을 열고」에서처
럼 자폐할 수 없는 그는 자신의 조건에서 한순간도 시선을 거두지
않는다. 그에게는 「시간을 미는 일만 남아 있다」. "만 남아 있"는 것
은 그의 불행이고, "남아 있"는 것은 그의 행복이다.

나는 떠난다. 모험은 미숙한 자의 것이다. 용기는 가난한 자의 것
이다. 나는 막 돌아왔고 성큼 떠나려 한다. 나를 돌아오게 하는 힘도,
떠나게 하는 힘도 애초에 아무것도 없었음을 이해하기란 얼마나 쉬운
가. 나는 반복의 미덕을, 반복의 힘만을 소유하길 바랄 뿐이다. 내가
돌아올 때마다 앞서 달려와 가지런히 누워 있던 창틀의 반복처럼, 그
위에 창은 열리지 않고 세계는 고요하다.   —「창」 부분

시시포스처럼 깊이 없는 공간에 얼굴을 처박고 보람 없는 짐을 밀고 가야 할 불행이 그에게 주어졌지만, 그 일을 위해 필요한 용기를 얻는 것은 그의 행복이다. 창이 열리지 않는다는 것을 처음부터 알고 있지만, 그 창틀에 매번 다시 돌아오는 자의 용기는 어느 누구에 의해 주어지는 것이 아니라 그 자신에 의해 창조된다. 그는 자신의 불행에 화내지 않는다. 그는 자신의 불행보다 높은 곳에 있다.

그가 자기 불행을 에누리 없이 열거할 때, 그것은 이 창조의 진정성을 미리 검증하는 것이나 같다. 항상 생각의 극단을 말하면서도 통사의 관점에서건 의미의 관점에서건 단 한 번의 오류도 없는 정확한 문장들, 사라지는 것들과 되찾아지는 것들을 뼘으로 재어 확인하려는 듯 찍어야 할 자리에 꼼꼼하게 찍어놓은 구두점들, 명료하면서도 환기력을 잃지 않도록 치밀하게 결합되는 명사와 그 부가어들, 항상 구체적인 사물의 모티프로 여과되는 관념들, 이것들은 그가 얼마나 오랫동안 자신의 정직성과 끈질기게 싸워왔는가를 말해준다. 정직한 그는 당연히 늦게 문단에 나왔지만, 자신의 방법과 주제를 확고히 지니고 나타났다. 그는 가차 없이 파악한 자신의 불행으로, 이 불행한 시대와 우리시의 미래를 감당할 것이 분명하다. 그러나 시인이여, 그 싸움을 다시 시작하기 전에 한번의 휴식을 그대에게 허락하라. 그대가 이루어야 할 것을 한번쯤 미리 맛보라.

새는 새벽 하늘로 날아갔다
—오규원의 시집 『길, 골목, 호텔 그리고 강물소리』에 부쳐

  시집을 '해설'하기 전에, 미셸 푸코가 미샬의 사진집에 붙였던 말을 미리 되풀이해두는 것이 좋을 듯하다: "사진에 관해 이야기하는 것이 옳은 일이 아니란 것을 나는 알고 있다. 따질 나위도 없이, 이 말은 사진을 거론할 재주가 없다는 뜻이다. 왜냐하면, 사진은 아무 말도 하지 않는데 이야기가 그것을 변질시키거나, 사진이 말을 하고 있다면 우리는 별 필요가 없는 존재이거나, 이 둘 중의 하나일 것이기 때문이다." 사실 오규원의 시에 대해 한 비평가가 감당해야 할 몫은 그렇게 많지 않다. 거의 결정되다시피 한 일, 이를테면 은유와 환유의 두 언어축을 거기서 분석해내는 일 같은 것도 벌써 비평가의 몫이 아니다. 시인 자신이 먼저 그 이야기를 하고 있기 때문이 아니라, 어쩌면 그런 환원론적 분석이야말로 이 시인이 자신의 시를 통해 도달하려 했던 희망을 억압하고 부인하는 일과 다르지 않을 수도 있기 때문이다. 오규원이 관념에 의한 사물의 은폐 현상과 '신본주의적(神本主義的)'이거나 '인본주의적(人本主義的)'인 또는 '물본주의적(物本主義的)'인 시상(示像)에 의한 존재의 파편화에 대응하여 작품 속에 '환유적 공간'을 열려고 오랫동안 노력해온 것도, 그에 대한 자신의 입지를 고백해온 것도 모두 사실이지만, 한 시인이 자신의 방법에 명철하다는 것은 자신의 시를 그 방법의 예시로 삼거나

그 속에 가두려 했다는 뜻은 아니다. 보들레르는 "자기가 만들려고 계획했던 바를 '정확하게' 성취하는 것을 시인의 가장 큰 영광"으로 여긴다고 했는데, 이는 계산된 작업이 얻게 될 부가 가치를 부인하고, 시적 효과가 그 최초의 계획으로 환원되기를 바라는 것이 아니라, 철저하게 드러나거나 온전하게 보존되어야 할 가치들이 섣부르고 우연하게 누설될 것을 염려하는 말일 뿐이다. 오규원은 여러 이론적인 글에서뿐만 아니라 시에서까지, 자신의 시적 방법을 명확하게 설명하지만, 그것이 얻어낼 '진리'를 장담하지는 않는다. 그는 자신의 방법이 철저히 이해되기를 바라지만, 그것으로 자신의 '시'에 대한 이해가 끝나기를 바라는 것은 아니다. 언어에 의해 분화된 실재 세계와 인간적 세계의 간극을 또 하나의 언어인 방법적 시를 통해 뛰어넘는 것이 시인의 직분이라는 규정을 소박하나마 받아들인다면, 이때 그의 방법은 주어진 세계의 권력에 대한 예절 바른, 다시 말해서 전략적인 복종에 불과하다. 시인이 방법에 철저하면 철저할수록 그는 자신의 시를 그만큼 더 많이 믿는다. 더 많이 복종할수록 더 많이 부정한다. 이 세상의 독자는 시인이 이 세상에 복종하는 길을 따라 시인과 동행한다. 그렇다고 복종의 길 끝에 부정의 길이 따로 시작하는 것은 아닐 터이다. 시인과 독자의 동행은 그 자체가 복종의 길과 부정의 길의 동행이다. 하나의 길을 철저하게 반성하며 간다는 것은 가지 않는 모든 길을 그 길로써 드러내는 것이며, 그 길이 어쩔 수 없이 가는 길임을 말하는 것이기 때문이다. 비평가는 그 길보다는 시인이 믿는 '시'에, 가장 불확실한 길에, 내기를 걸 수밖에 없다.

　　누란으로 가는 길은 둘이다
　　陽關을 통해 가는 길과

玉門關을 통해 가는 길

모두 모래들이 모여들어 밤까지 반짝이는 길이다 ──「길」전문

'양관(陽關)'과 '옥문관(玉門關)'을 통해 가야 하는 두 길은, 그 이름에 의해서, 한편이 투사성·자기 확장성·논리성의 길이라면, 다른 한편은 수용성·보수성·내재성의 길이 된다. 최초의 사람들은 인간적 욕구와 지형적 곡절에 따라 이 두 길을 만들었을 터인데, 따지고 보면, 이 두 길은 간신히 허락된 길일 뿐, 백 개의 길이 합해진 사통팔달의 길도 아니며 유일하고 절대적인 길도 아니다. 그것은 불안한 길이다. 그러나 사람들은 음양의 이름으로 그 길들을 상대화함과 동시에 그것들이 자리매김된 상징 체계를 통해 그것들을 절대화할 수 있었다. 더구나 변화와 생성을 강하게 암시하는 이 뛰어난 상징은 그 두 길이 그 체계 속에 안주하면서 동시에 거기서 벗어날 수 있는 여지를 그것들에게 남겨둔다. 그 두 길에 모두 모여 "밤까지 반짝이는" 모래들은 아마 이 여지와 관계가 있을 것이다. 모래들은 그 두 길에 구분 없이 모여들어 빛을 줌으로써 그 상징의 영광을 긍정함과 동시에 길 위에 여전히 모래로 남음으로써 그것을 부정한다. 길보다, 그 길의 상징 체계보다, 먼저 있었고 또 나중까지 있을 것들이다. 아니 체계가 벌써 그 이야기까지를 했다고 말함이 옳지 않을까. 최초의 혼돈에서 또 다른 혼돈에 이르기까지 변화와 생성이라는 말로 덮지 못할 것은 없기 때문이다. 이때 모래의 반짝임은 그 상징 체계의 진정한 실현에까지는 이르지 못한다 할지라도, 적어도 그 체계가 성립될 최초의 불안한 순간으로 그 길을 되돌려, 그 상징이 헛된 말이 아닐 것을 한순간 증명해줄 수는 있다. 이 승리는 상징 체계의 그것이 아니라 모래의 그것이다.

물론 그 '양관'과 '옥문관'의 이름을 감탄하며 음미하는 시인도 저 불안의 순간에 모래와 같이 서 있다. 그는 저 '최초의 인간들'의 편이며 모래의 편인데, 이 편들기를 위해 그는 말을 줄여야 한다. 모래가 있다고 말하는 것밖에 다른 말은 저 체계의 끈질긴 힘, 한 실존주의자의 말을 빌리자면 그 실천적 관행태에 빌미를 줄 뿐이다. 모래가 거기 있다. 그런데 사물이 거기 있다고 말한다는 것은 반드시 사물에 즉물적인 태도를 취한다는 것을 의미할까. 그렇지 않다는 것, 그와는 반대로 어떤 내성의 긴 과정 끝에 그 말이 이루어진다는 것을 "저기 푸른 하늘 안쪽"으로 시작하는 긴 제목을 가진 시가 말해준다. 제목은 이렇다:

　　저기 푸른 하늘 안쪽 어딘가 많이 곪았는지 흰 고름이 동그랗게 하늘 한구석에 몽오리가 진다 나무 위의 새 한 마리 집에 가지 못하고 밤새도록 부리로 콕 콕 쪼고 있다 밤새 쪼다가 미쳤는지 저기 푸른 하늘 많이 곪은 안쪽으로 아예 들어간다

　이 긴 제목을 우리가 보통 쓰는 말로는 아마 이렇게 옮길 수 있을 것이다: '푸른 하늘 한쪽에서 해가 구름에 덮여 노란빛으로 떠오른다; 무슨 일인지 밤새 나뭇가지를 쪼고 앉아 있던 새가 더욱 또렷하게 해가 떠오르는 하늘을 향해서 날아간다.' 이 보통말은 이치에 맞다. 과학적이라고까지는 할 것 없지만, 적어도 일출이 무엇인지를 알고 있는 사람의 말이다. 반면에 제목의 말들은—이미지스트들의 시도와 이 언어의 관계 같은 것이야 접어두는 것이 마땅하다—모든 사람이 알고 있는 사실을 부분적으로만 알고 있는 사람의 말처럼 들린다. 그는 화농과 광기에 대해 특수한 경험을 가진 사람일 수도, 단순히 덜떨어진 사람일 수도 있다. 그러나 시인이 보통말을 제목의

말로 바꾸면서 드러내려 했던 것은 그 시각의 부분적 특수성이 아니다. 저 보통말이 해가 늘 그렇게 뜨고 새가 늘 그렇게 날아가는 것이라고 믿으며 새의 비상과 새벽 하늘을 바라볼 필요도 없었던 사람의 말이라면, 제목은 그것들을 주목하여 바라본 사람만이 발언할 수 있는 말이다. 화농과 광기는 중요하지 않다. 그것은 우연한 것일 뿐이기도 한데, 그러나 다른 점에서, 제목의 말이 이런 생물학적 · 심리적 현상도 역시 주목하여 바라보았던 사람의 말임을 밝혀준다는 점에서, 중요하다. 게다가 말을 바꾼다면——관념과 싸우는 시를 관념적 비유로 읽는 것이 용서된다면——, 우리의 보통말이야말로 근치할 수 없는 화농과 그 고름의 집적이기도 하다. 우리는 그것을 보통말이라고 부르지만, 모든 시대의 역사와 환경이 거기 부여했던 의미들이 또다시 거기에 끼어들어와 혼란을 일으키면서, 또 한편으로는 그말들을 소모하고 훔쳐간다. 그것은 자체로서 정신병의 한 형식이기도 하지만 정신병에 이를 정도의 극진한 노력에 의해서만 말이 이혼란과 낭비에서 구제될 수 있다. 그래서 지금 비범한 정신 하나가 밤을 새워 언어를 "콕 콕 쪼"아 말의 병과 거기 감염된 자신을 치료하려 한다. 그러나 그는 자신의 발언이 떨어지는 순간에 이미 그것이 과잉된 의미로 병든 상태에 있다는 것을 알게 된다. 그는 해답을 마련한 것이 아니라 문제를 제기하고 있었을 뿐이다. 그가 밤새워 쓴 본문은 '제목'이 된다. 마침내 두 줄의 본문이 새로 씌어진다:

밤새 나뭇가지 끝에 앉았던 새 한 마리
새벽 하늘로 날아갔다

이 두 시행은 우리의 보통말과 별로 다르지 않다. 그러나 보통말 속에 의식되지 않은 채 숨겨 있었던 고름들로부터 이 말은 벌써 해방되었으며, 새가 새벽 하늘로 다가가듯 '진리'에 접근한다. 우리는 그 과정을 안다.

「외곽」을 읽는다면 아마도 이 과정에 대해 더 좋은 설명을 얻을 수 있을 것 같다. 이 시는 산문의 형식을 지닌 다른 글들과 분리된 한 줄의 시행으로 시작한다:

버스가 언제 오느냐는 단지 시간의 문제이다

이 말은 정직하지 않다. 버스를 기다리는 사람의 짜증과 오기 또는 체념이 밴 타락한 말이다. '단지'에 붙은 윗점이 그것을 더욱 강조한다. 이 시행에 뒤이어 한 외각 지대의 풍경이 잡다하게 묘사된다. 물론 버스를 기다리는 사람이 그것을 보고 있다. 정류장 푯말을 본다. 그 옆의 사내를 본다. 사철나무에 둘러싸인 한 공장 건물, 사철나무에 성깔을 부리는 한 학생을 본다. 기다리는 사람은 분명 초조하다. 사내의 터진 양복 상의와 악어 혁대가 보인다. "관광용 리무진 버스 두 대가 지나간다." 그가 기다리던 버스가 아니다. 리어카를 밀고 오는 고물장수, 그 리어카에 실린 냄비와 여자 인형. "또 한 대의 관광용 리무진이 지나간다." 그가 기다리던 버스가 아니다. 그러나 기다리던 사람은 이번에는 그 버스를 눈여겨본 것이 틀림없다: "차창은 모두 닫혀 있다." 하늘에 뜬 베니어판 모양의 구름, 자전거와 택시. 스포츠형 머리의 학생은 계속 신경질을 부리며 사철나무를 발로 차고 나뭇잎이 떨어진다. 그래서 버스를 기다리는 사람은 다시 말한다.

버스가 언제 오느냐는 단지 시간의 문제이다

이 말은 정직하다. 버스를 기다리는 사람은 그렇게 확신한다. '단지'에 붙은 윗점이 그것을 더욱 강조한다. 버스를 기다리는 사람은 이제 초조해하는 사람도 체념한 사람도 아니다. 풍경에 대한 소묘가 언어에 대한 성찰을 겸하는 것은 물론 당연하지만, 시인에게서 가장 초극하기 어려운 대상으로서의 언어에 대한 초극의 노력이 자기 초극의 그것과 평행하는 것도 당연하다. 언어에 있어서도, 거기에 기대는 의식에 있어서도 초극은 매 순간의 일이다.

확실한 사실이지만, 오규원에게서 초극의 공간은 결코 유현하게 파악되지도 표현되지도 않는다.

> 돌밭에서도 나무들은 구불거리며 하늘로
> 가는 길을 가지 위에 얹어두었다
> 어떤 가지도 그러나 물의 길이
> 끊어진 곳에서 멈춘다
> 나무들이 멈춘 그곳에서 집을 짓고
> 새들이 날아올랐다 그때마다
> 하늘은 새의 배경이 되었다 어떤 새는
> 보이지 않는 곳에까지 날아올랐지만
> 거기서부터는 새가 없는
> 하늘이 시작되었다   ──「물과 길 2」 전문

나무와 그 가지들은 물의 길이다. 물은 가지들이 자라는 곳까지, 가지들은 물이 올라오는 곳까지 자란다. 가지에 집을 짓는 새들은 물보다 더 여유 있는 길을 가지고 있다. 새들은 하늘로 날아오르며, 날개가 닿지 않는 하늘까지도 자신의 '배경'으로 삼아 점령한다. 그렇다고 해서, 물 또는 가지의 도달점과 새의 그것 사이에 생각처럼

그렇게 큰 거리가 있는 것은 아니다. 물의 하늘은 가지가 멈춘 곳에서 시작한다. 새의 하늘은 자신의 모습을 드러낼 수 없는 곳에서 시작한다. 그 둘은 모두 하늘이 시작되는 곳까지 나아갔다. 마찬가지로 시인의 하늘은 그 언어가 정직하게 도달할 수 있는 표현의 한계에서부터 시작한다. 가지와 새와 시인에게 하늘은 곧 도달하게 될, 그러나 아직 도달하지 못한 그 좁은 공간이다. 그들은 순간마다 멈추는 곳에서 순간마다 초월한다. 말의 정직함에 관해 말한다면, 이 시는 하나의 모범이다. 이 시에서는 다섯 개의 동사가 과거형으로 한 개의 동사가 현재형으로 사용되었다. "엎어두었다"의 과거는 이미 어느 정도의 성장에 이른 나무에 관한 이야기이니 논의의 여지가 없다. 다만 나무가 최초에 가졌던 계획과 이 과거는 무관하지 않을 수도 있겠는데, 시인이 이런 관념적 사고를 스스로에게 일단 용인한 것이라면 이 시에서 단 한 번, 이 나무를 주어로 삼는 서술부에, 은유적 표현(두 번째 행의 "길")이 사용되어야 할 이유와도 무관하지 않다. "날아올랐다"와 "날아올랐지만"은 시인에게 문제가 되는 것이 새의 일반적 행태가 아니라 구체적 행위임을 말한다. "배경이 되었다"와 "시작되었다"는 그 자체로써 역시 관념의 구체적 실현이다. "멈춘다"는 현재로 씌어졌다. 이 현재는 나무와 물이 어느 순간도 쉬지 않고 다른 공간에서 정지한다는 점에서 현상 표현의 현재지만, 그것이 실제로 시인에게 관찰되는 것은 아니라는 점에서 진리 표현의 현재이다. 언어 현실에 있어서나, 현상의 진실에 있어서나 모두 운동하는 정지인 이 멈춤의 현재는 시의 결함이면서 동시에 탈출구이다. 초극의 공간이 또한 그렇다. 그렇다고 말하고 보면, 귀걸치기에 관해서도 이야기해야 한다. "하늘로" "그때마다" "어떤 새는" 그리고 "새가 없는"이 명백하게 여기에 해당한다. 가장 의미 있는 것은 마지막 귀걸치기이다. 이 귀걸치기로 하늘은 새가 없는 하늘이 되었다. 역으로 "새가 없는"의 시구는 새가 있는 시구가 된다. 언어가 자신을 유지하면서 사라지는 곳에서 "하늘이 시작되었다."「물과 길 1」의 마지막 시구에서,

〔……〕 처음도 끝도
숨기고 있는 길을 보며 사내는 곁에 있는
갯버들 가지를 움켜쥐고 턱 하고
꺾는다 하늘로 가던 나무의 길이
하나 사라지고 그와 함께 지상에서
그 길이 거기 있었다는
사실도 사라졌다

나뭇가지는 사라졌지만, 사라진 나뭇가지에 대해, 그 역사에 대해 "처음도 끝도" 알 수 없는 관념이 여전히 유지되려는 자리를 다시 차지하고 들어올 하늘, 바로 그 순간에 절대적으로 하늘일 하늘도 저 새들이 사라진 곳에서 시작되는 하늘과 다르지 않을 것이다.

초극의 시간은, 시인이 '황동규에게' 부친 한 시에서 말하는 것처럼 「잡풀과 함께」, "시간과 시간 사이"에 있다. 시간과 시간 사이를 잡풀들이 파고들 뿐만 아니라 지상에 "먼저 몸을 둔 것들은/이미 자기를 닮는다." 그것들은 모든 새로운 시도를 그 원점으로 되돌려놓고 만다. 어느 철저한 정신도 그것들의 틈입을 완전히 막을 수는 없다. 완고함과 함께 우연이 그것들의 법칙이다. 그것들은 "엉뚱한 곳에서" 고개 들어 우리의 길을 좁힌다. 시인이 아무리 자기 시에 공을 들여도, 그 언어는 너무 적게 말하거나 너무 많이 말할 뿐이다. 말은 수단이 한정된 좁은 길이라는 점에서 그러하며, 그의 언어는 그가 애써 구별하려 했던 의미가 다른 모든 의미를 안고 들어오는 자리라

는 점에서 그렇다. 그러나 잡풀의 우연처럼 자라는 이 끝없는 혼란이 시를 지상에 (정확히 말하면, 지상에 시가) 있게 한다. 하늘에서 바람이 단 한 번에 구름을 몰아내는 일을, 시인은 지상의 "시간과 시간 사이에"서 한다.

한 명철한 시인이 시간과 초읽기를 할 때, 그의 시간들은 시간과 시간으로 갈라지고 깊이를 빼앗겨 때로는 한 몸을 가리기도 어려운 좁은 장소로 바뀔 것처럼 보인다. 그러나 어느 시간의 공격에도 분절되지 않는 정열과 노력과 그 끝없음보다 더 깊은 것이 무엇일까. 매 순간의 그러나 끝없는 구원만이 구원의 절대라고는 말하지 말자. 적어도, 자신의 전 작품을 거슬러 복기할 수 있는 거의 유일한 시인일 오규원에게는, 시간의 모든 점들은 하나의 존재와 하나의 사물이 바로 그 존재 되기와 사물 되기로 자신을 초월하는 장소라고만 분명히 말하자. 초월하지 않음으로써 초월한다는 것, 한 시의 초월, 한 개인의 초월, 한 시인의 초월이 곧 역사와 자연의 초월일 수 없을 뿐만 아니라 때로는 그 반대라는 것, 이것이야말로 「잡풀과 함께」, 그리고 한 시인이 잡풀 속에 항상 다시 뚫는 길과 함께, 우리가 명심해야 할 교훈이다.

그런데 한 비평가는 이 교훈 앞에서 무엇인가? 시인이 자신의 과업으로 애써 척결하려 했던 것을, 그는 용서를 구하면서 또는 구하지 않으면서 다시 불러들이고 있다. 게다가 그는 자신이 밤새워 쓴 글을 제목으로 삼을 수도 없다. 그러나 그 글에 제목을 붙일 수는 있겠다. 이렇게:

새는 새벽 하늘로 날아갔다.

자부심을 지닌 삶과 소박한 시

──신경림의 시집 『길』에 관해

    신경림은 자신의 문학에 대해 일찍부터 매우 정확한 생각을 지니고 있었다. 첫 시집 『농무』의 간행을 한 해 앞두고 발표했던 중요한 글[1]에서, 그는 "인류의 파멸 또는 사회의 파괴"에 대해, 다른 지식인들과 마찬가지로 문학인이 져야 할 책임을 거론하며, "농업과 공업, 농촌과 도시의 원만한 상호 보완 관계"를 도외시할 때 도시의 발전 자체가 위기를 맞는다는 "평범한 사실"에 농촌 문학에 관심을 가져야 한다고 강조하였다. 농촌 문학이 농촌의 현실뿐만 아니라 도시의 몰락까지도 책임져야 한다는 이 언명은, 적어도 이 평범한 사실을 평범하게 인식하지 않는 자신에게만이라도, 문학은 농민 문학이 되어야 한다는 신념을 피력한 것이나 같다. 그렇다고 해서 그가 자신의 문학에 환상을 가졌던 것은 아니었다. "문학을 가지고서는 모순된 농촌 구조를 개조하지도 못하며, 농촌에 대한 정부의 시책을 시정하지도 못하며, 농민의 의식을 계발하지도 못한다"고 분명하게 말할 때, 그는 자신의 문학적 책임 앞에 놓여 있는 현실의 벽이 얼마나 두터운가를 미리 알고 있었다. 그의 선택에 희망이 없었다고 말할 것이 아니라 희망 없음이 그의 선택을 막지 못했으며, 그것이 바로

---

1) 「농촌 현실과 농민 문학: 그 전개 과정에 나타난 문제점」, 『창작과비평』, 1972년 여름호.

그의 선택의 내용이었다고 말해야 할 것이다. 이 시인이 자신의 시 쓰기를 농민 운동의 일환으로 여기기 전에, 한 곧은 정신이 현실로 부터 받는 중압감이 그 시적 실천의 원기가 되었을 것은 매우 당연한 일이나 그점은 흔히 간과되어왔다. 우선, 『농무』의 간행 직후, 이 시집의 시세계를 더듬어 한국시의 방향을 가늠하려는 목적으로 김우창·김종길·백낙청 등 세 비평가가 가졌던 좌담회[2]를 떠올리게 된다. 당시로서는 읽기 쉽다는 점만으로도 모험에 속했던 이 시집에 대해, 중립적인 입장이었던 김종길은 거기서 발견되는 "굳건한 경험적인" 토대로부터 "하나의 시적 타개책을 암시"받으면서도 "어디에 무대를 가설해놓고 동원되어서 구경을 가는 듯한" 작위성과 허위성의 인상을 안타까워했다. 김우창은 무엇보다도 시에서 "우리"의 진실이 강조될 때 "자기 경험과 많은 사람의 경험"의 괴리에서 기인할 시적 자아의 실종을 염려했다. 변호하는 입장에 선 백낙청은 시가 지식인의 개인적 작업이라는 이유 때문에 시인이 "민중과 연대 의식을 갖고 공통된 실감을 표현할 수 없음이 분명하다"는 주장 자체가 일종의 결정론임을 말하고, 신경림의 시에 실제로 나타난 민중 생활에 대한 실감의 예를 지적한다. 또한 이 시인의 평범한 언어가 지닌 함의와 범속한 것처럼 보이는 묘사의 심도에 관해서도 이야기한다. 그러나 세 비평가 모두에게 신경림과는 대조적인 시인으로 인정되는 김현승의 경우에 못지 않게 이 시인의 마음속에도 고독하고 적막한 세계가 있으며, 시인이 누구와 연대하기 전에 그도 모욕받고 억압당하는 사람의 하나라는 점에 대해서는, 말하자면 시인의 민중적 실감의 터전에 대해서는, 아무도 언급하지 않았다. 그로부터 20년이 넘는 세월이 흘렀으며, 그에 대한 논의는 이 범위를 크게 벗어나지

2) 「시인과 현실」, 『신동아』, 1973년 7월호.

않았다. 그런데 한편으로는 시대가 그의 소원을 들어주지 않았다. 도시와 농촌의 균형 발전이 이루어지기는커녕 전 국토가 도시화의 경쟁을 벌이고 있다. 그렇다고 신경림에게 잃은 것이 많다고는 할 수 없다. 그는 최초의 선택의 순간에 다시 섰을 뿐이다. 게다가 시대의 배반은 그가 가장 이해받지 못했던 것, 그에 대해 언급하는 것이 그를 격하하는 것처럼 여겨지기까지 했던 것을 그 나름의 방식으로 드러내 보여준다. 그의 선택이 여전히 고독해야 할 이유는 지극히 현실적이고 구체적이었던 그의 '투쟁의 도정'이, 그의 의도가 무엇이든, 거의 형이상학적인 길이었다고 이해해야 할 이유이기도 하기 때문이다. 시인에게 벌써, 기행 시집 『길』의 '길'은 "노래를 듣는다는 구실을 내세워 돌아다닌" 구체적인 여정이지만, 또한 지극히 낡았으면서도 어느 누구도 자신 있게 쓰기 어려운 그 비유의 길이 되어 있다.

신경림은 『길』의 「후기」에서 이렇게 말한다: "돌아다니면서 내가 분명하게 깨달은 것 중의 하나는 사람들은 대체로 마음 편하게 살기를 좋아한다는 점이었다. 편하게 대할 수 있는 사람을 좋아하고 편하게 만들어주는 사람을 좋아한다는 점이었다. 그래서 나는 나의 시도 앞으로 읽는 사람이 편하게 대할 수 있고 읽는 사람을 편하게 만들어주는 것이 되어야겠다는 생각을 했다." 누구나 쉽게 이해할 수 있는 이 말에 달리 주석을 붙일 필요는 없을 것 같다. 그러나 쉬운 만큼 오해가 뒤따를 수도 있다. 마음 편하게 살고 또 사람들을 편하게 만들어주기 위해서는, 자기를 놓아두어야 할 것 같기도 하고, 어디에 붙들어매두어야 할 것 같기도 하다. 편하게 살기, 편하게 하기는 포기일 수도 어떤 종류의 성취일 수도 있을 것 같다.

편한 것으로 친다면 서로간에 흉허물이 없는 사람들의 관계가 우선 거기에 해당할 것이다. 여기서는 한 인간의 도덕적 허물이나 사회적인 무능이 이해되고 용서될 뿐만 아니라 거의 만인의 약점으로 인정되기까지 한다. 인간들은 한 사람의 죄를 따라 밑으로 내려간다. 그러나 이 협소한 사회의 투명한 인간 관계는 그것을 둘러싼 거대한 세계와의 갈등을 당연히 전제한다. 흥허물 없는 이해를 가장 많이 갈망해야 할 사람일수록, 다른 인간을 이해해야 할 의무보다 모든 인간들로부터 이해받아야 할 의무가 한 인간에게 먼저 지워지는 도편 추방의 사회나 이지메 사회의 위협에 그만큼 가까이 있게 마련이다. 투명하게 드러나기 위해서는 어떤 종류의 특수한 설명을 거쳐야만 하는 그의 삶이야말로 사회적으로 가장 불투명한 것이기 때문이다. 그러나 이지메는 무엇일까? 투명성을 뽐내는 한 집단의 인간들이 자기들 스스로에게서 발견하는 불투명성에 대한 두려움의 표현밖에 다른 것일 수 있을까? 서양의 고전주의 시대에 개인이면서 동시에 공인이어야 했던 이른바 교양인들은 남자도 가발을 쓰고 화장을 하였다. 변덕스런 감정에 따르는 한 개인이 아니라 보편적인 인간으로서의 투명성을 그 가면으로 보증하기 위해서였다. 우리 선비들이 의관을 정제할 때도, 사회적인 얼굴을 분식하려는 의도 이전에 그 얼굴 밖에 자연의 얼굴이 따로 존재하지 않기를 기원하는 마음이 있었으리라.

물론, 신경림이 편하게 살기를 말할 때, 그가 투명한 세계를 얻기 위해 마음속의 불투명한 세계를 삭제하거나 억누르려 한다고는 결코 말할 수 없다. 무엇보다도 그의 『길』 여기저기에 나오는, 투명한 만큼 매혹적인 인물들에게서 화장이나 정제된 의관을 상상할 수는 없다. 도리어 그 반대이다. 「간고등어」에서 말하는 '봉화의 전우익 선생'은 "의자보다 땅바닥이 편하다고" 아무 데나 쪼그려 앉길 좋아하며, 「산유화가」를 부르는 '부여의 노래꾼 박흥남씨'는 "문전걸식 등걸잠으로" 한 세월을 보낸 사람이기도 하다. 시인이 「안의 장날」에 만난, 안팎 사돈인 두 남녀 장사치에게 "이제 내외가 부질"없는 것처럼, 어떤 외식도 그들을 얽매지 못한다. 그들은 제도나 교육이 만들어낼 수 있는 사람들은 아니지만, 그렇다고 해서 막된 사람들이거나 제멋대로 사는 사람들은 더욱 아니다. 그들은 모두 어떤 시련을 감당하고 있다. 「지리산 노고단 아래」에서 황매천을 기려 말하는,

　대나무 깎아 그 끝에
　먹물 묻혀
　살갗 아래 글자 새기듯

살아가는 삶의 흔적은 절개 높은 한 선비의 생애에서뿐만 아니라, 장돌뱅이이거나 농사꾼인 그들 모두의 일상에서도 발견되기 때문이다. 무엇보다도 그들은 최소한의 것으로 살아간다. 그들은 그들이 헤쳐왔거나 헤쳐가야 할 거대한 시련까지도 최소한의 것이라고 생각한다. 어디에도 매이지 않는 그들의 태도까지가 어떤 규율에 대한 오만에서가 아니라 그 규율에 대한 절제된 방식의 이해에서 비롯할 뿐이다. 그들은 너무나 작은 것으로 살고, 자기들에게 해당하는 것 모두를 너무나 작게 여기기에, 한 시인이 그들에게 바칠 것은 가장 적은 수의 말밖에는 없었던 것처럼 여겨지기도 한다. 그들은 감춰야 할 것을 따로 지니지 않는 이 작은 생활에 의해 투명하며, 저 선비들이 원했을 훈련된 얼굴과 자연스런 얼굴의 일치에 도달해 있다. 신경림은 그들의 삶을 드러내기 위해 그들이 거기서 노래 부르고 있다고, '악다구니'를 쓰고 있다고, 그들이 거기 있다고 말할 뿐이다. 깜짝 놀랄 비유도 장식도 없으며, 때로는 시정이 부족한 것처럼 보이기까지 하는 그의 시를, 그리고 특히 『길』에서부터 두드러지는 그의

시의 미묘하지만 중요한 변모를, 이 삶과 떼어놓고 말할 수는 없다.
이들의 삶을 사회적 성취라고 말하기는 물론 어렵다. 그것은 어떤
가능성이 개화한 결과라기보다 억압된 결과이기 때문이다. 하지만,
그들을 이지메의 문화적 형식인 희극적 풍자의 대상이 될 만한 사회
부적응자로 취급할 수는 없다. 적응력이야말로 그들의 특징이다. 게
다가 적응이라는 말을 가장 능동적인 의미로 써야 할 때가 있다면
바로 그들을 이야기할 때이다. 「가난한 북한 어린이」는 신안군 지도
면에 사는 어느 소녀 가장의 삶을 소재로 한 시이다. 엄마는 돈 벌
러, 아빠는 엄마를 찾으러 서울로 가고, "열두 살 난 언니"는 두 동
생을 건사하며, 날마다 정거장에 나가 부모를 기다린다. 그러나

> 진종일 서울 땅장수만 차를 오르내리고
> 다 저녁때 지쳐 돌아오면
> 저희들끼리 끓여 먹은 라면 냄비 팽개쳐둔 채
> 두 동생 텔레비전 만화에 넋을 잃었다
> 다시 밥 대신 라면으로 저녁을 끓이고
> 열두 살 난 언니는 일기에 쓴다 전화도
> 텔레비전도 없는 북한 어린이가 가엾다고
> 가난한 북한 어린이들이 불쌍하다고
> 엄마 아빠 돈 벌어 돌아올 날을 믿으면서

이 시에서 정치적 풍자의 의도만을 읽을 수는 없다. 가난의 끝에
있는 소녀 가장이 북한 어린이를 도리어 불쌍하게 여길 때, 그가 정
치적 프로파간다에 속았기 때문이라고만 생각한다면, 그 아이를 과
소 평가하는 것이다. 그것은 무엇보다도 이 아이가 갸륵하기 때문이
며, 세상을 염려하고 그 악을 미워하기 때문이며, 자신의 처지를 원

망하지 않을 만큼 씩씩하기 때문이다. 아이는 모든 사람들이 팽개쳤으며, 세상에 대한 어떤 관념도 대신 살아줄 수 없는 자기 삶을 스스로 구제하고 스스로 가꾸어간다. '안의에서' 만난 「김막네 할머니」는 "쉰 해째" 술장사를 하는 여자이다. 청춘에 아이 하나 데리고 혼자 되어, 남자에게 자주 버림받는 처지를 면하지 못했지만, 그 험한 운명 때문에 "전쟁통에는 너른 치마폭에 싸잡아" 살린 남자가 여럿이었다.

> 마음은 약하고 몸은 헤펐지만
> 때로는 한숨보다 더 단 노래도 없더란다
> 이제 대신 술청을 드나드는 며느리한테
> 그녀는 아무 할 말이 없다
> 돈 못 번다고 게으름 핀다고 아들 닦달하고
> 외상값 안 갚는다고 손님한테 포악 떨어도
> 손녀가 캐온 철 이른 씀바귀 다듬으며
> 그녀는 한숨처럼 눈물처럼 중얼거린다
> 세상은 그렇게 얕은 것도 아니라고
> 세상은 또 그렇게 깊은 것도 아니라고

그녀에게 세상이 그렇게 깊지 못한 것은 자신의 불행이 자신에게 설명되지 않으며, 그 선의가 항상 정당한 보답을 얻지 못했기 때문이겠지만, 그렇다고 세상이 그렇게 얕은 것도 아니라는 말은 "하늘이 온통 노랬"던 지경에서도 그녀가 자신을 내팽개치지 않고 그 고통을 견뎌내었다는 자부심의 크기와 관련된다. 그녀는 게으른 아비의 딸인 자기 손녀가 필경 맞이하게 될 삶의 고통을 모르지 않지만, 그 착한 생명이 그 불행을 이겨내게 되리라는 것도 알고 있다. 그러나 시인은 그녀의 중얼거림을 우리의 이 설명과 같은 순서——이 순서는 시 전체의 진술과도 일치한다——로 전하지 않는다. 시인은 세상에 대한 신뢰를 사실상 부정하는 표현을 마지막 시구에 두고 있는데, 그렇다고 해서 이 술청의 노파에게 삶에 대한 믿음보다 세상에 대한 원망이 더 크다는 것을 그것으로 나타내려는 의도는 물론 아니다. 세상에는 더 이상 기대할 것이 없기 때문에 삶 하나를 얕지 않게 살려는 노력만이 바로 그 세상에 깊이를 줄 수 있다는 것이 그 속뜻이며, 시인이 이해하고 있는 바가 그것일 터이다. 시인은 이를 부각시키기 위해 특별한 문학적 수단을 동원하지 않는다. 그는 이 삶의 증인일 뿐만 아니라 해석자이지만, 그 속으로 밀고 들어가 자기 자리를 넓히려고 하지 않는다. 저 어쩔 수 없이 강인했던 삶 앞에 또하나의 장애물을 놓아둘 수는 없는 것이다.

이미 언급한 바 있으며, 역시 같은 안의에서 만난, 「안의 장날」의 산나물 파는 할머니와 마병 장수, "험하게 살다 죽은" 사위이자 아들인 자가 주었던 상처를 함께 안고 늙어가는 이 "안팎 사돈"에게도 신경림은 거의 같은 결구를 바치고 있다.

> 누가 말할 수 있으랴 이토록
> 오래 살아 있는 것이 영화라고
> 아니면 더없는 욕이라고

"누가 말할 수 있으랴," 이 의문문의 함의는 그들의 한평생에 영욕의 판단을 내리기 어렵다는 것이 아니라, 이런 식의 질문으로 부담을 줄 수 없는 곳에 그들의 삶이 벌써 도달해 있다는 것이다. 「달빛」에는, 산골의 할머니들을 동무삼아 "박씨전 한 대목 신바람 나게 읽"으며, 옛이야기 책을 파는 노인이 있다. 장이 파하고 해 저물면

국밥집 "윗목 한 귀퉁이 새우잠으로" 누워 자는 이 뜨내기 삶에 관해서도 시인은 비슷한 형식의 질문을 적용한다. 그러나 이번에는 시인 자신의 분명한 대답이 있다.

누가 그의 삶을 고닯다 하느냐
밤중에 한번 눈떠보아라
싸늘한 달빛에 어른대는
산읍 외진 거리에 서보아라
사람이 사는 일 다 그와 같거니
웃고 우는 일 다 그와 같거니

한 사회가 버려둔 땅을, 한 사회의 가장 험한 오지를 여전히 사람이 살 수 있는 곳이라고, 그것도 영웅적으로 살 수 있는 곳이라고 증명하는 이 삶을 어떤 오만한 사회적 판단으로 묶을 수 있겠는가. 질문은 부질없다. 저 사돈 내외에게서도, 이 책장수 노인에게서도, 어디에 견주어 평가될 수 없는, 그 자체로서 절대적 형식을 지닌 그들의 한평생은 사회적 판단의 대상이 아니라 차라리 그 기준이기 때문이다.

하나의 삶을 삶의 절대적 형식으로 이해한다는 것은 그 삶을 내적 시선으로 바라본다는 것과 같은 뜻이 된다. 세상에는 확실히 바깥 시선으로 바라볼 수 없는 삶이 있다. 오랜 문물 제도를 지닌, 따라서 전통과 관습의 눈을 빌리지 않고는 이해하기 힘든, 그런 사회의 삶을 비단 염두에 두고 하는 이야기는 아니다. 아무리 불합리한 것이라도 전통이 여전히 전통으로서의 힘을 가진 사회는 밖으로부터의 의견에 압박을 느끼지 않으며, 차라리 그 불합리한 것들의 합리적 근거를 설명하는 데 사용하기 위해 외부적 시선을 동원할 수도 있다. 사실, 진정으로 내적 시선을 필요로 하는 삶은 그런 전통 같은 것보다 더 깊은 곳에서 발견된다. 따라야 할 전통이 어떤 것이건, 군림하는 정치 체제와 그 선전이 어떤 것이건, 그것들이 주어지기도 전에 그것들을 항상 지순한 방식으로 이해하고 실천해버린 삶이 그것들 밑에 있다. 한 시대의 믿음과 교의가 붕괴하고 나면 그 찌꺼기처럼 보이기도 할 이 삶은, 그러나 그 교의의 전성기에도 완전히 이해되는 것은 아니며, 새로운 제도와 다른 정체의 지배를 받는다고 해서 그 본질을 잃어버리는 것도 아니다. 그것은 어떤 이데올로기이건 하나의 이데올로기가 계산에 넣지 못한 부분을 감당하는 삶이다. 이런 말이 가능할지 모르지만, 그것은 모든 이데올로기 속에서 항상 동일한 모습을 지니는 하나의 분파, 모든 이데올로기 속에 들어 있는 '시의 분파,' 삶을 그 허망한 욕망의 장식에 의해서가 아니라 그 자체로서 살아가는 '존재의 분파'와 같다.

그런데 따지고 보면 이 삶은 어떤 특별한 사람들의 그것이 아니라, 자신의 가난한 자리를 지켜 그것을 인정과 미덕의 터전으로 만든 모든 사람들의 그것이다. 강원도 영월의 '김삿갓 무덤'에는 "아기 끌어안고" 찾아와 "한나절을" 보내는 「게으른 아낙」이 있다. 김삿갓은 생전에 여러 편의 시를 써서 게으른 여자를 욕하였지만, 이제 그를 종일 동무해주는 것은, 외진 산골의 적막하고 무료한 생활을 오직 그 게으름으로 견디어내는 젊은 아낙이다.

산 너머 고개 너머 이곳은 별천지라지만
베틀도 바느질거리도 다듬이질거리도 없고
수다 떨 이웃 아낙도 없어
아기에게 젖 물리고 무덤 가서 한나절 보내는
젊은 아낙을 이제도 그는

게으른 아낙이라 빈정대랴
한 그릇 쉰 밥이나 술 한잔을 위해
시를 썼대서 산자수명한 산골 언덕에 누워
젊은 아낙과 동무하면서
이제사 그는 깨달을까, 세월 바뀌어
게으름이 또한 아름다움 되었음을

"한 그릇 쉰 밥이나 술 한잔을 위해" 시를 썼던 그도 미처 생전에 이해하지 못했던 아름다움이 이 소박한 삶 속에 있다. 김삿갓의 시대에 부지런했던 여자와 우리 시대의 이 게으른 아낙, "이랴이랴 어려이려 워워 세 마디로 소를 몰" 줄 아는 「소장수 신정섭씨」, "막걸리 한 주전자씩"에 "진정서와 고발장"을 써주며 "사람은 착한 게 제일"이라고 말하는 「줄포」의 '농사꾼 대서쟁이 김장순씨,' "하늘과 세상을 떠받친 게/산뿐이 아닌 것을"(「산그림자」) 알게 해준 '영암' 해장국집의 인정 있는 아낙네, 이 모든 사람들은 한 방랑 시인의 초라한 행각을 결코 모멸의 눈으로 바라보지 않을 것이다. 술 한잔 시 한 수의 전설은, 삶에는 삶 밖의 다른 많은 것이 필요하지 않다고 믿는 이 사람들의 '철학'이기 때문이다.

그 삶을 안에서 바라보지 못하는 눈은 결국 아무것도 이해하지 못하며, 끝내는 이 삶을 파괴하여 비극 속에 몰아넣는다. 시인이 '주왕산'에 바친 두 편의 시를 겹쳐놓으면 그에 관한 이야기를 읽을 수 있다. 「산수도 사람 때 묻어」와 「내원동」이 그것이다. 앞의 시에서 시인은 인간 생활과 하나로 어울린 자연에 관해 이야기한다.

산은 켜로 쌓여
하늘과 닿은 곳 안 보이고

물은 맑은데도 깊이 알 길 없어
이곳이 사람 안 사는 곳인 줄 알았더니
무논에서는 개구리 울고
등 너머에서는 멀리 낮닭
홰치는 소리 들린다
알겠구나, 산수도
사람의 때 묻어 비로소 아름다워지는
이치를
땀과 눈물로 얼룩진 얘기 있어
깊고 그윽해지는 까닭을

  인간의 삶과 그 흔적은 자연에 대한 흠집이 아니다. 자연과 인간
이 서로를 보충하여 진산진수(眞山眞水)의 경지를 만든다. 아니 자
연과 인간은 처음부터 서로 구별되지 않는다. "사람의 때 묻어"는
한번 그렇게 양보한 말일 뿐이며, 숲속에서 들리는 새소리나 깊이를
알 수 없는 계곡물과 마찬가지로 등 너머 먼 곳에서 낮닭 홰치는 소
리나 개구리 우는 무논의 모습이 이 풍경의 얼룩일 수 없다. 얼룩은
얼룩이 아니다. 이 시를 반식민지주의의 시라고 말하면 놀라는 사람
이 있을까. 그러나 삶의 중심에서 굳게 자부심을 가지고 삶을 바라
보는 눈만이, 그러니까 자기 땅에서 나그네가 아닌 사람의 눈만이
하나의 풍경을 이렇게 파악할 수 있다. 다른 시 「내원동」은 바로, 주
왕산이 국립 공원으로 될 때, 자신의 삶을 오욕의 일종으로 여긴 사
람들에 의해 이 진정한 자연이 어떻게 파괴되었는지를 말한다.

  물길 끝나는 곳이
  무릉도원이라고 했던

할아버지들의 옛말은 거짓말이다
이제 마을은 뜯기고 헐린
어수선하고 스산한 집자리뿐
무성한 갈대들이
등 넘어온 바람을 타고 서럽게 운다

　그러나 하나의 삶을 그 깊이에서 바라보고, 그 내적 가치를 이해
하기 위해서는 훈련이 필요하다고 말해야 할 것 같다. 신경림의 시
에서, 우리에게 그 삶의 내장된 깊이를 보여주는 사람들은 또한 그
들 자신이 다른 사람들의 삶을 그 본래의 결에 따라 바라볼 줄 아는
사람들이다. 그들에게는 인생의 고통과 시련을 통해 얻은 눈이 있
다. 「산유화가」에서 '부여의 노래꾼 박흥남씨'는 "우리 가락 찾겠다
고 팔도 떠돌"던 남사당패로 인생의 온갖 신산을 겪지만, 백제 유민
의 한이 서려 있다는 "산유화가"를 날품팔이 신세로 들으며, 자기가
찾아 헤매던 가락을 거기서 발견한다. 「종소리」의 주인공 '안동의
동화 작가 권정생씨'는 교회당의 가난한 종지기이기도 하다. 그는
종소리를 들으며 울고 있는 것들, '버려지며 풀 따위 아주 작고 하찮
은 것들"의 심정을 알고 있다. 시인이 '원통에서' 쓴 「장자(莊子)를
빌려」도 역시 인생을 이해할 줄 아는 이 눈에 관해 이야기한다. 설악
산 대청봉 같은 높은 산꼭대기에 올라서면, 언덕과 골짜기 그리고
바다까지 "온통 세상이 다" 보일 뿐만 아니라. "세상살이 속속들이
다 알 것도 같다." 그러나 산 밑에 내려서면, 또 다른 삶의 모습과 그
소리와 냄새가 있다. "세상은 아무래도 산 위에서 보는 것과 같지만
은 않다." 그래서 세상은 너무 멀리서만 보아서도, 너무 가까이에서
만 보아서도 안 된다. 이 결론은 사실상 우리에게 낯설지 않다. 미시
와 거시에 대해서, 구체성과 추상성에 대해서 우리는 너무 많은 이

야기를 들었다. 어쩌면 단순할 수도 있는 이 결론을 위해 시인은 왜 구태여 장자를 빌리는 것일까. 이 시는 시각에 대해 논의하는 데에 그치지 않는다. 시각에 대한 우리의 논의가 비록 미시와 거시를 한 꺼번에 말하였더라도 그 자체가 너무 거시적이거나 너무 미시적이 었을 수 있다. 시각을 유지하는 것도 하나의 실천이며, 이를 위해서 는 저 고대의 교훈이 말하는 것과 같은 한 생애의 수양이 필요하다. 스스로의 깊이가 곧 그 외로움인 삶들에게 그 고통에서 풀려나갈 활 로를 찾아주기 위해 한 시대를 총체적으로 조망하려 애쓰면서도, 그 모진 자리에서 억압받는 사람들이 거기에 스스로의 힘으로 어렵사 리 획득해놓은 희망의 싹들을 짓밟아 또 하나의 불안으로 작용하지 않는 시선, '세상을 진정으로 편하게 만들고 편하게 대하는' 이 시선 은 단 한 번의 논의나 결심으로 얻어지지 않는다.

시와 삶에서 신경림의 수양의 흔적은 무엇보다도 그 시어의 절제 에서 발견될 것이다. 물론 그의 시에 요사스런 표현이나 거추장스런 에두름이 없다는 이야기는 새삼스러울 뿐이다. 그러나 그것이 다시 강조되어야 하는 것은 그가 기리고 지향하려는 삶의 모습이 바로 거 기 있기 때문이다. 그 자체로서 충분한 진실을 누리는 이 삶은 스스 로를 애써 '선전'해야 할 이유가 없다. 그 내적 자질에 의하여, 또는 그것을 둘러싼 세상의 혼탁에 의하여, 벌써 예외적인 높이에 도달한 이 시적인 삶에는 과도하고 성급한 자기 표현을 삼가는 자존심이 있 다. 자신의 힘을 확인했을 때 허풍에 유혹되지 않고, 실패했을 때 넋 두리에 빠지지 않는, 표현해야 할 것을 표현하지 않는 삶은 얼마나 겸손한가. 그러나 또한 얼마나 완강한가. 「새벽길」에서 언급하는바, 이 땅의 모든 이름 없는 농부들처럼, "나무하기, 불때기, 물긷기 삼 년"을 신음도 없이 견디는 바리데기에게는,

용 한번 크게 쓰고 몸 뒤틀면
제 몸에 달라붙어 찧고 까불던
우쭐대는 것들 설치는 것들
거짓투성이의 너절한 것들 댓바람에
시퍼런 바닷물에 동댕이쳐지리라는 걸
훤히 알면서 참는 〔……〕

「섬」의 숨결이 있으며, 「푸른 구렁이」가 말하는바, 자기 몸에 석유를
뿌리고 분신한 김세진 군의 고향이며 시인의 고향인 '충주에서,'

고추와 담배로 폐농한
삼십 년 만에 만나는 소학교 동창들은
살아온 애기도 없이 댓바람에
눈에서 새파란 불을 뿜고
물이 차면서 쫓겨난 고향 사람들은
온몸이 시퍼런 독으로 덮여 있다.

이 부당하게 이해받지 못한 삶의 완강한 저항은, 한층 더 완강하
게 웅크린 시인의 언어 속에서, 결코 어느 날 하루의 결기로 끝나지
않는다. "발떨구가 센"「말뚜기」 '영주의 농사꾼 김교선씨'가 길을
갈 때 "풀섶에선 온갖 죽었던 벌레가" 다시 살아나 날아오르는 것처
럼, 소박하기 때문에 그만큼 확실한 풍경과 전망에 항상 맞거래를
터내는 시인의 언어는 죽어버린 온갖 관념들로부터 그 소박했던 최
초의 생명을 한 뼘씩 다시 깨워낸다. 욕심 없는 말들의 시적인 힘이
그와 같다.
민중 시인이며 정치 시인인 신경림에 관하여, 그가 오랫동안 밖으

로 뚫어오던 것과 동일한 길을 다시 안으로 뚫고 있다고 해서, 그의 시적 실천에 섣부른 판단을 내릴 수는 없을 것이다. 그는 자기 싸움의 길이를 계산해내었을 뿐이다. 「평민 의병장의 꿈」에서 '젊은 판화가 이철수'가 그림으로 한 세계를 만들 때, "힘겹게 사는 농민들"뿐만이 아니라 억울하게 처형당한 포수 출신 의병장 김백선도 함께 조력하는 것처럼, 그의 싸움은 먼 과거에서 시작하여, 「춘향전」의 "늙은 춘향"에게 "마패 대신 품속에 대창을" 감추었던 이도령이 아직 소식 없는 것처럼, 먼 미래에 걸쳐 있다. 그는 시간 속에 싸움의 깊이를 뚫는다. '민병산 선생'의 죽음을 애도하는 두 편의 시도 바로 이 깊이와 연결된다.

> 사람들이 수없이 도전하고 좌절하고
> 절망하고 체념한 끝에 비로소 이르는
> 삶의 벼랑에 일찌감치 먼저 와 앉아
> 망가지고 부서진 몸과 마음
> 뒤늦게 끌고 밀고 찾아오는 친구들
> 고개 끄덕이며 맞는 그 편하디편한 눈은
> 아무 데서도 볼 수 없게 되었다   ——「인사동 1」 부분

이 야인 철학자가 삶의 벼랑에 먼저 도달하였다는 것은 모든 투쟁이 실패와 무위로 끝나리라는 것을 반드시 의미하지는 않는다. 절망과 체념 끝에 찾아오는 친구들을 바라보며 고개를 끄덕이는 것도 그가 그들의 실패를 일찌감치 예감하고 있었다는 것을 의미하지 않는다. 그것은 몸이 깨어지고 마음이 부서진 다음에도 인간이 어떻게 온전하게 남는 것인가를 말한다. 그 "편하디편한 눈은" 말할 것도 없이 세상에 상처입고 초라하게 내몰린 한 인간의 진실을 그 안쪽에

서부터 이해해주는 시선이다. 하나의 가치를 이 세상에 개화하기 위해 몸 바쳐 싸우는 것은 용기 있는 일이지만, 급기야 진실이 치부가 되어 몰릴 때에, 세상의 성패로 가감할 수 없는 가치가 있다고 말한다 하여, 그것이 패배의 증거는 아니다. 투쟁으로부터 시작했건 아니건, 투쟁 이상의 것이 되는 시는 모두 그렇게 말한다. 패배한 자들까지를 '편하게' 하는 시가 패배의 증거는 아니다. 어떤 가치 있는 삶을 위해, 희망이 있을 때나 없을 때나 한결같이 노력해온 사람들은 이 시를 누리며 자존심을 곧추세울 권리가 있다. 신경림은 사람들이 흔히 믿는 것보다 더 자주 이 시를 누린다. 「초봄의 짧은 생각」에서, 영해의 푸른 파도를 마주 바라보는 시인은

> 하얀 모래밭에
> 작은 아름다움에 취해 누웠다
> 갈수록 세상은 알 길이 없고

　마지막 시구는 세상이 점점 더 수상하게 돌아간다는 뜻이기도 하겠지만, 나이가 들수록 그만큼 세상을 보는 눈이 단순할 수 없다는 말로도 읽힌다. 시인이 어느 정도는 송구스럽게 누리는 "작은 아름다움"은 이 두 생각 사이에서 얻어진다. '이청운 화백에게' 바치는 시 「광안리」에서, 시인은 저 화백의 암울했던 어린 시절과 그가 바라본 "사시사철 푸르기만" 했던 자연을 한데 묶는 회색의 시간, "지나놓고 보면 행도 불행도" 그 속에 녹아들어가는 "한낱 깊고 그윽한 잿빛 그림"을 말한다. 그런데 다른 시 「그림」에서 시인은 옛사람의 그림 속으로 들어가 그 속에 갇혀버리고 싶은 심정과, 필경 자신을 가두어놓고 있을 "오늘의 그림"에서 떨어져나가고 싶은 심정을 동시에 지닌다. 이 심정에 도피하려는 욕구는 없다. 그에게서 한 생애를

미학적으로 구제해줄 그윽한 시간이, 저 화백의 그림에서와는 달리, 여전히 행과 불행에 대한 의식으로 분열되어서만 찾아온다고 말하는 것일 뿐이다. 자기가 써야 할 시에 절제하는 시인은 자기가 누려야 할 시 앞에서도 균형을 잃지 않는다.

신경림의 이 절제와 균형은 어디에서나 한결같다. 자신이 노력하여 열어온 길에 대해서도, 다시 헤쳐갈 길 앞에서도. 『길』의 마지막 시 「뗏목」에서, 시인은 한 스님의 말을 빌려 자신과 자신의 일을 "강을 다 건너고"는 버려야 할 뗏목에 비유한다. 그리고 자문한다.

> 혹 나 지금 뗏목으로 버려지지 않겠다고
> 밤낮으로 바둥거리고 있는 것은 아닐까
> 혹 나 지금 뗏목으로 버려야 할 것들을 떠메고
> 뻘뻘 땀 흘리며 가고 있는 것은 아닐까

이 질문은 슬프다. 뗏목이 아직 강을 건너지 못했으며, 끝내 건너지 못할지도 모른다는, 지금으로서는, 단 하나의 대답밖에 없기 때문이다. 시대는 변했으나 우리는 여전히 불행하다. 역사에 모든 것을 걸었던 위대한 기획이 허망하게 무너졌다고 해서 우리에게 축제가 찾아온 것은 아니다. 자연의 법칙에 인간을 내맡길 수밖에 없게 된 것은 우리가 선량해졌기 때문이 아니며, 우리의 욕망을 풀어놓을 수밖에 없다는 주장이 난무하는 것은 우리가 부유해졌기 때문이 아니다. 우리는 더욱 불행하다. 빠른 것이 더욱 빨라지고, 우글거리는 것이 더욱 우글거리고, 번쩍이는 것이 더욱 번쩍거리게 되는 일밖에 다른 전망이 우리에게 없다. 강은 끝없이 넓다. 강이 끝없이 넓은 것이라면, 뗏목만이 저 언덕의 증거라고 말할 수는 없을까. 신경림이 평생을 부단하게 실천해온 시가 그 뗏목이다.

절구와 트임의 시학

——범대순의 절구 시집 『아름다운 가난』을 읽고

　범대순의 『아름다운 가난』은 우리 시대가 얻어낸 시집 가운데 가장 특이한 시집에 해당한다. 제1부 '아름다운 가난'과 제2부 '사는 그 작고 큰 없음'에 등분 수록된 222편의 시편들은, 어느 것 하나 빠짐없이, 이 시인이 절구(絶句)라고 부르는 하나의 정형을 엄격하게 지키고 있다. 별도의 제목 없이 번호로만 구분되는 절구들은 각기 8행 4절 20음절로 이루어지며, 이 20음절은 각 절에 5음절씩 고르게 배분된다. 게다가 이 모든 절구에서, 그 정형이 정형에 도달하기까지에는, 음절 수와 시행의 배열에 대한 고려 못지 않게, 하나의 시상을 그 형식과 만나게 하는 응축력, 언어가 사물을 지시하면서 동시에 넘어서게 하는 역동성이 필요하였을 것이란 점은 시집의 어느 페이지를 읽어도 쉽게 짐작할 수 있다.

　　큰 방
　　아궁이

　　개떡
　　찌는 솥

발로

채이고

안 나가는

개.

이 시는 아직 우리에게 보릿고개라는 말이 있던 시절, 가난한 시골 초가의 부엌에서 일어난 에피소드 하나를 그리고 있다. 첫 번째 절에서는, 농촌의 부엌 풍정이 정태적 구도로 제시되어 시의 배경이 된다. 두 번째 절의 솥도 여전히 정물이지만 그것은 벌써 움직이는 정물이다. 그 솥 속에서는 사물을 변화시키고 요동하게 하는 하나의 기운이 익어가고, 밖에서는 그 운동에 자극된 정서가 은근하게 부풀고 있으며, 그와 함께 풍정이 사건에 연결될 자리가 마련된다. 세 번째 연에서는, 동작 하나가 갑자기 폭발하여 정적 구도를 동적 구도로 바꾼다. 풍정은 사건이 된다. 그러나 그 행동의 수단만 드러나고 있을 뿐, 그 주체와 대상은 아직 알려지지 않는다. 바로 이 때문에 두 번째 연에서 준비된 기운 정서와 이 폭행 사건 간의 관계가 더욱 강조된다. 비로소 네 번째 연에서 그 폭력의 대상이 밝혀지는데, 그와 동시에 그 주체도 암묵적으로 드러나며, 사건의 자초지종과 그 내막이 알려진다. 개떡의 분배를 놓고 사람과 개가 작은 실랑이를, 허나 처절하다고 말해도 괜찮을 생존 투쟁을 벌였던 것이다. "안 나가는" 개와 함께 구도는 다시 정태적이 되지만, 그것은 이미 최초의 정태가 아니다. 이 움직이지 않음은 가난한 기대와 어려운 삶이 가져온 매정함 그리고 그에 대한 자책감을 삼태기처럼 그득 쓸어안고 있다. 그래서 춘궁기의 에피소드 한 토막이 벌써 신화의 면모를 얻는다(이 시는 개떡이 개떡이라고 불리게 된 연원 설명의 전설처럼 들리기까지 한다). 시의 안과 밖에는 또한 지난날의 곤궁했던 삶을 눈물 어린 해학으로 바라보는, 원숙한 시인의 여유로운 마음이 있다. 놀랍게도 정형의 좁은 자리가 이 여유를 마련한 것이다.

시인은 한평생의 시적 모험이 이 정형에 이르게 된 내력을 설명하고, 이 절구를 변호하는 글을 시집의 말미에 덧붙이고 있다. 한 시정신의 편력이며, 동서 문명의 비교론이며, 유행 문학 사조로서의 미국식 해체론에 대한 진단과 그 전망에 대한 부정적 평가이며, 새로운 시미학의 대안 제시인 이 '담론'을 여기서 다시 되풀이하여 소개하기는 어렵지만, 그 핵심을 짚는다면 '트임의 시학'으로 요약할 수 있다. 이 시인에게서는, '트이다'라는 말의 어의적 설명이 그가 지향하는 한 사상의 윤리적·미학적 내용에 대한 해설을 겸할 수 있다고 믿는다. 트인다는 것은 막혔던 것이 통한다는 뜻에서 가치론적으로 자기 정체성과 도덕성을 의미한다. 트인다는 말이 장막 따위가 걷힌다는 뜻으로 쓰일 때는 "미래 지향적인 비전과 발전의 개념"을 함축한다. 이 말이 지혜의 생성을 의미한다는 점에서는 유불선 사상의 맥과 연결된다. 트임은 또한 서양 문화사의 개념에서 디오니소스적인 '열림'에 대비되어 아폴로적인 것과 디오니소스적인 것이 "조화롭게 공존하는 느낌이 있다." 끝으로 환하게 비친다는 뜻으로의 트이다는 "예술적 세련미"를 지시한다. 그러나 이 트임의 윤리적·미학적 의미는 그 유의어인 '열림'과의 상동 대비 관계에서 더욱 잘 파악된다. 열림은, 그 반대말인 '닫힘'이 긍정과 부정의 가치를 동시에 지니는 것과 마찬가지로, 이 역시 긍정적인 측면과 부정적인 측면을 함께 지닌다. 그러나 트임은, 그 반대말인 '막힘'이 부정적 의미만을 가지는 것처럼, 오로지 긍정적인 의미만을 지니고 있다.

이 트임과 열림의 관계 도식에, 현대의 어떤 인문학적 개념, 가령 무의식이나 욕망 같은 말을 대입해보면 우리 나름의 이해를 얻을 수 있을 것 같다. 의식의 합리적 이성 세계와 무의식의 몽상적 혼돈 세계의 대비에서, 열림은 무의식과 욕망의 절대적 해방을, 그리고 그와 동시에 제도와 문명의 전폭적인 부정과 그 전복을 아마 뜻하게 될 것이다. 이에 비해 트임은 그 두 세계 간의 통로를 마련함으로써, 욕망과 무의식의 혼돈계에 질서의 단서를 제공하고, 대신 질서화된 제도 문화 세계에는 저 어둠 속에 잠재해 있던 활력을 배수하는 일로, 그래서 결국은 인간의 밝은 법도가 저 무심하게 침묵하는 천명과 만나고, 암혼의 거대한 섭리가 문명의 합리와 구별되지 않는 지경에 이르는 일로 아마 귀결될 것이다. 동양적 성인과 군자의 이상이 무릇 거기에 있을 터인데, 이 시집에서 형식과 내용이 가장 성공적으로 만날 때도 거기에는 윤리적 이상과 미학적 이상의 시적 실천이 있다.

새댁은
얼굴

남편은
발이

뜨거운
금슬

새벽
아궁이

이 절구에는 부부의 도리를 규정하는 유교적·봉건적 윤리가 있다. 그러나 그것이 어떤 종류의 윤리이며, 시인이 그에 대해 어떤 시각을 가졌는가에 대해 논의하는 일은 중요하지 않다. 문제가 되는 것은 한 시대의 윤리가 어떤 성격을 지녔건 그 주체들이 그것을 자기들의 삶의 열정에 연결시켜 실천할 수 있는 가능성이다. 새댁은 아궁이에 불을 피우는데, 그 불길에 얼굴이 뜨겁다. 아랫목 이불 속에 발을 넣고 있는 남편은 아내의 새벽 정성으로 발이 뜨겁다. 이 두 뜨거움이 모여 "뜨거운 금슬"을 만든다. 이 언어 유희적 차원의 변환은 이어 상징적 차원의 그것으로 이어진다. 아내가 불을 지피는 아궁이, 그것도 "새벽 아궁이"와 그 아궁이의 연장인 아랫목에 남편이 집어넣는 발은 그 모두가 성적 이미지인 것은 말할 것도 없다. 형식과 언어와 상징이 일치하는 자리에서 인간의 성적 욕망과 그 윤리가 또한 일치한다. 이 어둠의 상상력과 밝음의 이치가 맺는 관계는 때로는 정형화의 노력 자체 속에서 질서와 무질서의 긴장으로 얼굴을 바꾸어 나타난다.

구름을
만나

기로
위기고

내려와
흙에

묻는
종달새.

이 시에는 한 개의 사투리와 두 개의 걸침이 있다. 우선 "위기고" 는 '우기고' '고집하고'의 뜻이리라. 마지막 절의 "묻는"다는 말은 여러 가지 뜻을 동시에 가질 수 있겠다. 우선 종달새가 구름을 만나 겠다고 그렇게 고집을 부리며 노력했지만 왜 만날 수 없는가를 땅의 중력에 '문의한다'는 뜻으로 읽힐 수 있겠다. 또 하나의 의미는 그 비상의 의지를 그 장애물인 땅에 묻어 다시 다진다는 뜻으로 풀이할 수 있겠다. 그리고 이를 다시 변조하면, 그 비상의 의지를 실현하기 위해 몸뚱이를 땅에 묻어버림으로써 육체의 한계에서 해방되려 한 다는 마지막 의미, 그러나 가장 중요한 의미가 얻어진다. 이 세 겹의 해석 모두에 걸치기의 시법이 그 시적 효과를 높여준다. 두 절에 나 누어진 "만나"와 "기로"는 한 낱말 "만나기로"의 "기로"를 제2절에 내려 걸친 것이며, 제3절의 "흙에"는 제4절의 '묻다' 동사의 부사 어 구이니 올려 걸치기에 해당한다. 이 걸치기들은 정형의 질서 속에 남아 있는 무질서의 양상임과 동시에 무질서가 곧 질서의 바탕임을 뜻한다. 그러나 더욱 중요한 것은 비상의 순간인 "만나∥기로"에 하 강 걸침의 무질서가 잠복하여 그 의지를 꺾고, 원망과 유예와 포기 를 뜻하는 "흙에∥묻는" 순간에는 도리어 또 하나의 무질서인 올려 걸치기가 일어나서 전혀 다른 차원에서 그 비상의 의지를 실현시킨 다. 밝음과 어둠 사이에, 시니피에의 일탈력과 그 시니피앙의 수렴 력 사이에, 비상의 원심력과 중력의 구심력 사이에 '트임' 시학의 통 로가 가장 성공적으로 실천된 예의 하나이다.

이미 소개한 바와 같이 두 개의 부로 나누어진 이 시집은 그 부 사 이에도 대칭의 균형을 유지하고 있다. 제1부 '아름다운 가난'은 "1940년 전후 우리가 가장 가난하였던" 시절의 정서를 절구로 응축 하였으며, 제2부 '사는 그 작고 큰 없음'은 자연에 대한 "초현실적"

인식과 "황혼기에 든 한 사람의 고독과 극복"을 선시(禪詩)의 정신
내지 정서로 정리하였다. 시인을 방황하게 하였던 "오랜 여행의 귀
소(歸巢)"도 이 절구를 통해, 이 선적 명상을 통해 가능해졌다. 우리
가 인용하고 있는 시인의 '담론'을 믿는다면, 그는 이제 '백지시(白
紙詩)' '백지 시집(白紙詩集)'을 꿈꾸고 있다. 그 백지시는 어떤 구
체적인 시형식이라기보다는 그 자신의 죽음을, 그러나 완성된 죽음
을 뜻하는 말일 것이다. 우리가 이제까지 읽고 확인한바, 그 많은 절
구들이 얻어낸 아름다움과 트임의 성공은 시인이 생전에 그 백색을
완성해낼 수 있을 것이라고 말해준다. 시인은 확실히 그 자신이 창
안한 절구를 통해 성공하고 있다. 그러나 시형식으로서의 절구 그
자체의 성공에 관해 묻는다면 아직 대답할 때가 아니다. 실상은 시
인 자신의 성공도 어두운 과거와 하얀 미래 사이에 중간항이 배제된
곳에서 이루어졌다. 거칠게 말하자면 현실이 없다. 저 궁핍한 과거
가 현실이라고 할 것인가. 아니다. 그것은 벌써 이제 누구도 위협할
수 없는 강 건너의 현실이다. 물론 이 시인에게 현실이 없는 것은 그
가 현실을 극복했기 때문일 것이다. 그러나 시를 쓰고 시에 기대를
거는 많은 사람들은 현실을 이미 극복한 사람들이기보다는 극복해
야 할 현실이 너무나 막중한 사람들이다. 그 사람들에게 이 절구가
도와줄 수 있는 것은 무엇일까. 시에 대해, 생존에 대해, 스스로 다
스릴 수 없는 자기 자신에 대해 앙앙불락하는 늙고 젊은 시인들이
남아 있는 한, 이 절구의 시인도 자기 현실이 다 극복되었다고 말하
기는 어렵다. 절구가 삶의 가장 거친 서슬과도 맞부딪칠 수 있는 무
기인 것을 증명하는 일이 이제 범대순 시인에게 남아 있다. 백색은
결과로 보자면 모든 빛이 떠난 자리이지만, 과정으로 보자면 모든
빛이 그 균형을 무한하게 다투고 있는 자리이다. 시인이 백색시를
꿈꾼다는 말은 현실과의 균형을 또다시, 그리고 끝없이 시도하겠다

는 말이라고, 그래서, 독자들은 믿을 수밖에 없다. 절구는 성공했으며, 그 마지막 성공을 남겨두고 있다.

시 쓰는 노동과 노동하는 시
—유용주의 시집 『크나큰 침묵』에 부쳐

유용주의 시는 힘차다. 그의 시는 모욕으로 얼룩지는 삶의 자리, 숨결 사이로 자주 빠져나가는 의지, 가라앉기 쉬운 감정과 거듭 배반당하는 희망을 늘 그 주제로 삼으면서도, 뒤틀린 곳이나 막힌 곳이 없이 활달하다. 시인이 쓰는 직접적이고 알기 쉬운 말들은 이 짊어지고 나가기 어려운 생존의 무게 아래서 줄곧 정직하게 남아 있으려는 그의 용기를 증명해줄 것이 분명하다.

그러나 그의 시를 잘 이해하는 길에 방해가 되는 것도 아마 이 쉬운 말들일 것 같다. 무엇을 이해한다는 것은 그것을 역사적이건 예술적이건 과학적이건, 일관된 틀 안에서 파악하는 일이 가능하다고 여긴다는 것인데, 삶의 일상적인 면모를 그대로 옮겨놓은 것 같은 그의 시들은 자주 시의 틀에서보다는 습관의 틀에서 읽히기 쉽다. 이 말은 그의 시가 일상과 습관에 빠져 있다는 뜻이 아니라 오히려 그 반대이다. 줄여서 말하자면, 그의 시가 쉬운 것은 시의 괴이하면서도 상습적인 어투들이 아직 잠식해 들어가지 않은 자리에서 그것이 시작되기 때문이며, 그의 시가 어려운 것은 그 낯선 출발점이 벌써 시에 가장 깊이 닿아 있기 때문이다. 이 어려움 앞에서도, 쉬움 앞에서도 독자들은 익숙한 말버릇들의 안내를 받지 못한다. 그리고 이 독자들 뒤에는 똑같이 안내를 받지 못하는 시인 그 자신이 있다.

사실 이 시집에서 가장 아름다운 시들은 시로부터 가장 멀리 떨어져 있는 현실들이 얼마나 어렵게 시와 만나게 되는가를 말하는 과정에서 얻어진 것들이다. 「아까운 놈」의 전문을 그대로 옮긴다.

　　내 한참 더운 피 주체 못 해
　　(이 건방진 생각 용서하시압)
　　오는 것마다 잡아놓지 못해
　　안절부절 좌불안석 우왕좌왕할 때 많았는데
　　그 깊은 병 고쳐지지 않아
　　삼십 고개 낮은 포복 무릎 까지면서 넘어왔는데
　　이제 소슷바람 스산하고
　　피 빠져나가는 소리 눈부시구나
　　오는 사람 마다 않고
　　가는 사람 붙잡을 수 없는 당연한 이치
　　참 뒤늦게 깨닫고 앉았는데
　　어기여차 저놈은 꼭 잡고 싶구나
　　세상에 나무란 나뭇잎 죄 붙들어 낮술 퍼먹이고
　　쬐금은 미안한지 김장 무 배추 파는 그냥 지나치고
　　콩밭 잠깐 들러 입가심하고
　　수석리 잠홍리 오산리 넓은 들판
　　온통 금이빨 감잎 냄새 번쩍이게 해놓고
　　꽁지 빠지게 가야산 골짜기로 달아나는
　　저, 저놈의 가을 햇빛!

　"아까운 놈"은 물론 가을 들판을 술 취한 사람의 얼굴처럼 붉게 물들여놓고 서산으로 넘어가는 가을 햇빛이다. 시인이 보기에, 만나는 모든 것에 술 먹이고 지나가는 가을 해의 행각은 그 자신의 젊은 날을 닮아 있다. 더운 피를 주체 못 할 나이의 그는 자신의 정으로 세상을 끌어안을 수 있다고 믿었다. "안절부절 좌불안석 우왕좌왕"은 그 의욕과 현실 능력의 괴리에서 오는 당혹감의 표현이기도 하지만, 인간 관계의 하잘것없는 소란과 사소한 이해 다툼을 넘어서는 어떤 조화로운 삶에 대한 전망이 그뒤에 숨어 있다. 생활은 가혹해서 그 희망은 짐이 되고, 마침내는 그것이 "건방진" 짐일지도 모른다고 생각하지 않을 수 없는 나이가 왔다. 그는 드디어 현실을 각성했는데, 인생에서 이치의 깨달음이란 흔히 포기의 다른 이름이기도 하다. 시의 입장에서 본다면, 그 희망 속에서 우왕좌왕할 때는 생활이 곧 시였지만, 바로 그 때문에 그것을 시로 추스를 필요도 여유도 없었고, 그 희망을 포기할 때는 시도 그 희망과 같은 면목을 지니고 있다는 점에서 역시 의심스러운 것이 되었다: "피 빠져나가는 소리 눈부시다." 하지만 이 포기가 거의 완성되는 순간에 만나는 가을 햇빛은 저 조화로운 대동 세계의 전망이, 비록 시인의 생애에 실현될 수는 없어도, 인간을 넘어서는 곳에, 그러나 감각의 손끝이 닿을 듯 말 듯한 안타까운 자리에, 그 절대적인 형식으로 간직되어 있다는 것을 알린다. 한이 가슴에 묻히듯 그 전망이 시 속에 묻힌다고 해야 할까. 아니 묻히기보다는 따라잡을 수 없이 늘 한 걸음을 앞서가고 있다고 해야 할 것이다. 삶은 언제나 "낮은 포복"이었지만, 그 자리는 희망이 시의 모습을 빌려 지나간 자리가 아닌가. 정열 하나가 회복된다. 남용된 것처럼 느껴지는 사투리 "쬐금은"은, 황금 들판에 여전히 선열한 초록으로 남아 있는 "김장 무 배추 파"의 채소밭과 더불어, 뒤늦게 와주었다기보다는 뒤늦게 깨달을 수밖에 없는 식으로 와준 그 시에 대한 오기의 표현일 것이다. 시인은 바로 이 비시적인 오기에 의해, 시에 늘 한 걸음을 빼앗기면서 시에 가장 가까이 간다. 가진 것 없는 자가 시를 누리는 방식이 항상 그러하며, 그래서 게으른 우리가 유용주의 시에서 습관적으로 읽게 되는 것은 항상 뒤쳐진 삶이지만, 뒤늦게 반성하면서 이해해야 할 것은 줄곧 손끝에서 벗어나면서 거기 앞서가는 시이다.

동시에 포기의 형식이면서 유혹의 형식인 이 시의 체적을 어느 순간에 단 한 번이라도 그리움이 아닌 다른 수단으로 느낄 수는 없을까. 시가 지나가는 자리를 다시 삶으로 누추하게 만드는 대신, 시가 적어도 한 번쯤 삶 속으로 되짚어 들어오게 하는 방식은 없을까. 어릴 적 유성기에서 들었던 낡은 만담이 생각난다. 아버지가 아들에게 일년 사계절을 가르치려고 한다. 아버지 왈: 내가 말한 대로 따라해보아라. 춘하추동 해보아라./아들: 춘하추동 해보아라./아버지: 해보아라는 빼고./아들: 해보아라는 빼고./아버지: 이놈 보게./아들: 이놈 보게…… 이 악무한(惡無限)에서 벗어날 수 있는 길은 무엇일까? 아들은 어디서 아버지의 말을 따라 하지 않아야 할까? 아버지에 대한 배반이 아버지에 대한 복종이 되는 지점은 어디일까? 물을 것이 없다. 질문하는 자리가 바로 그 지점이다. 유용주도 때로는 그렇게 한다. 시를 가난하게만 누릴 수 있는 곳에서 때로 그는 폭력의 실천으로 시를 잡아챈다. 다음은 「한 소식 기다리며」의 전문이다.

폐차 직전의 고물차 한 대
밤새 추억의 쓰레기 더미 넘치게 수거하여
안간힘을 쓰고 고갯마루 기어오른다
코피 머금은 실핏줄 욱신욱신
쑵쓰레한, 나른한 새벽 하늘 속절없이 밝아
어디선가 끊임없이 물 새는 소리, 부질없음이여
제 살 제가 깎아먹는, 피 말리는 숨소리

끝까지 따라오는구나

그래 상하지 않으려면 쉬지 않고 달리는 수밖에

터진 옆구리 쉬파리들 하얗게 알 까놓고

행정 서류 접수되기만을 학수고대하는데

낮은 포복으로 간신히 냉장고 문을 연다

시, 시아버지 도포 자락, 시다앗……

서늘한 바람과 함께 빠져나가는 것을

혼신의 힘으로 부여잡는다

투둑 코피가 터진다

　두 번째 행의 "추억"이라는 말을 접어둔다면, 시의 첫 부분은 낡은 쓰레기차와 거기 의지하여 작업하는 노동자의 이야기로 읽혀진다. 노동은 고달픈데, 그것이 생활을 추슬러주지 못한다. 감정과 의지는 부실하게 소모되고, 살아가는 일 자체가 길게 체험되는 횡액처럼 느껴진다. 생장력을 잃은 시간은 누추하고 권태로운 물질이 되어, 생명의 모든 힘을 부패와 불모의 상태로 이끌고 간다. 기약 없이 낭비되는 노고에 벌써 모멸감을 느끼고 있을 노동자는 "행정 서류 접수되기만을 학수고대"하는 동안 그 마음속에 속절없는 분노를 태울 것이다. 그런데 "추억"이라는 말을 접어두었던 우리는 이 노동자의 노동 이야기가 곧 시 쓰는 이야기인 것을 짐작하여 알고 있다. 노동과 시의 실천이 겹치고, 보람 없는 삶들이 토악질하는 쓰레기와 황량한 시간 속에 분노의 앙금처럼 가라앉은 추억의 쓰레기들이 겹치는 것이다. 노동이 삶을 안아주지 못하는 동안, 시도 한 인간을 건져주지 못하며, 삶이 진정한 생산에 이르지 못할 때, 한 인간의 건조한 추억도 당연히 시적 창조에 이를 수 없다. 행정 서류가 한 노동자의 소망을 지켜주지 못하는 것처럼, 고갈된 정신이 어쩔 수 없이 의

지하게 되는 시작법 개론 같은 것이 시를 만들어주지는 못한다. 시인인 노동자는, 그 감정이 절망의 메마른 바닥에 가라앉으려는 찰나에, 그 마음속에 결코 썩지 않게 보존하고 싶었던 어떤 것에 혼신을 다해 의지한다: "간신히 냉장고 문을 연다." 그는 거기서 냉기와 함께 빠져나가는 시를 발견하고 그것을 끌어안는다. 심중의 열망을 그대로 간직하면서도, 한 발자국 삶에서 비껴서는 순간, 생존의 질을 결정적으로 변화시켜줄 수도 있을 것 같은 어떤 기운과 대면하는 것이다. 그러나 시가 분명히 거기 있지만, 메마른 감정이 시적 확신으로 바뀌기 위해서는 또 한 번의 특별한 조치가 필요하다. 유용주에게서는 그것이 매우 생경하게 보이는 말장난으로, 신소리로 나타난다.

  시, 시아버지 도포 자락, 시다앗……

  첫 대목에서 "시"라고 말할 때, 시인은 정말 시를 본 것일까, 아니면 "시"자로 시작하는 다른 것을 본 것일까. 곧바로 시인은 "시아버지 도포 자락"이라고 말한다. 이 구차한 생활 속에 시는 무슨 놈의 시냐고 그는 말하고 싶다. 그는 자신이 내다본 시를 부인하고, 거기에 믿음을 가지려 했던 그 자신을 경멸한다. 그러나 조롱거리가 되기 위해서만 등장하는 이 시아버지 도포 자락은 천박한 삶이 시와 함께 팽개쳐버린 것이기에 그만큼 더 거룩한 것이며, 게다가 염치 따위를 접어두고 손을 내밀면 붙잡을 수도 있는 '옷자락'이다. 시인은 그 신소리의 옷자락을 붙들고 외마디 소리를 지른다: "시다앗……" 이윽고 그는 코피를 흘리는데, 사람이 살아가는 일의 깊은 비극감이 거기 있겠지만, 어떤 곤궁한 생활도 그 끝은 순결하고 비범한 가치와 연결되어 있다는 믿음이 함께 있다. 힘겨운 노동만이 시와 그 시에 대한 확신에 이른다. 시 자체를 노동이라고 말할 수는 없어도, 시가 삶의 음습한 구덩이에 고개를 박고 웅크려 들 때 적어도 그것을 끌어내는 일은 노동이기 때문이다.

그러나 시인은 이 모독의 자리에 시를 불러내어 욕보이기보다는 그것을 상처받은 모습 그대로 간직하여두는 일에 더 많은 노력을 기울이고 있는 것은 아닐까. 세 개의 부로 나누어진 시집의 구성이 그렇게 말하고 있는 것 같다. 벌써 우리가 두 편의 시를 인용한 제1부의 작품들이 고역으로서의 삶과 치러야 할 의무처럼 거기 들씌워진 시의 드잡이를 그리고 있다면, 제2부의 산문시들은 한 사람에게 그 생존의 고통이 가장 깊었던 곳에서 시의 혈맥이 형성되고 이어져 한 생애의 정조적 토대가 되는 순간들을 무슨 노임 전표를 치부하듯 적어두고 있다. 여기에는 비애가 가득한 한 인간의 역사가 있다. 한 산골 아이의 외로운 성장사가 있고, 가난과 병고로 얼룩진 한 집안의 가족사가 있으며, 고독과 방황과 핍박의 개인적 체험을 통해 자신의 동일성을 시대의 고난 속에서 파악해나가는 한 젊음의 정신사가 있다. 시인이 누구를 설득하기보다는 자기 감정의 확인을 먼저 구하려는 것처럼, 꼬박꼬박 다짐하듯 적어두는 글들은 슬프다. 「끈질긴 혓바닥」에서는 탯줄을 끊어버려도 "혓바닥"으로 남아 있는 황량한 고향이, 「옥선이」에서는 한밤중에 "편지투 백과"에 의지하여 쓰는 시골 소년의 연애 편지가, 「꺼먹 고무신」에서는 우환 중의 가족을 위해 살림을 떠맡은 어린 가장과 "부엌데기 남의집살이"하는 누나의 짧은 해후가, 이 모든 기억들이 미망에서 어렵사리 벗어난 청춘을 그 출발선의 비애에 다시 되돌려놓는다. 「이거야」에서는 시인이 한때 영어되었을 것으로 여겨지는 육군 교도소 교도관의 장황하고 거룩한 억지 소리들이, 「대전에서 자전거 타기」에서는 세상의 비정함과 몰염치함이, 이 개선할 수 없는 악의 모든 덩어리들이 우리를 치떨리게 한다. 그러나 그 이야기들보다 더 슬프고 선열한 것은 단 한

번의 광채도 없었던 생애에서 한 문학 청년이 그 불행에 아무런 도움도 줄 수 없을 시에 줄기차게 걸고 있는 믿음이다. 겉모습이 부도럽건, 아련하건, 반짝거리건 간에, 항상 그를 둘러싸고 있던 사물의 뒤와 속에는 인간의 힘으로 감량할 수 없는 어둠이 있으며, 그것이 시인의 모든 시도와 선의를 무화시켜버리고 만다.

안개는 이 미생물들을 잘 소화시켜 이슬이라는 아기를 흉측하게 낳고 죽는다 최종 단계는 언제나 번들거리는 기형의 햇덩어리, 그런 면에서 안개는 연어나 은어를 닮았다 언젠가 나는 강가에 나가 안개를 산 채로 낚아올려 내장을 갈라본 적이 있었다 그 속에는 온갖 어둠이란 어둠이 다 들어 있었다 똥이 되기 전 수프처럼 걸쭉하게 풀어진 어둠의 자식들, 지독한 냄새 때문에 나는 그 자리에서 토하고 말았다 장마가 오려나 새들이 낮게 날고 이상한 풀냄새 바람이 몰려왔다 방치한다는 점에서 강은 안개의 배다른 어머니 아닐까 군데군데 허연 거품들이 썩은 물고기처럼 떠다니고 있었다   ——「구토」부분

그러나 이 어둠과 맞먹을 수 있을 만큼 광막하고 순결한 기운의 세계를 시인이 상상해낼 수 있다면, 그것은 이 치유할 수 없는 악의 넓이와 두께에 놀라는 마음에서부터일 것이다. 시 쓰기가 노동을 그 짝으로 삼는 것처럼, 이 시인이 그 시적 서정을 가장 온전하게 감추어둘 수 있는 자리는 이 어둠의 자리와 겹친다. 이 시집의 마지막 부인 제3부가 '구멍' 연작인 것도 여기에 그 까닭이 있을 것이다. 유용주의 시적 실천에 있어서 이 구멍은 동시에 그 도달점이면서 출발점이다. 우선 성과 죽음처럼 인생을 근본적으로 변화시켜줄 어떤 것들이 이 구멍의 내용을 이룬다. 삶이 이 구멍 속에서 숨을 쉬고, 그 희망을 그늘로 접어둔다. 「구멍 1」이 죽은 여자의 성기를 문제삼을 때,

그것은 무상한 정념과 고통이 함께 잠드는 어둡고 적막한 폐허이지만, 그러나 「구멍 2」가 전하는 것처럼, "숨이 끊어진 다음에도 바람을 껴안고" 한세상을 더 사는 고목 나무의 텅 빈 주름은 얼마나 많은 생명의 빛을 갈무리하고 있는가.

> 또 몇백 년 시간이 늘어질 대로 늘어지면
> 고목의 그늘도 그만 눈꺼풀이 무거워져
> 단잠이 쏟아지는데
> 땅을 닮아 온전히 삭은 육신을 뚫고
> 여린 새끼 나무 하나 솟아오른다
> 면벽한 돌할아버지 이마 미세하게 떨리는가 싶더니
> 스르르 다시 감긴다   ──「구멍 2」 부분

이 빛은 물론 쉽게 감지되는 것이 아니며, 그 무변한 성격에 따라 어둠과 구분할 수 없는 형식으로만 존재한다. 그래서 구멍은 일차적으로 욕망의 자리이며, 삶의 발치에 음험하게 감추어진 함정으로 여겨질 때가 더 많다. 그것은 이 구차한 생활 속에 한번 개입한 자를 결코 놓아주지 않는 방식으로 그 발목을 잡아채는 올가미이며(「구멍 3」), 우리의 죄 많은 입으로 표현되는 백 가지 악의 근원이며(「구멍 11」), 그 입이 삼킨 밥그릇처럼 일상성이 쳐놓은 허무의 허방다리다 (「구멍 12」). 그러나 우리가 아는 것보다 모르는 것을 더 많이 감추고 운동하는 이 용광로는 어떤 모진 욕망도 따라잡을 수 없이 그 시공을 확장하고, 세상이 제 생각과 다르다고 한탄하는 자들에게 그 상상력의 메마름을 질책한다. 삶은 이 구멍 속에서만 깊으며, 깊이를 가진 삶만이 그 구멍의 어둠을 벗어난다. 시가 늘 그런 것처럼.

窟

出

얇디얇은 망막을 찢고
봄 햇살 돋는다   ——「구멍 13」 전문

"굴(窟)" 속에는 벌써 탈출이 준비되어 있다. 이것은 글자 풀이가
아니다. 굴은 거기서 나와야 하는 장소에 그치지 않고, 세상 전체를
굴로 만들지 않기 위해 반드시 이용해야 할 힘이 내장된 곳이며, 삶
이 곧 억압의 굴레인 것을 자각한 사람들에게는 유일한 해방 공간이
자 진정한 변혁의 비밀 지령이다. "얇디얇은 망막"은 눈이 있어도
보지 못하는 우리의 결함 있는 감각이며, 현실의 막을 그 현실 전체
로 여기는 우리의 협소한 상상력이다. "봄 햇살," 빛은 벌써 구멍의
어둠 속에 돋아 있다. 마찬가지로 유용주 시인에게는 그 시적 실천
이 가장 막막할 때, 시는 벌써 돋아났다.
   이 시인보다 삶의 발전을 더 많이 경험한 사람은 드물다. 「단단한
여자」인 시는 그에게 벌써 옷을 벗었다. 아마도 그 여자를 더 많이
믿는 일만이 그에게 남아 있을 것 같다. 시를 믿는다는 것이 그 힘찬
어깨로 짊어졌던 어느 노역보다도 더 힘겨운 일이라고는 말하지 말
자. 우리가 구멍을 배반할 수 없었듯이, 구멍은 우리를 배반하지 않
을 것이기 때문이다. 시와 구멍은 가진 것 없는 자들의 동산과 부동
산이 영원토록 저장된 곳이다.

죽음에 관한 두 시집

——이상호의 시집 『뉴욕 드라큘라』와
남진우의 시집 『죽은 자를 위한 기도』

1

　현대시가 도시 생활과 그 감정의 사막으로부터 탄생하였다는 설명은, 당연한 설명이 언제나 그렇듯이, 너무 편안하다. 여전히 중요한 것은 새로 얻게 된 환경이 아니라, 회복할 수 없는 낙원이며, 저 농경적 자연이었다. 사실 자연은 그 끝없는 생산성에 의해 만물이면서 동시에 만물을 키우는 어머니였으며, 그 결핍에 의해서 자연 이상의 것이었다. 자연이 그 속에 악을 포함하고 있는 것으로 여겨진다 하더라도, 그것은 저 근원적인 자연의 일시적이고 잠정적인 표현 형식의 하나만을 우리가 겨우 경험하기 때문이었으며, 자연이 인간의 욕망에 항상 완전히 부응하지 못하는 것은 우리에게 알려지지 않은 그 본질이 그 결핍의 뒤에 감춰져서만 존재하기 때문이었다. 자연은 개발할 수는 있어도 개선할 수는 없는 것이었으니, 그 허울의 모든 악을 잿더미로 삼아 그 선한 본질의 불씨가 어딘가에 내장된 것으로 여겨지지 않을 수 없었다. 이점에서 결핍은 모든 형이상학의 근원이 된다. 비단 옛날이야기만은 아니다. 이를테면 『질마재 신화』의 서정주에게서, 한 농촌의 그 찢어지게 가난한 삶은 그 생명력 신화의 증거로 된다. 그러나 서정주의 이 농촌은 적어도 절반은 현대적이다. 자연스럽다기보다는 오히려 기이한 삶을 살고 있는 그 사람들은 그 인물들 자체로서보다 시인이 그들에게 부여한 문학적 조작, 더 정확히 말하면 동화적 조작에 의해서 더 잘 이해된다. 시에서 그들을 바라보고 있는 것은 늘 어린아이의 눈인데, 따지고 보면 그것은 미학적 권위를 업고 천진한 시선을 가장할 수 있는 도시인의 눈, 근대적 예술가의 눈의 한 종류이다. 자연이 찢겨져나간 도시의 황폐함과 그에 부응하는 추상 예술의 비생명성이 저 농경 사회에서 불친절한 자연에 의해 기형화한 삶을 그 생명성의 짝패로 삼는 것이다. 그러나 생명은 없다. 가난한 농촌의 삶이 되찾는 것처럼 보이는 그 생명의 역동성은, 농경적 물질성의 왜곡된 모습이 현대 예술의 특수 효과, 이를테면 데포르마시옹의 효과와 혼동되는 그 모호한 분위기에서만 잠시 가능할 뿐이다. 생명의 맥은 끊겨 있다. 실은, 그 예술적 방법의 불철저성을 감추고 있는 신화라는 말이 벌써 그것을 증거한다.

이점은, 시가 신화 밖에서 진정한 생명성을 구체적으로 체험하려 한다면, 먼저 현실의 황폐함과 결핍을 인정하고, 거기에 시인 자신의 구체적 생명을 맞세우는 수밖에 다른 도리가 없음을 역으로 말해준다. 현대를 자신의 시대로 살고 있는 시인은 자신의 밖에도 안에도 그 황폐함이 존재하는 것을 안다. 그의 생명을 구성하는 것들은 죽음과 맞닿아 있으며, 생명은 당연히 그 경계에서 가장 선열하다. 그가 이 죽음에 기대를 건다고 해서, 그것이 저 생명 신화의 구조를 변조한 것이라고 할 수 있을까. 외양으로는 그렇다. 그러나 신화는 알레고리의 틀을 벗어난 적이 없으며, 그래서 내내 기다려야 할 무엇이지만, 삶의 경계에서 체험하는 죽음은 그 자체로 삶의 한 형식이며, 지금 이 자리의 일이다. 그래서 최승자 같은 시인이 "죽음은 사방 팔방/흐르는 물 속에서/쫑긋 쫑긋 내 몸에/입술을 비빈다"고 말할 때는 물론, "그날 이후 나는 죽었다./그러므로 이것은 사후(死後)의 기술이다"라고 말할 때도, 그것이 억지 투정에 그치는 것이 아니었다는 것을 우리는 알고 있다. 시인이 사후를 사는 일은 삶을 추억 속에 몰아넣지 않을 수 있는 유일한 방법이다. 그는 죽음을 삶의 한 형식으로 바라봄으로써, 삶이 죽음의 한 형식이 되는 것을 방비하며, 그렇게, 죽음에 이르기까지, 삶에 애착한다. 생명의 가치는 그 크기와 길이로서가 아니라, 그것을 누리고 감각하는 방식의 강도로서 가늠되기 때문이다. 죽음이 신화와 마찬가지로 삶의 고통이 해소되는 자리이며, 이 세상에서 이룰 수 없는 열망을 기탁하는 장소라고 하더라도, 이 죽음이 신화처럼 충만한 내용을 미리 간직하고 있는 것은 아니다. 죽음은 그 자체로서는 비어 있으며, 그것을 채우는 것은 오직 삶의 깊고 강렬한 감각들뿐이다. 죽음은 그것을 약속하고 현대시에 들어왔다.

이상호 시인의 『뉴욕 드라큘라』(세계사)와 남진우 시인의 『죽은 자를 위한 기도』(문학과지성사)는 모두 죽음의 주제가 압도적인 자리를 차지하고 있는 시집이다. 이 두 시집에 대한 성찰은 죽음과 시적 감수성에 관해서뿐만 아니라 우리 시의 위치 하나를 점검하는 데 있어서도 좋은 계기를 마련해줄 것이다.

2

뛰어난 외과 의사이기도 한 이상호 시인이 생명 현상과 죽음의 관계를 의학적 시선으로 바라본다고 해서 놀라울 것은 없지만, 현대시의 역사에서 그 뛰어난 계기의 하나와 이 시선이 완벽하게 일치한다는 것은 특기할 만한 일이다. 조르주 블랭은 그의 『보들레르의 사디

슴』에서, 이 시인이 "두 육체의 결합을 때로는 '고문'과, 때로는 '외과 시술'과 동일시한다"고 말한다. 사랑의 드라마가 일종의 시술로서 결함의 교정에 부응하는 것이건, 일종의 고문으로서 증오와 공모하는 것이건 간에, 그 쾌락은 "고통에의 접붙임"으로 나타난다. 따라서 보들레르에게서 사랑하는 남자와 사랑받는 여자 한 쌍은 형리와 희생자의 쌍으로, 시술자와 환자의 쌍으로 나타나며, 각기 강압하는 자와 비명을 지르는 자로서 '단말마의 변증법'을 이룩한다. 이 특이한 육체적 변증법이 의사 시인 이상호에게서는 훨씬 더 직접적인 방법으로 체험된다.

> 무엇 때문일까
> 가장 매혹적인 빛깔
> 피 칠하기
> 황혼의 피범벅이 불러오는 평화
>
> 피의 하늘
> 나는 환자의 몸에
> 흡혈귀의 시를
> 그 영원한 삶을 그리고 싶다   ——「피의 화가」 부분

　시인은 한 육체에, 그 죽음을 몰아내면서, 동시에 죽음의 칼질, 고통의 칼질을 한다. 피 빛깔의 매혹이 환자의 고통을 그 에네르기로 삼는 것은 말할 것도 없다. 시 속의 야릇한 평화가 고통을 매혹으로 연결시키며 거기 지켜서 있는 죽음의 정적인 것 역시 그렇다. 흡혈귀는 죽음과 생명의 사생아이다. 생명의 피를 착취해내는 죽음의 방식으로 죽음을 잠시 지우는 이 "흡혈귀의 시"는 또 하나의 측면에서

한 의사의 시를 넘어서는 현대시의 특징을 요약한다. 과거를 장악하고 있는 역사로부터 빠져나와 이른바 현대성 속에, 다시 말해서 역사가 실현하지 못한 역사성을 마지막으로 기탁할 수 있을 가상의 해방 공간에, 자리를 잡으려는 모든 현대파 시인의 감수성은 그 육체적 감각을, 감각의 해방이라는 이름으로, 점진적으로 살해하는 과정에서만 개화된다. 감각은 벌써 그 육체의 자연스럽고 적절한 확장이 아니다. 그것은 육체가 감당하지 못할 만큼 격렬한 한순간을 마련하면서 육체를 넘어서는 것으로 여기지만, 실은 그 육체적 해체의 다른 형식에 지나지 않는다. 이 관계는 한 시인을 넘어서서 확장된다. 감각이 시인이라면 독자가 그 육체이다. 시술자와 환자의 관계도 물론 거기 대입된다. 조르주 블랭은 계속해서 보들레르의 성애적 체험을 바탕으로 이 육체와 감각의 새로운 시적 관계를 이야기한다: "보들레르는 가장 큰 자유가 가로채는 자의 것이 아니라 주는 자의 것이란 점을 용인하려 하지 않는다. 연인들은 그들의 쾌락이 정화(正貨)로 바꿀 수 있는 화폐이며, 이 교환은 비록 육체 속에 봉인되어 있으나, 높은 정신적 영역에 그 자리가 있다고 반박한다. 그러나 보들레르는 이 주장 속에서 반영성(反靈性)과 독성(瀆聖)의 남용을 볼 뿐이다. 그는 '해체'의 과정을 '황홀'이라고 부르기를 거부하며, '주 예수를 본받아서'처럼 말하는 이 '외설족들'을 매도한다." 보들레르가 성애를 해체의 과정으로 파악하는 데는 그 미학적 감각의 황홀한 해방을 위해 육체를 혹사해온 자신의 경험이 투영되어 있다. 마찬가지로 이상호에게서 그 의학적 시선의 비극은 그가 다루는 육체보다 더 높은 영역에 생명을 위치시킬 수 없다는 데에 있으며, 더 나아가서는 그 육체적 봉인까지도 지극히 불행한 상태로 파악된다는 데에 있다. 그의 시 「두개골」이 말하는 것처럼, 의사는 누구나 생명이 그 생체 조직으로 분해되는 참극을 지켜낸 자이며, 그의 「모래시계」가 말하듯, 시인은 누구나 사랑의 "덧셈"이 생명의 "뺄셈"인 것을 통찰하는 자이다. 현대시와 해부학이 거기에서 만난다.

　그러나 생명의 신비는 아마도 그 불행에 있을 것이다. 그것이 육체에 갇혀 있다는 사실에, 그 육체가 지극히 불완전한 것이라는 사실에, 그것이 마침내는, "형체 없음으로/남아 있지 않음으로/해체됨으로/사라지지 않는"「원자로 해체되어」버린다는 데에 있을 것이다. 생명이 처음부터 자유롭고 충만한 것으로 늘 거기 그렇게 존재하는 것이라면, 바위가 거기 있고, 물이 높은 데서 낮은 데로 흐르는 것만큼이나 의미 없는 일일 것이기 때문이다. 생명은 거기 있는 것들의 긍정이 아니라, 그것들에 대한 부정이다. 생명은 반생명적 평형에 대한 거역 그 자체일 뿐이다. 게다가 생명은 그 반생명성과의 끝없는 교섭에 의해 유지된다. 현대시가 스스로 이룩한 것을 깨뜨리고서만 시가 되는 정황도 그러하다.

　　짓이겨버린 파리
　　밟아 뭉개버린 지렁이
　　목 자른 닭
　　껍질 벗긴 장어
　　태워버린 돼지
　　옆구리에 흰물 빠져나온
　　구더기들
　　쥐의 터진 창자들　　　　　　　　——「고대의 흔적은」전문

　이 무가치한 죽음의 오랜 역사가 곧 우리 시대에 계속되는 생명의 현실이다. 그 현실을 어느 정도는 자신의 특장으로 여긴다는 점에서 현대는 가장 낡은 폐허이다. 적어도 죽음에 관해서라면 우리에게 진

보는 없다. 어떤 진보를 말한다면, 한편에는 그 죽음을 감추는 방식의 발전이 있고, 다른 편에는 그것을 더욱 적나라하게 드러내어 생명과 열정의 원기로 삼으려는 시도의 발전이 있다. 이상호는 의사로서도 시인으로서도 그 두 번째 편에 섰다.

모든 독창성은 그것이 출발했던 상황의 약점에서 얻어진다. 현대시의 독창성은 현대 생활의 약점에서 기인한다. 이상호의 약점은, 생명의 집이며 그 자체이기도 한 육체를 온전한 것으로 바라볼 수 없는 처지에 있다는 것이며, 그의 시가 확보해낸 독창성도 물론 거기에 터를 둔다.

3

남진우의 『죽은 자를 위한 기도』를 다 읽고 나서 머리에 떠오른 것은 이번에도 역시 보들레르의 소네트 한 편이었다. 그 시를 먼저 적는다.

태양이 애도의 검은 베일에 덮였구나. 그처럼 너도,
오 내 삶의 달아, 어둠 속에 감싸이려무나,
잠을 자건 담배를 피우건 그야 네 마음. 조용하거라, 암담하거라,
그리곤 '권태'의 구렁텅이에 흥건히 잠기려무나.

나는 너를 이렇게 사랑해! 그러나 오늘 네가,
이지러졌던 항성 어스름에서 빠져나오듯,
'광기' 들끓는 자리 찾아 으스대고 싶다면,
그것도 좋지! 매혹의 비수야, 네 칼집에서 솟아나오거라!

촛대의 불로 눈동자에 불을 당겨라!
촌놈들의 눈에 욕망을 불 질러라!
병들었건 활기차건 네 모든 것이 내게는 쾌락,

네가 되고 싶은 것이 되어라, 어두운 밤이건 붉은 새벽이건.
전율하는 내 온몸에서 이리 외치지 않는 힘줄은 하나도
없구나: 오 내 귀한 벨제뷔드여, 내 널 사랑하노라.

　　　　　　　　　　　　　　　──「사로잡힌 사람」 전문

　보들레르의 이 시는 전통적으로 잔느 뒤발 시편으로 분류되지만,
그것은 중요하지 않다. 태양이 아니라 벌써 달이 된 여자, 그것도 월
식의 이지러진 달처럼 권태의 어둠 속에 들어간 여자가 문제된다.
시인은 그녀가 자신을 파멸시킬 악마 벨제뷔드라 여기면서도 거기
사로잡혀 있다. 사로잡힘은 그러나 그의 정신의 모든 출구를 막고,
그의 활력과 재능을 무화시키고 있는 일상의 억압에 대한 다른 이름
이다. 이 암담한 일상이 언제 한번 빛을 뿜는다 해도 그것은 순진한
"촌놈들"을 매혹할 수 있을 뿐이다. 시인에게 어떤 쾌락의 기대가
있다면 그것은 이 억압적이고 파괴적인 힘을 적절히 표현할 수 있는
가능성, 아직 바닥을 다 드러낸 것은 아닌 그 가능성에만 있다.
　『죽은 자를 위한 기도』의 남진우에게서 우선 발견하게 되는 것도,
억압이 매인인 정신, 곧 사로잡힌 정신이다. 이 억누름의 실체를 그
는 죽음이라 부른다. 아니 실체라는 말은 불가능하다. 그것은 파악
되지 않는다. 첫머리의 「가시」 같은 시에서, 그것은 한 생명을 산산
이 찢고 나서 "눈부신 빛 아래 선연히 자신을" 드러내는 가시로 파
악되지만 그 자체가 죽음의 실체도 그 이미지도 아니다. 그것은 삶

이 그 파괴적 요소와 근본적으로 공모하고 있다는 것을 말할 뿐이며, "눈부신 빛" 그것은 이 공모에 대한 통찰을 말할 뿐이다. 시인의 진정한 불행도 그 파악되지 않음에 있다.「달」같은 수월한 시에서, "죽음의 힘으로/한사코 자신을 밝히는 저 목마른 존재들" 곁에서, 다시 말해서 일상의 보람 없는 목마름이 어떤 방식으로도 초월 불가능함을 그 자신의 유한성으로 조짐해보이는 하늘의 성좌들 곁에서, "달빛을 다 퍼내고 난 뒤/유골단지는 텅 빈다." 소멸되는 것으로 이 비어 있는 것을 가늠할 수는 없다.

그래서 죽음은 남진우에게서 하나의 감수성이 아니라 그 감수성에의 봉쇄이다. 시인이 헤매는 것은 무엇이 그를 이끌기 때문이 아니라, 이끄는 아무것도 매혹하는 아무것도 없기 때문이다. 억압만이 매혹이기 때문이다.

> 아무리 둘러봐도 사방 보이는 것이라곤
> 무너진 담벼락과 파헤쳐진 무덤들뿐
> 죽고 난 다음에도 내가 가야 할 길은 한이 없어
> 다시
> 누런 해와 함께 일어선 나는
> 모래바람 속으로 관을 끌고 떠난다
> ──「나그네는 길에서 쉬지 않는다」 부분

밖을 향해 봉쇄된 감수성은 안을 향해서도 닫혀진다. 미래가 없는 자에게는 당연히 추억도 없다. "캄캄한 거울에 너는 비춰지지 않는다"고「복도의 끝, 거울이 걸린」은 말한다. "네가 중얼거린 말들만 거울 표면에 어른거리며" 부우연 입김을 타고 번져나가려 애쓸 뿐이며, 다시 말해서, 자신의 추억으로 자신의 동일성을 확보하지 못한 자의 말은 자신에게도 소통의 일관성이 없으며, "검은 머리카락으로 뒤덮인 너는/서서히 쪼그라들어 한낱 실뭉치로 변해간다." 실뭉치는 물론 소비되기로 작정된 시간이다. 이 시간에서는 모든 지점이 "복도의 끝"이다. 시인은 어느 지점에서도 '자신의 삶'을 살지도 시작하지도 않기 때문이다. 살지 않았음은 여전히 순결함인데, "캄캄한 거울"은 그러나 그 순결이 비어 있음을 가리는 알리바이다.

남진우에게 이 알리바이는 극히 독창적인 성격을 지닌다. 시는 전통적으로 현실이 그 황폐함으로 인식될 때 시 속으로 망명하는 방식을 선택해왔지만, 추억이 닫힐 때 이 망명은 불가능하다. 남진우의 경우가 그렇다. 어디에 천년 왕국을 마련하기는커녕, 그 자신의 처소가 "집마다 거리마다 사나운 유랑민들로 가득 차 있다"(「망령들의 잔치」). 이 기억 없는 유랑의 백성들이 망치로 "두개골을 두드려 열고/밤새 뇌수를 빨아" 마신다. 낮은 데서 높은 데로도, 높은 데서 낮은 데로도, 안에서 밖으로도, 밖에서 안으로도, 연락은 단절된다. 그의 알리바이는 아무 데도 가 있지 않음이며, 어디에서도 통고받음이 없음이다.

그는 그렇게 순결하다. 어느 것도, 시까지도, 그와 공모한 것은 없다. 그는 손아귀에 빈 재만을 쥐어주는 죽음의 오랜 시달림 끝에, "시(詩)가 떨기나무 불꽃"(「시작 노트」)이 아니라는 것을 알게 된다. 잘된 일이다. 아마 그의 「시작 노트」는 「시작(始作) 노트」가 되어야 할 것이다. 어디에서도 불꽃인 시와 연락이 닿지 않았으니 떨기나무를 만드는 것도 거기 불을 지르는 것도 이제 그 자신일 것이다. 저 형체 없었던 죽음을 하나의 감수성으로 만드는 것도 그 자신일 것이다. 그는 드디어 폐허를, 무인지경을, 그의 독창성이 약속될 땅을 발견했다.

그런데 나는 왜 보들레르를 이야기했는가. 아마도 두 죽음의 시집으로부터 우리시의 위치 하나를 점검하겠다는 그 약속을 지키기 위해서였을 것이다. 우리는 이제 비로소 현대시가 안고 온 여러 문제를 구체적으로 만나고 있다.

운명 만들기 또는 만나기

──전경린의 소설집 『염소를 모는 여자』에 부쳐

　자아와 내면이라는 두 낱말은 오래 전부터 문학의 관용어가 되어 왔다. 관용어라고 말하는 것은 그 낱말들이 이 비범한 정신 작업의 분야에서만 오직 통용되는 특수한 의미를 지녔다는 것이 아니라 차라리 그 무의미한 사용이 문학의 이름을 빌려 예외적으로 허용된다는 뜻이다. 게다가 그 낱말들이 지닐 진정한 내용의 해명이 늘 보류된다는 점에서 문학의 미덕을 본다는 주장도 있다. 사실 문학적 글쓰기 속에서 작가는 늘 그 중심에 서 있다. 그는 말을 하는데, 적어도 문학적으로는 그가 '무슨 말'을 하는 것 못지 않게 '그'가 그렇게 말하고 있다는 것이, 하나의 특이한 자질이 거기 있다는 것이 중요하다. 그러나 이 자질이 곧 한 인간의 내면은 아닐 것이다. 그것은 기껏해야 자기 마음을 바라보는 시선의 특이함일 뿐이며, 그것을 깊이 성찰하고 명징하게 드러내는 남다른 능력일 뿐이다. 물론 그 일은 쉽지 않으며, 누구나 그 일을 하고 있는 것도 아니다. 거기에는 분명 순결한 감수성과 끈질긴 탐구력을 지닌 한 인간이 있다. 하나의 문학적 통념이 여기서 기인한다. 내면과 관련된 이 작업의 고립된 성격은, 인간들이 저마다 어느 누구와도 결코 일치시킬 수 없는, 따라서 자기밖에는 소유할 사람이 없는, 세계 하나씩을 제 마음속에 가지고 있다는 야릇한 믿음을 부추긴다. 자아와 내면은 꿰뚫어볼 수 없는 어떤 개인성을 지칭하는 낱말이 되고, 개개인의 독자적 존재는 해석을 통해서만 접근할 수 있는 하나의 글처럼 여겨진다. 존재에 관한 뜯어 읽어야 할 텍스트가 존재를 뜯어 읽어야 할 텍스트로 만든다고 해야 할까. 작업의 결론이 자아 내면의 독자성에 도달하는 것이 아니라, 미리 가정된 독자성이 작업의 성격과 그 과정을 결정한다. 자아의 작업과 작업하는 자아의 이 신비한 혼동은 그 신비의 권위로 독자와 작품 간의 관계를, 나아가서는 개별적 존재들 간의 관계를 지배하여, 그 내면의 유일무이함 자체를 하나의 가치로 인식한다. 결국 모든 것이 이 하나에서 흘러나오며, 바로 이점에서 '문학적' 자아의 독자성에 대한 주장은 일종의 형이상학이 된다. 그러나 이 형이상학의 밑에는 자아를 드러내려는 노력의 실패와 포기가 있으며, 드러내지 못한 것의 신비를 그 권위로 삼는다는 점에서 그 실패의 악순환이 있다. 중요한 것은 작가가 감추고 있는 이 실패다. 내면의 독자성을 뽐내는 이 작가는 실패하는 한 인간인데, 그 신비의 안개가 걷히고 나면, 그의 인간적 실패 속에서 인간들이 만난다. 자기 노력에 실패하는 한 인간의 조건은 바로 우리의 인간적 조건이며, 그 조건의 한계 속에서 자각하게 되는 우리의 운명이다. 실패의 대상으로서 유일한 그의 자아는 실패의 주체로서 모든 인간과 공유하는 자아다. 자아는 유일하나, 그것은 모든 인간이 공유하는 그 본질적 운명에 대한 다른 이름일 수 있다.

전경린의 소설들은 이 문학적 자아에 대한 성찰의 계기 하나를 마련해준다. 그도 역시 자아를 자기 소설의 중심에 세워놓으며, 그 자아는 특이한 자질을 지니고 있다. 그 특이함을 높이 평가하는 것도 사실이지만, 그 유일무이함 자체를 가치화하지는 않는다. 전경린은 자주 하나의 삶 속에 파고들어가 그 삶을 지배하고 있는 운명을 발견해낸다. 그 운명은 움직일 수 없이 거기 있으며, 거기 붙들려 있는 사람은 다른 사람들의 이해를 얻지 못한다. 그것은 오로지 바로 그 사람의 몫이라는 점에서 저 독자적 자아와 같은 모습을 지니며, 실제적으로도 이 소설가에게서 그 독창성의 밑바닥을 구성하는 개인적 신화와 그것은 늘 겹쳐서 나타난다. 그러나 소설은 그 운명적인 삶을 예외적인 자리에 격리시키지는 않는다. 그러기는커녕, 소설이 그 운명을 알아보는 순간은 세상으로부터 이미 고립되어 있는 그 삶을 세상의 다른 삶 속으로 끌어들이는 순간이다. 한 운명을 둘러싸고 저마다 자기 운명을 가진 사람들이 모일 자리가 마련된다. 사람들은 저마다 다른 운명을 지니며 동시에 하나의 운명을 공유한다. 마찬가지로, 소설을 둘러싸고 모인 사람들은 저마다 자기 자아를 지니고 동시에 소설가의 자아를 공유한다.

전경린에게서 이 운명은 흔히 여성의 조건으로 형식화된다. 여성은 그 자체로서 하나의 죄일 수 있다. 그것은 한 사회가 그 윤리적 설계를 위해 허용하지 않았던 힘을 여성이 구현하는 것으로 여겨지기 때문이다. 가령, 「사막의 달」에는 저도 모르게 마녀가 되어 살아온 한 여자가 있다. 주인공 '나'는 가종(家從)의 신분이었던 남자를 사랑하고 관계한 여자이며, 두 집안에 재앙을 가져온 여자이며, 남편과 자식을 버려두고 떠나 제 운명을 사막 위에 던져놓은 여자다. 옷가게를 운영하며, 옛 애인과의 밀회를 기다리며 살아가는 그녀의 주변에는 간음하는 여자, 이혼한 여자, 성에 탐닉하는 여자와 몸을 파는 여자, 또는 그것들을 함께하는 여자들이 있다. 남편의 불륜에 불륜으로 맞서다 이혼한 후, "빨주노초파남보"로 남자를 끌어들이던 한 여자가 자살한 날, 그녀는 자신의 금지된 애인인 남자가 호적상의 성은 다르나 제 사촌 오빠인 것을 알게 된다. 그녀가 모르고 범한 천륜에 그녀의 책임이 없다고는 할 수 없다. 종에 대한 사랑이건 근친상간이건 그것은 모두 한 사회가 다스리기 어려운 정념의 표출이다. 사랑은 그 이름으로 간음·다음(多淫)·매음을 막론하고 "남자를 붙어먹는 일"에 특별한 성격을 부여할 수 있지만, 바로 그 때문에 사랑이라는 이름으로만 정당화되는 사랑은 죄이며, 사랑밖에 다른 희망이 없는 여자는 마녀일 뿐이다. 그러나 그녀는 스스로를 벌할 마녀 화형식을 중단한다.

산 하나가 풀렸다가 맺히기는 차라리 쉬울, 강 하나가 열렸다가 닫히기는 차라리 쉬울 그 먼 시간…… 그것은 두고 갈 수 없는 내 몫의 삶일 것이었다. 손가락들이 천천히 열렸다. 성냥이 얹혀 있는 열린 손바닥 위에 햇볕이 환하게 비쳐들었다.

그녀는 비애와 고통 속에 이어가야 할 삶을 제가 살아야 할 몫으로 여긴다. 그녀가 만일 목숨을 끊었다면, 그것은 저 막중하고 억압적이며 침투할 수 없는 운명과 자신의 자아를 동일한 자리에 놓아 그 역시 침투할 수 없는 것으로 받드는 일이 된다. 자아의 한계를 깨닫는 인간은 물론 마녀가 아니다. 사실, 끝없이 마녀를 사냥하는 세상의 질서야말로 인간의 불합리한 정념과 넘어설 수 없는 운명에 등을 돌리고 저마다 제 자아를 끌어안아 신비화하려는 음모이다. 그녀가 살아갈 먼 시간은 침묵한다. 시간은 한번의 대답으로, 허용되는 삶과 봉쇄되어야 할 삶을 가르지 않았다. 음모를 꾸며 세상을 설계해온 자들은 그 대답을 벌써 들었다고 생각하지만, 대답은 처음부터 없었다. 게다가 가짜 대답이 세상을 통일하는 것도 아니다. 들었다는 대답은 저마다 다르고, 그것이 사람들을 돌이킬 수 없이 갈라놓는다. 침묵만을 듣는 자도 역시 세상에서 고립되기는 마찬가지이지만, 침묵은 모든 대답을 한꺼번에 부정함으로써 통일한다. 개별적인 모든 자아가 동일한 운명을 둘러싸고 만나게 되는 것은 이 시간의 침묵 앞에서이다.

「염소를 모는 여자」가 마침내 몰고 가게 되는 것도 이 운명이다. "한때는 좀더 찬란한 무엇이 되어 시간보다도 더 빨리 가리라" 꿈꾸었다가, 이제 "생의 중립국이며 완충 지대인" 국도변에 작은 가게를 내고 "콧등에 점이 박힌 고양이 한 마리"를 키우며 울타리에 나팔꽃을 심겠다는 꿈을 간수하고 있는 여자가, "감방에 들어가 책만 읽는"다는 꿈을 가졌으나 "일주일 내내 새벽 세시 네시가 되도록" 비디오를 보고 있는 남편과 같이 산다. 어느 날 한 남자가 자기 "새엄마의 영혼"이라는 염소를 한 마리 끌고 와 그녀에게 맡긴다. 그녀는 아파트에서 그 염소를 키워야 한다. 이웃 사람들은 이상한 눈치를 보이고, 남편은 분노한다. 다만 "머리가 너무 좋아서 돌아버린 거라고도 하고, 원래부터 모자란 사람이라고"도 하는, 같은 단지의 한 청년만이 그녀의 염소 키우는 일을 돕는다. 청년은 비가 오는 날이나 갠 날이나 박쥐 우산을 쓰고 다닌다: "우산은 나의 숲이에요. 나는 내 숲을 들고 다니죠. 내 숲 아래를 지나는 것들하고만 나는 교류해요. 이 마른 우산 아래로 가끔 지나는 사람들이 있거든요. 당신과 당신의 딸, 당신의 염소처럼요. 우산 없이는 이 세상을 지날 수가 없어요. 혼돈스럽고 불안하고……" 비가 오는 밤에 청년은 정신병원으로 끌려가고, 내동댕이쳐진 우산을 주워든 그녀는 "이미 훼손된 집"을 뒤에 둔 채, 염소를 끌고 길을 떠난다.

언제까지 벼랑 끝에 배를 붙이고 심연을 내려다보고 있을 수는 없다. 나아가기 위해서는 끊긴 길 앞에서 두 눈을 감고, 두 귀도 닫고 자신의 본질을 향해 어느 순간 훌쩍 뛰어내리지 않으면 안 된다. 그리고 내려다본 사람은 알게 될 것이다. 있는 것과 없는 것 사이의 심연 속에 현실보다, 현실의 현실보다도 더 강한 구름의 다리가 있다는 것을.

자신의 숲을 향해 가는 구름처럼 가벼운 구름의 다리……

염소를 키우는 일이 그녀를 고립시키고 일상 생활 밖으로 내몰았
다고 말할 수는 없다. 벌써부터 가정은 금이 가 있었으며, 사는 일은
염소 한 마리 키울 자리 없이 고립되어 있었다. 꿈은 줄어들었고, 길
은 이미 끊어져 있었다. 사람들은 우산 하나의 숲도 없이 염소에 등
을 돌리고 작은 상자에 갇혀 있다. 염소 키우기는 그 고립을 확인하
는 일일 뿐이고, 소외된 삶에서는 꿈과 절망이 어떻게 같은 모습을
지니는가를 깨닫는 일일 뿐이다. "자신의 본질"이라는 말은 모호하
나 오해될 수는 없다. 그것은 자아와 그 희망의 간극이 해소되는 자
리이며, 삶이 자아 속에 갇히는 것이 아니라 도리어 그 격리 상태로
부터 벗어나는 자리이다. "어느 순간 훌쩍" 뛰어내리기, 그것은 자
신의 꿈에 철저하게 헌신하려는 자에게서 그 결심이 얼마나 단호해
야 하는가를 표현하는 동시에, 억압과 해방 사이의 장막이 생각하기
에 따라서는 지극히 얇다는 것을 드러내는 말이기도 하겠다. 그러나
그 얇은 막을 통과하기까지에는 얼마나 먼 길을 걸어야 할 것인가.
염소는 얼마나 자주 멈춰 설 것이며, 그 길은 얼마나 더딜 것이며,
또한 얼마나 더디게 가야만 "시간보다 빨리 갈" 것인가. 소설 쓰기
의 다른 말인 이 염소 몰고 가기와 일상의 수챗구멍을 덮는 오물들
과 싸우는 일 사이에는 앞에 '숲'이 있느냐 없느냐의 차이밖에 없는
데, 당도해야 할 숲은 아직 우산 하나 넓이의 "자신의 숲"일 뿐이다.
몰인정한 이웃들과 쳇바퀴 도는 생존의 무가치한 노역들을 이 더딘
발걸음이 함께 몰고 가지 않는다면 무엇이 숲을 키울 것인가. 사실
아무것도 없다. 꿈이 일상의 밑바닥에서 화석이 되지 않고, 그 구질
구질한 폐허를 자양으로 삼아 성장할 때만 숲도 클 것이다. 그래서
자유와 운명을 양손에 쥐려는 이 작가의 글은 성장 소설의 형식을

빌릴 때 더욱 큰 설득력을 얻는다.

　「안마당이 있는 가겟집 풍경」에서 그 성장은 얼핏 그와 반대되는 것, 줄어들기와 퇴영처럼 보인다. 주인공 소녀의 어린 시절의 기억 속에는 한때 아름다웠으나 결국 사라져버리게 마련이었던 것들만 들어 있다. 동생들과 노래에 맞춰 안마당에서 춤을 추는 소녀, 월남에서 신기한 사진들을 들고 와 그 춤과 노래를 가르쳐준 삼촌의 꿈, 선글라스를 쓰는 멋쟁이 아버지와 교양 있고 우아한 아버지의 애인, 그 애인 집으로 피아노를 배우러 가는 "미로 같은 동네"와 거기서 나올 때의 가벼운 현기증, "오색 파라솔을 들고 망사를 넣어 엉덩이를 부채처럼 편 발레복을" 입고 "뻐꾸기처럼 팔딱팔딱 귀엽게 뛰어" 올랐던 군 대항 학예회, 교장집 아들과의 이상한 첫사랑, 그 모든 것들은 "강물 위로 마구 풀려나간 아까운 실타래처럼" 흔적 없이 사라졌다. 소녀는 어머니를 닮지 않을 것이며, 맏딸 노릇을 하지 않을 것이었다. 그러나 그것들이 사라진 자리에, 늘 "양재기 밟는 소리 같은" 목소리로 잔소리와 불평을 늘어놓으며, 가게일과 부엌일밖에 아는 것이 없으며, "으레히 동전을 쥔 채로 졸다가 〔……〕 손도 씻지 않고" 자는 "엄마"의 자리만 그만큼 더 넓어졌다. 깨끗하고 맑은 것들이 그렇게 덧없는 만큼, 누추하고 구질구질한 것들은 그렇게 끈질기다. 아니, 그렇게 말할 일이 아니다. 사실을 말한다면, 멋쟁이 아버지와 우아한 그 애인의 사랑은 얼마나 상투적이며, "아이가 걸을 때까지" 남편을 집에 붙여두기 위해 계속해서 애를 낳는 아내의 사랑은 얼마나 구체적이고 절실한가. 그 어머니가 다섯 번째 누이동생을 낳는 날 소녀는 자신이 벌써 "맏딸"이 되어 있음을 알게 된다. 그래서 어느 날은 한 문둥이 여자를 뒤쫓아가 그녀가 잊고 간 거스름돈을 그 손가락이 세 개밖에 없는 손에 "쥐기 쉽도록, 그리고 떨어지지 않도록" 단정하게 올려놓을 수 있었다. 그녀는 어른이 되었다. 말하자면 구질구질하고 처참한 것들 속에서 자신의 "미로"를 가장 확실하게 발견할 수 있었다. 거기에도 미래의 다른 가능성인 현기증이 없지 않다.

어머니처럼 사는 것은 세상 사람들처럼 사는 것이다. 그러나 주인공 소녀가 저 "한 번뿐인 어느 한때"가 사라져버린 자리에 어머니의 삶을 끌어안고 성장한다는 것은 세상 사람들과 조금 다르게 사는 것이기도 하다. 세상의 삶이라는 말이 저 잃어버린 한때를 부인하고 현실에 전적으로 순응하는 것으로 이루어지는 삶을 의미한다면, 그녀의 성장은 그 덧없었던 순결의 형식에 누추한 현실로 그 내용을 부여하여 이루어지기 때문이다. 아니, 순결한 자아의 기억과 누추한 세상살이의 관계가 반드시 그렇게 행복한 결과에 이르는 것은 아니겠다. 소설가는 그 소설의 마지막 문장에 "꼭 한 번뿐인" "아까운" "한 번뿐인" "한때인"이란 말들을 연이어 적어넣는다. 어떤 내용도 거부하는 형식 하나가, 또는 형식의 형식 하나가, 거기 풀지 못할 원한처럼 남아 있다. 형식은 너무 가냘픈데 감당해야 할 것들은 너무 많아, 그것을 담아내기보다는 그 속에 묻혀버리기 쉽기 때문이며, 따라서 너희들은 한때 빛나는 형식이었다고, 그것을 잊지 말라고, 자나깨나 말해야 하기 때문일까. 그래서 잠정적으로, 자아의 순결한 기억이 누추한 세상살이에 의해 부정되는 자리는 세상의 누추할 수밖에 없음이 기억의 순결함에 의해 또한 부정되는 바로 그 자리라고 고쳐 말해두고, 또 하나의 아름다운 소설 「봄 피안(彼岸)」에 눈을 돌리자. 두 여자가 있다. 한 여자는 잔인하고 패덕하여 한국 판 푸른 수염이라고 불러도 좋을 남자 "터미네이터"에게 이상한 정념을 바치며 얽매여 살고 있고, 그래서 "미친년" 소리를 듣는다. 또 한 여자 '나'는 남편과 자식을 둔 유부녀이지만 그 마음속에는 다른 남자 '그'에 대한 열정이 정리될 수 없는 방식으로 남아 있다. 나는 그에 대한 위험한 사랑으로 터미네이터 여자의 불투명한 정념을 이해한다. 그것들은 모두 "제 빛깔을 찬란히 드러내며" 꽃피워야 할 "제 운명"이다. 그러나 내 사랑은 그 여자의 정념을 구제하는 순간 그것과 마찬가지로 불투명한 것이 되고 미친 짓이 된다. 꽃피는 것은 내가 아니라 운명일 뿐이다. 세상에 이해될 수 없는 그 사랑의 힘으로 세상에서 도려내어 순결하게 간직해야 할 자아는 그 자아가 부정되는 운명 속에서만 꽃핀다. 게다가 사실 운명은 그 자체가 '꽃'으로 피는 것도 아니다. 내가 섶을 지고 불 속으로 뛰어들건 말건 운명은 나를 부정하며 거기 있다. 따라서 모든 운명은 또 다른 소설의 제목처럼 「낯선 운명」이라고 말할 수밖에 없다. 꼽추인 사촌 언니와 그녀의 전 남편이었던 미남 사내의 불행한 생애는 그들이 어떻게 해도 벗어날 수 없었던 "정대칭"의 기하학이 되어 "우리가 한 걸음씩 다가갈 때 생의 저편에서 똑같은 걸음으로 곡진하게" 복병처럼 다가온다.

그래서 다시 말하자. 자아는 본질이 없으며 신비롭지 않다. 그것은 해석해야 할 텍스트도 아니며 개인적인 것도 아니다. 자아의 독자성이라고 불렀던 것은 세상살이의 한계를 넘어설 수 없다는 인간적 한계의 인식과 그 고립감일 뿐이며, 운명 앞에서, 운명을 통해서, 자아를 세우는 일에 만인이 공유하는 실패의 체험일 뿐이다. 그러나 이 공동의 총체적 실패 속에도, 운명을 기하학이라고 말하는, 아무튼 그런 것이 거기 있다고 말하는 하나의 실천, 운명 살기와 세상살이에 덤처럼 붙이는 실천, 따라서 운명이 간섭하지 못하는 미학적 실천의 자리는 남아 있다. 하나의 공동체, 사회적 공동체는 아직 아니더라도, 문학적 또는 소설적 공동체도 그 자리에 있다. 따지고 보면, 운명이라는 말은 그것만으로도 벌써 그 공동체를 지시한다. 한 여자가 운명 속에 뛰어내릴 때 그 공동체 속에도 뛰어내린다.

마지막으로, 저 불행한 여자들의 삶 '밖'으로 훌쩍 뛰어내려 그 '속'으로 뛰어드는 이 여자에 관해 평범하고 가벼운 이야기를 덧붙여 끝을 맺자. 본명이 안애금이며, 유명하지 않은 지방 대학의 독문과를 나왔으며, 같은 대학 출신의 남자와 결혼하여 자식을 두고, 그 지방에 눌러 살던 이 여자는 마침내 전경린이라는 이름으로 소설을 쓴다. 지금 이렇게 살고 있는 것은 자기가 아니라고 믿기를 강요하는 문화 속에서, 그것도 '지방'에서, 소설가로 산다는 것은 무엇일까. 소설가로서 그녀는 들끓는 바람을 재능에, 그것도 비범하게, 연결시켜야 하고, 사는 사람으로서 그녀는 일상사를 태연하게 끌어안아야 한다. 사는 일 속에 그녀를 붙잡아 가로막을 수 있는 것은 아무 것도 없겠지만, 그녀가 버릴 수 있는 것도 없다. 차라리 바람은 조용하고 그 대신 사는 일이 들끓어야 한다. 그녀의 문체가 그렇고 소설의 틀을 설정하는 방식이 그렇다. 그녀는 자기 연민을 섞어 푸념하듯이 말하다가 갑자기 있을 것 같지 않은 일 속으로 독자를 끌고 들어간다. 문학적 문체가 끼어들어 경험과 이야기 사이에 환상의 거리를 넓히고, 그 간격이 너무 깊어지면 다시 일상어가 나타나 눈을 깜박거리며 이건 사실이야라고 말한다. 그리고는 사태가 돌이킬 수 없는 곳에 이르면, 그녀는 자신이 말하려는 그 운명처럼 엄숙한 얼굴을 한다. 삶의 구질구질한 세목들이 저마다 저 알 수 없는 운명의 수족이 되어 발버둥친다. 장난처럼, 소설의 복병처럼 설정했던 운명이 서양 사람들 같으면 대문자로 써야 할 그 운명이 된다. 재능과 사는 일이 거기서 만나고, 자아의 고립과 인간적 운명의 동일한 성격이 거기서 드러난다. 소설 전체는 아름답고 태연하여 어떤 귀기를 띤다. 지방 도시의 가라앉은 일상이 그 귀기에 의지하여 소설이 된다고도, 그 가라앉음이야말로 가장 섬뜩한 귀기라고도 말할 수 있겠다. 그런데 안애금이라는 이름은 생각보다 아름답다. 입 속에서 다

섯 번만 굴려보면 그 세련됨과 단단함이 느껴진다. 이 엉뚱한 말에
는 이유가 있다. 얌전했지만 야릇했던 한 소녀의 상처가 다스려지는
곳에, 다시 말해서 안애금의 살풀이에, 전경린이 쓰는 소설의 선열
함이 있다면, 그 안애금의 성장에 소설의 견실함이 있기 때문이다.
그 경계는 여전히 아슬아슬하다. 작가가 아직 풀어버리지 못한 자기
연민이 남아 있다. 이 마지막 해방을 위해서도 전경린은 또 한차례
성장 소설을 쓰게 될 것 같다. 그러나 그 귀기는 내내 남아 있을 것
이다.

몸으로 시를 쓴다는 것은

몸으로 느낀다거나 몸으로 시를 쓴다고 할 때의 몸은 오랫동안 하나의 비유였다. 말하자면 어떤 특별한 종류의 실천을 겨냥하여 말하는 불분명한 표현이었다는 뜻이다. 비유는 모르는 것을 아는 것으로 치부하고, 다 말하지 못한 것을 다 말한 것으로 어림잡아두자는 약속일 때가 많기 때문이다. 평화를 비둘기로 표현한다고 해서 우리가 평화에 대해 더 많이 알게 되는 것은 아니다. 차라리 평화에 대해 더 이상 알려고 할 것이 없다고 말하기 위해 비둘기를 이용한다. 희거나 검고 날씬한 이 새는 어떤 신화적·종교적 전거의 우회로를 거치지 않고는 그 자체로 설명력을 얻지 못한다. 물론 더 좋은 비유들은 그 자체에 설명을 담고 있다. 지식을 빛이라고 말할 때의 빛이 그렇다. 그것은 몽매함에서 깨우친 상태로 들어간 사람의 밝은 지혜를 충분히 설명한다. 그러나 우리가 빛에 관해 아는 것은 무엇인가. 파장, 입자, 굴절, 반사, 분광, 그것뿐인가. 지혜와 빛은 어디서 만나는가. 차라리 그 밝음 속에 감추어진 불분명한 속성에서가 아닌가. 빛에 의지한 비유는 그것이 불분명한 표현이기 때문에 차라리 좋은 비유가 된다. 몸의 비유도 아마 그럴 것이다.

몸은 불분명하고 불안정하다. 수도자는 네 재산과 가족과 함께 네몸을 버리라고 말한다. 그것들은 네가 아니기 때문이다. 존재론자들이 자신의 실존이라고 여기는 것 앞에서 몸은 옷과 똑같이 주변적인 가치만을 지닌다. 내 팔다리는 내가 아니며, 내 감각과 생각까지도 내가 아니다. 내 의식 능력의 우열도 내가 아니다. 남는 것은 의식하는 능력이 확실하게 거기 있을 어떤 점과 같은 것이며, 그것은 그만큼 확실하고 투명하게 나이다. 그러나 이 투명한 시선을 내 이웃에게 옮길 수 있을까. 내 적과 내 애인은 투명한 점이 아니다. 그들은 몸이며, 그 팔다리와 내장과 신경 세포의 알 수 없는 변덕이며 음모이다. 적에게도 애인에게도, 수많은 게다가 자주 변하는 동일성이 있으며, 나에게 그 동일성들 전체를 포괄하여 하나의 충만한 동일성을 만들어주는 것은 적과 애인이라는 그 말이거나, 또는 그 말의 수준에서 생각을 멈추려는 나의 전략뿐이다. 나에 대한 나의 전략도 여기에서 드러난다. 내가 나의 가족과 집과 옷과 그리고 특히 몸과 몸들을 무가치한 주변으로 남겨두고 의식의 한 점을 나라고 부를 때, 나는 나의 동일성에 충만함을 부여하기 위해 나라는 이름 밑에 저 주변적인 것들이 이의 없이 복종하기를 암암리에 꿈꾸는 것이다. 돈 키호테는 충만하게 라만차의 기사가 되고 그 이름이 되기 위해, 그 이름이 지시하는 방향을 향해 무조건적으로 자기를 내던짐으로써, 제 몸과 그 조건들이 말할 틈을 남겨놓지 않는다. 그가 정작 두려워하며 정복하려는 것들은 거인과 악덕 성주가 아니라, 로시난테는 준마가 아니며, 둘시네아는 공주가 아니며, 당신은 보잘것없는 시골 지주라는 것을 알리기 위해 꿈틀거리는 제 몸의 반란이다. 그러나 돈 키호테는 끊임없이 자기를 주인공으로 삼는 기사도 로망을 상상하고 제 자신에 관한 소설을 읽기까지 한다. 몸의 억압된 반란이 또 다른 언어를 타고 그의 동일성을 거울의 형식으로 증식하는 것이다.

돈 키호테가 얻은 것 가운데 중요한 하나는 이 거울이다. 돈 키호테 소설 속의 돈 키호테 소설이라고 하는 이 중층적-심연-뚫기, 즉 두 거울 마주놓기는 일종의 조절된 반란이기 때문이다. 거기에는 불안과 충만함이 동시에 있다. 마주놓은 두 거울은 무수한 거울을 새끼침으로써 존재 속에 존재가, 몸 속에 몸이 있음을 말하지만, 그 모든 존재들과 몸들은 여전히 다른 깊이와 다른 위치의 동일한 존재-몸일 뿐, 최초의 존재-몸을 이반하지 않는다. 한 인간의 육체는 우주의 조영이며, 그 기관들은 각기 세계이며, 그 기관을 구성하는 세포들도, 세포를 구성하는 분자들도, 그 분자의 원자들도 제각기 하나의 세계이지만, 그 각각의 세계들은 여전히 최초의 보편적 세계의 조영이다. 기억술의 상징주의가 시간의 어둠을 건너 자아의 동일성을 파악하는 방법이 이와 같다. 최정례는 그 아름다운 시 「내가 한 잎 나뭇잎이었을 때」에서 제 몸 속에서 가물치를 보고 또 그 가물치 속에 들어가기도 한다.

> 25년 전 할아버지가 죽었다
> 할아버지가 죽은 해로부터 다시 55년 전
> 부뚜막에는 가물치가 있었다
> 할아버지 할머니 아버지 고모 삼촌 들
> 둘러앉아 가물치국을 먹었다
> [……]
> 그로부터 다시 35년 전 아버지는 아이였다
> 조그만 아버지 속의 더 작은
> 나는 부뚜막 위 가물치를 보았고
> 나는 가물치 속으로 들어가고 말았다
> ——「내가 한 잎 나뭇잎이었을 때」 부분

더 길게 이어지는 이 시 속에는 직감적으로 그 거리를 파악하기 어려운 복잡한 시간들이 있다. 아버지 속의 가물치와 그 가물치 속의 나와 내 속의 아버지와 내 속의 가물치와 내 속의 나, 이 모든 나의 다른 나들을 시간의 깊이 속에 확산하는 일은 그것을 나 속에, 그러나 나의 주변 공간에 동시에 배열하는 일이기도 하다. 시간은 거울 속에 거울을 늘어놓는 깊이다. 물론 불안은 남는다: "가물치 속의 내가 흔들었다/검은 등줄기로 툭툭 치면서/비린내를 풍기면서/몸 바꿔 나뭇잎으로 펄럭였다." 나는 내 몸 속 가물치의 가볍고 활기찬 동작을 느끼며 아직은 그 육체의 단순한 생명감을 존재의 충만함 속에 거두어들이지만, 촉진된 이 생명감이 먼지처럼 확산된 모든 시간의 가물치들을 한데 끌어모으고 스스로 그 가물치가 되어, 이제는 참을 수 없는 비린내를 풍기며, 나라는 이름을 깨뜨리고, 내 기억의 일관성 속으로 오르내리는 내 시간 여행을 불가능하게 만들지 모른다.

이미 로트레아몽에게는 존재의 불안과 충만함의 대립 속에서 한쪽이 다른 한쪽을 삼켜버리는 경험이 있다. 다음은 「말도로르의 노래」의 '네 번째 노래' 시작 부분이다.

이제 네 번째 노래를 시작하려는 자는 한 인간이거나 한 돌이거나 한 나무이다. 발이 개구리를 밟아 미끄러질 때, 불쾌감을 느끼는 정도지만, 손으로 인간의 육체를 스치자마자, 손가락의 피부는 망치에 맞아 부서지는 운모 덩어리의 비늘처럼 벌어지고, 한 시간 전에 죽은 상어의 심장이 그 끈질긴 생명력으로 아직도 갑판 위에서 팔딱거리는 것처럼, 우리의 내장은, 접촉을 하고 난 오래 뒤까지, 바닥부터 꼭대기까지 꿈틀거린다.

인간의 육체가 인간의 육체를 접촉할 때의 이 극도의 혐오감은 자신의 정점(頂點) 동일성에 복속해 있는 주변적 동일성들이 자치권을 얻고 독립하여, 마침내 정점 동일성의 권력을 파괴하게 될지 모른다는 공포감이다. 노래하는 자는 벌써 사람이면서 동시에 나무이거나 돌이다. 실제로 「말도로르의 노래」에서 주인공 말도로르에게는 수많은 혹이 돋아나고, 혹에 혹이 돋아나며, 그 혹들은 상어가 되고, 지느러미가 되고, 낙지가 되고, 검은 독거미가 된다. 여전히 거울을 말할 수 있지만, 그것은 난반사하는 거울들이다. 예측할 수 없는 상들이 최초의 상을 삼켜버린다. 시간적 깊이가 없는, 다시 말해서 반성적 조절 기능이 없는 이 존재-몸은 동물적 직접성·공격성으로 환원될 뿐이다. 이 괴물은 그 주변 가치적인 모든 부속물들이 최고도의 힘을 얻었다는 데서 초인 또는 초존재이지만, 그 정점 동일성의 충만도가 바닥에 떨어졌다는 점에서 아무것도 아니다. 몸의 주변적 동일성들이 정점 동일성으로부터 주어진 텍스트의 복사이기를 그치는 순간이다. 말도로르가 악의 사도인 것은 무엇보다도 제 동일성을 위기에 몰아넣으면서, 제 몸으로 신의 형상이라고 하는 저 최초의 텍스트가 되기를 거부했다는 점에 있다.

물론 이 경험이 극단적으로 격화되어 있는 것은 사실이다. 그러나 이런 시적 경험들을 눌러두고, 이야기를 처음으로 돌려 친사회적 감정으로 다시 점검한다 하더라도, 육체적 반란의 불안에서 더 멀어지게 되는 것은 아니다. 인간적 조건 속에서, 주변의 자치와 정점의 초월이 맞서는 불안정한 대치는 끝없는 변화의 비탈길에 존재의 자리를 마련한다. 주변 동일성들이 자치를 얻는 바로 그 순간에 그것들 각각은 초월의 전체가 되고 싶어한다. 이는, 최초에, 그것들이 속한 구성체 전체가 그 부분들을 발라냄으로써 우주 전체가 되고 싶어했던 기도와 같다. 정점 동일성이건 주변 동일성이건, 동일성의 자치

의지는 전체의 의지와 대치하지만, 그 전체 속에 들어가기를 거부하는 의지에 비례해서 약화되고 영락한다. 이때 동일성은 전체를 위해 자치를 거부할 수 있지만, 자치의 의지는 순간적·잠정적으로만—다시 말해서 균형이 형성되어 존재가 자신을 전체에 바치는 동시에 전체를 자신에게 바치는 한순간의 동작에 의해서만—이완된다. 다중 속의 방황에 지친 개별 존재가 '존재'의 전체성을 확보하려는 열망을 중심·정점 존재에게 양여하고, 전체적 삶에 참가하고 있다는 것으로 만족할 수 있다 해도, 전체적 삶은 가장 단순한 경우에서까지도, 그 존재들의 미궁을 부정하는 미궁, 일종의 빈 도시가 될 때만 그 책임을 떠맡을 수 있을 뿐이기 때문이다.

도시라는 말의 사용이 정당한 것은, 중심 동일성과 주변 동일성의 존재론적 수준이 존재들의 사회적 수준과 겹쳐질 수밖에 없기 때문이다. 인간 존재들의 구성체 속에서도 중심 존재만이 패권을 장악하고 주변적 요소들을 무의미한 것으로 돌린다. 중심만이 구성 존재의 표현이 되어 주변적 생명력에 유인력을 행사한다. 그러나 이 도시적 중심의 표현이 강력하고 거대해진다는 것은 그만큼 더 많은 것이 주변화하였다는 것을 의미할 뿐이다. 이렇게 도시는 몸과 그 생명의 미궁을 비워 죽음의 자리로 만든다. 무로 돌려졌거나 억압된 동일성들의 권리를 위해 이 죽음을 다시 몸에 대입하면, 남진우의 「가시」가 제시하는 것과 같은 이미지가 만들어진다.

> 물고기는 제 몸 속의 자디잔 가시를 다소곳이 숨기고
> 오늘도 물 속을 우아하게 유영한다
> 제 살 속에서 한시도 쉬지 않고 저를 찌르는
> 날카로운 가시를 짐짓 무시하고
> 물고기는 오늘도 물 속에서 평안하다

이윽고 그물에 걸린 물고기가 사납게 퍼덕이며
곤곤한 불과 바람의 길을 거쳐 식탁 위에 버려질 때
가시는 비로소 물고기의 온몸을 산산이 찢어 헤치고
눈부신 빛 아래 선연히 자신을 드러낸다   —「가시」 전문

　정직하게 말한다면, 정점 동일성의 위협이자 동시에 주변 동일성
들의 자치의 포기인, 즉 육체적 죽음인 이 "가시"는 이미지이기보다
는 차라리 사변에 속할 것이다. "오늘도" "이윽고" "비로소" 같은 개
략적 표현의 부사들이 이를 입증해주는 바이지만, 무엇보다도 양여
적 포기로서 죽음을 인정한다는 것은 아무것도 상상하지 않겠다는
뜻이기 때문이다. 중요한 것은 정점 동일성이 이 개략성과 포기를
일종의 국시(國是)로, 곧 보편성의 허울로 삼기도 한다는 것이다.
　사실 보편성만이 동일성들의 싸움을 잠재울 수 있다. 개체들이 야
만 상태로 남는다는 것은 문화적 동류들이 아니라는 뜻이다. 보편성
은 동류의 적대적 경쟁을 배제한다. 그러나 보편성은 어디서 오는
가. 유사한 힘들이 대치하는 동안은, 하나가 다른 하나들을 희생으
로 삼고만 커질 수 있다. 그러나 승리하는 힘이 단 하나가 되어 남는
순간은, 대치력의 도움을 받아 자기 존재의 동일성을 확정하려는 이
기획의 결함이 드러나는 순간이다. 정점 동일성이 꿈꾸는 보편적·
초월적 존재가 이 게임 속에 이제 개입하지만, 그것은 그 자신의 사
망으로서만, 개체들의 적대적 경쟁을 종식하고 동일성들을 동류로
만든다. 초월적 존재는 정점에서 홀로 그 자신을 사물들의 전체와
혼동하게 하고, 임의적으로만 자기 안에 '동일성'을 유지한다. 이타
적 몸의 죽음은 동일 자아로서의 의식의 죽음이다. 자기 안의 타자
의 죽음은 자신의 죽음이다. 인간은 그 역사 속에서, 전체가 되어야
하나 사망으로만 전체가 되는 이상한 싸움에 그렇게 말려들어왔다.

거의 모든 민족신들이 보편성의 신이 되기 전에 전쟁의 신이었던 이유가 여기 있을 것이다.

그러나 그 자신을 희생으로 삼는 신을 상상할 수 없었던 것은 아니다. 그것은 자신의 보편성을 부정함으로써 보편성이 되는 동일자인 동시에 타자인 존재이다. 동일성 속에 마지막 남아 있는 이타성이, 보편성의 초월에 최후까지 저항하는 원죄가, 정점 동일성이 권력을 끌어안고 죽기 전에 자신을 희생으로 삼는 제의의 신화가 거기 투영된다. 박서원의 시가 있다.

> 젓가락 같은 노를 저으며 오는 배
> 덩그마니 까만 제복의 수녀 한 사람
>
> 북풍이 빈 식기를 달그락거리게 했다
>
> 등 굽은 아버지가 곡괭이로 江을 파고
> 있었다
>
> 엑스칼리버가 배 한가운데를 뚫고 들어왔다
>
> 낡은 천막이 뚫린 배 바닥을 막으며
> 엑스칼리버를 둘둘 감아버렸다
>
> 수녀는 수천 년의 괴로운 역사를 다 기억하고
> 있었다 불사신의 역겨움을 알고 있었다
> 깨닫는 사이 배 안은 음식으로 가득 찼다
> 그녀는 배를 버리고 치마를 한껏 치켜든 다음

물 위를 걸었다

江은 점점 달게달게 구워지고 있었다   ──「수녀의 배」부분

아버지가 곡괭이질하는 "강(江)"은 동일성과 동일성의 대치 속에
존재가 변화하는 경사이다. 배와 낡은 천막과 수녀는 똑같은 육체적
타자성이며, "엑스칼리버"는 정점 동일성의 권력이다. 동일성 투쟁
의 역겨움을 아는 수녀는, 그래서 그 역겨움으로 남는 수녀는 그 자
신의 가장 주변적인 육체인 "낡은" 천막으로 동일성 유인력에 맞서
버틴다. 그러나 몸으로 칼을 감싸기는 그 칼에 찔리기이며, 그 타자
의 몸을 조각내어 정점 동일성에 흡수된 주변적 동일성들을 먹여 살
리기이다. 그러나 또한 낡은 천막으로 표현되어야 할 육체의 극단적
주변성에는 수녀이어야 할 여자의 금지된 성이 있다.

죽음이 아니라 생명의 형식을 지니는 어떤 희생이 있다면, 그것은
아마도 동일자로서의 타자를 배태하는 여성 육체의 법칙을 따를 것
이다. 육체에 타자적 동일성들의 자리를 마련해두고도 자아의 동일
성이 깨지지 않을 가능성은 동일성의 분배와 교환일 것이기 때문이
다. 김정란은 "세계와 덜 세계" 사이에, 즉 동류들과 동일성들 사이
에, 얼굴 없는 아이들을 안고 있는 여자들의 무리를 그린다.

여자들이 아이를 안고 있었다. 하나씩. 아기들이 여자인지 남자인
지 난 알 수 없었다. 똑같이 얼굴이 지워진 아이들. 여자들의 없는 눈
에 눈물이 차올랐다. 그리고 세계의 강을 향해 그 눈물이 흘러가기 시
작했다. 내가 겨워서, 겨워서, 고개를 깊이 숙이고 가만히 흐느껴 울
었다   ──「여자의 말: 연두색 잎사귀들과 낮은 태양」부분

여자들에게 눈이 없고 아기들에게 얼굴이 없는 것은 그들이 중심 텍스트의 복제가 아니기 때문이다. 그것은 시적 실천으로 볼 때 순결의 양식에 대한 메타적 기호이며, 문화적 동일성의 위상에서 볼 때, 현재의 주변성을 미래의 중심성으로 연결하는 해체의 기호이다. 눈물의 강은 중심 권력의 대속이며, '겨운' 흐느낌은 슬픔이기보다는 도리어 그 육체의 고양감이다. 여자의 주변성 또는 고독은 이 육체적 흔적의 발견에 이르고, 이 흔적이 여자들을 인류의 단성(單性)인 여성으로 복성한다.

내가 나를 나라고 이름 붙이기 위해 무의미한 것으로 돌려야 했던 내 몸의 구석들은, 또는 그 은밀한 흔적의 불안감과 그 음모의 행복감은, 내가 어떤 방식으로 나를 통합해도 그것이 시간적으로 통합의 한 단계이거나, 공간적으로 통합의 왜소한 한 부분임을 주장한다. 나라고 하는 텍스트는 없으며, 나로서 복사하는 텍스트도, 나를 복사하는 텍스트도 없다. 그래서 몸으로 시를 쓰기는 그 몸과 내면을 하나의 텍스트로 읽거나 해석하기가 아니라, 또는 베껴 쓰기가 아니라, 하나의 텍스트로 만들어가기이다.

미래에서 현재를 보기 또는 방법적 시선

—이대흠의 시집 『눈물 속에는 고래가 산다』에 부쳐

문학에서 사실을 충실하게 묘사하려는 노력의 가치가 그로써 있는 그대로의 현실을 객관적으로 파악할 수 있다는 데에 그치지는 않는다는 점이야 말할 것도 없다. 사실을 묘사하려는 욕구는 현실을 우선 하나의 장막으로 보는 의식에서 비롯할 것이다. 현실이 벽일 때 그것을 벌써 표현하고 있는 말들도 그 벽 앞에 세워진 또 하나의 벽일 뿐이다. 알려져야 할 모든 것이 알려져 있다고 믿는다면, 사람 사는 일은 늘 뻔한 것이 되고, 아무리 비루한 것이더라도 현실은 이제까지 그렇게 될 수밖에 없었듯이 앞으로도 그렇게 될 수밖에 없는 것으로, 말하자면 최선의 상태로 여겨진다. 그 앞에서 용기는 늘 좌절된다. 그래서 사실을 묘사하려고 덤벼들기 위해서는 하나의 의지가 필요하다. 가령, 플로베르 같은 사람의 어떤 주장을 '일물일어설 (一物一語說)'이라고 요약해서 말한다면, 그 '일어(一語)'는 한 사물에 대해 이미 인정된 일천 개의 말들을 부정하고 그 벽을 제거하려는 의지에 의해서만 얻어낼 수 있는 표현이다. 기존하는 표현의 집적에 첨가되거나 그와 병행하는 또 하나의 표현에 그치기는커녕 자기보다 앞선 말들의 질과 의미를 바꾸면서 그것들 전체를 통어하게 될 이 표현은, 마치 상징주의 시가 감각적 현상의 장막을 뛰어넘어 전대미문의 빛나는 세계를 보려 하듯, 관념의 장막 너머에서 한 사물의 선동적 힘을 불러내어 그에 대한 우리 의식의 마비 상태를 일거에 깨뜨리는 절대적인 표현이 될 것을 희망한다.

이대흠의 시가 물론 묘사에 치중하는 것은 아니며, 엄격한 의미에서건 허튼 의미에서건 그의 시를 묘사시라고 부를 수도 없다. 그러나 거의 언제나 일상적인 근심에 발목을 잡히고 있는 그의 글이 비범한 언어가 되어 일어서는 순간은, 뛰어난 소설가들이 그 묘사의 용기를 다짐하여 마침내는 주눅 들린 사물에서 선동적인 힘을 뽑아내는 순간과 일치한다. 이대흠에게서도, 현실에 무슨 덤벼볼 만한 가치가 있다면, 그것은 현실이 장막이라는 점에 있다. 그가 자신의 시작(詩作)의 비밀을 반쯤 고백하고 있는 시 「마침표를 먼저 찍다」가 암시하는 것처럼, 한 시대가 내다볼 수 있는 전망의 아득함은 노동자로서의 그의 삶을 시작부터 "막장"에 몰아넣을 뿐만 아니라 시인으로서의 그의 재능을 한 줄의 글도 돋아나지 못할 불모의 상태에 세워놓는다. ".막장은, 마침표는 이전의 것을 보여주는 구멍이다 .그 캄캄한 것을 오래 들여다보면 한 세상이 보인다 〔……〕 .언제든 죽을 수 있으므로 고개를 숙이지 않으리 .무겁다 .무거운 것들이 적어 세상은 무거워졌다 .대부분 이 짐을 지지 않는다 .마침표를 찍자 .여기부터가 시작이다." 세상의 끝을 가정하는 사람이 매 순간을 경건하게 살지 않을 수 없는 것처럼, 막다른 현실은 이대흠에게 그 재능을 무화시키는 자리이면서 동시에 매 순간 독창적인 의지를 촉구하는 자리로 된다. 마침표를 문장 앞에 두고 있는 시는 이 시 한 편에 그치지만, 다른 모든 시들도 그 발상은 언제나 마침표로부터 시작한다.

이대흠의 시적 발상법에는 생존과 창조적 실천의 궁지를 그 자리에서 확인하는 시선과 그것을 외부에서 바라보는 시선이 하나로 합쳐져 있다. 이 내부적이며 외부적인 시선은 현실의 요지부동함을 철저하게 의식하는 순간 벌써 그 장벽을 트고 나간 자리에서 과거를 바라보듯 현실을 조망한다. 미래의 품삯을 미리 가불하기라고 해야 할까. 현실 속에 주눅 들어 잠재해 있던 내일의 힘들은 시인이 열망하는 높이만큼 선동력을 얻는다. 시인의 과거를 거머쥐고 있는 기억과 그 현재의 성장·발전을 가로막는 장애였던 것들은 이제 시인이 자신의 창조를 위해 확보하려 했던 조건으로 된다. 그렇다고 해서, 시시각각 미래를 잡아당기는 이 창조가 현실을 떠나 무슨 순수 본질에 망명하는 것은 아니다. 시를 통해서라기보다는 시의 담론을 통해 낯익은 것이 된, 최초에 순결했으나 우리의 불순한 삶에 의해 실종된 본질 같은 것은 이대흠의 시에 없다. 이대흠의 관심은 언제까지나 불순하고 추악한 이 현실에 있을 뿐이며, 이 불순함이 다른 시간과 맺는 관계에 있을 뿐이다. 그래서 이대흠의 시만큼 그 미학적 성취 속에 그 현실의 악조건을 흔적으로 남겨두고 있는 시는 드물다. 그의 시가, 거기서 다루고 있는 소재와 무관하게, 시에 대한 시, 곧 메타시의 형식을 띠게 되는 것도 바로 이 때문이다. 다음은 산문시 「백설공주를 깨우지 마」의 마지막 부분이다.

[……] 숲에서는 눈 큰 짐승들이 썩은 나뭇가지 쪽으로 울음을 날리고 구름은 하늘을 둥그렇게 굴리고 있다 물소리 지워진 곳에서 물을 닮은 네가 울고 있구나 마귀여 무엇이든 될 수 있어 외로운 자여 공주의 아름다움은 정해져 있어 비극과 희망을 모르고 너는 아름다움을 찾아 지팡이 더듬거린다 마귀여 휘파람을 불라 인간들은 자신을 닮은 너를 애써 외면하려 한다 어떤 경우라도 절대의 아름다움이 있다면 인간 세상 아름다움 없으리 백설공주를깨우지마라공주가깨면마귀도나도잠들어야하리

"공주의 아름다움은 정해져 있어 비극과 희망을 모르고," ——한 의식이 현실로부터 도려낸 자신을 완벽한 조화와 미의 세계에 밀폐할 때, 자신의 처지와 그 희망을 가르는 그 두터운 벽에 의해서만 자기 확인이 가능한, 그래서 희망 없음만을 희망으로 삼아야 하는, 이 의식은 물론 불행하지만, 모든 삶이 천년 후로 연기되는 이 의식에게 비극은 없다. 무조건적 절대 세계의 설정을 위해서는 현실 조건을 무로 돌려야 하나, 그 일을 위해서는 도리어 그 조건들을 절대악으로 여겨야 하는 이 불행 속에 잠든 의식의 코미디와, 억압의 조건과 창조적 조건을 하나의 시선 속에 통일하는 반복적 실천의 비극이 혼동될 수는 없기 때문이다. 게다가 저 코미디는 또 하나의 코미디, 현실 구성 요소들의 양적 증가가 그 질적 변화를 대신하고, 그래서 모조품 만들기가 창조와 구별되지 않는 자본주의 문화의 복제 코미디와 결합한다. 거기에서는, 하나가 다른 하나를 부추겨, 절대 세계를 환상으로 소유한다는 작은 위안과 그 소유의 덧없음에 대한 감상적 슬픔이 같은 자리를 돌며 되풀이된다. 이점에서 띄어쓰기 없는 마지막 문장 "백설공주를깨우지마라공주가깨면마귀도나도잠들어야하리"는 자본주의적 키치의 마비 효과에 대한 뛰어난 시적 직관의 가치를 겸한다.

그러나 '백설공주'는 잠들어야 하되 또한 거기 존재해야 한다. 그것은 계산할 수 있고 표현할 수 있는 현실 억압의 조건 속에 계산과 표현이 불가능한 창조적 조건이 포함될 수 있다는 약속과 다른 것이 아니기 때문이다. 주어진 조건을 그 속에 숨어 있는 또 다른 조건과 함께 보려는 노력이 얼마나 먼 시간까지 연장되어야 하는가를 알려주면서, 그 시간의 길이를 앎으로써만 이 초인간적인 의지의 희생을 가장 적게 치를 수 있다고 다짐하는 약속이다. 공주는 잠들기보다 깨어나는 순간 무너져야 하며, 마녀의 더듬거리는 지팡이 끝에서 늘 다시 만들어져야 한다. 이점에서, 잠든 미라인 이 공주가 "긴 머리 휘날리며 룰루루루 노래"하며 아침마다 나타나는 다른 산문시 「사랑스런 미이라」는 이 「백설공주」의 속편이며 또한 그 해석이다.

> 〔……〕 그녀는 사랑을 말하지 않고요 누구든 사랑하죠 살찐 바람소리가 천지를 에워싸고 나뭇잎으로 옷 만들어 입고 팬티는 없어요 그녀는 항상 해가 뜨면 오지요 숲 속에서 룰루루루 짐승들과 싸우지요 사랑이란 지극히 순간의 감정이에요 백년을 약속하지 않지요 언제든 벗길 수 있는 본능이란 야성에 가까워요 그녀는 사랑에 목숨걸지 않지요 몇천 년 지나면 미이라가 되지요 미이라는 항상 일곱시에 오지요 경쾌한 음악이 울리지요   ——「사랑스런 미이라」 부분

천년을 미라로 살고 있는 그녀가 우리에게 찾아온다는 것은 그 여자를 향한 우리의 노력이 지금 이 자리에서 날마다 실천된다는 말과 다르지 않다. 인간을 넘어서는 방식으로 존재하는 것은 인간에게 없는 것이나 같겠지만, 지금 이 자리를 벗어나려는 노력, 인간을 넘어서려는 노력은 인간에게 속한다. 잠든 미라는 천년의 노력을 강요하지만, 그 노력에 대한 깊은 자각은 순간마다 세월을 천년씩 앞당긴다. 이대흠의 미학적 실천이 그러하다. 항상 미학이 실천되어 해뜨는 아침 일곱시마다, 그 실천이 이루어지는 그 자리에 그녀는 존재한다. 그리고 이 실천의 바탕에는, 미래 속에 벌써 자리를 트고 현재의 순간을 과거처럼 바라보는 방법적 시선이 있다는 점이야 다시 말할 필요도 없다.

이대흠에게 이 시적 실천은 매우 철저하고 구체적인 것이어서, 자각의 순간과 행동의 순간은 쉽게 구분되지 않는다. 방법적 시선은 실천을 끌어당기는데, 그 시선을 만드는 것은 또한 실천이다. 「이중

섭의 소」의

> 뿔로 들어가고 싶은데 뿔은 또
> 저만치 앞서 있다 참을 수 없어 소는
> 속력을 낸다 뿔은 또

같은 시구에서, 그 뿔의 자리를 행위의 자리라고도 의지의 자리라고도 말하기 어렵다. 행동의 직접성이 뿔을 현재하는 것이자 미래에 당도할 것으로 만들고, 또 그 역으로 만든다. 주제와 그 시적 방법의 관계도 마찬가지이다. 그해 5월의 광주를 떠올리게 하는 시 「꽃핀 나; 검증 없는 상상」에서,

> 어느 암술에도 닿아보지 못한 채
> 봄날은 갔다
>
> 함성으로 만발한 꽃들
> 어떤 꽃 끝에도 여름은 없어

같은 시구로, 시인은 한 청춘의 가능성이 어떻게 억압받았는가를 말하지만, 이 '여름'이 계절이면서 동시에 결실이라고 짐작한다면, 무엇이 성공이고 무엇이 실패인지를 잘라 말하기 어렵다. 봄날 개화의 열망과 그 끝없음은, 그것을 표현하며 거침없이 만발하는 서정의 힘으로, 연기되는 여름과 결실의 실패를 벌써 지워버리기 때문이다. 「책꽂이의 책이 내 삶의 단면이냐?」의 마지막 몇 개의 시구,

> 집어넣고 싶다 해탈하고 싶다 여인이여

나를 이끌 여, ……미치겠네 쑥
밀어넣고 싶은 이 딱딱한 이 지식이라는
이 성기

는 삶과 괴리된 상태에서 완고한 형식으로 축적되는 지식에 관해 얼
핏 말하는 듯하지만, 그것을 표현하는 시구 자체가 팽팽하게 발기하
여 차라리 그 지식을 구멍으로 삼는다. 삶과 지식이, 구멍과 성기가
구분되지 않는다.

너의 뿌리도 흔들리는가
총열 같은 빗속에
사랑아

굽이치는 물결 속에
덜 익은 수박과 돼지 새끼들 사이 너는
허우적대며 뿌리 보이지 않고

발 동동 구르며 나는
살아왔구나

너에게로 간다 너를
건질 수 없어도 사랑아
함께 떠내려가더라도

아우성 속에서는 아우성 되어
늪 속에서는 늪이 되어 더 깊은

수렁이 되어   ——「홍수 속으로」 전문

　이 시는 아마 김수영의 「폭포」와 비교될 수 있을 것이다. 두 시는 모두 결과에 대한 두려움을 모른 채 그 가진 힘을 모두 자기 열정이 지시하는 방향에 쏟아부으며, 그 실천의 현기증 속에서 충만하게 자기를 확보하는 존재에 관해 이야기한다. 김수영의 폭포는 "나태(懶怠)와 안정(安定)을 뒤집어놓은" 것처럼 "높이도 폭(幅)도 없이" 떨어지고, 이대흠의 홍수는 삶의 일상성을 뿌리째 흔들고, 사랑의 뿌리까지 흔들어 떠내려보내면서 하나의 사랑을 형성한다. 그러나 두 시는 같은 것만큼 다르다. 그 생애에 4·19가 최고의 경험이었던, 그래서 혁명이 한 정신의 순결한 구현이었던 김수영의 시는 고고하고 귀족적이다. 사회 변혁의 거듭되는 실패와 희망 아래, 자기 안에서 가장 저열한 것과 고결한 것이 맺는 관계의 발전과 한 시대의 발전을 동일시하지 않을 수 없었던 이대흠의 시는 다정하고 서민적이다. 폭포가 어떤 힘으로 떨어지건 그것을 고립된 것으로만 바라보는 의식은 구조적이고 정태적이다. 그 고매한 정신과 "금잔화(金盞花)도 인가(人家)도 보이지 않는" 어두운 세상 사이에는 분명한 경계가 있다. 그러나 세상살이의 조건이 되고 운동이 되어 그것을 휩쓰는 것으로 표현되는 홍수는 시간적이고 역동적이다. 홍수의 아우성은 세상의 아우성이고, 홍수의 깊은 늪은 세상의 늪이다. 이 사랑하는 정신과 세상 사이에는 구별이 없다. 이대흠의 시집 전체를 지배하고 있는 또 다른 방식의 고결함이 아마 여기서 얻어질 것 같다. 이를테면, 자기가 짓는 집에 자기가 살지 못한다는 한 노동자의 한탄이 암시된 「율도 1」은 이렇게 끝난다: "해머드릴로 벽을 까다가 나는 누군가 살아갈 방바닥에 오줌을 눈다 이 오줌 위에 한 가정의 안녕과 행복이 놓여지리라." 이 구절에 조롱의 의미는 전혀 없다. 방바닥에

오줌 누기는 그 한 가정의 안녕과 행복 속에 깃들어야 할 죄의식을 노동자 자신의 것으로 미리 떠맡는 일일 뿐이다. 그것이 사랑인데, 고결한 사랑이다.

김수영의 고매한 정신과 이대흠의 서민적인 고결함 사이에, 우리 시가 1970년대와 80년대를 몸부림치며 얻었던 경험이 개입되어 있다고 한다면, 그 약점도 거기 간여할 것이다. 내가 보기에 이 약점 중에 가장 큰 것은 '희망의 알레고리'라고 부를 수 있는 그런 발상법과 표현들이다. 시에서 말이 지니는 의미의 확장이며 그 깊이의 심화인 상징과는 달리, 말과 사물의 교착 속에서 우연한 기회처럼 얻어지는 알레고리는 그 자체로서 고립된다. 이대흠의 시에도, 실천이 못 미치는 곳에서 희망이 고립되듯, 고립되는 알레고리들이 가끔 남아 있다. 예를 들어, 첫머리의 시「불 속으로, 그 남자」에서, 세상인 불과 남자인 나사를 비유의 통일된 차원에서 이해하기는 매우 힘들다. 그것들은 한 시 속에서 각기 독립된 알레고리들이다. 그래서 이 시가 표현하려는바, 잔혹한 세상과 거기서 제 뜻을 펴려는 한 남자가 맺는 그 겉도는 관계의 헐거움은 현실과 알레고리가 맺는 관계의 그것이기도 할 것 같다. 모든 알레고리가 늘 그렇듯 뜻도 있고 힘도 있으나, 이 뜻과 힘은 그것들을 둘러싼 것들과 함께 고립되고, 그것들 서로간에도 고립되어 있다.

그러나 이대흠의 시는 그 자신이 가장 먼저 의식하는 이 힘의 고립으로부터 자신의 시적 입지를 발견한다. 그는 자신이 물려받은 유산으로서의 고립된 힘들을 그 미학적 실천의 궁지로 여기면서 동시에 발판으로 삼았다. 1990년대 한국시에서, 흔히 힘의 상실처럼 이야기되는 것이 실은 힘의 확산이고 확대인 것을 그의 시가 증거한다. 그의 시는 스스로 힘찰 뿐만 아니라, 힘의 향방을 말해준다.

혼자 가는 길

─성미정의 시집 『대머리와의 사랑』에 부쳐

성미정이 결코 길들여지지 않을 불온한 시인이라는 인상을 얻게 된 것은 아마 '대머리' 연작이나 '야구 처녀' 연작이 쏟아내놓은 그 끔찍하고도 규정하기 어려운 이미지들과, 걷는 법이 없이 뛰어 달아나는 그 말들의 행렬 때문이었을 것이다. 나도 어느 자리에서 그를 문단의 뛰어난 랩퍼라고 부른 적이 있는데, 그의 등단이 랩을 부르는 가수들의 등장과 시기적으로 거의 일치하며, 그런 종류의 노래와 마찬가지로 우선 소란스러워 보이는 그의 시에는 아늑한 정조와 평화로운 위안을 책에서 구하려는 사람들을 숨차게 만드는 무엇이 있다고 여겼기 때문이다. 그러나 이 시인이 '튀는 아이'의 명성을 얻게 된 것은, 그가 날렵해서가 아니라 차라리 숫보기인 탓이었다고 말하는 것이 옳다. 달려가는 시인을 붙잡아 세우고 그에게 말을 거는 방식으로 그의 시를 읽게 되면, 그가 저 거리를 질주하는 '열세 아해(兒孩)들'처럼 무서운 아이인지 무서워하는 아이인지를 분간하기 어렵다. 말하자면 그는 겸손하고 슬기로운데, 아직 부족한 겸손과 스스로 믿을 수 없는 슬기가 혹시라도 세상에 들켜버릴 것이 두려워 마구 달려가는 형국이다.

절대적으로 슬기롭기를 바라는 그의 시가 늘 자기 성장을 주제로 삼는 것도, 그 성장이 사람과 사람의 만남 곧 사랑과 늘 결부되는 것도 모두 당연한 일인데, 그것들은 또한 문학이 오랫동안 노력해온 일이다. 자기 정체의 확인, 타인에 대한 이해와 헌신, 창조적 노력을 통한 자기 건설 내지는 자기 지우기, 이렇게 열거하고 보면, 사보나 홍보지 같은 데에서 '보통 사람'을 겨냥하는 턱없이 낙천적이고 '인간미'가 주체할 수 없이 넘치는 짧은 동화들을 연상하게 된다. 최초의 착점과 구성 방법만을 따진다면 성미정의 산문시 또는 산문투의 시들은 확실히 그런 동화를 닮았다. 시인 자신이 '동화'라는 큰 제목을 주고 있는 시편들을 포함해서 거의 모든 시편이 공상적인 이야기를 근거로 삼으며, 게다가 이 이야기는 그 착한 사람들의 동화에서와 마찬가지로 항상 하나 이상의 아이러니를 포함한다. 그러나 성미정의 시에는 마침내 얻게 되는 행복이라고 하는 그 인정주의적이고 순응주의적인 눈가리개가 없다. 동화에서는 비틀어진 세상의 아이러니가 성립하는 곳에, 보통 사람들이라기보다는 어떤 전원시에서 방금 옮겨다 놓은 것 같은 차라리 특별한 사람들의 어수룩한 해결책이 언제나 마련되어 있지만, 성미정에게서는 그 해답을 대신해서 하나의 아이러니가 또 하나의 아이러니를 몰고 온다. 먼저 온 아이러니가 뒤에 온 아이러니를 개화시키고 뒤에 온 아이러니가 먼저 온 아이러니를 기정 사실로 확인한다. 「대머리와의 사랑 1」에서, 대머리를 사랑하는 여자는 음모에 이르기까지 자신의 모든 털을 잡아 뽑아 그것으로 가발을 만듦으로써 두 사람의 처지를 역전시키려 하지만, 너무 늦게 준비된 사랑의 증표는 더 이상 소용 없는 것이 되고 만다. 대머리를 대머리가 아닌 모습으로 사랑하기 위해 대머리가 되려는 모순되는 시도 위에 시간차의 아이러니가 겹치는 것이다. 그런데 두 아이러니는 결국 하나일 뿐이다. 헌신의 의지는 극진하나 머리칼이 가발의 수준으로 떨어지는 이 변질, 이 불완전한 성장과 불완전한 변화는 시간의 파괴적 진행에 대한 암시에 다른 것이 아니기 때문이다. 그런데 시간이 이렇듯 파괴적 성향을 띠게 되는 것은 일차적으로 자기 성장과 그에 대한 표출이 일치하지 않기 때문이다. 「대머리와의 사랑 2」에서, 한 대머리 사내는 머리칼이 뇌 속으로만 자란다. 그가 대머리가 아니었음이 알려지는 것은 그 두개골이 머리칼의 체적을 감당하지 못하여 파괴된 다음의 일이다.

　　이발소에서 돌아온 밤 그는 머리카락이
　　가득 찬 뇌를 현실로 받아들이기로 다짐한다
　　그 밤 그는 오랜만에 편안한 잠을 청하는데
　　폭발이 일어난다 머리카락이 더 이상 누를 수
　　없었던 뇌가 그를 배반한 것이다 사람들은
　　가엾은 그의 조각난 머리 주변에 몰려들어
　　그가 대머리가 아니었음을 인정한다

　사회적 표현에 성공하지 못하는 재능은 결국 성장이 아니라 자기 파괴에 이르고 만다고 해야 하나. 이렇게 편안하게 넘길 이야기가 아니다. 두개골을 깨뜨리고 폭발하는 이 힘은 결코 가벼이 볼 것이 아니기 때문이다. 한 사람을 다른 사람과 구별지어놓는, 그렇다고 그를 외진 곳에 편안하게 잠들 수도 없게 하는 이 에네르기는 어떤 광적 재능과 그 특이한 감수성의 숙명을 말하지 않고는 설명되지 않는다. 바로 그 대머리인 시인은 이 낯선 숙명의 지시에 따라, 그 자신이 표현하고 있는 것과 같은 환각적인 열병에 매혹되어야 하지만, 그 위험한 칼날 앞에 맨살이 드러날 것을 또한 두려워해야 한다. 그가 의지해야 하는 힘이야말로 그에게 가장 두려운 힘인 것이다. 성미정의 시가 거침없이 말을 뱉어내면서도, 단 한 번의 돈호법도 없이, 단 한 줄의 정취적 묘사도 없이, 단 한 소절의 노래도 없이, 메말라야 하는 이유가 바로 여기 있겠다. 자기 재능이라기보다는 차라리 그 재능의 낯선 성격에 대한 믿음이 큰 만큼, 파멸로만 성취를 증명해줄 그 숙명에 대한 공포가 또 그렇게 크다. 이 기대와 공포 앞에서 성미정의 아이러니는 두 가지 기능을 지닌다. 그것이 우선 엄격하고 합리적인 계산이라는 점에서는 저 탐욕스러운 '광기들'에 대한 일종의 방어이며, 그것이 해답을 흩트리고 지연시키는 계산이라는 점에서는 그 어둠 속에 잠재하는 광란의 힘들과 손잡기이다.

　성미정의 시에서 자기 성장이 자기 파멸과 겹치는 예들은 검토해볼 만하다. 이 시인에게는 그것이 시적 창조의 도달점은 아니라고 하더라도, 창조의 예감과 영감이 적어도 거기 있기 때문이다. 「언니라는 존재」에서는, 자기 개발의 과정에 그 모범이었고 지도력이었던 것이 어떻게 그 발전의 장애 요소로 바뀔 수 있는가를 말한다. 먼저 성장한 언니는 성장을 멈춘 채 퇴행하고 그를 앞지른 동생이 "삶이 무거"워진 언니를 업고 "끝없는 슬픔 속"의 길을 걷는다. 언니와 동생은 그 처지가 바뀌기만 하는 것이 아니라, 언니가 된 동생과 동생이었던 언니 사이에 정체성의 혼란이 오고, 마침내는 자라는 쪽이 어느 쪽이건 간에 그 성장 속에 "죽어 살이 문드러지고" 남을 흰 뼈를 안고 가게 된다. 세대의 한계는 인간적 한계의 일부일 뿐이라는 말로 이 콩트를 주석할 수 있겠다. 「거울을 먹는 사람들」에서, 밥 대신 거울을 먹던 소녀는 마침내 거울이 된다. 소녀를 먹여 살리려 애쓰던 식구들이 이제 거울을 먹는다. 이런데 이 거울은 "먹어도 먹어도 사라지지 않는 거대한 슬픔"이다. 소녀에 시를, 식구들에 시인들을 대입하여 이 시를 읽는다면, 거울 먹기의 슬픔은 문학적 자기 지향의 비극이라는 이름을 얻을 수 있겠다. 그렇다면, 「비누를 훔치러 다닌 적이 있었다」는 그와 짝을 이루어 순수 지향의 비극을 말하게 될까. 몸을 씻기 위해 비누를 훔치러 다니다가(누가? '그녀'가?) 집

안에서 잠만 자는 '그녀'를 발견하여 그녀를 비누로 만든다. 그 비누의 비눗물은 식구들에게 눈물을 흘리게도 하고, 비누 방울에 갇힌 '그녀'의 모습을 얼핏 보여주기도 하지만, 식구들은 깨끗해지는 대신 얼굴의 굴곡과 머리카락을 잃는다. 순수의 기도는 결국 불모에 이르고 만다. 「가족 나무」에서는, 예의 소녀가 나무를 심어 기른다. 잘 기르지 못했고, 그 결실은 보잘것없었다. 그러나 나무는 무성한 가지를 땅속으로 뻗고 있었다. 그래서 어느 날 밤 나무를 다시 거꾸로 심었을 때, "마치 결혼식과 장례식을 함께 치른 듯 처녀는 피곤했다." 잘 자란 나무 곁에 그 나무 껍질처럼 주름진 노파가 되어 쓰러져 있는 그녀의 모습이 날이 밝은 아침에 발견된다. 소녀 또는 노파의 잘못은 무엇일까. 나무의 뿌리를, 곧 자신의 내면을 하나의 텍스트로 여긴 것이 잘못일까. 아마 그럴 것이다. 자아가 해석해야 할, 따라서 신비로운 텍스트의 한 형식으로 간주될 때 그것은 감추어지거나 폭로될 뿐 결코 성장하지 않는다. 간직한 모든 것을 뱉어내고 죽는다는 문학적 자서전의 신화와 그 비극이 이 아이러니를 만들었겠다. 이렇듯 우리에게 친숙한 문학적 관념들과 차례로 대면하며, 자기의 길을 모색하는 성미정의 모든 '동화'들이 그렇다고 하나같이 실패의 기록만을 담고 있는 것은 아니다. 「흘러간다」에서, 격랑 속에서 제 이름을 잃어버리고 흘러 떠도는 물고기는 '흘러간다'가 바로 자기 이름임을 알아차리고, 그것으로 실종된 이름과 다른 모든 이름을 감당해낼 수 있게 된다. 「장갑 소녀」는 무거운 제 장갑을 벗고 손을 추위에 노출함으로써 "깊은 잠에서" 깨어나고 자기 손이 자라는 것을 보게 된다. 「심는다」에서, '나'는 '너'에게 꽃씨를 심고 창문을 내려 하지만, 그러나 상처를 주지 않고는 창문을 낼 수 없다. 적절한 씨앗을 구하지 못한 '나'는 마침내 '너'의 육체에 '나'를 심음으로써 '너'의 창을 만들 수 있었다.

[……] 종묘상의 오래된 주인은 내가 키운 육체의 깊고 어두운 창
문에 대해서 몹시 감탄하는 눈치였다 창문과 종묘상의 모든 씨앗을
교환하자고 했다 나는 창문과 종묘상의 오래된 주인을 교환하기를 원
했다 거래가 이루어진 뒤 종묘상의 오래된 주인은 내 육체 속에 심어
졌다 도망칠 수 없는 어린 씨앗이 되었다

사실이 그렇다. 얌전하고 수줍어하는 처녀가 좋은 시인이 되기 위
해서는, 날마다 새로워져야 하고, 현실을 두려워하지 말아야 할 것
이며, 제 시적 실천에 절대적으로 헌신함으로써 문학의 오랜 희망과
결혼해야 할 것이다. 그러나 이 행복한 성공의 전망들에도 심리적
불편함이 여전히 남아 있다. 저 흘러가는 물고기는 모든 조류에 고
루 적응할 준비가 되어 있지만 그 고립이 끝난 것은 아니며, 저 장갑
을 벗는 손이 만나는 추위는 현실의 그것이기보다 아직 실험실의 그
것이며, 창문 내기와 꽃씨 심기에도 아직 자기 반추의 거울 놀음이
가시지 않았다. 머리칼은 여전히 머릿속으로 자라며, 나무는 여전히
지하로 큰다. 그렇다고 해서 성미정에게 얻은 것이 없다고는 말할
수 없다. 이야기의 논리와 그 아이러니가 성공을 전망하건 실패 속
에 갇히건, 그의 시는 그 성패 양쪽의 기괴함을 감지하기에 늘 성공
하고, 그것으로 환상적인 분위기 하나씩을 어김없이 만들어낸다. 이
기괴함은 그의 고독 속에 세상을 끌고 들어오는 물귀신이다. 그는
이 기괴함으로 현실에 반항하며, 한 사물을 그 윤곽 밖으로 연장하
고, 죽어 있는 것들에 혼을 준다. 권태로운 일상을 이겨낼 수 있게
하는 끈질긴 도취제가 거기 있으며, 문학에 대한 절대적인 헌신의
용기 또한 거기서 얻어진다. 이점에서 문학의 가능성에 대한 강한
신뢰의 환유이기도 한 이 괴기 아이러니 속에서는, 파멸의 전망까지

도 시적 재능의 폭발적 성격을 증거할 뿐이다.

성미정의 시가, 자주 만나게 되는 낱말 중의 하나는 '식구' 또는 '가족'이다. 그것은 문자 그대로의 식구와 가족을 넘어서서, 고립된 자아를 옥죄어 둘러싸고 있는 세상의 최일선을 말한다. 그 성격은 변덕스럽다. 자아가 그 성취를 예감할 때 식구들은 창문이 되지만, 자아의 고립이 깊어질 때 그들은 가장 매정한 세상과 똑같은 벽이 되고, 자아가 파멸할 때 그 고립된 삶을 채 이해하지 못한 채 자신들의 몫으로 떠맡는다. 무엇보다도, 합리로부터 시작하여 비합리로 끝나는 아이러니의 구조에서 이 가족들은, 모든 친숙성과 사랑의 관계가 그러하듯, 그 비합리의 부분을 감당한다. 거기서는 이해와 몰이해가, 긍지와 수치가 표리의 관계를 이룬다. 말하자면 가족은 자아의 논리와 세상의 그것 사이에 불편한 접합점이 되며, 자아는 이 불편으로 자신의 특이 체질과 이상한 숙명을 가늠한다. 성미정이 그의 '야구 처녀' 연작을 쓸 때, 이 좁고 이상한 유대를 더 넓은 세상에서 실험하고 싶었던 생각이 있었던 것은 아닐까. 정확히 말한다면 그가 한 사람의 시인으로 등단하여 활동하게 된 바의 문단인 이 '야구장'에서 다시 발견하는 것도 역시 불편함과 비합리인데, 그러나 그 질이 같지는 않다. 저 가족의 비합리가 어떤 비범한 운명에 대한 당혹감이라면, 야구장의 그것은 이 운명을 운영하고 분배하는 제도적 또는 반제도적 모순이다. 여기서도 역시 자아와 그 재능은 고립되지만, 「야구처녀의 고독은 둥글다」가 말하는 것처럼 고독은 벌써 그 날카로운 성질을 잃는다. 이 넓은 세계에 산재한 고독들은 사위를 경계하며 움츠려 긴장할 뿐 어디를 향하지 않기 때문이다. 야구장에는 물론 룰이 있지만, 그 룰은 야구장을 소유한 「야구 선생님」들에 의해 지극히 자의적으로 결정되는바, 「야구에 대한 세 가지 슬픔」가운데 하나가 그것이다. 환상적인 언어는 공격적이 되고 암시적인 비유들이 직접적인 탄핵으로 바뀌는 이 '야구 처녀' 연작은 성미정에게서 그 시적 창조의 힘이 가장 크게 위협받는 순간을 나타낸다. 식구들의 당혹감을 희생으로 삼아 일종의 문학적 가출을 감행한 이 처녀 시인에게 '시인 식구' 되기 또는 만들기의 좌절은 모든 시적 희망의 몰수를 뜻하기 때문이다. 희망 없이 시 쓰기인 이 야구는 차라리 시의 대척점에 있다: "야구를 전혀 몰랐던 시절의 아이 나를 닮은 작은 아이가 사는 곳 야구와는 상관없이 나를 사랑하는 어떤 이들이 있는 곳 야구에 관한 모든 상념이 잊혀지는 곳 그곳에서 나는 홈인이라 외친다"(「야구에 대한 세 가지 슬픔」). 성미정이 회수하는 것은 고독이다. 그는 다시 한번 이 고독의 질을 바꾼다.

고독의 질을 바꾼다는 것은 자신이 고립되어 있다고 느끼는 것이 아니라 고독한 길을 선택한다는 것이며, 그래서 사랑의 가치를 이해한다는 것이다. 검소한 삶과 절제된 사고의 틀 속에서 헌신의 용기를 다시 회복하고, 이름과 물건들이 차지하던 자리를 한 인간의 생명력으로 다시 채운다는 것이다. 「검고 낡은 구두와의 이별」은 아름답다. '그녀'는 검고 낡은 구두의 굽을 갈려고 했으나, 검은 구두만을 만들어온 늙은 신기료는 그 일을 거부한다.

〔……〕 그녀는 닫힌 문 앞에 검은 구두를 벗어놓는다 늙은 신기료는 문틈으로 구두를 바라본다 우울한 꽃다발 같다 우울한 꽃다발에 맺힌 이슬을 본다 그녀는 맨발로 걸어간다 모든 뿌리의 기억이 발 깊이 스민다 그녀의 다리를 지난다 복부와 가슴을 지난다 머리까지 올라온다 늙고 지친 구두 같은 신기료는 그녀의 머리 속에 잠든다

구두가 없어야 맨발을 가질 수 있으며, 사물과도 기억과도 직접 만날 수 있다. 그러나 시는 거기서 그치지 않는다. '그녀'는 자신의

버려진 구두 같은 신기료를 자기 "머리 속에" 잠재운다. 마지막 문장을 이 신기료가 차지해야 할 이유는 그가 만들어온 구두의 성격에 있을 것이다. 그 슬픔의 검은 구두는 다른 모든 구두처럼 맨발을 그 '기억'으로부터 차단하지만, 모든 구두의 화려함을 그 초라한 검은 빛으로 또한 억제한다. 그것은 인간이 만들 수 있는 모든 것들의 한계를 지시한다. 기억에서 출발하여 아주 멀리 떠나되, 그 거리를 가난으로 비워 이 기억에 가장 가까이 있기, 성미정은 이 실현하기 어려운 기획 아래서 자신의 시의식을 확인한다. 가난과 절제를 선택하는 것은 곧 시를 선택하는 것이며 반항을 선택하는 것이다. 성미정은 혼자 간다. 가난하기에 잊어버릴 수 없는 문학의 첫 약속과 함께 간다.

강인한 정신의 서정
── 김명인의 시집 『바닷가의 장례』에 부쳐

    김명인의 첫 시집 『동두천』(1979)에는 "더러운 그리움"이라는 말이 여러 차례 나온다. 이 두 낱말은 그 삶의 실제적인 이력 위에 그 시적 숙명의 행로를 겹쳐놓는다. 김현이 이 모순 어법을 끌어내어 시인에게 바치는 그 수려한 평문의 제목으로 삼기 전에, 이에 대한 오규원의 적절한 설명이 있었다: "그의 더러운 그리움은 떠날 곳을 떠나지 못하는 더러움과 쓰러지지 못해 또다시 떠나는 우리들의 비겁함에 대한 역설적 표현이다." 그후 김명인은 세 권의 시집을 더 발간했고 이제 또 한 권의 시집을 상재하고 있지만 이 역설은 완전히 해소되지 않았다. 두 번째 시집 『머나먼 곳 스와니』(1988)에 부친 김주연의 해설은 그 제목이 「그리움과 회한」이었다. 거기서 이 평론가가 발견한 것은 "낭만적 동경이 아닌 회한과 자책의 다짐"으로서의 그리움이며, 결코 그 비극의 "시간을 잊을 수 없다는" 서러운 각인이었기 때문이다. 이에 따른다면 이 시인의 그리움은 더러움을 잊지 않기 위해 방법적으로 선택된 불행에의 의식이다. 세 번째 시집 『물 건너는 사람』(1992)의 해설에서 김인환은 매우 시사적인 한 구절을 숨은 그림 찾기의 숨은 그림처럼 끼워두고 지나간다: 그와 김명인의 세대가 "노동자 문제를 해답 없는 문제로 처음 수용하던 무렵에 사회주의라는 낱말은 우리의 뇌리를 스치지조차 않았기 때문에, 사회주의 나라들이 몰락했다는 사실은 우리의 방황에 아무런 영향도 주지 못했다." 더러움의 끝이 상정된 적이 없기 때문에 그리움은 지치지 않는다는 믿음, 곧 문학에 대한 믿음이 이 세대의 믿음이라는 뜻이 되겠다. 또 하나의 시집 『푸른 강아지와 놀다』(1994)의 한 시 「새」에서, 시인은 이 모든 설명들을 자기 책임으로 요약하려는 듯이, 새 한 마리가 "질문을 넘어서" 날아가는 것을 보았다고 말한다. 새는 제가 왜 날아가는지를 모르고, 묻지 않고 날아간다. 질문의 자리는, 특히 그 대답의 자리는, 말할 것도 없이 더러운 자리이다. 변한 것이 없으며, 변할 것도 없다. 역설은 그리움의 운명일 것 같다.

변한 것은 주제가 아니라 그에 대한 시인의 태도이다. 그 변화는 미묘하고 섬세한데, 그것을 감지하는 시선에게만, 김명인의 시를 관통하는 주제들이 그 가치를 오롯이 드러낸다. 그리움의 운명이 곧 역설이라 하더라도, 이 역설은 주어진 운명에서 벗어나기 위한 발버둥이라는 그 최초의 가치 곁에, 그 운명의 깊이와 질에 대한 명철한 인식이라는 또 하나의 가치를 지닌다. 그래서 김명인이 그리움의 모순을 선택하던 최초의 시기에 하나의 '표현'이었으며 시니피앙이었던 이 역설은 변화라기보다는 차라리 세련의 과정 속에서 마침내 '표현해야 할 것'으로, 시니피에가 될 수 있었다.

첫 시 「안정사(安靜寺)」에서, 낡은 단청의 추녀 끝에 "사방지기로 매달린 물고기"도 그 예가 된다.

갈 수 없는 곳 풍경 깨어지라 몸 부딪쳐 저 물고기
벌써 수천 대접째의 놋쇠 소릴 바람결에
쏟아 보내고 있다

풍경-물고기가 제 몸을 다 깨뜨려 소리를 만들어내도 그것으로 지혜의 큰 바다를 이룰 수는 없다. 인용한 구절에서 두 번째 시행의 "벌써"는 바로 다음에 오는 "수천 대접째"의 '째'에 상응한다. 다음 줄의 "쏟아 보내고 있다"의 현재는 이 "벌써"로 지시되는 무모한 과거를 지우고 그 위로 넘쳐 흐른다. 아니 과거가 지워지는 것이 아니라, "수천 대접째의" 시간과 그 더러움이 그 위에 올라서는 또 한 대접의 이 시간으로 관통된다. 물고기가, 또는, 김명인의 시가 얻게 되는 것은 혼돈의 시간 속에 줄기를 잡고 일어서는 이 서사적 시간이며 인간의 시간이다. 게다가 이 시의 마지막 시구는 그 풍경-물고기를 매달고 있는 안정사 옥련암이 "바다 가까운 절간"인 것을 알려준다. 물고기는 그 바다를 바라보며 수천 대접 놋쇠 소리로 한 바다에 당도하려 한다. 이 목전의 바다가 고해(苦海)의 바다인지 해인(海印)의 그것인지를 잘라 말하기 어렵다. 그것은 물고기가 그리워하는 바다이지만, 이 절간의 풍경으로 매달리기 위해 거기서 떠나온 바다이기도 하기 때문이다. 다만, 풍경이 쏟아내었던 최초의 한 대접 울음은, 다시 말해서 스무 살의 "더러운 그리움"은 세상의 잡다한 사건 가운데 하나이지만, 수천 대접 위에 또 넘치는 한 대접의 물은, 다시 말해서 쉰을 넘어서도 계속되는 이 그리움의 모순은 인간의 비극이라고 그 바다는 말한다. 이렇듯 젊은 날의 모순된 저항은 그 모순의 순간을 지켜나가는 저항이 되는데, 놋쇠 대접을 사이에 두고 소리가 물로 바뀌는 것과 같은 감각의 세련된 교란이 이 전이와 무관하지 않다는 것은 말할 필요도 없다.

세련된다는 것은 물론 거짓말을 한다는 것이며, 말할 것을 다 말하지 않는다는 뜻이며, 더 나아가서는 말하지 않은 것을 위해 말한 것의 의미를 죽이고 잠재운다는 뜻이다. 세련된 시는 말의 죽음들, 상징적인 죽음들을 장치한다. 말할 수 없는 것을 아끼고 싶을 때 더 많은 말을 하고 그 말들을 교묘하게 얽어놓는 김명인의 시에서는 이 장치들이 쉽게 드러나지 않는다. 그러나 이 상징적 조작의 작은 죽음들을 다른 모든 것들과 함께 무화시켜버릴 실제적인 죽음이 문제될 때, 비로소 시인은 그 장치들의 실재를 고백하게 된다. 「붉은 산」에서는 바로 그 죽음의 땅인 "붉은 산" 가까이 가본 적이 있다고 시인은 말한다. 옛 절터였던 구릉에서 그 산이 보였다.

> 잎들이 염주 소리에 가까운 제 흙빛으로
> 지나가는 바람에 달그락거릴 때,
> 명부전 추녀 한 자락이 공중누각으로
> 얼핏 떠 있기까지 했다

그날 밤 시인은 그 산 아래서 자며 크게 아파 "창자란 창자 다 꼬여"들었는데, 새벽에 "곽란의 길보다 더 헝클린 꿈결을 건너와서" 누군가 옆에서 속삭였다.

> 없는 산은 남겨두고 돌아가라
> 없는 절도 버리고 돌아가라

시인은 그 구릉을 다시 올랐으나 절도 산도 그 자리에서 다시 찾을 수 없었다. 이것은 시인이 죽음을 피했다거나, 죽음이 그를 비껴갔다는 이야기만은 아니다. 죽음이 그를 엄습했다 따돌리는 순간, 이제까지 말의 상징적 조작을 통해서 얻어냈던 의미의 죽음과, 그 작은 죽음으로 제유하는 빛과 어둠이 함께 지워질 것이기 때문이다. 시인은 이 순간을 넘어서면서 "이제 그리움조차 지난날 향기"를 잃었다고 고백한다. 더러움과 그리움이 이쪽과 저쪽으로 극명하게 한 번 갈라졌던 것이다.

그러나 김명인은 이 극명한 순간에 오래 머무르지 않는다. 그의 시적 시간은, 이를테면 「오징어」 같은 시에서, "어둠 저쪽 불 밝힌 집어등"에 미혹되어 "욕망 한 곳으로 모아" 미물도 없는 "낚시를 덜컥 물어"버린 순간에 있는 것이 아니라, "마음속 등대도 꺼져버린 고향 언저리"로 "그만 돌아가고 싶다는 생각"에 "며칠째 온몸 메마르"는 동안에 있다. 간과할 수 없는 것은 그 어두운 바다, 그래서 집어등을 향해 욕망을 몰아붙였던 고향이 이제 비록 불이 꺼졌지만 마음속에 등대의 형식으로 들어와 있다는 것이다. 그리움은 빛을 향하게 할 뿐만 아니라, 이렇듯 마음을 지속적으로 고양시키는 열망의 뜨거움을 통해 어둠을 빛으로 기억하게도 한다. 실재하는 것인지도 알 수 없는 이 빛이 어둠 속으로까지 확산되리라는 믿음은 물론 불안정할 수밖에 없지만, 어떤 혼란 속에서도 빛에 대한 그리움의 기억을 빛 그 자체의 기억으로 여기려는 추억술이 포기되지 않는다면, 저 극명한 시간의 초월을 반복·연장의 형식으로 대신할 수 있다. 김명인에서는 이 연장이 현실에 대한 복귀를 뜻하는 것은 아니라고 하더라도, 적어도 현실의 우연들에 대한 다른 인식의 계기는 된다고 해야 할 것이다. 사람은 절대적인 것으로만이 아니라 우연한 것 속으로도 초월한다는 인식. 아름다운 다음 시구들은 시인이 "인환(仁煥)"에게 바치는 시 「비 오기 전에」의 뒷부분이다.

  나는 흘러가버리는 시간의 앞뒤 순서를 늦게라도
  뒤바꾼다, 비 오기 전에도 달은
  구름 사이에 있거나 구름 속에 있었다
  내가 본 것은 금방 지워질 내 알리바이일뿐, 비가 와도
  달은 중천을 건넌다, 나는 이제 증명하지 않는다
  살아내기에도 우리 인생은 너무 벅찬 것이다

흘러가는 틈새에서 네가 바라보는 꽃,
언젠가는 기억이 전혀 닿지 않는 곳에서도 향기를 뿌리고
씨를 앉힐 것이다
그러므로, 피는 것과 지는 것의 거리가 한없이 넓어질 때
그만큼만의 간격으로 사람 사이에 길이 있다 하자
나는 이제 어두워서 누가 그 길 오고 가는지
저문 뒤에도 우리 길 여전할지
내리기 시작하는 비에 겹쳐 모든 생각 지우면서
후미진 골목 끝을 오래 바라보고 있다

그렇다. 달이 내 눈에 띄고 안 띄고는 우연일 뿐이다. 내가 구름
걷힌 날에 있는 것도 비 오는 날에 있는 것도 우연일 뿐이다. 그러나
달은 절대적으로 "중천을" 건너가고, 꽃은 우연의 "기억이 전혀 닿
지 않는 곳에서도 향기를 뿌리고" 필연적으로 또 다른 꽃을 준비한
다. 시인의 시를 가득 채울 것은 우연의 알리바이들에 불과하겠지
만, 달을 보았던 과거가 달 없는 지금을 구제하듯, 다른 시간에 다른
곳에서 꽃향기를 맡을 사람들이 꽃이 진 이 시간의 나를 구제하는
관계는 필연이다. "예측되는 짧은 순간"의 알리바이들이 "피는 것과
지는 것" 사이의 틈새를, 우연과 필연의 접촉 면을 넓혀놓는다. 인간
적 인식을 인간에게 맡겨두고 절대를 절대에 맡겨둠으로써, 그것들
에 대한 인간적 딜레마를 해결하기보다는 그 가파름을 살아가려는
이 태도에 관하여 포기라는 말을 써야 할까. 말라르메 같은 사람의
관점에서 본다면 그렇다. 사르트르는 말라르메의 딜레마를 몇 줄의
문장으로 명확하게 설명한다: "말라르메의 아이러니는 그가 자기 작
품의 절대적인 공허와 완벽한 필연성을 알고 있다는 데에서, 그리고
종합됨이 없이 끝없이 서로를 낳고 서로를 배척하는 이 한 쌍의 대

립자들을 분별해내는 데에서 기인한다. 우연은 인간──대자연의 이 미친 파편──의 환상인 필연을 창조하고, 필연은 그 필연을 한계짓고 모순되게 정의하는 바의 우연을 창조하며, 필연은 시구 속에서 '한 운각(韻脚) 한 운각' 우연을 부정하고, 우연은 우연대로 낱말들의 완전 가동이 불가능하기에 필연을 부정하며, 필연은 그 나름으로 시작품과 시의 자살을 통하여 우연을 무화한다." 말라르메는 절대를 지향하여 무에 이르고, 무에 이를 수 없음의 완벽한 인식으로 절대에 승부를 건다. 시가 이루어지는 것은 시와 시인의 죽음에 의해서이다. 김명인은 절대에도 허무에도, 어디에도 승부를 걸지 않는다. 그는 차라리 승부의 피안에 있다. 말의 더러움을 그 의미의 상징적 죽음으로 눌러두더라도 그것은 죽음을 선택하기 위해서가 아니라 그것을 그리움의 피안에서 되살리기 위해서이다. 이것은 확실히 포기의 일종이지만, 그렇다고 순응이라고 말해야 할까. 물론 그렇지 않다. "예측되는 짧은 순간"들, 그만큼 끝없이 다가오는 순간들을 거기 붙들어두기 위해서 놓아두는 이 포기 속에는 또 다른 치열성의 동양적 유산이 있다. 끝없는 수신과 절차탁마를 통해 지선(止善)하려는 자의 치열성이다.

이 핍진한 노력 속에서 '오래된 사원' 연작들은 특별한 가치를 지닌다. 이 사원에는 무엇보다도 열정과 회한과 실망과 나머지 모든 인간적인 것들이 먼지처럼 삭아져내리는 세월이 있다. 삭아내리는 것들 속에는 아마 그 시간도 포함될 것이다. 그것들은 삭아내릴 뿐 지워지지는 않는다. 그것들은 자신을 내내 지워감으로써 영원을 표시한다: "생각거니 왜 나는 불혹도 지나/저 세미한 연기의 변화에나 집착하는지"(「오래된 사원 1」). 시인은 한탄의 어조로 말하는데, 그 것은 "연기의 변화"가 무가치한 것이기 때문이 아니라, 차라리 그것을 다 파악할 수 없기 때문이며, 마저 파악할 수 없음을 집착으로 견

디어야 하기 때문이리라: "저 적조와 적막에도 길들여 유폐의 시절/
깊었다는 것을 사원은/몸은 새삼 기록이나 할까"——사원인 몸은 삭
아내리는 것만을, 그 삭아내림으로 기록한다. 그 삭아내린 것들의
먼지 위에 생경하게 번쩍거리며 떠 있는 집착은 몸 속 깊은 곳에 기
억으로 가라앉지 못한다. 다시「오래된 사원 2」에서, "어디쯤 허전한
녹음 아래 짐 부리고 오래/되새김하는 소울음 소릴 사원은,/내 귀는
끝내 이명으로나 듣고 있는지"——저쪽 해방된 자의 여유로움이 이
쪽에서 집착하는 인간에게는 그 몸의 고통으로 된다. "듣고 있는
지"——이명 곧 집착의 고통이 의심스러운 것이 아니라 행복한 자리
로 연결될 단 하나의 끈이 거기 있다는 뜻이리라. 그래서 제 집착을
버리지 못하는 자는 고통스러우나, 이 고통스러운 집착을 자각하는
자는 강인하고 섬세하다.「오래된 사원 3」에서,

> 누군가 순례의 저켠에서 이곳까지 흘러와도
> 치워진 식탁과 낡은 침상과 지상의 것들을
> 담아내던 그릇들과 그 가장이에 묻은
> 손때들은 찾아내지 못하리라, 폐원
> 사탑들 며칠째
> 비안개 속으로 허물어질 때
> 마음이 기대어 오래 아로새겼던 지상의 흔적들
> 너 또한 쉽게 지울 수 없으리라

　집착에서 가장 멀리 벗어났을 한 순례자가 일상사의 가장 미미한
흔적을 파악해내는 지혜와, 일상에 기대어 사는 자가 그 열망의 흔
적을 마침내 다 지우려는 집착이 동일한 것으로 취급된다. 놀랍지만
당연한 말이다. 우리는 누구나 제가 파악한 것만을 지울 수 있다. 섬

세한 것을 파악하는 자는 섬세한 것을 지우며, 섬세하게 지우는 자는 섬세하게 집착한다. 이 섬세한 집착과 집착되는 섬세한 것들은 이때 해방의 장애일 뿐만 아니라 그 지표가 된다. 상징주의자들에게서 이 세계의 감각 현실이 저쪽 세계를 가리는 장막이면서 동시에 그 세계를 지시하는 유일한 기호로 여겨졌던 것과 같은 이치라고 해야 할까. 거기서도 중요한 것은 일상의 시간을 계시의 시간으로 만드는 섬세함이다. 김명인에게서 그 자체로서 삭아내림의 형식을 마침내 얻게 되는 이 섬세한 집착 속에서는, 지워지는 손때 밑에 또다시 손때를 묻히고, 지문을 닦을 때 어쩔 수 없이 더 작은 지문이 남는 것들이 그때마다 해방의 예감으로 되면서도, 확산되는 감각 속에 가시처럼 남아 그 절대적 허무를 방비한다. 시인이 지향하는 '사이'가 거기 있다. 김명인의 섬세한 집착은——「오래된 사원 5」에서 시인 자신의 표현을 빌려온다면,

> 진속 어딘가
> 지워진 경계 더듬어 밤새도록 바람 달려갈 때,
> 부르지 못한 이름은 가지 끝
> 메마른 집착, 갈잎
> 소리 죽여 지기도 할 것이다

라고 말할 때의 이 "메마른 집착"은——그가 안식에 이르지 않았으며, 그 안식이 끝내 무망하다고 말하는 것이겠지만, 매 순간의 해방 공간인 틈새를 그가 애써 확보하고 있음을 증거하기도 할 것이다. 언제까지나 지상의 몸을 벗어버리지 못하는 사원이 그 자신인 몸을 스스로 처벌하는 「오래된 사원 4」에서처럼,

어둔 산 높이 위로 둥근 그림자 끌 뿐,
　　(그늘 없는 지상이란 이 세상 어디에도 없다)
없는 길을 꿈꾸었던 한때 사원은,
그대 몸은 저렇게 빈자리 채우며 쏟아지는 달빛
風磬에나 시퍼렇게 멍들 일인지

또는 사원이 지상의 조건인 제 몸을 깎아내는 힘에 의해 스스로 부
정되는, 그래서 몸의 집착이 인간으로서 이를 수 있는 가장 순결한
상태로 사원을 대신하는「오래된 사원 5」에서처럼,

살 속으로 파고든 만 가닥 정회, 병 된
갈망의 문자들
덧낀 마음으로는 끝끝내 읽어내지 못했으므로
애증 제 길 다 허물어도 비껴 매인
사슬일 뿐, 없는 사원을
내 몸은 못내 지우고 가려고 하는지

피를 말리는 초조감으로 이 틈새의 자리를 지켜내기 위해서는, 그
때마다 세상의 다른 기미에 시선을 조정하려는 유연함과, 이를 위해
필요한 집중력을 그때마다 동원할 수 있는 강인함이 필요하리라.
　집착이 메마르다는 것은 물론 그것이 발전의 형식을 지니지 않는
다는 것이다.「내 물길로 오는 천사고기」가 말하듯이, 발전의 희망
은 거의 언제나 허황한 가정에 터를 두고 있다: "너는 희망을 말하
지만/나는 가정의 한 끝을 지적했을 따름이다." 생명의 지상적 조건
에 명철한 이 상상력 속에서는,

수만 리 먼바다를 돌고 오는 연어도
식당 한구석에 놓인 수족관 속
열대어의 유영으로 겹쳐 보인다

  시인이 진정으로 희망을 부정하는가. 온 세상을 순례한 자도 '틈
새'에 갇혀 있는 자도 마침내 얻게 되는 것은 최초의 그 자리이다.
그러나 시인이 연어의 모천 회귀를 말하는 것은, 그 해방의 여정을
부정하기 위해서라기보다 수족관에서 놓여날 수 없는 물고기에게서
도 그와 똑같은 해방·억압의 조건을 발견하고 싶기 때문이다. 연어
와 열대어는 함께 해방되고 함께 갇힌다. "지상에서 맞이하는/천상
의 비, 거기서 누가 물로 그물코를 얽고 있는가"——열대어에게 그
해방의 조건인 '물'이 주어지지 않을 때, 연어에게서는 물이 그 갇힘
의 '그물코'로 얽힌다. 김명인이 희망을 말하지 않는다면 그것은 이
수족관 속의 열대어처럼 희망이 가장 무망한 것들의 희망으로 세상
의 희망을 가늠하기 때문이다. 정작 희망이 없는 것을 버리고만 희
망의 판도를 짜려는 시도들에 분명한 거부를 표시하는 이 열정의 집
착이 역사를 의심하게 될 것은 사실이지만, 그렇다고 우연과 절대의
가파른 딜레마로 하나의 틈새로 살아가려는 이 시인의 섬세한 노력
이 어떤 순수 근본주의에의 지향이라고 말할 수는 없다. 집착하는
시인에게 중요한 것은 지금 이 자리의 조건이며 그 가능성이다. 한
정신이 섬세해질 수 있는 것은 현실적이고 구체적인 것의 어느 미미
한 가닥도 포기하지 않으려 할 때뿐이다. 김명인의 '지우기'는 바로
이 관점에서만 가장 명확한 의미를 확보한다. 지워지지 않음을 그
조건으로 여기는——「오래된 사원 5」의 끝 구절처럼, 몸을 지우고 사
원이 되기 위해 사원을 지우는——이 지우기는 현실의 무화가 아니
라 차라리 어떤 우연으로건 존재하는 것들의 현재적 순화를 그 실제

적 내용으로 지닌다. 삶을 구성하는 물질의 조건들은 늘 풀 수 없을 만큼 복잡한 문제처럼 시선을 가로막는데, 시인의 눈은 그 복잡함의 바탕에 갇혀 있는 가장 간명한 형식을 파악해낸다. 어떤 분석의 과정이 있는 것이 아니라, 항상 자극과 생기를 유지하는 수양된 정신의 섬세함이 그 복잡한 외관을 일거에 열어젖히는 것이다. 억압되어 있던 단순성의 현현, 그것이 사물의 순화이다. 이때 의식을 가로막던 사물들의 복잡한 외관이 사라지고, 어떤 노력으로도 물리치거나 지울 수 없었던 조건들의 끈질긴 힘이 갑자기 단절된다. 「부활」 같은 시에서,

> 그때 죽음은 수삼 편 무거운 바람이 아니라
> 키 큰 접시꽃에 머물던 벌나비떼로 날아올라
> 민박집 뜨락을 뒤덮는 만발한 별자리에도 옮겨 앉는다

라고 말하는 순간이다. 이렇게 "여행길의 끝을 미리 만나기도" 하는, 따라서 삶이 그 끝처럼 단순하게 파악되는 시선에게, 별자리에 옮겨 앉는 것은 죽은 자의 죽음뿐만 아니라 살아 있는 자의 무거운 삶이기도 한 것이다. 「바닷가 저 바위」에서는 "갑자기 썰물이 되어버린 갈증 너머로" 설화 속의 태몽처럼 "난생(卵生) 일구는 개펄"과 황혼에 번쩍거리는 "무수한 물비늘들을 한 겹씩 툭툭 털어"내는 바위들을 본다.

> 저 바위 겹진 각질의 꽃잎 다 떨궈내기까지
> 가래 끓는 가슴이므로 너무 벅차
> 바라보기에도 파도는, 숨이 가빴습니다

육체는 제가 만난 것의 환희를 이기지 못한다. 다른 시 「방주」는 봄날 꽃핀 교정에서 일어났던 개벽을 기록한다.

> 세상은 봄 천지지만 이제 곧 홍수가 닥칠 거야
> 그 시절처럼 암수 짝을 맞춘 날짐승들이 숲을 향해
> 줄지어 날아간다
> 사흘째 비가 내리고 빗줄기 속으로
> 세상이 잠겼지만
> 날이 개자 꽃 다 버린 교정 어느새
> 방주 떠나고 없고
> 건널 수 없는 물길처럼 아지랑이
> 빈 운동장 가득 출렁인다
> 이 아득한 봄날 지나면
> 세상은 또 바뀌어야 하나, 산정 가까이 한 척 배가
> 다시 와 닿고 있다

개벽은 끝없이 개벽을 초청한다. 개벽의 대홍수란 차라리 비 맞는 일상의 막막함과 봄날의 "아득한" 근심일 것이기에 이 기적이 그만큼 더 화려하다. 섬세함은 언제나 갇혀 있던 기적을 사물 속에서 열어낸다.

김명인은 그가 대학생이던 1960년대부터 지금까지 이 섬세함을 지켜왔다. 그 시학은 섬세함의 시학이며, 그 아름다움의 골자는 강인함의 서정이다. 그 세월 동안 훌륭한 시인, 좋은 시인들이 많았다. 누구는 삶과 내통하는 죽음을 보았으며, 누구는 시로 세상의 권력과 맞서 싸웠으며, 누구는 귀신을 부렸고, 누구는 삶의 장애 위로 재치 있게 날아갔다. 제 몸을 텍스트로 읽은 시인이 있었고, 세상의 힘을

제 힘으로 차력하는 시인이 있었다. 그러나 김명인만큼 시적 섬세함
을 모질게 지킴으로써 삶의 장애를 열어젖힌 시인은 드물었다. 그래
서 중요한 것은 이 시인이 섬세하다는 것이 아니라, 희망이 있을 때
나 없을 때나 30년 동안을 섬세했다는 것이다. 이 강인함의 비밀은
단순하다. 인간 심성의 위대함에 대한 믿음, 곧 문학에 대한 믿음이
그것이다.

단정한 기억

—나희덕의 시집 『그곳이 멀지 않다』에 부쳐

    나희덕의 시는 늘 착하고 얌전하며, 게다가 읽기 쉽다. 그것을 이 시인의 특질이라고 말해야 할까. 이른바 순응주의적인 시에서 흔히 볼 수 있을 것 같은 이런 면모들이 나희덕에 관해서도 일단의 인상을 만들어내는 것이 사실이지만, 그러나 그녀를 깊이 이해하게 해주지는 않는다. 같은 말로 표현되는 것이 항상 같은 것은 아니다. 세속적 기대에 영합하는 태도와 선의 의지에 대한 확고한 신뢰를 같은 자리에 놓을 수는 없다. 얌전함은 복종의 표현이지만, 굴종의 반대편에 있는 자기 극복과 자기 희생의 길을 흔들림 없이 걸어가는 일도 복종의 일종이다. 시가 읽기 쉽다는 것도 마찬가지이다. 수사적 장치와 제도 속에 반성 없이 안이하게 자리 잡는 한쪽의 시와 문학적 기호에 의지하기를 한사코 거부하는 다른 쪽의 시를 같은 수준에서 이야기할 수는 없다. 그래서 나희덕의 인상을 더 정확하게, 더 포괄적으로 표현할 어떤 말이 필요한데, 그것은 절제와 단정함이며, 그렇게 표현되어야 할 것의 밑에는 어떤 의지, 더 구체적으로 말한다면 견고함에의 의지가 있다. 이점에 대해서는 의심할 여지가 없지만, 문제는 이 의지 속에 삶과 미래에 대한 열정이 자기 모멸의 감정과 구별할 수 없는 방식으로 섞여 있다는 것이다.

얼어붙은 호수는 아무것도 비추지 않는다
물빛도 산 그림자도 잃어 버렸다
제 단단함의 서슬만이 빛나고 있을 뿐
아무것도 아무것도 품지 않는다
헛되이 던진 돌멩이들,
새떼 대신 메아리만 쩡 쩡 날아오른다

네 이름을 부르는 일이 그러했다   ──「천장호에서」 전문

　겨울 호수에는 기대했던 것이 없다. 그러나 물빛과 산 그림자를 품지 않고, 새떼가 깃들일 수 없이 얼음장으로만 남은 것은 호수만이 아니어서, 그것을 말하는 시도 제 사연을 풀어내지 않는다. 시가 말해야 할 모든 사연은 시인이 부르는 이름으로, 또는 그 이름을 부르는 일로 요약되어 얼어붙어 있다. 부르는 이름에 대답이 없을 것이라는 예감은 자기 모멸의 감정에 닿을 것이지만, 여전히 이름을 반복하여 부르는 일은 포기되지 않는 열정이 지시하는 바이다. 자기 모멸이 들끓어야 할 심정에 얼음장을 만들 때, 열정은 그 얼음 위에 "제 단단함의 서슬"을 세운다. 얼어붙은 호수의 "서슬만이 빛나"는 그 빛은 물빛과 산 그림자와 다른 모든 빛을 흡수하여 무화시키는 방식의 빛이다. 정열은 대답을 무의 자리에 남겨둠으로써 제 줄기참을 유지한다. 단정한 시는 들뜬 시를 환멸의 감정 속에 무화함으로써 제 '시'에 의지를 세운다.
　「탱자 꽃잎보다도 얇은」에서 읽게 되는 것도 다른 것이 아니다. "나는 어제보다 얇아졌다. ──바람이 와서 살을 저며가면 시인이 제 안에 품고 있는 칼날은 하루하루 그만큼 더 자라난다. 그 관계는 고향집 울타리의 탱자나무에 가시들이 무성하게 자랄 때 얇은 탱자 꽃

잎이 피어나는 그것과 같다. 제 속의 칼날에 마음을 자꾸 베이는 것
처럼, "탱자 꽃잎에도 제 가시에 찔린 흔적이 있다."

>   나는 탱자 꽃잎보다도 얇아졌다
>   누구를 벨지도 모르는 칼날이
>   하루하루 자라고 있다

　탱자나무의 가시와 '나'의 칼은 같은 것인가. 가시는 명백하게 꽃
을 보호하지만 마음속의 칼날은 무엇을 보호하는지 알 수 없다. 누
구를 벨 때까지 보호되어야 할 것은 차라리 그 칼날이다. 말을 바꾼
다면, 꽃을 피우려는 시인의 의지는 그 의지에 제 마음을 베임으로
써만 간직된다. 그래서 칼날은 지켜야 할 것의 아름다움을 어쩔 수
없이 대신할 지키는 것의 무성함이며, 부재하는 개화를 은유적으로
라도 증명하기 위해 누구를 벨지 모를 때까지 유지되어야 하는 단
정함이며, 또는 그 초조감이다. 물론 여기에는 덧붙여야 할 말이 있
는데, 그에 관해서는 누구나 알고 있다. 하나의 역사적 전망이 무너
졌을 때, 제 영감의 뿌리를 거기 두고 있었던 한 시인이 그에 대한
원망의 제의에 자기를 희생으로 바치는 방식이 이와 같다는 것이
그것이다.
　제 마음이 하나의 날이기를 바라는 시인은 자신이 대하는 사물들
에게도 똑같은 날을 당연히 요구한다. 사물의 날이란 말할 것도 없
이 그것이 엄격하게 지녀야 할 질서와 형식이다. 사물의 선이 흔들
리고 그 외곽이 몽롱한 혼란 속으로 녹슬어 들어갈 때, 마음은 제 스
스로를 장악할 지표와 환경을 동시에 잃는다. 아니 거꾸로일지 모른
다. 마음이 지표와 환경을 잃었기에 의기소침한 사물들이 그 표정을
되돌려주고 있는지 모른다. 역사가 없는 곳에 사물은 그 우연성으로

만 남는다. 그 형식과 운동의 질서를 보증해주어야 할 역사가 사라졌을 때, 그 유언으로 남기를 의지하는 자가 어디에나 투자해야 할 것은 곧 자기이다. 형식이 흩어져도 그 기억은 존재하며, 전망이 끊어져도 하나의 방향을 향했던 운동의 질서가 실종되었을 장소로서의 미래까지 포기되어야 하는 것은 아니다. 제 시간을 잃고 주눅 들린 사물에 이렇게 끊어진 시간들을 적용하여 그 날을 추스른다는 것은 엄격함에 해당하기보다는 차라리 관용에 해당한다고 해야 할까.

나희덕이 「구두가 남겨졌다」에서, "납작해진 뒷굽"과 "어느 한쪽은 유독 닳아" 그 주인을 심하게 기우뚱거리게 했을 것 같은 구두에, 그 속에서 "문득 걸음을 멈추었"을 한 인생을 되돌려주며, "그의 발이 연주하던 생의 냄새"를 맡고, "그를 품고 있던 어둠 같은" 것을 한 움큼의 온기로 느낄 때, 그녀는 사물의 무너짐을 그 과거로 용서한다. 그것은 그렇게 남겨질 삶인 것만큼, 그렇게 날아가버릴 삶이기도 하다. 그러나 적어도 한 삶에 대한 회오는 남으며, 사물은 그 무너짐의 의미를 그렇게 칼날로 간직한다. 중요한 것은 그 형식이 무너졌다는 것이 아니라, 그것이 한때 형식이었음을 아는 것이며, 그 형식을 기억 속에서 단단하게 추상해냄으로써 그 무너짐을 용서하는 일이다. 그래서 용서는 엄격함의 일종이다. 다른 시 「벗어 놓은 스타킹」에서 이 기억은 실천의 가치를 지니기도 한다. 스타킹은 "지치도록 달려온 갈색 암말"이 되어 여기 쓰러져 있다. 상처입고 늘어진 이 "욕망의/껍데기"가 그러나 아직 "몸의 굴곡을 기억하고 있다." 다시 물을 머금게 될 암말—스타킹이 "갈색빛이 짙어지면서 다시 일어"서게 되는 것은 이 기억에 의해서이다. 일어서는 스타킹은 다시 지치도록 달리게 될 스타킹이다. 그래서 이 기억의 일어섬은 동일한 기억들이 연이어 주입되기를 요청하는 것과 다르지 않다. 삶의 실천만이 사물에 그 기억의 날을 세운다. 나희덕은 사물의 형식과 질서를 위해, 말하자면 자신의 종아리를 때리는 어머니의 태도를 빌려, 기억을 실천한다.

단정한 기억이라는 말이 가능할까. 나희덕은 기억이 작아지기를 바란다. 그녀에게 기억은 현실 도피의 장소이거나 감동의 축전지가 아니라, 현실 정화의 단순한 요소이며, 날카로운 경고 같은 것이기 때문이다. 좋은 형식이란 늘 그렇게 얇고 작다. 「웅덩이」에는 웅덩이를 지나가다 바지를 적셨던 이야기가 있다. 비 내리는 길에 적신 바지를 그대로 입고 "눅눅함도 축복인 양 걸어다녔다." 해가 나고 바지는 말랐지만, 바지의 얼룩은 "마를수록 선명해지는 상처"였다.

구석에 앉아 마른 얼룩을 부비면
흙먼지였던 당신
그제야 내게서 날아올랐다
기억은 웅덩이처럼 작아져 갔다

날아가버린 먼지와 함께 기억은 작아졌다. 그러나 거기 담긴 뜻은 간단하지 않다. 마른 얼룩이었던 기억이 웅덩이의 크기를 회복했다면 기억이 그만큼 커졌다는 말이 되고, 웅덩이가 마른 얼룩, 그것도 먼지가 되어 날아가버린 얼룩의 크기로 제한되었다면 웅덩이가 그만큼 작아졌다는 말이 된다. 아마 이 양의적 표현은 망쳐진 바지에 대한 현재의 기억이 바지를 망쳤던 과거의 웅덩이를 이제 감당할 수 있게 되었다는 말로 정리될 수 있을 것 같다. 나희덕에게 기억은 과거로 옮겨 앉아 다시 그 정서 속에 함몰되는 계기가 아니라, 그 과거에 객관적 시선을 유지할 수 있다는 자신감의 순간이다. 단정한 기억 속에서는 현재가 과거를 감추는 장막이 되지도 않으며, 과거가 현재를 휩쓰는 눈사태가 되지도 않는다. 과거는 단지 제 크기를 가질 뿐이며, 기억을 정리하는 자는 상처의 웅덩이 속을 다시 헤매지 않는다.

게다가 이 기억으로 구제되는 것은 과거만이 아니다. 다른 시, 학교를 떠나는 한 교사의 이야기인 「그러나 흙은 사라지지 않는다」에서는 이 기억이 미래를 위한 기획으로서의 가치를 지닌다. 교사는 여러 계절을 거듭해가며 자기 마음의 풍경으로 여겼던 공터를 학교와 함께 떠나게 된 것을 아쉬워한다. "내가 떠나도 공터는 남으리라"고 생각했는데, 그가 "짐을 꾸리는 동안" 공터에서는,

> 포크레인은 지나간 날들을 파내려 갔다
> 구덩이가 깊어질수록
> 그 옆에는 작은 산이 하나 자라났다
> 패이는 것과 쌓이는 것,
> 그러나 흙은 사라지지 않는다
> 티끌과도 같은 날들이 먹구름으로 밀려온다

공터는 사라지고 그 자리에 빈 구덩이가 남을 때, 거기서 보냈던 시간들에 대한 기억마저 용납되지 않는 것처럼 보인다. 그 공터를 구성했던 흙은 이제 다른 무엇이 된다. 무엇이 되었건 남는 것은 단지 그 흙이다. "티끌과도 같은 날들," 그것은 티끌같이 많은 날들이면서 동시에 기억들이 혼란스럽게 부서져 흙먼지로 돌아가버린 날들일 수도 있다. 공터의 삶과 시인이 공터와 나누었던 우정의 내용은 그 형태조차 흩어져 티끌과 먹구름으로 떠돌지만, 그 형식에 대한 기억의 요소는 다른 무엇이 되어서도 남아 있는 흙으로 그 안에 포함된다. 그래서 그 수많은 흙먼지의 날들은 잃어버린 풍경을 언젠가 다시 복원하기 위해 길게 예비되는 시간이 되며, 그 먹구름은 어

쩔 수 없이 묻어두었던 삶이 알 수도 짐작할 수도 없는 변화와 곡절을 거치게 될 장소로 된다. 그 형식의 기본 요소로 작고 단정하게 정리된 기억은 이와 같이 고난의 날들을 건너기 위해 필요한, 초연한 침묵의 일종이다.

나희덕의 시가 그 형식에서도 그 내용에서도 특이할 정도의 투명성을 유지하는 것은 이 강인한 침묵에 의지해서가 아닐까. 침묵은 그 자체로서 고백이 아니지만 고백의 끝에서 만나게 되는 질문이며, 그 자체가 고통이지만 상처와 얼룩을 남기지 않는 방식의 고통이기 때문이다. 「왜」라고 이름 붙은 시에서, 붉은 먹이와 푸른 먹이를 그 색깔대로 정직하게 배설하는 달팽이가 왜 날아오르지 못하고, 흙 속에 연한 생살을 비비며 사는지를 물을 때, 그것이 왜 이파리 한구석에 숨어 살아야 하고, 그 전 생애를 실은 이파리가 왜 흔들리지조차 않는지를 물을 때, 이 물음보다 더 투명한 것을 찾기는 어렵다. 질문자는 세상과 자기에 대해 의무와 성의를 다 한 후에도 해결되지 않는 문제 앞에 똑같이 "흔들리지조차 않는" 자세로 서 있기 때문이다. 순탄하게 읊을 수 있는 시 「사랑」의 첫 두 절을 어떤 깊이에서 읽으면, 나희덕에게 사랑이란 고통에 관해 말하지 않는 방법임을 알게 된다.

피 흘리지 않았는데
뒤돌아 보니
하얀 눈 위로
상처 입은 짐승의
발자욱이
나를 따라온다

> 저 발자욱
> 내 속으로
> 절뚝거리며 들어와
> 한 마리 짐승을 키우리

　문제는 두 번째 절이다. 상처입고 내게 들어온 발자국이 나를 짐승으로 키운다는 말일까. 그렇다면 이치에 맞지 않다. 피 흘린 짐승이 내게 들어오고 내가 그 짐승을 키운다는 말일까. 그렇다면 그 말은 통사법에 어긋난다. 해답은 아마 간단할 것이다. 발자국은 내 발자국이며, 피를 흘리는 것은 짐승이다. 짐승이 나인 것이 아니라, 피를 흘리는 나는 곧 짐승이다. 고통에 내용과 크기를 주어 상처를 만들기보다, 그에 대한 해석을 침묵으로 대신하여 모든 고통을 안아들이는 방법, 그것이 나희덕의 사랑이며, 그 시이다. 상처의 침전물이 남지 않을 때까지 고통을 주시하는 일은 끝없이 칼날처럼 얇아지는 침묵의 말에 이르고, 시는 다시 그 고통으로부터 상처의 남은 더께를 건어낸다.

　나희덕의 시론이라고 부를 수 있는 「어떤 항아리」는 필경 이 관계에 비추어 이해되어야 할 것이다. 금이 갔으나 금이 갔다고 할 수 없는 이상한 항아리가 있다. 퉁겨보면 소리는 아직 맑고 물을 담아도 흐르지 않는다. 그러나 간장을 담으면 어디선가 샌다. 간장은 너무 짜서 맑아졌고, 너무 오래 다려서 서늘해진 "고통의 즙액"이기 때문이다.

> 무엇이든 담을 수 있지만
> 간장만은 담을 수 없는,
> 뜨거운 간장을 들이붓는 순간

산산조각이 나고 말 운명의,

시라는 항아리

시가 고통의 가장 맑은 즙액을 완벽하게 담을 수 없는 것은 그 자체로서는 시의 약점이 아니다. 그것은 시의 편에서 그 정수에게 보내는 일종의 경의이며, 이 인사를 통해, ──또는 자신을 파멸 속에 던지겠다는 위협의 말을 통해──, 시는 다시 그 정제를 돕고 연장한다. 그러나 여기에는, 고통으로 시를 쓰고, 시적 실천을 위해 그 고통을 명석한 의식으로 직면해야 하는 시인의 편에서 시에 보내는 원망도 물론 들어 있다. 시는 고통의 언어 이상의 것이 아니기 때문이다. 그러나 나희덕의 이 원망에는 자신의 시어에 어떤 변화가 오리라는 예감도 역시 포함된다. 시가 고통을 담거나 새어 보내기보다는 고통이 시의 재량을 빌려 고통 이상의 어떤 힘으로 되리라는 예감이라고 말해도 무방하겠다. 어떤 시는 고통에서 떠나지 않으면서 고통보다 더 멀리 간다. 나희덕은 자신의 시가 고통의 피안과 차안에 동시에 존재하게 될 그 길목에 지금 발을 들여놓는다.

구제할 수 없는 분란이 곧 질서이며, 요지부동한 정지가 가장 속도 높은 운동이기도 할 그런 언어를 완전하게 누리기까지 그녀에게는 준비할 것들이 아직 남아 있다. 시인을 흉내내어 비유로 말한다면, 「오분간」 같은 시에서, 꽃그늘 아래 "기다림을 완성"하며 서성거리다 "훌쩍 날아올라 꽃그늘을 벗어"나는 그 오 분 간은 아름답고 아련하지만 시인 자신에게 너무 인색한 시간이다. 역시 비유를 빌려, 「열대야」 같은 시에서, 벗은 몸으로 잠들어 "누구도 데려갈 수 없는 그 강을" 건너갔다 돌아올 '그'를 바라보는 시인의 시선은 너무 조심스럽다. 「만삭의 슬픔」에서처럼, "슬픔을 분만하기 위한 마굿

간"에 몸을 붙인 자신의 위로 정말로 산 하나가 무너져 흙을 덮어줄 때까지 그녀는 기다릴 수 있을 것이며, 그 흙더미를 뚫고 슬픔의 아기를 안고 나올 때는 그 산발한 머리가 가장 단정하게 보이기도 할 것이다. 나희덕의 시가 아름다운 것은 오늘이 단정한 것만큼 그 앞날이 창창하기 때문이다.

소설 · 수필 · 시
—— 이문구의 『관촌수필』을 다시 읽으며

이문구는 그의 고향 관촌에 관한 연작 소설의 큰 제목에 수필이라는 말을 사용하고 있다. 그러나 그 여덟 편의 작품들은 그것들이 처음 발표될 때부터 한 권의 책으로 묶어질 때까지 늘 소설로 취급되어 왔으며, 그점은 또한 저자의 의도이기도 했던 것 같기에 이 제목을 눈여겨보게 된다. 이 수필이라는 말이 안고 있는 내용 가운데 하나는 아마도 그 작가의 겸손함일 것이다. 소설가는 자신에게 가장 귀중한 가르침을 주었던 할아버지, 사회 운동에 투신하며 세상을 다른 방법으로 보게 했던 아버지, 한 마당에서 자라며 자신을 여러모로 키웠던 동네 아이들, 각기 성깔이 달랐던 고향 어른들을 이야기하며, 그들이 이룩하였던 인생이나, 안고 살았던 신고에 비해 자신의 글 쓰기가 늘 곁다리에 불과하다고 생각한다. 그들의 삶이 가치 없는 것으로 그려진다면, 그것은 그들의 잘못이 아니라, 자신의 서투른 글에 모든 책임이 있다. 자신은 붓 가는 대로 따라갈 뿐 어떤 품격 같은 것은 감히 바랄 수도 없다. 그런데 바로 이 겸손함 덕분에 소설가는 특별한 힘을 얻고 있다. 무엇보다도 그는 자신의 글이 전체적으로 어떤 매무새를 가질 것인지 못내 염려해야 하는 일로부터 면제된다. 염려하지 않음이 항상 해방에 이른다고는 할 수 없겠지만, 그의 겸사가 인사치레에 그치는 것이 아니라 진심으로 자기를 작게 여기고 거의 없는 것이나 마찬가지라고 생각하는 자리에서 우러나온 것이기 때문에 그를 가로막는 것이 없다. 그가 글을 쓰는 사람으로서 드러내야 할 자신은 자신이 그리고 있는 것들을 통해서만 나타난다. 그는 자신을 돌볼 필요가 없다. 자신이야 늘 거기 있다. 그가 칠성바위를 그리면 칠성바위가 자신이다. 그가 「공산토월(空山吐月)」에서 한 사람의 죽음을 전하며, "나는 울었다"고 말하면, 그렇게 말하는 그가 있는 것이 아니라 그렇게 울고 있는 그가 있으며, 바로 그 울음과 말이 그 자신이다. 글이 그 글 쓰는 사람의 자아와 맺는 이 관계는 그의 글과 '소설'의 관계에까지도 그대로 연장된다. 한 사람이 소설을 쓰는 것은 제 글을 바로 그 형식으로 끌어올리기 위해서이기도 하지만, 제가 하고 싶은 이야기를 하면서 그 형식에 도움을 받기 위해서이기도 하다. 반쯤은 소설이 소설을 써준다. 소설가는 자기 이야기를 소설 속에 용하게 끌어넣음으로써 자기 재능을 확인하고 자기 이야기를 소설에 교묘하게 엇걸어놓음으로써 자기를 주장한다. 그러나 확인과 주장이 급하지 않은 이문구에게서는 이런저런 이야기를 하는 소설이 있는 것이 아니라 그 이야기가 곧 소설이다. 「여요주서(與謠註序)」에서, 늘 제 몫도 못 챙기던 농부가 "저 두 야생 동물, 아니 그게 아니라 야생 인간인디 말입니다"라고 말할 때, 소설이기 때문에 그가 그렇게 말하는 것이 아니라, 그가 마침내 그렇게 말하기 때문에 한 우둔한 시골뜨기의 겁먹고 주정기까지 섞인 항변이 단단한 소설이 된다. 메치나 엎어치나 마찬가지라고 해야 할까. 그렇지 않다. 그는 소설이 몰고 가는 농부가 아니라 소설을 몰고 가는 농부인 것이다. 소설적인 약속을 위해 그 농부가 동원되는 것이 아니라, 세상도 소설도 관심을 두지 않는 자리에서 느릿느릿 제 스스로 일어나 소설가가 그리워하는 세계를 제가 약속한다. 흔히 소설들이 자기의 몫이라고 여기는 자리를 늘 다른 사람에게 내어

주는 이문구의 겸손한 '수필' 쓰기는 이점에서 바로 '주체성'의 글쓰기이다.

『관촌수필』에서, 그 작품들 전체에 걸치는 하나의 주제를 따라가며 우리가 줄곧 발견하게 되는 것도 이와 동일한 모습을 지니고 있다. 민주화 운동의 굽힐 줄 모르는 투사이기도 했던 이 소설가가 첫 소설 「일락서산(日落西山)」에서, "고색창연한 이조인(李朝人)이었던 자기 할아버지"를 그리는 방식에 독자는 아마 놀라게 될지 모른다. 할아버지는 "안팎 동네 사람들 거지반이 행랑이나 아전붙이였으므로 하대해야 마땅하다"는 생각을 지론으로 삼았고, 입에 대야 할 음식의 종류에 있어서까지 반상에 차별을 둘 만큼 봉건주의적 의식에서 벗어날 수 없는 양반이다. 소설가는 할아버지의 그 모든 태도와 처사를 담담하게, 그러나 존경과 애정을 담은 어조로 이야기한다. 문제는, 뒤늦게 태어난 탓에 얻게 된 새로운 (의식이라기보다는) 풍조에 따라, 마지막 대의 수구적 선비를 비판하는 데에 있지 않다. 소설가에게 중요한 것은 그의 뿌리인데, 이 뿌리는 얼핏 오해하기 쉬운 것처럼 양반으로서의 자신의 혈통이 아니다. 뿌리는 그보다 훨씬 깊은 곳에 있다. 그의 할아버지는 반상을 가리는 것 못지 않게 "숭한 것"과 흉하지 않는 것을 구분한다. 흉한 것은 "되잖은 말, 같잖은 꼴, 어질지 못하거나 어리석은 것 등," 다스려지지 않은 모든 것들이다. 세상이 다스려지기를 바란다는 것은 그 지배권을 자신의 손에 쥔다는 것이 아니라, 자신의 삶과 거처가 질서 잡힌 세상 속에 있기를 바라며, 스스로 그 질서와 같은 것이 되려 한다는 뜻이다. 늙은 선비가 텃밭머리에 자신의 유택을 정하며 칠성바위의 세 바위와 자신이 "사구일생(四俱一生)"이라고 말할 때, 그 손자는 "바위들과 자신이 한 몸임을 알았다면 바람이나 눈비 따위, 모든 자연계의 현상과 자신의 존재가 어떤 성질 혹은 체질을 서로 나눴는지도 알았을 것"이라고 "외람"되게 짐작한다. 노인은 자약(自若)의 경지에 이르러 있는데, 거대 질서와 작은 질서를 합치시킨 이 무욕은 불가나 도가적인 해탈과는 물론 다르다. 땅에 묻히는 일까지를 하나의 "찰방"으로, 문자 그대로 해석하자면 살피고 돌보는 것으로 여기는 그에게 중요한 것은 세상 질서에 대한 무욕에 이르기까지의 실천이다. 그에게는 흥불흥의 구분은 말할 것도 없고 반상의 차별까지가 무질서한 욕망의 틈을 자신에게 허용하지 않으려는 그 실천의 표현이다. 삶이 스스로 끝없이 실천하는 그 도리와 일치하고, 그래서 자연과 문화가 하나가 되는 일이 할아버지의 세대에서 실제로 이루어졌다고는 장담할 수 없겠지만, 인간이 삼라만상 속에서 자기 자리를 의식한 이후의 노력이 마침내 거기에 이르렀고, 이제 사람살이의 모든 전망이 역사적이면서도 자발적이기 위해서는 반드시 그 자리에서부터 커나왔어야 했을 것이기 때문에, 시대는 변했어도 자기 안의 질서를 믿어 "매사에 자약할 수" 있었던 선비의 생애는 주체적으로 글을 쓰려는 소설가의 뿌리가 된다. 주체가 곧 일관된 자기를 의미하는 것이라면, 주체적이라는 것은 모든 것이 제 뿌리로부터 성장했다는 뜻일 것이기 때문이다.

할아버지의 삶이 질서의 지배가 아니라 도리의 열망이고 실천이었던 것은 작가의 아버지가 되는 그 아들과의 관계에서도 나타난다. 그 관계는 특이하다. 아들은 아버지와 다른 세계관을 지니고 사회 운동에 투신한 사상가이다. "무산 계급의 옹호와 서민 대중의 사회적인 위치를 쟁취"하려는 "아버지의 사상은 할아버지의 그것과 대각을" 이루었지만, 이 부자 사이에 '소설적으로' 흔히 예상하게 되는 갈등은 없다. 남녀의 차별과 계급의 구별이 없이 아버지의 웃방에는 '동지'들이 드나들었지만 할아버지는 그것을 흥하게 여기지 않았으며, 아버지의 신사상도 "전근대적인 가풍에 반발하기 위해 싹튼 것"

이 아니었다. 무엇보다도 두 사람은 같은 의례를 지키고 있다. 그들은 같은 방식으로 치가를 하며, 같은 방식으로 제사를 지내고, 거룩한 것에 대해 같은 생각을 가지고 있다. 저자는 "신구 세대다운 현격한 대조" 아래 일치된 것은 그 정도뿐이었다고 말하지만, 이 작은 일치는 그러나 사람이 사람 되게 사는 일에 대한 개념의 근본과 관련된 것이어서 두 사람의 다른 사상은 한 뿌리에서 나온 다른 가지처럼 여겨진다. 몸은 하나인데 그 쓰임이 다르다는 말을 빌려와야 할까. 아니, 설령 그 말이 맞다 하더라도 그렇게 간단하게 정리할 일이 아니다. 들에 두레가 나면 거기에 막걸리 값을 보태고 탁주 한잔을 마시며, 농군들 사이에 끼어 새참을 먹으며, 자기 집안의 하인배나 진배없었던 가족의 혼례 마당에서 노래하고 춤출 수 있었던 이 아들은 그 아버지가 신봉하는 철학이 아직 신사상이었을 때의 그 감수성을 오롯이 되살려 살고 있는 것이다. 이점에서 아들의 새로운 세계관은 자기 아버지의 그것에 대한 시대적 적용을 넘어서서, 그것이 불행한 세월과 함께 형해화하기 이전의 본모습이며, 어느 정도는 그 '전사(前史)'가 되기까지 한다. 그 아들의 아들이었던 소설가에게 그 아버지에 대한 기억은 자신의 훈육에 엄혹했던 모습이 주를 이룬다. 손자에게 자애로웠던 할아버지와 대비되는 이 태도는 자신의 사상과 감수성이 일치하는 자의 씩씩함이기도 하겠지만, 전 세대에게서 개인적 실천이었던 것을 시대적 실천으로 옮기려는 자의 그 의지 표현이기도 했을 것이다. 그러나 또한 이 아버지에 대한 소설가의 묘사는, 할아버지의 그것이 사실적이었던 데에 비해, 전설적인 모습을 띠기도 한다. 무엇보다도 할아버지의 죽음과 그 장례와 그 이장의 내력을 소상히 밝히고 있는 작가가 그 아버지의 죽음에 관해서는 자세한 내막을 묻어두고 있다. 독자는 이 구절 저 구절을 조합하여 그가 자신의 사회 운동과 관련하여 6·25가 발발하기 직전에 세상을 떴다는 사실 정도를 확인할 수 있으며, 그 임종의 자리가 감옥이었을 것이라고 짐작할 수 있을 뿐이다. 게다가, 할아버지와 하녀 옹점이와 행랑에 잠시 머물렀던 상장수와 또 마을의 다른 사람들에게 각기 전기 하나씩을 바치고 있는 작가가 그 아버지에게 마련하는 소설은 없다. 그러나 아버지는 이 '역사'의 도처에 있다. 아들을 앞세워 보낸 할아버지는 말할 것도 없고, 씩씩하고 착한 하녀 옹점이를 비롯하여, 타고난 기운이 넘쳐 건달이 된 대복이에 대해서도, 자신의 미천함을 위인의 기회로 삼을 수 있었던 석공에 대해서도, 이 아버지를 빼놓고는 그들의 생애를 이야기할 수 없다. 그는 한 가문과 한 마을이 맞게 되는 비운의 배경이며, 그들이 이룩하였거나 이룩하였을 위대함의 환경이다. 소설가에게서 이 아버지의 기억은 할아버지의 그것보다 더 아련한 곳에 있으며, 그의 가장 깊은 뿌리도 아마 거기 있을 것이다. 아버지는 할아버지가 가냘프게 이어왔던 한 세계의 삶을 연장하고 확대하여 살았던 것 이상으로, 그 세계가 성립되던 최초의 아득한 순간으로 거슬러 올라가서 살았기 때문이다.

우리가 전사라고 불렀던 그것은 한 사상의 이상이며, 그 황금 시대의 역사이다. 물론 그것은 없었던 역사이며 하나의 이상이 실현되기도 전에 그 퇴폐를 한탄해야 할 순간 뒤돌아보며 만나게 되는 얼굴이다. 작가에게서 아버지의 추억이 전설의 형식을 띠게 되는 또 하나의 이유는 그 거대한 기획이 채 영글기도 전에 불행한 결말을 맞았고, 그래서 자신의 뿌리가 제 삶으로 잇고 있는 뿌리가 아니라 찾아야 할 뿌리가 되었기 때문일 것이다. 그것은 중동이 잘려나간 초목과 같은데, 그 선열한 낫질의 자리에는 아버지가 아닌 다른 사람들, 이제 소설가가 기념해야 할 사람들의 크다 꺾여버린 생애가 있다. 낫질은 물론 6·25이다. 작가는 6·25의 역사적 의미 같은 것을 논하려 하지는 않는다. 그가 어린 날에 겪었던 이 6·25는 밖에서부터 들어온 강제력으로 단순화되는데, 그 나름의 성장을 기약하던 마을의 삶과 이 외부적 개입의 관계는 그의 '수필'에 대한 '소설'의 관계와도 일치한다. 작가는 그 희생자들을 한 시대의 그 횡포한 힘으로부터 구할 수는 없었지만, '소설'로부터는 구하려는 방식으로 자신의 '수필'을 써간다. 말하자면 그들의 삶에서 자발성을 발견하고 그것을 강조하려 한다. 사실 이 희생자들의 삶에 관해서는 여러 가지 논의가 가능할 것이다. 어떤 종류의 비평은 그들을 노예적이라고 말할지도 모른다. 그들은 노예적이라면 노예적이다. 그들은 소설가의 집안과 주종 관계에 있거나, 그들 생계의 일부를 이 집안에 걸고 있다. 「행운유수(行雲流水)」의 옹점이는 거칠지만 주인집에 충직하며, 아직 어린아이인 소설가의 철없는 앙탈을 기꺼이 감수한다. 「공산토월」의 석공은 소설가의 아버지가 감옥에 갇혔을 때, 그의 동조자로 몰릴 만큼 과도한 정성을 쏟아 사식을 차입한다. 「녹수청산(綠水靑山)」의 대복은 성정이 불온하지만 어린 소설가의 방자 노릇을 자청하고, 마땅찮은 행실로 마을 사람들에게 기피 인물이 된 후에도 이 양반집 아들에게만은 다정한 태도를 버리지 않는다. 그러나 중요한 것은 이 도덕 경제적 사회의 인물들에게 정치 경제적 비판 의식을 기대하는 일이 아닐 것이다. 한 시대, 한 사회의 윤리가 기존 질서를 옹호하고 거기 봉사하는 성격을 지녔다고 하더라도, 그 사회의 한 인간이 자기 인생을 설계하기 위해 그 윤리를 주체적으로 받아들일 수 있는 가능성은 항상 남아 있다. 옹점이 가택 수색을 나온 순사에게 분연히 대들 때, 그것은 여전히 자신이 봉사하는 집안에 대한 충성의 표현이지만 그 목소리에는 벌써 한 처녀로 성장하는 그 자신의 힘이 실려 있다. 석공은 대가 댁의 어른을 맹목적으로 섬겼던 것이 아니라 자신의 미래의 모습을 거기서 발견하고 있었다. 그는 자신의 의리 때문에 죄인 다스림을 받았고 때로는 고문을 당하면서도,

그것을 "선생님께 부끄럽지 않은 사내가" 되는 일로 여겼다. 그리고 그렇게 되었다. 힘세고 재주 많았던 대복은 마을의 답답한 질서 속에 안주하는 일이 쉽지 않았다. 그는 안개 낀 새벽마다 어린 소설가를 업고 갯벌에 빠진 여우를 보러 가곤 했지만 여우는 늘 없었고, 그런 날은 상여 행렬이 지나가곤 했다. 사건이란 늘 죽음뿐이었다. 그는 이 답답한 마을의 패악꾼이 되었지만, 원수를 은혜로 갚고 참봉댁의 이상한 머슴이 될 수 있었던 것은 그 마음속에 간직했던 낡은 질서가 다 무너지지 않았을뿐더러, 그 나름으로 이해되었기 때문인 것은 말할 것도 없다. 한 시대의 질서가 뼈다귀로만 남아 있을 때도, 그것이 애초에 선한 의도를 지닌 것이기만 하다면, 그 질서에 가장 억압받는 사람들이 그 선의를 자신들의 삶 속에서 실천한다. 따라서 그들의 의리를 과소평가할 수는 없다. 노예적일 수도 있었던 질서를 주체적 의리로 바꾸어냄으로써 그들이 스스로 성장하는 것이지, '객기'가 그들을 키워주는 것은 아니다. 그들은 그렇게 크고 있던 사람들이며, 한 소설가를 키운 사람들이다.

『관촌수필』 전체는 이점에서 하나의 성장 소설이지만, 그러나 저 모든 성장들이 서리 맞는 곳에 그의 소설가로서의 성장이 있으니 슬프다. 씩씩하고 당찼던 옹점은 전쟁통에 남편을 잃고 시집에서 구박을 받다가 유랑 극단의 가수로 전락한다. 대복이 다시 '사람'이 되어 마음의 평화를 얻었던 것은 잠시였다. 그가 죽음의 전쟁터로 끌려가는 날, 기막힌 곡절 끝에 비밀 결혼식을 올리고 숨겨두었던 그의 아내는 감옥으로 잡혀간다. 석공은 모진 고문과 오랜 영어 생활을 이기고 살아 남았다. 그러나 그가 자신의 열망을 실현하여 "부끄럽지 않은 사내"로 살 수 있었던 기간은 길지 않았다. 고문은 그에게 깊은 병을 안겨주었다. 그는 이 짧은 세월 동안에 한 마을이 제 결로 성장할 수 있었던 최대의 결과가 무엇인지를, 그리고 한 마을이 그 비운

속에서 잃어버리게 된 것이 무엇인지를 동시에 알려주고 죽었다. 소설가의 집안은 몰락하고, 그는 객지로 나가 소설가가 되었다. 그리고 이 '수필'을 쓴다. 그는 한 세계를 잃었다. 저 할아버지의 경우처럼, 자기와 세계가 한 몸이었던 세계를 잃었다. 저 석공의 경우처럼, 자기 눈으로 자기를 바라봄으로써 자기를 아는 것이 아니라 자기가 바라보는 것들의 위대함이 자신의 위대함이며, 제가 위대한 만큼 위대한 것들을 보게 되는 세계를 잃었다. 제 머리에 헛것을 올려놓음으로써 제 키를 키울 수 있는 것이 아니라, 제가 크는 만큼 제 키가 커지는 절대적 성장의 세계를 잃었다. 저 옹점이의 경우처럼 말이 해석을 거칠 필요가 없는 세계, 말이 그 지시하는 바와 완전하게 일치하는 절대적 표현의 세계를 잃었다.

그러나 소설가는 이 잃어버린 것들을 추슬러 그 결을 따라 '수필'함으로써 소설가가 된다. 그의 어린 날을 키웠던 모든 것들이 되살아나 이제 '소설가'와 그의 소설을 키운다. 잃어버린 그것들을 그의 소설은 고스란히 간직한다. 소설은 그것이 말하려는 것과 온전히 하나가 된다. 작가가 저 몰락한 인간들로부터 발견하는 위대함은 곧 소설의 위대함이 된다. 소설가가 자기를 비워버리고 제 키를 염려하지 않는 곳에서, 저 커나가던 사람들이 소설을 키우고, 그것이 소설가의 키가 된다. 그 힘과 그 힘이 제 결로 이룩한 성장 이외에 다른 어느 것도 소설을 간섭하지 못한다. 소설이 지금 수필하고 있는 그 자리가 소설가로서는 그의 실제적인 성장의 자리이며, 더도 덜도 없이 그것이 곧 우리의 성장이다. 그의 수필은 이 절대적 성장의 절대적 표현이다. 소설가가 그 사라진 사람들을 말하는 이 태도는 그 자리를 여전히 지키고 있는 사람들을 말할 때도 변함이 없다. 「관산추정(關山芻丁)」에서 복산이는 치사 한 마디 못 들으면서 마을의 궂은 일만 도맡아 하던 제 아버지를 대물림하여 관공서와 도시 사람들의 뒤치다꺼리를 떠맡고 살아간다. "타관서 떠들어온 드난살이 열 사람 버덤은, 났거나 못났거나 그래두 토백이 하나가 더 낫다──그거여." 복산이의 이 말은, 이문구가 이 소설을 처음 발표했던 1970년대 중반이나 지금이나 크게 변하지 않은 한국 농민들의 삶을 요약하면서 동시에 『관촌수필』 전체를 해설하기까지 한다. 노름하듯 지난 세월이 다 허사가 되고 늘 원점에서 다시 시작하는 삶이 아니라 과거가 미래로 이어지는 삶, 제 결을 따라 사는 삶만이 이 뒤치다꺼리를 자기 책임으로 짊어지기 때문이다. 이 책임지기, 「월곡후야(月谷後夜)」의 수찬이 같은 인물이 보여주는 신경질과 객기가 아니라 이 책임지기가 그 모진 억압 속에서도 사람 사는 일의 깊은 속내를 온존하게 받들고, 느리지만 단단하게 세상을 바꾸어간다. 그래서 바리데기 효도한다는 말이 그르지 않게, 「여요주서(輿謠註序)」에서, 어렸을 때나 커서나 늘 남의 뒷자리에만 서던 용모 같은 인물이 "물은 부드러우나 추운 겨울에 얼면 굳어져 부러진다"는 식으로, 이미 우리가 첫머리에서 인용한 바 있는 그 당찬 말로, 이 '수필'에 날을 세워놓는다. 이문구는 붓 가는 대로 따라갈 뿐인데, 그 붓은 삶의 제 결을 따라간다. 제 결을 따라간다는 것, 그것은 만물을 만물 되게 하고, 사람을 사람 되게 하는 것이며, 그 나머지 모든 것이다.

『관촌수필』에는 도처에 한 인간이 있다. 가난한 땅의 어렵게 커나가던 희망이 묻혀버린 그 과거로부터 모든 기억을 수습하여 거머쥐기에 성공한, 그 기억만큼 거대한 인품이 있다. 이문구는 그 기억들을 단단하게 기념하기 위해 소설을 목표로 삼았으며, 그 기억들을 그 본디 모습으로 고루 끌어안기 위해 수필을 썼으며, 그 기억들이 일어서는 순간 마침내 시에 이르렀다. 한 세계관의 전사에서부터 그 뒷날의 역사에 이르기까지의 온갖 기억을 자기 몸 안에 성장하는 모습으로 간직한, 크고 고결한 이 소설가의 인격이 바로 그 시다. 그를 키웠던 사람들, 그들의 꺾여버린 희망이 이제 이 시 속에서 제 생명의 결을 찾는다.

시의 우주적 상상력에 대한 작은 메모

　현대시는 우주론적 사고 내지는 감수성에 대한 그 나름의 전통을 지녀왔다. 인류를 위한 입법과 교화의 영역에서 근대의 합리주의적 세계관이 종교를 대신하려 할 때, 문학은 그 세계관을 보충하는 데서 그치지 않았다. 항상 그 유용성이 문제되어왔으며, 바로 그 때문에 사회의 모든 직분을 넘어선 자리에서만 진정으로 자신의 일을 하고 있다고 스스로 믿을 수밖에 없었던 문학은, 세계의 질서와 세상의 행복, 곧 우주의 의미에 대한 지고한 근원을 가정할 수 있는 상상력과 그것을 느낄 수 있는 감수성을 자신의 몫으로 내세움으로써 세속의 성직을 자임하였다. 감성은 이성의 추동력일 뿐만 아니라 그에 대한 최종 심결 기구이며, 그 앞에 다른 세계의 전망을 열어놓는 문이었다. 그래서 '감성인'과 '시인'이라는 말이 새로운 울림을 지니기 시작하던 18세기 말에 한 낭만주의적 인간은 이렇게 쓸 수 있었다: "서정시의 위대함을 진정으로 이해하기 위해서는 몽상에 의해 천계의 에테르 층을 방황하고, 지상의 소음을 잊고 하늘의 해조에 귀를 기울이며, 우주 전체를 영혼의 감동에 대한 한 상징으로 간주하여야 한다"(스타알,『독일론』). 그에 따르면, 서정시에 진정한 위대성을 부여하는 것은 우리 존재가 우주의 경이와 맺는 이 비밀스러운 결합이다. 시인은 곧 물질적 우주와 정신적 우주의 통일을 복원할 줄 아는 자이며 그의 상상력에 의해 그 양자 간의 유대가 형성되는 것이다.

문학에 대한 이러한 관념은 특정한 개인의 상상력과 감수성에 비범하고 예외적인 권능을 부여한다는 점에서 귀족적 외양을 지니지만, 본질적으로는 영적 능력의 서민화라는 성격을 더 많이 포함한다. 감수성은 사회적 신분 간의 평등과 우애를 가장 높은 인간적 자질로 인정한다. 그리고 우주의 보편적 진리와 인간의 실천 사이에서 그것이 선택하고 지지하는 삶의 태도는 귀족적 전통을 벗어난다. 유용한 인간이 됨으로써 얻는 행복감, 근린애(近隣愛)와 가족 간의 정의(情誼), 우주 창조를 보충하는 힘으로서의 노동에 대한 예찬 등은 모든 수월성이 희소 가치와 지배력에서 비롯한다고 보는 귀족적 인간의 덕목에 포함된 적이 없었다. 감수성은 우주적 능력을 이해하고 받아들이는 계기이며, 사회는 그 능력이 실현되는 장소이다. 그러나 상상력과 감수성이 사회에 대해 무엇을 할 수 있을 것인가.

사회는 개인과 우주 사이에 있지만, 그 개인의 우주적 인식 과정에서 항상 유리한 중간항이 된다고는 할 수 없다. 그것은 우주의 감수성과 우주 사이를 가로막는 불투명한 막이며, 정신적 우주와 물질적 우주의 통합을 상정하기 위해 우선은 가로 속에 묶어두어야 할 어떤 것이다. 시적 감수성이 진리의 절대값으로 상상한 우주를 모델로 늘 하나의 사회를 설계하는 것이야 당연하지만, 적어도 근대적 경험 속에서는, 자기가 설계한 사회에 살아본 적이 없는 인간에게 우주적 통합의 노력은 오히려 우주적 갈등으로 나타나는 예가 더 많다. 보들레르의 「인간과 바다」는 그 예가 될 수 있다.

자유인이여, 그대는 언제나 바다를 사랑하리라!
바다는 그대의 거울, 그대는 그 넋을
끝없이 펼쳐지는 바다의 물결 속에서 바라보나니,

그대의 정신은 그에 못지 않게 가혹한 심연.

그대는 기꺼이 그대 이미지의 품속에 뛰어들어
눈과 팔로 그것을 끌어안으며,
사납고 거친 그 비탄의 노래에
그대 자신의 소란스러움을 때로는 잊는다.

그대들은 다 같이 어둡고 속내를 드러내지 않는다.
인간이여, 누가 그대 나락의 밑바닥을 헤아렸으랴.
오, 바다여, 그대의 은밀한 財寶를 아는 자는 없다.
그토록 그대들은 서로 시샘하여 비밀을 지킨다!

그렇건만 그대들은 수수천년 옛날부터
인정도 후회도 없이 서로 싸워왔구나.
그렇게도 그대들은 살육과 죽음을 좋아한다.
오 영원한 투쟁자, 오 화해할 수 없는 형제여!

　　　　　　　　　　　—「인간과 바다」, 『악의 꽃』

　보들레르가 여기서 말하는 자유인과 바다의 투쟁은 예술가가 그
창조적 실천력을 바다로 표현되는 우주적 무한성과 절대성에 이르
게 하려는 힘겨운 노력과 다른 것이 아니다. 이 싸움에서 예술가는
끝내 외마디 소리를 지르고 쓰러지게 마련이라고 보들레르는 말한
적이 있다. 예술가의 적은 바로 이 실현될 수 없는 이상이다. 이 싸
움은, 그러나 다른 측면에서 본다면, 예술가의 재능과 희망을 허물
어뜨리고 범속하고 끔찍한 일상 속에서 그의 시간들을 조각 내어,
세상에 대한 그의 최초의 기억 속으로 되돌아갈 수 있는 모든 길, 다

시 말해서 우주적 본성 내지는 자연과 합일할 수 있는 모든 길을 가로막는 저 사회적 조건들과의 싸움이다. 사회와의 싸움은 물론 사회적 싸움이다. 보들레르 역시 그 싸움의 기간을 "수수천년"이라고 말할 때, 어느 정도는 그 역사적 성격과 사회적 성격을 인정한다. 바다의 깊이는 인간 사회의 역사적 깊이일 수 있다. 하지만 우주의 무한성이 인간적 이상을 압도하는 이미지로 드러날 때, 벌써 역사성은 그 역사로부터 일탈한 개인의 감수성과 무정한 우주 사이에서 간접적인 지위 이상의 것을 누리지 못한 채 괄호 속에 묶인다. 차라리 이 시적 감수성 속의 우주는 역사의 모든 지평선에 전망이 가로막히고 사회의 앞날을 위한 온갖 논의가 교착 상태에 빠져 있을 때, 인간 실존의 기초 원리처럼 한번 그 얼굴을 번뜩이는 것이라고 말해야 할 것이다.

보들레르의 제자이며, 시 쓰기를 사회 변혁의 극단적 실천으로 여겼던 랭보는 그 짧은 시작 활동의 말기에 모든 사회적 조건과 지상적 중력이 제거된 세계를 상상하기에 이른다. 그러나 이 상상력의 근저에는 역시 그 스승의 경우보다 더 눈부시고 더 찰나적인 무한성의 얼굴이 있다.

다시 찾았다!
무엇을? 영원을.
그것은 태양과 함께
가버리는 바다.

경계를 서는 정신이여,
그렇게도 하찮은 밤과
불타오르는 한낮의

고백을 속삭이자.

인간 세상의 同意로부터,
부화뇌동의 충동으로부터,
너는 벗어나
날아오른다, 네 마음대로.

비단결 잉걸불들아,
오직 너희들로부터,
마침내, 라고 말함도 없이
의무는 솟아오르기에.

거기에 희망은 없다.
旭日昇天도 없다.
인내가 따르는 학문이다.
고통은 믿을 만하다.

다시 찾았다!
무엇을? 영원을.
그것은 태양과 함께
가버리는 바다.　　　　　　　　　　──「영원」, 『시집』

　　"영원"은 태양이 바다를 온통 황금빛으로 물들였다가 바닷속으로
사라지고 어둠만을 남겨놓기까지의 그 짧은 순간에 체험된다. 절대
적인 아름다움 뒤의 완벽한 어둠에서 '토탈 이클립스'라는 말이 유
래한다. 그러나 여기에는 허무라는 말로 간단하게 치부되기 어려운

것이 있다. 태양과 함께 함몰하는 정신은 불침번을 서는 정신이다. 밤의 안타까운 기다림은 차라리 "하찮은" 것이며, 한낮의 타오르는 고통은 오히려 "믿을 만하다." 그 눈부신 얼굴의 순간, 존재의 충만감을 통해 자아가 우주적 '타자'를 획득하는 순간은 오랜 인고의 노동으로만 가능하다. "희망"도 "고통"의 끝도 없이, 자기 수련에의 믿음을 제외한 다른 인간 조건들이 추호라도 끼어들 틈이 없이, "인간 세상의 동의"와 거짓 욕망의 충동으로부터 기진할 때까지 자기를 해방하는 일은 사회적·지상적 한계에 대한 체계적·근본적 반항이며 극단적 '문화 혁명'이다. 랭보의 우주적 상상력은 한 인간 존재에 대한 우주의 침범을 빈틈없이 받아들이려는 지성과 감성의 방법적 훈련이다.

보다 온건한 삶을 살았지만 시적 실천에 대해 다른 방식으로 똑같이 극단적인 개념을 가졌던 말라르메는 일상성의 모든 불순성을 살풀이하고 그 자리에 우주를 재창조하기 위해 시인으로서의 자아의 소멸을 기도한다. 그는 한 친구에게 쓰는 편지에서 "나는 완전히 죽었다"고 말하고 그에 대해 이렇게 설명한다: "이제 나는 비인칭이며, 자네가 알고 있던 스테판이 아니라, 과거의 나였던 것을 통하여 정신적인 '우주'가 스스로를 보고 스스로를 전개해간다는 하나의 대응 능력이다. 나의 지상에의 출현은 너무나 덧없는 것이기에, 나는 '우주'가 이 자아 안에서 그 동일성을 되찾는 데에 절대적으로 필요한 전개만을 받아들일 수 있을 뿐이다"(1867년 앙리 카잘리스에게 보낸 편지). 시인이 자신의 창조 속에 우주의 본원적 힘을 실천하기 위해서는 그 자아를 비워 투명한 공간으로 만들어야 한다. 말라르메는 시적 감수성을 조각 내는 세상의 두터운 벽이 소멸되기를 바라는 대신 자기 자신의 죽음을 시의 해방적·창조적 능력의 기반으로 삼았던 것이다.

시가 그 현대적 전통 속에서 우주적 상상력과 감수성을 유지하기 위해서는 한번의 빛나는 직관이나 애절한 기도 위에, 또는 헛된 구호 위에 안착할 수 없었다. 시인이 선택할 수 있었던 유일한 방법인 끝없는 자기 형벌과 자아 투쟁은 바로 그를 둘러싸고 있는 사회적 조건들과의 투쟁이었다. 시가 우주를 상상한다는 것은 벌써 우주에 대해 요지부동의 관념을 확보하고 있는 그 사회를 넘어서서 세계와 우주에 대한, 그 속의 인간에 대한 또 다른 이해에 도달한다는 것과 다른 것이 아니기 때문이다.

시적 우주와 관련하여 이 서구시의 모더니즘적 전통에 한국 현대시의 전통을 곧바로 접목시키려 한다면 당연히 상당한 무리가 따를 것이다. 무엇보다도 우리에게는 불교적 · 유교적 · 노장적 전통이 있으며 그것이 지속적으로 우리의 시를 간섭해왔다. 그러나 적어도 시의 영역에서 중요한 것은 시가 어떤 자연관을 선택하였고, 인간과 우주 사이에 어떤 종류의 유대 관계를 상정하였느냐가 아니다. 문제는 그것을 표현하는 말과 감동의 관계에 있고, 그 에네르기의 강도에 있으며, 그것을 선택하고 상정하는 태도의 진정성에 있다. 왜곡된 자기만의 말들 속에서 시의 비범한 원기를 창출하고, 모든 인간적 · 창조적 가능성을 무화시키는 일상의 덮개 아래서 존재의 진정한 태도를 살아내는 일에서라면, 모든 관습과 문화적 원형과 국경을 넘어서서 시의 현대적 운명은 동일하다. 보수와 진보를 막론하고, 참여와 순수를 뛰어넘어, 논의할 가치가 있는 시라면 어느 것이나 이 현대적 운명에 완전히 눈감아버린 시는 없다.

이를테면 매우 보수적인 의미에서의 민족적 문화의 전통에 그 시의 입지를 두고 있었던 시대의 서정주에게도 시의 현대적 운명이라고 부를 것이 있다.

千五百年 乃至 一千年 前에는

金剛山에 오르는 젊은이들을 위해

별은, 그 발 밑에 내려와서 길을 쓸고 있었다.

그러나 宋學 以後, 그것은 다시 올라가서

추켜든 손보다 더 높은 데 자리하더니,

開化 日本人들이 와서 이 손과 별 사이를 虛無로 塗壁해놓았다.

그것을 나는 單身으로 側近하여

내 體內의 鑛脈을 通해, 十二指腸까지 이끌고 갔으나

거기 끊어진 곳이 있었던가.

오늘 새벽에도 별은 또 거기서 逸脫한다. 逸脫했다가는 또 내려와
貫流하고, 貫流하다간 또 거기 가서 逸脫한다.

　腸을 또 꿰매야겠다.　　　　　　　——「韓國星史略」,『新羅抄』

　좋은 시절에 별과 인간은 깊은 친화감 속에 더불어 살 수 있었다.
그 사이를 이간한 것은 "송학(宋學)"과 "개화 일본인(開化 日本人)"
으로 표현되는 외래의 문물이거나 세력이었다. 그러나 그것들 모두
는, 주체적이었건 강제적이었건 간에, 우리의 근현대적 경험의 일부
를 이루며, 사실상 한 사회에 합리주의적 세계관을 형성하여 저 친화
적 우주관을 내내 억압한다. 시인은 이 사회적 상식의 벽을 뚫고 "단
신으로," 즉 예외적 직관과 감수성을 가진 개인으로, 잃어버린 시절
의 별을 이끌어들여 자신의 체내에 내장하려 하지만, 완전히 성공하
지는 못한다. 그는 이미 현대인이며, 바로 그 때문에 자신의 기획에
합리적 의혹을 자신도 모르게 품고 있기 때문이리라. 시인은 벌써
"십이지장(十二指腸)"이라는 해부학 용어를 사용하고 있다. 체내의
별이 바로 이 십이지장에서 일탈하지만, 시에 있어서도 그 의혹이
시작되는 자리 역시 그 해부학 용어가 끼어든 대목이다. 서정주는

이 기획의 실패에 초조해하지 않는다. 그에게는 저 앞의 시인들에게서 보는 그런 종류의 발버둥이 없다. 그는 "장(腸)을 또 꿰매야겠다"고 말함으로써 그 여유 있는 해학으로 또 다른 친화감을 조성하고 그 기획의 지난함과 자신의 수월한 시적 자질을 슬며시 암시할 뿐이다. 그의 이 여유는 자신의 현대인으로서의 운명이 오직 외래적 세력에 의해서 연유하는 것이라고 믿을 수 있었기 때문일 것이다. 이 삶은 그 결을 밟아 여기에 이른 것이 아니라, 밖으로부터 강제된 것이기에 어디까지나 임시적 성격을 지닌다. 그러나 이 임시는 얼마나 긴 시간인가. 서정주에게는 시와 삶의 현대적 운명에 대한 관념은 있지만, 그에 대한 자의식은 없었다고 해야 할 것이다. 이 시인의 능란함이 상당 부분 여기서 기인하는 것과 마찬가지로 자신의 운명과 삶의 조건을 자신의 책임으로 떠맡고 싶어하는 뒷세대들의 그에 대한 불신감도 여기서 비롯한다고 보아도 무방하다.

고은이 우주적 삶을 말할 때, 그것은 순결의 자의식에 터를 둔다는 점에서 서정주의 그것과 대척점에 있다.

> 한반도야 한 이삼백 년만 가라앉아라
> 바다밖에 없도록
> 아무리 찾아보아도
> 푸른 바다밖에 없도록
> 그리하여 이 강산을
> 대장경 원목으로 소금에 절였다가
> 한 이삼백 년 뒤에 떠오르게 하라
> 하늘의 일월성진이야
> 그대로 지긋지긋하게 두고
> 한반도의 온갖 힘을 죽여서

빈 땅으로 떠오르게 하라
거기에 새로 나라를 세우고
잃어버린 말을 찾아서 말하게 하라
삭지 않은 대장경을 남기게 하라
한반도야 그냥 이대로는 안 되겠구나
그냥 이대로는
풀 한 포기조차 나지 않겠구나
한반도야 한반도야
사람을 사람답게 하고
온갖 것 제대로 제대로 살게 하라   ——「大藏經」,『입산』

  이 시가 희구하고 있는 것은 가장 완벽한 우주적 질서가 실현될
수 있는 절대적으로 순결한 삶이다. 허나 절대는 딜레마의 자리다.
이 세상의 삶을 그대로 보존하고서는 그 순결함에 이를 수 없다. 한
반도를 "대장경 원목으로 소금에" 절인다면 위생적인 땅이 될 것은
틀림없으나 불모지가 될 것도 그만큼 분명하다. 그러나 벌써 이 세
상이 "풀 한 포기"의 생장조차 기대할 수 없는 땅이며, 삶이라는 말
이 곧 불결함이란 말과 동의어로 이해되어야 할 토양이기에 이 극단
적인 조치가 필요하다. 죄에 물든 마음은 그것이 어떻게 발버둥을
쳐도 결국 또 다른 죄를 만들 뿐이다. 시인은 "일월성진"이 "지긋지
긋"한 것이라고 말한다. 놀라운 일이 아니다. 그 우주의 빛으로 표상
되는 순결한 정의를 이 불결한 삶으로는 결코 누릴 수 없었고, 앞으
로도 내내 그럴 것이기에, 그것은 실현되는 것도 해소되는 것도 아
닌 약속처럼 지겨울 수밖에 없다. 해와 달과 크고 작은 별들은 우리
의 머리 높은 곳에 그렇게 우리를 끝없이 조롱하듯 떠 있다. "일월성
진"에 대한 이 지긋지긋함은 말할 것도 없이 그 이상에의 도달을 막

는 세상의 죄, 시인과 우리의 마음이 저 극단적 조치가 아니라면 한 치도 벗어날 수 없는 그 죄에 대한 지겨움이다. 따라서 저 "대장경 원목" 위에 새로 건설할 나라는 "일월성진"이 그 지겨운 높이에서 내려와 우리와 함께 어울릴 나라, 사는 일이 곧 순결한 정의의 실현 일 그 세상이다. 이른바 '절망적 유미주의'의 고은과 '정치적 참여' 의 고은을 가르는 그 길목에의 한 기념이기도 한, 가파른 자의식의 이 시는 바로 그와 같이 허무와 건설의 좁은 틈새에 아슬아슬하게 자리 잡지만, 다른 관점에서 본다면, 시의 우주적 상상력 속에 한 사 회를 괄호로 묶어두는 것이 아니라 진실한 감정으로 끌어들이기 위 해서는 극단적 혁명의 개념이 뒤따를 수밖에 없다는 점을 강하게 시 사한다. 이 실현될 수 없는 혁명 역시 하나의 괄호에 불과할 수 있다 는 위험은 물론 남는다.

시 쓰기란 "우주율과 하나가 되는 것"이고 "침묵과 하나가 되는 것"이라고 주장하며, '역동적 정신주의'를 표방하는 이성선에게도 당연히 이 괄호가 있다.

洛山寺 주지 스님 방에는 파도만 치면 바다 울림으로 문고리가 떨 린다. 하늘에 異變이 생겨 四天王 눈빛이 빛나고 圓通寶殿 주춧돌에 번개가 내릴 때 스님이 잡은 비파 천년 잠든 현이 미친 듯 울며 깨어 나, 바다를 부수고 하늘을 부수어 등 굽은 스님 절벽귀를 후려 때린다.

경내 비틀린 고목 나무 가지에 다시 별이 뜨고 三十三天 하늘이 추 녀 끝으로 깊이 빛나는 밤

독방에 坐禪하여 하늘로만 길을 열어놓고 시간을 쓸어내는 스님 앞에 떨리는 문고리. 이승과 저승의 바다에 붉게 떠오르는 달.

　　　　　　　　　　——「異變」, 『나의 나무가 너의 나무에게』

스님의 독방은 파도 위에, 바다의 울림에 에워싸여 있다. 그의 침묵은 이 파도 소리와 길항 관계를 맺는다. 파도는 물론 세파이며, 그 소리는 물론 세상의 소음이다. 그런데 세상사란 파도 같은 자연 현상의 하나로 정리되기에는 너무 복잡한 가닥을 지닌 것이 사실이다. 파도라고 치더라도 그것은 제 힘이 용솟음칠 때 스님의 독방에 침입하기 위해 "문고리"를 달그락거릴 정도의 위력을 얻는다. 하늘의 "이변(異變)"이란, 그렇게 스님의 정관을 위협하는 세상의 모든 인연들이 우주의 거시적 전망이나 깊은 뜻 따위에 아랑곳없이 강제로 얻어 입은 파도의 너울을 벗어버리고 제 모습과 권리를 주장하려는 순간이리라. 세상은 이 수도자의 약점을 알고 있다. 세상은 그의 손에 들린 비파, 곧 그의 심금(心琴)을 공략한다. 제 비파 소리에 "절벽귀"가 된다는 것은 자기 초극의 노력이 그렇게 힘겹게 유지된다는 것이다. 그가 이 세파의 소음을 다시 제어할 수 있는 것은 마침내 떠오르는 별을 제 마음의 등불로 삼고, "삼십삼천(三十三天) 하늘"의 넓이와 높이를 다시 되찾아 세파를 내려다볼 때이다. 그가 다소곳이 "시간을 쓸어"낼 때, 다시 말해서 긴 인연의 먼지들을 털어낼 때, 문고리가 다시 떨린다. 이 두 번째 떨림은 물론 앞의 그것과 전혀 다르다. 저 다른 언덕의 기미가 이제 당도하여 그렇게 문고리를 떨게 한다. 다만 떨게 할 뿐이다. 시간을 쓸어내는 일에 그 끝을 본다는 기약이 없고, 문이 반드시 열리리라고 말할 수도 없다는 점에, 오래도록 쓸어내고, 쓸어내는 그 시간만큼 떨림도 계속되리라는 점에, 아마도 이 '역동적 정신주의'의 역동성이 있으리라. 여기에는 두 개의 괄호가 있다. 세상사의 우여곡절을 파도로 내려다보는 거시적 시선의 공간 괄호보다 더 포괄적인 것은 쓸어냄의 끝없음이라는 유예의 시간 괄호이다. 이 닫히지 않는 시간의 괄호는 불결한 세상과 구제될 세상을 경계 없는 울타리에 아우르기 때문이다. 고은의 혁명과 ·

이성선의 유예 사이에는 단지 속도의 차이가 있을 뿐이다. 그러나 이 차이가 사회적 운명에 대한 자의식을 결정한다.

　정현종은 그의 한 시에 거시와 미시의 전망을 한꺼번에 장치함으로써 역시 이중의 괄호를 만든다.

　　너 반짝이냐
　　나도 반짝인다. 우리
　　칼슘과 철분의 형제여.

　　멀다는 건 착각
　　떨어져 있다는 건 착각
　　이 한 몸이 三世며 우주
　　죽어도 죽지 않는 통일 靈物——

　　일찍이 별 하나 나 하나
　　별 둘 나 둘 아니냐
　　그렇다면!
　　그 전설이 사실 아니냐
　　우리가 전설 아니냐
　　칼슘의 전설
　　철분의 전설——

　　밤하늘에 반짝이는 내 뼈여
　　밤하늘에 반짝이는 내 피여.
　　　　　　——「밤하늘에 반짝이는 내 피여」,『세상의 나무들』

칼슘과 철분은 수천만 광년 저 넓은 우주의 구성 요소에 해당하며 내 몸의 뼈와 피도 그것들로 구성되어 있다. 나의 과거와 현재와 미래의 모든 생이 우주 네트워크의 한 국면일 뿐이며, 나의 동일성은 그 영적 통일의 한 계기이다. 우주와의 친화와 합일을 말하기도 전에 우리와 우주는, 또는 우리의 우주는, 그렇게 한 몸 한 형제이다. 이 화목한 형제는 칼슘과 철분의 축적으로 너무 작거나 광년의 규모로 너무 커서, 정작 분쟁 중에 있는 우리의 형제들이 거기 보이지 않는다는 것이 다만 문제이다. 거시와 미시가 겹치는 이 이중 괄호에 정현종의 재치가 있으며, 그 재치는 음미할 만하다. 그뒤에는 형제라고 말할 수도 없는 형제들의 싸움에 대한 깊은 불안이 숨어 있기 때문이다. 그가 "그렇다면!"이라고 말할 때, 이 영탄은 믿고 싶어했으나 믿을 수 없었던 그 "전설"에의 오랜 의혹이 있었고, 결코 끝날 수 없을 것 같은 세상의 분쟁에 해결책을 제시해보려는 긴 궁리가 있었음을 전제한다. 세상에 이런 간단한 해결책이 있다고 문득 새삼스러운 듯 말한다는 것은 그 해결책이 결코 간단하게는 이해되고 수용될 수 없을 것이라고 말하는 것과 다르지 않다. 이 불안이 아마도 그 철저한 괄호를 만들었으리라.

시가 우주를 꿈꿀 때는 세상에서 떨어져나오기 위해서도, 세상을 구제하기 위해서도, 자주 세상을 넘어선다. 이때 극단적 소승과 극단적 대승의 고통은 차라리 편한 길이어서 사회는 쉽게 괄호 속에 묶인다. 그래서 현대시에서 우주적 상상력의 전통은 그 핵심에 이 괄호의 딜레마를 안고 있다. 그렇다고 이 괄호가 반드시 시인의 안이한 도피처만은 아니다. 시인은 철저하게 말하고 싶어하지만, 또한 순서를 바꿔 뛰어넘어서도 말하고 싶어한다. 우주적 몽상의 뛰어넘기가 담보를 마련하지 못한 자의 신용 대부라면, 철저하게 말하기는 그 신용이다. 이 신용을 저버리고, 말의 시적인 힘과 태도의 진정성을 어디서 얻을 수 있을 것인가. 그는 또 하나의 사회적 분쟁이 되기보다는 순결의 외로운 모범이 되려 했다고, 이 신용이 또한 시인을 변호한다.

오늘의, 즉 1990년 이후의 한국 시단은 여러 종류의 우주적 상상력을 선보이고 있다(이에 관해서는, 정효구, 『우주 공동체와 문학의 길』, 시와시학사, 1994에 전체적인 개관과 자상한 지형도가 그려져 있다). 거기에는 민중시의 만조가 물러선 자리에서 더욱 긴 시간에 역사의 구멍을 뚫으려는 무한 혁명론이 있으며, 이른바 동양적 지혜로의 보수적 회귀도 있다. 더불어 살기의 정신을 극도로 확대한 광막한 생명주의와 나란히 생태 환경의 파괴를 구체적으로 염려하는 시 운동도 있다. 시작을 구도의 실천으로 삼으려는 정신주의가 있고, 민족주의와 혼동되는 농경적 근본주의도 있다. 신과학 운동이 기철학과 결합하고 풍수지리설이 생태주의와 결합하여 또 다른 영감을 만든다. 이 모든 시운동들의 성과를 가늠하고 그 의의를 밝히기에는 아직 때가 이르다. 그러나 어느 정도의 관찰 거리를 확보한 시 한 편을 더 읽어봄으로써 그 추이의 매우 작은 한 켠을 짚어볼 수는 있을 것 같다.

누가 저기다 밥을 쏟아놓았을까 모락모락 밥집 위로 뜨는 희망처럼
늦은 저녁 밥상에 한 그릇씩 달을 띄우고 둘러앉을 때
달을 깨뜨리고 달 속에서 떠오르는 고소하고 노오란 달

달은 바라만 보아도 부풀어오르는 추억의 반죽 덩어리
우리가 이 지상까지 흘러오기 위하여 얼마나 많은 빛을 잃은 것이냐

먹고 버린 달 껍질이 조각조각 모여 달의 원형으로 회복되기까지
어기여차, 밤을 굴려가는 달빛처럼 빛나는 단단한 근육 덩어리
달은 꽁꽁 뭉친 주먹밥이다 밥집 위에 뜬 희망처럼, 꺼지지 않는
　　　　　　—「달은 추억의 반죽 덩어리」, 『10년 동안의 빈 의자』

　밥집 지붕 위에는 고봉으로 담은 밥 한 그릇이 너그럽게 떠 있고
노동자들의 밥상에는 달 하나씩이 소담하게 놓여 있다. 달 뜬 저녁
에 "달을 깨뜨리고 달 속에서 떠오르는 고소하고 노오란 달"을 추억
으로 맞이하는 이 만찬이 잊혀졌던 복된 날들의 축제를 한순간 복원
한다. 이 축제 앞에는 물론 오늘의 삶이 가져온 슬픔이 있다. 그 행
복에서 멀리 떨어져, 재능과 활력을 불모의 세월 속에 몰아붙일 뿐
인 생존은 매일 저녁 그 희망의 추억을 하나씩 떠올려 까먹고 그 껍
질을 버린다. 순결은 빛을 잃고 낭비되었다. 달밤과 함께 떠오르는
갑작스러운 순결의 추억을 굳건한 희망으로 붙잡아두기 위해서는
인간적 결단이 필요하다. 희망은 추억의 형식으로 과거 속에 퇴진해
야 할 것이 아니라 미래를 향해 투사되어야 할 것이며, "먹고 버린
달 껍질이 조각조각 모여 달의 원형으로 회복되기까지," 현실의 가
장 고달픈 순간에서마다 그 희망이 다시 다져져야 할 것이다. 하늘
의 달을 그 원형으로 삼는 이 희망은 눅눅하면서도 날이 서 있는 이
현실에 무지해서가 아니라 이 현실에도 불구하고 만들어지는 것이
기 때문이다. "어기여차," 이 원기 돋우는 군호는 한 육체의 생명이
그 노역의 저항을 가늠할 수 있을 때만 뱉을 수 있는 말이 아닐까.
이제 빛나는 것은 벌써 현실의 밤을 넘어 미래로 굴러가는 이 노동
이다. 희망도 밥 먹듯이 날마다 먹어야 할 무엇이다. 마찬가지로 우
주에 우리의 삶의 원형이 있다면, 그것은 매 순간의 결단으로 자신
의 삶을 정화하고, 창조적 노동으로 그 우주와 접촉함으로써만 다시

회복될 수 있을 것이다.

우주에 대해 시적 상상력을 갖는다는 것은 이 우주 속에 프롤레타리아로 산다는 것과 다른 것이 아니다. 부르주아는 간접적으로만 세상과 만나는 사람이다. 프롤레타리아는 제 육체로 직접 세상과 교섭한다. 맨손이 고무 장갑을 낀 손보다 물에 관해 더 많은 것을 알고 더 많은 것을 상상한다. 못을 박으라고 명령하는 사람보다 못을 박는 사람이 벽과 못에 관해 더 많은 것을 안다. 명령을 받고 못 박는 사람보다 제가 박고 싶어 못 박는 사람이 우주로부터 더 많은 영감을 받는다. 명령이 세계와 우리를 이간하였다.

가장 파동이 작은 노래
— 최하림의 시집 『굴참나무숲에서 아이들이 온다』에 부쳐

최하림은 『산문시대』의 동인으로 활약하던 1960년대 초부터 지금까지 문학의 현장과 역사가 가볍게 여길 수 없는 시들을 써오면서도, 그 성과에 미치지 못하는 주목만을 받아왔던 이유에 관해서는 이미 한 비평가의 좋은 설명이 있었다. 그의 두 번째 시집 『작은 마을에서』의 해설에서 김치수는 이 시인이 우리의 시단을 주도해왔던 두 경향의 어느 쪽에도 치우치지 않으면서 "순수와 참여의 분리를 극복하려는 의지"를 '시의 완성'이라는 목표에 연결시키려 했던 데에 그 원인이 있다고 말한다. 다른 말로 하자면 최하림은 우리 시대의 다난한 역사의 현장을 크게 벗어난 적이 없지만, 논의의 중심에 들어가는 방식이 아니라 시의 중심에 들어가는 방식으로 그 자리에 서 있었다고 할 만하다. 어느 시집에서였던가, 「죽은 자들이여, 너희는 어디 있는가」라고 제목으로 묻던 시를 기억하는 사람들은 시인이 그해 5월에 죽은 자들에게 바치는 꽃을 바라보며, 자신의 피부에서 창자에 이르기까지, 발끝에서 정수리에 이르기까지, 그 죽은 자들의 죽음을 자기 몸 안에 안고 있다고 말하던 그 대답도 또한 기억할 것이다. 역사가 제 길을 잃었기 때문에 죽음과 삶이 겹칠 수밖에 없는 그 비원(悲願)의 자리는 그가 내내 이루려고 애써왔던 시의 자리이기도 했다. 원(願)이 한번 강렬하기는 쉬워도 두고두고 몽매에도 지

속되기는 어렵다. 어떤 무한하고 절대적인 기억력만이 그 일을 감당할 수 있다. 삼라만상이 그 기억력 자체가 되게 하는 일, 내가 죽음을 안고 있었던 것처럼 보고 만지는 것 모두가 나의 기억을 무한하게 펼쳐 안고 있게 하는 일, 그 일은 오직 시만이 감당할 수 있다. 시가 모든 말들에서 그 조건 반사의 습관을 지우고 그 순결한 울림만을 남겨놓을 때, 개인적이건 역사적이건 완성되거나 완수될 수 없었던 것들의 온갖 한은 제 응어리에서 풀려나와 일체 존재의 단일 원소가 된다.

최하림의 새 시집이 아마 이로써 설명될 수 있으리라. 일종의 비인칭의 시집, 거기에는 일거수일투족이 투명한, 그래서 수식어 없이 시인이라고 불러야 할 한 사람이 있고, 깨끗한 말들에서 잔잔한 기운이 흐르는, 말 그대로의 시가 있다. 시를 타넘어가기 좋아하는 이런저런 해석들이 발받침으로 삼기 십상인 돌출부나 크랙 같은 것은 거기 없다. 알면서도 모르는 척 빌미를 주는 어지러운 말본새에서도, 모범 답안을 미리 모의해둔 수수께끼 같은 것에서도 그의 시는 애초부터 멀리 있다. 그래서 그의 시에 잘 젖어들기 위해서는, 어떤 종류의 신비주의자들이 종종 주장하는 것처럼, 정신 에너지의 주파수를 한껏 낮출 필요가 있다. 느껴야 할 것은 몸을 잘못 뒤채면 금방 끊어져버리고 마는 존재의 낮은 파동이기 때문이다. 최하림의 한 시가 이 파동에 관해 이야기한다.

> 나무가 자라는 집에서는 작고 애매한 파동이
> 아침 내내 일어 새들이 무리로 물어내어도
> 멈추지 않았습니다 집 안은 잡목숲을 따라오는
> 파동 때문에 금세라도 지붕이 무너져내릴 듯
> 했습니다 그 집의 역사가 유지되는 것은

순전히 숭숭 구멍을 뚫어대는 동박새라든가
딱따구리 새앙쥐의 역할인 듯했습니다
한낮이 되어 늙수구레한 남자가 나타나 비음이
심한 목소리로 무어라곤지 중얼거렸지만 파동은
조금치도 변동이 없었습니다 나무가 자라는
집을 구성하고 있는 지붕과 유리창 마루
거실들은 파동에 떨고 반향하며 근원 같은
곳으로 사라지는 듯했습니다 오후가 되자
대문 두드리는 소리가 한동안 울렸건만
아무도 뒤란을 돌아 문을 따주러 가는
사람은 없었습니다 나무가 자라는 집은
더욱 깊은 파동 속으로 들어가 움쭉도
않았습니다 해질 무렵 예의 남자가 잠시
나타나 뒷걸음치듯 주춤거렸지만 그것도
잠시, 남자는 잡목숲으로 사라지고, 시간이
열렸다가 닫히고 나무가 자라는 집은
깊은 적막으로 빠져들어갔습니다   ──「나무가 자라는 집」 전문

이 나무가 자라는 집을 시인 그 자신이라고 여겨도 좋을 것이다.
그 집에는 사람이 없거나, 있더라도 없는 것처럼 존재한다. 시인은
의식을 그렇게 비워둠으로써 숲의 파동을 온전하게 느낀다. 그 파동
과 함께 그 의식 밑에 있던 것들이 의식 위로 떠올라 나무처럼 자란
다. 집은 너무나 고요하여 그 벽과 지붕이 숲의 파동을 끝까지 견뎌
낼 수 없는 것처럼 보인다. 가녀린 시인의 육체 속에서 신경은 그렇
게 긴장하고 있다. 동박새·딱따구리·새앙쥐 들이 지붕과 벽에 구
멍을 뚫어 그 파동이 빠져나갈 길을 마련한다. 시인은 그 감각을 다

소곳이 열어두지만 그 신경을 그렇게 이완시킴으로써 파동에의 저항을 지속하고 그 역사와 자아 기억의 일관성을 유지한다. 비음이 심한 한 남자의 목소리가 숲의 파동을 흩트리지 못하고, 대문을 두드리는 소리에도 집 안에서는 인기척이 없다. 그렇다고 시인이 세상에 그만큼 눈을 감았다는 뜻은 아닐 것이다. 숲의 파동을 느끼는 특별한 시간에 그의 지각은 바깥 세상의 자극에 습관적으로 반응하려 하지 않는다는 것뿐이다. 세상에 반응하지 않기는 세상에 근본적으로 자기를 열어놓기이며, 세상을 세상 너머로 연결시키기이다. 그런데 "시간이/열렸다가 닫히고" 나무가 자라는 집은 "깊은 적막으로 빠져들어갔"다. 이 적막과 함께 파동을 받아들이는 일도 완성되었을까. 물론 아니다. 파동의 시간은 닫혔다. 단지 파동의 기억을 갈무리하는 시간만이 남아 있을 뿐이다. 숲의 파동을 감수하던 집은 이제제 기억 속에 빠져 단단한 어떤 것이 된다.

그래서 우리는 이제까지 시인의 감관 그 자체라고 여기던 이 집을 시인이 그 감관으로 감수하려 했던 대상으로 다시 환원하고 싶어진다. 침투할 수 없는 어떤 대상, 이를테면 이 집을 하나의 거대한 바위라고 여긴다면? 그렇다면 파동은 시인의 감각이며, 그 촉수의 면밀한 침투력이다. 파동이 섬세하고 날카로울수록 그 대상의 입자들이 지녔던 밀도는 그만큼 낮아진다. 바위는 솜사탕보다 더 엉성해지고, 출입문과 창문과 마당을 가진 공간, 곧 집이 된다. 게다가 그 집은 딱따구리의 구멍, 생쥐의 구멍, 여기저기 구멍이 숭숭 뚫려 있고, 시인의 감각은 파동을 이루며 무시로 벽과 지붕을 통과한다. 그러나 그렇게 투과된 대상은, 바위는 시인의 언어 앞에서 무엇일까? 그것은 여전히 바위이다. 아무리 비음을 섞어도 파동과 같은 것이 될 수 없는 말은 시인을 끝내 일상으로 되돌아오게 하고, 벌써 그 감각의 파동을 거둔 시인에게 바위는 그 껍질 속에 딱딱하게 다시 갇힌다.

아무리 은근하게 그 껍질을 두드려도 바위는 문을 열지 않는다. 언어의 개입과 함께 시간은 벌써 닫혔다. 말이 깊은 적막에 떨어짐으로써만, 단단한 사물이 구멍 숭숭 뚫린 집이었던 추억을, 그리고 강한 파동이 되어 그 내부에 스며들어갔던 추억을 오직 간직해낼 수 있다.

나무가 자라는 집에 대하여, 한번은 그것이 시인의 지각이라고 말하고, 한번은 그 지각의 대상이라고 말했던 이 두 가지 해석으로부터 얻어낼 수 있는 것은 무엇일까? 여기에 대답하기 위해서는, 우리가 짐짓 모르는 체하고 넘어갔던 한 구절 "근원 같은/곳으로 사라지는 듯했습니다"로 다시 돌아가야 할 것 같다. 근원은 물론 '처음'과 '분열되지 않음'이라는 두 개념의 복합일 텐데, 시인은 '근원 같은 곳'이라고 말하여 그 시간의 개념을 장소의 그것으로 슬쩍 바꿔놓는가 싶다가 "사라지는 듯"이라고 풀어 그 밑에 시간의 감각을 알게 모르게 깔아놓는다. 그래서 근원은 지각과 대상의 차별이 사라지려는 지금이고, 사라지고 있는 이 자리이며, 나무의 자람 그 자체로써 나무의 자람을, 언어의 욕구가 나타날 때까지, 감각하는 이 체험이다. 우리 시대의 가장 뛰어난 미학자의 한 사람이기도 한 이 시인이 그의 여러 미술 비평에서 스스로 사물 속에 틈입하면서 동시에 사물을 자기 안에 사무치게 하던 방식은 자아와 세상이 단일한 파동으로 환원되는 이 체험 속에서도 여일하다. 그런데 이렇게 이야기하고 보면, 이 파동 체험은 라마나 마하리쉬 같은 신비 사상가가 모든 개념적 자아를 넘어선 곳에서 자아의 유일한 진실로 발견하는 모든 범주의 일체성에의 깨달음과 다르지 않을 것처럼 여겨진다. 그 둘은 물론 같은 것이 아니다. 저 수도자에게 중요한 것은 그 불변하는 일체적 존재의 깨달음이지만, 최하림에게 중요한 것은 개념에서 결코 자유로울 수 없기에 깨달음의 장애일 뿐인 말들이 깨달음과 같은 것으로 될 때까지 그 의미의 사면을 저며내는 미학적 실천이다. 지각과 사물이, 그리고 그 기억이 파동을 통해 하나가 되도록 말들은 이렇게 그 파동을 낮춘다.

최하림의 한 시가 「나는 너무 멀리 있다」고 말할 때, 그 먼 거리를 지키고 있는 것도 물론 늘 사라질 듯하면서도 엄연히 남아 있는 이 말들이다.

날이 흐리고 가랑비 내리자 북쪽으로 가려던 새들이 날기를 멈추고 서 있다 오리나무숲 새로 저녁은 죽음보다 조금 길게 내리고 산 밑으로는 사람들이 두엇 두런두런 얘기하며 가고 있다 어떤 충격이 없이도 사람의 모습은 아름답다 바람도 그들의 머리칼을 날리며 그들식으로 말을 건넨다 바람의 친화력은 놀랍다 나는 바람의 말을 들으려고 귀를 모으지만 소리들은 예까지 오지 않고 중도에서 사라져버린다 나는 그것으로 됐다 나는 너무 멀리 있다 나는 유리창 너머로 마른 나무들이 일어서고 반향하며 골짜기를 이루어 흘러가는 것을 보고 있다 나는 모두를 알 수 없다 나는 너무 멀리 있다 새들이 다시 날기를 멈추고 시간들이 어디로인지 달려가고 그림자들이 길 위에서 사라지는 것을 나는 보고 있다 이제 유리창 밖에는 새도 나무도 보이지 않는다 유리창 밖에는 유령처럼 내가 떠오르고 있다
　　　　　　　　　　　　　 ──「나는 너무 멀리 있다」 전문

시인은 저녁에 집 안에서 유리창 밖을 내다보고 있다. 날이 흐리고, 사람들이 지나간다. "어떤 충격이 없이도 사람의 모습은 아름답다" 다시 말해서 그 아름다움을 느끼기 위해 시인은 자신의 감각을 왜곡하거나, 특별한 미학적 조치를 취할 필요는 없다. 그의 감각이 도시적 경계심을 풀고 유연성을 되찾았기 때문이다. 바람은 이 풍경

의 선을 흩트려 경계 없는 회색 농담 속에 사물들을 하나로 통합한다. 그러나 시인은 그 통합된 사물들을 아직도 외부에서 바라볼 뿐이다. 친화성의 바람이 말을 전달하는데 그에게까지는 들리지 않는다. 그것은 시인의 주체적·이성적인 말이, 불교식으로 말하자면 분별심이, 바람의 타자적·본래적인 말을 여전히 가로막고 있기 때문이다. 나는 그렇게 멀리 있다. 그런데 어디로부터? 우선 그것은 저 창밖에서 하나가 되고 있는 사람들과 사물들로부터일 것이다. 그리고 또한 그렇게 통합되어야 할, 그러나 나를 제외하고만 통합되는 또 다른 나로부터일 것이다. 마침내 어둠이 창밖에서 사물의 경계를 완전하게 지웠을 때 비로소 풍경과 자아는 하나가 되어 "유령처럼 내가 떠오"른다. 그렇다고 이 짧은 순간에 주체의 말도 타자의 말과 하나로 겹칠 것인가. 그것은 아니다. "유령처럼"이라는 비유법이 지각과 그 표현을 갈라놓는다. 게다가 시인은 떠오르고 "있다"고 말하여 그 통합의 유예를 여전히 분별한다. 그 "있다"의 자리에 주체의 말이 주저하며 남아 "있다." 주체의 말은 사라진다기보다 차라리 저 바람의 친화성을 획득하여 그 말을 번역하려 할 뿐이다. 번역에는 항상 앞선 텍스트가 있으며, 시인의 시는 그 텍스트의 주체를 바람에게, 창밖의 어둠에게, 멀리 있는 나에게 넘겨주고, 번역자로서만 그 주체의 언어를 간직하면서 끝난다. 그래서 최하림이 수식어 없는 시인의 경지에 이르렀다는 것은 자신의 내면을 하나의 텍스트로 여겨 그것을 읽고 해석하려 하는 것이 아니라, 도리어 자신의 내면을 공적 자아의 자리로 만들어, 타자의 언어를 그 자리에 불러들이기에 성공했다는 뜻이 된다.

시인이 주체를 비워 세상을 안아들이고, 주체의 말이 타자의 말에 대한 좋은 번역어가 되기 위해서는, 말들에게도 어떤 종류의 시련이 필요할 것이다. 무엇보다도 말은 주체를 파수해주는 대가로 개처럼 부양받는 안온한 삶을 포기해야 할 것이다. 「우리가 당신의 성채인 것처럼」에서 "우리의 성채인 말들"이 바로 자기 단련을 위해 모험을 찾아 떠난 말들이다. "집을 나가 객지를 떠돌고" 있는 이 말들에게 는 "딱딱한 침상도" "삼류 여인숙에서 등을/돌리고 누울 시간도" 없으며, "우유"도 없다. 이 말들은 교과서나 논문 속에 자리 잡고 위엄을 부리는 말들이 아니며, 정치가의 연설이나 베스트 셀러의 첫 문단처럼 잘나가는 말들이 아니다. 사회의 비리를 고발하는 투철한 신문 기사나 노동 운동가의 성명서에 들어 있는 말들조차도 아니다. 어떤 방식으로건 사회적으로 대접을 받는 그런 말들은 벌써 집이 있고 먹을 것이 있다. 진정으로 적과 우리를 구분해줄 수 있기에 우리의 성채가 되는 말들은 자기가 무엇인지조차 모르는 처지에서 아직은 "희미한/미소와 손짓과/공복의 이미지들"로만 존재하지만, 그러나 벌써 "저문 강에 말뚝을/박고" 있다. 다시 말해서, 아직 누구도 본 적이 없는, 존재의 다른 언덕을 향해 밤을 도와 벌써 다리를 놓고 있다.

　　등뼈가 휘도록 추운 길로 여인들이 가고
　　있습니다 붉은 소방차가 가고 있습니다
　　꽁꽁 언 말들을 위해 기도해주소서

　이 추위와 공복감은 우리가 예술이라고 부르는 것의 특별한 은총이다. 세상의 춥고 배고픔과 나의 춥고 배고픔이, 그리고 내 말들의 춥고 배고픔이 경계를 지우는 곳에서 나의 자아는 타자가 되고 공적 자아가 되기 때문이다. 최하림의 시학일 수도 있는 이 시가 나병 환자들에 관해 이야기하는 '소록도 시편'들과 시인 자신의 병상 체험을 이야기하는 시편들 사이에 놓여 있지만, 그 위치가 기이하지 않는 것도 이 때문이다. 소록도에서는 "남쪽 길을 걸어가면 반복해서 들려오는 소리"(「소록도 시편 2」)가 있다. 나환자들의 몸을 빌려 울던 세상의 신음 소리가, 그들이 하나둘 저세상으로 떠난 지금, 솔바람 소리 속에 흩어져 있다. 「병상(病床) 일기」에서는 휘파람새들이 아프다.

> 그러나 아내는
> 밤이면 새들을 데리고
> 집으로 가
> 베드에서 잠잔다
> 나도 베드에서 잔다
> 어쩌다 베드에 똥을 누기도 한다
> 똥누는 일은 홀로 한다 모두 홀로 한다 다친 영혼이 몸을 떨며
> 창가에서, 휘파람새들이 기웃거린다
> 휘파람새들이 지금은 아프다.

세계를 구성하는 프로그램에는 병듦의 테마가 있고, 그래서 지금 휘파람새는 아픈데, 정작 병상에 누워 있는 것은 시인이다. 시인은 지금 세상의 한 불행한 테마를 실현하는 대응 능력일 뿐이다. 세계 속에 하숙을 찾고 있는 나병을 위해 나환자들이 제 몸을 빌려주었듯이. 물론 이 「병상 일기」에는 은밀한 아이러니의 어조가 있다. 그러나 이 아이러니는 시인 개인의 원망에서 비롯되지 않는다. 그것이 표현하는 것은 인간의 모든 의지를 한순간에 비참하게 만들어버릴 수도 있는 이 병듦 앞에서 한 시인이 그 시로써 지켜내는 인간의 위의(威儀)이며, 그 지켜내기의 힘겨움이다.

아이러니는 언제나 가장 무심한 목소리이다. 그러나 그것은 또한

가장 고통스러운 목소리이다. 그리고 이 고통스러움은 사실상 시집 전체를 관통하여 내내 억제되어 있는 그 파동이 낮은 어조의 진정한 비밀이기도 할 것이다. 「아내가 없는 날」을 읽는다.

아내가 없는 날, 빈 마루에 서서 나는 창밖의 세상을 한동안 본다 아카시아숲을 돌아 한길에서는 빨갛고 파란 차들이 달리는 소리 숨결처럼 들리고 길 건너 보도에서는 할머니들이 좌판에 배추 상추 다랭이 동부 들을 늘어놓고 흥정하는 모습도 보인다 해는 할머니들의 머리 위에 있다 머플러를 쓴 할머니도 있다 시간이 머플러를 날리며 간다 (아아 우리는 모두 시간의 강물에 젖어 있구나 우리는 이웃이구나) 멀리 산밑 동네에서는 쓰레기 태우는 연기 오르고 몇몇 남은 잎들이 떨어질 순간을 준비하고 있다 바람이 부는지 나무들이 세차게 흔들린다 아이의 손목 잡고 젊은 여인이 길을 건너고 있다 나는 마루를 왔다갔다한다 나는 아내가 언제 올지 모른다 아내의 초인종 소리는 울리지 않으나 아내는 지금 나를 향해 오고 있다

시인은 단지 창밖을 내다보고 있을 뿐이다. 그 풍경을 기술하는 글에 어떤 감정이 묻어 있다면, 그것은 우리 인간들이 모두 같은 시간을 공유하고 있다는 느낌과 그래서 우리가 모두 이웃이라는 생각 정도인데, 그런 감정조차도 거기 있어야 할 것이 아니라는 듯 괄호 속에 묶여 있다. 풍경에 대한 시인의 주관적 판단이 전혀 없는 것은 아니다. 그러나 그 폭이 매우 미미해서 그것이 시인의 진술을 더욱 겸손하게 만들 뿐이다. 나무들이 세차게 흔들리고 있는 것으로 보아 바람이 불고 있는 것 같다는 것 정도가 풍경의 소묘에 시인이 덧붙이는 주관인데, 이 정도의 개입도 없었더라면 시인의 필치는 오히려 더 강경하게 보였을 것이다. 그런데 이 무심한 시인은 "마루를 왔다

갔다"하고 있다. 그는 초조하고 고통스러운 사람이다. 그는 언제 올지 모르는 아내를 기다리고 있다. 그가 창밖을 투명한 시선으로 바라볼 수 있는 힘은 그 마음속의 고통을 다스리는 힘과 다른 것이 아니다. 세상이 자기가 상상한 것과 다르다고 해서 슬퍼하거나 화를 내는 자기가 없어질 때만, '아내가 없는 시간'이 '아내가 오고 있는 시간'으로 바뀔 것이기 때문이다. "아내는 지금 나를 향해 오고 있다." 이것은 위로의 말이 아니다. 그것은 자아의 욕망과 슬픔이, 그 원망이 사라진 곳에서 발견되는 진실이다.

젊은 시절, 목포와 광주 사이의 밤이면 캄캄할 뿐인 국도에 그 생생한 꿈을 묻어두었던 아름다운 청년 최하림은 지금 늙어가고 있다. 누구의 희망도 진정으로 채워주지 못한 굴곡 많고 험한 시대를 그는 신병으로 오래 시달리며 체험했다. 그 재주와 열정을 다 실현시킨 것도 아니다. 세상은 더욱 소란스러워지고 있을 뿐인데, 그는 어느 때보다도 더 낮게 말한다. 그는 여기저기 흩어진 모든 자아들이 그 뿌리에서 만나는 공화국에 이르렀는데, 그것은 또한 가슴속의 외로운 공화국이다. 이 외로움이 아름답다는 것은 빈말이 아니다. 젊은 날의 희망을 하나도 버리지 않고 간직할 수 있는 이 고결한 외로움은 세상에 아직 새로운 말이 남아 있다면 오직 거기서만 탄생하게 될 마지막 기지이기 때문이다.

나무를 보는 사람

──박용하의 시집 『영혼의 북쪽』에 부쳐

박용하는 나무가 되어 살던 때가 있었다. 그가 아직 강원도에 있을 때 "타오르는 나무"는 그가 자신에게 붙여야 했던 이름이었다. 나무는 하늘로 솟아오르는 그만큼 지심을 향해 깊이를 마련한다. 타오르는 것은 물론 솟아오르는 것이다. 그러나 박용하의 타오름은 이두 운동 가운데 어느 하나에 결부되는 것이 아니라 그 둘을 모두 아우를 수 있는 유일한 표현이었다. 나무는 하늘로도 땅속으로도 타올랐으며, 이 타오르는 나무의 시들에서는 의식이라고 해야 할 것과 무의식이라고 해야 할 것이 확연하게 구분되지 않았다. 무엇보다도 그 시의 문장들은, 그것을 어떤 문장이라고 여긴다면, 주어 · 동사 · 목적어 따위로 분석하거나 도식하기가 거의 불가능했다. 꽃이라고 여긴 것이 뿌리였으며 줄기라고 여긴 것이 잎이었다. 그것은 나무의 문법이었다. 나무에게서는 생명이 오직 생명에게만 봉사한다. 나무는 생각하지 않는 것이 아니라 사는 것이 생각하는 것이다. 사는 것이 곧 타오르는 것이었으며, 연소하는 것이 곧 생명을 개화하는 것이었다. 그러나 운동과 존재가 하나였던 이 나무의 삶을 박용하는 오래 살지 않았다.

그는 도시로 나왔다. 나무로 살던 자는 나무를 보는 자가 되었다. 나무 견자 또는 나무 투시자. 그는 어디에서나 나무를 투시한다. "아무리 볼품없고 하찮은 한 그루 나무일지라도" 위대한 인간보다 더 나으며 불경이나 성경보다도 "만 배는 더 낫다"고 선언하는 시 「음악」에서, 시인이 시를 쓰는 어두운 밤은 '흙밤'이다. 이 어둠-흙은 말할 것도 없이 보이지 않는 나무들의 땅이다. 「지구」에서는, "달 호텔에서 지구를 보면" 그것은 "나뭇잎 한 장 같다"고 말한다. (이 나뭇잎은 달에서 바라보는 지구의 풍경에 그치지 않을 것이다. 지구 전체를 한 장 나뭇잎으로 볼 수 있는 시선이 그를 달의 조망대에 세워두었을 것이다. 그런데 또 지구는 "쓸 수 있는 말만 적을 수 있는," 다시 말해서 유용한 말만 적을 수 있는, "엽서 한 잎 같다." 무용하다고 판단된 것들은 모두 지구에서 추방되어버린 것이다. 그가 "나뭇잎 한 장"을 시답잖게 여기는 것은 아니다. 나뭇잎이 작아 무용한 것들이 추방된 것이 아니라 유용한 것들이 넘쳐났기 때문이다. 달 호텔에 들어 있는 그도 추방된 자일 텐데, 지구의 가녀린 운명을 아는 것도 이 쓸모 없는 자이다.) 「파도」에서는 "지구에 앉아" 초승달을 바라볼 때도 그것은 "우주의 나뭇잎" 같다고 쓴다. (이 나뭇잎은 시인이 그 "기억의 심연에서 헤엄"칠 때 파도가 된다. 그는 "거기에서 태어났"기 때문에 "내면을 갖게 되었"다. 그의 기억은 나뭇잎이며, 그의 내면인 나뭇잎의 파도는 그가 태어난 자리이고 그가 죽은 후 삶을 받아들일 자리이다. 나무를 보는 자로서의 그의 일생도 역시 나뭇잎의 그것이다.) 「은행나무」에서 시인은 나무 아래 서 있을 때 "보드랍고 탐스러운 여자의 〔……〕 젖가슴과 가슴 사이에 고개를 파묻고 있는 기분"이 든다. 나무는 여자의 몸을 지녔다. 이 여성 육체는 인간의 삶을 낳고 죽음을 안아들인다. 생명이 순환하는 이 자리는 또한 생명의 영원한 시간이다. (다른 시 「은행나무 도서관」에서 이 은행나무는 "황금 잎사귀로 뒤덮인 자연의 경전"이다. 경전은 책 가운데서도 공원에 해당한다. 그래서 생명의 자리는 휴식의 자리이며 무위의 자리이다.) 시인은 어둠 속에서 나무를 보지만, 나무가 있는 곳은 또한 어둡다. 그는 「몽상의 숲」에서 "대낮이었건만 숲은 어두웠다"고 쓴다. 박용하가 보는 나무는 생명의 깊은 뿌리와 그 순환의 아득한 시간에 붙이는 다른 이름이다.

시간이 많다.
삶이 깊다.

오후에는 파도가 많다.
오후는 인생이다.

누가 그토록 많은 파도가 푸드덕 푸드덕거리며 해변으로 飛翔하는 것을 보는가.

바다는 365일을 항해하고

자작나무는 초록 잎사귀 시간과 황금 잎사귀 시간 사이를 오가며 인생에 닿는다.

그대는
시간이 깊다.
저녁에는
나뭇잎이 많다.

삶이 많다.   ──「잎새의 시간」 전문

그런데 나무를 사는 사람이 아니라 보는 사람일 때 박용하는 늘

어딘가를 떠돌고 있다: 시애틀 북쪽, 룩셈부르크, 프랑크푸르트 북쪽, 지난해의 대진항, "생이 건너뛰는 소리"를 들었던 마추픽추, 서울의 서쪽, 달의 북쪽과 영혼의 북쪽과 마침내 수식어 없는 북쪽. 그는 「도로광(狂)」이다. "어떤 도로를 보면 홍분"하고, "봄바람 부는 저녁 도로를 보고 있으면" 살맛이 나고, "어떤 길을 보면 뇌파가 수평선에" 걸린다. 그의 길은 늘 같은 곳을 지향한다. 「호수로 가는 세 갈래 길」에서는 길이 몇 갈래로 갈라져 있건 그 길들은 모두 과수원을 거쳐 호수에 이른다. ("彼岸 같기만 한" 그 과수원이 모든 길에 평등한 자격을 부여하는 것이다. 길은 모두 인간에서 시작하여 비인간에 닿는다.) 그러나 그는 자주 「항구」에 있다. "지구의 표면"을 항해하기 위해서이며, "국경선을 긋고 국가라는 감옥에서 정부에 편입"하기를 거부하기 위해서이며, "공장에 가고 학교에 가는 자를 이해"할 수 없기 때문이다. (그가 떠도는 표면은 "내면으로 가는 입구 같은 것"인데, 항구의 바람 앞에 "한갓 가벼운 유희"로 날아갈 뿐인 "의지도 집념도 회한도" 거기 접근하는 데에 도움이 되지 않는다.) 박용하의 '7번 국도'는 벌써 유명하다. 그가 자신의 「영혼의 북쪽」으로 가는 길이 바로 이 국도이다. 사천을 거쳐 북으로 이어지는 이 길에서 그는 "연곡 주문진 남애 죽도 하조대 같은" 제 애인들을 만나고, "속초 아야진 대대리 거진 화진포 대진 같은 자연의 호텔"의 영접을 받는다. 짧게 말해서 이 길은 그의 고향으로 이어지는 길이다:

내가 북쪽으로 간다고 말했을 때 그것은 추억에 닿으려는 연어가 밴쿠버로 간다는 말과 같다.

그러나 박용하에게서 추억에 닿는 길이 이 국도일 수만은 없다. 그는 가장 먼 나라의 도시를 말할 때도 그것이 자신의 고향인 것처럼 말한다. 그가 「시애틀 북쪽」에서 만나는 "한국의 은어 낚시라는 제목으로 시를 쓰고 싶은 날씨"이다. 「룩셈부르크」에서 룩셈부르크는 그가 "쓰는 서정시"이며 거기 가는 길은 "비 오는 밤 가랑잎이 찾아가는 춘천의 이미지다." 그에게는 길이 곧 고향이다. 어느 길이건 길이 닿게 될 곳이야말로 그의 위생적인 북쪽이며 그의 고향이며 그의 추억이며 그의 전생이다. 전생이라고 말했는가, 다른 말로 그것은 존재와 운동이 구별되지 않았던 '나무의 생'이다. 나무의 생 또는 나무로 살았던 자의 생. 나무는 뿌리가 있으며, 이미 말했듯이 제 땅에 살아 있는 나무에게서는 뿌리의 하강·천착이 줄기와 잎의 상승·비상과 나누어지지 않는다. 그 전체는 오직 하나의 타오름이다. 이제 그 뿌리를 가질 수 없는 박용하는 다른 뿌리를 거부한다. 이 세계의 문명에 천착하고 거기 자리를 잡고 거기 뿌리를 내린다는 것은 사실상 '뿌리'에 대한 배반이기 때문이다. 국경선으로 구획지어진 세계 안에 '뿌리'는 없다. 공장에도 학교에도 단지 헛된 뿌리가 있을 뿐이다. 이 가짜 뿌리들, 이 뿌리의 코미디들은 "내면의 입구"를 향하는 시인의 발에 족쇄를 채우고, "환멸을 거쳐 부드러운 이파리 같은 적막에 도착하는"(「북쪽」) 그의 길을 차단한다. 그래서 시인은 바람이 지면을 스치는 방식으로만, 달빛이 지표를 적시는 깊이로만 세상과 관계하려 한다. '뿌리'는 어디에도 뿌리를 내리지 않으려는 자가 그 "몽상의 주파수"로만 감지할 수 있으며, 깊이는 어느 진흙에도 발이 빠지지 않고 천천히 멀리 걸어가는 발걸음에게만 보장된다. "나무는 길 위에 있는 무한(無限)이다"(「촛불의 시간」).

밑창이 너덜너덜한 구두 한 켤레와 닳아 해어진 청바지 두 벌이 길을 훑고 있다. 왕국이란 게 그리 멀리 있지 않다. 언제나 발바닥에 달라붙어 있다. 내면에 달라붙어 여행하는 언어의 숨결처럼 이 세상 어디에도 속하지 않고 묶일 수도 없고 섞일 수도 없는 악마만큼이나 비밀이 넘쳐나는 고통의 왕국이 거기에 존재하느니라. 숨이 뇌수까지 꽉 들어차 터질 것 같은 대도시가 사랑스럽고 먹음직하듯 無에 달라붙어 숨쉬는 까마득한 발자국이야말로 나의 고립된 나라였느니라.

——「내 인생의 마추픽추」

왕국은 "발바닥에 달라붙어"서, 발바닥은 길의 표면을 스치면서, "내면에 달라붙어 여행하는 언어의 숨결"과 짝을 이룬다. 왕국이 여행하는 자의 발끝에서 늘 한걸음 떨어진 곳에 있듯이, 내면과 그 언어도 그의 발끝에서 돋아난다. 언어는 늘 나쁜 언어가 그래왔던 것처럼, 세상의 어느 조각에 의미를 강제하지 않는다. 누구라도 제가 강제한 의미로 제 감옥을 만든다. 그는 거기 속하고 묶이고 섞여야 한다. 길 위의 발걸음과 내면의 말은 어디에 저를 안정시키기보다 세상과 세상 밖에 무한하게 저를 확산시킴으로써만 한 삶을, 곧 나무의 삶을 잃어버리지 않으려 한다. 나무가 어디에 뿌리를 박고 있는 것이 아니라 길 위에 있고, 길 위에 무한으로 있다고 여기는 자는 물론 근본적으로 불행한 자이다. 그가 세상의 어느 자리에 소속되어도 그 자리는 다른 자리와 연통하지 않는다. 하나의 삶은 하나의 삶으로 고립된다. 시인이 "무(無)에 달라붙어 숨쉬는 까마득한 발자국"으로 자신을 고립시키려 할 때, 이 고립은 그를 고립시키려는 세상의 모든 음모와 억압으로부터 자신을 가장 멀리 떼어놓기이다. 그 새털같이 가벼운 발걸음에 악마의 의지가 필요한 것은 당연한 일이다. 중요한 것은 자기 존재를 가장 희박한 물질로 만들어 천지에 풀어놓는 일이다.

그는 이 일에 자주 성공하지만 또 하나의 불행이 드러나는 것도 항상 그때이다. 그의 존재의 확산은 벌써 사라진 것들이나 머지않아 사라질 것들, 또는 사라진 것의 모습으로만 남은 것들에 일차적으로 의지하기 때문이다. 박용하가 바라보는 방향은 언제나 북쪽이다. 바람에 냉기밖에는 아무것도 실려 있지 않는 곳이며, "지도에서 사라진/항구 하나가 홀연히 정박하고"(「지난해 대진항에서」) 있는 그런 곳이다. 「억새」에서 "가을산 능선에 서서 나부끼는 억새들"은 "바람의 뼈"로만 남아 있다. 「The Last Rose of Summer」의 눈 내린 겨울숲에서는 청춘이 "미꾸라지처럼 빠져나가는" 것을 본다. 「서울의 서쪽」은 약수터의 수도꼭지 두 개가 "24시간 털리는 광경"과 "목련꽃이 카스테라 빵껍질처럼" 지는 정신병원 앞마당에서 "간호사와 환자들이 뭉쳐" 배드민턴이나 비치발리볼을 하는 광경이 '화엄(華嚴)'을 이루는데, 이 화엄이란 장엄과 착각이 박용하식으로 겹쳐진 말이다. 「노스탤지어」는 한때 그가 살았거니 거쳐갔던 집에 대해 말한다: "언젠가 살았던 곳에/다시 가 살아야 할 땐/성자(聖者)가 아니면 폐인일 것이다." 그에게 천국은 사라졌거나 사라진 것들의 천국이다:

육체가 파괴된 그 은어들은 모두 어디로 갔을까. 물 속을 사이좋게 경주하던 새떼들 같던 그 은어들…… 상류를 향해 아름답게 사라지던 영혼의 드라이버 같기만 하던 그 은어들은 모두 어디로 간 걸까…… 지금은 사라진, 곧 사라질 천국의 냇가가 말이다.

———「천국의 시냇가」

사라진 것은 돌아오지 않는다:

대지는 푸르른 시간을 먹고 파아란 하늘에는 꽃들이 공중으로 흐르고
바람은 햇빛에 실려가는 이 화사한 봄날

한번 흘러가버리면 누구도 손댈 수 없는

저 강물을 수술하고 싶다

다섯 살 난 조카는 이제 더 이상 동생과 엄마가 올 거라고 말하지

않는다　　　　　　　　　—「연어는 돌아오지 않는다」

남아 있는 것들이 있지만, 그것은 언제나 상처이다. 되돌아오는 것이 있지만, 그것은 고통이다. 「청춘」은 오랜 세월을 "파도와 파탄"을 헤맨 뒤에 남는 것은 "비의 유적, 비의 막사, 비의 수용소, 비의 감옥, 비의 호텔……"일 것임을 확인한다. 또다시 청춘에 관해서, 그 얼굴이 벼락을 닮았고 악마를 닮았다고, 그렇게 짧고 그렇게 요란했다고 말하는 시 「저녁 바람이 부드럽게」에서는 "우리가 훗날 그 얼굴을 쳐다봤을 땐/놀랍게도 거기엔 어떤 상처도 그대로 있음을 알리라"고 예언한다. 완전히는 다가갈 수 없는 나무들도, 강을 거슬러 오르던 은어들도, 어둠 속에서 울고 놀라던 청춘도, 사라지는 것들은 모두 상처를 남기고 사라진다. 존재가 "밑에서 밑으로 가라"앉으며 다시 퍼진다고 말하는 「안개」는 오늘의 고통 역시 "잠수함처럼 가라앉"을 뿐 "없어지지는 않았다"고 확인한다. 그리고 '미래의 고통엔 미래의 날개가 있을 것이다'는 이 시집 제4부의 제목처럼 되돌아오는 것들은 항상 고통과 함께 되돌아온다.

상처와 고통은 같은 것이 아니다. 상처는 사라진 것들의 기억이며, 그것의 정신화다. 죽은 것들은 모두 신이 되듯 사라진 것들은 모두 정신이 된다. 그것들은 빛보다 더 얇게 펼쳐져서 어느 북쪽으로, 「정신의 북쪽」으로 날아가 안타깝게도 되돌아오지 않는다. 되돌아오는 것들은 항상 무거운 것들이다. 그것들은 정신이 되지 않으며, 어떤 방식으로도 변화하지 않는다. 그것들이 모두 열 개의 연작시인 '20세기의 북쪽'을 차지하고 있다. 이제 한 세기가 끝나지만, "과거

의 고통이 과거를 치유하지"않은 것처럼, 미래는 "미래의 고통"과 함께 시작될 것이 뻔하다. 이 삶을 무겁게 하는 모든 것들이, "한꺼번에 끝장내지 않는 인간 관계들"이, 이 중력처럼 죽음처럼 "낡은 고통"들이, "그대가 먹고 싸고 침 뱉는"것들이, 진보가 여전히 신화인 이 세기말까지, 항상 새것처럼 다시 돌아온다. 그래서 "추억이 식은 곳에서 삶은 다시 시작되고" "살았던 인생의 날들이" 다시 내일이 된다. "20세기가 흘러간 상처라면 21세기는 흘러올 상처"이다. 다만 달라진 것이 있다면 새것처럼 되돌아오는 낡은 것들의 주기가 더 빨라졌다는 것뿐이다. 거기에는 오늘과 똑같은 내일이 있을 뿐 기억이 없고, 시간의 깊이가 없다. 거기서는 박용하의 긴 방랑마저 무효가 되고 말 것이다.

　박용하도 우리도 운동과 존재가 하나이던 삶에서 오래 전에 떠났다. 박용하의 새 시집은 그 삶에서 떠난 자들의 운명을 요약한다. 사라진 것들 앞에서 우리는 상처를 쓰다듬을 수 있을 것이다. 날마다 더 빨리 다시 되돌아오는 것들 앞에서 우리는 속수무책이다. 박용하는 사라졌거나 사라지는 것들을 쫓아 길 위의 '무한'을 밟을 때 서정의 비상한 깊이를 확보한다. 그러나 끝없이 되돌아와 "몰락하지 않고 지겹도록 천천히" 삶을 타락하게 하는 것들 앞에서 무거운 산문성을 둘러쓴다. 그리움과 고적한 방랑 뒤의 짐작할 수도 없는 자기 변화, 그것이 우리의 숙제일 것이며, 박용하의 다음 시집이 될 것 같다.

인식의 지평과 시간의 깊이
──1990년대 시 관견기

시가 1990년대에 무엇이었는가를 말하기 위해서는 먼저 이 10년 동안의 시 비평을 반성해야 할 것 같다. 이 시기의 문학이 지녀왔으며 여전히 지니고 있는 약점을 요약해서 노정하고 있는 것이 그것이라고 여겨지기 때문이다. 비평은 나태하고 무기력하여 그 책임을 다하지 못하였다. 거기에는 명백하거나 명백하지 못한 여러 가지 이유가 있겠지만, 무엇보다도 1980년대에 대한 심리적 부담을 먼저 꼽아야 할 것이다.

1980년대는 불행한 그만큼 '좋았던 시절'이었다. 사회적으로 분명한 공적(公敵)이 있었으며, 그에 대한 분명한 공분을 서로 확인할 수 있었다. 건강한 사회에 대한 전망을 확고한 어조로 말할 수도 있었다. 누구나 이웃과 인류에 대해 유용한 사람이 되기가 그만큼 쉬웠다. 더 정확하게 말한다면 그 어려운 일에 자신의 존재를 걸어놓기가 그만큼 쉬웠다. 목숨을 바쳐야 했거나 오랫동안 옥에 갇혔던 사람들, 혹은 가혹한 고문을 당했던 사람들만을 두고 하는 이야기가 아니다. 처절하고 고통스러우면서도 행복한 신념을 그 사람들만 가졌던 것이 아니었기 때문이다. 자신이 너무나 미천하다고 여기는 사람들까지도 만일 죽어야 한다면 죽을 수 있을 것인지를 한번 이상 가장 고독하게 자문해보지 않을 수 없었다. 마침내는 이 질문이 어

떤 결심으로 이어진다 하더라도 그것이 반드시 헛된 것이 아니었음
은, 먼저는 광주가, 나중에는 각종의 '후일담 문학'이 증명해주었다.
사람들이 세상과의 관계 속에서 발견한 자기 자리는 곧 역사 속에서
그가 차지하게 될 자리였다. 그리고 마르크스주의가 있었다. 그것은
푸코도 어디선가 지적했던 것처럼 모든 종류의 패러다임에 대한 거
대한 블랙홀의 하나였다. 마르크스주의가 모든 담론을 무화시켰다
는 것이 아니라 오히려 그 반대이다. 그것은 모든 담론의 위치를 정
해주었다. 누가 어떤 기상천외한 생각을 한다 하더라도, 마르크스주
의는 그것이 물질 생산과 의식 변화의 어느 단계에서 출발하여 어디
에 귀착하는 것인가를 미리 알고 있었다. 사람들은 누구나 온건하거
나 불순한 자신의 모든 발상이 붕괴하게 마련인 자본주의의 한 징후
와 관련되어 있으며, 누구도 자신의 계급 의식을 떠나서는 한마디도
할 수 없다는 사실을 깨달았다. 이점은 마르크스주의를 믿는 사람에
게서와 마찬가지로 믿지 않는 사람에게도 위안을 준다. 적어도 그것
은 자신의 극히 변덕스러운 생각들마저 그 하나하나가 깊이를 잴 수
없을 만큼 심원한 근거와 관계를 맺고 있음을 알게 하기 때문이다.
그 관계가 좋은가 나쁜가를 따지는 것은 다음의 문제이다. 우선은
자신의 말과 행동이 어떤 방식으로건 의미가 있음을 확신할 수 있다
는 것이 더 중요하다. 마르크스주의는 현실 의식에도 당연히 영향을
미쳤다. 그것이 자본주의 사회의 제반 현실을 관찰하고 분석하여 그
에 대한 총체적인 인식을 가능하게 하는 데에 가장 뛰어난 도구에
해당함을 부인하기는 어렵다. 그것은 무엇보다도 현실의 두께와 무
게를 알려주었다. 그러나 미학과 일정하게 관여하는 비평적 담론의
세례를 거치고 나면, 현실의 어떤 무게와 두께도 그 위협적인 성격
을 잃게 마련이다. 현실의 붕괴와 그 가치의 무화를 상정하지 않는,
그 변증법적 변화를 기대하지 않는 마르크스주의 비평이란 없기 때

문이다. 무겁고 둔중한 현실에 대한 인식은 벌써 없어져버린 것에 대한 이미지와 늘 동행한다. 그러나 현실은 무화되거나 붕괴되지 않았다. 1990년대에 들어서 문학판의 많은 사람들이 환멸을 이야기하였지만, 이 환멸이란 똑같은 삶이 언제까지나 영속되리라는 것을 인정해야 한다는 자각 이외의 다른 것일 수 없다.

잔치가 끝난 것은 누가 서른 살이 되었기 때문이 아니라, 제 무게를 오롯이 지니고 복귀하는 지겨운 일상을 누구도 피할 수 없었기 때문이었다. 비평은 이 환멸을 가장 쓰라리게 맛보았다. 좋게건 나쁘게건 그 자리를 지정해줌으로써 그것을 감싸던 가리개가 갑자기 사라져버려 알몸으로 광장에 나선 꼴이었다. 자신의 자리가 없으니 그 대상이 되었던 것들의 자리를 지정해주는 일이 물론 불가능했다. 이미 습득된 논리 체계로 높낮이가 다른 작품들을 평면화하고, 이미 세력을 얻은 방법론에 만만한 작품들을 증거물로 제시하여 그 진정성을 입증해주는 일에 힘썼을 뿐, 자체적으로 의미를 발굴하고 생산하는 데에 훈련이 되어 있지 않은 비평이 새로운 문화적 개념어가 나타날 때마다 거기에 과도하게 기대를 걸게 되는 것은 불가피한 일이었다. 마찬가지 이유로 비평은 현장에 과도하게 집착하였다. 물론 그것이 현장에 대한 진정한 열정의 표현은 아니다. 점점 더 짧아지는 주기로 반복되는 동일한 일상의 새로운 허울에 가려 시간의 깊이를 확보하지 못한 비평 의식에게 현재가 그렇게 얇게 파악된 것일 뿐이다.

비평이 그 무능을 드러내고 있을 때, 시는 아날로지의 위기를 경험했다. 아날로지의 위기는 그 용어 자체로만 보면 현대시라는 말을 알고 있는 모든 사람들에게 결코 낯선 것이 아니었지만 그것을 실감한 것은 농촌이 결정적으로 몰락의 길에 들어서고, 일상적인 삶의 모형이 더 이상 자연을 기반으로 얻어질 수 없었으며, 거대 이론들에 대한 의혹과 더불어 자연의 해석과 역사적 해석 간의 대응 관계가 사라진 이 1990년대의 일이었다. 이 시대는 현대를 '체험했다.' 1990년대의 중반을 넘어서까지 포스트모더니즘이, 정확하게는 그런 말이, 매혹을 행사했던 것도, 근원주의적 열정이 일종의 구원 철학으로 등장한 것도, 많은 시들이 후기 낭만주의적 경향을 띠게 된 것도, 알고 있다고 믿었던 현대와 체험하게 된 현대 사이의 괴리를 통해서였다. 말하자면 모던은 포스트모던을 통해 체험되었다. 1980년대에 가장 격렬한 혁명의 시를 썼던 백무산이 긴 방황을 계속하면서 발표한 시집의 제목『인간의 시간』은 이점에서 시사하는 바가 크다. 이 시간은 역사의 시간도 아니고 자연의 시간도 아니다. 그것은 한 인간이 역사와 자연 속에 내재할 것으로 여겨지는 진실의 존재 양식과 어디서 어떤 방식으로 합류할 수 있을지를 확신하지 못한 체 자신을 기획하고 실천해야 하는 시간이다. 그는 또 다른 시집에서 자연에 새겨진 수많은 변혁의 비의를 발견하긴 했지만, 그 '섭리'와 인간의 행동을 연통하는 어떤 징후를 보았다고는 결코 말하지 않는다. 자연에 진실이 있다 하더라도 그것은 단지 침묵하기 위해서만 거기 있다. 백무산만큼 정직하지만 더 노회한 황지우는「살찐 소파에 대한 일기」와 같은 시를 쓰며, 포즈로 남은 감정들, 문화적 희극들, 지상의 무게로 환원된 육체에 치를 떤다. 또는 그런 포즈를 취한다. 그에게 물질의 비의 같은 것은 없다. 물질의 모방이 있을 뿐 물질이 아예 없다. 다만 맑게 한번 나타났다가 "세계를 못 빠져나가고" 권태의 기지개로 연장되는(「당신은 홍대 앞을 지나갔다」), 변두리가 흐릿한 그런 점 같은 시간이 저 비의를 대신한다.

이른바 운동권 시인들은 1990년대에 자연에 관해 많은 시를 썼다. 일면에서는 관찰이고 일면에서는 반성이었다. 이 시인들은 본질적인 삶의 한 형식으로서의 자연을 예찬하는 동시에 그 파괴의 운명을 슬퍼한다. 노동으로 자연을 보충하는 아늑하고 검소한 생활에 관해 그들은 자주 말했지만, 집필실로 개조된 이 '방앗간의 소식'으로부터 자연과 소통하는 삶에 대한 진정한 전망을 얻기는 어렵다. 대다수의 삶은 그 바깥에 있다. 이 전원시들은 제 자연의 율동을 포기함으로써만, 느슨하게 풀어 흩어진 산문조로만, 외부에 그 근황을 알릴 수 있었다. 서정의 기맥은 물론 약했다. 그러나 그 화해의 시도는 작게 평가될 것이 아니다. 그것은 굴종과 무감각을 강요하는 비겁하고 악한 세상과의 화해가 아니라, 역사적 전망을 가장 선명하게 유지하기 위해 배제하거나 눈감아야 했던 모든 것들, 걸리적거리는 일상사들과 그 탈선의 기회, 그 권리를 인정해주어야 할 크고 작은 욕망들과의 화해였기 때문이다.

도시시는 1990년대다운 장르로 여겨졌지만, 그것을 농촌시의 대척점에 놓아두고 말하기는 어렵다. 낮술에 취하여 고르지 못한 포석을 헛딛고, 퇴근길의 어두운 골목을 고행하듯 걸어가는 도시의 시인들은 거개가 농민의 자녀들이다. 그들은 한 세대 전의 고향 사람들이 나무와 돌과 바람 속에서 얻었던 원초적 물질감을 그들의 곤궁한 생활을 통해 다시 느꼈다. 그들은 간접화되고 추상화된 이 시대의 삶 속에 유일하게 남은 구체적이고 직접적인 촉수였다. 그러나 이 촉수도 그 감각의 깊이도 늘 그 자체로 고립된다. 농촌시와 마찬가지로 도시시에도 공식이 있다. 도시는 물질적으로 풍요롭고 은폐물과 엄폐물이 많다. 멀리 보면 그것은 숲이며 정글이다. 그러나 그곳을 걸어가는 시인에게 그것은 사막이다. 극도로 과민한 감각이 미학적 권리를 얻는 것도 여기서이며, 이미 상처입은 감각이 혹사를 당하는 것도 이때이다. 특화된 감각은 납작해진 시간에 의해 끊겼던 기억을 되살려내는데, 그것은 잃었다 복원된 것이기에 늘 근원주의적 성격을 지닌다. 지극히 삭막한 것들이 지고한 감정의 위의를 얻는다. 요절한 시인 진이정이 죽음을 앞두고 절실한 그리움 속에 다시 떠올렸던 것은 무엇보다도 그가 유년 시절을 보냈던 기지촌의 풍경이며, 어느 성탄절에 마음 좋은 미군에게서 얻을 수 있었던 알사탕의 맛이었다. 그는 그가 해탈한 뒤에도 이 그리움만은 윤회할 것이라고 믿는다(「엘 살롱 드 멕시코」). 이 윤회할 그리움은 기지촌이 생기기 전부터, 태곳적부터 윤회했던 그리움이다. 그러나 진이정처럼 죽음을 걸어놓은 경우가 아니라면, 농민의 자녀들은 대부분 자신들의 이 미학적 흥분에서 타락의 냄새를 부정하지 못한다. 그에 대한 고백은 자주 함민복의 경우에서처럼 자아 의식의 비판이 되고, 유하의 경우에서처럼 세태에의 알리바이가 되고, 차창룡의 경우에서처럼 반항적 담론의 허두가 된다. 더 젊은 시인들은 그 과장된 어조로 희생양의 비명을 만들어냈다. 따라서 도시적 삶에 대한 철저한 미학적 성찰보다는 자본주의의 왜곡된 존재 양태에 대한 문명 비판이 더 각광을 받게 되는 것이 당연한 것으로 여겨졌다. 그러나 이 비판이 진정으로 성공하는 경우는 드물었다. 자체의 모순을 그 세력 확장의 거점으로 삼는 자본주의적 문화는 자신에 대한 모든 비판을 자기 안에서 꽃피운다. 문명 비판의 시는 늘 자충수를 두고 만다. 최승호 같은 불굴의 시인이 문명 비판에서 그 장기를 발휘하면서도 자기 존재의 변모를 시도하는 시에서 더 훌륭한 작품을 생산하게 되는 것도 이 때문이다.

죽음은 1990년대 시의 강력한 주제였고 시 담론의 끈질긴 화두였다. 우선 죽은 시인들이 있었다. 1990년대의 문턱에서 기형도가 절벽을 오르며 의지하던 줄을 아무렇지도 않게 놓아버린 것 같은 절망감의 노래를 남긴 이후, 이연주가 스스로 목숨을 끊었고 진이정이 폐결핵 3기의 제 육체를 방치하며 죽어가는 사람의 언어를 실험했다. 황동규는 죽음에 대한 현상학적 고찰인 『풍장』 연작을 한 권의 시집으로 묶었다. 남진우는 삶의 성화와 속화에 모두 죽음의 이미지를 바쳤으며, 최승자는 자주 사후의 사람이 되어 말을 했다. 정재학과 박성창은 한 무더기 죽음의 시를 끌어안고 등단했다. 황동규의 경우를 제외한다면 아무런 구원의 기약도 없는 죽음의 시들이 이렇게 한꺼번에 많이 등장하기는 우리의 시사에서 최초의 일이었다. 죽음의 시는 시와 문학의 죽음을 말하는 담론으로 연장되었다. 그러나 시와 문학은 죽은 것이 아니라 다만 죽음에 사로잡혀 있었다고 말해야 할 것이다. 원인을 말한다면, 그것은 역시 1990년대의 문화 양태에, 그 역사의 가변성에, 형식상으로는 거의 완전하게 누리게 된 이 시대의 자유에 있다고 해야 할 것 같다. 이 시대는 문화 관리의 주체가 권력에서 자본으로 바뀐 최초의 경험을 얻었다. 바꿔 말한다면, 집중화의 권력이 미세화의 권력에 자리를 내주었다. 권력의 정점에는 어디에나 인간의 정열을 평형화하여 세상을 부동한 것으로 만들려는 음모, 곧 죽음이 있다. 거대 권력에는 거대한 죽음과 거대한 공포가 있었으며, 그에 맞서는 생명의 단결된 대응과 '비극'이 있었다. 미세한 권력에는 미세한 죽음들이 있다. 그것은 흩어져 있고 쉽게 파악되지 않는다. 생명이 예의 단결된 대응력을 잃은 가운데, 삶 속에 먼지처럼 파고드는 죽음들은 개인의 고독한 악몽으로만 체험된다. 미세 권력의 시장은 모든 생명적인 것들과 생명의 약속을 복제하여 '키치'를 생산한다. 작은 죽음들은 키치 속에, 그 대중성 속에 자기를 숨긴다. 그러나 꿈속에서까지도 죽음을 숨기지는 못한다. 이 악몽 속에서만 깨어 있는 생명은 제 죽음을 거기서 확실하게 바라본다. 시대의 촉수인 시가 이 순간 죽음에 사로잡히는 것은 당연하다. 시는 오랫동안 빈말처럼 뇌까려왔던 일상의 권태와 이따금 예감하였던 시대의 폐허를 이 죽음으로 실감했다.

죽음에 대한 미학적 성찰은 시에 대한 원론적 성찰과 만날 수 있다. 시가 현실에서 확보했던 아름다움은 항상 새롭게 파악되는 진실 앞에서 허물어지며, 이 진실이 현실과 맺는 관계는, 그 진실을 묘사하여 재현 가능하고 실천 가능한 것으로 표현하기를 요구하는 것이 아니라, 재현과 실천이 불가능하기에 그것을 진실로 받아들일 수 있도록 표현할 것을 요구한다는 주장을 받아들인다면, 예의 죽음에 대한 악몽이 이 표현 불가능한 것에 대한 공포와 하나가 될 때, 죽음으로 닫혀 있는 시적 실천의 벽에 독창성의 문이 열릴 것이라는 말을 거기에 덧붙일 수 있을 것이기 때문이다. 그리고 우리의 시에서도 이 죽음에 대한 의식이 시적 인식의 폭을 어느 정도 넓혀준 것이 사실이다.

생명과 생태는 우리 시대의 초미한 관심사 가운데 하나이다. 시가 그에 대해 적극적인 관심을 표명하게 된 것은 어쩌면 필연적인 일이다. 죽음의 시를 포함해서 생명에서 출발하지 않는 시나 생명에 봉사하지 않는 시를 상상하기는 어렵기 때문이다. 그러나 1990년대의 여러 시는 생명을 그 숨겨진 기반으로 삼는 일을 넘어서서 생명과 생태에 대한 염려를 직접적인 주제로 삼고 싶어했다. 김지하는 개벽 사상에 생명 공동체의 개념을 연결시켜 하나의 운동을 조직했으며, 정현종은 '알몸'의 자연을 근원주의적 표상으로 삼았다. 최승호에게는 죽음과 삶을 한꺼번에 끌어안는 원륭 세계가 있다. 이성선은 여러 편의 산시(山詩)에서 자연 속에 자기 존재를, 자신의 무의식 속에 자연을 끌여들였으며, 오세영과 최동호, 그리고 몇몇 '정신주의' 시인들은 전통적 서정성의 재평가를 통해 근원적 생명력의 회복을 시도하였다. 이들 시에서 생명은 늘 우주 최초의 모습이자 최후의 목표인 화엄 세계의 에네르기로 파악되며, 우주 대 융합의 만다라로 드러난다. 도가적 내지 불가적 시가 바야흐로 시사적 주제를 확보한 것이라고 말해야 할까. 상징주의 시가 그 상징의 해석을 완성한 결과라고 말해야 할까. 생명과 생태는 중요하다고 말해두자. 시는 늘 아날로지의 위기를 느끼기 전에도 후에도 저 원륭 세계를 그리워했다고도 말해두자. 따라서 생태주의 시는 세계 인식과 그에 따른 실천 의지의 근본적인 변화를 촉구한다는 점에 의의가 있다는 말을 또한 덧붙여두자. 이문제가 방향은 많이 다르지만 크게 보아 생태시의 관점에서 논의될 수도 있는 시집 『내 마음의 오지』에서 '은유로서의 농업'을 운위할 때도 그 행간에는 역시 어떤 새로운 인식론에 대한 그리움이 있다.

　여러 종류의 '몸시' 또는 '몸의 시학'은 생태시의 발전된 형태이며 그 구체적 성취라고 말할 수 있다. 이 시대의 시에서 육체는 극명하게 대립된 두 가지 이미지로 파악된다. 한쪽에서 몸은 우주 전체의 구성과 그 순환 운동을 섬세하게 조영하는 소우주이며, 다른 한쪽에서 그것은 일상의 변덕스런 욕망과 자본주의가 촉발시킨 과잉 욕망의 현주소이다. 육체는 섭리의 순결한 징후이나 세상에서 얻은 병으로 그 기맥이 차단되었다. 육체는 가벼워지기를 열망하나 그 자체가 권태로운 무게이다. 이 화해하기 어려운 모순이 실은 육체적 시들의 전략 지점이다. 정진규는 항상 저항하고 자주 훼손되는 육체에서 상실이 곧 보충이 되는 생명의 만다라를 조심스럽게 그려낸다. 최하림에게 몸은 인내하고 지켜보고 너그럽게 다스려야 할 미학적 영지이다. 김명인의 어떤 시에서 몸은 슬픔의 저장고이며 그리움의 에네르기이다. 황지우가 위대한 말들을 비웃으며 가라앉는 육체를 보는 것처럼, 김언희는 성애의 높은 흥분 속에서도 난잡한 물질로 환원되는 육체에 시달린다. 옛날에는 의지에 복속시켜야 할 육체만 있었다. 이제는 그 복속이 정당한가를 묻는 육체가 있다. 한 사람이 자기를 자기라고 이름 붙이기 위해 무의미한 것으로 돌려야 했던 그 몸의 구석들은, 또는 그 은밀한 흔적의 불안감과 그 음모의 행복감은, 그가 어떤 방식으로 자아를 통합해도 그것이 시간적으로 통합의 한 단계이거나, 공간적으로 통합의 왜소한 한 부분임을 주장한다. 나라고 하는 텍스트는 없으며, 나로서 복사하는 텍스트도, 나를 복사하는 텍스트도 없다. 그래서 몸의 시를 쓴다거나 몸으로 시를 쓴다는 것은 그 몸과 내면을 하나의 텍스트로 읽거나 해석하기가 아니라, 또는 베껴 쓰기가 아니라, 하나의 텍스트로 만들어가기이다. 여기에도 역시 시적 인식론의 문제가 있다.

어느 시대에서나 마찬가지로 이 시대의 시에도 순결에 대한 강력한 의지의 표현이 있다. 그러나 옛날의 시는 순수의 관념을 증류해내거나 어떤 비의의 순간에 순결의 짧은 현현을 목격하는 것으로 그 책임을 이행할 수 있었던 반면, 오염에의 욕망이 순수에의 열망 못지 않게 체계적 이데올로기를 형성한 우리 시대에서는 순결에의 개념을 얻는다는 것 자체가 반복되는 실천과 투쟁을 요구한다. 오규원은 모든 인간적 관념을 걸러내어 날것으로 파악되는 사물들 속에 알몸의 인간으로 남으려는 긴 노력을 여전히 그리고 수단을 바꿔가며 추진하였다. 서정춘과 이시영은 짧고 재빠르고 선명한 시들로 순결한 한순간을 스케치하였다. 박남철은 자기 안의 가장 불결하고 비천한 것들을 불가능하리만큼 정직하게, 그러나 불결하고 폭력적인 언어로 까발렸다. 김영승은 어떤 허영도 없는 삶에까지 음험하게 스며드는 타협과 오염의 가장 미세한 기미를 경쾌하고 유머러스하게, 슬프고 철저하게 반성하려 한다. 김기택에게는 어린애 같은, 그러나 사물의 본모습을 투시하는 시선이 있다. 이대흠에게는 불순한 유혹이 틈입하기 어려운 육체적 · 지적 긴장이 있다. 유용주에게는 이 긴장 대신에 너그러운 서정과 건강한 노동이 있다. 나희덕은 다소곳하고 민감한 언어로 순화된 생활을 노래한다. 이선영은 손때 묻은 작은 사물들과 자잘한 범사에 정련된 자아를 투영한다. 그러나 세속의 벽을 넘지 못하는 이 노력들 속에 어떤 피로감이 끼어들고 말이 퇴영하는 징후를 부인하기는 어렵다.

시의 '기교주의'도 삶과 말의 순결을 확보하려는 노력의 하나로 관찰되어야 할 것이다. 기교는 쉽게 꿈꿀 수 있으나 실천하기 어려운 현실 탈출의 방법이기 때문이다. 강연호의 좋은 시에는 범용한 서정성과 세련된 논리를 쾌적하게 결합한 지적 우화가 있다. 박정대는 종류가 다른 시니피앙들을 한데 그러모아 그 상충하는 힘으로 말이 순화되는 용광로를 만들려 한다. 박상순은 정반대로 어린애 같은 말들, 그러나 습관에서 일탈한 말들을 기계적으로 깐깐하게 배열하여 독서의 불순한 기대를 따돌린다. 여러 종류의 시형식을 실험했던 이승훈의 뒤를 이어, 함기석은 의미 없는 말들을 권태롭게 늘어놓아 일상을 견디려 한다. 기교의 끝은 언제나 수학이다. 흔히 쉽게 생각하는 것과는 달리, 기교가 성실성의 증거일 수 있는 이유가 거기 있다.

거대 이론들이 퇴조한 자리에 가장 의미 있는 문학적 사건으로 떠오른 것이 1990년대 여성주의 시의 발전이다. 여성에게 문학의 발견은 곧 제 안에 있는 여성성의 발견이다. 우선 문학의 사실 탐구적 기능 아래서 아름답고 떳떳한 것으로 새롭게 인정받은 힘들은 그 밑에 누추하고 부끄럽게 감추어져 있던, 특히 여성들에게서는 표현이 금지되었던, 힘들에게까지 용기를 준다. 표현이 금지된 것들은 그 표현법도 개발되지 않았다는 점에서 말의 빈민들이라고 이를 만한데, 표현하기에 까다로운 진실들은 어떤 경우에도 선취점을 점거하고 있는 지배 논리 내지는 통용 논리에 극도의 불신을 품고, 스스로를 비틀고 이지러뜨리는 방식으로 자신의 존재를 드러낸다. 여성주의 시의 현대적 성격도 이와 관련된다. 그러나 현대시가 전통적으로 외부 세계의 타락을 자기 안에 투영하여, 그것을 어떤 변함 없는 선의에 의해 정화하려 했던 반면, 여성시에서는 문제적인 것들이 거의 언제나 여성의 내부에 있으며 그 균형이 바로 잡힐 자리는 쉽게 발견되지 않는다. 그래서 여성은 자주 마녀로 나타나, 사회와 가정에 대한 의무를 거부하고, 우연한 정사를 꿈꾸고 억제할 수 없는 감정에 휘말려 들기를 갈구하나 거기서 다시 만나게 되는 것은 언제나 깊이 없는 불모의 시간일 뿐이며, 타인보다는 더 많이 자기 파괴를 시도한다. 여성으로 산다는 것이, 아니 바로 그 모습의 자기라는 것이, 르클레르의 말을 빌리자면, "한번도 저질러진 적이 없으나 끊임없이 속죄해야 하는 죄"가 된다. 마녀가 여자로 되기 위해서는 모든 권력의 자리에 삶이 대신 들어서야 할 터인데, 그 전망을 시가 제시한다. 권력 논리의 끝없는 재생산을 피하기 위한 어떤 특별한 종류의 언어에 대한 믿음, 논리의 소실점이 상정되고 그래서 길 없는 곳에 다리를 놓아줄 것 같은 시에 대한 믿음이 여성적 자의식과 함께 다시 확인되는 것이다. 그래서 여성주의는 새로운 시적 인식론이며 존재론이다. 우리에게서도 여성시는 타자의 언어로서의 시어와 여성의 말이 맺는 관계를 재인식함으로써 여성주의 시가 되었다. 김혜순은 논리의 언어가 끝나는 곳에서 발생하는 몸의 말을 표현하기 위해 논리적으로 매우 복잡한, 그래서 논리가 아슬아슬하게만 유지되는 문법을 창안했다. 김정란은 거칠고도 서정적인 언어로 말의 육체적인 부분을 비워내고 기하학적으로 연출된 이미지만을 남겨 여성 언어와 여성적 육체의 영성화를 시도하였다. 이경림은 억압된 원망들과 표현력이 높은 말들로 초현실적인 이미지들을 얻어냈다. 등산가이기도 한 이향지는 풍부한 몽상과 산천에 대한 분석적 시선으로 인공적 아날로지를 구성한다. 최정례는 잘 조직된 말들, 그러나 속삭이는 듯한 구어체로 삶의 기억을 넘어 육체에 담겨 있을 기억을 되살려낸다. 박서원의 언어와 상상력은 한국시에서는 매우 낯선 것이다. 그녀는 의식 속에서 무의식의 범람을 체험하며 그것을 독특하고 지적인 언어로 기록했다. 전영주는 성적 판타지에서 떠오르는 말들처럼 관능적인 욕망 그 자체인 시니피앙들을 시로 엮는다. 노혜경은 여성주의 시 가운데 가장 훌륭한 시는 아니더라도 고도로 이론화된 한 시에서 다음과 같이 쓴다.

> 난 마을 위로 사뿐히 내려앉았죠
> 내 몸은 한없이 퍼져서
> 마을 하나를 덮고도 덤이 좀 남았죠
> 짭짤맵싹하고 따끈한 빈대떡 내 몸이
> 마을 위로 내려앉았죠
> 그리고 푹 가라앉았죠 더 이상 꿈에서 깨지도 않고
> ──「굶어죽을 뻔했던 마을을 어떻게 살려내었나」

이 시에서 시인은 여자 그리스도이다. 만인이 영원히 뜯어먹을 이 성체-빈대떡은 현실의 몸이 꿈의 몸과 일치한 자, 곧 타자로 개화한 자의 '말'이다. 여성주의 시가 앞으로도 오랫동안 우리시를 선도하리라고 말할 수 있다면 그것은 무엇보다도 이들 시가 순결한 언어와 공공의 언어라는 두 말을 개념의 구분 없이 사용할 수 있도록 길을 텄기 때문이다.

2000년이 눈앞에 왔다. 눈먼 숫자에 새로운 삶을 기대하는 것은 과거의 억압이 늘 그만큼 크기 때문이다. 삶이 과거에 지배당하는, 그래서 모든 개인의 운명이 결정되어 있는 사회에서는 누구도 제 삶을 살 수 없다. 그러나 과거를 기억하지 못하는 삶만큼 과거에 지배를 당하는 삶도 없을 것 같다. 정보 사회라고 이름 붙은 우리 시대의 사회가 그것을 증명한다. 얼핏 생각하면 정보보다 더 현재인 것은 없다. 정보는 그 획기적인 생산 · 보급 방식에 힘입어 인간 삶의 모든 과거의 개념을 평면화한다. 그것은 숨가쁜 현재이다. 삶은 매 순간 과거 속으로 밀려 들어간다. 과거는 무한히 과거로 떨어질 뿐 현재로 재편되지 않는다. 그래서 우리의 삶이 근거하는 시간은 현재로 솟아오르지 못한다. 정보의 시간, 정보의 현재는 누구에게도, 그 정보를 생산하는 사람에 있어서까지도, 체화되거나 내면화되지 않는다. 누구도 자신의 과거를 제압하고 미래를 설계할 그런 시간을 누리지 못한다. 정보의 시간 속에 인간의 현재가 없다.

시는 정보의 반대다. 그것은 과거의 시간을 가장 두텁게 껴안고 있는 현재이다. 기억을 내장하지 않은 시의 말은 없으며, 기억을 현재화하지 않는 시는 없다. 눈앞의 보자기만한 시간에서 순결한 말을 찾기는 어렵다. 현재가 어느 깊이까지 과거를 확보할 수 있느냐에 인간의 미래가 걸려 있다. 시가 마지막 희망인 것은 이 때문이다.

갇혀 있는 생명과 소모되는 생명
—최승호의 시집『그로테스크』와 김기택의 시집『사무원』

1

지난 1980년대와 이제 마지막 반년을 남긴 1990년대는 한국에 프티 부르주아지라고 부를 수 있는 계급이 형성된 시기라는 점에서도 중요하다. IMF 사태가 돌발하면서 사람들은 바로 그 계급의 몰락에 관해 말하였으나, 저간의 사정은 오히려 표현의 거품 속에 감추어져 있던 그것의 정확한 윤곽을 드러내고 그 요지부동한 위치를 확인해주었을 뿐이다. 이 계층이 세상 속에서 확보한 위치는 우리의 의도와 관계 없이 우리의 의식 속에도 역시 그만큼 군건한 자리가 들어섰다는 것을 말한다. 문화적 관점에서만 본다면 그 계층에 실제로 속하는 사람들의 숫자와 비율은 별로 문제가 되지 않는다. 중요한 것은 그들의 생활 감정, 그들의 자의식, 그들의 세계관을 그들에 속하거나 속하지 않는 대다수의 사람들이 사회적 표준으로 여기고 있다는 점이다. 그렇다고 해서 그들의 삶이 어떤 의미를, 또는 기호를 발생시키고 있다는 말은 아니다. 그들은 변화를 요구하지 않으며 어떤 다른 방식의 삶이 자신의 안에서건 밖에서건 따로 존재하기를 원치 않는다. 표준의 가치를 행사하는 것은 오히려 모든 의미와 기호를 무효화하고 모든 논의를 기이한 상대주의로 중화해버리는 그 태도에 있다.

이 계층의 등장은 문화적 정황을 근본적으로 바꾸어놓았지만 정작 문학과 예술은 그에 대한 의식적인 대비가 없었을 뿐만 아니라 그 존재를 분명하게 인정하려 하지도 않았다. 그러나 작금의 문학판 전체를 누르고 있는 마비와 무기력증을 설명하려 한다면 그 열쇠를 아마 거기서 발견할 수 있을지도 모르겠다. 평생 먹을 것을 벌써 벌어놓았다고 믿는 이 프티 부르주아지들은 별다르게 뽐내지는 않더라도 결코 주눅이 드는 법도 없어서 어떤 '공갈'도 쉽게 먹혀들어가지 않는다. 전통적으로 선택받은 자와 선택받지 못한 자, 훈련된 자와 그렇지 않은 자의 구분으로 제 존재의 의의를 확인하고 제 위의를 확보해온 문학이 그 앞에서 당황하게 되는 것은 당연한 일이다. '문학의 죽음' 같은 불길한 담론에 관해 이야기한다면 그것이 이 벽 앞에서 느끼는 당혹감의 표현 자체는 아니라 하더라도 그 당혹감에서 출발한 것이라는 점을 부인하기는 어렵다. 이 벽은 아직 직시된 적이 없다. 문학은 이 프티 부르주아지의 존재를 무해무득한 것으로 여겨 내내 괄호 속에 묶어두었기 때문에 그 위력에 더욱 크게 압도되었다고 말할 수도 있다.

그것은 벌써 시나 소설 같은 문학 생산품의 제작 기법과 유통 방식을 변화시켰을 뿐만 아니라, 그 이데올로기의 거점일 문학 비평에까지도 우리가 모르는 사이에 목소리를 실어 보낸다. 간단한 예를 들자면, 한 비평가가 몇 사람의 소설가를 묶어 '댄디 문학'을 거론할 때 그렇다. 그는 예술적 댄디의 발생에서부터 쇠망에 이르기까지 그 역사를 거의 소상하게 말한다. 이 댄디들이 어느 수도자도 따르지 못할 예술적 고행자들이며 완고한 비타협주의자들이라는 점도 그는 알고 있다. 그러나 이 특성들이 그가 분석하는 한국 소설들에 적용될 때, 그 주인공들의 타인에 대한 냉정함이 고행을 대신하고 이기주의적 태도가 비타협주의를 대신한다. 물론 이 의식 있는 비평가는 이 댄디들의 윤리를 비판하고 있지만, 중요한 것은 확보된 생계의 여유로 몸짓을 가볍게 놀릴 수 있는 그런 부류의 청춘들이 매우 싼값에 유서 깊은 상표 하나를 획득한다는 것이다. 이른바 고급 문학을 비판하는 무기로 우리의 비평에서도 종종 사용되고 있는 아비투스 이론도 그렇다. 그 이론의 본바탕이야 매우 치밀하고 높은 설득력을 가진 것이겠으나, 전통적 훈련을 받고 그 전통으로 조절되는 집체적 (또는 제도적) 기획에 가입하려 특화된 생산 도구를 확보하려는 모든 의지를 노예적이고 추종주의적인 것으로 격하하려는 이 시도는 어느 수준까지, 실제로는 결정적인 수준까지, 프티 부르주아지의 세계관과 이해를 공유하게 마련이며, 본의와는 상관 없이 아무런 통찰력도 인내심도 없는 재능들의 기회주의적 태도에 변명할 거리를 만들어주기 십상이다.

문학의 목소리 속에 프티 부르주아지의 목소리가 섞여 있다거나 문학의 말이 그 목소리를 타고 울린다고 해서 그것이 결코 잘못된 것은 아니다. 내가 말하려는 것은 그 목소리를 자각하고 컨트롤함으로써 우리 시대의 정황적 주관성에 함몰되지 않으려고 애써보아야 한다는 것이다. 우리가 '객관적인 문학,' 특히 '객관적인 시'라는 말을 언급할 수 있다면, 그것은 문학의 이상, 특히 시의 이상이 타자의 말을 발생시키는 데 있다고 믿기 때문이다. 객관성의 말은 수시로 변하는 한 자아의 형편 속에 있는 것도 아니지만 모든 타인의 말들, 모든 주관적인 말들의 집합에 있는 것도 아니다. 이 집합은 그 자체만을 놓고 본다면 오히려 한 개인의 주관성이 지극히 억압적인 형식으로 강화된 것일 뿐이다. 우리가 어떤 객관적이고 순결한 말, 곧 타자의 말을 바란다면, 이 주관성의 숲을 헤쳐나가며, 나의 주관성과 다른 주관성들과의 관계를 늘 다시 조절하며, 자신의 언어를 모험에 바치는 수밖에 다른 길이 없다. 그리고 현금의 정황에서라면 우리의 언어가 관계를 설정해야 할 것의 첫머리에 프티 부르주아지의 목소리가 있다는 것이 나의 소견이다.

2

최승호 시인이 아홉 번째 시집으로 『그로테스크』를 발간했다. 그는 오래 전부터 세상과 관계하기에 확고한 태도를 지니고 있었다. 사실 이 시인만큼 철저하게 자신의 시로부터 세속의 말을 봉쇄하기에 성공한 경우는 드문데, 이 말은 그가 세상에 눈을 감았다는 뜻이 전혀 아니다. 그는 불교에 깊이 천착하였고 연금술 같은 신비주의에서 시의 새로운 전망을 얻어내려고 노력하면서도, 자신과 세상 사이에 걸린 팽팽한 끈을 완전히 놓아버린 적이 없다. 한때 깊은 정신적 위기를 맞았던 그에게 "영혼의 불길이 드넓어지는 불탄자리"(「물통」)를 건너면서 소설과 산문집과 시집을 각기 한 권씩 쓰게 했던 산중의 고행도 그를 너무 오래 붙들어두지는 않았다. 세상을 이대로 두고는 어디에도 갈 수 없다고 하는 대승적 태도가 그를 이 세속 도시로 늘 다시 불러오곤 했을 터이다.

새 시집에서도 그는 여전하다. 인간 세상의 부패와 오욕, 추상화된 삶과 왜곡된 자연, 정신의 공황과 시장의 허영, 이 문명의 기괴함을 단정하면서도 활기차게 드러내는 그 산문조도, 짜맞춘 듯 명료한 이미지도, 서술과 그 시적 전환의 틈새를 감쪽같이 처리하는 이음매도, 모든 것이 예전 그대로다. 게다가 세상과의 이 관계 양식이 세상과의 진정한 교류가 아니라는 점에서도 이 시인은 여전하다.

사실 세상에 거하되 세상을 살지 않는다는 이 존재 방식은 최승호적 재능의 한 터전이 된다. 그 격렬한 분노와 세련된 거리 두기가 바로 거기서 얻어진다. 그러나 또한 이 존재 방식은 그의 생명의 더욱 풍요로운 개화에 벽이 되고 있는 것도 사실이며, 그것을 맨 먼저 의식하는 것도 그 자신이다. 그는 「밤의 자라」에서 "자물통처럼 생긴/자라"에게 말한다:

네가 껍질을 벗어놓고 글을 써볼래?
나는 네 대신 늪으로 돌아가
흐린 물 속을 알몸으로 헤엄칠 테니.

자라의 등껍질은 시인에게 세상에 대한 방호벽이다. 그는 새 시집에서 내내, 이 첫 시에서 희망한 것처럼, 세속의 흐린 물 속에서 헤엄을 칠 수는 있었지만, 결코 알몸으로는 아니었다. 「질겨빠진 것」에서는, 한밤의 거리에서 "질겨빠진 몸싸움" 벌어지고, 남루한 한 여자 구경꾼은 "긴 머리칼을 입에 물고 질겅질겅 씹고 있다." 시인은 "이 질겨빠진, 이 질겨빠진, 물어뜯는 이빨들이 빠져버릴 이 질겨빠진"이라고 말하다 그만두는데, '빠져버릴'과 '빠진'이 대비되는 자리는 우리가 시를 읽으며 즐거워할 자리이지만, 자의식이 강한 이 시인 자신에게는 이 질겨빠진 패악들 앞에서 자기 언어의 무력감을 통절하게 느꼈을 자리이다. 언어의 이 무력감과 시 속에 은밀하게 깔린 윤리적 교훈주의의 검문은 같은 것의 표리라고 해야 할 것이다. 최승호는 살기 전에 먼저 반성한다. 「고기 한 덩어리」는 조장(鳥葬)에 관해서 말한 다음, "정육점에 큰 북을 걸어"놓고 그 앞에서 덩실덩실 춤추는 제의를 상정하지만, 시인은 정작 "고기 한 덩어리 들고 집으로 간다." 그는 고기를 즐기기보다 장례를 치를 것이다. 우리는 명백하나 실천하기 어려운 진실 하나를 여기서 다시 깨우치지만, 이 아이러니는 한 시인의 재능을 일정한 높이에 자주 묶어두기도 한다.

「누가 시화호를 죽였는가」를 묻는 시에서, 시인은 결국 스스로를 그 살인자의 한 사람으로 지목한다. 그는 무력한 사람이고 "절망의 벙어리"이지만, 세금을 냈고 세금이 그 "시화호를 죽였"기 때문이다. 그래서 시인은 그 자신을 처형해달라고, "시화호에 십자가를 세우고 거기 나를 못 박아"달라고 말한다. 그러나 이렇게 따지기라면, 우리의 죄는 우리가 내는 세금에 그치는 것이 아니라고, 우리는 이 세상에서 먹고 마시고 자고 글을 썼다고 말할 사람도 있겠다. 우리가 죄는 명목에 그치는 것이 아니라 실제적인 것이라고까지 말해놓고 보면 시에는 침묵밖에 더 남는 것이 없을 것이다.

이런저런 이유로 나는 최승호의 덜 진지한 시를 더 좋아한다. 이를테면 「토끼해」 같은 시. 한 시인의 기일이기도 한 정월 초하루의 답답한 감회와, "창작과비평사에서 보내준" 토끼해의 달력, 실은 해마다 똑같은 달력에 대한 가벼운 비평이 겹쳐 있다.

아무 그림 없이
큼직한 아라비아 숫자들이
네모를 뒤집어쓰고 있는
여백이 많아서 좋은,

이 도저한 실용주의의 달력은 살아남은 자들의 빛 없이 비어 있는 나날과 어둠으로만 채워졌을 죽은 자들의 시간이 같은 것이라고 암시하기도 하고 다른 것이라고 말하기도 한다: "죽은 문인들은 이런 달력조차 받지 못했으리라." 담담하게 던지는 이 말 뒤로 빈 들녘 같이 아득한 시간이 깔린다.

「철길」은 회색의 농담에 붉은빛 한 점이 찍힌 풍경화이다. 옛날에 누군가가 (어쩌면 말 한 마리가) 치여 죽었던 철길에 검은 기관차 한 대가 "토막난 말대가리처럼 눈앞을 지나"가고, 시인은 이 "지린내 낮게 깔리는 흐린 날"에 그 죽음의 추억을 "현장검증을 하듯" 건널목에서 철길을 굽어본다. 그는 죽은 것의 늙을 줄 모르는 망령이 "말굽자석 모양" 철로에 붙어 "젊은 날 죽은 자리를 고집"하는 것을 보는데, 그 자신도 젊은 날에 죽음을 목도했던 그 추억이 이렇듯 끈질기게 남아 있을 날까지 젊고 또 괴로울 것이다.

> 눅눅한 침목들이
> 대못을 안고 누워 있는 흐린 날이다.
> 피 속의 철분들이 부식해
> 맨드라미를 빚는가.

이 핏빛 맨드라미는 물론 죽은 것의 다른 삶이지만, 시인에게는 더 넓은 생명의 예감으로 접어드는 그 끈질긴 추억의 변환이다. 음울해서 오히려 초현실적인 터치가 그 예감을 떠받든다.

「크고 검은 향나무」는 특별히 아름다운 시이다. 시인은 다른 삶에서라면 그 자신일 수도 있는 향나무 한 그루가 뿌리로 관을 안고 무덤에 부채질하는 모습을 내다본다. 태양을 반조하는 꽃들이 빛을 뿌리며 피어날 때, 향나무가 높이 들어 만발하게 할 것은 그 죽음의 관이다. 향나무는 "태양의 나무가 아닌 것이다." 그 검은빛은 빛을 뿌리는 것이 아니라 흡수한다. 모든 삶이 죽음을 흡수하여 그렇게 성장하듯이, 또는 모든 죽음이 삶을 끌어안고 그렇게 만발하듯이. 어쩌면 이 죽음 속의 삶, 또는 살아 있는 죽음은 훨씬 더 활달하게 개화할 수도 있었을 것 같은데, 내가 보기에는 여기서도 그것을 막은 것은 시인의 노파심이 시의 말미에 붙이고 있는 경고조의 설명이다.

새 시집에서 내가 좋아하는 최승호의 시를 이렇게 엮다 보니 거기에는 모두 죽음이 있다. 그래서 설명하자면 이렇다: 그것들은 시인이 세상에 대한 질타도 방호벽도 없이 자기 자신에게로 돌아와, 논리적 선회에 의지하는 교훈적 경구가 아니라 말의 진정한 변용에 의해, 죽음의 상이 마련해주는 무자극적 사고의 환경 속에서, 죽음과도 같이 본질적인 자기 변화를 엿보는 그런 시들이다. 이때 시인은 저 자신에게도 낯선 자가 된다.

3

김기택에게는 늘 한눈 파는 어린애 같은 어떤 것이 있었다. 우리는 바쁘게 뛰어가는데 그는 넋 나간 사람처럼 다른 것을 바라보고 있다. 말하자면 각도와 초점 거리가 우리와는 다른 시선 하나를 사용했던 것이다. 그는 이 시선으로 세상 여기저기에 맑고 평화로운 웅덩이 같은 것을 파놓고 거기 들어가, 우리가 거의 믿을 수 없는 것에 대해 말한다. 그는 우리가 볼 수 없는 것을 보았던 것은 아니다. 우리가 잘 아는 것을, 그러나 그것을 보고 있을 게재가 아닌 때에, 아닌 자리에서 보고 있었을 뿐이다. 이 세상을 정연하게 살고 있는 우리들에게 그것은 거기 있을 필요가 없는 것이며, 거기 있을 것 같지도 않은 것이지만, 그러나 김기택은 거기에서 그것을 보았기에 그의 시선은 환시적이고 투시적이라고 말할 수 있었다. 한눈 팔기가 이렇게 뚫고 들여다보기의 가치를 지녔던 것이다. 이 투시는 본질만을 따지면 미학적인 것이지만, 그 나름의 윤리적인 의미를 지니고 있다. 사람이 무작정 바쁘게만 살아서는 안 된다는 것이며, 일만 하는 사람은, 더군

다나 매양 진지하고 큰일만 하는 사람은 저 자신도 불행해지기 쉽지만 다른 사람도 불행하게 만들 수 있다는 것이 그것이다.

어느 때보다도 더 이 윤리에 강조점을 두는 새 시집에서 그의 시선은 바뀐 것처럼 보인다. 앉아서 보던 사람이 같이 달려가면서 본다고 할까. 그렇다고 그가 자신의 시선을 포기하고 세상의 시선을 받아들인 것은 아니다. 그는 같이 달려가면서도, 달려가는 사람들이 보는 것을 같이 보는 것이 아니라 달려가는 그 사람들을 바라본다. 이를테면 「사무원」 같은 시에서의 사무원들을.

이 시는 "30년 간의 장좌불립(長座不立)"을 실천한 한 경리과 직원의 일생에 대해 말한다. 그는 "하루종일 손익관리대장경(損益管理臺帳經)과 자금수지심경(資金收支心經) 속의 숫자를" 읊고, "매일 상사에게 굽실굽실 108배를" 올리며, 천대에도 가난에도 아랑곳없이,

> 오로지 의자 고행에만 더욱 용맹정진했다고 한다.
> 그의 책상 아래에는 여전히 다리가 여섯이었고
> 둘은 그의 다리 넷은 의자다리였지만
> 어느 둘이 그의 다리였는지는 알 수 없었다고 한다.

랭보의 「의자들」을 느끼게도 하고, 처용가를 패러디하여 흥취를 얻어내기도 한, 말끝이 하나같이 삐딱한 이 시를 물론 잘못 읽을 수는 없다. 이 사무원이 의자와 한 몸이 되었다고 해서 그 자아가 확대되어 세계와의 연대를 이룬 것은 아니다. 사물을 자아 속에 받아들인 것이 아니라, 거꾸로 그의 자아가 사물 속에 소외되고 사물 속에 삼켜져 사물화하였을 뿐이다.

마찬가지로 「걸레질하는 여자」도 잘못 읽을 수 없다. "걸레질을

하려면 무릎을 꿇어야" 하고, 먼지들은 "틈만 보이면 비집고 들어가 눌러앉"지만,

〔……〕 정성이 지극하면 먼지들도 그만 승복하고
고분고분 걸레에 달라붙는다.
걸레 빤 물에 섞여 다시 어디론가 떠난다.
그렇게 그녀는 방과 마루에게 먼지에게
매일 五體投地하듯 걸레질을 한다.

이 여자가 걸레질을 통해 정말로 무슨 수양을 하고 있다고 믿을 사람은 없을 것이다. 그런 따위의 헛소리는 내가 군인이었을 때 그 자신은 빗자루 한번 잡은 적이 없는 우리 중대의 선임하사가 도맡아 했다. 어떤 정성에도 먼지들은 승복하지 않으며, 자리를 옮겨 "어디론가" 떠났다가 다시 돌아올 뿐이다. 날마다 반복되는 "오체투지(五體投地)"의 정성은 오히려 세상에 달라지는 것은 아무것도 없다는 이 엄연한 사실에 대한 걸레질하는 자의 승복이다.

시인은 오직 소모될 뿐인 생명과 재능에 대해 말하는데, 왜 그 일을 도 닦고 수행하는 일에 빗대는가. 그는 인간의 불행이 아니라 모든 삶이 사는 것만큼 폐허화하는 이 시대의 불행에 관해 특별히 말하고 싶은 것이다. 한 시대에 경건한 선택이었던 고행이 이 시대를 사는 사람들에게는 평균적인 삶이 되었다. 게다가 그것이 가져다주는 것은 소외감일 뿐이기에 이 일상적 고행은 다른 어떤 수행보다도 더 고통스럽다. 우리는 날마다 수도자의 괴로움을 체험하며 살고 있지만 수도하는 일에서 얼마나 멀리 떨어져 있는가를 이들 시보다 더 잘 말하기는 어렵다.

그러나 반드시 짚어두어야 할 것은 이들 시 자체가 지니고 있는

소모적 성격이다. 어떤 일에 관해서 재치 있게 잘 말해버린다는 것은 그것을 기정사실화해버릴 위험을 늘 간직하고 있다. 한 시인이 특히 책임 소재가 분명치 않은 일에 관해서 좋은 말이건 나쁜 말이건 잘 말해버린다는 것은 그에 대한 알리바이를 마련해두는 일 밖의 다른 것이라고 보기 어렵다. 그리고 이 부재 증명 한 번마다 생명이 한 자락씩 소모되고 영감이 그만큼 고갈된다는 것은 우리가 익히 아는 바와 같다. 부재란 말 그대로 거기 살지 않는다는 것을 뜻하기 때문이다. 재치는 자주 다른 삶을 열지 않은 채 한 삶을 닫아놓는다. 그래서 나는 김기택이 재치를 덜 부리는 시들이 더 좋다. 두 편을 예로 든다.

「아기는 있는 힘을 다하여 잔다」는 좋은 시이다. 아기는 그저 자는 것이 아니라 있는 힘을 다하여 잔다. 모든 생명은 그것을 소모하고 폐기하려는 장애를 오히려 제 힘으로 삼는다는 점을 시인은 잘 알고 있는 것이다. 이 비범한 시작이 "아기는 눈에 보이는 모든 것들과 금방 친해져서 온몸으로 그 즐거움을 참지 못한다"는 평범한 결구로 끝날 때, 시인이 잠든 아기만큼 있는 힘을 다하지 않는 것처럼 보인다는 아쉬움은 물론 남는다.

「소매치기」는 소매치기의 기이한 생존 방식과 직업 의식을 풍자한다. 한 대목을 적는다:

돈은 가만히 있지 않는다. 쉬지 않고 손에서 손으로 지갑으로 금전등록기로 뛰어다닌다. 우둔한 사람들은 그걸 숨막히는 금고나 저금통장에 가두고 굳이 주식이나 부동산으로 만들어 안전하게 죽여 잡는다. 죽으면 골치 아픈 숫자가 되는 돈을……그러나 거리는 살아 있는 돈으로 가득하다.

이 풍자를 엮어내는 것도 물론 재치이지만 그것을 넘어서는 다른 것이 있다. 시인은 자신이 풍자하는 소매치기의 목소리 속에, 미래에 대한 두려움도 비열한 축재의 방패막이도 없이 세상에 제 육체를 부딪치며 자유롭게 살아가려는 자신의 목소리를 섞어 넣는다. 시의 진행과 함께 시인의 목소리가 가장 생생해질 때는 소매치기의 왜곡된 목소리로부터 어떤 비순응주의의 에네르기를 빌려올 때이다. 시인의 목소리와 소매치기의 목소리 밖에 다른 낯선 목소리가 있다.

우리의 목소리와 프티 부르주아지의 목소리도 이런 관계를 맺을 수 있을 것이라고, 우리가 프티 부르주아지의 목소리와 함께 말하건, 고의적으로 떨어져서 말하건, 그 목소리를 넘어서서 말하건, 어떻게 말하건 간에 저 자신조차도 낯설게 말했을 때 '객관적인 시'에 이른 것이라고 말해두어야겠다. 그런데 나의 이 말이 낯설게 하기 같은 그런 말로 오해되지 않았으면 좋겠다.

모국어와 시간의 깊이

   언어 일반에서 문학어가 특별한 위치에 자리한다는 주장은 그 강세가 어디에 주어지느냐의 차이는 있어도 전적으로 부정된 적이 없다. 문학어를 일상어와 갈라놓는 특수성에 대한 설명은 문학 일반을 진지하게 논의하려는 모든 시도가 그 첫머리에서 어떤 방식으로건 단락을 지어두어야 하는 과제인 것도 사실이다. 매우 당연한 일 같지만 이렇듯 문학어의 특수성을 이해하는 일에 늘 일상어와의 대조를 필요로 한다는 점은 주목할 만하다. 왜냐하면 문학어를 일상어에서 돌출시키는 특수성은 그 대비의 구체적인 내용에 있는 것이 아니라 바로 그 대비 자체에 있기 때문이다. 이점은 다른 정신적인 작업을 받쳐주는 언어들, 이를테면 학문적 언어가 일상어와 맺는 관계를 살펴볼 때 확실해진다. 학문 언어와 일상어 사이에는 방법의 체계나 논리성의 수준 차이가 있을 뿐 그 대비는 본질적인 것이 아니다. 이 언어는 일상어에서 출발해 일상어로 환원되는 것이 원칙이지만 그 특수성이나 우수성을 입증하기 위해, 또는 그 효과를 발생하기 위해 일상어의 배경을 필요로 하지는 않는다. 그러나 문학어의 특수한 효과는 그와 대비되는 일상어의 배경 위에서만 이루어진다. 운율을 지닌 시구의 아름다움은 그 음악성에 있겠지만, 그에 대한 인간적 감동은 그 시구가 일상어에서 고립되면서 그 껄끄러운 배경과 맺는 관계에 더 많이 의존한다. 능란한 시구가 귀걸치기의 형식이나 산문조의 내용을 통해 일상어의 저항을 노출시킬 때 그 운율의 효과가 더욱 두드러지는 것은 이 때문이다. 문학적 아이러니에 관해 이야기하더라도, 직설의 일상어를 그 짝으로 갖지 않는 경우를 상상할 수 없다. 아이러니에 어떤 아름다움이 있다면 그것은 반어의 형식과 직설의 내용 간의 미묘한 관계일 뿐이기 때문이다. 풍속 소설에서처럼 일상어가 그대로 문학어가 되는 경우에도 이 양상은 변하지 않는다. 거기서는 소설화된 일상어, 곧 선택됨으로써 비평된 일상어가 그 일상적 언어 습관 위로 친근하면서도 낯선 모습으로 떠오른다. 이때 모든 소설적 성찰의 효과는 같은 언어가 지니고 있는 이 친근성과 이질성의 긴장 관계 속에서 얻어진다. 문학어의 특수성은 일상어에 대한 이반에 있는 것이 아니라 그것과 맺는 특수한 관계에 있다. 더 명확하게 말한다면 문학어의 특수성이란 바로 이 특수 관계 이외의 다른 것이 아니다.

일반적으로 문학어는 일상어보다 더 고양된 언어로 여겨지고 있지만, 높이 평가받는 작가들의 작품에서 어떤 홍등가의 말보다도 더 비속한 표현을 찾아내는 일은 결코 어렵지 않다. 문학어는 일상어보다 더 양식화된 언어이지만 때로는 모든 언어가 필연적으로 지니게 될 최소한의 양식조차도 거부하려는 경향이 있다. 문학어는 문어로서 구어에 그 본령을 두고 있는 일상어보다 더 논리적일 것이 당연하고 때로는 학술 언어의 그것에 필적할 만한 논리성을 갖추기도 하지만, 그러나 여러 경우에 술 취한 자의 주정보다도 더 지리멸렬하게 전개될 수 있다. 그리고 이 언어의 고급한 특성과 저열한 특성(이 경우에 어떤 방식의 우열을 따질 수 있다면)은 모두 그 자체로서 문학어의 특성이 될 수 없다. 문학어는 이 특수성을 통해 일상어의 일상성과 그때마다 특수한 관계를 설정함으로써만 문학어로서의 그 지위를 얻어낸다. 문학의 자율성에 관해 언급한다 하더라도 이점은 부인되기보다 오히려 강조된다. 문학의 자율성이란 자족성이 아니기 때문이다. 문학 역시 인간사의 하나인 이상, 언어를 포함한 그 모든 성분의 특성은 그것이 속한 사회의 다른 구성 요소들과의 끊임없는 상호 역학 관계를 통해 항상 갱신되게 마련이며, 따라서 매우 가변적이다. 문학어의 자율적 특성이란 일상어와의 부단하고 늘 새로운 대면을 통해 그 문학어로서의 지위를 성립시키는 이 특수한 관계 설정 양식의 자율성, 말하자면 그 미적 기능의 자율성밖에 다른 것이 아닐 것이다.

발표자가 여기서 문학어와 일상어의 특수한 관계에 대해 길게 이야기하는 것은 '한국어와 한국 문학'이라는 말보다 훨씬 더 이데올로기적 성질이 강한 '민족어와 민족 문학'이라는 오늘의 발표 주제를 이 일반론으로 어느 정도 중립화시킬 수 있다고 믿기 때문이다. 더 확실하게 말한다면, 이 주제에서의 '민족어'의 자리를, 문학어와 특수한 관계 아래 대비되는 '일상어'로 대치시키고 싶기 때문이다. 설명하자면 이렇다:

국권의 상실과 함께 시작되는 지난 한 세기는 우리에게서 문학어 또는 문학적 기호가 폭발한 시기이기도 했다. 이 두 사건은 서로 관계가 있으며, 그 둘은 다시 지난 세기말에 대두한 세계 문화사적 대세와 일정한 정도로 엇물려 있다. 그것은 문학을 비롯한 모든 정신적 작업들이 자신과 자신의 언어에 대한 성찰을 가장 중요한 주제로 삼으려는 경향의 대두이며, 허망한 미사 어구와 실없는 관념어, 혼란되고 유해한 추상어들과 형이상학적 권력 언어에 대한 투쟁의 세력화이다. 한국어 내지 한국 문학은 극히 불행한 자리에서 극히 불행한 방식으로 이 대세를 맞이했다. 불행한 자리라는 것은 국권 상실의 허망함 속에서라는 뜻이며, 불행한 방식이라는 것은 그 국권 상실과 함께 이제까지 삶을 떠받쳐주면서 동시에 억압하기도 했던 상징적 권력이 붕괴되는 체험을 통해서라는 뜻이다. 이 특별하게 불행한 입지에서, 한국어는 크게 보면 한 가지 방식으로, 작게 보면 두 가지 방식으로 저 대세에 부응했다. 크게 한 가지 방식은 언문 일치화 운동이었으며, 작게 두 가지 방식은 민족어를 보존하려는 운동과 어느 정도 변질의 위험을 무릅쓰고서라도 그것을 확장 개혁하려는 운동이었다. 국권의 상실과 함께 시작되는 우리의 근대 문학이 이 운동들에 주도적 역할을 담당했던 것은 당연한 일이지만, 우리가 여기서 중요하게 여기는 것은 한국의 근대 문학이 어떻게 문학어와 일상어의 관계 설정 양식과 그 미학적 기능을 통해서 민족적 상처를 새로운 언어 기획의 기회로 삼을 수 있었는지를 짚어보는 일이다. 우리는 이 일을 위해 식민지 시대에 각기 다른 방식으로 활동했던 두 시인과 그 시작 이력이 식민지 시대부터 해방 이후 현재까지 걸쳐 있는 한 시인, 그리고 조국 광복 이후에 활동했던 한 시인, 이렇게 네 시인의 시를 그 언어적 모험이라는 관점에서 논의하려 한다.

식민지 시대의 한국어는 근대적이건 전근대적이건 간에 학문과 드잡이한 경험이 짧고, 섬세하고 복잡한 사고의 표현에 훈련이 부족한 상태에서 민족 방언으로서의 그 특수성을 아직 크게 떨쳐버리지 못한 상태였다. 게다가 그것은 한 국가의 공용어가 아니었다. 물론 토속적 방언이 바로 그 이유 때문에 깊이가 부족하다고 말할 수는 없다. 그것은 의식의 가장 깊은 바닥에 맞닿아, 삶의 복잡하고 깊은 내력으로 농축된 모든 정서의 육체가 됨으로써, 의식의 상층부를 대표하는 제도 언어와 대립한다. 그렇더라도 공식적인 제도의 운용과 표현에서 소외된 언어는 특수 정서와 보편적 문화 행위 사이에서 그렇게 첨예하게 대치할 뿐 그 교섭점을 찾아, 그 양쪽을 함께 변화시키는 일이 쉽지 않다. 근대 문학 초기에 우리시의 언어적 모험은 이 식민지 언어가 놓여 있는 특별한 처지에 비추어 이해되어야 할 것이다.

이 언어적 정황에 한용운과 이상이 대응했던 방식은 대조적이다.

한용운이 『님의 침묵』에서 사용하는 언어는 세 가지 측면에서 주변성의 언어이다. 그의 시는 식민지의 한 방언을 바탕으로, 5세기 동안이나 억압받았던 세계관인 불교의 언술에 기대어, 갈구하는 사랑을 얻지 못한 채 그 열정을 가슴속에 응축시켜 간직하는 한 여자의 목소리를 빌려 씌어진다. 그렇다고 그의 시가 이 목소리를 받아 적기만 했던 것은 아니다. 시는 삼중으로 소외된 이 언어가 자기 존재를 자각하고 그 소통의 자유를 꿈꿀 수 있는 거의 유일한 자리였다. 이점에서 한용운의 시개념이 전적으로 자유시였다는 사실을 간과할 수 없다. 시가 그 형식의 자유를 통해 스스로를 해방할 때, 함께 해방되는 것은 표현을 얻지 못한 것들과 그것들의 억압된 말들이기 때문이며, 모든 시는 본질적으로 이 억압된 말들을 전제로 하는 것이기 때문이다. 「예술가」에서 시인은 스스로를 "서투른 화가"이며 "파겁 못 한 성악가"라고 말한다. 예술가의 예술 행위와 그 대상을 갈라놓는 서투름과 두려움은 억압된 말들이 자기를 인식하는 과정이다. 그러나 시인은 마침내 자신이 "서정 시인이 되기에는 너무도 소질이 없나보다"고 한탄하면서 즐거움이나 슬픔 같은 것을 쓰기보다 님의 "얼굴과 소리와 걸음걸이"를 그대로 쓰고 싶으며, 그 "집과 침대와 꽃밭에 있는 작은 돌도" 쓰겠다고 말한다. 이는 그 그리움의 대상만이 그의 말을 해방시킬 수 있음을 뜻하며, 더 나아가서는 해방된 말과 그리움의 대상이 같은 것임을 뜻한다. 한용운에게서 이별 상태의 극복과 말의 해방이 같은 것이라는 생각은 단지 관념에 그치는 것이 아니라 그의 시적 방법이기도 하다. 「가지 마셔요」의 화자는 님이 죽음을 걸고 벌이려는 위험한 일을 포기하라고 권한다. 그런데 이

만류의 말이 벌써 그 모험에 깊이 참여하고 있다.

　거룩한 天使의 洗禮를 받은 純潔한 靑春을 똑 따서 그 속에 自己
의 生命을 넣어서 그것을 사랑의 祭壇에 祭物로 드리는 어여쁜 處女
가 어디 있어요 〔……〕
　自身의 全體를 죽음의 靑山에 장사 지내고 흐르는 빛으로 밤을 두
조각에 베히는 반딧불이 어디 있어요
　아아 님이여 情에 殉死하려는 나의 님이여 걸음을 돌리셔요 거기
를 가지 마셔요 나는 싫어요

　"어디 있어요"라는 말로 표현되는 회의와 부정은 한 시대의 정신
이 맞이하고 있는 "밤"이다. 그러나 이 회의의 어둠은 그것을 열정
적으로 표현하는 말의 힘과 그 빛에 의해 벌써 '두 조각'으로 갈라지
고 있다. 그래서 "어디 있어요"라는 화자의 질문에 님은 "벌써 당신
의 말 속에"라고 대답할 수 있을 것이다. 한용운은 그의 님, 그가 열
망하는 자유와 해방을 시가 기약해주는 말의 자유와 해방이라는 형
식으로 우선 만날 수 있었다.
　그에게서 말과 그 진실이 거의 물리적으로 하나가 되는 것도 이
때문이다. 그의 님이 그에 대한 그리움의 창출이자 표현인 시 쓰기
와 하나가 되어 나타나는 예는 시집 전편에 걸쳐 나타난다. 비교적
짧은 시인 「거문고 탈 때」를 적는다.

　달 아래에서 거문고를 타기는 근심을 잊을까 함이러니 처음 곡조가
끝나기 전에 눈물이 앞을 가려서 밤은 바다가 되고 거문고 줄은 무지
개가 됩니다
　거문고 소리가 높았다가 가늘고 가늘다가 높을 때에 당신은 거문고

줄에서 그네를 뜁니다

　마지막 소리가 바람을 따라서 느티나무 그늘로 사라질 때에 당신은 나를 힘없이 보면서 아득한 눈을 감습니다

　아아 당신은 사라지는 거문고 소리를 따라서 아득한 눈을 감습니다

님은 거문고 타기라는 예술 행위에 의해 나타날 뿐만 아니라 그 행위와 닮은 것이 되고, 마침내는 그 행위의 주체가 된다. 처음 거문고의 줄이 무지개가 되어 님과 님의 결여 사이에 다리를 놓은 후, 화자가 거문고를 타는 자리는 님이 그네를 타는 자리가 되며, 거문고 소리가 끝날 때 님도 사라진다. 그런데 님은 사라지면서 "거문고 소리를 따라서 아득한 눈을 감"는다. 님이 눈을 감는다고 말할 때 실제로 눈을 감는 것은 시인 자신이며, 님이 눈을 감을 때의 그 아득함은 시인의 아득한 그리움이다. 님의 운명과 시 쓰기의 운명은 같다. 님의 운명은 시인이 창출하고 발전시키려는 언어의 운명이다. 한용운에게 자유는 곧 언어의 그것이었다.

　한용운의 『님의 침묵』이 타고르의 『기탄자리』, 곧 한 번역 시집의 독서로 촉진되었다는 것은 우연이 아니다. 문학사적으로 볼 때 자유시의 기원과 성립에는 번역시가 있기 때문이다. 전통적으로 시의 언어가 그 시적 성격을 얻기 위해 가장 크게 의지해온 율격과 압운은 또한 시의 특성을 그 모국어적 방언성에 속박하는 부분이기도 했다. 번역시는 율격·압운의 틀을 내던질 수밖에 없다는 점에서 애초부터 자유시이지만, 그 모국어의 방언적 속박에서 확실하게 벗어난다는 점에서도 역시 자유시이다. 한 시에 번역을 거치고도 남아 있는 시적 특성은 바로 자유시의 시적 특성이며, 한 자아의 언어 울타리를 벗어나 보편적 타자의 말을 지향하는 모든 시의 최종적 목표이다. 그것은 또한 한용운의 목표였다. 그는 토속어를 자주 썼지만, 그

것은 민속적 리듬을 타는 데도, 시를 아늑한 언어 습관으로 감싸는 데도 이용되지 않았다. 언제나 천천히 말하는 한용운은 현실 논리에서 소외된 삶의 내용을 소외된 언어 안에서 그렇게 점검하여, 시에 특별하게 허용된 자유를 통해 말의 논리가 초월되는 지점에 그것을 풀어놓는 방식으로 토속어를 이용하였다. 그는 소외된 민족어의 특성이 순결한 말의 공공적 특성에 접근할 수 있는 길을 열었다.

이상이 문학에 뜻을 두면서 가장 먼저 직면했던 것은 모국어의 궁핍함이며 일상어의 부조리함이었다. 한국의 현대시에서 그의 언어에서보다 더 궁핍한 언어를 발견하기는 어렵다. 그의 시에는 어떤 의미에서건 선율이라고 불러야 할 것이 없으며, 육체적 감각에 해당하는 것이 없다. 그는 한때 화가의 길을 꿈꾸었으나 색채와 풍경을 글로 드러낸 적이 없으며, 그는 성애에 관해 자주 말하였으나 그의 운문과 산문에는 관능의 표현이 없다. 그의 건조한 언어는 우선 과학적 언어에 대한 그의 편집증에서 기인하는 것처럼 보인다. 건축 기사로 훈련을 받았고, '과학'에 의해 자신이 살던 세계에서 뽑혀나 왔던 그에게 문학은 과학과 똑같이 근대적 기획의 하나였다. 그는 이런저런 글에서 낱말들의 관용적 의미를 학술적 정의로 대치하려 하거나 수식의 전개 방식을 문장 서술에 대입하려는 등, 자신이 사용하는 말들에 과학적 사고의 검열을 강제하였다. 말이 메말라질 것은 당연하다. 그러나 그에게서 말에 대한 이 과학적 열정은 문학 생산 자원으로서의 말의 궁핍함에 그 나름으로 대응하는 방식이기도 했다.

실제로 그의 많은 시는 일상적·관용적인 말투와 과학적 표현의 대질에 착상하고 있다. 일상적 언어와 과학적 언어의 대질이란 결국 불분명한 표현과 분명한 표현의 대질이다. 예를 들어, "제일(第一) 의아해(兒孩)가무섭다고그리오" 형식의 문장을 13번 반복하는 『오감도』의 「시 제1호(詩第一號)」는 일상에서 별 성찰 없이 사용되는 "무섭다"는 말의 사전적인 두 의미, 즉 '어떤 사람이나 사물의 성질이 불안이나 두려움을 느끼게 할 만큼 사납거나 거세다'와 '누가 어떤 사람이나 대상에게 두려움이나 불안을 느끼다'라는 두 뜻에 의지하여, '무서운 아이는 곧 무서워하는 아이요, 무서워하는 아이는 곧 무서운 아이다'라는 진술을 함축한다. 또한 시의 앞뒤에 놓인 "길은 막달은골목이적당(適當)하오"와 "길은뚫린골목이라도적당(適當)하오"라는 상반된 두 지시문은 '길은 막다른 골목이어도 좋고 뚫린 골목이어도 좋다'는 한 문장을 두 문장으로 분할한 것일 뿐인데, 이를 수학 등식에 대입시키면 '뚫린 골목이 곧 막다른 골목이요, 막다른 골목이 곧 뚫린 골목이다'라는 진술로 변용된다. 「시 제6호」에서 보게 되는 이상한 진술, "내가 〔앵무새〕 2필을 아는 것은 내가 2필을 알지 못하는 것이니라"라는 문장도 '앵무새 두 마리를 알거나 모르거나 내게는 똑같은 일이다'라는 말의 변형일 뿐인데, 이 경우에도 그 변용을 가능하게 하는 것은 '내가 두 마리를 아는 것=두 마리를 알지 못하는 것'이라는 수학 등식이다.

이상은 자신의 모국어를 이렇듯 과학적 사고의 점검으로 건조하게 '순화'하면서, 다른 한편으로는 의미 표현의 섬세화나 입체화를 기하려는 듯, 어절을 중첩하여 복잡한 글 쓰기를 시도하였다. 「시 제1호」는 "나의아버지가나의곁에서조을적에나는나의아버지가되고또나의아버지의아버지가되고"로 시작되고, 「시 제2호」는 "싸움하는사람은즉싸움아니하던사람이고또싸움하는사람은싸움아니하는사람이었기도하니까싸움하는사람이"로 시작된다. 게다가 이 시들은 모두 띄어쓰기를 하지 않는다. 「지팽이의 역사(轢死)」 같은 산문에서는 결코 종결될 것 같지 않은 문장을 만난다. 물론 이런 종류의 문장들이 어떤 복잡한 내용을 입체적으로 담고 있는 것은 아니다. 동어 반복의 어절을 겹겹이 이어 붙이고 있을 뿐인 이들 문장은 한 시인이 확보할 수 있었던 말의 메마름과 그것으로 담을 수 있는 내용의 궁핍을 다른 방식으로 다시 확인해줄 뿐이다.

식민지의 시인인 이상에게 이런 종류의 검열과 확인은 그의 문학적 실천이 반드시 거쳐야 할 시련으로서의 의의를 지니고 있었다. 다음은 그의 시 「절벽(絶壁)」의 전문이다.

꽃이보이지않는다. 꽃이香氣롭다. 香氣가滿開한다. 나는거기墓穴을판다. 墓穴도보이지않는다. 보이지않는墓穴속에나는들어앉는다. 나는눕는다. 또꽃이향기롭다. 꽃은보이지않는다. 香氣가滿開한다. 나는잊어버리고再쳐거기墓穴을판다. 墓穴은보이지않는다. 보이지않는墓穴로나는꽃을깜빡잊어버리고들어간다. 나는정말로눕는다. 아아. 꽃이또향기롭다. 보이지않는꽃이 보이지도않는꽃이.

'꽃의 향기'는 삶의 궁핍이 끝나고 자유로운 말이 풍요롭게 개화할 어떤 전망에 대한 예감이다. 그러나 시인은 꽃을 자기 '눈으로' 볼 수 없는 한, 향기라고 하는 불확실한 감각만으로 그 전망의 진정성을 믿을 수는 없다. 그는 헛된 것일지도 모르는 향기가 스며들기 어려운 깊은 구멍 속으로 들어가는데, 이상에게서 이 묘혈 파기는 말로 의미되고 기약되는 것들에 대한 과학적 검열에 해당한다. 그 묘혈이 보이지 않는다는 것은 향기로 예감되는 그 전망에 대한 부정에도 확인에도 아직 이르지 못해 그의 검열의 노력이 무화되었다는 뜻이다. 꽃은 여전히 보이지 않은 채 향기는 다시 만개하고, 시인은 검열 확인의 무덤 속에 거듭해서 또 다른 무덤을 판다. 과학 정신이란 자명하고 확실한 것에 그 인식의 기초를 세우려는 의식이다. 이 과학 정신이 한 식민지의 시인에게서 해방된 미래의 전망에 대한 객관적 기초를 발견하려는 소망으로 나타난 것이다. 자신의 궁핍한 모국어에 대한 이상의 거의 자학적인 검열은 객관적인 시에 이르기 위한 방법이었다.

그러나 이상의 이 언어 검증은 또 다른 수준의 의의를 지닌다. "꽃을 깜빡 잊어"버릴 만큼 깊은 묘혈 속에서도 보이지 않는 꽃의 향기를 여전히 맡는다고 말할 때, 또는 스스로 판 묘혈까지 보이지 않는다고 말할 때, 시인은 벌써 자신의 확실한 '눈'과 그 철저한 검증의 진정성을 의심하고 있다. 이제 문제가 되는 것은 검증 대상으로서의 모국어가 아니라 검증 주체로서의 '언어'인 것이다.

다음은 그의 시 「꽃나무」이다.

벌판한복판에 꽃나무하나가있소. 近處에는 꽃나무가 하나도없소. 꽃나무는제가생각하는꽃나무를 熱心으로생각하는것처럼 熱心으로 꽃을피워가지고섰소. 꽃나무는제가생각하는꽃나무에게갈수없소. 나는막달아났소. 한꽃나무를爲하여 그러는것처럼 나는참그런이상스러운흉내를 내었소.

벌판에 꽃나무 한 그루가 서 있을 뿐 다른 꽃나무가 없는 것은 현실의 꽃나무들로부터 추상된 관념의 꽃나무 하나를 시인이 상정하고 있기 때문이다. 이 꽃나무는 "열심(熱心)으로꽃을피워가지고" 서 있는데, 이 열성적인 꽃피우기는 "제가생각하는꽃나무" 곧 꽃나무의 관념에 대해 "열심(熱心)으로생각하"기와 같은 일이다. 다시 말해서 꽃나무는 모든 꽃나무가 마땅히 그렇게 되어야 할 것이 되려고 열심히 꽃을 피우고 있다. 그러나 이 꽃나무는 제가 생각하는 (또는 사람들이 기대하는) 관념의 꽃나무에 근접할 수 없다. 현실의 추상으로부터 관념이 발생할 수는 있어도 관념이 현실로 될 수는 없기 때문이다. "나는막달아났소"라고 시인은 말하는데, 이 모호한 말은 마지막 문장의 "한꽃나무를위(爲)하여 그러는것처럼"이라는 구절을 염두에 둔다면, 열심히 노력해도 이를 수 없는 일로부터 도피했다는 단순한 뜻이 아니라, 관념 속으로의 도피가 마치 현실에서의 실천인 것처럼 가장하였다는 뜻으로 읽힌다. 이상은 물론 여기서 자신을 반성하고 있는데, 이 반성 뒤에는 언어와 사물의 관계에 대한 하나의 질문이 있다. 꽃나무라는 말은 그 말이 발음되면서 이미 벌판에 있는 모든 꽃나무를 그 말 안에 하나로 뭉뚱그린다. 이 꽃나무라는 낱말은 벌판에 있는 어느 꽃나무도 직접적으로 지시하지 않는다. 낱말-꽃나무는 생각-꽃나무를 지시할 뿐인데, 생각된 꽃나무 안에서는 또 다른 꽃나무가 생각되고, 그 안에서는 또 다른 꽃나무가 생각된다. 꽃나무는 현실 꽃나무의 이름이 아니라 '꽃나무의 꽃나무의 꽃나무의······' 이름일 뿐이다. 말은 현실로부터 만들어졌지만 현실로 완전히 환원되지 않는다. 그래서 우리의 정신적 내용은 말에 '의해서' 소통되는 것이 아니라 말 '안에서,' 말의 환경 속에서 소통된다고 말할 수밖에 없다. 물론 이런 논의는 말과 사물의 관계에 대한 극단적인 한 견해를 노정하는 것이지만, "나의아버지와나의아버지의아버지와나의아버지의아버지의아버지의······"(「시 제2호」)와 같은 식으로 자주 말하는 이상에게서는 말에 대한 이 비극적인 견해가 그를 둘러싼 실제의 언어 환경과 일치하는 바가 없지 않다. 학술·예술 용어이건 변화하는 풍속과 풍문에 따른 유행어이건 간에 그는 현실보다 말이 먼저 만들어지는 시대에 살았다. 현실보다 앞선 말들은 한편으로 현실의 궁핍함을 더욱 부각시키면서 그 자체가 내용 없는 궁핍한 관념으로만 남는다.

이상의 언어 검열은 이와 같이 모국어의 궁핍함에 대한 확인을 넘어서서 언어 일반에 담길 수 있는 궁극적인 모순을 의식하는 지점에

도달하고 있었다. 이에 대한 명백한 자각이 그에게 있었다고 단언하기는 어렵지만, 그의 텍스트로부터 제기되는 문제는 우리가 우리말의 쓰임을 성찰하려 할 때마다 항상 다시 만나게 되는 질문이다. 이상이 언어와 씨름하면서 느낀 것은 하나의 당혹감에 지나지 않는다고 하더라도, 그 당혹감의 근대적 성격을 부인하기는 어렵다.

미당의 문학사적 위치는 그 정서의 깊은 뿌리를 농경 사회에 두고 있으면서 근대적 시의 개념을 깊이 이해한 사람의 처지라는 말로 요약될 수 있을 것이다. 첫 시집 『화사집』을 그의 후기 시집의 하나인 『질마재 신화』와 겹쳐놓고 읽을 때, 이 두 요소는 명백하게 드러난다. 뒤의 시집에서 우리가 먼저 읽게 되는 것은 가난의 신성화이다. 이 시집 속의 가난한 농민들은 모두 신의 반열에 올라 일종의 성가족를 형성하는데, 그것은 이들 모두가 저 신화 시대에서처럼 물질의 원초적 상태를 살고 있기 때문이다. 흙과 햇빛과 바람과 비, 그리고 가장 단순하면서도 광포한 자연으로 이룩된 이 세계는, 지극히 미미한 사건도 미증유의 추문이 되지만 습관적으로 잊혀지고 용서되는, 그래서 결국 아무 사건도 없는 것으로 되어버리는 이 사회의 권태와 고독에서 신성을 얻는다. 인간들은 그 원초적 자연과 동일한 모습으로 퇴화하고 화석화함으로써 영원의 형식을 취한다. 이 형식이야말로 평자들이 『질마재 신화』에서 자주 지적하고 싶어하는 그 농경적 생명력의 실상일 것이다.

이 극심한 고독과 소외 속에는 또한 절대적인 거부가 포함되어 있다. 단순 농업 사회에서 원시적 물질성과의 긴밀한 체험은 그 자체가 순화된 삶의 한 형식일 수 있으며, 거기서 한 인간이 느끼는 고독은 절대적인 자유의 개념과 연결될 수 있다. 미당은 이 소외 상태의 비범한 가능성을 그가 읽은 서구시로부터 확인한다. 서정주가 보들레르로부터 얻어온 것은, 흔히 지적되어온 것처럼, 육체적 관능의 현기증과 그에 대한 죄의식 따위에 불과한 것은 아니었다. 중요한 것은 농경 사회의 극한적인 궁핍감이 산업 사회의 도시 생활에 대한 현대시의 폐허 의식과 겹친다는 것이며, 폐쇄 사회의 육체화된 토속 정서가 현대시의 육체적 감각 언어에서 그 짝을 발견하게 된다는 것이다.

논의를 짧게 하기 위해 두 시인의 시를 한 편씩 인용한다.

거리는 내 주위에서 귀가 멍멍하게 아우성치고 있었다.
갖춘 喪服, 장중한 고통에 싸여, 후리후리하고 날씬한
女人이 지나갔다. 화사한 한쪽 손으로
꽃무늬 주름 장식 치마 자락을 살풋 들어 흔들며,

날렵하고 의젓하게, 조각 같은 그 다리로.
나는 마셨다. 얼빠진 사람처럼 경련하며,
태풍이 싹트는 창백한 하늘, 그녀의 눈에서,
얼을 빼는 감미로움과 애를 태우는 쾌락을.

한 줄기 번갯불…… 그리고는 어둠! 그 눈길로 홀연
나를 되살렸던, 종적 없는 美人이여,
永遠에서밖에는 나는 그대를 다시 보지 못하련가?

저세상에서, 아득히 먼! 너무 늦게! 아마도 '끝내'!
그대 사라진 곳 내 모르고, 내 가는 곳 그대 알지 못하기에,
오 내가 사랑했을 그대, 오 그것을 알고 있던 그대여!

시인은 복잡한 거리에서 상복을 입은 한 여자와 눈길을 마주쳤으나 그녀가 번화한 도시의 군중 속으로 실종되어 뒤따라갈 수 없는 상황이다. 이 사랑은 첫눈의 사랑일 뿐만 아니라 마지막 눈의 사랑이며, 이 마지막 시선에 한 도시인의 상처가 있다. 두 시선이 교차되는 순간, 시인이 미친 사람처럼 경련을 일으키는 것은 평소에 고독한 도시인으로서의 그의 감각이 상처를 입어 과도하게 예민해져 있기 때문이다. 시인은 자신의 상처를 통해 이 일별의 순간에, 이승과 저승("永遠에서밖에는"), 그리고 전생("내가 사랑했을 그대")을 꿰뚫는 시간의 수직적 깊이를 체험한다. 이 시적 서정의 깊이는 바로 도시적 삶이 체험할 수 있는 충격 속에서만 얻어질 수 있는 육체적 감각의 깊이이기도 하다.

다음은 서정주의 「부활」이다.

내 너를 찾아왔다…… 臾娜. 너 참 내 앞에 많이 있구나 내가 혼자서 鐘路를 걸어가면 사방에서 네가 웃고 오는구나, 새벽닭이 울 때마다 보고 싶었다…… 내 부르는 소리 귓가에 들리느냐. 臾娜, 이것이 몇만 시간만이냐. 그날 꽃喪阜 山 넘어서 간 다음 내 눈동자 속에는 빈 하눌만 남드니, 매만져볼 머릿카락 하나 없드니, 비만 자꾸 오고…… 燭불 밖에 부흥이 우는 돌문을 열고 가면 江물은 또 몇천 린지, 한번 가선 소식 없든 그 어려운 住所에서 너 무슨 무지개로 네레 왔느냐. 鐘路 네거리에 뿌우여니 흐터저서, 뭐라고 조잘대며 햇볓에 오는 애들, 그중에서도 열아홉 살쯤 스무 살쯤 되는 애들. 그들의 눈망울 속에, 핏대에, 가슴속에 드러앉어 臾娜! 臾娜! 臾娜! 너 인제 모두 다 내 앞에 오는구나.

시인은 종로 거리에서 처녀들과 시선을 마주치며 걸어가고 있다.

당시 서울 거리는 보들레르가 시를 쓰던 파리의 거리만큼 복잡한 것은 아니었을 것이며, 시인의 고독감도 도시적 감정이라기보다는 한 나그네의 심정에 더 가까울 것이다. 이 외로운 나그네는 지나치는 여자들에게서 친근감과 격리감을 동시에 느낀다. 이 젊은 처녀들은 그와 인연을 가져도 좋을 여자들이지만, 그와 그녀들이 교환할 수 있는 것은 눈망울뿐이다. 이 눈망울은 교류의 통로를 주면서 동시에 차단해버리는 유리창과도 같다. 시인에게 그 눈동자를 넘어서 그 "핏대에, 가슴속에" 들어가게 해주는 것은 유명을 달리한 고향 처녀이며, "돌문을 열고 가면 강(江)물은 또 몇천 린지"로 표현되는 한국적 샤머니즘이다. 한국 시인의 샤머니즘과 프랑스 시인의 도시적 정서가 두 나라 여자들의 눈동자를 통해, 삶과 죽음을 관통하는 한 상상력 속에서 이렇게 만난다. 또한 이 순간은 두 언어의 특수성이 시 언어의 보편성 속에서 만나는 순간이다. 여기서 저 번역된 말의 추상성이 우리의 정서로 특수성을 확보하는 대신 우리 정서가 그 언어의 특수성을 넘어서 시적 서정의 보편성을 얻는다.

미당에게서 이렇듯 민족적 정서와 시의 보편적 서정성이 서로가 서로를 내장하는 방식은 『질마재 신화』의 한 시에서 그 뛰어난 은유를 얻고 있는 것으로 보인다. 「침향(沈香)」에는 가까이는 이삼백 년 멀리는 천년 후의 사람들을 위해 강 하구에 참나무 토막들을 잠가두어 침향을 만들려는 사람들의 이야기가 나온다. 그들은 "자기(自己)들이나 자기(自己)들 아들딸들이나 손자손녀들이 건져서 쓰려는 게 아니고, 훨씬 더 먼 미래(未來)의 누군지 보이지도 않는 후대(後代)들을 위해" 이 일을 한다. 그러나 이들이 먼 미래의 사람들만을 위해서 참나무 토막들을 묻는 것은 아닐 것이다. 그들은 이 일을 하면서 후대에 이 침향을 발견할 사람들의 기쁨을 먼저 누리고 있을 것이 당연하며, 한편으로는 과거에 누군가가 자기들과 같은 일을 해두었기를 바라고 있을 것이 당연하기 때문이다. 침향 만들기는 시간에 깊이를 주는 일이며, 침향 건져올리기는 시간의 깊이를 감지하는 일이다. 그래서 "이것을 넣는 이와 꺼내 쓰는 사람 사이의 수백(數百) 수천 년(數千年)은 이 침향(沈香) 내음새 꼬옥 그대로 바싹 가까이 그리운 것일 뿐, 따분할 것도, 아득할 것도, 너절할 것도, 허전할 것도" 없다. 물론 이 말은 실제로는 이 세계가 권태롭고 누추하다는 뜻도 된다. 궁핍한 시대의 일상어도 그렇게 따분한 것이다. 일상어는 거기 내장된 시간의 깊이가 감지될 때만 민족어의 깊이를 얻는다. 모국어를 저 시간의 침향이 내장된 깊이의 자리라고 한다면, 시적 언어는 그 시간의 깊이를 "바싹 가까이" 느끼게 하는 언어 장치이다.

『질마재 신화』와 『동천』 이후 미당 시어의 변화에 관해 이야기하려면 긴 논의가 필요하겠으나, 그의 시에서 자주 발견되며 특히 후기의 시에서 더욱 빈번하게 사용되는 '요로코롬'이라는 부사에 관한 짧은 고찰로 후기 시어 전체에 대한 하나의 암시를 얻을 수 있을 것 같다. '요로코롬'은 물론 '이렇게'의 방언이다. '이렇게'는 어떤 현상을 주지하는 사람들과 그 밖의 사람들을 가름으로써 그에 대한 소통의 심화를 기하면서 동시에 소통을 차단한다. 그것은 시적 이미지의 원시적 상태를 표현한다. 게다가 '요로코롬'은 그 방언성에 의해 이 특성을 배가한다. 소통은 이중으로 강화되고 이중으로 차단된다. 여기에는 스스로 어떤 깊이를 체득했다고 여기는 미당의 자부심과 동시에 그것을 보편화하는 데 대한 그의 불만 내지는 불안이 있다. 바로 이 두 현상 사이에는 그의 서구시 지향과 전통적·향토적 정서 지향의 두 길이 맺었던 관계가 여전히 그러나 변모된 모습으로 남아 있는 것으로 여겨진다. 이점은 미당의 후기시가 주어진 세계 밖으로 나가려는 움직임이기보다는 차라리 안을 밖이라고 설득하려는 자기 암시의 일종임을 강력하게 증명하는 점이기도 하다. 말라르메는 "종족의 방언에 더욱 순수한 의미를 주는 천사"라는 말로 에드가 앨런 포를 찬양하였다. 포는 미국인이지만 미국인들처럼 말하지 않았다는 뜻이 이 말 속에 포함된다. 서정주는 종족의 방언으로 자주 종족만이 알아듣게 말한다. 그가 민족어에 '더욱 순수한 의미를 주는 천사'보다는 '민족 방언의 마술사'로 더 많이 불리게 되는 원인도 아마 여기 있을 것이다.

김수영이 한국의 현대시에 미친 영향은 깊을 뿐만 아니라 폭넓은 것이었다. 이른바 '모더니즘과 리얼리즘'의 논쟁이 가장 격렬하게 전개될 때도 이 토론에 가담했던 양 진영이 모두 그들 영감의 한 기원을 김수영에 두고 있었다. 그러나 그가 한국 시어의 개혁자들 가운데 가장 중요한 사람이라는 점은 어느 쪽에 의해서도 충분하게 논의되지 않았다. 한쪽에서는 그점이 오히려 마뜩지 않게 여겨졌던 부분이었다면 다른 한쪽에서는 섣부르게 건드리기가 두려웠던 부분이었기 때문일까. 아무튼 이 불만과 두려움은 여전히 해소된 것이 아닌데, 그 중심에는 그의 난해한 시어가 있다. 난해성은 그의 시의 핵심이며, 또한 그의 언어적 개혁의 본질이다.

그의 난해성은 그가 비유와 은유를 많이 사용했다는 점만으로는 충분히 설명되지 않는다. 그의 시는 단순한 수수께끼가 아니다. 수수께끼의 요체는 문제와 해답 간의 너무나 당연하거나 터무니없이 왜곡되어 있는 관계에 있지만, 김수영의 은유에서는 은유하는 것과 은유되는 것이 일 대 일의 관계를 맺는 것으로 그치지 않는다. 그것들은 서로 종속 관계에 있지 않다.

이를테면 「백의(白蟻)」라는 시에서 그 제목 '백의'는 그것이 정실과 배경의 뜻으로 흔히 사용되었던 낱말 '빽: back'에 대한 한자 음역임을 아는 것으로 그 해석이 끝나지 않는다. 그 의미는 그 한자의 본의인 '흰개미'에 의해서 보충되고, 정체를 드러내지 않은 채 거대하게 번식하는 어떤 괴물에 대한 묘사인 시의 내용에 의해서 심화되고, 그 괴물 앞에서 당황하고 공포감을 느끼는 듯 열심히 말하는 시의 어조에 의해 그 힘이 확장된다. 그래서 '백의 곧 빽'의 등식을 모르는 독자는 시의 내용과 어조를 그 의미가 파악되지 않는 제목에 투사하여 어떤 거대한 악덕에 대한 암시를 얻겠지만, 그 등식을 알고 있는 독자도 역시 시가 묘사하는 '부패한 정실'이라는 개별적인 악을 넘어서서 보편적인 악덕의 실체를 보게 될 것이다. 시인은 바로 언어의 난해성을 이용하여 하나의 악을 설명하고 고발하는 이상으로 그 악을 '만들어' 놓고 있기 때문이다.

그러나 이 시의 마지막 깊이가 확보되는 것은 자신의 시어에 대한 시인의 태도 표명에서이다. 시는 한 시인이 화자에게 던지는 힐난 "더러운 자식 너는 백의(白蟻)와 간통(姦通)하였다지? 너는 오늘부터 시인(詩人)이 아니다"에 이어 "백의(白蟻)의 비극(悲劇)은 그가 현대(現代)의 경제학(經濟學)을 등한(等閒)히하였을 때에서부터 시작되었던 것이다"라는 아리송한 말로 끝난다. 이 말은 표면적으로 '백의의 비극, 곧 백의가 맞게 된 비극은 그에게 아무런 소득도 없을 가난한 시인의 집 안에 침입한 날로부터 비롯한다'는 뜻으로 읽힌다. 그러나 그 이면에는 '백의의 비극, 곧 백의가 초래하는 비극은 가난한 시인조차도 그 오염으로부터 벗어날 수 없다는 데에 있다'는 시인의 자의식이 깔린다. 이 악덕이 무소불위한 것이라면 그것을 말하는 시인의 언어 역시 온전할 수 없다. 그의 시가 악덕의 묘사와 고발에 그칠 수 없는 이유가 바로 그것이다. 그의 시어가 지닌 비범한 활력은 일상의 악덕에 천착하면서 동시에 악덕에서 벗어나려는 이중의 의지, 곧 현실 지향의 의지와 시적 순수 지향의 의지가 어느 쪽도 포기되지 않는 언어 실천에 터를 두며, 그의 시의 난해성이 또한 거기서 기인한다.

김수영에게서, 시적 실천이 현실적 실천을 겸하게 할 언어에 대한 탐구와 성찰은 그의 초기시 「토끼」에 벌써 나타난다. 이 시는 토끼가 입으로 새끼를 낳는다는 속설에 근거를 둔다. 입에서 태어나는, 그리고 태어날 때부터 "뛰는 훈련(訓練)을 받는 그러한 운명(運命)에" 있는 이 토끼의 특성은 곧 말의 그것이며, 특히 시언어의 그것이다. 토끼와 말은 "입에서 탄생(誕生)과 동시(同時)에 타락(墮落)을 선고(宣告)받"는다. 그래서 이 '토끼-말'이 생후에 살아남기 위해서는 "전쟁(戰爭)이나 혹은 나의 진실성(眞實性) 모양으로 서서 있어야" 한다. 그것도 "누가 서 있는 게 아니라/토끼가 서서 있어야" 한다. 다시 말해서 시의 말은 자신 앞에 놓여 있는 타락의 위험을 직시하고 자신이 세우려는 것보다 저 자신이 먼저 서 있어야 한다.

蒙昧와 年齡이 언제 그에게
나타날는지 모르는 까닭에
暫時 그는 별과 또 하나의 것을 쳐다보고 있어야 하는 것이다
또 하나의 것이란 우리의 肉眼에는 보이지 않는 曲線 같은 것일까

말이 "몽매(蒙昧)와 연령(年齡)," 곧 인습과 타락에 붙잡히지 않기 위해서는 "별"과 같은 확고한 목표를 지향하는 것만으로는 부족하다. "우리의 육안(肉眼)에는 보이지 않는 곡선(曲線) 같은 것"일지도 모를 어떤 것의 도움을 받아야 하는데, 이 곡선은 사실 현실과 이상, 물질과 정신의 교류가 가능해지는 특별한 순간에 육체가 느끼는 감각과 다른 것이 아니다. 이 시는 이상한 대화로 끝난다.

"올 겨울은 눈이 적어서 토끼가 은거할 곳이 없겠네"

"저기 저 하아얀 것이 무엇입니까"
"불이다 山火다"

겨울의 눈은 하얀 토끼가 자신을 보호할 수 있는 환경이다. 시의 경우에도 그 환경이 순결할 때, 시적 이상의 물질적·육체적 조건인 언어는 세상의 순결함 속에 어렵지 않게 감싸일 수 있을 것이다. 그러나 산에 불이 붙은 것처럼 환경이 위협적이고 타락한 모습으로 드러날 때도 시가 언어를 확보할 수 있는 자리는 역시 세상밖에 없다. 언어는 아이러니를 살아야 하며, 이 아이러니의 언어가 난해성에 도달하는 것은 불가피하다. 그것은 한차례의 안정된 해답으로 마음을 놓고 싶어하는 독자들의 기대에 영합하는 방식의 언어가 아니기 때문이다.

언어의 탄생과 타락이 동시에 일어난다고 해도 그것을 운용하는 의식은 적어도 이 순간을 자기 반성과 정화의 시간으로 이용할 수 없는 것이 아니다. 이 언어적 자의식 아래서, 김수영이 자주 쓰는 방식은, 시의 언어를 일상어에서 급격하게 도려냄으로써 어떤 불순함도 범접할 수 없을 것 같은 강렬한 인상을 얻어냄과 동시에 시의 언어가 스스로 설정하는 아이러니에 말려들어 저절로 붕괴될 수 있는 계기를 준비하는 것이다. 그의 아이러니는 이렇듯 자신의 언어를 우선 그 대상으로 삼는다. 언어는 자주 명석한 의식을 벗어나려는 듯이 보이는 반면, 씌어지는 시를 둘러싸고 더욱 강화되는 의식은 스스로를 재구성하고, 시 그 자체가 되어 스스로를 주시하고 스스로를 아이러니컬하게 확인한다. 오직 아이러니만이, 미끄러짐에 미끄러짐을 거쳐, 붕괴에 붕괴를 거쳐, 여러 가능한 의미들이 만들어내는 모호성을 스스로의 시련으로 삼는 가운데, 이 모든 상이한 의미들의 틈새를 하나하나 벌려놓음으로써, 거기서 확보되는 공간으로 순결성의 터전을 마련해주기 때문이다. 그러나 꼬리를 잘라내고 목숨을 건지는 도마뱀처럼 언어가 스스로의 해체를 거쳐 얻어내는 이 순결성의 공간은 언어 그 자체의 상처인 것이 또한 사실이다.

후기의 김수영은 산문에서도 시에서도 전통에 관해 자주 찬양하는 말을 하였다. 그러나 그의 시는 그 사상의 면에서도 언어 운용의 면에서도 전통주의자의 그것이 아니다. 「거대한 뿌리」에서 한 대목을 적는다.

> 傳統은 아무리 더러운 傳統이라도 좋다 나는 光化門
> 네거리에서 시구문의 진창을 연상하고 寅煥네
> 처갓집 옆의 지금은 埋立한 개울에서 아낙네들이
> 양잿물 솥에 불을 지피며 빨래하던 시절을 생각하고
> 이 우울한 시대를 패러다이스처럼 생각한다
>
> 버드 비숍 女史를 안 뒤부터는 썩어빠진 대한민국이
> 괴롭지 않다 오히려 황송하다 歷史는 아무리
> 더러운 歷史라도 좋다
> 진창은 아무리 더러운 진창이라도 좋다
> 나에게 놋주발보다도 더 쩽쩽 울리는 追憶이
> 있는 한 人間은 영원하고 사랑도 그렇다

"전통(傳統)은 아무리 더러운 전통(傳統)이라도 좋다"고 김수영 자신도 말하고 있듯이 그의 전통 존중의 태도는 그 전통의 내용에 의해서가 아니라 오히려 그가 타기하는 바 전통이 아닌 것들에 의해 더 잘 설명된다. 그것은 "진보주의자"와 "사회주의자"이며, "통일"

과 "중립"에 관한 온갖 논의들이며, "은밀도 심오도 학구도 체면도 인습도" 여기 해당하고, "동양척식회사, 일본영사관, 대한민국관리"에 "아이스크림"이 덧붙여진다. 그것들은 한마디로 식민지주의와 그 부속물들이며, 그에 따른 반성 없는 인습의 미봉책들이며, 제 존재 이유를 자기 안에 지니지 못한 시늉들이다. 시늉은 추억을, 다시 말해서 시간의 깊이를 만들지 못한다. 김수영은 이와 대비되는 것으로 "요강, 망건, 장죽, 종묘상, 장전, 구리개 약방, 신전, 피혁점, 곰보, 애꾸, 애 못 낳는 여자, 무식쟁이" 등의 낱말을 열거하고 "이 모든 무수한 반동"이라는 말로 그것들을 모두 뭉뚱거린다. 이 반동이라는 말은 아이러니컬한데, 그것들은 진보에 거역하는 힘이 아니라 진보가 서둘러 덮어버린 것들이기 때문이다. 그것들은 우리에게 이중으로 상처이다. 한편으로 그것들은 자기 존재 이유를 자기 안에 간직하고 있었으면서도 외부에서 그 존재 이유를 빌려온 것들에 의해 소외된 것들이라는 점에서 전통의 상처이며, 다른 한편에서 그것들은 변화되지 않은 채 은폐된 것들이라는 점에서 진보의 상처이다. 시늉 아닌 것들의 상처는 곧 시늉의 상처이다. 김수영은 이 상처에 대한 자의식이 없이는 역사적 기억의 일관성을, 그가 '거대한 뿌리'라고 부르는 것을 확보할 수 없었다. 우리가 '스스로를 아이러니컬하게 확인'하는 언어라고 말하였던 김수영의 언어는 스스로의 상처로 인습의 언어에 충격을 주어 그것을 해체하고, 식민지적 시늉의 상처를 뚫고 내려가 기억과 시간의 일관성을 얻어내는 언어이다. 그가 말하는 "요강, 망건, 장죽……"에 해당하는 언어는 외관으로는 결코 그의 언어가 아니지만, 그가 인습의 고착된 의미와 시늉의 무의미를 넘어선 곳에서 낱말들의 의식적인 연출로 포착하려 했던 모국어의 잠재적·총체적 역량에 대한 환유들이라는 점에서는 바로 그의 언어이다.

김수영의 시는 무엇보다도 민족어의 용법을 확장했다. 때로는 민족어의 결을 훼손하는 것처럼 여겨지고 자주 번역 어투를 느끼게 하는 그의 시는 바로 그 방식으로 낱말 하나하나에 강한 물질성을 부여하고 언어 그물의 강도를 높임으로써 말의 추상성과 구체성이 가장 긴밀하게 결합되는 지점으로 모국어의 역량을 끌어올렸다. 그는 한국의 시인들 가운데에서 시기적으로 최초로, 자신을 장악하고 있는 강력한 감동들을 앞에 놓고, 자신의 육체를 던지는 듯한 직접적인 언어로 그 감동들을 주조하면서도, 그것들에 의해 깨져나가지 않는 언어를 발명해낸 시인인 것이다. 그에게서는 표현과 표현하는 사람이 구별되는 경우가 거의 없다. 그의 투철한 역사 의식을 충분히 논의하려면, 그가 늘 역사에 관해 말하였다는 말로는 부족하다. 역사적 조건이 언어의 조건이었던 그에게서는 말과 역사가 구별되지 않았다.

삶과 언어 양면에 걸친 현대사의 궁핍함 속에서 한국시의 토대를 세웠던 네 시인의 시 몇 편을, 특히 언어적 관점에서 살펴본 발표자의 결론은 매우 단순한 것이다. 민족 문학이란 '민족어의 번역'과 같다는 것이다. 어떤 언어로의 번역인가?

인간은 제 정신에 들어 있는 내용을 말로 소통하지만, 어떤 경우에도 말이 그 정신 내용을 다 소통시키는 것은 아니다. 말은 복수의 인간을 상정하지만, 정신에는 한 개인에게만 특수하게 해당되는 몫이 항상 남아 있다. 이 특수한 몫은 인간 개개인이 사물과의 가장 내밀한 접촉으로부터 얻는 부분이며, 주어진 말에서 새로운 말을 발명하려는 문학도 가장 큰 뿌리를 거기에 박고 있다. 문학은 말의 현재적 상태에서가 아니라 총체적 가능성으로 소통을 시도한다. 문학에서 모국어의 중요성은 그것이 문법을 넘나들며 이용할 수 있는 유일한 말이며, 소통의 깊이와 넓이에 그 총체적 가능성을 열어줄 수 있는 유일한 언어이기 때문이다. 문학어와 일상어의 특수 관계도 이 관점으로 설명될 수 있다. 그것은 한편으로 말의 현재적 상태를 그 총체적 가능성 속에 자리매김하고, 다른 한편으로 그 가능성을 현재화하려는 노력에서 비롯한다. 이것은 일종의 번역이다. 그러나 이런 비유적인 의미의 번역이 아니라 실제적인 의미의 번역도 동일한 기능을 지닌다. 한 외국 문학 작품을 우리말로 번역한다는 것은 그 현재적 역량으로부터 총체적 가능성을 끌어내려 한다는 것이며, 우리말로 번역된 외국 작품을 읽는다는 것은 한 언어에서 총체적 가능성이었던 것을 우리말의 현재적 상태에서 점검하는 것이 된다. 한 언어와 다른 언어 사이의 번역될 수 있는 가능성과 번역할 수 있는 가능성, 곧 개개의 국어가 지닌 외국어성은 문학이 일상어와 그 특수 관계를 맺으면서 드러내는 성격과 다른 것이 아니다. 우리의 시인들이 한국시의 좋은 토대를 마련하였다는 말은 그들 노력이 민족어를 언어로, 민족 문학을 문학으로 번역할 수 있는 토대를 마련하였다는 말과 다른 말이 아닐 것이다.

난해성의 시와 정치
──김수영론

　김현은 김수영의 사후 6년이 되던 해에 발간된 그의 선시집 『거대
한 뿌리』의 해설을 다음과 같은 말로 마무리한다.

　　그의 예술적 傳言은 폭로주의적인 입장에 서 있는 民衆主義者들
　이나, 낯선 이미지의 마주침이라는 기교를 원래의 초현실주의적 정신
　과 관련 없이 사용하는 기교주의자들의 비판의 대상이 되고 있다. 예
　술은 그러나 폭로도 아니며 기교도 아니다. 그것은 그 두 가지를 초월
　한 그 어떤 것이다. 성실하고 정직한 人間은 언제나 불가능한 것을
　가능한 것으로 만들기 위해 싸운다. 인간의 모든 예술적 노력도 그런
　싸움의 기록이다. 혼돈의 영역을 언어로써 조금씩조금씩 인간적 질서
　의 영역 속에 편입시키는 작업이야말로, 정직하게 세계를 이해하고
　관찰하려는 모든 의식인의 공통된 목표다.

　유창하고 명석한 글인데, 김수영의 시법을 "초현실주의적 정신"과
결부시켰다는 점이 납득하기 어렵다. 그의 시에는 초현실주의라고
이름 붙여야 할 것이 거의 없으며, 그의 이론적인 글에서도 그에 관
해 특별하게 거론한 내용이 없기 때문이다. 한편으로는, 예술이 폭
로와 기교를 초월하는 "그 어떤 것"이라는 말은 옳겠지만, 이어지는

문장이 "그 어떤 것"에 대한 설명으로는 부족하다는 느낌이 없지 않다. "혼돈의 영역을 언어로써 조금씩조금씩 인간적 질서의 영역 속에 편입시키는 작업"이라면 반드시 예술에만 속하는 일도 아니고 "그 어떤 것"으로 특화될 성질의 일도 아니기 때문이다. 김현은 생각의 한 자락을 뛰어넘고 있는 것이 분명하며, 그 내용은 필경 무리하게 사용된 초현실주의라는 말과 관련이 있을 것이다. 김수영의 시를 "혼돈의 영역"인 무의식의 표출이자 그 질서화의 단초로 본다면, 그것을 "인간적 질서의 영역 속에 편입"시키는 일의 완성은 그것을 해석하는 작업에 해당할 것이다. 김현이 말하는 김수영의 초현실주의적 정신이란 그의 난해한 시구들을 해결하지 않은 채 묶어놓는 괄호였다.

백낙청은 김수영의 사후 20년이 되던 해에 발간된 이 시인의 선시집 『사랑의 변주곡』의 발문에서 다음과 같이 중요한 말을 했다.

김수영은 참여시를 주장했으나 '민족시'라든가 '민중시'를 제창한 바는 없고 실제로 오늘의 민중·민족 문학 운동과는 적잖은 거리가 있었으므로, 운동의 구체화 과정에서는 그에 대한 비판이 많이 나왔다. 하지만 진정으로 살아 있는 시는 비판을 통해서만 그 생명이 단련되며, 정말 본때 있는 극복의 삶을 시작하는 것이다. 그런 의미에서, 모더니즘 극복의 의지가 결여된 시인과 비평가들로부터 단순한 '현대시의 옹호자'로 칭송된다든가 '참여 시인'이라 해도 단순한 자유주의자 또는 전위의 예술가의 현실 참여를 수행한 인물로 추앙되는 것보다는, 다소 투박한 비판의 표적이 되는 것이 김수영 시의 살아 있음에는 차라리 이롭다.

이 말은 매우 미묘하다. 김수영이 "단순한" 현대시의 옹호자나 현실 참여를 수행한 "단순한" 자유주의자 · 전위 예술가 이상으로 평가되어야 한다면서도, 그가 이 단순함을 벗고 살아남기 위해서는 그런 이름으로 행하게 될 투박한 비판, 다시 말해서 단순한 비판이 필요하다고 말하는 셈이기 때문이다. 백낙청이 이 발문에서 김수영 시의 난해성에 특별한 관심을 보이며 그 말머리를 풀어나갈 때도 그에 대한 평가는 매우 미묘하다. 김수영 시의 여러 장점이 이 난해성과 연결되어 있음을 밝히고 그 매혹적인 힘을 인정하면서도, 1970년대 민중시의 성공을 이 난해성의 극복과 관련짓고 있기 때문이다. 그에게서도 김수영의 난해성은 숙제였다. 김현이 난해한 시구들의 의미를 괄호 속에 묶었다면 백낙청은 그 난해성의 의의를 괄호 속에 남겨두었다.

대척점에 놓여 있는 김현의 해설과 백낙청의 발문은 김수영을 이해하는 데에 여전히 유효한데, 이점은 이후의 논자들에 의해 이들 논의가 크게 보충되지 못했다는 것을 의미하기도 한다. 문제는 역시 괄호 속에 묶인 난해성이다. 그동안 김수영의 시에 바친 여러 평문들과 이론적 저작들은 이 괄호를 푸는 데에 적극적인 노력을 보이지 않았으며, 그러기는커녕 그것을 신비화시켜 갖가지 문학 이데올로기를 지탱하는 도구로 삼아왔다는 혐의마저 없지 않다.

결론부터 말한다면, 김수영의 난해성은 다른 여러 '정직한 난해 시인들'의 경우와 마찬가지로 그 시의 방법이자 내용이었으며, 그 사상이었다. 김수영의 시를 말하기 위해서도, 정치를 말하기 위해서도 이 난해성을 제쳐놓고 그 논의의 핵심에 들어가기가 어렵다. 분량이 정해진 이 글에서 김수영의 난해성을 이론적으로 철저히 규명하고 그 난해한 시구들을 단순한 말로 풀어헤쳐놓는 일은 불가능하지만 그 전개 양상의 한켠을 살펴보고 거기서 그 시사상의 핵심을 밝혀내는 일이 반드시 불가능하지만은 않을 것이다.

김수영의 초기시에서 그 난해성은 대개 그의 개인적 관용어에 기인한다. 시집 『달나라의 장난』의 시기에 씌어졌으나 그 시집에 취합되지 못했던 한 시 「아메리카 타임지」가 그 대표적인 예이다.

흘러가는 물결처럼
支那人의 衣服
나는 또 하나의 海峽을 찾았던 것이 어리석었다

機會와 油滴 그리고 능금
올바로 精神을 가다듬으면서
나는 數없이 길을 걸어왔다
그리하야 凝結한 물이 떨어진다
바위를 문다

瓦斯의 政治家여
너는 활자처럼 고웁다
내가 옛날 아메리카에서 돌아오던 길
뱃전에 머리 대고 울던 것은 女人을 위해서가 아니다

오늘 또 活字를 본다
限없이 긴 활자의 連續을 보고
瓦斯의 政治家들을 응시한다

김수영은 그 나이 스물여섯이었던 해에 썼던 이 시에서 자신이 헛되게 보냈다고 생각하는 청춘을 반성하고 있다. "옛날 아메리카에서 돌아오던 길"이라고 그는 말하고 있지만 그가 아메리카에 간 적은 없다. 이 "아메리카"는 미국을 가리키는 것이 아니다. 그것은 보들레르에게서처럼, 또는 서정주에게서처럼, 현실의 "해협(海峽)"을 떠나고 싶어하는 젊음이 그 헛된 꿈을 걸어보는 저 '아'자 돌림의 대륙 가운데 하나일 뿐이다. "아메리카 타임지" 역시 잡지의 이름이라기보다는 그런 미망의 이력서이다. 그는 자신이 "흘러가는 물결처럼" 자기 의지가 없이 영위해온 삶을 "지나인(支那人)의 의복(衣服)"으로, 누추한 생활 속에서 낭비해버린 시간을 기름 방울("油滴")로, 그 보잘것없는 결실을 "능금"으로 표현하고, 자신을 "아메리카" 벌판의 낯선 시간에서 떠돌게 하던 실질 없는 "활자"들과 다시 돌아와 맞이하는 부황한 현실을 한데 묶어 "와사(瓦斯)의 정치가(政治家)"라고 부른다. 그는 회한과 고뇌로 "응결(凝結)"된 눈물을 떨어뜨리고, "바위"를 물 듯 어금니를 앙다물지만, 그의 희망도 세상도 모든 것이 헛바람("瓦斯")으로만 부풀어 있다. 그는 자신에게 단단한 어떤 것이 필요하다고 절감한다. 사실을 드러내기보다 감추어 시를 읽기 어렵게 만드는 이 개인 어법에는 물론 김수영 자신의 부끄러움이 있다. 그러나 이 감추기의 난해성을 위해 동원된 어휘들은 한 개인의 이력을 그 자체로 고립시키지 않고, 중국의 옷에서 미국의 활자로 주인을 바꾸어 섬기게 된 우리의 정치적 운명에 결부시킬 수 있는 기회를 만들어준다. 신과 토를 함께 바라보는 일은 난해하다. 그에게서 말의 난해성은 현실에 대한 복합적 인식을 돕는다.

같은 해에 썼던 「이〔虱〕」에도 감추기의 난해성이 있다. 이 시는 시인이 자신의 아버지에 관해 언급하는 세 편의 시 가운데 시기적으로 첫 번째 것이다. 그의 전집에 딸린 연보에 따르면, 시인의 아버지는 이 시가 씌어지기 두 해 전부터 병상에 누워 있었으며, 그리고 다시 두 해 후에 세상을 버렸다.

倒立한 나의 아버지의
얼굴과 나여

나는 한 번도 이〔虱〕를
보지 못한 사람이다

어두운 옷 속에서만
이〔虱〕는 사람을 부르고
사람을 울린다

나는 한번도 아버지의
수염을 바로는 보지
못하였다

　　新聞을 펴라

이〔虱〕가 걸어나온다
행렬처럼
어제의 물처럼
걸어나온다

　"도립(倒立)한 나의 아버지"라는 말에는 별다른 뜻이 없다. 그것
은 "바로는 보지/못"한 아버지라는 말과 같은 말이다. 그가 아버지
를 바로 보지 못하는 것은 가장의 권위인 그 수염 아래 불결한 '이'
가 서식하고 있기 때문이다. 수염 밑에 실제로 이가 있다는 것은 물

론 아니겠다. "어두운 옷 속에서만" 사람을 부르고 사람을 울리는 이 이는 필경 시인의 가족사와 얽혀 있을, 아버지를 존경할 수 없게 만든 나쁜 기억들이리라. 그것이 직시하기에 너무 괴로운 것이라면 어두운 곳에 감춰두는 것이 타당하겠으나, 기억은, 더구나 부끄러운 기억은 우리의 의지에 순종하지 않는다. 그것은 가장 적절하지 못한 시간에 악질적으로 떠오르며 바로 보려 할 때는 오히려 이미 가슴을 할퀸 그것은 사라진다.

新聞을 펴라

이〔虱〕가 걸어나온다
행렬처럼
어제의 물처럼
걸어나온다

신문에서 이가 걸어나온다는 말은 아니다. 차라리 그 반대이다. "신문(新聞)을 펴라"는 다른 활자들보다 한 글자 뒤로 물러서 있다. 그것은 전체의 시행들과 다른 어조의 목소리이다. 젊은 시인은 행렬 지어 기어나오는 몹쓸 기억들을 막아내기 위해 신문을 펴고 그것을 읽으라고 저 자신에게 권고한다. 신문은 기억을 풍문으로 가리고 역사를 시사로 차단한다. "어제의 물"에서 풍기는 악취를 오늘의 잉크 냄새로 중화한다. 그것은 이 기억의 고통을 참을 수 있는 것으로 만든다. 이 시의 난해성이 또한 그렇다. 자신의 암담한 현실을 드러내는 말들에 대한 이 지적 조작은 그가 그렇게도 타매했던 '애수'로부터 그를 구제한다. 그는 「벙어리 삼룡이」의 영화평에서 이렇게 말했다: "엄격한 의미에서 볼 것 같으면 예술의 본질에는 애수가 있을

수 없다. 진정한 예술 작품은 애수를 넘어선 힘의 세계다"(전집 II,
p. 268). 감정을 지성의 힘으로 규제하여 거리를 두기는 그가 갈망하
는 시의 현대성의 그 본질적인 내용을 이룬다. 그가 현대시라는 말
로 주장하는 바는 독한 마음으로 현실을 끝까지 바라보라는 요청과
다르지 않다.

　　말의 베일 뒤에 감추어진 것은 오래 응시되게 마련이며, 그것은
기억 속에 묻혀 있는 것들과 결합한다. 그것은 현재의 깊이를 두껍
게 한다.「수난로(水煖爐)」의 전문을 적는다.

　　　堅固한 것을 좋아하는 사람들이
　　　팔을 고이고 앉아서 窓을 내다보는
　　　水煖爐는 文明의 廢物

　　　三月도 되기 전에
　　　그의 內部에서는 더운물이 없어지고
　　　어둠이 들어앉는다

　　　나는 이 어둠을 神이라고 생각한다

　　　이 어두운 神은 밤에도 外出을 못 하고 자기의 領土를 지킨다
　　　唯一한 希望은 겨울을 기다리는 것이다

　　　그의 價値는
　　　왼손으로 글을 쓰는 少女만이 알고 있다
　　　그것은 그의 둥근 呼吸器가 언제나 왼쪽에 달려 있기 때문이다

그러나 어디를 가보나
그의 머리 위에 반드시 窓이 달려 있는 것은
罪惡이 아니겠느냐

公園이나 休息이 필요한 사람들이
여름이면 그의 곁에 와서
곧잘 팔을 고이고 앉아 있으니까

그는 人間의 悲劇을 안다

그래서 그는 낮에도 밤에도
어둠을 지니고 있으면서
어둠과는 妥協하는 법이 없다

　　"수난로(水煖爐)"는 물론 난방 보일러의 라디에이터이며, 그것은
보통 방의 외벽 창문 아래 놓인다. 겨울이 지나면 라디에이터는 그
용도가 일시 폐기되어 그 안에 어둠만 가득 남게 된다. 시인은 이 어
둠을 "신"이라고 생각하는데, 그것은 마치 사물의 정령처럼 무쇠 덩
어리 속에 갇혀 깃들여 있기 때문이다. 게다가 그것은 인간의 좌절
된 정열이 어둡고 무한하게 뭉쳐 있는 덩어리와 같다. 그러나 고독
한 인간은 이 어둠을 담은 무쇠 덩어리에, 그 어두운 열정에, 의지하
여 창밖을 바라본다. 이 어둠은 어둠과 타협하지 않고 어둠이 아닌
것을 향해 길을 낸다. 그래서 수난로는 어두운 기억을 딛고 그 절망
적인 힘으로 새로운 길을 찾아내려는 인간의 비극을 생각나게 한다.
　　만일 김수영이 이 생각을 말로 엮을 때, 먼저 라디에이터와 그 위
에 열려 있는 창문의 풍경을 서술하고, 이어 '인간사도 이와 같이'

라고 부연 해석하는 식의 재래적 구성법을 따랐더라면 하나의 대조적 알레고리가 성립되어 시는 훨씬 더 쉽게 이해될 수 있었을 것이다. 그러나 김수영이 원하는 것은 그런 알레고리를 통해, 이미 확인된 지혜를 다시 확인하고 마음을 편하게 가지려는 것이 아니다. 시인은 그 자신이 지금 수난로에 턱을 고이고 제 가슴속의 어두운 고통을 살고 있으며, 창문을 바라보며 제 삶의 전망을 더듬고 있다. 수난로와 창문은 인간의 고통과 전망을 말하기 위해 거기 있는 것이 아니다. 수난로도 고통도 창문도 전망도, 그것들은 함께 거기 있고 한 덩어리로 거기 있다. 여기에 '현대적 기교'가 한몫을 한다. 이 시를 이해하기 어렵게 만드는 또 하나의 요소인, "그의 가치(價値)는"으로 시작하는 연은 일종의 장난이지만 단지 장난으로 그치지 않는다. 이 장난은 시 전체의 구성에 혼란을 주어 시가 수난로-고통, 창문-전망이라는 등식의 평탄한 비유 체계에 빠질 것을 막는다. 김수영이 보기에, 사물이 인간의 감정과 주관성을 드러내기 위한 비유로 봉사하게 될 때 그 결과는 체념적 지혜와 자기 합리화의 위안이며, 그것은 정신의 나태를 증명할 뿐이다.

우리가 김수영의 메타포라고 부르는 것이 그 자신에게는 메타포가 아니라 현실이다. 그는 한 월평에서 김광섭의 「생의 감각」에 관해 다음과 같이 썼다.

여명의 몽롱한 고통의 煙霧를 헤치고 나와 처음이자 마지막으로 잡는 것 같은 生의 감각은 곧 기도를 담은 시의 생명으로 통하는 것이지만, 이 시의 가치는 몽롱한 과정을 통한 독특한 접근법에 있다고 볼 수 있다. 이런 몽상은, 실패를 하면 작품의 핵에 조화되지 않는 동떨어진 몽상으로 그치지만, 이 작품에서는 몽상의 뒤에 육체적인 떠받침 같은 것이 느껴져서 과정으로서의 몽상인 동시에 몽상 그 자체가 이 작품의 오리지낼리티로 구실을 하고 있는 것이 묘하다. 시에 있어서의 '새로움'이란 이런 것을 두고 말하는 것이라고 생각된다. (전집 II, p. 397)

새벽 안개 속에서 느끼는 생명감과 그 감각을 접수하는 육체와 그 환경을 마련하는 몽상이 따로 놀지 않고 일련의 시구 속에 동시에 그려짐으로써 시의 독창성과 새로움을 만들어내고 있다는 말이다. 그가 김광섭에게서 발견하는 이 독창성과 새로움은 같은 방식으로 그 자신의 시가 얻어내는 덕목이기도 하다. 실제로 김수영의 여러 절창들에서는, 「수난로」의 경우와 마찬가지로, 메타포에 해당하는 것들이 한 관념을 상기시킨 다음 뒤로 물러서는 것이 아니라 그 관념을 아우르며, 또는 그 관념이 사라진 후에도, 끝까지 거기 살아 있다. 「헬리콥터」에서 헬리콥터는 자유를 향해 "안개처럼 가벼웁게 날아가는 과감(果敢)한" 의지를 비유하기 위해 떠오르는 것이 아니라, 그 떠오름과 함께 시인에게 그와 같은 의지를 불러내고 그 감정을 고양시킨다. 「폭포」에서 폭포는 "고매한 정신"으로 유추되기 위해 떨어지는 것이 아니라 그 자신이 "고매한 정신처럼 쉴 사이 없이 떨어진다." 오히려 폭포를 잘 바라보기 위해 "고매한 정신"이 필요하다. 「병풍」에서 병풍은 그뒤에 숨은 한 인간의 주검을 말하기 위해서만 서 있는 것이 아니다. 그 주검 때문에 시인은 병풍을 눈여겨 바라본다. 이 죽음 때문에 병풍은 "허위의 높이를" 넘어선 곳에 "비폭(飛瀑)을 놓고 유도(幽島)를 점지한다."

가장 어려운 곳에 놓여 있는 屛風은
내 앞에 서서 죽음을 가지고 죽음을 막고 있다

병풍이 가졌다는 이 죽음은 "무엇보다도 먼저 끊어야 할 설움"을 그 관념 산수화의 막막한 관념으로 무심하게 끊어내는 그 냉정함이다. 병풍은 이 냉정함을 "가장 어려운" 자리에 있는 시인에게 빌려주고 시인은 거기서 얻은 강인한 정신으로, 그 자체가 죽음일 뿐인 관념 산수화에 생생한 현실을 되돌릴 수 있게 된다.

김수영은 이들 시에서 수난로와 헬리콥터와 폭포와 병풍에 의탁해서 희망과 자유와 고매한 정신과 강인한 정신을 말하는 것이 아니다. 그는 이 사물들을 그윽하게 바라보고 그것들을 마음속에 끌어안아 각인시키고 자기 안의 생명력과 교섭하게 함으로써, 자신의 감정을 높게 끌어올려 스스로 저 희망과 자유와 고매하고 강인한 정신을 실천한다. 김수영이 1968년 팬 클럽 주최의 한 문학 세미나에서, 시의 "모험은, 자유의 서술도, 자유의 주장도 아닌 자유의 이행"(전집 II, p. 250)이라고 했던 유명한 말은 벌써 그 구체적인 모범을 이들 시에 두고 있다. 한 정신을 설파하는 것이 아니라 실천하는 사람으로서 김수영은 모든 종류의 자연 정신론과 본연주의를 강하게 불신하였다. 그는 어디서나 한 풍경, 한 사물에 자의적 해석 내지는 상투적 주관성을 입혀 시의 전면에 내세우고 제 의식을 그뒤로 피신시키는 방식을 취하지 않았다. 그는 그런 유의 안이한 정신주의를 "고답적"이라고 불렀으며, "이러한 자세에서 자연적으로 나오게 되는 관념성이" 작품을 "치명적으로 해치"게 된다고 우려했다(전집 II, p. 356). 예의 세미나에서 그는 하이데거의 말에서 이 우려에 대한 좋은 설명을 발견한다: "시에 있어서의 모험이란 말은 세계의 개진, 하이데거가 말한 '대지의 은폐'와 반대되는 말이다"(전집 II, p. 356). 고답적 관념의 시는 대지가 감추고 있다고 믿는 정신에 귀의하는 것을 지혜로 삼지만, 현대시는 대지 위에서, 대지와 함께 위험을 무릅쓰고 그 정신을 실천한다.

이 위험한 실천은 우리의 시어에 유래 없는 힘을 얻어주었다. 백
낙청은 앞서 언급한 발문에서 "뜻이 제대로 통하기 전에 이미 독자
를 사로잡고 마는 김수영 시 특유의 힘"을 지적하고, 이 기상 때문에
그의 "난해시야말로 바로 시 읽기의 초심자들이 진품에 대한 안목을
기르기에 안성맞춤의 교본"이 될 수 있다고 말한다. 그의 시가 누리
는 이 힘은 시를 쓰는 정신과 말이 그 시적 실천의 현장을 떠나지 않
는 데서 연유한다. 전통적인 노래에 의지하는 시들은 그 리듬으로
사실의 윤곽을 흐리고, 고식적인 알레고리의 시들은 사실에서 그 사
실성을 박탈하며, 본연주의적 지혜의 시들은 사실을 관념 속에 매몰
하며, 주장이 앞서는 성급한 참여시들은 말의 기교에만 의지하는 허
위의 난해시들과 마찬가지로 사실이 충분히 성찰될 여지를 남겨놓
지 않는다. 이런 시들은 사실을 미화하거나 이용하지만 실제로는 사
실을 모욕하고 증오한다. 김수영은 사실을 사랑한다. 그는 어느 주
눅 든 사물 앞에서도, 어떤 암담한 현실에 처해서도, 자기 감정을 추
슬러 올리고 지성을 자극하여 고양된 정신 속으로 그 사물과 현실을
추켜 올린다. 이때 그것들을 표현하는 언어가 힘을 얻고, 그 힘이 다
시 사물과 정신의 상승에 가속력이 되는 것은 당연하다. 김수영의
난해성은 암담한 풍경을 암담하게 스쳐 지나가는 것이 아니라 그것
을 오래 꿰뚫어 살필 시간을 확보하고, 여러 각도로 감정을 자극하
고 정신을 재촉하기 위한 수단이었다. 김수영은 시 쓰기가 '온몸으
로 밀고 나가는 것'이며 그것이 '사랑'이라는 말을 자주 했다. 그의
난해한 시어는 저열한 자리로 흘러내리려는 사물과 지지부진한 현
실을 안아 올리기 위해, 감정을 충전하고 정신의 날을 세우고 온몸
의 힘을 '사랑'의 높이로 흥분시켜 동원하는 현장이기에 힘이 있다.
  김수영이 사물의 속내를 짚어 어디서나 자신의 정신에 희망의 기
미를 촉발할 수 있었던 상상력의 배후에는 그의 시간에 대한 감수성

이 있다. 시간에 대한 감수성을 갖춘다는 것은 현실을 과거로건 미래로건 먼 시간을 통해 상상한다는 것이며, 그렇게 해서 시간의 표면을 뚫고 현재의 두께를 확장한다는 것이다. 가령 「하루살이」의 마지막 연에서 시인은 하루살이들이 항상 밝은 불빛에 모여들어 자신들의 덧없음을 드러내고, 스스로 시간의 벽에 갇히기를 좋아하여 시인의 감정을 둔화시키지만, 그들의 춤이 그리는 어지러운 곡선에서 하루를 넘어서는 시간을 감지하여, 그것을 "하루살이의 황홀"이라고 부른다. 특히 "나의 시각(視覺)을 쉬이게 하라"고 하루살이들에게 명령할 때 시인은 짧은 시간의 흔들림을 타고 시간의 다른 깊이를 벌써 명상하고 있다. 「꽃」에서 시인은 꽃이 "과거(過去)와 또 과거(過去)를 향(向)하여 피어나는 것"이라고 말하는데, 이는 시인 자신이 "꽃이 피어나는 순간(瞬間)"에 그 과거를 더듬어 그 가지와 줄기의 내면에 있었을 "완전(完全)한 공허(空虛)"를 감득한다는 뜻이다. 그래서 그는 "중단(中斷)과 연속(連續)과 해학(諧謔)이 일치(一致)되듯이" 꽃이 피어올라 "과거(過去)와 미래(未來)에 통(通)"한다고도, "견고(堅固)한 꽃이 공허(空虛)의 말단(末端)에서 마음껏 찬란(燦爛)"하다고도 말할 수 있었다. "중단과 연속"이란 꽃이 그 공허의 끝맺음이자 축적된 시간의 공간적 확장이라는 뜻이 되겠지만, "해학"이란 이 개화가 농담으로나 가능할 것 같은 기적의 실현이란 뜻으로 읽혀야 할 것이다. 김수영은 기적의 시인이다. "용감한 시인"보다 앞선 "산 너머 민중"을 말하는 「눈」에도, "광야에 드러누워도" 시대에 뒤떨어지지 않는 자신을 발견하고 "공동의 운명을 들을 수 있다"고 말하는 「광야」에도, "복사씨와 살구씨가/한번은 이렇게/사랑에 미쳐 날뛸 날이 올 거다!"라고 말하는 「사랑의 변주곡」에도, 풀이 바람보다 더 빨리 눕고 바람보다 먼저 일어난다고 말하는 「풀」에도, 그의 시 도처에 이 기적이 있다. 그러나 개화의 순간에 고난과 공허를 딛고 기적이 준비되던 시간을 알아차리기는 쉽지만, 폐허와 절망의 시간에 기적을 신념하기는 얼마나 어려운가. 다음은 「참음은」의 전문이다.

> 참음은 어제를 생각하게 하고
> 어제의 얼음을 생각하게 하고
> 새로 확장된 서울특별시 동남단 논두렁에
> 어는 막막한 얼음을 생각하게 하고
> 그리고 전근을 한 국민학교 선생을 생각하게 하고
> 그들이 돌아오는 길에 주막 거리에서 쉬는 십 분 동안의
> 지루한 정차를 생각하게 하고
> 그 주막 거리의 이름이 말죽거리라는 것까지도
> 무료하게 생각하게 하고
>
> 奇蹟을 기적으로 울리게 한다
> 죽은 기적을 산 기적으로 울리게 한다

말죽거리가 아직 수돗물도 들어오지 않는 서울 변두리 농촌이었을 때의 이야기다. '인동'이라는 말 정도면 아마 이 시의 주제로 합당할 것이다. 시인은 오늘의 "막막한 얼음" 앞에서 "어제"와 "어제의 얼음"을, 다시 말해서 어떤 방식으로건 해결되었던 과거의 어려움을 생각한다. 그러나 이 시는 자연 순환론에 입각한 '영월시(詠月詩)'도 아니고, 어려움을 참고 견디면 좋은 날이 오리라고 말하려는 것도 아니다. 중요한 것은 이 고난과 소외 앞에서 마음을 끝까지 높고 굳건하게 유지하는 일이다. 그것은 어떤 '해탈'의 경지에서가 아니라 오히려 지금 이 시간의 막막함과 지루함과 무료함을 되새기고

뼈저리게 느낌으로써 마음을 다진다는 점에서 정신의 모험이다. 마지막 연에서 시인은 기적(奇蹟)을 울리고 있는 기적에 관해 말한다. 이 기적은 좋은 날이 그렇게 빠르게 온다는 것이 아니다. 내일이 안 보이는 불행에도 불구하고 정신을 줄곧 높이 유지할 수 있다는 것이 기적이며, 그 정신의 모험을 감행할 수 있는 용기가 기적이다. 고양된 정신과 거기서 오는 용기가 공허와 폐허의 시간으로부터 개화의 시간을 움켜잡는다.

김수영은 "시인의 정신은 미지"에 속한다고 말했다(전집 II, p. 187). 이 말은 한번도 신비주의에 경도된 적이 없는 사람의 말이기에 그만큼 더 중요하다. 시인은 이미 발견된 것을 말하는 사람이 아니라 지금 발견하고 있는 사람이다. 그는 이 시간에 다른 시간을 보려 하는데 그의 정신이 벌써 다른 시간에 가 있다면 그것은 미지가 아니다. 미지는 이 시간의 힘으로 다른 시간으로 뚫고 들어가려는 그 노력의 속성이다. 김수영은 같은 글의 끝에서 "시인을 발견하는 것은 시인"이라고 말했다. 이 역시 시인이 어떤 특별한 종류의 신비로운 존재라는 말이 아니다. 현실이 그 상태로 끝내 굳어져 있는 것이 아니라는 것을 굳게 믿고 아무리 사소한 것이라도 변화의 모든 기미를 알아내기 위해 지금 이 자리에서 노력하고 있는 사람만이 그와 동일한 노력에 대한 감수성을 가질 수 있다는 뜻이다. 김수영은 늘 스스로 용기를 북돋워가며 사물의 밑바닥을 더듬고 언어의 모양을 여러 각도로 실험했다. 그는 암담한 현실을 충전된 언어로 들어 올렸다. 그의 난해한 시어는 어려운 현실에서 힘겹게 유지된 용기와 그 노력의 현장성을 증명한다. 그의 시에서 높은 서정성이 감지되고 말이 힘을 발휘하는 자리마다 바로 그 용기가 있다. 그는 이 용기로, 무의식을 말하지 않으면서 사실들 속의 의식되지 않은 기미들을 발견하였으며, 반세속주의자였지만 정형화되지 않은 민중의 힘을 이

해했다. 김수영에게서 시적인 것과 현대적인 것과 정치적인 것은 같은 말이다.

서정주의 시세계

　고은의 「미당 담론」(『창작과비평』, 2001년 여름호)에 지식 사회가
짐짓 놀라는 체하기 전부터 서정주에 대한 평가는 한결같지 않았다.
서정주는 어떤 사람들에게 개항 이후 한국 문학을 대표할 만한 민족
시인이었던 반면 다른 사람들에게는 친일파이며 신군부에 부역했던
기회주의자였다. 그러나 그의 정치적 이력에 대한 여러 비판에도 불
구하고, 겨레의 가장 깊은 정서를 환기력이 높은 시어로 노래한 부
족 언어의 마술사라는 거의 공식화된 평가는 크게 흔들리지 않았다.
그의 편에 선 사람들이 오랫동안 문학사의 칭송을 받아야 할 이 훌
륭한 시인의 이력에 '어쩔 수 없이' 찍히게 된 오점을 아쉬워하는 것
은 당연한 일이지만, 그를 비판하는 사람들 가운데 상당수도 역사
적·정치적 소신을 갖지 못해 거듭하여 악덕을 저질러온 사람에게
서 그토록 아름다운 시가 나올 수 있었다는 점을 의아스럽게만 여겨
왔다. 아쉬운 감정은 거기서 하나의 운명을 보는 반면 의아함은 거
기서 하나의 품성을 본다는 점에서 서로 같지 않지만, 한 시세계가
그 운명 내지 품성과 관계해온 방식을 똑같이 우연으로 돌린다는 점
에서 그 둘은 동일하다. 한쪽이 어쩌다 그렇게 된 일이라고 주장하
는 것도, 다른 쪽의 눈에 예외적 현상으로 비치는 것도, 표현을 바꾸
면 모두 우연의 나쁜 장난이란 말로 요약된다. 게다가 이 우연론 속

에서는 그의 정치적 이력이 추녀 역을 맡아 그의 시를 실제 이상으로 돋보이게 한 점도 없지 않았다. 그의 작품에 대한 정확한 평가가 그의 추문 속에 숨는 형국이다.

사실 대부분의 경우 미당에 대한 언설은 진지하고 엄정한 평가로부터 그의 작품을 숨겨주는 차단막 구실을 해왔다. 이를테면 미당의 시가 불교적 세계관을 지향한다거나 노장적 특색을 지녔다는 말은 물론 타당한 것이겠으나 그것이 설명해주는 것은 많지 않다. 그런 세계관의 원론적 · 구도적 내용은 실상 거의 모든 시의 지향점이며 본질적 성격이기도 하기 때문이다. 현실의 억압과 일상의 비천함으로부터 얻어진 힘을 등에 업고 항상 시공 초월의 기회를 노리는 시와 인류를 그 비천함으로부터 절대적으로 구원하려는 종교적 이념이 당연히 공유할 수밖에 없는 영역을 한 시인이 그의 언어적 모험으로부터 얻어낸 구체적 성취와 혼동할 수는 없다. 이러한 논의 속에서, 시인의 몫으로 남는 것이 있다면 그것은 저 최초의 낙원을 그 자신의 조절되지 않는 욕망에 따라 분열시키고 자기 시대의 협착한 시야에 맞춰 세속화하였다는 혐의에 불과할 것이다. 물론 미당에게서 불교는 그의 시가 지향하는 마지막 목표이기 이전에 그 미학적 원리일 수 있고, 실제로 그렇기도 하다. 그러나 이 미학적 원리로서의 불교도 시인의 모든 시가 환원되어야 할 투명한 자리가 아니라, 그 시적 실천의 현장 경험을 반영하고 그 시의 현재성과, 다시 말해서 그 언어적 설득력과, 분리되지 않는 문제적인 요소인 것은 말할 것도 없다. 미당의 시가 이 문제 밖에 놓이기를 바랐던 것은 먼저 미당 자신이었던 것 같다. 한 시인이 나이 마흔에 귀신을 보았다고 말하게 되면, 그가 정말로 귀신을 보았건 보지 않았건 간에, 그가 그리는 것은 귀신을 본 사람의 세계이다. 우리는 귀신에 관해 아는 것이 없기에 그 세계에 대해 왈가왈부할 수 없다. 귀신이라는 말로 해명이 끝난 이 세계는 자기 완결의 상태로 투명하게 '보존된다.' '불교'를 비롯한 이 투명한 무갈등의 세계는 사실 미당의 영광이 아니라 그가 이미 짊어져왔고 또 이제는 벗어버리지 못하게 된 멍에의 하나이다. 이제 미당의 시가 미래에 전해줄 수 있는 유산은, 그것을 긍정적이든 부정적이든 간에 저 고대의 종교적 지혜로 환원하고 싶어하는 모든 비평적 음모에 붙잡히지 않을 수 있는 힘을 그 자체에 얼마큼 확보하고 있느냐에 따라 그 질이 달라질 것이다.

이 글은 서정주의 시가 지닌 힘의 크기와 방향을 알아보는 데에 목적을 둔다. 『화사집』(1941)과 그 이후의 여러 시집에서 늘 중요하게 평가되었던 시편들을 고찰하여, 미당 시의 변용 과정과 그 '언어 마술'의 진정한 내용을 밝히고, 이를 바탕으로 그의 언어관과 시법이 그의 정치적 이력과 맺고 있는 관계를 규명하여 비판하려는 것이다.

1. 출분과 귀향

서정주의 초기시에 미친 보들레르의 영향은 자주 지적되어왔지만 치밀한 분석을 얻어내지는 못했다. 서정주가 보들레르로부터 읽은 것은 육체적 관능의 현기증과 그에 대한 죄의식 따위에 불과한 것은 아니었다. 중요한 것은 식민지의 곤궁하고 마비된 삶을 어떤 새로운 전환의 출발점으로 삼으려는 창조 의식과, 세상의 몰이해를 어떤 예외적인 삶의 표지로 삼으려는 시인으로서의 운명 의식과 소명감이다. 젊은 시절 서정주의 시인관이 피력된 「자화상」은 그 첫머리에서부터 가난에 관해 말한다.

애비는 종이었다. 밤이 기퍼도 오지 않았다.

파뿌리같이 늙은 할머니와 대추꽃이 한 주 서 있을 뿐이었다.

어매는 달을 두고 풋살구가 꼭 하나만 먹고 싶다 하였으나…… 흙
으로 바람벽한 호롱불 밑에

손톱이 까만 에미의 아들.

甲午年이라든가 바다에 나가서는 돌아오지 않는다 하는 外할아버
지의 숱 많은 머리털과

그 크다란 눈이 나를 닮았다 한다.

스물세 해 동안 나를 키운 건 八割이 바람이다.

세상은 가도가도 부끄럽기만 하드라.

어떤 이는 내 눈에서 罪人을 읽고 가고

어떤 이는 내 입에서 天痴를 읽고 가나

나는 아무것도 뉘우치진 않을란다.

찰란히 티워오는 어느 아침에도

이마 우에 언친 詩의 이슬에는

몇 방울의 피가 언제나 서껴 있어

볓이거나 그늘이거나 혓바닥들 느러트린

병든 숫개만양 헐덕어리며 나는 왔다.

보들레르의 『악의 꽃』(1857)에서 이와 상응하는 시를 찾는다면 말
할 것도 없이 시인의 저주받은 탄생과 그 고뇌와 영광을 노래하는
「축성(祝聖)」이다. 보들레르는 여기서 전능한 하늘의 "명(命)을 받
아 시인이 이 지겨운 세상에 태어났을 때," 그의 어머니는 불경한 생
각을 가득 품고, 신에게 주먹을 쥐어 흔들며 욕설을 퍼붓는다고 말
한다. 하늘이 한 아이를 시인으로 점지하고 축복한다는 것은 곧 이
세상과의 불화를 뜻하기 때문이다. 그러나 이 아이는 세상에서 겪을

온갖 학대와 고뇌야말로 "우리의 부정(不淨)을 씻어주는 신약(神藥)"이라고 믿고 의무를 완수하여 "원시광(原始光)의 거룩한 원천에서 길러낸 순수한 빛으로" 짜인 왕관의 주인이 될 것을 하늘에 맹세한다. 보들레르의 이 생각은 세상의 편협한 이해를 넘어서서 우주의 섭리와 조화를 노래하는 자가 시인이라는 낭만주의적 시인관에 뿌리를 두고 있다. 거기에 보들레르가 덧붙인 것은 세상이 시인을 오해할 뿐만 아니라 학대한다는 사실을 강조하여 시인과 산업 사회의 갈등을 부각시켰다는 점이다. 그에게서 시인의 영광은 세상에 대한 복수와 동의어가 된다. 서정주는 시인의 탄생에 축복과 저주의 기능을 함께 담당하는 신 대신에 신분의 미천함과 가계의 유전을 대입함으로써, 하늘의 섭리와 시인의 절대적 소명을 사가화(私家化)한다. 더불어 시인과 사회의 관계도 역전된다. 그는 시인으로 태어났기에 세상의 핍박을 받는 것이 아니라 고난을 받도록 태어났기 때문에 시인이다. 시인을 학대하는 "지겨운 세상"에 대한 보들레르의 단호한 탄핵에 비해, 한 식민지 젊은이의 시인으로서의 신원 증명은, 자신의 불리한 여건들을 통해 순결성을 확보하려는 노력과 그 감정의 밀도를 인정한다 하더라도, 매우 소심한 것이 사실이다. 그가 이 순결성으로 얻기를 기대하는 것 역시 많지 않다.

"몇 방울의 피가 언제나" 섞인 채 서정주의 "이마 우에 언친 시(詩)의 이슬"은 보들레르가 만들어내기를 바라는 시인의 왕관이 아니라, 그 재료인 "원시광(原始光)의 거룩한 원천에서 길러낸 순수한 빛"에 대한 탁월한 동양적 번안이기도 하지만 여전히 순결한 재능과 저주받은 삶의 표지에 불과하다. 보들레르에게서 그가 원하는 관(冠)과 그 재료인 빛 사이에는 저 플라톤적 이데아 세계와 물질 세계를 가르는 단절이 있으며, 시인이 건너가야 할 것도 그 단절이다. 한국의 젊은 시인 서정주에게는 이 단절이 없으며, 따라서 건너가야 할 세계도 자기 변모에 대한 전망도 없다. 그는 가난하기에 그만큼 순결한 세계에 갇혀 있다. 이 상태에서 그가 할 수 있는 일은 그 세계에 대응하여 감정의 밀도를 강화시키는 것뿐이다. 서정주의 시 가운데 대중적으로 가장 크게 성공한 「국화 옆에서」가 소쩍새의 오랜 울음과 먹구름 속의 천둥과 간밤의 무서리를 말하면서도 자기 폐쇄의 거울에 갇힌 한 여자를 그 중심에 앉혀두는 것은 이점에서 매우 시사적이다. 서정주에게 그의 가난하고 변화 없는 시골은 「서풍부 (西風賦)」의 "서서 우는 눈먼 사람"이며 "자는 관세음"이다. 서정주의 초기시에서 공격성을 띤 동사의 사용은 자주 지적되어온 바이지만, "윙윙거리는 불벌의 떼를/꿀과 함께 〔……〕 가슴으로" 먹는 일이나(「정오의 언덕에서」), "비로봉상(毘盧峰上)의 강간 사건(强姦事件)들"(「桃花桃花」)은 모두 감정의 어두운 굴레를 깨부수려는 공성 (攻城) 작전과 같다. 그러나 이 공격의 방향은 밖보다는 안을 향하기에 결과적으로 자기 파괴의 성격을 띤다. 그에게 "길은 항시(恒時) 어데나 있고, 길은 결국 아무데도 없다"(「바다」, 『화사집』). 관념의 열린 길과 현실의 막힌 길, 이 두 길은 미당에게서 자주 교체될 뿐만 아니라 뒤섞인다. 미분화의 상태가 자주 종합의 상태와 혼동되는 것이다. 서정주의 문학 전반에 걸쳐 겉으로는 선열한 그의 언어가 자주 순응주의적 태도와 겹치게 되는 것도 이 혼동된 정신 상태가 지혜의 한 형식으로 발전한 결과이다.

어디나 길이 있고 아무 데도 길이 없는 자에게 출분은 곧 귀향이 된다. 『화사집』의 마지막 시 「부활」에서 좋은 예를 보게 된다. 가난과 억눌림밖에 사건이 없는 동토에서 죽음의 어두운 기억 하나가 기적 같은 말의 힘으로 생명의 얼굴을 들고 피어나는 이 아름다운 시는 또한 미당에게서 도시가 최초로 전면에 등장하는 시로 '근대시'에 대한 그의 깊은 감수성을 보여준다. 시인은 종로에서, "뭐라고 조잘대며 햇빛에 오는 애들"의 면면에서 "그날 꽃상부(喪阜) 산(山) 넘어서 간" 고향 마을의 유나(臾娜)를 보며 "이것이 몇만 시간만이냐"고 묻는다. 이 시에서 주목해야 할 점은 그가 도시에서 고향을 본다는 것뿐만 아니라 도시만이 이런 방식으로 고향을 보여줄 수 있다는 것이다. 고향은 시인에게 죽어버린 유나를 보여주지 않았다. 시인의 "눈동자 속에는 빈 하늘만" 남았으며, "매만져볼 머릿카락 하나" 없었으며, "비만 자꾸 오고…… 촉(燭)불 밖에 부흥이 우는 돌문을 열고 가면 강(江)물은 또 몇천 린지" 알 수 없었다. 고향은 결여일 뿐만 아니라 결여의 영구한 형식이다. 도시가 유나를 부활시키는 방법은 이 결여와 관련된다. 시인이 종로를 걸어갈 때 "사방에서" 여자들이 오고 있다. 이렇게 많은 여자를 한꺼번에 사열할 수 있는 것은 도시에서뿐이다. 눈길을 마주치면서 인사를 하지 않고, 최소한 내외의 표현도 없이 지나갈 수 있는 것도, 도시에서뿐이다. 죽은 여자는 "그중에도 열아홉 살쯤 스무 살쯤 되는 애들"의 "눈망울 속에, 핏대에, 가슴속에 드러앉어" 있는 방식으로 여러 개의 모습이 되어 시인에게 차례로 다가온다. 시인은 스쳐 지나가는 여자들의 눈동자를 바라볼 수는 있지만, 그 혈관이나 "가슴속에"는 결코 들어가지 못한다. 바로 이 때문에 시인의 시선이 하나의 눈동자에서 다른 눈동자로 건너가는 사이에 그의 마음속에 깊은 심연이 들어선다. 이 찰나의 거리는 그에게서 그와 유나를 갈라놓은 공간적 · 시간적 간극인 '몇만 시간'과 '몇천 리'에 대응한다. 이 죽음과 부활의 반복 속에서 유나는, 시인에게 관심을 두지 않은 여자들의 혈맥과 가슴속에 들어간다. 물론 시인이 진정으로 그 여자들과 교통할 수 없는 것처럼, 시인과 유나 사이에는 여전히 생사의 거리가 있다. 그러나 이 갑작스러운 추억의 복받침과 줄기참은 고향의 권태와 고독으로는 결코 기약할 수 없는 것이다.

미당은 이 시에서 근대시의 한 체험을 높은 수준에서 보여주지만, 그러나 그에게서 이런 종류의 체험은 실상 마지막 체험이기도 하다. 이후 미당은 그에게 고향의 죽은 처녀를 부활시켜준 도시적 계기보다는 그녀를 데려간 "돌문" 너머의 세계에서 반항도 출분도 없이 탈출이 가능할 것 같은 자리를 발견하는 것이다.

2. 부푼 언어와 관념의 통속화

두 번째 시집인 『귀촉도』(1948) 이후 미당은 일종의 개종을 했다. 그는 "천치(天痴)"나 "죄인(罪人)"이 아니며, "병든 숫개만양 헐덕어리며" 저주받은 자로서 방황하는 일도 없어졌다. 그의 이마 위 "시의 이슬"에 섞여 있을 몇 방울의 피도 완전히 순화되었다고 해야 할 것이다. 그는 모든 구속에서 벗어났다고밖에는 볼 수 없는 어떤 정신이 되어, 선율 있는 토착어로 공교로운 시법을 구사하여 이른바 민족 정서를 노래하였다. 아마도 두 시집 『신라초』(1960)와 『동천』(1968)이 그 절정일 텐데, 그보다 앞서 나온 『서정주 시선』(1956)의 「상리과원(上里果園)」이 벌써 그 시법에 담길 비밀의 한켠을 보여준다.

「상리과원」은 앞뒤의 문맥에 상당한 모순이 있어 읽는 사람을 당황하게 하는 시이다. 첫머리에서 시인은 "우리 조카딸년들이나 그 조카딸년들의 친구들의 웃음판과도 같은 굉장히 질거운 웃음판"을 꽃밭에서 본다. 거기에 갖가지 새떼들이 모여 "조석(朝夕)으로 이 많은 가쁨을 읊조리고," 수만 마리의 꿀벌들은 "왼종일 북 치고 소구 치고 마짓굿 올리는 소리를" 한다. 충동과 자극으로 충만한 생명의 세계이다. 시인은 이 생명의 개화를 바라보며 "이것들이 자자들어 돌아오는 아스라한 침잠이나"지킬 것을 탐탁지 않게 생각한다.
그러나 시의 끝대목에서는 "우리는 차라리 우리 어린것들에게 제일
가까운 곳의 별을 가르쳐 뵈일 일이요, 제일 오래인 종소리를 들릴
일이다"라고 말한다. 별을 보게 한다거나 종소리를 듣게 한다는 것
은 오히려 이 생명들에게 침잠을 권하는 일이 아닌가. 물론 여기에
는 시간차 같은 것이 있다. 생명이 개화하는 순간에는 그 난만함을
난만함 그대로 인정해야 하지만, 생명이 그 개화의 한 고비를 넘겼
을 때, 시의 표현으로는 "초밤에의 완전 귀소(完全歸巢)가 끝난 뒤"
에는 그 난만함만으로는 이룰 수 없는 더욱 넓고 깊은 세계가 있음
을 가르쳐 그 만개한 생명을 순화시켜야 한다는 것이다. 그렇더라도
의문이 남는다. 생명이 별을 바라보고 종소리를 들으며 더 잘 개화
할 수는 없는 것인가. 개개 생명의 개화는 그 자체로 더 크고 더 깊
은 자리에 대한 소망의 결과가 아닐까. 서정주에게서 '생명'은 개개
생명의 구체적 실천들을 아우르는 자리라기보다는 오히려 그에 이
반하는 자리라고 말해야만 그 대답을 얻을 수 있다. 소쩍새의 울음
과 천둥으로 피어난 국화가 폐쇄적 성찰의 거울 속에 갇히는 이력이
여기서도 다시 반복되는 것이다.

　서정주의 절창 가운데 하나로 꼽히는 「꽃밭의 독백(獨白)」에서 읽
게 되는 것도 역시 같은 것이다. 이 시에서 시인은 "구름까지 갔다가
되돌아오"는 노래, "바닷가에 가 멎어버"린 말, 사냥하여 잡은 산돼
지와 산새들에 만족하지 못하고, "꽃"이 그 닫힌 문을 열어 다른 세
계를 보여줄 것을 희망한다. 시인은 한 생명의 개화가 그 자체로서
어떤 근원적 진리의 발현이라고 여기고, "벼락과 해일(海溢)"에 방
불한 어떤 비범한 영감의 길이 그것으로 제시될 것이라고 생각하고
있다. 그런데 사냥으로 잡은 산돼지나 산새는 그렇다손 치더라도,
하늘까지 닿게 노래를 부른다거나 달려갈 수 있을 때까지 말을 달려

가는 일도 꽃의 피어남과 똑같이 생명의 실천이자 그 표현이 아닐 것인가. 여기에는 서정주 특유의 수사법이 있다. 한쪽의 노래 부르기, 말 달리기, 사냥하기, 다른 쪽의 꽃의 개화는 모두 비유일 뿐인데, 앞의 것들과 뒤의 것에 시인이 적용하는 비유의 수준이 다르다. 생명의 구체적 실천인 앞의 것들은 분명하게 알려진 '인위적 행위들'을 제유하고, 문학적 인습에 따라 이미 추상화된 표현인 꽃의 개화는 우리가 '알 수 없는 어떤 이치'를 은유한다. 그래서 이 시의 단순한 내용은 수사법의 교묘한 배치에 의해 가려져 있다. 그것은 '이 세상에서 벌이는 모든 일에는 이제 싫증이 났으니 다른 이치가 지배하는 세계가 열리기를 바란다'는 말 이상의 것일 수 없다. 불교나 신선도를 끌어댄다고 해서 이 기본 내용이 달라질 수는 없다. 미분화의 상태가 종합의 상태와 혼동되는 초기시의 미숙한 사고가 여기서도 다시 연장 반복되는 것이다. 그리고 이와 함께 주목해야 할 것은 서정주가 불확실한 것에 대한 은유를 말하기 전에 확실한 것들에 대한 비유를 나열함으로써, 그 불확실성에 확실성의 인상을, 다시 말해서 저 알 수 없는 세계의 존재가 다른 사람들에게는 불확실한 것일지라도 시인 자신에게는 확실하게 지각된 것이 틀림없다는 인상을 심는다는 점이다. 그리고 이 인상 위에서 '시인 부락 족장'의 권위가 성립한다.

서정주에게 확실하게 내다본 다른 세계가 있었는가. 『신라초』에서 「무제(無題)」라고 이름 붙은 시 가운데 하나를 살펴보는 게 좋겠다. 이 시는 "하여간 난 무언지 잃긴 잃었다"는 말로 시작한다. "하여간"이란 '설명할 수는 없어도'라는 뜻이겠고, '무언지'에 해당하는 것은, 시의 전체 내용에 비추어볼 때, 세상 능력으로는 닿지 못할 초월의 세계이다. 시인은 자신의 시원에 있었을 그 세계를 잃고 회복하지 못했다. 그 세계는 이제 너무 멀고 "바다"처럼 넓어서 거기 닿거나 그것을 다시 안으려는 어떤 노력도 실제적인 효과를 거두지 못한다. 그래서 시인은 "무슨 됫박이나 하나 들고 〔……〕 됫질하는 시늉이나 하고 있을까"라고 자탄하며 묻는다. 시의 마지막 연은 다음과 같다.

> 살 닿는 데 꾸려온 그런 거든가,
> 네 손이 짧거든 내 손이 길거나
> 내 손이 짧거든 네 손이 길 것을,
> 아무리 닿으려도 닿지 않던 것인가.
> 하여간 난 무언지 잃긴 잃었다.

시인은 그 세계에 대해 아는 것이 없다. 시인이 내미는 손이나 응대하는 손이 모두 짧아 닿지 못할 그 세계에 대한 예감이 있을 뿐이다. 사실, 불가의 말을 빌린다면 오온(五蘊)을 털고 반야에 들어서야 만나게 되는 저쪽 언덕이며, 상징주의식으로 말한다면 육체를 벗은 후 '무덤 뒤에서 만나게 되는 광휘'인 그 세계는 한 시인이 그 존재를 인식했다고 해서 설명까지 할 수 있는 것은 아니다. 그러나 그 존재에 대한 확실한 예감과 믿음은 이 세상에서 영위되는 삶의 방향과 태도를 절대적으로 바꾸어놓을 것이 분명하다. 이 시에는 그 세계에 대한 강한 열망도, 거기서 비롯될 삶의 태도에 대한 변화의 기미도 나타나 있지 않다. 물론 전혀 없는 것은 아니다. "무슨 됫박이나"에서, 그리고 "됫질하는 시늉이나"에서 조사 '나'는 그 세계의 넓음과 빛남에 비해 너무 보잘것없는 시인 자신의 기획을 비하하는 표현이지만, 다른 면에서는 인간의 한계를 벗어나는 그 세계의 광대함이 인간의 한계를 벗어난다는 핑계로 오히려 진정한 노력의 짐을 벗어버린 자의 심정적 여유의 표현이기도 하다. 미당에게 그 세계는 닿으면 좋고, 닿지 못해도 무방한 세계인 것이다. 그 세계가 존재하건 존재하지 않건 간에 미당에게 달라질 것은 아무것도 없다. 그에 대해 운위할 권리는 있으나 그에 대해 봉사할 의무는 없는 이 세계가 바로 미당의 허무 의식을 만든다.

이 허무가 미당 민족주의의 본질적 내용이라는 점을 짐작하려면, 같은 시집의 시 「한국성사략(韓國星史略)」 한 편을 읽는 것으로 충분하다.

千五百年 乃至 一千年 前에는
金剛山에 오르는 젊은이들을 위해
별은, 그 발 밑에 내려와서 길을 쓸고 있었다.
그러나 宋學 以後, 그것은 다시 올라가서
추켜든 손보다 더 높은 데 자리하더니,
開化 日本人들이 와서 이 손과 별 사이를 虛無로 塗壁해놓았다.
그것을 나는 單身으로 側近하여
내 體內의 鑛脈을 通해, 十二指腸까지 이끌어갔으나
거기 끊어진 곳이 있었던가.
오늘 새벽에도 별은 또 거기서 逸脫한다. 逸脫했다가는 또 내려와
貫流하고, 貫流하다간 또 거기 가서 逸脫한다.
腸을 또 꿰매야겠다.

주술적으로 세계를 이해하던 『삼국유사』 시대에는 하늘의 별이 인간 개인들의 삶에 깊고 구체적으로 간여하는 것처럼 생각되었다. 별은 인간의 길을 닦아주기도 했다. 그보다 더 과학적인 주자학의 우주관으로 볼 때 천체의 운행은 인간에게 훨씬 더 무심한 것으로 파악되었다. 별은 손 닿을 수 없는 곳으로 올라갔다. "개화(開化)"이

후에 우리가 알게 된 현대 물리학은 별과 인간 개인들의 삶 사이에 상응하는 바가 전혀 없다고 알려준다. 별과 인간이 긴밀하게 교통한다는 믿음은 완전히 헛된 것이 되었다. 이에 시인은 단신으로 하늘에 접근하여 "체내(體內)의 광맥(鑛脈)"으로 별을 이끌어내렸다고 말하는데, 이는 술을 마시듯 어떤 도취 상태에서 별을 마셨다는 뜻이 되겠다. 시인은 배탈이 났으며, 이 육체의 고통 속에서 도취 상태는 더 이상 유지될 수 없었기 때문에 별은 하늘로 빠져 달아났다. 이 시는 아름답다고 말하면 아름답고 허망하다고 말하면 허망하다. 미당은 별과 인간의 관계에 대해 밝혀진 바의 진실을 앞에 놓고, "손과 별 사이를 허무(虛無)로 도벽(塗壁)해놓았다"고 말한다. 허무는 새롭게 알려진 진실에 의해 야기된 것이 아니라, 그 진실에 적절하게 대응하여 별과 인간 생활의 관계를 새롭게 설정하지 못한 데서 비롯한 것임을 짐짓 모른 체하는 것이다. 물론 그도 별과 인간 사이에 새로운 관계를 설정하기 위해 별을 마신다. 그가 별에 "단신(單身)으로 측근(側近)"했다고 말할 때, 거기에는 모든 것을 수치화하여 세계의 표현만을 이해하려는 모든 학설에 대항하여, 물질에서 물질 이상의 것을 보았던 좋은 전통의 맥을 시인 혼자라도 잇겠다는 의지가 있다. 그러나 진실을 인정하고 뛰어넘기보다는 그것을 폄하하고 눈을 감은 상태에서 극히 주관적이고 개인적으로 설정된 이 관계에 미래를 기약하기는 어려울 것이다. 그가 "장(腸)을 또 꿰"맨다고 하더라도 그의 '별 마시기'가 또다시 허무에 이를 것은 당연하다. 미당은 특히 이 시에서 주자학을 "송학(宋學)"으로 부르고, 현대 물리학의 개입을 "개화(開化) 일본인(日本人)들"의 책임으로 돌린다. 주자학이 한 이치를 말할 때 그 이치가 송나라 사람이나 중국인들만의 이치에 그치는 것이 아니고, 물리학의 진실이 일본인들에게만 해당하는 것이 아님을 미당은 모를 리 없다. 그가 외세를 들먹여 선동하는

민족 감정과 그로 인한 도취는 그의 왜곡을 숨기고 한 인간이 별을 마
신다는 게 전혀 이상할 것이 없다고 믿게 하는 심리적 배경으로 작용
한다. 그의 민족주의는 이와 같이 자주 허무한 사고의 외피가 된다.

미당이 이 시에서 노리는 것은 어떤 해학적 효과일 뿐이라고 하더
라도 그 위험이 줄어들지는 않는다. 이런 경우 농담이란 한 사안을
토론이 불가능한 곳에 올려놓는 장치일 뿐이기 때문이다. 미당에게
서 미래적 전망을 가질 수 없는 인습적 사고가 늘 민족 정서의 도취
를 필요로 하듯이, 한 진실을 앞에 놓고 그에 대한 판단을 흐리게 할
때 해학적 토속어가 동원되는 예를 우리는 자주 목격하지만 그에 대
해서는 뒤에서 다시 거론하기로 한다.

『신라초』에서 미당류의 거대 기획들은, 「한국성사략」에서 보듯이,
그 성공의 직전에 작은 장애가 발견되어 실패로 돌아간다는 식의 구
조를 지닌다. 이때 그 거대 기획의 상상과 입안은 시인의 능력이 되
고 거기에 맞서는 사소한 장애 요인들은 타락하고 변질된 세상의 몫
이 된다. 시집 『동천』에 들어서면 이 장애 요인들마저 사라진다. 그
장애들이 극복되었기 때문이 아니라 아예 시인의 셈에조차 들지 않
기 때문이다. 다음은 「동천」의 전문이다.

　　내 마음속 우리 님의 고은 눈썹을
　　즈문 밤의 꿈으로 맑게 씻어서
　　하늘에다 옮기어 심어놨더니
　　동지섣달 나르는 매서운 새가
　　그걸 알고 시늉하며 비끼어 가네

시인이 하늘에 심은 "우리 님의 고은 눈썹"은 물론 초승달이다.
말하자면 이 시는 초승달의 내력을 설명하는 우주 창조의 설화시에

해당한다. 그런데 특이한 것은 전설상의 인물이 감당해야 할 자리를 시인 자신이 차지하고 있다는 것이다. 그점에서 이 시는 비슷한 제재로 똑같이 조각달을 노래했던 황진이의 「영반월(詠半月)」과 비교된다. 황진이의 시에서 반월은 원래 곤륜산의 옥으로 빚은 직녀의 빗이다. 직녀는 견우와 이별한 후 그 빗을 부질없는 것이라 여겨 푸른 허공에 내던져두었다. 반달이 직녀의 빗이라는 생각은 직녀의 전설에 본디 없는 것으로 황진이의 창안이다. 그러나 황진이는 자신이 창안한 것을 전설의 사랑에 바친다. 그녀는 자신의 슬픈 사랑이 전설의 그것에 도달하기를 바랄 뿐 그것 자체라고는 말하지 않는다. 황진이와 서정주의 차이는 분명하다. 황진이에게서는 한 인간의 사랑을 전설적 관념의 높이로 끌어올리는 것이 문제라면, 이미 그 자신이 전설 속에 들어간 미당에게서는 그 관념으로부터 그에 합당할 사랑을 생각해내는 것이 문제이다.

현실이 관념을 생산할 수는 있지만 관념이 현실의 사랑으로 되는 일이 가능할까. 가능한 것은 그 통속화가 아닐까. 전설의 자리에 자신을 올려놓는 서정주의 자부심은 실상 한 관념의 쇠락을 증명한다. 한 전설적 관념의 주인이 된다는 것은, 임자가 없는 청풍명월처럼, 벌써 낡고 쇠락하여 임자가 없어진 통속적 관념을 사유화함으로써만 가능한 것이기 때문이다. 한때는 빛나는 생명을 가졌던 이 관념들의 통속화로 서정주는 그 나름의 어떤 정신적 경지를 열었다. 이 경지를 대표하는 것은 모든 갈등에서 벗어나 어디에도 집착하지 않는 인물들이다. 예를 들어 『떠돌이의 시』(1976)의 「우중유제(雨中有題)」에서 "신라의 어느 사내"는 수풀에서 진땀을 흘리며 성애를 하다가 감나무에서 굴러떨어지는 "홍시에 마음이 쏠려 또그르르 그만 그리로 굴러가"버린다. 진행 중의 성애조차 그를 붙잡을 수 없었다. 그러나 홍시에 대한 욕심은 무엇일까. 그는 집착을 끊은 것이 아니라 집착하지 않아도 괜찮을 일, 그 내용이 비어 있기에 어떻게 끝나도 좋을 일을 하고 있었다고 말해야 할 것이다. 한 관념이 통속화되었다는 것은 벌써 그 내용을 상실하여 어떻게 말해도 좋을 그런 종류의 빈 관념이 되어 있음을 말한다. 어떻게 말해도 좋기에 가능한 한 부풀려 말하는 방식, 그것이 바로 절정기 미당의 무갈등 시학이 된다. 표현의 외연이 지나치게 넓어져 판단의 지표를 정할 수 없는 세계에서 갈등이 갈등으로 보이지 않는 것은 너무나 당연한 일이다.

3. 시적 허용과 정치적 허용

시는 많은 것을 허용한다. 논리가 부족하면 선율로 땜질을 할 수 있고, 그 둘이 모두 부족해도 새로운 이미지 하나를 제시하는 것만으로 그 시적 가치를 인정받을 수 있다. 한 생각을 드러내는 데에 문법이 거추장스러울 때는 그것을 벗어던질 수도 있다. 시는 속삭이듯 무람없이 말할 수도 있고, 잡소리와 웅변을 한데 섞을 수도 있다. 독자가 이해하지 못하고 자신이 무슨 말을 하고 있는지 시인 자신이 모르는 시일지라도, 그것이 현실의 한 측면과 깊이 간여하고 있다고 진지하게 평가될 수 있는 경우도 있다. 시는 이 특별한 허용으로 주어진 문화와 주류 이데올로기를 뛰어넘어 한 생각의 단초를 끌어내고, 때로는 언어 표현의 한계 밖에서 그것을 표현해온 역사가 있다. 시는 제가 쓰는 말을 해방시킴으로써 세상을 해방시켜왔다. 서정주는 자신의 시에 이 허용을 매우 적극적으로 이용하였으며, 그 결과, 식민지 시대와 그 이후 오랫동안 주눅 들어 있던 민족의 언어에 그 정서적 표현 역량을 드높였다는 공적을 부인하기 어렵다. 그러나 이 언어적 허용에 기대어 그의 무갈등적 시어가 성립하였다는 점 또한 부인하기 어렵다.

　서정주에게서 시어의 허용은 주어진 사고의 틀 속에서 미래적 사고를 예감하거나 선취하기 위한 것도 아니고, 언어 주체의 하부에서 낯선 목소리를 끌어올리기 위한 것도 아니다. 그가 은밀하게 사용하는 토속 방언들과 무람없이 부풀린 개념 표현들은 이미 있었던 것과 있는 것을 그 낯익은 습관으로 영속화하는 데에 이용되었다. 이 언어적 특징은 그의 고향 사람들이 여전히 고려인이나 신라인으로 남아 있고, 색주가 앞에 여전히 김유신의 말의 피가 흥건한 그 시세계의 실상과 같다. 거기에는 본질적인 의미에서의 변화가 없으며, 시간조차 없다. 『동천』의 「한양호일(漢陽好日)」에서 꽃 파는 총각은 자전거를 타고도 여전히 "이조(李朝)의 낡은 먹기와집 골목길"을 지나가며, 『떠돌이의 시』의 「구례구(求禮口), 화개(花開)」에서는 한 여자 아이의 "눈길에 나동그라지는" 모습이 옛날 신라 시대 어느 눈 오는 날 "여기서만 칡꽃도 다 피었다고" 해서 "화개(花開)"인 그 화개를 다시 반복하는 것으로 파악된다. 말하는 사람과 알아듣는 사람이 서로 은밀한 눈짓을 교환하면서 이어질 이 "부족 언어"에는 발전이나 성장에 해당하는 것이 없으며, 다만 반복되는 것에 대한 세련된 과장이 있을 뿐이다. 미당의 시어는 본질적으로 신화적 언어인데 모든 존재와 사물 앞에서 그 기원과 현실을 혼동한다는 점에서만 신화적이다. 현실은 그것이 아무리 옹색한 것일지라도 그 기원에의 참조를 통해 절대적인 성격을 얻으며, 기원은 그 품안에서만 설명되고 용납되는 오욕의 현실을 통해 과거 속에 한 덩어리로 뭉뚱그려진 시간을 지배한다. 신화라는 말을 그 표제에 담고 있는 『질마재 신화』(1975)의 어디를 펼쳐도 읽게 되는 것은 삶의 오욕과 가난이지만, 거기에는 또한 이 궁핍한 삶이 가져오는 거부할 수 없는 매혹이 있다. 가난한 사람들은 하나같이 신의 반열에 올라 한 땅의 성가족(聖

家族)를 형성하는데, 이는 그들이 단군 신화를 원용한 「까치 마을」의 곰처럼, "쑥허고 마늘을 먹으면서" 한 시대를 견뎌낸 '괴력'의 임자들이기 때문이기도 하지만, 무엇보다도 저 신화 시대에서처럼 맨몸으로 물질과 부딪치며 살고 있는 사람들이기 때문이다. 흙과 햇빛과 바람과 비, 그리고 해일로 표현되는 가장 단순하면서도 광포한 자연으로 이룩된 이 세계에서는, 지극히 미미한 사건도 미증유의 추문이 되지만, 그 단계를 거치고 나면 그 하나하나가 인간적 운명의 한 기원이 된다. 운명은 따져보아야 소용 없는 것이며 기원은 건드릴 수 없는 것이다. 운명과 그 기원을 공유하고 있는 사람들의 세계는 은밀하지만, 일단 그 장막 안으로만 들어가면 비밀이 없고, 따라서 이해되지 않는 것이 없다. 그 안에서는 모든 일이 용납될 뿐만 아니라 밖에서 일어난 일도 그 안에서는 용서된다. 방언과 토착적 표현법들, 무람없고 은근한 말투, 갖은 너스레들이 그 세계의 운명과 기원을 공유하는 언어라는 점이야 말할 것도 없다. 은밀한 언어는 용납되지 않을 것은 없다고 말하는 언어이다.

『질마재 신화』의 「소망(똥깐)」에는 서정주적 허용의 철학이라고 부를 만한 것이 있다. 가난한 사람들이 변소를 지을 여유가 없어 "하늘의 해와 달이 별이 잘 비치는 외따른 곳에 큼직하고 단단한 옹기 항아리 서너 개 포근하게 땅에 잘 묻어놓고" 지붕도, 다른 가리개도 없이 용변을 보는 이야기이다. 뒷부분을 적는다.

　　이것에다가는 지붕도 休紙도 두지 않는 것이 좋네. 여름 暴注하는 햇빛에 日射病이 몇천 개 들어 있거나 말거나, 내리는 쏘내기에 벼락이 몇만 개 들어 있거나 말거나, 비 오면 머리에 삿갓 하나로 웅뎅이 드러내고 앉아 하는, 休紙 대신으로 손에 닿는 곳의 興夫 박 잎사귀로나 밑 닦아 간추리는――이 韓國 '소망'의 이 마지막 用便 달갑지 않나?

'하늘에 별과 달은
　소망에도 비친답네'
　가람 李秉岐가 술만 거나하면 가끔 읊조려 찬양해왔던, 그 별과 달
이 늘 두루 잘 내리 비치는 化粧室 ——그런 데에 우리의 똥오줌을 마
지막 잘 누며 지내는 것이 역시 아무래도 좋은 것 아니겠나? 마지막
것일라면야 역시 이게 좋은 것 아니겠나?

　서정주는 이 용변과 관련된 수치심에 관해서는 전혀 말하지 않는
다. 그가 약간 염려하는 척하는 것은 일사병과 벼락뿐이지만, 세 번
에 걸치는 은근한 의문문과 가람 이병기를 끌어들이는 너스레는 용
변 행위 자체가 시인에게도 어디에 번듯이 내놓을 수 없는 특별한
일로 의식되고 있음을 완전히 감추지는 않는다. 그러나 이에 대한
최종 심급의 판단은 역시 해와 달과 별이 있는 하늘에 있다. 변소에
는 지붕이 없지만 하늘이 그것을 대신한다. 다만 지붕은 가려주지만
하늘은 가려주지 않는다. 하늘은 드러내면서 동시에 용서하는, 그래
서 결국은 '덮어주는' 이상한 가리개이다. 하늘이 지붕을 대신할 때
거기에는 수치심 자체가 없다. 그런데 실제로 이 하늘의 역할을 하
는 것은 '누구는 똥오줌 안 누나?'라는 막말이며, 그것을 하늘을 향
한 마지막 소망에 결부시키는 시인의 너스레이다. 저 자신을 덮으며
동시에 모든 것을 덮어주는 이 토착 정서의 말들은 벌써 하늘의 뜻
을 따르면서 저 자신이 하늘로 구실한다.
　서정주는 자신의 친일 행위를 변명할 때도 하늘을 지붕으로 삼는
이 철학을 원용한다. 『팔 할이 바람』(1988)의 「종천순일파(從天順日
派)?」편에서 좀 길게 인용하자.

　그러나 이 무렵의 나를

'친일파'라고 부르는 데에는 좀 이의가 있다.

'친하다'는 것은

사타구니와 사타구니가 서로 친하듯 하는

뭐 그런 것도 있어야만 할 것인데

내게는 그런 것은 전혀 없었으니 말씀이다.

'附日派'란 말도 있긴 하지만

거기에도 나는 해당되지 않는 걸로 안다.

일본에 바짝 다붙어 사는 걸로 이익을 노리자면

끈적끈적 잘 다붙는 무얼 가졌어야 했을 것인데

나는 내가 해준 일이 싼 월급을 받은 외에

그런 끈끈한 걸로 다붙어보려고 한 일은

단 한 번도 없었기 때문이다.

나는 이때 그저 다만,

좀 구식의 표현을 하자면——

'이것은 하늘이 이 겨레에게 주는 팔자다' 하는 것을

어떻게 해서라도 익히며 살아가려 했던 것이니

여기 적당한 말이려면

'從天順日派' 같은 것이 괜찮을 듯하다

이때에 일본식으로 창씨 개명까지 하지 않을 수 없었던

우리 다수 동포 속의 또 다수는

아마도 나와 의견이 같으실 듯하다.

서정주가 '친일'과 '부일'을 설명할 때의 말투는 이미 우리가 살펴본 바와 같다. "우리 다수 동포 속의 또 다수"에게 소명하는 이 무작스럽고 무람없는 어조는 이 시인의 여러 시에서처럼 시비의 곡절과 높낮이를 평면화한다. "종천순일(從天順日)"이라는 말은 매우 교묘하다. '종천'이란 하늘의 명에 따랐다는 뜻이겠지만, '순일'은 일제의 요구에 어쩔 수 없이 순응했다는 뜻일 수도 있고, 나날의 생명 보전에 필요한 일을 거역할 수 없었다는 뜻도 된다. 그래서 전체적으로 생명 보전을 위해 어쩔 수 없이 일제의 요구를 따랐지만 이는 크게 보아 하늘의 명령을 거역한 것이 아니라는 말로 해석될 것이다. 그래서 우리는 다시 저 가난한 고향의 '소망' 신화로 돌아가게 된다. 서정주에게 그의 '순일'이 지붕 없는 변소에서 대소변 보기로 이해된다면, 그 해와 달과 별을 거느리고 그를 덮어주는 것은 '종천'이라는 말이기 때문이다. 그가 시에 허용하는 말은 이와 같이 그의 정치적 이력을 허용한다.

미당은 늘 낡은 것을 세련된 언어로 반복했다. 그가 민족이라고 말할 때 그것은 반복되는 낡은 것을 허망하게 일컫는 다른 이름이었다. 그가 '마술적으로 사용한 종족 언어'는, 일을 저지르고 가족들에게 달려가는 아들처럼, 혈연과 지연의 토착 정서에 호소하여 모든 논의의 외부에 서는 말들이었다. 원시적 감정과 연결되어 있기에 하늘로 구실하기 좋은 이 말들로 서정주는 자신의 정치적 과오를 덮을 수 있다고 믿었다.

미당에게 역사철학이 있다면 그것은 바로 이 허용의 철학이다. 『질마재 신화』의 다른 시 「분지러버린 불칼」에서 미당은 "여름 하늘 쏘내기 속의 천둥 번개나 벼락을 많은 질마재 사람들은 언제부턴가 무서워하지 않는 버릇이 생겨"났다고 쓴다. 이 대담한 습관은 "역적(逆賊) 구섬백(具蟾百)이와 전봉준(全琫準)를 그 둘 중의 누가 번개 치는 날 일부러 우물 옆에서 똥을 누고 앉았다가, 벼락의 불칼이 내리치는 걸 잽싸게 붙잡아서 몽땅 분지러버렸기 때문"이다. 너무 잦은 하늘의 처벌에 대한 이 거역은 국가 제도의 가혹한 질서에 대한 민중적 항거의 우화이겠지만, 그것은 또한 하늘이 그 질서를 세우기 이전의 상태를 마을의 삶이 '되찾았다'는 암시이기도 하다. 미당이 자주 '인신주의적(人神主義的)'이라고 수식하게 될 이 '무법의 상태'는 출구 없는 삶이 고여 있는 시간 속에 스스로 침전해놓은 퇴적물들을 깔고 앉아 자신을 특수화·방언화한 모습 바로 그것이다. 여기서는 경험이 이론에, 관용(慣用)이 법칙에 우선한다. 제도적 질서는 명색만 구비할 뿐 영험이 없다. 이것은 또한 중앙에서 파견된 관리를 제치고 아전이 득세하던 지방 문화의 특색이기도 하다. 그러나 이 경험과 관용은 폭압적 질서가 그 권세를 되찾고 싶어할 때, 조력을 마다하지 않을 뿐만 아니라 가장 횡포한 힘을 빌려주기까지 한다. 이 삶 속에서는 순응과 거부가 구별되지 않으며, 마음 편한 인습의 형식으로 자유가 주어지지만, 차라리 패배주의적 자기 방기에 가까운 이 자유는 "하늘이 이 겨레에게 주는 팔자"를 거역하는 모든 새로운 시도를 비웃는다. 그가 일제의 침략 전쟁과 신군부의 폭력에 부역했던 것도 스스로 고백하듯이 새로운 일이 일어날 수 없다고 믿었기 때문이다.

미당의 세련된 과장법과 통속화된 신화적 관념들 밑에는 순결했던 삶의 기원에 대한 그리움이 있는 것이 사실이다. 그리고 이 기원에의 그리움에서 한 시인의 구도적 자세를 볼 수도 있다. 미당은 그 기원에서 가장 가까운 자리를 확보하기 위해 시간이 고정되기를 바랐다. 그에게 현실의 모든 문물은 과거의 어떤 것에 상응한다고 여겨질 때만 가치가 있었다. 그는 어디에서나 이 상응 관계를 보는 것처럼 말했지만, 그 말을 하기 위해서는 아이의 목소리를, 익살꾼의 목소리를, 자신의 목소리라기보다는 '그렇게 생각하기로 짐짓 마음먹은 사람'의 목소리를 빌려야 했다. 그래서 신화를 세속화할 수는 있었지만, 세속을 진정으로 높은 자리에 올려놓지는 못했다. 그 일을 위해 필요한 '책임지는 목소리'가 없었기 때문이다. 미당의 시세계는 책임 없이 아름답다.

■ 수록 평론 출전

이 책에 실린 글들의 처음 발표 지면은 다음과 같다.

르네의 바다—불문학자 김현『문학과사회』, 1990년 겨울호.

정지된 세계의 알레고리『현대소설』, 1990년 봄호.

역사의 어둠과 어둠의 역사『작가세계』, 1991년 가을호.

삶의 세부 또는 희망『작가세계』, 1992년 봄호.

육체 지우기 또는 기다림의 실천 김정란,『매혹, 혹은 겹침』, 세계사, 1992.

여린 눈으로 세상 보기『현대시학』, 1993년 7월.

딸의 사막과 어머니의 서울『오늘의 詩』, 1994년 하반기, 현암사.

세 번째 선택 오탁번,『겨울강』, 세계사, 1994.

어둠의 중심에서 조정권,『신성한 숲』, 문학과지성사, 1994.

생명주의 소설의 미학—『토지』의 문학성『작가세계』, 1994년 겨울호.

아버지에 관하여『문예중앙』, 1994년 가을호.

잘못 든 길이 지도를 만든다 강연호,『비단길』, 세계사, 1994.

누추한 과거 순결한 기원 최정례,『내 귓속의 장대나무 숲』, 민음사, 1994.

이름 붙일 수 없는 것에 대해『현대문학』, 1994년 10월호.

허망한 나라의 위대한 기획 진이정,『거꾸로 선 꿈을 위하여』, 세계사, 1994.

불행을 확인하기 이수명, 『새로운 오독이 거리를 메웠다』, 세계사, 1995.

새는 새벽 하늘로 날아갔다 오규원, 『길, 골목, 호텔 그리고 강물소리』, 문학과지성사, 1995.

자부심을 지닌 삶과 소박한 시 —『길』에 관하여 구중서 · 백낙청 · 염무웅 엮음, 『신경림 문학의 세계』, 창작과비평사, 1995.

절구와 트임의 시학 —범대순 시집, 『아름다운 가난』 『현대시학』, 1996년 7월호.

시 쓰는 노동과 노동하는 시 유용주, 『크나큰 침묵』, 솔, 1996.

죽음에 관한 두 시집 『현대시사상』, 1996년 겨울호.

운명 만들기 또는 만나기 전경린, 『염소를 모는 여자』, 문학동네, 1996.

몸으로 시를 쓴다는 것은 『현대시』, 1997년 6월호.

미래에서 현재를 보기 또는 방법적 시선 이대흠, 『눈물 속에는 고래가 산다』, 창작과비평사, 1997.

혼자 가는 길 성미정, 『대머리와의 사랑』, 세계사, 1997.

강인한 정신의 서정 김명인, 『바닷가의 장례』, 문학과지성사, 1997.

단정한 기억 나희덕, 『그곳이 멀지 않다』, 민음사, 1997.

소설 · 수필 · 시 이문구, 『관촌수필』, 솔(이문구 전집 5), 1997.

시의 우주적 상상력에 대한 작은 메모 『시와 사람』, 1998년 봄호.

가장 파동이 작은 노래 최하림, 『굴참나무숲에서 아이들이 온다』, 문학과지성사, 1998.

나무를 보는 사람 박용하, 『영혼의 북쪽』, 문학과지성사, 1999.

인식의 지평과 시간의 깊이―1990년대 시 관견기 『문예중앙』, 1999년 겨울호.

갇혀 있는 생명과 소모되는 생명―최승호의 『그로테스크』와 김기택의 『사무원』 『21세기 문학』, 1999년 가을호.

모국어와 시간의 깊이 『현대 한국 문학 100년―20세기 한국 문학 어떻게 볼 것인가』, 민음사, 1999(대산문화재단 주최, '현대 한국 문학 100년' 심포지엄 주제 논문집).

난해성의 시와 정치―김수영론 『포에지』, 2001년 가을호.

서정주의 시세계 『창작과비평』, 2001년 겨울호.